TRAVELS

INTO SEVERAL

Remote Nations

OF THE

WORLD.

IN FOUR PARTS.

By *LEMUEL GULLIVER*,

firft a SURGEON, and then a CAPTAIN of feveral SHIPS.

VOL. I.

LONDON:

Printed for BENJ. MOTTE, *at the Middle* Temple-Gate *in* Fleet-ftreet.

M, DCC, XXVI.

걸리버 여행기

Gulliver's Travels

조너선 스위프트 지음 | 류경희 옮김

더스토리

CAPTAIN LEMUEL GULLIVER OF REDRIFF. ÆTAT. SUÆ LVIII
Sturt er. Sheppard Sc.
Compositum jus, fasque animi, sanctosque recessus
Mentis, & incoctum generoso pectus honesto.

나를 결박하고 있던 끈들을 끊었다.
그러자 "톨고 포낙"이라는 외침과 함께 백여 발의 화살이 쏟아졌다.

『릴리펏 여행기』

나는 50척의 적함에 갈고리를 걸어서 끌고 왔다.
해협을 건너오니 릴리펏의 황제 폐하가 매우 기뻐했다.

『릴리펏 여행기』

300명의 양복업자들이 양복을 만들어 주었다.
목까지 사다리를 걸치고 올라와서 외투 길이를 쟀다.

『릴리펏 여행기』

나는 왕비의 발에 입 맞추는 영광을 허락해 달라고 간청했다.
왕비 마마는 자애롭게도 손가락을 내밀었다.

『브롭딩낵 여행기』

종달새 만한 파리 떼들과 한바탕 소동을 벌였다.
사람들은 그런 나를 겁쟁이라고 조롱했다.
『브롭딩낵 여행기』

키가 9미터인 난쟁이가 유독 나를 미워했다.
그가 사과나무를 흔들자 드럼통만 한 사과가 우르르 떨어졌다.
『브롭딩낵 여행기』

개구리가 뛰어오르는 바람에 보트가 전복될 뻔했다.
나는 용감하게 노를 치켜들고 녀석을 힘껏 내리쳤다.

『브롭딩낵 여행기』

단어를 말하면 폐가 축소되어 생명이 단축되니까
직접 사물을 들고 다니며 보여주는 게 어떻겠냐고 했다.
『라퓨타, 바니발비, 그럽덥드립, 럭낵, 일본 여행기』

차례

걸리버가 사촌 심슨에게 보내는 편지*

나는 당신이 내가 요청하면 언제든 사람들에게 기꺼이 시인해 주기를 희망합니다. 당신의 끈질기고 빈번한 재촉 때문에 내가 매우 불충분하고 부정확한 여행기를 출판하는 데 동의했다고 말입니다. 나는 내 사촌인 댐피어 씨가 나의 충고를 받아들여 자신의 책 《세계 일주 여행》을 출간했던 때처럼, 옥스퍼드나 케임브리지에 다니는 대학생을 두어 명 고용해서 원고를 정리시

* 주인공 걸리버가 네 번의 여행을 모두 마치고 인간 세상으로 돌아와 은거 생활을 할 때 가상의 사촌이자 출판업자인 심슨에게 쓴 편지다. 따라서 인간에 대해 환멸감을 느끼게 된 걸리버의 냉소적 시각이 주 어조를 이룬다. 또한 인간을 마지막 여행지인 휘넘국(마인국)에서 마주쳤던 동물 '야후'로 호칭한다. 걸리버는 이 편지에서 일단, 정치적으로 민감할 수 있는 작품 속 내용들을 변명하고, 자신의 현 상황을 언급한 뒤, 이 책을 출판해서 인간들의 악행과 우행들을 깨우쳐 주고자 했던 자신의 의도가 전혀 실현되지 못하고 인간 사회가 아무런 개선을 이루지 못했음을 인류 혐오적 시각으로 개탄한다. 덧붙여서 18세기 소설가들이 흔히 그러했듯이 자신의 여행기가 진실임을 강변하며, 마지막 여행지였던 휘넘국을 칭송하고 인간 세상으로 돌아온 뒤 다시 되살아나기 시작한 자신의 야후적 본성을 슬퍼한다.

키고 문체를 교정하라는 지시를 한 바 있습니다. 하지만 당신에게 어떤 내용을 마음대로 빼버리거나 집어넣는 권한까지 부여했었는지는 기억나지 않습니다. 특히나 추가된 내용들에 대해서는, 나는 그것들이 내 글이 아니니 삭제하라고 단언합니다. 무엇보다도, 가장 경건하시고 영광스러우신 작고한 앤 여왕 폐하에 관한 구절은, 비록 내가 여왕 폐하를 다른 어떤 사람보다도 존경하고 경배하긴 하지만, 더욱 그러합니다.

그러나 당신, 혹은 당신에게서 내용 추가를 지시받은 사람은 다음의 사실을 고려했어야 합니다. 나의 주인이신 휘넘 님을 두고서 우리와 같은 인간의 기질을 지닌 동물을 찬양하는 것은, 내 성향에도 맞지 않을 뿐더러 예의에도 어긋난다는 사실을 말입니다. 더욱이 추가된 사실 자체가 완전한 거짓입니다. 왜냐하면 내가 앤 여왕 폐하께서 통치하던 시기에 상당 기간을 영국에서 살았기 때문에, 여왕께서 실질적으로 총리대신의 힘을 빌어 통치하셨음을 잘 알고 있는 것입니다. 실제로는 2명의 총리대신입니다. 한 명은 고돌핀 경이고 두 번째는 옥스퍼드 경이었습니다. 따라서 당신은 나로 하여금 "세상에 존재하지 않는 것을 말하게"* 만들었습니다.

마찬가지로 학술연구원에 관한 설명이나 나와 내 주인이신

* 걸리버가 네 번째로 여행한 휘넘국의 마인(馬人)들은 '거짓말'이라는 개념 자체가 없어서 부득이 '거짓말'을 표현할 때 이런 식으로 표현한다. 걸리버가 이 편지를 쓸 당시 철저하게 마인들의 시각에 젖어 있었음을 다시 한 번 밝힌다.

휘넘 님과의 대화 내용에서도 몇몇 구체적 상황들을 빼먹거나, 나조차 도저히 내 작품이라고 생각할 수 없을 정도로까지 가감하고 바꿨습니다. 내가 일전에 편지로 이런 면에 대해 암시했을 때 당신은 이렇게 답했지요. 권력층 사람들을 화나게 해서 그들이 출판물을 매우 경계하거나, 빈정대는 내용(당신이 쓴 표현입니다)처럼 보이는 모든 것을 해석해 내고 징벌할까 봐 몹시 두렵다고 말입니다.

그러나 내 말을 들어 보십시오. 내가 아주 여러 해 전에, 그것도 약 5,000리그(25,000킬로미터쯤)나 떨어진 곳에 있고 다른 통치권자의 지배를 받는 나라에 대해 말했던 내용이, 도대체 어떻게 현재 우리 야후의 무리들을 지배하고 계시다는 그 야후에게 적용된다는 말입니까? 특히 내가 야후들 무리 속에서 다시 살게 되는 불행에 대해 전혀 생각지도, 염려하지도 않았던 때에 경험했던 내용이 말입니다. 야후들이, 마치 자신은 이성을 지닌 동물이고 휘넘은 야만적인 짐승이라는 듯, 휘넘들을 이용해 도구들을 운반하는 광경을 볼 때마다 내가 이를 불평할 충분한 이유가 있는 것 아닙니까? 진심으로, 그런 끔찍하고 혐오스러운 광경을 피하는 것이야말로 바로 내가 이곳에 칩거해 사는 가장 으뜸가는 이유입니다.

이 정도면 내가 당신에 대해, 당신에게 가졌던 신뢰감에 대해 적절히 얘기한 것 같습니다.

그 다음으로는, 나 자신의 생각은 달랐는데도 당신을 비롯한 몇몇 사람들의 설득에 넘어가 이 여행기를 출간했던 일이 얼마나 큰 나의 판단력 부족이었는지에 대해 불평하려 합니다. 당신이 '공공의 이익'이라는 동기를 강조했을 때 내가 당신에게 얼마나 자주 이렇게 말했었는지 부디 상기해 보십시오. 야후들이란 교훈이나 모범을 통하여 개선되는 일이 철저하게 불가능한 동물 족속이라고 말입니다. 실제로 그것이 증명되고 있습니다. 보십시오. 이 책이 출간되어 나의 경고가 나간 지 벌써 6개월이나 되어가지만, 적어도 이 섬나라에서만이라도 모든 부패와 타락이 완전히 끝났으면 했던 내 기대커녕, 내가 의도했던 단 한 가지 효과도 만들어 내지 못했습니다. 내가 당신에게 '혹시라도 다음과 같은 일들이 발생하면 편지로 알려 달라'고 부탁드린 바 있지요. 당파와 파당이 없어지는 일, 판사들이 박식하고 솔직해지는 일, 변호사들이 약간이라도 상식을 지니면서 정직하고 겸손해지는 일, 스미스필드* 거리에서 산더미 같은 법률 서적들이 타오르는 일, 젊은 귀족층의 교육이 완전히 바뀌는 일, 의사들을 추방하는 일, 여성 야후들에게 미덕과 명예와 진실과 양식이 넘쳐나는 일, 권력을 지닌 각료들로 넘쳐나는 궁정 접견 행위가 완전히 뿌리 뽑히고 일소되는 일, 산문과 시를 통하여 출판계를 망신시키는 모든 사람들이 자신들의 종이만을 먹고 갈증은 자신들의 잉크로만 해소하도록 저주받는 일 등입니다.

* 런던에 있는 육류 시장 거리

나는 당신의 격려 탓에 이런 일들, 그외에도 천여 가지의 다른 개혁들이 이루어질 줄로 굳게 믿었었습니다. 그리고 사실 이런 일들은 나의 이 책에서 전달되는 교훈들로부터 분명히 추론해 낼 수 있는 것이었습니다. 그러나 이제 인정해야만 할 것입니다. 만약 야후들의 본성에 덕성이나 지혜와 관련된 기질이 티끌만큼이라도 있었다면, 그들이 쉽게 빠져드는 모든 악행과 어리석음을 교정하는 데 7개월이면 충분했을 것입니다. 그러나 아직까지도 나의 기대감에 부응하는 당신의 답장은 전혀 오지 않고 있습니다. 오히려 그 반대로 매주 내 우체통은 중상모략, 주석서, 비방, 비망록, 속편 들로 가득 채워지고 있을 뿐입니다. 그 글들을 통해 나는 내 자신이 많은 국민들을 비방하고, 인간의 본성을 불명예스럽게 만들고(아직도 사람들은 그것을 기정 사실로 확신합니다), 여성들을 욕보였다는 이유로 비판받고 있음을 알았습니다. 그런데 나는 이들 비판서 작가들 사이에서 의견의 일치가 이루어지지 못하고 있다는 것도 발견했습니다. 몇몇은 아예 내가 이 여행기의 원작자라는 사실조차 부인하려 하고, 어떤 작가들은 나를 나와 전적으로 무관한 작품들의 저자로 생각하려 한다는 점입니다.

나는 또한 당신의 인쇄업자가 여러 차례에 걸친 내 여행과 귀환 날짜까지 실수할 정도로 부주의했으며, 실제 연도와 달과 날짜를 사용하지 않았다는 사실도 발견했습니다. 그리고 나는 책의 출간 이후 원본 원고가 모두 파기되었다는 소식도 들었습니다. 나는 지금 다른 원고를 갖고 있지도 않습니다. 하지만 그럼에도 불구하고 나는 몇몇 교정 내용을 당신께 보내니, 혹시 2판이 나오면 끼워 넣어 주기를 바랍니다. 하지만 나는 그것을 고집할 수는 없습니다. 다만 그 문제를 현명하고 솔직한 독자들께 맡겨, 자신이 원하는 대로 그 내용을 조정하여 읽으라고 권하겠습니다.

나는 우리의 바다 선원 야후들 중 몇몇이, 내가 사용한 항해 용어가 많은 부분에서 적절치 않고 현재 사용되지도 않는 것이라고 비난한다는 소식을 들었습니다. 그러나 나로서는 어쩔 수 없는 일이었습니다. 젊었던 시절 처음 여행하게 되었을 때, 나는 나이 많은 선원들에게 가르침을 받고 그들처럼 말하는 법을 배웠습니다. 그런데 이후에 나는 바다 선원 야후들도 육지에 사는 야후들처럼 손쉽게 새로운 단어들을 만들어 낸다는 사실을 발견했습니다. 특히 육지 야후들은 매년 신조어들을 너무나 많이 만들어 내기 때문에, 나는 여행을 마치고 우리 나라에 돌아왔을 때마다 말들이 너무 변해 있어서 새로운 말들을 거의 이해하지 못할 정도였습니다. 내가 목격한 바로는, 어떤 야후가 런던에서 나를 보려고 내 집을 방문했을 때, 우리는 서로 상대방이 이해할 수 있는 방식으로 우리의 생각들을 전달하지 못했습니다.

야후들의 비난이 내게 조금 영향을 미치기는 했지만, 나 역시 다음과 같은 주장들에 대해 불평할 자격이 충분합니다. 내 여행기가 내 머리로부터 날조된 단순한 허구라거나, 더 나아가 휘넘이나 야후는 마치 유토피아의 거주민들처럼 실존하지 않는 존재들이라는, 무례한 야후들의 주장에 대해서 말입니다.

릴리펏, 브롭딩랙(이 단어는 원래 이렇게 써야 하는데 브롭딩낵이라고 잘못 쓰이고 있습니다), 라퓨타 사람들에 대해서는 아직까지 그들의 존재나 내가 그들에 대해 말한 사실들을 반박할 정도로 주제넘은 야후가 있다는 소리를 들은 적이 없다는 점을 진심으로 고백합니다. 왜냐하면 이들에 관한 사실은 즉시 모든 독자들에게 진실로 다가오기 때문입니다. 그리고 휘넘들이나 야후들에 관한 내 설명도, 특히 후자의 경우 이 도시에만도 수십만이 살고 있는데, 그 가능성이 적다고 어떻게 말할 수 있겠습니까? 이곳 야후들은 몇 마디 말쯤 지껄일 수 있고 벌거벗고 다니지 않는다는 점에서만 휘넘국(마인국)의 동료 야후들과 차이가 날 뿐입니다. 나는 그들에게 인정받기 위해서가 아니라, 그들을 교정하기 위해서 이 글을 쓴 것입니다. 그들 종족 모두가 한목소리로 나를 칭찬해 준대도, 내게는 내 마구간에 키우고 있는 타락한 휘넘들이 내는 울음소리보다도 의미가 없을 것입니다. 비록 타락해 버리긴 했지만 이들로부터 나는 여전히 아무런 악의도 뒤섞이지 않은 몇몇 덕성들을 배워 나가기 때문입니다.

이 불행한 동물들은 혹시 내가 내 이야기의 진실성을 주장하고 있는 것을 보고 타락했다고 생각하는 것은 아닐까요? 나도 비록 야후이기는 하지만, 내 훌륭한 주인 휘넘 님의 가르침과 모범에 의하여 2년 만에(물론 아주 어려운 일이었음을 고백합니다)

우리 모든 야후들, 특히 유럽인들의 영혼에 깊이 뿌리 박혀 있는 극악무도한 거짓말하는 버릇, 책임을 전가하는 버릇, 속이는 버릇, 말을 얼버무리는 버릇을 없애 버렸다는 사실이 휘넘국 전역에 잘 알려져 있었습니다.

나는 이 짜증나는 일에 대하여 털어놓아야 할 불평이 몇 가지 더 있습니다. 하지만 내 자신이건 당신이건 더 이상 귀찮게 만드는 일을 그만두겠습니다. 내가 마지막 여행을 마치고 돌아온 이후 불가피하게 당신 종족들 몇 명과, 특히 내 자신의 가족들과 대화를 나누다 보니 타락한 나의 야후적 본성이 다시 되살아나고 있다는 사실을 솔직히 고백하지 않을 수 없습니다. 만약 그렇지 않았더라면 나는 결코 이 왕국에서 야후 종족을 개심시키겠다는 그런 바보 같은 계획을 시도하지 않았을 것입니다. 하지만 이제 나는 그런 몽상적인 계획들과의 관계를 영원히 끝내겠습니다.

발행인이 독자들에게 보내는 편지

이 여행기의 저자인 리뮤엘 걸리버 씨는 나의 오래된 절친한 친구입니다. 또한 그와 나는 이종 사촌 간이기도 합니다. 약 3년 전쯤 걸리버 씨는 레드리프에 있는 그의 집으로 수많은 사람들이 그를 만나러 찾아오는 게 너무 피곤해서, 그의 고향인 노팅엄셔 주 뉴워크 근처에 아담한 집 한 채가 딸린 조그만 땅을 구입했습니다. 그는 지금 그곳에 은거하고 있지만 이웃들로부터 존경을 받고 있다고 합니다.

걸리버 씨는 자신의 아버지가 살던 노팅엄셔 주에서 태어났지만, 나는 그가 자신의 가족이 옥스퍼드셔 주 출신이라고 말하는 것을 들었습니다. 이 사실을 확인하기 위해 나는 그 지방에 있는 밴버리의 교회 묘지에서 걸리버 집안의 몇몇 무덤들과 묘비들을 발견한 바 있습니다.

그는 레드리프를 떠나기에 앞서 이 책의 원고 관리 권한과 적절하다고 생각하는 대로 원고를 처리할 수 있는 자유를 내게 넘겨 주었습니다. 나는 이 원고를 세심하게 세 번이나 정독하였습니다. 문체가 매우 명료하고 단순했습니다. 내가 발견한 유일한 단점은 여행객들의 방식을 따라서인지는 몰라도 저자가 정황 설명을 다소 많이 한다는 점이었습니다. 작품 전체에서 분명한 진실의 분위기가 느껴졌으며, 실제로 저자는 그의 진실성으로 너무나도 유명한 사람입니다. 레드리프에 있는 그의 이웃들 사이에서는 누군가에게 어떤 사실을 확신시킬 필요가 있을 때에 "그건 걸리버 씨 말만큼이나 진실이야" 하고 말하는 게 일종의 격언처럼 되어 버렸을 정도입니다.

저자의 승인 아래 나는 이 원고를 몇몇 인사들에게 보여주고 조언을 받았고, 이제 감히 세상에 내보냅니다. 얼마 동안만이라도 이 책이 정치 분야나 정당의 흔해 빠진 잡문들보다 우리의 젊은 귀족들에게 더 좋은 오락물이 되기를 소망합니다.

이 책은 만약 내가 바람과 조수, 여러 여행의 천문 변차와 방위, 폭풍우 속에서 배의 관리에 관한 상세한 묘사, 선원들의 유형, 경도와 위도 등과 관련된 수많은 구절들을 과감하게 빼버리지 않았더라면, 아마 지금보다 적어도 두 배는 더 두꺼운 책이 되었을 것입니다. 이 점에 대해 걸리버 씨가 어느 정도 불만을 느끼실지도 모른다는 걱정이 드는 게 사실입니다. 그러나 나는 작품을 가능한 한 독자 여러분의 일반적인 독해력에 맞추는 것이 적절하다고 결심했습니다. 하지만 항해와 관련된 일에 대한 나의 무지로 인해 잘못을 저지른 게 있다면, 그건 전적으로 나 혼자만의 책임입니다. 만약 저자의 손에서 내게 전달된 그대로의 상태로 전체 작품을 보고 싶은 호기심을 지닌 어느 여행가가 계시다면 나는 그를 만족시킬 준비가 되어 있습니다.

저자에 관해 더 자세하게 알고 싶은 독자들께서는 작품의 처음 몇 페이지를 참고하면 만족하시게 될 것입니다.

리처드 심슨

제 1 부

릴리펏(소인국) 여행기

GULLIVER'S TRAVELS

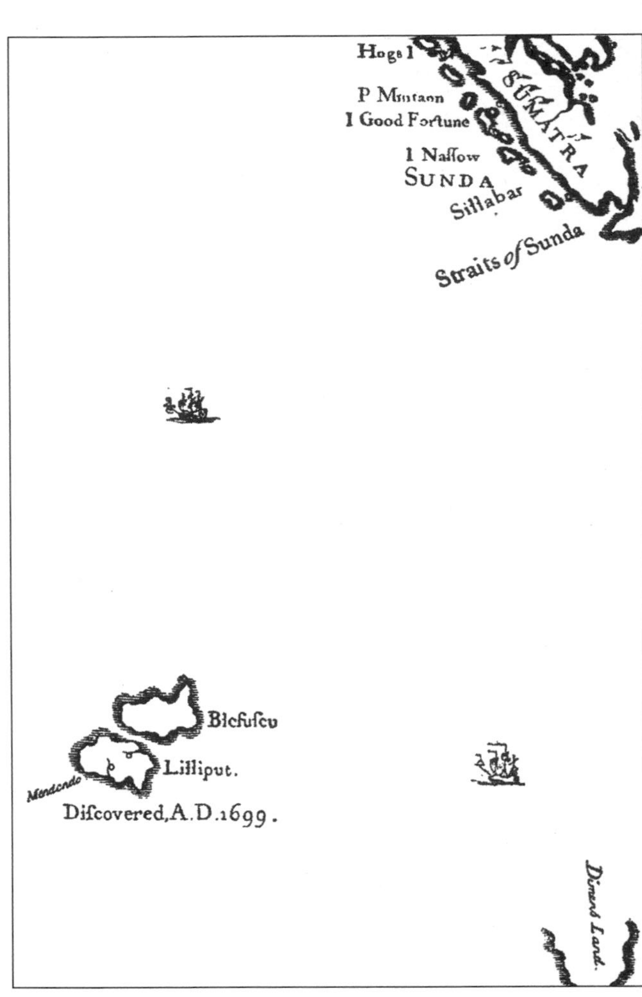
Hogs I
P Mmtaon
I Good Fortune
I Naſſow
SUNDA
SUMATRA
Sillabar
Straits of Sunda
Blefuſcu
Lilliput.
Discovered,A.D.1699.
Dimens Land.

제1장

저자가 자신과 가족, 그리고 그가 처음으로 여행을 하게 된 경위에 대해 설명한다. 그는 바다에서 난파를 당한 후 전력을 다해 수영을 해서 릴리펏의 해안가에 도착한다. 그러나 곧 포로로 잡혀 수도로 압송된다.

나의 아버지는 노팅엄셔 주에 땅을 조금 갖고 있었고, 나는 다섯 형제 중 셋째로 태어났다. 아버지는 내가 열네 살이 되었을 때 나를 케임브리지 대학교의 엠마누엘 칼리지에 보냈다. 나는 그곳에서 3년 동안 기숙하며 공부에 전념했다. 그러나 얼마 안

되는 우리 집 재산에 비해 나의 학비가 너무 많이 들어갔기 때문에(용돈이 아주 적었는데도), 나는 런던의 유명한 외과 의사 제임스 베이츠 선생님의 조수로 들어가서 4년을 일했다. 아버지가 이따금씩 약간의 돈을 보내 주시곤 했는데, 나는 그 돈을 모아 여행을 꿈꾸는 사람들에게 유용한 항해술이나 수학 지식을 배우는 데 썼다. 언젠가 여행이 나의 운명이 될 것이라는 믿음이 항상 있었기 때문이다.

베이츠 선생님을 떠나자 나는 다시 아버지에게로 돌아왔다. 그 후 아버지와 존 삼촌, 여러 친척분들의 도움으로 돈을 장만했고, 라이든 대학*에 가서 유학할 수 있도록 1년에 30파운드씩 보내 주겠다는 약속을 받았다. 그곳에서 나는 2년 7개월 동안 의술을 공부하였다. 이런 공부가 앞으로 장기간의 항해 여행에 도움이 될 것이라는 사실을 알았기 때문이었다.

라이든에서 돌아온지 얼마 안 되어 나는 존경하는 베이츠 선생님의 추천으로 에이브라함 파넬 선장이 지휘하는 스왈로우호의 선의船醫가 되었다. 나는 그와 함께 3년 반을 보냈으며 동부 지중해 연안 지방과 기타 지역들을 한두 차례 여행하였다.

이 여행에서 돌아왔을 때 나는 런던에 정착하기로 결심했고, 베이츠 선생님도 그렇게 하라고 권하셨다. 선생님은 환자도 여럿 소개해 주셨다. 나는 올드 주리 지역에 자그마한 집을 한 채

* 의학 연구로 유명한 네덜란드의 대학

장만했고, 생활을 변화시켜 보라는 조언을 받아들여 뉴게이츠 거리의 양말 제조업자 에드먼드 버튼 씨의 둘째 딸 메리 버튼 양과 결혼하였다. 장인은 내게 400파운드의 지참금을 주었다.

그러나 2년 뒤 존경하는 베이츠 선생님이 돌아가셨고 내게는 친구도 별로 없었기 때문에 내 사업은 점점 기울기 시작했다. 동업자들이 하고 있던 좋지 않은 관행을 따라 하는 일은 내 양심이 허락하지 않았다. 따라서 아내와 몇몇 친지들과 상의한 끝에 나는 다시 바다로 나가기로 결심했다. 나는 선의로서 연속해서 두 배를 탔고 6년 동안 동인도 제도와 서인도 제도를 여러 차례 항해했다. 돈도 많이 벌었다. 나는 항상 책들을 많이 준비해 갔기 때문에 한가한 시간에는 고대와 현대의 유명 작가들의 책을 읽으며 시간을 보냈다. 그리고 육지에 상륙하면 그곳 사람들의 생활 방식과 성향을 관찰하거나 그들의 언어를 배우는 데 시간을 보냈다. 나는 특히 뛰어난 기억력 덕분에 언어를 배우는 데 특출한 재능이 있었다.

이 여행들 중 마지막 여행에서 별로 운이 좋지 않았기 때문에 나는 바다에 싫증이 났다. 그래서 앞으로는 아내와 가족들과 함께 집에서 머물리라 마음먹었다. 나는 올드 주리에서 페터 레인으로, 다시 그곳에서 와핑으로 이사했다. 그곳에서 선원들을 상대로 개업해 볼까 했지만 별로 재미를 보지 못했다. 곧 상황이 호전되리라는 기대감으로 3년을 허비한 후, 나는 남태평양으로 출항 예정인 앤틸로프 호의 윌리엄 프리차드 선장에게 아주 유리한 제안을 받고 수락했다. 우리는 1699년 5월 4일 브리스톨 항을 떠났다. 처음에는 항해가 아주 순조로웠다.

바다에서의 모험들을 자질구레하게 설명해서 독자분들을 괴롭히는 것은 여러 모로 적절치 않은 일이다. 다만 다음의 사실만 말씀드리면 충분할 것이다. 즉 동인도 제도로 항해하던 도중 강력한 폭풍우를 만나 우리 배가 반 디멘 랜드(태즈메이니아) 북서쪽으로 밀려가 버렸다는 것이다. 관측해 보니 우리가 남위 30도 2분에 있었다. 선원들 중 열두 명이 과도한 노동과 열악한 식사로 사망했고 나머지도 몹시 허약한 상태였다. 그 지역의 여름이 시작되는 11월 5일, 안개가 짙게 낀 날씨에 선원들이 배와 아주 가까이에 있는 암초를 발견했다. 그러나 바람이 너무나도 거세어 우리 배는 그 암초와 정면으로 부딪쳐서 산산조각이 나버렸다. 나를 포함하여 여섯 명의 선원들은 보트를 바다에 내려 간신히 배와 암초로부터 벗어났다. 내 계산으로 우리가 약 15킬로미터쯤 노를 저어 갔는데, 배에서의 힘든 노동으로 이미 녹초가 되어 버린 상태였기 때문에 더 이상 노를 저을 힘도 없었다. 우리는 그냥 파도의 힘에 우리를 맡겨 버렸다.

그런데 반 시간쯤 지나 북쪽에서 불어온 갑작스러운 돌풍으로 보트가 뒤집혀 버렸다. 보트에 탄 동료들과 암초 위로 피했던 동료들, 배에 그냥 남아 있던 동료들이 다들 어떻게 됐는지 알 수가 없었지만, 나는 그들이 모두 실종되어 버렸다고 결론을 내렸다. 나는 내 운명을 하늘에 맡기고 바람과 조수의 도움을 받으면서 헤엄을 쳤다. 종종 다리를 물밑으로 뻗어 봤지만 바닥이 느껴지지 않았다. 하지만 힘이 거의 다 빠져서 더 이상 못 버티겠다고 생각한 순간, 나는 수심이 내 키 정도쯤밖에 안 되는 걸 깨달았다. 마침 폭풍우도 많이 잦아든 상태였다. 바닥의 경사가 아주 완만했기 때문에 나는 여기서부터 해변에 도착할 때까지 1.6킬로미터쯤 걸어갔다. 아마 저녁 여덟 시쯤인 듯했다.

해변에 도착해서도 나는 내륙으로 거의 800미터 정도를 계속 걸어 들어갔다. 하지만 집이나 사람의 흔적을 발견할 수 없었다. 아마 내가 너무나 지쳐 있는 상태였기 때문에 그들을 보지 못했는지도 모른다. 극도로 피곤했고 게다가 더운 날씨와 배를 떠나

기 전에 마셨던 약 반 파인트(0.28리터) 분량의 브랜디의 영향으로 졸음이 쏟아졌다. 나는 아주 짧고 부드러운 잔디 위에 누워서 내가 평생 기억할 수 있는 어떤 잠보다도 더 깊은 잠을 잤다. 따져 보니 아홉 시간 이상을 잔 것 같았다. 왜냐하면 깨었을 때 이미 해가 중천에 떠 있었기 때문이다.

몸을 일으켜 세우려는데 도무지 움직일 수가 없었다. 등을 바닥 쪽으로 하고 일어나려는 순간 나는 내 양팔과 다리가 몸 양쪽 옆 땅바닥에 강력하게 결박되어 있다는 사실을 깨달았다. 길고 숱이 많은 내 머리카락들도 마찬가지 방식으로 땅바닥에 결박되어 있었다. 여러 개의 조그마한 끈들이 겨드랑이에서 대퇴부까지 몸통을 가로지르며 나를 묶고 있었다. 그래서 오직 위쪽만 바라볼 수 있었다. 태양이 이글거렸고 그 빛 때문에 눈이 아팠다. 나는 옆에서 나는 시끄러운 소리를 들었지만 꼼짝 못하고 누워 있는 그 자세로는 하늘밖에 볼 수가 없었다.

얼마 후 나는 살아 있는 생물체가 내 왼쪽 다리를 타고 올라오고 있는 것을 느꼈다. 그것은 내 가슴 위를 부드럽게 이동하여 거의 턱밑까지 다가왔다. 할 수 있는 한 최대로 시선을 내리깔아 쳐다본 순간, 15센티미터*도 채 안 되는 크기의 사람이 보였다. 그는 양손에 활과 화살을 들었고 등에는 화살통을 메고 있었다. 그와 비슷하게 생긴 사람들이 적어도 40명쯤 그의 뒤를 따라 내

* 릴리펏인들과 걸리버의 크기는 대략 1:12 정도의 비율이다. 그러니 이 자가 전형적인 릴리펏인이라면 걸리버의 키는 약 183센티미터쯤 된다.

몸 위로 올라오고 있음을 느꼈다(짐작했다).

나는 너무나 놀라서 큰소리로 비명을 질렀다. 그러자 그들도 혼비백산하여 도망쳤다. 나중에 들은 바에 의하면, 이때 그들 중 몇 명은 내 허리에서 바닥으로 뛰어내리다가 부상을 당했다고 한다. 그러나 그들은 곧 되돌아왔다. 그리고 한 명이 내 얼굴을 모두 볼 수 있는 곳까지 과감하게 다가왔다. 그는 놀랍다는 표현을 하기 위해 양손을 들어올리고 양 눈을 치켜뜬 뒤 날카롭지만 분명한 목소리로 "헤키나 데굴"이라고 소리쳤다. 다른 자들도 똑같은 말을 몇 차례나 반복했지만 나는 무슨 소린지 알아들을 수가 없었다. 독자들도 아시겠지만, 이때도 나는 계속 아주 불편하게 누워 있었다.

몸을 자유롭게 하려고 발버둥치다가, 마침내 나는 다행히 결박하고 있던 끈들을 끊고 내 왼쪽 팔을 땅에 붙들어 맨 말뚝들을 비틀어 빼냈다. 팔을 얼굴 쪽으로 들어올리며 나는 그들의 결박 방법을 알아냈다. 동시에 나는 왼쪽 땅바닥에 내 머리카락을 붙들어 맨 끈들도 힘껏 잡아당겨 조금 헐겁게 만들었다. 물론 굉장히 아팠다. 이렇게 해서 나는 5센티미터쯤 고개를 돌릴 수 있었다. 그러나 그들은 내가 그들을 붙잡으려고 하자 다시 도망쳤다. 아주 날카로운 억양의 엄청난 고함 소리가 들렸다. 이 소리가 잦아들자 누군가 "톨고 포낙"이라고 크게 외쳤다. 그러자 순식간에 백여 발의 화살들이 내 왼손에 쏟아지는 것을 느꼈다. 마치 수많은 바늘들이 찔러 대는 것 같았다. 게다가 그들은 우리 유럽에서 포탄을 쏠 때 하는 것처럼 곧이어 두 번째의 화살들을 하늘로 쏘아 올렸다. 그중 상당수가 내 몸 위에 떨어졌고(물론 느끼지는 못했지만) 몇 개는 얼굴로 떨어졌다. 나는 즉시 왼손으로 얼굴을 막았다.

이런 소나기 같은 화살 공세가 끝나자 너무 괴롭고 아파서 신음 소리가 절로 나왔다. 내가 다시 몸을 자유롭게 하려고 애쓰자 그들은 처음보다 더욱 거센 대규모의 공격을 감행했다. 몇 명은 창으로 내 옆구리를 찔러 대기까지 했다. 다행히도 가죽 조끼를 입고 있었기 때문에 창들이 몸에 박히지는 않았다. 나는 그냥 가만히 있는 게 가장 현명한 방법이라고 생각했다. 밤이 될 때까지 조용히 있다가 이미 자유로워진 왼손을 이용하여 몸을 쉽게 빼내자는 게 내 계획이었다. 그리고 원주민들에 대해 말한다면, 만약 그들 모두가 내가 본 자와 똑같은 크기라면 그들의 최강 군대가 오더라도 나 혼자서 대적할 수 있겠다고 생각했다.

하지만 운명의 여신은 나를 그렇게 처리하지 않았다. 내가 조용히 있자 그들도 더 이상 화살을 쏘지 않았다. 그러나 점점 더 커지는 소음으로 보아 나는 그들의 숫자가 더 늘어난 것을 알았다. 그리고 약 4미터쯤 떨어진 곳에서 내 오른쪽 귀를 통해 한 시간 이상이나 뭔가 뚝딱거리는 소리가 들렸다. 나를 묶고 있는 말뚝들과 끈들이 허용하는 한도 내에서 머리를 그쪽으로 돌려 보니, 지상으로부터 약 45센티미터 정도 높이의 무대가 세워져 있었다. 원주민이 네 명쯤 올라가 있었고, 거기에 오르는 사다리가 두세 개 걸쳐져 있었다.

그곳에서 지위가 가장 높아 보이는 사람이 내게 일장연설을 했다. 하지만 단 한마디도 알아들을 수가 없었다. 그러나 이 고위 인사가 내게 연설을 시작하기 전에 세 차례나 "랑그로 데훌산"이라고 외쳐 댔다는 사실을 빠뜨렸다(이 말과 앞에 나온 말들은 나중에 다시 반복되었고 내게 그 의미가 설명되었다). 이 말을 하자 즉시 50여 명의 원주민들이 내 머리의 왼편을 결박했던 끈들을 잘랐다. 나는 머리를 자유롭게 오른쪽으로 돌릴 수 있었고, 내게 연설하는 사람과 그의 동작을 제대로 볼 수 있었다.

그는 중년의 나이로 보였고 자신을 수행한 나머지 세 사람보다 키가 더 컸다. 수행원 한 명은 시동으로 그의 옷자락을 잡고 있었는데, 내 중지손가락보다 조금 더 컸다. 두 명은 그를 지원하며 양 옆에 서 있었다. 그는 연설가가 보이는 모든 행동을 선보였으니, 여러 차례 위협의 말들을 하면서 약속, 동정, 호의어린 말들도 했다. 이에 나는 매우 순종적인 태도로 몇 마디 하면서, 마치 증인이라도 내

세우는 듯 태양 쪽을 향하여 내 왼손을 들어올리며 양 눈을 치켜 떴다. 배를 떠나오기 전부터 지금까지 여러 시간 동안 단 한입의 음식도 먹지 못했기 때문에 나는 허기로 거의 죽을 지경이었다. 이러한 자연적 욕구가 너무나 강했기 때문에, 나는 도저히 참지 못하고 먹을 것을 원한다는 뜻을 표현했다. 나는 (비록 엄격한 품위의 원칙에는 어긋나지만) 계속해서 손가락을 입 안으로 넣었다. 후르고(나중에 알았지만 그들은 고위 인사를 이렇게 불렀다)는 내 의도를 아주 잘 이해했다. 그는 무대에서 내려가 내 양 옆구리 쪽으로 여러 개의 사다리들을 설치하라고 명령했다. 그 위로 백 명 이상의 원주민들이 올라와 내 입 쪽으로 다가왔다. 모두 고기로 가득 찬 바구니를 메고 있었다. 아마 나에 대한 소식을 처음 듣고 국왕이 명령해서 준비해 온 음식물 같았다. 나는 바구니 안에 여러 동물의 고기가 들어 있는 것은 알았지만, 맛으로는 잘 판별할 수가 없었다. 양고기의 어깨살, 다리살, 허리살과 비슷한 고기들도 있었고, 아주 잘 요리됐지만 종달새 날개 부위보다도 더 작은 고기들도 있었다.

나는 한입에 두세 바구니씩 집어삼켰다. 또 소총 탄환 크기만 한 빵 조각들을 한 번에 세 개씩 먹었다. 이들은 가능한 한 신속하게 내게 음식물을 공급했으며, 내가 먹어대는 음식의 양과 엄청난 식욕을 보며 천 번도 넘게 경탄의 표현들을 해댔다. 그러고 나서 나는 마실 것이 필요하다는 손짓을 했다. 그들은 내가 음식을 먹는 모습을 보고 적은 양으로는 어림도 없겠다고 생각했다.

또 그들은 아주 영리하기도 해서, 그들 나라에서 가장 큰 나무통을 구해 와 매우 솜씨 좋게 매달아 올렸고, 그것을 내 손 쪽으로 굴려 온 후 뚜껑을 따주었다. 나는 그것을 한 번에 다 마셔 버렸다. 그도 그럴 것이, 그 안에는 겨우 반 파인트(0.28리터)도 안 되는 양의 액체가 들어 있었기 때문이다. 부르고뉴 산 포도주 맛이 났지만 훨씬 더 맛있었다. 그들이 내게 두 번째 통을 가져왔고, 나는 그걸 똑같은 방식으로 마셔 버렸다. 그리고 더 달라는 손짓을 했지만 이제 남은 게 없었다.

내가 이 놀라운 식사를 다 끝마치자 그들은 기뻐서 탄성을 내지르며 내 가슴 위에서 춤을 추었고 처음에 그랬던 것처럼 "헤키나 데굴"이란 말을 반복했다. 그들은 내게 두 개의 나무통을 밑으로 던지라는 신호를 보냈다. 하지만 먼저 아래쪽 사람들에게 "보라크 미보라"라고 크게 외쳐서 비켜서라는 경고를 했다. 통들이 허공으로 떨어지는 모습을 보자 모두 한목소리로 "헤키나 데굴"이라고 소리쳤다.

그들이 내 몸 위로 올라와 이리저리 움직여 다니는 동안 내 팔의 사정거리 안에 들어온 녀석들을 40~50명쯤 붙잡아 땅바닥에 패대기쳐 버리고 싶은 욕망이 몇 차례나 일었음을 고백해야겠다. 하지만 앞서 느꼈던 고통에 대한 기억(그게 그들이 내게 가할 수 있었던 최악의 고통은 아닌 것 같았다)과, 내가 그들에게 했던 명예로운 약속(나는 내가 보였던 굴종적인 행동을 그렇게 해석했다) 이 그런 욕망을 즉시 사라지게 만들었다. 게다가 너무나도 많은 비용이 드는 일이었을 텐데 그토록 훌륭하게 나를 대접해 준 이 사람들의 환대에 내가 빚을 지고 있다는 생각도 들었다.

하지만 내 한쪽 팔이 자유로운 상태인데도 과감히 내 몸 위로 기어올라와 걸어다닌 이 소인들의 두려움 없는 용기에는 아무리 많은 놀라움을 표시해도 모자랄 것 같았다. 그들은 틀림없이 너무나도 거대해 보였을 내 모습을 보고도 전혀 두려워하지 않았다.

얼마 후 내가 더 이상 고기를 원하지 않는다는 것을 알고 난 후, 그들의 황제 폐하가 보낸 고관이 내 앞에 나타났다. 그는 내 오른쪽 다리를 타고 올라와 얼굴 근처까지 왔다. 수행원 십여 명도 함께였다. 그는 옥새가 찍힌 신임장을 내 눈앞에 가까이 들이밀어 보이더니 10여 분간 말을 했다. 화를 내진 않았지만 단호한 어조였다. 그는 종종 앞쪽을 가리켰는데, 나중에 알게 됐지만, 그것은 거기서 약 800미터쯤 떨어진 그들의 수도가 있는 방향이었다. 각료 회의에서 황제가 나를 그곳으로 운반해 오는 일에 동의했다는 것이다.

나는 몇 마디 대답을 했지만 아무런 소용이 없었다. 나는 풀려 있는 손을 아직 묶여 있는 다른 손과 머리, 몸통에 갖다 대며 자유를 원한다는 의미의 몸짓을 해 보였다. 그는 내 의도를 충분히 이해한 것 같았다. 왜냐하면 거절의 표시로 자신의 머리를 흔들었기 때문이다. 그는 내가 포로로 압송될 것이라고 알려주듯이 자신의 손을 포개 보였다. 하지만 그는 내가 고기와 마실 것은 충분히 먹을 수 있으며 대접을 아주 잘 받게 될 것이라고 이해시키는 다른 동작도 보였다.

이에 대해 나는 다시 한 번 스스로 결박을 풀어 버리고 싶은 생각이 들었다. 하지만 이번에도 내 얼굴과 양손에 쏟아지던 화살들의 따끔거리는 고통이 생각났다. 그 자국들에 온통 물집이 잡혀 있었고 아직도 많은 화살들이 박혀 있었다. 적병의 숫자도 갈수록 많아지는 것이 보였다. 나는 그들이 원하는 대로 나를 처리하라는 신호를 해 보였다. 이를 보고 후르고와 수행원들은 아주 공손하고 기쁜 안색을 짓고 물러났다.

얼마 후 나는 "페프롬 세란"이라고 반복해서 질러대는 고함소리를 들었다. 내 왼편에 있던 많은 사람들이 나를 묶었던 밧줄들을 어느 정도 풀어 주었기 때문에 나는 오른쪽으로 돌아누울 수 있었고, 이를 이용하여 편안하게 소변을 볼 수 있었다. 그들이 엄청난 소변 양에 무척 놀란 것 같았다. 앞서 그들은 내 몸짓을 보고 무슨 일이 일어날지 짐작하고는 즉시 오른편과 왼편으로 나누어져 길을 터놓았다. 굉음을 내며 맹렬하게 쏟아져 내리는 급류와도 같은 내 소변 줄기를 피하기 위해서였다. 또한 이 일이 있기 전에 그들은 내 얼굴과 양손에 아주 향이 좋은 연고를 발라 주었다. 그러자 몇 분만에 화살들로 인한 통증이 다 없어졌다. 이런 모든 일들을 해결하고 맛있게 먹고 마셔서 원기를 회복해서인지, 나는 다시 잠들었다. 나중에 확인한 바이지만, 여덟 시간 가량이나 잤다. 하지만 이것은 전혀 이상한 일이 아니었다.

황제의 명령으로 의사들이 내가 마신 술통에 수면제를 섞었던 것이다.

내가 이 섬에 도착하여 잠든 상태로 발견된 처음 순간부터 이곳의 황제는 지급至急으로 소식을 통보받아 이미 나에 대해 잘 알고 있었다. 황제는 각료회의를 열어 앞서 말한 방식으로 나를 결박하고(내가 잠들어 있던 밤 시간에), 많은 고기와 술을 내게 보내고, 나를 수도로 압송해 올 장치를 준비하도록 결정했다.

이런 결정은 매우 대담하고 위험한 일처럼 보일지도 모른다. 아마 유럽의 다른 군주가 이런 일을 당했다면, 누구도 이런 대담한 결정을 흉내내지 못했을 것이라고 나는 확신한다. 어쨌든 그의 이런 결정은 매우 사려 깊고 너그러운 처사였다. 만약 이자들이 내가 잠들어 있는 동안 창과 화살로 죽이려고 했다면, 최초의 통증으로 인해 분명히 나는 잠에서 깨어났을 테고 크게 분노해서 온 힘을 다해 나를 묶어둔 결박을 풀어 버렸을 것이기 때문이다. 그랬다면 그들의 저항은 불가능했을 것이고 나로부터 어떠한 자비도 기대할 수 없었을 것이다.

그들은 매우 뛰어난 수학자들이었다. 그들은 학문의 수호자로 유명했던 황제의 후원과 장려에 힘입어 역학 분야에서 위대한 성취를 이룩했다. 이 군주는 나무나 기타 육중한 물체들을 운반하기 위하여 바퀴를 장착한 운반 장치들을 여러 개 가지고 있었다. 그는 종종 목재가 자라나는 숲 속 현장에서 대형 군함(길이가 약 3미터나 되는 것도 있었다)을 직접 제작하여 앞서의 운반

장치들에 싣고 약 300~400미터나 떨어진 바다까지 운반하도록 시켰다.

황제는 500여 명의 목수들과 기술자들을 동원하여 자신들이 소유할 가장 거대한 운반용 수레를 제작하기 위한 준비 작업을 즉시 착수시켰다. 높이가 땅에서부터 약 8센티미터에, 길이는 2미터가 넘고, 폭도 1.미터가 훌쩍 넘으며, 22개의 바퀴로 움직이는 수레였다. 내가 들었던 고함 소리는 내가 이곳에 상륙한 지 네 시간 만에 제작이 시작된 것으로 보이는 이 대형 수레가 완성되어 도착하자 사람들이 내지른 탄성이었다. 수레가 누워 있는 나와 평행하게 놓여졌다. 그러나 수레 위에 나를 올리고 눕히는 일이 가장 큰 어려움이었다. 다시 30센티미터 정도 높이의 장대 기둥이 여덟 개 세워졌고, 짐 꾸리는 노끈 정도 굵기의 매우 튼튼한 밧줄들이 고리들을 이용해 붕대들에 연결되었다. 기술자들이 동원되어 내 목과 양손, 몸통, 다리에 붕대들을 휘감아 놓은 상태였다. 그리고 가장 힘센 사람들 900명이 동원되어 장대 기둥에 고정한 수많은 도르래를 이용하여 이 밧줄들을 잡아끌었다. 이런 식으로 작업을 진행한 지 세 시간도 안 되어 내 몸은 수레 위로 들어올려졌다. 그리고 거기에 단단히 묶였다.

그런데 이런 작업 진행 상황은 모두 나중에 들었다. 작업이 진행되는 동안 나는 술에 들어 있던 수면제의 약효로 인해 깊은 잠에 빠져 있었기 때문이다. 키가 12센티미터나 되는 황제 소유의 가장 튼튼한 말들이 수도까지 나를 끌고 가는 데 동원되었다. 그

거리는 앞서 말한 대로 800미터쯤 됐다.

여행을 시작한 지 네 시간쯤 지나서야 나는 무척 재미있는 사건 때문에 잠에서 깨어났다. 수레의 어딘가가 고장나서 수리하려고 잠시 멈춘 사이, 젊은이 두세 명이 잠들어 있는 내 모습을 보고 싶은 호기심에 수레 위로 기어올라와 조용히 내 얼굴 쪽으로 다가왔던 것이다. 경비대 장교였던 한 녀석이 자신의 뾰족한 단검 끝을 내 왼쪽 콧구멍 깊숙이 집어넣었는데, 그게 지푸라기처럼 내 코를 간지럽혀서 세차게 재채기를 하지 않을 수 없었던

것이다.

우리는 그날 내내 오래도록 행진을 했고, 그날 밤은 야영을 했다. 내 양 옆에서 경비대원 500여 명이 보초를 섰다. 절반은 횃불을 들었고 절반은 화살을 든 채, 내가 만약 움직이면 쏠 태세를 갖추고 있었다. 그다음 날 아침 동틀 무렵 다시 행진이 시작되었고, 정오 무렵에 비로소 수도의 성문으로부터 200미터쯤 떨어진 지점에 도착했다. 황제와 그의 신하들 전원이 그곳까지 친히 우리를 맞이하러 나왔다. 그러나 고관들은 자신들의 황제 폐하가 몸소 내 몸 위로 오르는 위험한 일을 절대로 허용하지 않았다.

수레가 멈춰 선 곳에는 왕국 전체에서 가장 오래된 사원이 있었다. 이 사원은 몇년 전에 불미스러운 살해 사건이 일어나서, 더럽혀진 불경스러운 사원으로 간주되어 일상적인 용도로 사용되고 있었으며, 모든 장식들과 비품들도 다 치워진 상태였다. 바로 이 사원 건물이 나의 거처로 결정되었다. 북쪽으로 난 대문은 높이가 약 1.2미터에 폭도 거의 60센티미터나 되었다. 이 문을 통하여 나는 안으로 기어들어갈 수 있었다. 이 문의 양 옆으로 땅에서 15센티쯤 되는 높이에 조그만 창문이 나 있었다. 왼쪽 창문으로 왕실 대장장이들이 유럽의 숙녀용 시계에 매달린 금줄처럼 생긴 쇠사슬을 91개 제작해서 집어넣은 후, 그걸 내 왼쪽 다리에 연결하고 36개의 맹꽁이 자물쇠들로 잠갔다.

이 사원의 맞은편, 즉 큰길 반대편으로 6미터쯤 떨어진 곳에 높이가 1.5미터쯤 되는 망루가 서 있었다. 내가 직접 본 것은 아니지만 나중에 들은 바에 의하면, 바로 이 망루에 황제와 궁정의 많은 귀족들이 올라와 나를 관찰했다고 한다. 또 수도의 주민들도 10만 명이 넘게 나를 구경하겠다고 몰려든 것으로 추산되었다. 경비대원들의 제지에도 불구하고 수 차례에 걸쳐 사다리들을 타고 내 몸 위로 올라온 사람들도 만 명이 넘었을 것이다. 그러나 곧 이런 일이 금지되었고, 이를 어기는 자는 사형죄로 다스린다는 포고령이 발표되었다.

장인들은 내가 스스로 결박을 푸는 일이 불가능하다고 판단되자 나를 묶었던 모든 밧줄들을 끊었다. 나는 내 평생 가장 우울한 기분 상태로 일어섰다. 일어나 걷는 내 모습을 본 이곳 사람들의 경탄과 놀라움의 비명 소리는 말로 다 표현할 수 없을 정도였다. 내 왼쪽 다리를 묶은 쇠사슬들은 길이가 2미터쯤 됐기 때문에 반원형을 그리며 앞뒤로 걸어다닐 수 있는 자유가 겨우 생겼다. 뿐만 아니라 문에서 10센티미터쯤 떨어진 곳에 고정되어 있었기 때문에 나는 사원 안으로 기어들어가 몸을 쭉 뻗고 길게 누울 수 있었다.

제2장

릴리펏의 황제가 귀족 몇 명의 시중을 받으며 결박 상태의 저자를 보러 온다. 황제의 외모와 의복이 묘사된다. 저자에게 언어를 교육시킬 학자들이 임명된다. 온순한 성품으로 인하여 저자가 호의적인 대접을 받는다. 저자의 호주머니들이 검사되고 그로부터 칼과 권총이 압수된다.

일어날 수 있게 되자 나는 주변을 둘러보았다. 고백하건대, 나는 이보다 더 아름다운 경치를 본 적이 없었다. 나라 전체가 마치 정원으로 계속 이어져 있는 것 같았다. 대개 사방 12미터 길이 정방형 모양의 들판들이 꽃밭처럼 흩어져 있었고, 그 사이에 600평 정도 면적의 숲들이 점점이 박혀 있었다. 내 판단으로는 가장 큰 나무들이 2미터쯤 되어 보였다. 도시의 왼편을 바라보니 마치 극장에 그려진 도시 배경그림 같았다.

나는 꽤 오랫동안 생리적 욕구 때문에 몹시 불편했었다. 그도 그럴 것이 마지막으로 배설을 한 지 거의 이틀이나 지났기 때문이었다. 나는 다급한 마음과 부끄러운 마음으로 곤혹스러운 상태에 빠졌다. 내가 생각해 낼 수 있는 유일한 최선의 방법은 집

안으로 기어들어가 해결하는 것이었고, 결국은 그렇게 했다. 문을 닫은 후 나는 그 불편한 짐을 몸에서 덜어냈다. 하지만 내가 이런 지저분한 행동을 한 것은 이때가 유일하다. 독자분들이 내가 처했던 상황과 곤란한 처지를 성숙한 마음으로 공정하게 고려하여 정상참작을 해주기를 바라 마지않는다.

이후로 나는 아침에 일어나자마자 쇠사슬이 닿는 한 최대한으로 몸을 밖으로 뻗어 용변을 처리하는 것을 일과로 삼았다. 그리고 매일 아침 사람들이 모이기 전에 그 불편한 덩어리에 적절한 조치가 취해졌다. 담당 하인 두 명이 바퀴 달린 수레에 싣고 가는 것이다. 세상 사람들에게 청결과 관련하여 내 성격을 증명하는 일이 필요하다고 생각하지 않았더라면, 나는 얼핏 보기에 별로 중요해 보이지 않는 이 상황을 이렇게 자세히 언급하지는 않았을 것이다. 나는 나를 비방하는 자들 몇몇이 이 일이나 기타 다른 일들을 트집 잡아 내 청결 의식에 의문을 제기하고 있다는 이야기를 듣고 있다.

이 긴박한 용무가 해결되자, 나는 맑은 공기를 쐬기 위해 집 밖으로 나왔다. 황제는 벌써 망루에서 내려와 말을 타고 내게 오는 중이었다. 하지만 그는 하마터면 큰 대가를 치를 뻔했다. 왜냐하면 그가 탄 말이, 비록 아주 잘 훈련된 명마였지만, 산만 한 물체가 자신의 앞에서 움직이는 낯선 광경에 놀라서 뒷발을 내딛으며 솟구쳐 올랐기 때문이다. 다행히 탁월한 기수였던 황제가 끝까지 안장에 앉아 있었고, 수행원들이 달려와 고삐를 잡은 후에야 말에서 내렸다.

말에서 내린 후 황제는 대단히 놀라는 기색으로 나를 이리저리 살폈다. 하지만 그는 내 쇠사슬의 반경 바깥에 머물렀다. 그는 이미 대기하고 있던 요리사들과 궁내 주류 관리인들에게 내게 먹을 것과 마실 것을 주라고 명령했다. 그들이 음식물들을 바퀴 달린 수레에 싣고 와 내 팔이 닿는 곳에 두었다. 나는 이 수레들을 들어 이내 말끔히 비웠다. 스무 대는 고기들로, 열 대는 술로 가득 차 있었다. 그리고 고기가 담긴 수레는 각각 내가 두세 입에 먹을 만한 양을 담고 있었다. 나는 술도 모조리 마셨다. 수레마다 술들이 토기 병들에 담겨져 있어 한 번에 다 마실 수 있었고, 모든 수레가 마찬가지였다.

황후와 어린 황태자, 공주들은 많은 시녀들의 시중을 받으며 좀 떨어진 자신들의 의자에 앉아 있었다. 그러나 황제의 말이 일으켰던 소동 때문에 모두 일어나 황제 근처로 가까이 다가왔다. 황제의 외모는 다음과 같았다. 그는 황실의 어느 누구보다 거의 내 손가락 한 마디만큼 키가 더 컸다. 그 사실 하나만으로도 그를 바라보는 사람들에게 두려움을 불러일으키기에 충분했다. 얼굴 생김새는 강인하고 남성다웠으며, 오스트리아 사람 같은 입술과 코를 가졌다. 안색은 올리브빛이었고 눈동자가 선명했다. 몸통과 사지는 균형이 잘 잡혀 있으며, 동작에 기품이 있고 태도도 당당했다.* 그는 나이가 28세 9개월로 한창 전성기를 막 지나고 있는 상태였으며, 승리와 태평성대를 누리며 나라를 통치한

지 7년째가 되어가고 있었다. 나는 그를 좀더 자세히 관찰하려고 옆으로 돌아누웠다. 내 얼굴과 그의 얼굴이 평행 상태를 이루었지만 3미터나 떨어져 있었다.

그러나 이후 나는 그를 여러 차례 내 손 위에 모실 기회가 있었기 때문에 그에 대한 나의 묘사에는 틀림이 있을 수 없다. 의복은 아시아와 유럽 패션의 중간쯤 되는 스타일로 매우 소박하고 단순했다. 하지만 머리에는 보석들로 장식되고 깃털이 달린 가벼운 황금관을 쓰고 있었다. 그는 혹시라도 나를 묶은 결박이 풀어지는 경우를 대비해서 호신용으로 손에 칼을 빼어 들고 있었다. 그의 칼은 길이가 약 8센티미터가량 되고, 칼자루와 칼집이 다이아몬드가 풍성히 박힌 황금으로 되어 있었다. 음성은 날카롭지만 매우 분명하고 명료해서 내가 일어섰을 때에도 뚜렷이 들릴 정도였다.

숙녀분들과 황족들도 거의 모두 화려하게 입고 있어서 그들이 서 있는 곳은 마치 금과 은으로 장식된 페티코트가 땅바닥에 펼쳐져 있는 것처럼 보였다. 황제 폐하는 내게 종종 질문을 했고 나도 대답을 했지만 양쪽 모두 단 한마디도 알아들을 수가 없었다. 마침 주변에 그 나라 성직자들과 법률가들이 있어서(복장으로 짐작컨대) 나와 대화를 해보라는 명령이 내려졌다. 나는 고지 네덜란드어, 저지 네덜란드어, 라틴어, 불어, 스페인어, 이탈리아

* 이 황제는 영국 왕 조지 1세(재임 1714년~1727년)를 지칭한다. 조지 1세가 실제로는 심술궂고 매력 없는 용모를 지녔다고 알려져 있으니, 아이러니가 느껴진다.

어, 프랑크어 등 내가 조금이라도 아는 언어를 모두 말해 봤지만 아무런 소용이 없었다.

두 시간 후 황실 사람들이 모두 물러갔다. 내게는 군중들의 무례와 악의를 막기 위하여 강력한 경비대가 붙여졌다. 군중들은 가능한 한 내 주변으로 가까이 다가서려고 안달했다. 몇몇은 내가 대문 앞에 앉아 있을 때 대담하게 내게 화살까지 쏘아 댔다. 화살 하나가 왼쪽 눈을 거의 스쳤던 적도 있었다.

그러자 경비대 책임자인 대령이 화살을 쏜 주모자 여섯 명을 체포하라고 명령했다. 그는 이들을 나에게 데려다 주는 것보다 더 좋은 징벌은 없다고 생각했다. 부하 병사들이 잘못을 저지른 녀석들을 붙잡아 창 끝으로 내 팔이 닿는 곳까지 몰아 주었다. 나는 오른손으로 녀석들을 붙잡아서 그중 다섯 명을 외투 호주머니에 집어넣었다. 그리고 남아 있는 여섯 번째 녀석에게 마치 산 채로 잡아먹을 듯한 표정을 지어 보였다. 불쌍한 이 녀석은 끔찍한 비명을 내질렀다. 대령과 그의 부하 병사들은 특히 내가 주머니칼을 꺼내는 것을 보고 몹시 걱정스러워 했다. 그러나 나는 곧 그들의 두려움을 해소시켜 주었다. 유순한 표정을 지으며 그 칼로 녀석을 묶고 있던 줄을 끊어 준 것이다. 그는 내가 살며시 땅에 내려놓자마자 줄행랑쳤다. 나는 나머지 녀석들도 한 명씩 주머니에서 꺼내어 똑같이 처리했다. 군인들과 군중들 모두 나의 이런 너그러운 처사에 몹시 고마워했다. 이 소식은 내게 아주 유리하게도 왕실까지 전달되었다.

밤이 되면 나는 집 안으로 들어가 맨바닥에 누워서 잤다. 대략 2주 정도 이렇게 지냈다. 그 동안 황제의 명령으로 나를 위한 침대가 만들어지고 있었다. 보통 크기의 침대 600개가 수레들에 실려 들어와 집 안에서 조립되었다. 일단 150개로 내가 사용할 침대 크기로 바닥을 만들었고, 그 위에 450개를 3층으로 쌓아서 커다란 하나의 침대로 만든 것이다. 덕분에 맨바닥의 딱딱한 돌들로부터는 벗어났지만, 이 침대도 맨바닥과 큰 차이는 없었다. 그들은 똑같은 계산법으로 시트, 담요, 이불도 제공했다. 나처럼 오랫동안 고생에 이력이 나 있던 사람에게는 충분히 견딜 만한 침구들이었다.

나의 도착 소식이 온 나라에 알려지자 수많은 부자들과 한가한 사람들, 호기심 많은 사람들이 나를 보러 몰려들었다. 황제 폐하가 칙령과 포고령들을 발표해서 이런 불편한 사태에 대비하지 않았더라면, 분명히 온 나라의 마을들이 텅 비고 농사나 가사일이 게을리 운영되는 결과가 빚어졌을 것이다. 나를 한 번 본 사람들은 집으로 돌아가야 했고, 조정의 허가 없이는 내 집으로부터 한 50미터 이내로 접근하는 것이 불가능했다. 그리고 이런 식으로 대신들은 엄청난 입장료를 벌어들였다.

한편 이런 와중에 황제는 나를 어떻게 처리할지 논의하는 각료 회의를 여러 차례 소집했다. 나중에 나는 국가의 비밀을 누구보다도 많이 알고 있던 절친한 고위직 친구를 통해, 이 나라 조정이 나 때문에 많은 어려움을 겪고 있음을 알게 되었다. 그들은 내 결박이 풀어질까 걱정했고, 내 식사 조달에 너무 많은 비용이 들어가 국가에 기근이 초래될까 걱정했다. 그들은 몇 번이나 나를 굶겨 죽이거나 독화살을 얼굴과 손에 쏘아 독살하는 결정을 내리려 했다고 한다. 그러나 나처럼 큰 몸집의 시신이 부패하면 그 악취가 도시 전체에 전염병을 창궐시키고 더 나아가 전국으로 확산될 수도 있다는 염려 때문에 재고했다고 한다.

이런 회의를 하고 있는 도중에 군대의 장교들 몇 명이 각료 회의실을 찾아왔다. 입장이 허용된 장교 두 명이 여섯 죄인에게 보여준 나의 너그러운 행동을 보고했고, 이 일이 황제와 전체 각료 대신들의 마음에 나에 대해 아주 좋은 인상을 심어 주었다. 즉각 황제가 칙령을 내려서 수도 주변 약 50미터 반경의 모든 마을들에 다음과 같은 의무를 부과했다. 매일 아침 내가 먹을 양식으로 벌통 여섯 개, 양 40마리, 기타 부식, 상당량의 빵, 포도주, 기타 주류들을 가져오라는 것이었다. 물론 황제는 적절한 값을 지불하라고 재무성에 지시했다. 황제는 주로 자신의 사유지를 근거로 생활했고, 아주 위급한 상황이 아니면 신하들에게 세금을 징발하는 경우가 좀처럼 없었다. 국민들이 그를 수행하여 전쟁에 나설 때는 각자 자신들의 비용으로 준비해야 했기 때문이었다.

내 가사일을 시중 들기 위하여 600여 명의 하인들로 구성된 부서가 만들어졌다. 이들은 숙식비를 지급받았고, 내 집의 양쪽에 편리하게 텐트를 치고 살았다. 300명의 양복업자들에게 그 나라의 유행에 맞춰 내게 양복을 지어 주라는 명령이 내려졌다. 또한 그 나라의 가장 위대한 학자들에게는 내게 언어를 교육시키라는 명령이 내려졌다. 끝으로, 황제와 귀족의 말들과 경비 부대의 군마들이 내게 적응하도록 내 앞에서 군사 훈련을 시행하라는 명령도 내려졌다.

이런 모든 명령들이 즉각 시행되었다. 3주쯤 지나자 나는 그들의 언어를 배우는 일에 큰 진척을 보였다. 그동안 영광스럽게도 황제가 빈번히 나를 방문했고 나를 가르치는 선생들을 흔쾌히 거들었다. 우리는 이미 어느 정도의 대화를 나누기 시작했다. 내가 가장 처음 배운 말은 '제발 내게 자유를 달라'는 소망을 표현하는 말이었다. 나는 날마다 그에게 무릎을 꿇고 이 말을 반복했다. 이에 대해 내가 이해하는 한도 내에서 그가 한 대답은, 그 일은 각료 회의의 결정 없이는 생각할 수 없는 사항이며 시간이 해결해 줄 것이라는 거였다. 그리고 내가 먼저 "루모스 켈민 페소 데르마르 론 엠포소," 즉, 그와 그의 나라에 대해 평화의 맹세를 해야 한다는 것이었다. 그는 호의적인 대접을 받으려면 먼저 인내심과 신중한 행동을 보임으로써 자신과 신하들의 좋은 평판을 확보하라고 조언했다.

그는 또한, 담당 관리에게 나의 몸수색을 명령해도 기분 나쁘게 받아들이지 말 것을 당부했다. 혹시 내가 무기들을 지니고 있다면 내 거대한 몸 크기로 보아 분명히 매우 위험한 무기들이기 때문이라는 것이다. 나는 그 점에 대해서는 그가 만족할 것이라고 말하며, 기꺼이 옷을 벗고 호주머니들을 다 뒤집어 보이겠다고 했다. 나는 이런 내용을 말과 행동 모두를 통해서 전달했다.

그는 다시 이렇게 대답했다. 내가 관리들에게 몸수색을 받는 것은 국법에 따라 꼭 행해져야 하는 일이지만 내 동의와 도움이 없이는 실행될 수 없으며, 내 너그러운 성품과 정의감을 높이 평가하므로 내 손에 관리들을 올려놓아도 별일 없을 거라고 신뢰해서 이 일을 시행하는 것이고, 내게서 무슨 물건을 압수하든 내가 혹 나라를 떠나게 되면 반드시 되돌려주거나 구입시의 비용을 추산하여 지불한다는 것이다.

나는 두 명의 관리를 손으로 들어서 외투 주머니 속에 집어넣었다. 그러고 나서 차례로 다른 주머니들에도 집어넣었다. 하지만 시계 주머니 두 개와, 절대로 수색당하고 싶지 않은 비밀 주머니는 몰래 제외했다. 여기에는 나 말고는 누구에게도 필요 없는 사소한 필수품들이 들어 있었다. 첫 번째 시계 주머니에는 은시계가, 두 번째 시계 주머니에는 약간의 금이 든 지갑이 있었다. 두 조사관은 펜과 잉크, 종이를 가져와 자신들이 본 모든 것들을 정확하게 목록으로 만들어 기록했다. 모든 수색을 마치자 그들은 그 목록을 황제에게 제출하기 위해 자신들을 다시 내려달라고 했다. 나는 이 목록을 나중에 영어로 번역했는데, 내용을 단어 그대로 살펴보면 다음과 같다.

우선 이 거대한 인간산(이들이 나에게 붙인 '퀸부스 프레스트린' 이라는 호칭을 이렇게 번역했다)의 외투 오른쪽 주머니에서 우리는 폐하의 의전실 바닥보로 쓰기에 충분할 정도로 큰 천 조각을 발견했습니다. 왼쪽 주머니에서는 뚜껑이 달린 은 상자를 보았는데, 우리들이 들어올릴 수 없어서 그걸 열어 달라고 요청했습니다. 우리 중 하나가 그 안에 들어갔는데, 그만 먼지 구덩이 속에 다리 중간 부분까지 빠져 버렸습니다. 먼지 중 일부가 우리 얼굴로 날아올라서 둘 다 수 차례 심하게 기침을 했습니다.

조끼 오른쪽 주머니에는, 우리 세 사람 정도를 모아 놓은 크기에 튼튼한 끈으로 함께 묶여 있으며, 차례로 겹쳐져 있는 희고 얇은 물체들의 거대한 뭉치를 발견했습니다. 그리고 그것에는 검정색 형상들이 표기되어 있었습니다. 우리는 그것이 글자가 아닌지 겸허하게 생각했습니다. 글자 하나의 크기가 거의 우리 손바닥 절반만 했습니다.

조끼 왼쪽 주머니에는 어떤 기구가 있었는데, 그 중심축에는 마치 폐하의 궁정 앞에 있는 말뚝 울타리같이 생긴 스무 개의 긴 막대들이 뻗어 나와 있었습니다. 우리는 인간산이 머리를 빗을 때 쓰는 물건이라고 짐작했습니다. 우리는 그에게 자꾸 질문해서 귀찮게 하지 않았습니다. 우리의 말을 그에게 이해시키는 것이 매우 어려웠기 때문입니다.

그의 중간 덮개 옷('란푸로'라는 말을 이렇게 번역했다. 아마 내 바지를 의미하는 것일 게다) 오른쪽 큰 주머니에서 우리는 기둥보다 더 큰 튼튼한 목재에 고정되어 있고, 사람 키만 한 크기의 속이 텅빈 쇠막대를 발견했습니다. 막대의 한쪽 면에는 이상한 형상들이 조각된 거대한 쇳조각들이 불쑥 나와 있었습니다. 무엇을 하는 것인지 알 수 없었습니다.

중간 덮개 옷 왼쪽 주머니에도 똑같은 종류의 물체가 있었습니다. 오른쪽 좀더 작은 주머니 안에는 둥글고 납작한 모양의 다양한 크기의 흰색, 붉은색 조각들이 여러 개 들어 있었습니다. 은으로 보이는 흰색 조각들은 너무 크고 무거워서 동료 조사관과 내가 들지도 못할 정도였습니다.

왼쪽의 작은 주머니에는 불규칙한 모양의 거대한 검정색 막대기둥이 두 개 있었습니다. 주머니 바닥에 섰을 때 애를 써야 우리의 팔이 꼭대기에 닿을 정도였습니다. 하나는 뚜껑이 있고 한 가지 재료로 만들어진 듯했고, 다른 하나는 기둥의 맨 꼭대기에 우리 머리보다 두 배쯤 큰 희고 둥근 물체가 보였습니다. 막대 기둥 안에 거대한 강철판이 숨겨진 것 같아서 우리는 그에게 이것들을 꺼내 보라고 명령했습니다. 아주 위험한 장치들인지도 모른다는 걱정이 들었기 때문입니다. 그는 철판들을 케이스에서 꺼내더니, 자기 나라에서 하나는 수염을 깎는 데 쓰고 다른 하나는 고기를 자르는 데 쓰는 게 관행이라고 설명했습니다.

우리가 들어갈 수 없었던 주머니도 두 개 있었습니다. 그는 시계 주머니라고 말했습니다. 그의 중간 덮개 옷 상층부에 길게 벤 자국처럼 생겼는데, 그의 배의 압력 때문에 꽉 압착되어 있는 상태였습니다. 오른쪽 시계 주머니에는 은으로 만든 거대한 줄이 있는데 아래쪽 끝에는 놀라운 기계 장치가 달려 있었습니다. 우리는 그에게 줄 끝에 달린 장치를 꺼내 보이라고 지시했습니다. 반은 은이고 반은 투명한 금속으로 된 구형 물체로 보였습니다. 투명한 쪽을 통하여 우리는 둥그렇게 그려진 이상한 글자들을 보았습니다. 우리는 그걸 만질수 있다고 생각하고 손을 뻗어 봤지만 손가락 끝이 그 투명한 물체에 닿아서 만질 수 없다는 사실을 깨달았습니다. 그가 이 기계 장치를 우리 귀에 대자 마치 물레방아에서 나는 것과 비슷한 소리가 났습니다. 우리는 그것이 우리가 모르는 어떤 미지의 동물이거나, 그가 모시는 신이라고 짐작했습니다. 후자 쪽으로 의견이 더 기울었습니다. 왜냐하면

그 자신이 무슨 일을 할 때 반드시 이 기계 장치에 의존한다는 것을 우리에게 확인시켜 주었기 때문입니다(그의 표현이 매우 불완전해서 우리가 그의 말을 제대로 이해했는지 모르겠습니다). 그는 그것을 자신의 '신탁神託'이라고 불렀으며 자기 삶의 모든 일들의 시간을 알려 준다고 말했습니다.

왼쪽 시계 주머니에서 그는 거의 어부가 써도 될 정도로 큰 그물망을 꺼냈습니다. 그러나 그는 그걸 마치 지갑처럼 여닫았습니다. 지갑 용도로 쓰이는 물건 같았습니다. 그 안에는 여러 개의 육중한 노란색 금속 조각들이 있었는데, 그것들이 진짜 금이라면 어마어마한 가치를 지니고 있음이 틀림없을 겁니다.

폐하의 명을 받들어 우리는 이상과 같이 그의 주머니들을 부지런히 수색했습니다. 또한 그의 허리에서 어떤 거대한 동물의 가죽으로 만들어진 혁대를 관찰했습니다. 혁대의 왼쪽에 다섯 사람의 키를 합친 정도 길이의 칼이 매달려 있었습니다. 오른쪽에는 두 개의 방으로 나뉘어진 작은 주머니가 달려 있었는데 각 방은 폐하의 신하 세 명은 들어갈 수 있는 크기였습니다. 하나에는 몹시 무거운 금속으로 만들어진, 우리들 머리 크기만 한 구형 물체(혹은 구슬)가 여러 개 들어 있었습니다. 그것들을 들려면 아주 힘이 센 손이 필요했을 겁니다. 다른 방에는 검정색 알갱이들이 들어 있었습니다. 이 알갱이들은 크지도 않고 무겁지도 않아서 우리들 손바닥에 50여 개쯤 올려놓을 수 있었습니다.

이상이 우리가 인간산의 몸을 수색하며 발견한 사실들의 정확한 목록입니다. 그는 우리를 아주 공손하게 대해 주었고 폐하의 명령에 대해서도 적절한 경의를 표했습니다.

폐하의 상서로운 통치 89개월 4일날 서명하고 밀봉함.
클레펜 프레록, 마르시 프레록*

이 목록이 황제에게 보고되자 황제가 나에게 몇몇 물품들을 제출하라고 지시했다. 내 칼을 요구하기에 나는 칼집과 칼 모두를 꺼내서 제출했는데, 그 동안 황제는 자신을 수행하는 최정예 부대 병력 3천 명에게 활과 화살을 들고 쏠 준비를 한 채 나를 에워싸고 있으라고 명령해 두었다. 하지만 나는 이런 광경을 보지 못했다. 내 시선이 전적으로 황제 폐하에게만 고정되어 있었기 때문이다. 칼을 내밀자 그가 내게 칼을 뽑아 보라고 요구했다. 칼은 바닷물 때문에 약간 녹이 슬었지만 그래도 놀라운 광채를 발하고 있었다. 그가 지시한 대로 칼을 뽑아 들자 즉시 모든 병사들이 두려움과 놀라움의 탄성을 질러 댔다. 칼을 손에 들고 이리저리 휘두르자 태양 광선이 명료하게 반사되어 그 반사광이

* 걸리버의 몸수색은 18세기 초반 영국의 휘그당과 토리당의 갈등을 암시한다. 1710년 토리당에 몸담게 된 스위프트는, 1714년 앤 여왕이 서거한 후 정권을 잡은 휘그당 정적들의 탄압과 수색에 불만이 많았다. 특히 여기서는 1715년 시행된 토리당 지도자 옥스퍼드 백작과 볼링브룩 자작에 대한 몸수색을 주로 풍자하고 있다. 이들은 스위프트의 절친한 친구들이기도 했다. 릴리펏(소인국) 여행 중의 걸리버는 종종 이 두 귀족들을 상징한다.

그들을 눈부시게 만들었기 때문이다. 매우 통 큰 군주였던 황제는 내 예상보다 훨씬 더 용기가 많은 사람이었다. 그는 내게 칼을 다시 칼집에 넣어서 내 쇠사슬 끝에서 2미터쯤 떨어진 곳에 최대한 부드럽게 떨어뜨리라고 명령했다.

그가 두 번째로 제출을 요구한 물건은 안이 텅 빈 쇠막대였다. 아마 내 휴대용 권총을 원하는 것 같았다. 나는 그것을 꺼냈으며 내가 할 수 있는 한 최선을 다해 사용법을 알려 주었다. 작은 주머니에 꽉 끼어 있었기 때문에 다행히도 바닷물에 젖지 않았던 (모든 신중한 선원들이 특히 주의하여 대비해야 하는 사항이다) 화약도 꺼내서 총에 재어 넣었다. 그러고 나서 나는 황제에게 놀라지 말라는 경고를 보낸 다음, 허공을 향해 총을 한 방 쏘았다. 이번의 놀라움은 칼을 휘둘렀을 때보다 훨씬 더 큰 것 같았다. 수백 명이 마치 벼락을 맞고 죽은 듯이 그 자리에서 쓰러졌다, 심지어 황제조차도, 비록 땅 위에 버티고 선 자세는 유지했지만 한참 동안 제정신을 차리지 못하는 것 같았다.

나는 칼과 마찬가지로 총을 제출했고 화약 주머니와 총알들도 제출했다. 그러면서 특히 화약은 아주 작은 불씨만 있어도 황궁을 날려 버릴 수 있으니 절대로 불 가까이 놓아서는 안 된다고 신신당부했다. 마찬가지로 나는 황제가 몹시 호기심을 보였던 시계도 제출했다. 그리고 경비대원들 중 가장 키가 큰 병사 두 명에게 마치 영국의 짐꾼들이 맥주통을 메고 가듯이 그것을 어깨의 장대 위에 올려서 들고 가게 했다. 황제는 시계가 쉴 새 없

이 내는 소리와 분침의 계속되는 동작에 놀라워했다. 그들의 시력은 우리보다 훨씬 더 예민했기 때문에 그는 분침을 쉽게 식별해 냈다. 그는 주변에 있던 학자들에게 의견을 물었다. 나는 아직 그들의 말을 완벽하게 이해할 수는 없었지만, 의견이 매우 다양하고 차이도 많이 나는 것 같았다. 이 점은 구태여 여기서 반복하지 않아도 독자분들이 충분히 상상할 수 있을 것이다.

그 다음으로 나는 은화와 동전, 9개의 대형 금화와 소형금화 몇 개가 든 그물지갑, 손칼, 면도날, 빗, 은색 코담뱃갑, 손수건, 수첩들도 꺼냈다. 큰 칼과 권총들, 화약 주머니는 황제의 마차에 실려 창고로 운반되었으며 나머지 물품들은 내게 반환되었다.

앞서 말했듯이 내게는 그들의 수색을 모면한 비밀 주머니 하나가 남아 있었다. 그 안에는 안경(시력이 나빠 이따금씩 쓴다), 휴대용 망원경, 기타 여러 가지 자질구레한 편의용품들이 들어 있었다. 이것들은 황제에게 별 의미가 없는 것들이기 때문에 나는 구태여 황제에게 예를 갖추어 밝혀야 될 의무가 없다고 생각했다. 그리고 혹시라도 이 물건들이 내 손에서 멀어졌을 때 분실되면 어쩌나 하는 걱정도 했다.

제3장

저자가 아주 특이한 방식으로 황제와 남녀 귀족들을 즐겁게 한다. 릴리펏 왕실의 오락들이 묘사된다. 특정한 조건을 달아 저자에게 자유가 주어진다.

나의 너그러운 성품과 착한 행동은 황제와 그의 신하들, 특히 군대와 일반 사람들의 환심을 샀다. 그래서 나는 이제 곧 자유를 얻게 되리라는 희망을 품기 시작했다. 나는 내게 유리하게 작용하는 이런 성품을 더욱 개발하려고 가능한 모든 방법을 동원했다. 원주민들은 차츰 나로 인한 위험에 대해 덜 두려워하게 되었다. 나는 이따금씩 그들 대여섯 명을 내 손바닥 위에 올려서 춤을 추도록 했다. 마침내 남녀 아이들이 과감하게 내 머리카락 속에서 숨바꼭질 놀이를 할 정도까지 되었다.

나는 또한 이때쯤 그들의 언어를 이해하고 말하는 데 큰 진척을 보였다. 하루는 황제가 나에게 그들 나라에서 행해지는 여러 가지 오락들을 구경시켜 주겠다는 생각을 했다. 이 오락들은 솜씨나 화려함에 있어서 내가 아는 어떤 국가들의 쇼보다도 훌륭했다. 나는 특히 약 30센티미터 높이에 60센티미터 정도의 흰

줄을 걸어서 하는 줄타기 놀이가 가장 재미있었다. 독자들이 양해해 준다면 줄타기 놀이에 대해 좀더 설명해 보겠다.

이 오락은 오직 고위 공직자나 왕실의 총애를 얻고자 하는 지원자들만 할 수 있다. 그들은 젊은 시절부터 이 기술을 연마했는데, 대개 미천한 신분이거나 교양 교육을 받지 못한 자들이었다. 전임자의 사망이나 기타 불미스러운 사건으로 공석이 생기면 대여섯 명의 지원자가 황제와 신료들 앞에서 줄타기 솜씨를 과시하게 해달라고 청원한다. 그리고 떨어지지 않고 가장 높이 점프한 사람이 공석을 차지하는 것이다. 또 주요 대신들에게는 종종 줄타기 기술을 선보여서 자신들의 솜씨가 녹슬지 않았음을 황제에게 확신시키라는 명령이 내려졌다. 특히 재무대신 프림냅은 아주 가느다란 줄 위에서 그 어떤 귀족보다 3센티미터쯤 더 높이 점프했다. 나는 그가 줄 위에 고정된 쟁반 위에서 연달아 여러 차례 공중제비를 하는 것도 보았다. 내 친구가 된 비서실장 렐드레살이, 공평하게 말해 본다면, 재무대신 뒤를 잇는 제2인자인 것 같았다. 나머지 고위 공직자들은 다들 실력이 비슷비슷했다.

이 오락은 종종 치명적인 사고를 동반했고, 그 사례들이 많이 기록으로 남아 있었다. 나도 팔다리가 부러지는 지원자를 두세 명 직접 목격했다. 그러나 대신들이 명령을 받고 솜씨를 선보일 때의 위험은 한층 더 컸다. 스스로의 기량을 과시하고 동료들의 기량을 뛰어넘으려고 경쟁이 지나쳐서 다들 최소한 한 번씩은 추락해서 크게 다쳤다. 두세 차례나 추락하는 자들도 있었다. 내가 이곳에 오기 한두 해 전에 프림냅조차 추락했는데, 땅에 우연히 왕의 쿠션 하나가 놓여 있다가 추락의 강도를 완충시켜서 간신히 목이 부러지지 않고 살아났다는 얘기도 들었다.

줄타기 놀이와 비슷한 오락이 또 하나 있었다. 특별한 때 오직 황제, 황후, 총리대신 앞에서만 행해지는 놀이였다. 황제가 약 15센티미터 길이의 멋진 비단실 세 개를 탁자 위에 놓는다. 각각 파란색, 빨간색, 초록색이다. 이 비단실은 황제가 각별히 총애를 표시하고 싶은 신하들에게 내리는 상이다. 이 의식은

황제의 의전실에서 행해지는데, 지원자들은 줄타기와는 전혀 다른 기술을 선보여야 한다. 나는 과거의 세계에서건 현재의 세계에서건 그 어떤 국가에서도 이와 조금이라도 비슷한 오락을 본 적이 없다. 양끝이 바닥과 평행이 되게 황제가 양손으로 장대를

든다. 그러면 지원자들이 차례로 나와서 장대를 위로 뛰어넘기도 하고, 또 장대가 앞으로 움직이느냐 뒤로 움직이느냐에 따라 여러 차례 앞뒤로 장대 밑을 기어다니기도 한다. 어떤 때는 총리대신이 전적으로 혼자서 장대를 잡기도 한다. 가장 민첩한 솜씨로 도약과 포복을 가장 오래 하는 사람이 파란색 비단실을 받는다. 빨간색은 2등, 초록색은 3등에게 준다. 이들은 이 실을 허리에 두 번씩 감는다. 황실의 고위 관리들 중에 이 실을 허리에 장식하지 않은 사람은 거의 없었다.*

군대의 말들과 황실 마구간에 있는 말들은 매일같이 내 앞을 지나다녔기 때문에 이제 나를 봐도 겁내거나 놀라지 않았고, 오히려 내 발치까지 다가오곤 했다. 기수들도 내가 손을 땅바닥에 대고 있으면 그것을 뛰어넘었다. 황제의 사냥꾼 한 명은 종종 큰 준마를 타고 내 발과 신발을 뛰어넘었는데, 정말로 대단한 도약이었다.

하루는 운 좋게도 아주 특별한 방식으로 황제를 즐겁게 할 기회가 있었다. 나는 황제에게 약 60센티미터 높이에 두께는 보통

* 줄타기 놀이와 장대 뛰어넘기 놀이는 군주에게 알랑거리는 정부 고위 관료들의 행태와 군주의 변덕에 놀아나는 그들의 위험한 운명을 풍자한 것이다. 재무대신 프림냅은 스위프트가 싫어하던 휘그당 지도자 로버트 월폴(이 작품의 주요 풍자 대상)을, 렐드레살은 1717년 월폴을 승계한 후계자를 의미한다. 프림냅을 구해 준 '왕의 쿠션'은 실각한 월폴이 1721년 재집권할 때 그를 도와준 왕의 정부를 의미한다. 삼색 비단실은 각각 영국의 세 가지 최고 훈장들(가터, 바스, 써슬)을 상징한다.

의 지팡이쯤 되는 장대를 여러 개 가져오도록 명령해 달라고 부탁했다. 황제가 목재 담당 관리에게 그렇게 지시했다. 다음날 아침 목재 기술자 여섯 명이 각각 여덟 마리의 말이 이끄는 여섯 대의 수레에 장대들을 싣고 왔다. 나는 아홉 개를 골라 한 면이 80센티미터인 정사각형 모양으로 땅에 굳게 박아 넣었다. 그런 다음 그 아홉 개의 장대들에 내 손수건을 걸고 북의 표면처럼 팽팽해지게 사방으로 잡아당겨서 폈다. 그리고 손수건 높이보다 13센티미터쯤 더 높은 위치에 네 개의 평행 장대들을 각 측면에 수평으로 설치해 가로대 역할을 하게 했다.

작업을 끝마친 후 나는 황제에게 25명으로 이루어진 그의 최고의 기병대를 이 손수건 평원(무대) 위에서 훈련시켜 보라고 했다. 황제는 이 제안을 기꺼이 받아들였다. 나는 무장 기마병들과 훈련 담당 장교들을 한 명씩 차례대로 손수건 위에 올려놓았다. 그들은 정렬을 마치자마자 두 대열로 나뉘어 모의 접전을 벌이고, 끝이 뭉툭한 화살들을 날리고, 칼을 뽑고, 도망치고, 추격하고, 공격하고, 퇴각했다. 요컨대, 그들은 내가 본 가장 최고의 군사 훈련을 펼쳐보였다. 측면에 수평으로 나란히 세워 놓은 가로장대들이 그들과 말들이 무대에서 추락하는 것을 막아 주었다.

황제는 너무나 즐거워해서, 이 여흥을 며칠이나 반복하게 명령했다. 한 번은 자신이 직접 무대에 올라가 구령을 내리기도 했다. 또한 어렵게 황후를 설득해서 전용 의자에 앉은 그녀를 내가 들어올려 무대에서 2미터쯤 떨어진 곳으로 가져가서 모의 훈련의 총 광경을 감상하게 만들기도 했다.

이 여흥 훈련 기간에 사고가 발생하지 않은 것은 내 행운이었다. 딱 한 번 어느 대위의 성질 급한 말이 발굽을 힘껏 내딛다가 손수건에 구멍을 내고 미끄러지면서 기수와 함께 넘어진 적이 있었다. 나는 재빨리 그들을 구했다. 한 손으로 구멍을 막으면서 올려놓았을 때와 마찬가지 방식으로 기병대원들을 내려놓았다. 넘어진 말이 왼쪽 어깨를 삐었지만 기수는 아무런 부상도 당하지 않았다. 나는 최선을 다해 손수건을 수선했다. 그러나 더 이상 손수건이 이런 위험한 여흥을 감당할 수 있다고 믿지 않았다.

자유를 얻기 이삼 일 전쯤, 내가 한창 이런 여러 가지 곡예 여흥들로 왕실 사람들을 즐겁게 해주고 있을 때, 황제에게 지급으로 소식이 전해졌다. 내가 발견된 해변 근처에서 말을 타고 가던 주민 몇 명이 거대한 검정 물체를 발견했다는 것이다. 아주 기이하게 생긴 물체로, 둘레가 폐하의 침실만큼이나 넓게 퍼져 있고 중앙부는 사람 크기만큼 솟았다고 했다. 그것은 그들이 걱정했던 것처럼 생명체는 아니었다. 아무런 움직임 없이 꼼짝 않고 그저 풀밭에 놓여 있었기 때문이다. 몇몇이 주변을 여러 차례 맴돌아 보기도 했다. 그러다 서로의 어깨를 발판삼아 꼭대기까지 올라가 보았는데 상층부는 평평하고 납작했다. 그 위에서 발을 굴러 보고 안이 텅 비었음도 발견했다. 결국 그들은 이 물체가 인간산의 소유물일 거라고 겸손하게 생각하게 되었다. 그래서 폐하께서 허락하신다면 말 다섯 필을 동원해서 운반해 오겠다고 했다.

나는 즉시 그들이 하는 말을 이해하고 속으로 무척 기뻤다. 아마 배가 난파되고 내가 해변가에 도착할 때까지, 보트를 저을 때 끈으로 묶어 두었던 내 모자가 헤엄치는 동안에도 머리에 잘 붙어 있다가, 뭍에 닿은 후 땅바닥 어딘가에 떨어뜨린 모양이었다. 아마 내가 미처 알지 못하는 사이 어떤 사고로 끈이 떨어진 것 같은데, 나는 그저 모자를 바다에서 분실했다고 여기고 있었다.

나는 황제에게 모자의 용도와 성격을 설명한 후 되도록 빨리 내게 가져오도록 명령해 달라고 간청했다. 다음날 마부들이 모자와 함께 도착했다. 그런데 모자는 그다지 양호한 상태가 아니었다. 테두리에서 한 4센티미터쯤 되는 부분에 구멍이 두 개나 났고 거기에 고리가 연결되어 있었다. 아마 마부들이 여기에 긴 줄을 연결해서 말의 마구에 묶은 뒤 800미터를 질질 끌고 온 것 같았다. 그나마 이 나라의 땅이 아주 부드럽고 평평했기에 내 예상보다는 손상이 덜한 편이었다.

그러고 나서 이틀 후, 황제는 수도 안과 주변에 주둔하고 있던 일부 부대에 출동 준비를 명령한 후 아주 기이한 방식으로 자신을 즐겁게 할 공상을 해냈다. 그는 내가 불편을 느끼지 않는 한도 내에서 마치 콜롯수스(거상)처럼 두 다리를 최대한 벌리고 서 있기를 원했다. 그런 다음 장군에게 병력을 밀집 대형으로 집합시켜 내 다리 밑으로 행진시키라고 명령했다. 보병 24명, 기병 16명씩 한 줄로 서서, 북을 치고, 군기를 휘날리고, 창을 앞으로

내밀며 진행되는 열병식이었다. 전체 병력의 수는 보병 3천 명, 기병 1천 명이었다. 황제 폐하는 사형죄를 들먹이며 행진에 참가하는 모든 병사들에게 내 신체에 엄격하게 예의를 지켜야 한다는 명했다. 하지만 젊은 장교들이 내 다리 밑으로 지나가면서 위를 쳐다보는 일을 막을 수는 없었다. 사실을 고백하자면, 당시 내 바지는 너무나도 형편없는 상태였기 때문에 그들은 그걸 훔쳐보며 웃음과 경탄의 기회를 얻었을 것이다.

나는 자유를 얻기 위해 황제에게 수많은 청원서와 탄원서를 보냈다. 황제가 마침내 이 문제를 각료 회의에서, 그 다음으로 총회에서 언급했다. 스카이레쉬 볼고람을 빼고는 아무도 반대하지 않았다. 그는 반대할 이유가 없는데도 불구하고 나와 철천지원수가 된 자였다. 그러나 내 자유에 관한 안건은 그의 뜻과는 반대로 모든 의원들이 통과시켰고 황제가 인준했다. 반대했던 자는 갈베트, 즉 대장군이었다. 황제가 상당히 신임하고 국사에도 정통했지만, 늘 표정이 퉁명스럽고 험악했다.

결국 그도 마지못해서 내 자유를 허락하는 데 동의했지만, 나를 풀어주는 조건과 조항들을 자신이 직접 작성하고 내가 꼭 지키겠다는 맹세를 해야 한다고 우겼다. 그는 두 명의 비서관과 고위층 인사 몇 명과 함께 조건 조항들을 적은 문서를 직접 가져왔다. 조건들이 낭독된 뒤 나는 우선 내 방식대로, 그 다음에 릴리펏의 법률에 따라, 조건들을 성실히 이행하겠다는 맹세를 두 차례 하라는 요구를 받았다. 릴리펏의 맹세 방식은 오른쪽 발을 왼손으로 잡은 후, 오른손 중지손가락은 머리 정수리에, 엄지손가락은 오른쪽 귀 끝에 대는 것이었다.

독자분들이 그들 특유의 문체와 표현 방식을 다소 궁금해 할 테고, 또한 내게 자유를 되찾게 해준 그 조건들도 궁금할 것이다. 따라서 나는 여기서, 내가 할 수 있는 한 최선을 다해서 문서의 전체 내용을 단어 그대로 번역해 제시하는 바이다.

세상에서 가장 강력한 힘을 지니신 골바스토 모마렌 이브라메구르디로 셰핀 물리 울리 구에, 릴리펏 황제님은 온 우주의 기쁨이자 공포이시며 그분의 영토는 이 지구상 끝까지 5천 브러스트럭(지름이 약 19킬로미터)에 달한다. 황제님은 모든 왕들 중의 왕이시며, 다른 어떤 사람의 아들들보다 키가 크시며, 그 발은 지구의 중심부를 내리누르고 그 머리는 태양과 맞닿아 있다. 그분의 고갯짓에 지구의 온 군주들이 무릎을 벌벌 떤다. 그분은 봄날처럼 따사로우시고, 여름처럼 안락하시며, 가을처럼 결실을 맺으시고, 겨울처럼 무서우시다. 가장 숭고하신 우리 황제 폐하께서 최근 우리 천상의 왕국에 도착한 인간산에게 다음 조건들을 제안하는 바이니, 그는 엄숙한 맹세로써 이 조건들을 실행하겠노라고 다짐해야 할 것이다.

첫째, 인간산은 우리 나라의 국새가 찍힌 허가증 없이는 우리의 영토를 벗어날 수 없다.

둘째, 인간산은 우리의 긴급 명령 없이 우리의 수도로 감히 다가와서는 안 된다. 그럴 경우엔 미리 두 시간 전에 경고를 하여 주민들이 집 안으로 대피할 수 있게 해야 한다.

셋째, 이때 인간산은 주요 간선 도로만을 걸어다녀야 하며, 들판이나 곡식 재배용 밭 위를 걸어서는 안 된다. 그런 곳에 누워서도 안 된다.

넷째, 앞서 말한 도로들을 걸어다닐 때 우리의 친애하는 백성들의 몸과 그들의 말, 마차 등을 밟지 않도록 최대한의 주의를 기울여야 한다. 또한 우리의 백성들을 동의 없이 함부로 손으로 잡아서도 안 된다.

다섯째, 특별히 긴급하게 급보를 전달할 필요가 있을 때 인간산은 한 달에 6일 정도 칙사와 그의 말을 자신의 주머니에 넣어 운반해 줘야 한다. 그리고 황제 폐하 앞에 (필요하다면) 다시 그 칙사를 돌려보내야 한다.

여섯째, 인간산은 우리의 적국인 블레퓌스크의 적들과 싸우는 데 있어서 우리 편이 되어야 한다. 그리고 현재 우리를 침공할 준비를 하고 있는 그들의 함대를 쳐부수기 위해 최선을 다해야 한다.

일곱째, 인간산은 한가한 시간에 제일 공원이나 황궁 건물들의 벽을 쌓는 우리 노동자들을 돕고 그들의 일에 협력해야 한다.

여덟째, 인간산은 두 달 안에 우리 나라의 모든 해안을 자신의 발걸음을 기준으로 계산하여 총둘레를 정확히 측량하여 보고해야 한다.

마지막으로, 이상과 같은 모든 조건들을 준수하겠다고 엄숙히 맹세한다면 그에게는 우리 백성 1,728명을 충분히 먹여 살릴 수 있는 고기와 음료수가 매일같이 제공될 것이다. 그리고 황제에게 자유롭게 접근할 수 있는 특권과 기타 여러 가지 호의의 표시들을 제공받을 것이다.

폐하의 통치 91개월 12일째 되는 날
벨파보락에 있는 궁전에서 작성되었음.

나는 아주 즐겁고 만족스러운 마음으로 이 조항들을 지키겠다고 맹세하고 서명했다. 물론 일부 조항들은 내가 원했던 것만큼 명예롭지 못한 것들도 있었다. 아마 전적으로 스카이레쉬 볼고람 대장군의 악의로부터 나온 것일 터였다. 어쨌든 이로써 나를 묶었던 쇠사슬이 즉시 풀렸고 나는 완전한 자유의 몸이 되었다. 황제 폐하가 영광스럽게도 몸소 이 모든 의식을 함께해 주었다. 나는 그의 발치에 엎드려 내 감사의 마음을 표시했다. 하지만 그는 나를 일으켜 세우고 품위 넘치는 많은 축하의 말들을 해준 뒤(허영심이 있다는 비난을 듣지 않기 위해 그 내용을 여기서 다시 반복하진 않겠다), 내가 자신의 유익한 신하가 되어 주기를 바란다고 했다. 그리고 자신이 내게 그동안 베풀었고 앞으로도 베풀 모든 총애에 보답하는 신하가 되어 달라고 당부했다.

독자들은 내 자유를 회복하기 위한 조항들의 마지막 부분에서 황제가 나에게 1,728명의 릴리펏 사람들을 먹일 수 있는 분량의 고기와 음료수를 제공하겠다고 명시한 내용을 보았을 것이다. 얼마 후 나는 조정에서 일하는 내 친구에게 어떻게 해서 그렇게 구체적인 수치를 얻어 냈는지 물었다. 그의 대답은 이랬다. 황제의 수학자들이 사분원이라는 천문 관측 기계를 이용하여 내 신장을 재본 결과, 자신들보다 내가 12대 1의 비율로 더 크다는 사실을 발견했다는 것이다. 따라서 그들은 나와 그들의 신체적 유사성으로 볼 때 내 몸이 적어도 그들 1,728명을 수용할 만한 크기이며, 따라서 필요한 음식도 그 정도 숫자의 릴리펏 사람들이 먹을 만한 양일 것이라고 결론을 내렸다고 했다. 이것으로 보아 독자들은 이 사람들이 얼마나 재주가 뛰어난 사람들인지 짐작할 수 있을 것이며, 그들의 위대한 군주의 사려 깊고 정확한 경제 생활도 짐작할 수 있을 것이다.

제4장

릴리펏의 수도 밀덴도가 황궁과 함께 묘사된다. 저자와 비서실장 사이에 왕국의 현안 문제에 대한 대화가 오간다. 저자가 황제를 위해 전쟁을 돕겠다고 제안한다.

자유를 되찾은 후 내가 가장 먼저 요구했던 사항은 수도인 밀덴도를 보게 허락해 달라는 것이었다. 황제는 이를 쉽게 수락했지만, 내게 주민들과 그들의 집에 아무런 손상도 입히지 않아야 한다는 특별한 책임을 부과했다. 주민들은 내가 수도를 방문할 계획이라는 발표에 의하여 미리 그 사실을 알고 있었다. 도시를 성벽이 둘러싸고 있는데, 높이가 80센티미터에 폭도 30센티미터가 넘어서 그 위로 마차와 말들이 아주 안전하게 지나다녔다. 성벽의 측면에 약 3미터마다 견고한 망루들이 설치되어 있었다. 나는 서쪽 성문을 넘어가 아주 천천히 움직였는데 주로 두 개의 주요 도로 사이로 걸었다. 옷은 짧은 조끼만 입었는데 외투 끝자락이 집들의 지붕과 처마를 손상시킬까 걱정됐기 때문이다. 모든 사람들이 집 안에 머물러 있어야 한다는 아주 엄한 명령이 내려진 상황이었지만, 나는 혹시라도 길거리에 남아 있는 사람들을 밟지나 않을까 극히 조심을 했다. 집들의 다락방들과 옥상들은 나를 구경하러 나온 구경꾼들로 초만원이어서, 나는 내 모든 여행들 중에 사람이 이렇게 많은 곳은 처음이라고 생각했다. 도시는 한쪽 성벽의 길이가 150미터쯤인 정사각형 모양이었다. 서로 교차하여 도시를 네 개의 구획으로 나누는 주요 도로 2개의 폭은 1.5미터였다. 내가 들어갈 수 없어 지나가면서 그저 보기만 했던 좁은 길들과 골목길들은 폭이 30~46센티미터 정도였다. 도시는 50만 명을 수용할 수 있었다. 집들은 3층에서 5층 사이의 높이였고 가게와 시장들도 잘 구비되어 있었다.

황제의 궁전은 두 도로가 교차하는 도시의 중앙에 있었다. 궁전은 약 60센티미터 높이의 벽으로 둘러싸여 있고, 일반 건물들로부터 6미터쯤 떨어져 있었다. 나는 벽을 넘어와도 좋다는 황제의 허락을 받았다. 벽과 궁전 사이의 공간이 꽤 넓었기 때문에 나는 궁전을 모든 방향에서 쉽게 관찰할 수 있었다. 궁전의 가장 바깥쪽 뜰은 사방 12미터의 사각형 모양이었고 그 안에 작은 뜰이 두 군데 있었다. 가장 안쪽 뜰 안에 황제의 침전이 있었는데, 그것을 무척 보고 싶었지만 극히 어려운 일이었다. 한쪽 뜰에서 다른 쪽 뜰로 통하는 문들이 높이가 약 45센티미터에 폭이 18센티미터밖에 되지 않았기 때문이다. 궁전의 바깥쪽 뜰에 있는 건물들은 높이가 최소 1.5미터는 되었다. 따라서 비록 그 건물들이 잘 깎은 돌들로 튼튼하게 지어졌고 벽의 두께가 10센티미터나 되었지만, 큰 피해를 입히지 않으면서 내가 그 건물들을 넘어가는 것은 거의 불가능했다.

한편 황제는 내가 황궁의 화려한 모습을 구경해 줄 것을 무척 소망했었다. 하지만 이런 일은 사흘 후에나 가능했다. 그 사흘 동안 나는 수도에서 약 100미터쯤 떨어진 왕립 공원의 가장 큰 나무들을 내 칼로 잘랐고, 그걸로 약 1미터 높이의 의자 두 개를 만들었다. 두 개 모두 내 체중을 충분히 감당할 만큼 튼튼했다. 사람들은 내가 온다는 통보를 두 번째로 받았고, 나는 양손에 의자들을 들고 다시 한번 시내를 관통해서 궁전으로 갔다. 바깥쪽 뜰 측면에 이르자 나는 의자 하나는 손에 들고 나머지 의자 위에 올라섰다. 나는 이것을 지붕 너머로 들어 올려 두 번째와 세 번째 뜰 사이 2.5미터 폭의 공간에 부드럽게 내려놓았다. 그런 다음 두 의자를 옮겨 가며 건물들을 수월하게 넘어 다녔다. 의자는 끝에 고리가 달린 장대로 끌어올렸다. 이렇게 해서 나는 궁전의 가장 깊숙한 지역까지 들어갔고, 건물 중간층의 창문들을 일부러 열어 두

었기에 옆으로 누워서 들여다 볼 수 있었다. 나는 그곳에서 상상 이상으로 화려한 방들을 발견하였다. 그 방들에 각각 황후 마마, 어린 황태자들 및 그들을 시중 드는 시종장들이 있었다. 황후 마마는 내게 아주 부드러운 미소를 지어 보였으며 창문 밖으로 손을 내밀어 입를 맞추도록 허락했다.

여기서 더 이상의 묘사는 삼가겠다. 왜냐하면 그 내용은 지금

거의 출간 직전인 더 큰 책에 들어갔기 때문이다. 그 책에 처음 건국되었을 때부터 여러 왕들을 거쳐오며 이 제국이 거쳤던 전반적인 설명이 들어간다. 특히 릴리펏의 전쟁과 정치, 법률, 학문, 종교, 동식물, 독특한 예절과 관습, 기타 아주 흥미롭고 유익한 사항들까지 자세하게 설명될 것이다. 그러니 지금 이 책에서는, 내가 그 나라에서 살았던 9개월 동안 나와 그 나라 국민들 사이에 일어났던 사건들만을 중심으로 이야기하겠다.

자유를 얻은 지 두 주일쯤 되었을 때, 비서실장(사람들이 그를 이렇게 불렀다) 렐드레살이 하인 한 명만 대동하고 내 집에 찾아왔다. 그는 마부에게 멀리서 기다리라고 명령한 뒤 내게 한 시간의 접견을 요청했다. 그의 품성과 자질을 봐서도 그렇지만, 내가 조정에 자유를 간청했을 때 그가 베풀어 준 많은 호의들 때문이라도 나는 그의 부탁에 기꺼이 응했다. 나는 그의 목소리를 좀더 잘 듣기 위해 눕겠다고 제안했는데, 그는 차라리 내 손 위에 올라가는 쪽을 선택했다.

그는 우선 내가 자유를 얻은 것을 축하 인사를 건넸다. 그리고 그 일에 자신이 어느 정도 기여를 했을지도 모르는데, 혹 그렇다 해도 현재 이 나라가 처한 특수한 상황이 아니었다면 내가 그렇게 빨리 자유를 얻지 못했을 거라고 덧붙였다. 그는 그 이유를 다음과 같이 설명했다.

"우리 나라가 외국인들에게는 아주 태평성대로 보일지도 모르겠지만, 사실은 두 가지 지독한 우환에 시달리고 있습니다. 하나는 국내의 심각한 당파 싸움이고, 다른 하나는 바다 건너에 있는 강력한 힘을 지닌 적국의 침공 위협입니다. 첫 번째 우환의 경우, 우선 지난 70개월 동안 이 나라에 싸움을 일삼는 두 당파가 있어 왔음을 알아야 합니다. 바로 트라멕산 당과 슬라멕산 당입니다. 이 당들은 구두 굽을 높은 것을 신느냐 낮은 것을 신느냐를 가지고 서로를 구분합니다.

사실 우리 나라는 대대로 높은 굽이 가장 잘 어울린다고 인정했습니다. 그런데 현재의 폐하께서 행정부나 국왕에게 임명권이 있는 모든 공직에 낮은 굽 지지자들만 임명하셨습니다. 당신도 보았겠지만 폐하의 구두 굽은 조정의 어느 누구보다 최소 1드럴(2밀리미터 이하) 정도 더 낮습니다.

두 당파의 적대 관계는 너무 심해서, 같이 음식을 먹고 마시거나 이야기하는 일이 없습니다. 추산하기로는 현재 높은 굽을 지지하는 트라멕산 당원의 숫자가 우리보다 더 많은데, 권력은 전적으로 우리가 쥐고 있습니다. 그런데 우리가 걱정하는 것은 현재 폐하의 후계자이신 태자 마마께 높은 굽을 지지하는 성향이 다소 있다는 겁니다. 적어도 우리는 그의 구두 굽 한쪽이 다른 한쪽보다 더 높다는 것을 분명히 알 수 있습니다. 그래서 심지어 걸을 때 약간 절름거리기까지 합니다.*

* 높은 굽 당은 토리당이나 영국 국교회 내의 고교회파를, 낮은 굽 당은 휘그당이나 저교회파를 상징한다. 조지 1세는 토리당 성향이었는데, 그의 아들인 웨일즈 공(나중에 조지 2세가 되는)은 양당 모두에 호감을 보였다.

그런데 우리는 국내의 이런 불안한 정쟁의 와중에, 이 세상의 또 다른 위대한 제국이며 우리 폐하의 왕국만큼이나 강력하고 큰 블레퓌스크 왕국의 침공 위협까지 받고 있습니다.* 이 세상에는 당신만큼 큰 인간들이 사는 다른 왕국들과 국가들이 있다고 당신이 주장하는 소리를 들었습니다만, 사실 우리의 철학자들은 그 말을 매우 의심하고 있습니다. 그들은 오히려 당신이 달이나 별에서 떨어졌다고 짐작합니다. 왜냐하면 당신의 몸 크기만 한 사람이 100명만 있어도 짧은 시간 안에 폐하의 영토 안에 있는 모든 과일과 가축을 전멸시켜 버릴 것이기 때문입니다. 게다가 6,000개월에 이르는 역사를 기록한 우리 역사책의 어디에도 릴리펏과 블레퓌스크 대제국 이외의 다른 지역에 대한 언급이 없습니다.

앞으로 말씀드리겠지만, 두 강대국이 지난 36개월 동안 아주 치열한 전쟁을 벌이고 있는 중입니다. 이 전쟁은 이런 이유로 시작되었습니다.

계란을 먹기 위해 깨는 방식은 계란의 넓적한 쪽을 깨는 것임을 모두가 알고 있습니다. 그러나 현 폐하의 조부께서 소년 시절에 계란을 먹으려고 오래 전부터 내려오던 방식대로 넓적한 쪽을 깨다가 공교롭게도 손가락을 베이고 말았습니다. 이에 현 폐하의 부친 폐하께서 모든 신하들에게 '계란의 뾰족한 쪽 끝을 깨

* 릴리펏이 영국이라면 블레퓌스크는 프랑스를 의미한다. 영국과 프랑스는 스페인 왕위 계승 전쟁으로 인해(걸리버의 모험 기간 당시) 적대 관계였다.

먹어야 하며 그렇게 하지 않는 자는 중죄로 다스린다'는 포고령을 발표했습니다.

우리의 역사책에 따르면, 사람들이 이 법률에 너무나 분노해서 여섯 차례나 반란을 일으켰다고 합니다. 한 황제가 목숨을 잃었고 다른 황제는 황제 자리를 잃었습니다. 블레퓌스크의 군주들이 국민들의 소요 사태를 끊임없이 부추겼습니다. 그래서 반란이 진압될 때마다 탈주자들은 적국으로 도망쳐 망명했습니다. 여러 차례에 걸쳐 총 11,000여 명이, 계란을 뾰족한 쪽으로 깨먹는 일에 굴복하는 대신 죽음을 감수한 것으로 추정됩니다. 이 논쟁에 관하여 수백 권의 서적들이 출간되었습니다만, 우리 나라에서는 넓적한 쪽 지지자들의 책은 금서로 정해져 있습니다. 그리고 그들 모두는 법률에 의해 공직을 갖는 일도 불가능합니다.*

이런 소동이 진행되는 동안 블레퓌스크의 황제들은 사신들을 보내 우리에게 충고하려 들었습니다. 우리가 위대한 예언자 루

스트로께서 브룬드레칼(그들의 경전이다) 제54장에서 말씀하신 기본 교리를 위반함으로써 종교 분쟁을 일으키고 있다고 비난했습니다. 그러나 이것은 경전의 원뜻을 다소 왜곡한 결과라고 생각됩니다. 경전에 적힌 실제 내용은 이렇습니다. '진정한 믿음을 가진 모든 사람은 편리한 쪽을 택하여 계란을 깨먹을 수 있다.' 내 미천한 생각으로는, 어느 쪽이 편리한 쪽인지는 각자의 양심에 달려 있다고 생각합니다. 혹은 적어도 조정 책임자에게 그 결정권이 있다고도 생각합니다.

현재 넓적한 쪽 지지자인 추방자들은 블레퓌스크 황제의 신임을 너무 많이 받고 있고, 국내에 남아 있는 그들 당파 사람들의 은밀한 지지와 후원도 너무 많이 받고 있어서, 36개월이나 서로 승패를 주고받으면서 두 제국 사이에 유혈 전쟁이 전개되어 오고 있는 것입니다.

그 동안 우리 나라는 대형 함선 40척을 잃었고, 소형 선박의 손실은 더 컸습니다. 게다가 그 와중에 3,000명이나 되는 최고의 선원들과 병사들이 목숨을 잃었습니다. 적국이 입은 피해는 우리보다도 다소 크다고 추정됩니다만, 그럼에도 불구하고 그들

* 계란을 깨먹는 방법에 관한 이 분쟁은 다음의 세 종교 분쟁들을 암시한다. 첫째는, 교황권을 부정한 헨리 8세의 '칙령' 발표 이후 시작된 영국과 로마교회 사이의 갈등이다. 둘째는, 영국의 로마 가톨릭 교도(넓은 쪽 지지자)와 개신교도(뾰족한 쪽 지지자. 청교도) 사이의 갈등이다. 이로 인해 찰스 1세가 처형당하고, 제임스 2세가 국외로 추방당했으며, 영국 내 가톨릭 교도에 대한 박해가 생겨났다. 셋째는, 개신교 국가인 영국과 가톨릭 국가인 프랑스 사이의 갈등이다. 프랑스는 영국 출신 가톨릭 망명자들을 수용했고, 영국에 대한 음모를 획책하고 있다고 비난받았다.

은 다시 수많은 함대를 준비해서 우리를 공격할 생각을 하고 있습니다. 바로 이런 사정 때문에 황제께서 당신의 용기와 힘을 크게 신뢰하시고 나에게 이 모든 상황을 당신에게 설명하라고 명령하신 것입니다."

나는 비서실장에게 내 겸손한 의무감을 잘 파악했음을 황제께 전해 달라고 부탁했다. 그리고 외국인인 내가 다른 나라의 당파 싸움에 끼어드는 일은 어울리지 않는 일이라고 생각한다는 점을 폐하께 전해 달라고도 부탁했다. 하지만 나는 목숨을 바쳐 모든 침입자들로부터 폐하와 그의 제국을 수호할 마음의 준비가 되어 있었다.

제5장

저자가 비범한 책략으로 침공을 막는다. 최고 영예의 고위 작위가 저자에게 수여된다. 블레퓌스크로부터 사절단이 도착하여 화친을 간청한다. 황후의 침소에 사고로 화재가 발생하여 저자가 황궁의 나머지 부분을 구하는 데 기여한다.

블레퓌스크 제국은 릴리펏의 북동쪽에 위치한 섬나라다. 두 나라는 폭이 불과 700미터 정도밖에 안 되는 해협으로 분리되어 있다. 나는 그 나라를 본 적이 없었는데, 침공이 계획되어 있다고 통보받은 후에는 그 나라 쪽을 향해 있는 해변에는 나가지 않았다. 나에 대한 정보를 아직 얻지 못한 적의 배들이 나를 발견할까봐 걱정했기 때문이다. 전쟁 기간에 두 제국 사이의 교류는 엄격히 금지되었고 이를 어기면 사형죄로 다스렸다. 그리고 황제가 모든 선박에 출입국 금지 조치를 내린 상태였다.

나는 폐하에게 적의 모든 함대를 포획할 수 있는 계획을 구상해서 보고했다. 우리측 척후병들이 확인해 온 바에 따르면, 적의 함대가 첫 번째 순풍이 불 때 돛을 올리려고 그들의 항구에 닻을 내리고 정박해 있는 상태였다. 나는 몇 차례나 해협의 깊이에 대하여 그것을 측량한 선원들에게 조언을 구했다. 그들은 만조 때 중간 부분의 수심이 70그럼그럽(유럽식으로 2미터쯤) 정도라고 했다. 나는 블레퓌스크가 내려다보이는 북동쪽 해변으로 걸어나가 작은 언덕에 누운 뒤, 내 휴대용 망원경을 꺼내 정박해 있는 적의 함대를 관찰하였다. 함대는 대략 50여 척의 군함들과 수많은 수송선들로 구성되어 있었다.

나는 집으로 돌아와서 튼튼하고 굵은 밧줄들과 철봉들을 상당량 가져다 달라고 부탁했다(나는 이런 물품들을 주문해도 좋다는 허가증이 있었다). 굵은 밧줄은 우리가 짐 꾸리는 노끈 정도의

두께고, 철봉은 뜨개질용 바늘 정도의 길이와 굵기다. 나는 굵은 밧줄을 세 겹으로 꼬아서 보다 튼튼하게 만들었고, 양쪽 끝에 철봉을 구부려 만든 갈고리를 연결했다. 이런 식으로 50개의 갈고리 밧줄을 만들어서 북동쪽 해변으로 가져갔다. 그리고 외투와 구두, 스타킹을 벗고 가죽 조끼만 입은 채 바다로 걸어 들어갔다. 만조 때보다 대략 반 시간 정도 앞선 때였다.

나는 최대한 빨리 해협을 건넜다. 중간 부분에서는 발이 바닥에 닿을 때까지 헤엄쳤다. 반 시간도 안 지나서 상대편 함대에 도착했다. 나를 보고 너무 놀란 적들은 모두 배에서 뛰쳐나와 해변으로 헤엄쳐 도망쳤다. 3만 명이 넘어 보였다. 나는 다가가서 각 배의 뱃머리마다 갈고리를 걸었다. 그리고 모든 밧줄들을 모아 쥐고 끝을 매듭 모양으로 묶었다.

이 작업을 하는 동안 적군은 수천 개의 화살들을 내게 발사했다. 상당수가 내 손과 얼굴에 박혔다. 엄청나게 따끔거렸을 뿐더러 작업에 상당한 방해가 되었다. 가장 큰 걱정은 눈이었다. 신속하게 묘책을 떠올리지 못했더라면 틀림없이 눈을 잃고 말았을 것이다. 내 비밀 주머니 안에는 여러 가지 필수품들과 함께 안경이 들어 있었다. 앞서 말했던 것처럼 수색관들의 눈길을 피했던 물품이었다. 나는 안경을 꺼내 코 위에 콱 고정시켰다. 이렇게 채비하고서 나는 적들이 쏘아 대는 화살에도 불구하고 다시 과감하게 작업을 해나갔다. 많은 화살들이 안경알에 부딪쳤지만 조금 불편했을 뿐 큰 영향은 받지 않았다.

드디어 모든 갈고리를 적선에 다 연결하자, 나는 밧줄 매듭을 잡아당기기 시작했다. 그런데 단 한 척의 배도 움직이지 않았다. 배들이 모두 닻을 내려 단단히 고정된 상태였기 때문이다. 따라서 이제 내 모험 중에서 가장 많은 대담성을 요구하는 일이 남은 셈이었다. 결국 나는 밧줄 매듭을 손에서 놓고 갈고리들을 그대로 배들에 연결시켜 놓은 상태에서, 칼을 꺼내 배들의 닻줄들을 단호하게 끊기 시작했다. 다시 200여 개의 화살들이 내 양손과 얼굴에 쏟아졌다. 이 작업이 끝나자, 나는 다시 밧줄들의 매듭을 잡고 손쉽게 적의 대형 군함 50척을 앞에서 끌기 시작했다.

내 의도를 전혀 상상하지 못했던 블레퓌스크인들은 너무 놀라서 어안이 벙벙한 것 같았다. 그들은 내가 닻줄들을 자르는 모습을 보고는 그저 배들을 표류하게 만들거나 서로 충돌하게 만들려는 의도로 알았던 것 같다. 그러니 모든 함대가 질서정연하게 함께 움직이며 나에게 끌려가는 모습을 보자 너무나 비통하고 절망적인 비명을 질러 대기 시작했다. 설명이나 상상이 불가능한 소리였다. 위험에서 벗어나자 나는 잠시 멈춰 서서 양손과 얼굴에 박힌 화살들을 뽑아 냈다. 그리고 앞서 나왔었지만, 처음 도착했을 때 릴리펏인들이 내게 발라 주었던 연고를 꺼내어 발랐다. 나는 다시 배들을 끌고 해협 중간 부분을 건너 릴리펏 왕립 항구에 무사히 도착했다.

황제와 그의 모든 신하들이 이 위대한 모험의 결과를 기대하면서 해변가에 나와 기다리고 있었다. 그들은 거대한 반달 모양으로 배들이 다가오는 것을 보았지만 가슴까지 잠겨 있는 나는 식별해 내지 못했던 모양이었다. 해협 중간 부분에서는 거의 목까지 물이 찼기 때문에 그들은 더욱 걱정을 했다. 황제는 내가 익사했으며 적의 함대가 적의를 품고 침공해 온다고 결론내린 듯했다. 그러나 그런 불안감은 곧 해소되었다. 한 발자국씩 앞으로 나아갈수록 해협은 점점 얕아졌고 이내 내 목소리를 그들에게 들려줄 수 있는 거리까지 왔다. 나는 함대를 묶은 밧줄 매듭을 들어올리며 큰소리로 이렇게 외쳤다. "가장 강력하신 릴리펏 황제 폐하 만세!!" 이윽고 해변에 도착하자 황제는 가능한 모든 찬사를 동원하여 나를 맞이했다. 그리고 그 자리에서 나에게 그 나라에서 가장 높은 작위인 나르닥 작위를 수여했다.

황제 폐하는 다음에 기회를 봐서 내가 나머지 적선들도 포획해 오기를 바랐다. 군주들의 야심이란 그처럼 끝이 없는 것이다. 이 황제 또한 블레퍼스크 제국을 제압하여 자신의 영토로 만드는 일, 계란의 넓적한 쪽을 깨 먹자고 주장하다가 추방당한 자들을 전멸시키고 모두에게 뾰족한 쪽만을 깨먹게 강요하는 일, 이 모든 일들을 통해 자신이 전세계의 유일한 군주가 되는 일만을 생각하고 있는 것 같았다. 그러나 나는 많은 정치적 주제들과 내 정의감에서 나온 근거들을 대며 황제의 관심을 이런 의도에서 벗어나게 하려고 애썼다. 그리고 나는 자유롭고 용감한 어떤 민족을 노예 상태로 몰아넣는 도구는 절대로 되지 않겠다는 점을 그에게 분명히 밝혔다. 이 문제가 각료 회의에서 논의되었을 때 현명한 대신들은 나와 같은 생각이었다.

그러나 나의 이런 대담하고 공공연한 선언은 황제 폐하의 의도나 정략과 너무나 어긋났기 때문에 그는 나를 용서하지 못했다. 그는 이런 속마음을 각료 회의에서 교묘한 방법으로 언급했다. 내가 들은 바에 의하면, 그 회의에서 몇몇 현명한 대신들은 적어도 침묵을 지킴으로써 나와 생각이 같음을 보여 주었다고 한다. 그러나 비밀스런 나의 정적들은 간접적으로 나를 비방하는 표현들을 억제하지 못했다고 한다. 바로 이때부터 황제와, 나에게 악의를 가진 대신들 사이에 음모가 진행되기 시작했다. 이 음모는 두 달도 채 지나지 않아 모습을 드러냈고, 나를 완전히 파멸시키는 결과를 초래할 뻔했다. 군주에게 바친 공헌이 아무리 막중했어도, 단 한 차례라도 그들의 욕심을 충족시키는 일을 거부할 경우 그 공헌을 다시 저울에 달아 보면 그 무게가 너무나도 가벼워지는 것이다.

이런 공적을 세운 뒤 3주쯤 지났을 때 겸허한 화친 제안을 갖고 블레퓌스크로부터 격식을 차린 사절단이 도착했다. 우리 황제는 아주 유리한 조건을 덧붙여서 수락하기로 결정했다. 이 제안의 구체적인 내용으로 독자 여러분을 귀찮게 하진 않겠다. 사절단은 모두 여섯 명으로 50명 이상의 수행원을 동반했다. 그들의 입장식은 매우 화려했는데 자신들이 모시는 군주의 위엄이나 임무의 중요성과도 잘 어울리는 것이었다. 화친 조약 체결을 위하여 나는 당시 내가 조정 내에서 갖게 된(혹은 갖고 있는 듯이 보이는) 명성을 이용하여 그들에게 몇 가지 호의적인 기여를 했다. 조약이 체결되자 내가 얼마나 큰 도움이 되었는지 은밀히 전해 들은 그들이 나를 공식적으로 방문했다. 그들은 내 용기와 너그러움에 대한 찬사로 이야기를 시작했고, 자신들의 황제의 이름으로 나를 그들의 나라에 초청했다. 그리고 수많은 사례들로 전해들은 바 있는 내 경이로운 힘에 대하여 몇 가지 예만 보여 달라고 부탁했다. 나는 기꺼이 부탁을 들어주었다. 그러나 그 자세한 내용들로 독자들을 번거롭게 하는 일 역시 하지 않겠다.

한참 동안 사신들을 아주 놀라게 하며 만족스럽고 즐겁게 해 준 뒤, 나는 그들에게 그들의 황제에게 나의 가장 겸손한 안부 인사를 전달하는 영광을 베풀어 달라고 부탁했다. 그 군주의 덕성에 관한 명성은 너무나도 정당하게 세상 사람들의 마음에 존경심을 심어 주는 것이었기 때문에, 나는 모국으로 귀환하기 전에 그를 꼭 알현해야겠다고 결심했다.

따라서 다음번에 우리 황제를 뵙게 되었을 때 나는 블레퓌스크의 군주를 알현해도 좋다는 허락을 내려 주기를 간청했다. 그는 기꺼이 허락해 주는 듯했으나 아주 쌀쌀맞은 태도가 분명히 감지되었다. 나는 그 이유를 짐작할 수 없다가, 마침내 어떤 인사로부터 귓속말을 통해 같은 다음과 같은 정보를 얻었다. 재무대신 프림냅과 볼고람 장군이 나와 화친 사절단 사이의 대화를 조정에 대한 불충의 표시로 해석했다는 것이다. 나는 지금도 그 점에 대해서 내가 전적으로 무죄라고 확신한다. 그런데 바로 이

일 때문에 나는 처음으로 왕실과 신하들에 대하여 좋지 않은 생각들을 하기 시작했다.

사신들이 나와 대화할 때 통역을 통해서 의사소통을 했다는 점을 언급해야겠다. 사실 양 제국의 언어는 유럽의 어떤 두 나라의 언어들만큼이나 서로 달랐다. 각 나라는 자기 나라 언어의 연륜과 아름다움, 활력에 자부심을 가지고 있었고 상대방 나라의 언어에는 공공연한 경멸감을 내보였다. 함대를 포획함으로써 유리한 입장에 선 우리의 황제는 사신들에게 릴리펏 언어로 신임장을 제출할 것과 릴리펏 언어로 대화할 것을 강요했다. 그러나 나는 양국의 상류층 인사들이나 부유층 인사들, 혹은 바닷가에 사는 선원들 중에서 양국의 언어를 모두 구사하지 못하는 사람이 거의 없었다는 사실을 고백하지 않을 수 없다. 두 나라 사이에 막대한 무역과 교류가 이뤄지고, 상호간에 상대방 나라의 망명자들을 끊임없이 포용하고 있었기 때문이었다. 또한 세상 구경을 통하여 다른 나라 사람들과 그들의 관습을 이해함으로써 자신들을 계발하려는 의도에서 젊은 귀족들이나 부유층 자제들을 상대방 나라에 보내 견문을 넓히게 하는 관행이 있어 왔기 때문이다. 나는 이 사실을 몇 주 후 블레퓌스크 황제를 알현하러 갔을 때 알게 되었다. 그런데 나의 블레퓌스크 방문은 내 정적들의 악의에 의해 일어나는 대단히 불미스러운 사건들의 와중에서 내게 아주 불행한 모험이 되고 말았다. 이에 대해서는 적절한 곳에서 다시 이야기하겠다.

독자들은 내가 자유를 되찾는 조건 조항들에 서명했을 때, 너무 비굴한 내용이라서 내가 싫어했던 조항이 있었음을 기억할 것이다. 자유에 대한 절박하고 극한적인 욕구만 아니었더라면 그 어떤 것도 나를 이런 조항에 굴복하도록 강요하진 않았을 것이다. 그러나 이제 그 나라의 가장 고위 신분인 나르닥이 된 지금 그런 조항은 더 이상 내 품위에 안 맞는다는 생각이 들었다. 어쨌든 얼마 안 있어 나는, 적어도 내 생각으로는, 황제 폐하에게 매우 의미 있는 공헌을 할 기회를 갖게 되었다.

그날 한밤중에 나는 대문 앞에 수백 명이 몰려와 고함을 쳐대는 바람에 깜짝 놀라 잠에서 깼다. 막연한 공포감이 엄습했다. "불그럼"이라는 말이 계속 반복적으로 들려왔다. 이윽고 황제의 궁전에서 보낸 몇 사람이 군중들을 헤치고 도착하여 즉시 황궁으로 와달라고 애원했다. 소설책을 읽다가 깜박 잠이 든 시녀의 부주의로 황후 마마의 거처에 화재가 났다는 것이었다. 나는 즉시 자리에서 일어났다. 내 앞의 길을 트라는 명령이 내려졌다. 마침 달빛이 환히 비추는 밤이었기 때문에 나는 어떤 사람도 밟지 않고 황급하게 궁정에 도착했다.

이미 황후 마마가 거처하는 궁전의 벽들에 사람들이 많은 사다리들을 걸쳐 놓았고 물통들도 충분히 동원된 상태였다. 그러나 물이 너무 먼 곳에 있었다. 물통들은 큰 골무 정도 크기로, 이 다급하고 불쌍한 사람들이 최선을 다해 내게 신속하게 그것들을 전달했다. 그러나 불길이 너무나 맹렬하게 타올라서 아무 소용이 없었다. 외투가 있었다면 그걸로 불을 덮어서 쉽게 끄련만 불행히도 너무 서둘러 오느라고 조끼만 입은 채였다. 사태는 너무나 절박하고 비관적인 방향으로 흘러가는 듯했다. 만약 내가 평상시와는 다르게 마음의 평정을 회복하여 갑자기 한 가지 묘책을 생각해 내지 못했더라면 이 훌륭한 궁전 건물은 틀림없이 다 타서 땅 위로 무너져 내리고 말았을 것이다.

마침 그날 저녁 나는 그리미그림(블레퓌스크인들은 프뤼넥이라고도 부르는데 릴리펏의 것이 더 맛있다고 평해진다)이라는 매우 맛좋은 포도주를 잔뜩 마셨었다. 그런데 하늘이 도왔는지 아직 소변으로 배출하지 않은 상태였다. 또한 그 포도주는 이뇨 성분이 아주 강하게 든 술이었다. 화염과 아주 가까이 있으니 그 열기로 내 몸은 아주 뜨거워졌고, 또 불을 끄려고 힘들게 몸을 움직이느라고 더 더워진 상태였기에 소변으로 변한 술이 왕성하게 활동하기 시작했다. 결국 나는 참지 못하고 엄청난 양의 소변을 배설하고 말았다. 다행히 그 소변을 적절한 장소에 정확하게 겨냥하여 쏟아 냈기 때문에 화재는 3분도 안 되어 완전히 진압되었다. 따라서 건립에 수많은 세월이 소요되었던 귀중한 대건축물들이 파괴로부터 보호될 수 있었다.

어느덧 동이 트고 있었다. 나는 황제에게 축하의 말을 건네기 위해 기다리지도 않은 채 그냥 집으로 돌아왔다. 왜냐하면 비록 내가 아주 특별한 공헌을 했지만, 일을 처리한 방식에 대해 황제가 화를 낼지도 몰랐기 때문이었다. 그 나라의 기본법에 의하면,

지위 고하를 막론하고 누구든 궁궐 내에서 소변을 보는 사람은 중죄로 다스리게 되어 있었다. 나는 재판부에 명령을 내려 공식적으로 내 죄를 사하여 주겠다는 황제의 전갈을 받고서야 다소 안심했다. 그러나 결국 나는 이 사면을 얻지 못했다. 그리고 나는 다음과 같은 정보를 은밀히 전달받았다. 즉 황후가 내가 자행한 행동을 끔찍이 혐오하여 궁궐 내에서 가장 후미진 곳으로 거처를 옮겨버렸으며, 화재가 났던 그 건물들을 다시 사용하기 위하여 수리하는 일은 결코 하지 않겠다고 단호하게 결심했다는 것이었다. 그녀는 또한 자신의 총신들 앞에서 나에 대한 보복을 공공연하게 선언했다고 했다.*

* 황후는 앤 여왕을 말한다. 그녀의 이런 분노는 스위프트의 초기작 《통 이야기》에 대한 반응과 관련이 있다. 앤 여왕은 이 작품을 종교에 대한 천박하고 불명예스러운 비방이라고 생각했다. 그녀의 '보복'은 영국 국교회 내에서의 승진이라는 스위프트의 꿈을 좌절시킨 것이다.

제6장

릴리펏 국민들과 그들의 언어, 법률, 관습, 자녀 교육 등에 대해 설명하다. 이 나라에서의 저자의 생활 방식을 묘사하다. 저자가 한 귀부인을 옹호하다.

나는 이 나라에 관해 별개의 책자에서 다시 자세하게 설명하려고 마음먹고 있다. 하지만 그래도 일반적인 사항 몇몇은 설명해서 호기심 많은 독자들을 기쁘게 해주고 싶다.

이 나라 원주민들의 평균 신장은 15센티미터 이하로, 다른 동식물과 나무의 크기들도 정확하게 이 신장에 비례하는 크기다. 예를 들어, 가장 큰 말과 소의 키는 10~13센티미터고, 양은 4센티미터 내외다. 거위는 우리의 참새 크기만 했다. 이런 식으로 몇 단계 내려와 가장 작은 동물들에 이르면 내 육안으로는 거의 보이지도 않았다.

그러나 자연은 릴리펏 사람들의 시력을 모든 물체들에 적응시켜 주었다. 그들은 아주 세밀하게 볼 수 있었는데 멀리 떨어진 것은 잘 보지 못했다. 가까이 있는 물체들에 대한 그들의 예리한 시력을 예로 들어본다면, 그들이 파리보다도 작은 종달새 고기를 뜯는 장면을 들 수 있다. 나는 그런 모습을 지켜 보는 것이 무척 즐거웠다. 어린 소녀가 내 눈에는 보이지도 않는 바늘을 가지고 비단을 꿰매는 모습도 마찬가지다.

릴리펏에서 가장 큰 나무의 높이는 2미터가 넘었다. 왕립 대공원에 있는 나무들 말이다. 내가 주먹을 꽉 쥐고 팔을 쭉 뻗어야 겨우 닿는 높이다. 다른 식물들도 마찬가지 비율의 크기다. 그러나 더 자세한 모습들은 독자들의 상상에 맡기겠다.

수많은 시대에 걸쳐 모든 분야에서 융성하게 발전해 온 그들의 학문은 여기서 자세히 논하지 않겠다. 다만 그들의 필기 방법만은 매우 독특했다. 유럽인처럼 왼쪽에서 오른쪽으로 쓰지 않았고, 아랍인처럼 오른쪽에서 왼쪽으로 쓰지도 않았으며, 중국인처럼 위에서 아래로 내려 쓰지도 않았다. 또 카스카기아인처

럼 아래에서 위로 올려 쓰지도 않았다. 그들은 마치 영국의 숙녀들처럼 종이의 한쪽 구석에서 다른 쪽 구석을 향해 사선 방향으로 비껴 썼다.

그들은 죽은 자들의 머리를 아래쪽으로 똑바로 향하게 하여 매장했다. 왜냐하면 그들은 1만 1천 달이 지나면 죽은 자들이 모두 부활한다는 믿음을 갖고 있었기 때문이다. 그 기간 동안 지구가(그들은 지구가 평평하다고 생각했다) 뒤집힐 테니, 죽은 자들이 부활했을 때 저절로 똑바로 서게 된다고 믿었다. 학자들 중에는 이런 이론의 어리석음을 고백하는 자들도 있었지만, 여전히 이런 매장 관행은 일반 평민들의 의지에 따라 계속 행해졌다.

이 제국의 법과 관습들 중에는 아주 독특한 것들도 있었다. 만약 이런 것들이 사랑하는 내 조국의 법이나 관습과 직접적으로 심하게 상반되지만 않았더라면 나는 그들의 이런 법과 관습을 옹호하고픈 유혹이 생겼을 것이다. 따라서 지금은 그냥 그들의 그런 법과 관습이 그저 잘 실행되어 나가기만을 바랄 뿐이다.

그들의 법들 중에서 내가 가장 이야기하고 싶은 법은, 고발자에 관한 법이다. 그곳에서도 국가에 반역하는 모든 범죄는 가장 가혹한 엄벌에 처해졌다. 하지만 피고발자가 재판에서 자신의 무고함을 명백하게 입증하는 경우에는 고발자에게 즉시 치욕스러운 사형이 내려졌다. 그리고 무죄가 입증된 피고발자에게는 시간의 손실, 그가 겪었던 위험, 투옥 기간 중에 겪은 고초, 또 무죄를 입증하는 데 들어간 비용 등을 벌충해 주는데, 고발자의 재산과 토지를 이용하여 네 배의 보상이 이루어졌다. 혹시라도 재원이 부족하면 대부분은 황제가 지원해 주었다. 황제는 또한 그런 사람에게 공식적으로 총애의 표시를 해주었고, 그의 무죄가 도시 전체에 공포되었다.

그들은 사기죄를 절도죄보다 더 중죄로 생각해서, 반드시 사형으로 다스렸다. 그들의 주장에 의하면, 주의와 경계심, 매우 평범한 이해력만 있으면 개인의 재물을 절도로부터 예방할 수 있지만, 정직한 사람이 자신보다 더 월등하게 교활한 사람을 만났을 때는 아무런 방어벽도 갖지 못한다는 것이다. 그리고 물건을 사고 팔거나 신용으로 거래하는 일은 끊임없이 계속될 관행이기에, 만약 사기 행위를 허용하고 묵인하거나 제대로 징벌하는 법이 없다면 정직한 거래업자는 항상 망하고 악당들이 이익을 얻는다는 것이다. 한번은 주인에게 거액을 사취한 한 범죄자 사건에 관한 왕의 재판에 내가 끼어든 적이 있었다. 이 사람은 어음으로 받은 돈을 가지고 도망쳤었다. 내가 황제에게 그 사건은 단순히 신뢰의 붕괴에 해당하는 사건이니 정상 참작의 여지가 있지 않냐고 하자. 그는 그런 극악무도한 중죄에 대하여 변호인의 입장에서 옹호하는 내 태도가 참 기이하다고 답했다. 나는 결국 각 나라마다 관습이 서로 다른 것이라는 통속적인 답변 말고는 별로 응수할 말이 없었다. 고백하지만 사실 나는 그때 속으로 무척 부끄러웠다.

우리는 흔히 보상과 징벌이 모든 정부 운영(행정)의 기초가 되는 두 축이라고 이야기한다. 그러나 나는 릴리펏 제국을 제외하고는 다른 어떤 나라에서도 그것이 제대로 실천되는 것을 본 적이 없다. 이 나라에서는 누구든지 자신이 73개월 동안 국법을 충실히 지켜 왔다는 충분한 증거만 대면, 자신의 지위와 삶의 형편에 따라서 그에 상응하는 특권들을 주장할 권리를 부여받았다. 또한 그에게는 그런 용도로 마련된 재정에서 상응하는 상금도 주어졌다. 또 그의 이름 앞에 스닐팔, 혹은 '법률인' 이라는 칭호도 부여되는데, 이 칭호는 세습되지 않았다. 내가 우리 조국의 법률은 보상이 아니라 단지 징벌에 의해서만 집행된다고 말하자, 그들은 그것이 참으로 큰 정책적 결함이라고 생각했다.

이런 여러 이유들로 인해 이 나라에서 일하는 재판관들은 신중함을 상징하기 위해서 머리 앞쪽에 두 개, 뒤쪽에 두 개, 양 옆에 한 개씩, 모두 눈이 여섯 개 달린 여성 조각상을 만들었다. 이 조각상의 오른손에는 활짝 열린 황금 주머니가, 왼손에는 칼집에 들어 있는 칼이 들려져 있었다. 이 또한 그녀가 징벌보다 보상을 더 선호한다는 점을 보여 준다. 공직에 적임자를 뽑을 때도 그들은 탁월한 능력보다 훌륭한 도덕성을 더 우선시했다. 정부란 인류에게 꼭 필요한 조직이기 때문에, 평균 정도의 이해력만 있으면 어떤 사람이든 어떤 자리에 갖다 놔도 다 맞게 되어 있다고 믿었기 때문이다. 그들은 결코 신께서 공적인 업무를 극소수의 천재들만 이해할 수 있는 비밀로 만들었을 리가 없다고 믿었다. 그리고 이런 천재들이란 한 시대에 세 명 정도만 태어나는 것이라고 생각했다. 하지만 모든 사람의 내면에 진리, 정의, 관용, 기타 이와 비슷한 덕목들이 내재되어 있다고 믿었다.

따라서 누구나 경험과 선량한 의도를 가진 사람의 도움을 받아 그 덕목들을 실천만 한다면, 일정한 수련 기간이 요구되는 분야만 제외하고는, 국가를 위해 봉사할 자격이 있다고 믿었다. 그러나 도덕적 덕목의 결핍은 탁월한 정신 능력이 좀처럼 보충할 수 없고, 따라서 도덕적 결함이 있는 사람들의 손아귀에 결코 공직을 맡길 수는 없다고 했다. 그리고 그들은 적어도 도덕적 성향을 지닌 사람이 무지 때문에 자행하는 과오가, 선천적으로 부패지향적인 성품을 타고났고 그런 부패를 관리하고 증식하고 지켜가는 데 탁월한 능력을 지닌 사람들이 자행하는 과오만큼, 대중들에게 치명적인 영향을 미치지는 않을 것이라고 믿었다.

마찬가지로 그들은 신의 섭리를 불신하는 자들은 어떤 공직도 맡을 자격이 없다고 생각했다. 국왕들이란 신의 대리인이라고 스스로 공언하는 사람들이기 때문에, 릴리펏인들은 국왕이 자신의 행동 기반이 되는 기본 전제인 신의 권위를 부정하는 사람들을 고용하는 일만큼 부조리한 일은 없다고 생각했다.

그런데 지금 내가 이야기하고 있는 법들과 앞으로 나올 이 나라의 여러 가지 법과 관습들은 이 나라의 본래의 제도를 말하는 것이지, 인간의 타락한 본성에 의하여 지금 이 나라 사람들이 빠져 있는 극히 추잡스러운 부정부패를 말하는 것이 아님을 기억하기 바란다. 줄타기 놀이로 고위공직을 얻어 내는 부끄러운 관행, 장대 뛰어넘기와 포복하기를 통하여 왕의 총애와 작위를 얻어 내는 관행 등은 현 황제의 조부 때 처음 시작된 것들로, 파당과 당파가 서서히 늘면서 점점 더 지금과 같은 상황으로까지 악화되었음을 독자들이 알아야 할 것이다.

부모와 자녀의 의무에 대해서도 그들은 우리와 큰 차이를 보였다. 남성과 여성의 결합이 종족을 번식시키고 종속시키기 위한 자연의 법칙에 근거를 두고 있다고 생각했기에 릴리펏인들은 다음과 같이 고집스럽게 주장하였다. "남성과 여성도 다른 동물들처럼 욕정에 의하여 결합을 한다. 따라서 그들이 자식에게 갖는 사랑이란 동물들과 같이 자연의 원칙에서 비롯되는 것이다." 따라서 그들은 낳아 주었다는 이유 때문에 자식이 아버지나 어머니에 대해 의무감을 가져야 한다는 인식이 없다. 그들은 오히려, 세상에 태어난 것은 불행한 인간의 삶을 고려해 볼 때, 그 자체로 축복은 아니며 부모의 본래 의도도 아니었다고 생각했다. 사랑의 교합을 이룰 당시의 부모들의 생각이란 다른 일에 몰두해 있었다는 것이다.

이런저런 여러 가지 이유들에 근거하여 그들은 부모들이야말로 자기 자식들의 교육에 가장 책임이 적은 사람들이라고 생각했다. 따라서 모든 동네와 마을에 공립 보육 학교들이 있었다. 농사꾼이나 노동자들을 제외한 모든 부모는 자신의 남녀 아이들이 20개월이 되면 의무적으로 보육 학교에 보내 양육되고 교육받게 해야 했다. 20개월 정도가 되면 어느 정도 교육이 가능한 순종적 성격을 갖게 되는 것으로 여겼기 때문이다.

보육 학교들은 아이들의 다양한 특성과 성별에 맞게 여러 종류가 있었다. 또 아이들을 부모의 지위나 자신의 능력과 성격에 맞추어 그에 적합한 삶의 상황에 알맞게 준비시키는 데 충분한 자격이 있는 교사들을 보유하고 있었다. 남자 보육 학교부터 이야기하고 그 다음으로 여자 보육 학교에 대해 설명하겠다.

귀족 집안이나 저명한 집안 출신의 남자 아이들을 위한 보육 학교에는 근엄하고 학식 높은 교사들과 보조 교사들이 배치되었다. 아이들의 의복과 음식은 소박하고 단순했다. 그들은 명예, 정의, 용기, 겸손, 자비, 종교, 조국애 같은 원칙들로 양육되었다. 그들은 매우 짧게 먹고 자는 시간 외에는 늘 뭔가 일을 해야만 했다. 오락 시간은 두 시간인데 주로 신체 운동으로 구성되었다. 네 살까지만 남자 하인들이 옷을 입혀 주었고, 그 다음부터는 아무리 지체가 높아도 혼자 힘으로 옷을 입어야 했다. 우리 나이로 따져 보면 대략 50살쯤 되는 하녀들이 가장 비천한 일들을 대신해주었다. 그들은 절대로 하인들과 대화를 나눠서는 안 됐고, 오락을 하러 갈 때도 항상 교사나 보조 교사의 입회하에 소규모나 대규모로 함께 갔다. 이런 일들을 통하여 그들은 우리의 아이들이 종종 쉽게 빠져 드는 우행과 악행들에 대한 잘못된 생각들을 피할 수 있었다.

부모는 1년에 단 두 번만 면회가 허용되었고, 면회는 한 시간 이상 걸려서는 안 됐다. 또 입맞춤은 처음 만날 때와 헤어질 때만 허용되었다. 면회시 옆에 교사가 입회해서 귓속말이나 기타 애정 표현들을 못 하게 금지시켰고, 장난감이나 과자, 기타 선물들도 전달하지 못하게 했다.

아이들의 교육과 오락을 위해 각 가정으로부터 적절한 수업료를 받았으며, 제대로 지불이 안 될 때에는 황제의 관리들이 나서서 직접 징수했다.

평범한 신사나 상인, 장사꾼, 수공업 장인들의 아이들을 위한 보육 학교들도 각각의 상황에 맞추어 비슷한 방식으로 운영되었다. 장사를 할 예정인 아이들만 7살쯤부터 도제로 선발되어 나갔다. 반면에 지위가 좀더 높은 인사들의 아이들은 우리 나이로 21살에 해당하는 15살까지 교육을 계속 받았다. 그러나 그런 나이의 제약은 지난 3년간 서서히 줄어들고 있다고 한다.

여자 아이들을 위한 보육 학교의 경우, 지체가 높은 아이들은 남자 아이들과 비슷한 교육을 받았다. 다만 옷 입을 때만 순종적인 하녀들이 입혀 주는 게 다른데, 이 일은 다섯 살이 되어 혼자 힘으로 할 때까지 늘 교사나 보조교사의 입회 하에 행해졌다. 만약 보육 교사들이 혹시라도 무섭거나 우스운 이야기를 해주면, 혹은 우리 나라의 하녀들이 하는 어리석은 장난들을 치다가 발각되면, 이들은 시내 전역을 끌려 다니며 채찍질을 당하고 1년간 투옥되고, 평생을 가장 한적한 시골로 추방되어 살아야 했다. 따라서 보육 학교의 숙녀들은 남자 아이들만큼이나 겁쟁이나 바보가 되는 일을 부끄러워하였고, 또 그들은 품위 없고 청결치 못한 모든 개인적 장식물들을 경멸했다.

나는 여자 아이들 교육에서 성차별을 그다지 크게 느끼지 못했다. 다만 여자 아이들 운동이 덜 거칠고, 가정생활과 관련된 규칙들이 부과된다는 점만 달랐다. 약간 축소되긴 했지만 여러 가지 학문 분야들도 그들에게 부과되었다. 그들의 격언에 따르면, 상류층 여성들이란 항상 젊을 수만은 없기 때문에 늘 합리적이고 즐거운 동반자 자세를 지녀야 한다는 이유 때문이었다. 여자 아이들이 그들의 결혼적령기인 12살이 되면 부모나 후견인들이 집으로 데려갔다. 이때 부모들은 교사들에게 상당한 감사의 표시를 했고, 떠나는 당사자인 여학생과 친구들이 눈물을 흘리지 않는 적이 없었다.

좀더 지위가 낮은 열등한 집안의 여자 아이들을 위한 보육학교에서도 아이들은 자신의 성별과 지위 등급에 맞는 온갖 종류의 일들을 교육받았다. 도제가 될 아이들은 7살에 학교를 떠났고, 나머지 아이들은 11살까지 수용되어 교육받았다.

이 보육 학교에 아이를 맡긴 열등한 집안 가족들은 최대한 낮은 액수의 연간 교육비를 부담했다. 그러나 그 외에도 자신들이 버는 수입을 아이들 몫으로 조금씩 떼어 보육 학교의 사무장에게 보내 줘야 했다. 즉 모든 부모는 법률에 의거해 자신들이 쓰는 비용에 제약을 받았다. 릴리펏인들은 자신들이 좋아서 아이들을 세상에 내보낸 부모들이 그 양육 비용을 대중에게 전가하는 일만큼 부당한 일은 없다고 생각했다. 지위가 높은 사람들은 각 아동에게 쓰이는 일정액을 충당하기 위하여 형편에 따라 보증금을 제공했다. 이 기금들은 항상 매우 검소하고 정확하게 관리되었다.

오두막에 사는 농사꾼들과 노동자들은 아이들을 집에서 키웠다. 그들이 하는 일이란 오직 밭을 갈고 땅을 파는 일뿐이었기 때문에 이 아이들의 교육은 대중들에게 아무런 의미도 없었다. 하지만 이들 농사꾼들이나 노동자들이 늙고 병들게 되면 병원에서 부양되었다. 이 나라에선 동냥질은 알려져 있지 않은 직업이었다.

이쯤에서 9개월 13일에 걸쳐 그 나라에서 사는 동안 나를 도와주었던 하인들과 내 생활 방식에 대해 설명하는 것이 아마 호기심 많은 독자들을 즐겁게 하는 일일 것이다.

기계를 잘 만지는 두뇌를 가지고 있었고 또 당장 필요했기 때문에, 나는 왕립 공원의 큰 나무들을 가져와 내 힘으로 충분히 편안한 탁자와 의자를 만들었다. 200여 명의 침모들이 고용되어 내게 셔츠들을 만들어 주었고, 침대와 탁자보도 만들어 주었다. 모두 그녀들이 구할 수 있는 가장 강하고 튼튼한 천으로 만든 것들이었다. 하지만 이것들을 다시 몇 겹으로 누비지 않으면 안 되었다. 가장 두꺼운 천이라고 해봐야 우리의 얇은 면포(한랭사 천)보다도 몇 갑절 더 얇았기 때문이다. 그들의 린넨 천은 8센티미터 폭에 1미터가 조금 못 되는 길이가 한 단위였다. 침모들은 내가 누워 있을 때 치수를 쟀다. 하나는 내 목 옆에 서고 다른 하나는 다리 중간에 서서 각각 튼튼한 끈의 끝자락을 붙잡고 있었고, 세 번째 사람이 1인치 자를 가지고 그 끈의 길이를 쟀다.

그런 다음 그녀들은 내 엄지손가락 길이를 쟀다. 그 이상은 아무것도 요구하지 않았다. 왜냐하면 수학적인 계산에 의하여 엄지손가락 길이 두 배가 손목 한 바퀴의 길이라고 했고, 목과 허리도 마찬가지 방식으로 계산했다. 그리고 본으로 사용하라고 펼쳐 놓은 내 낡은 셔츠를 참고해서, 그녀들은 내게 정확하게 맞는 옷을 만들어 주었다. 같은 식으로 300명의 양복업자들이 동원되어 내게 양복을 만들어 주었다. 그러나 그들이 치수를 재는 방법은 달랐다. 내가 무릎을 꿇자 땅바닥에서 목까지 사다리를 걸쳤고, 한 명이 그 위로 올라와 내 셔츠 깃에서 바닥 아래쪽으로 추가 달린 줄을 떨어뜨렸다. 그 길이는 정확히 내 외투의 길이에 해당했다. 그러나 허리와 팔 길이는 내가 직접 쟀다. 나의 집에서(그들이 사는 가장 큰 방도 내 옷들을 수용할 수는 없었다) 내 옷들이 다 완성되자, 마치 영국 숙녀들이 만든 조각보 같았다. 다만 색깔은 모두 같았다.

300명의 요리사들이 내 집 근처의 조그맣고 편리한 오두막집에서 음식을 만들어 주었다. 그들은 이 집들에서 가족들과 함께 살며 각각 두 가지씩 요리했다. 나는 시중들 사람 20명을 손으로 잡아 탁자에 올렸고, 백여 명은 바닥에 남아 고기 요리와 술통들을 어깨에 걸쳐 멘 채 대기하고 있었다. 이 모든 음식들을 위에 올라와 있던 20명이 내가 원하면 언제든지 아주 기발한 방식으로, 마치 우리가 유럽에서 두레박을 끌어올리듯 줄로 끌어올렸다. 그들의 고기 요리 한 접시는 충분히 한입거리였고, 술 한 통은 한 모금 마실 만한 양이었다. 그들의 양고기는 우리 것보다 못했지만 쇠고기 맛은 뛰어났다. 세 번 정도로 나누어 베어 먹어야 할 만큼 매우 큰 허리 부위 고기를 먹은 적도 있었지만, 아주 드문 일이었다. 나의 하인들은 내가 마치 영국에서 종달새 다리 고기를 먹듯이 고기들을 뼈까지 통째로 다 먹는 것을 보고 깜짝 놀랐다. 나는 그들의 거위 고기나 칠면조 고기는 대개 한 입에 다 먹어 버렸는데 맛이 우리 것보다 훨씬 더 좋았음을 고백한다. 새고기 요리들은 더 작으니까 나이프 끝으로 한 번에 20~30마리씩 찍어 먹었다.

하루는 황제 폐하께서 나의 생활 방식에 대해 이야기를 듣고는 자신과 황후 마마, 그리고 어린 황태자, 공주 마마가 나와 함께 식사하는 즐거움을 누리고 싶다고 전해 왔다. 그들이 도착하자 나는 그들을 탁자 위 내 바로 맞은편에 올려놓았다. 그들 주변에는 경비대원들이 호위를 했다. 재무대신인 프림냅이 자신의 흰색 지팡이를 짚고서 동석했다. 그가 종종 험상궂은 표정을 지으며 나를 바라본다는 사실을 눈치챘지만, 나는 못 본 체하고 우리 나라의 명예를 위해서도 그렇고 황실 사람들을 놀라게 하기 위해서도 그렇고 평상시보다도 훨씬 더 많은 양을 먹었다.

그런데 나는 바로 이 방문이 프림냅이 폐하에게 나를 음해할 기회를 제공하게 되었다고 믿을 만한 개인적인 근거가 있다. 그 자는 겉으로는 항상 평소의 통명스러움과는 맞지 않게 과하게 내 몸을 쓰다듬으며 친한 척했지만, 사실은 항상 나의 비밀스런 적이었다. 그는 황제에게 열악한 재정 상황 보고했고, 불가피하게 엄청나게 삭감된 긴축 재정을 실시해야 한다고 주장했다. 또한 재무성 발행 채권들을 9퍼센트 이하로는 돌리지 않겠다고 보고했다. 그리고 나 때문에 150만 스프럭(그들의 가장 큰 금화 단위로 장식용 금박 조각 정도의 크기였다) 이상의 비용이 소모된다고도 보고했다. 결과적으로 그의 주장은, 좋은 기회가 오면 바로 나를 추방하는 것이 황제의 현명한 처사라는 것이었다.

이 자리에서 나는 나 때문에 죄없이 고통을 당한 한 고귀한 숙녀분의 명예를 변호해 드리지 않을 수 없다. 재무대신 녀석은 어떤 극악한 밀고자 녀석들의 악의에 의하여 자신의 부인을 질투하는 쓸데없는 망상을 갖게 되었다. 그 밀고자들은 그의 부인이 내 몸에 맹렬한 사랑을 느끼게 되었다고 고자질했다. 궁정 내의 이 추문은 한참 동안 퍼져 나가서 한번은 그녀가 직접 몰래 내 거처로 찾아오기까지 했었다. 나는 이 추문이 아무런 근거도 없는 가장 수치스러운 거짓말임을 엄숙히 선언하는 바이다. 다만 부인께서 즐거운 마음으로 매우 순진하게 내게 흉허물없는 우정의 표현을 했을 뿐이다.* 그녀가 나의 집을 자주 찾아왔던 것

* 이 사건 역시 휘그당 지도자 월폴에 대한 또 다른 풍자다. 그는 지나치게 예민한 프림냅과는 달리 부인의 부정에 대해 거의 신경을 쓰지 않았다.

은 인정한다. 그러나 항상 공개적인 방문이었고, 그녀의 자매와 딸, 또 특별한 지인 등 세 명을 마차에 함께 태우고 왔었다.

이런 일은 황실의 다른 숙녀분들에게도 빈번한 일이었다. 그리고 나는 지금까지도 내 주변의 하인들에게, 어느 때건 내 문앞에 마차가 와서 섰을 때 그 안에 누가 있는지 그들이 몰랐던 적이 있었는지 묻고 싶다. 숙녀분들이 방문하셨다고 하인이 통보하면 나는 즉시 문으로 가서 인사드린 뒤, 마차와 두 필의 말(마부가 여섯 필 중에서 항상 네 마리 말의 마구들은 풀어놓았다)을 매우 조심스럽게 손으로 들어올려서 내 탁자에 내려놓았다. 나는 사고를 막기 위하여 13센티미터 정도 높이의 이동식 테두리를 탁자 가장자리에 빙 둘러 설치했다. 종종 탁자가 마차 네 대와 네 말 네 마리로 가득 찼고, 나는 의자에 앉아 얼굴을 그들 쪽으로 기울였다. 내가 한 팀과 대화를 나누는 동안 나머지 마차의 마부들은 조용히 마차를 몰아 탁자 위를 돌곤 했다.

나는 이런 대화들을 나누며 오후 시간을 아주 재미있게 보냈다. 그러나 재무대신과 두 명의 밀고자들(잘해 보라고 직접 이름을 거론하겠다) 크러스트릴과 드룬로에게, 앞서 말한 것처럼 황제 폐하의 긴급 명령에 의해 내게 보내진 렐드레살을 제외하고 누구든 은밀하게 나를 찾아온 적이 있는지 증명해 보이라고 항변하는 바다. 이 문제가 나 자신은 말할 것도 없고 한 고귀한 숙녀분의 명예와 밀접하게 관련된 일이 아니었다면 이토록 장황하게 이야기하지 않았을 것이다. 나는 비록 영광스럽게도 나르닥이란 칭호를 얻었었지만 재무대신은 그렇지 못했다. 세상 사람들이 다 알고 있듯이 그는 나보다 한 단계 낮은 크럼그럼 작위를 갖고 있었다. 마치 영국의 공작 작위보다 아래인 후작 작위처럼 말이다. 그러나 나는 그가 직책에서는 나보다 앞서도록 인정했었다.

여기서 언급하기에 적절치 않은 한 사건에 의해 내가 나중에 알게 된 이 밀고 사건 때문에, 재무대신이 한동안 자기 부인에게 험상궂은 표정을 짓고 내게는 더욱 험악한 표정을 지어 보였던 것이다. 그는 마침내 부인에 대한 오해를 풀고 그녀와 화해했지만, 나는 그의 모든 신뢰를 잃어버리고 말았다. 그리고 덩달아서 그 총신에게 너무 많은 영향을 받고 있던 황제의 나에 대한 신뢰도 급속히 쇠퇴해 가고 있음을 알아냈다.

제7장

저자가 자신을 대역죄로 고소하려는 음모가 있다는 정보를 듣고 블레퓌스크로 탈출한다. 그곳에서 저자를 환대한다.

이 왕국을 떠나게 된 경위를 설명하기에 앞서 독자들에게 지난 두 달 동안 나에 대하여 진행되어 온 비밀스러운 음모를 알리는 것이 적절할 것이다.

나는 그때까지 평생 동안 궁정 생활에 대해 문외한으로 살아온 사람이었다. 그런 생활을 하기에 나는 내 비천한 출신으로 보아 자격이 없는 사람이었다. 하지만 나는 위대한 군주들과 각료 대신들의 성향에 대해서는 사실 충분히 이야기도 듣고, 글도 읽었던 사람이었다. 그러나 그런 성향들이 빚어 내는 끔찍한 결과들을, 내 생각에, 우리 유럽의 이론들과 전혀 다른 이론들에 의하여 통치되는 그런 동떨어진 국가에서 발견하게 되리라고는 전혀 기대하지 않았다.

내가 블레퓌스크의 황제를 알현하러 갈 준비를 하던 시기에 궁중의 한 유력 인사(그가 황제를 몹시 불편하게 했을 때 내가 그에게 큰 도움을 준 적이 있었다)가 닫혀진 의자 가마를 타고 어느 날 밤 아주 은밀하게 내 집을 찾아왔다. 그는 자신의 이름도 말하지 않고 안에 들일 것을 요청했다. 마부들을 물리친 후 나는 그가 타고 있는 의자 가마를 들어 내 외투 주머니 안에 집어넣었다. 그리고 신뢰하는 하인에게 누군가 찾아오면 내가 몸이 좋지 않아서 잠이 들었다고 말하라고 명령한 뒤 문을 걸어 잠갔다. 그리고는 늘 하던 방식대로 의자 가마를 탁자에 올려놓고 그 옆에 앉았다. 의례적인 인사말을 주고받은 뒤 나는 그의 안색이 근심으로 가득 찬 것을 발견했다. 그 이유를 묻자 그는 나에게 자신의 말을 꾹 참고 들어달라고 요청했다. 내 명예와 생명과 매우 관련된 문제라는 것이다. 그가 떠난 뒤 나는 그의 발언 내용을 즉시 기록해두었다. 그는 이렇게 말했다.

"당신도 아시겠지만 당신 문제로 최근 수차례에 걸쳐 은밀하게 전체 대신 회의가 열렸었습니다. 그리고 이제 황제 폐하께서 완전한 결론을 내리신 지 겨우 이틀이 지났습니다. 폐하께서 왜 그러셨는지 근원적인 이유는 나도 모르겠습니다. 하지만 당신이 블레퍼스크를 상대로 엄청난 성공을 거둔 뒤 그의 증오심이 더욱 커진 것 같습니다. 장군으로서의 그의 명성이 그 일에 의해 가려져 버렸기 때문일 것입니다. 폐하께서는 부인 문제 때문에 당신에 대해 큰 적대감을 갖게 된 재무대신 프림냅과 림톡 장군, 시종장 랄콘, 대법관 발머프 등과 결탁하여 당신을 대역죄 및 기타 여러 가지 중죄로 탄핵하는 조항들을 마련하셨습니다."

이런 서두의 말을 듣고 있자니 나는 나의 공적과 무고함이 생각나 너무 참을 수가 없어 그의 말에 끼어들려고 했다. 그러자 그가 제발 조용히 하라고 간청한 뒤 이야기를 계속했다.

"당신이 내게 베풀어 준 은혜에 보답하기 위하여 나는 그 모든 진행 상황에 관한 정보와 탄핵 조항 복사본을 입수했고, 내 목숨을 걸고 당신에게 도움을 주는 모험을 하기로 한 것입니다.

퀸부스 프레스트린(인간산)에 대한 탄핵 조항들*

제 1 조

칼린 데파르 프룬 황제 폐하 통치시에 제정된 법에 의하여 누구든 황궁 경내에서 소변을 보는 자는 대역죄의 처벌을 받게 되어 있다. 그럼에도 불구하고 퀸부스 프레스트린은 위 법을 공공

* 1715년 토리당 지도자 옥스퍼드 백작과 볼링브룩 자작에 대해 행해졌던 대역죄 탄핵에 대한 풍자가 담겨 있다.

연히 어기고 황제 폐하가 가장 아끼시는 황궁 건물에 발생한 화재를 진압한다는 핑계 하에, 악의적으로, 반역적으로, 흉악하게도 소변을 배설하여 황궁 경내에 위치한 건물 화재를 진압하였다. 따라서 이 경우에 정해져 있는 법을 위반하였으며 의무를 저버렸다.

제 2 조

전술한 퀸부스 프레스트린은 블레퓌스크의 함대를 왕립 항구로 끌고 왔었다. 그리고 그는 그 제국의 나머지 배들도 모두 포획해 와서 그 제국을 폐하의 영토로 만들어 이후 총독의 지배를 받게 하고, 또한 그곳에 망명해 있는 계란 넓적한 쪽 깨먹기 지지자들을 모두 처단하고 죽이며, 그 이단적인 주장을 즉시 버리지 않는 그 제국 안의 모든 사람들도 죽이라는 황제 폐하의 명령을 받았었다. 그러나 전술한 프레스트린은 양심을 강요하거나 무고한 백성들의 자유와 생명을 파괴할 수는 없다는 거짓 핑계를 대며, 가장 신성하시고 침착하신 우리 황제 폐하에게 반기를 든 불충한 반역자처럼, 그런 일에서 면제시켜 달라고 감히 간청드렸다.

제 3 조

블레퓌스크 조정에서 몇몇 사신들이 화친을 제의하기 위하여 도착했었다. 그런데 전술한 프레스트린은 그들이, 최근 들어 우리 황제 폐하의 공공연한 적이 되어 전쟁을 벌이고 있는 군주의 신하들인 점을 알면서도 역시 불충한 반역자처럼 그들을 도와주고, 선동하고, 위로하고, 즐겁게 해주었다.

제 4 조

전술한 프레스트린은 충직한 신하로서의 본분을 저버리고 현재 블레퓌스크 조정과 제국을 여행할 준비를 하고 있다. 이에 대해 그는 겨우 폐하의 구두 허락만을 얻었을 뿐이다. 그런데 그런 허락을 핑계로 불충하고 반역적으로 전술한 그 여행을 함으로

써 폐하의 최근의 적이며 폐하와 전쟁을 벌이고 있는 그 군주를 도와주고, 위로하고, 선동하려 하고 있다.

이외에 다른 탄핵 조항들도 있습니다. 그러나 지금 요약해서 읽어 드린 이 조항들이 가장 중요한 것들입니다. 이 조항들에 대해 수차례 논쟁을 벌일 때 폐하께서는 여러 차례 관대한 말씀을 하시면서, 당신이 자신에게 바쳤던 여러 가지 도움들을 역설하시며 당신의 죄를 경감해 주시려고 몇 번이나 애쓰셨다는 점을 인정해야 할 것입니다. 그러나 재무대신과 해군대장이 당신을 가장 고통스럽고 치욕적인 죽음에 처해야 한다고 고집했습니다. 당신의 집에 밤에 불을 지른 후, 장군의 지휘 하에 2만 명의 군사들을 독화살로 무장시킨 뒤, 당신의 얼굴과 양손에 그 화살들을 쏘아 죽이자는 것입니다. 또 당신의 하인 몇 사람에게 당신의 셔츠와 이불보에 독극물 액체를 뿌리라는 은밀한 지령을 내리자고 주장하기도 했습니다. 그 독극물이 당신의 살들을 파고들며 당신을 가장 고통스럽게 죽도록 만들 것이라는 겁니다.

장군도 이 의견에 동조했습니다. 따라서 한동안 당신에게 반대하는 의견이 다수였습니다. 그러나 폐하께서는 가능하다면 당신의 목숨을 구해 주기로 결심하시고 결국 재무대신의 의견은 받아들이지 않기로 하셨습니다.

그리고 폐하께서는 항상 당신의 진정한 친구로 자부해 왔던 비서실장 렐드레살에게 이 문제에 대해 의견을 말해 보라고 명령하셨습니다. 그는 자신이 당신에게 가진 호의적인 생각을 말씀드렸습니다. 그는 당신의 죄가 비록 크다는 사실은 인정했습니다. 그러나 그는 군주의 가장 칭찬할 만한 덕목이며 폐하께서 가장 정당하게 칭찬을 들으시는 근거이기도 한 자비심을 베풀 여지가 있지 않느냐고 부탁드렸습니다. 그러고 나서 이렇게 제안했습니다.

그는 우선, 당신과 그의 우정이 세상에 너무 알려져 있기 때문에 대신들이 그가 편견을 갖고 있다고 생각할지도 모르지만, 그가 받은 폐하의 명령에 복종하여 솔직하게 자신의 감정을 표현하겠다고 했습니다. 그는 만약 폐하께서 당신의 공헌을 고려하고 또 자비심을 충실히 베풀어 당신의 목숨을 기꺼이 살려 주되 다만 양쪽 눈만 뽑으라고 명령한다면, 자신의 겸손한 생각으로는 정의의 여신도 어느 정도 만족할 것이고, 나아가 온 세상 사람들이 폐하의 관대함과 조언자 역할을 해준 신하들의 정당하고 관대한 일처리를 칭송할 것이라고 말했습니다.

또한 당신의 눈을 뽑아도 당신의 육체적 힘에는 전혀 손상을 입히지 않아 당신을 계속 폐하께 유용하게 쓸 수 있고, 오히려 눈이 멀면 위험을 못 보기 때문에 용기를 배가시켜 줄 것이라고 했습니다. 그리고 마지막으로, 적의 함대를 포획해 올 때 당신은 눈이 상할까봐 느꼈던 공포감이 가장 컸다고 했는데, 이제는 대신들의 눈을 통해 보면 충분할 것이라고 했습니다. 왜냐하면 가장 위대한 군주들도 그와 마찬가지로 대신들의 눈을 통해 보는 일 이상은 하지 않는다는 것입니다.

전체 대신들은 이 제안을 극단적일 정도로 불만스럽게 받아들였습니다. 볼고람 장군은 화를 못 참고 격분하여 벌떡 일어나서 이렇게 말했습니다. 우선 비서실장이 어째서 반역자의 목숨을 살려 주자는 의견을 감히 말할 수 있느냐는 겁니다. 당신이 행했던 공적이라는 것들이 국가의 모든 진정한 상황을 살펴본다면 오히려 당신의 죄를 더 중하게 만들 수 있는 위험들이기도 하다고 주장했습니다. 즉 궁궐에 난 화재를 소변을 배설하여(그는 이 말을 두려움에 떨며 했습니다) 진화할 수 있었다면, 당신이 다른 경우에는 같은 방법으로 궁궐에 홍수가 나게 할 수도 있다는 것입니다. 또 적군의 함대를 끌고 온 바로 그 힘이 당신에게 뭔가 불만이 생기면 바로 그 함대를 다시 적국으로 끌고 가는데 이용될 수도 있다는 것입니다. 그리고 그는 당신이 속마음으로는 계란 넓적한 쪽 깨 먹기 지지자일지도 모른다는 충분한 근거를 갖고 있다고도 주장했습니다. 반역이란 공공연한 행동들로 나타나기에 앞서 먼저 마음속으로부터 시작된다는 이유를 들어, 그는 당신을 반역자라고 비난했습니다. 따라서 당신을 죽여야 한다고 주장했습니다.

재무대신도 똑같은 의견이었습니다. 그는 당신을 먹여 살리느라 폐하의 재정이 얼마나 궁핍한 상태로 줄어들었는지 밝혔고, 그나마 곧 더 이상 견디지 못할 수준으로 빠져 들게 될 것이라고 주장했습니다. 그러면서 당신의 두 눈을 뽑자는 비서실장의 제안은 편법이고, 이 상황에 대한 해결책과는 너무나 거리가 먼 것이며, 오히려 상황을 악화시킬 것이라고 역설했습니다. 어떤 새들은 눈을 멀게 하면 모이를 더 빨리 먹고 빨리 살이 찌는데, 이를 보면 당신도 어떻게 될지 분명하다는 것입니다. 그리고 폐하와 당신을 재판하는 신하들이 자신들의 양심에 비추어 당신의 유죄를 완전히 확신하고 있기 때문에, 그것만으로도 엄격한 법 조항이 요구하는 공식적인 증거들이 없이 당신을 죽이기에 충분한 근거가 된다는 것입니다.

그러나 당신을 극형에 처하지 않기로 굳게 결심한 황제 폐하께서는, 당신의 눈을 뽑는 형벌이 너무 가벼운 징벌이라고 하니 뭔가 다른 징벌을 더 부과하는 게 좋겠다고 너그럽게 말씀하셨습니다. 그러자 당신의 친구인 비서실장이, 당신을 부양하는 데 드는 폐하의 엄청난 비용을 거론하며 재무대신이 반대했던 내용에 대한 대답으로, 다시 공손하게 발언권을 청했습니다. 그는 이렇게 말했습니다. 황제의 수입 재정을 홀로 관장하는 재무대신이 당신에게 제공하는 음식물을 조금씩 서서히 줄여 나감으로써 이런 곤란한 상황에 쉽게 대처할 수 있는 것이 아니냐는 겁니다. 그러면 음식의 부족 때문에 당신은 점점 약해지고 활기를 잃을 것이며 식욕조차 잃게 되어 결국 몇달 안에 수척하게 말라 죽어 버리게 된다는 것입니다. 그리고 당신의 몸도 절반으로 말라 버렸을 것이기 때문에 썩는 악취도 그렇게 위험하지 않다는 것입니다. 당신이 죽자마자 즉시 5천~6천 명의 국민들이 달라

붙어 이삼 일 만에 당신의 뼈들에서 살 조각들을 잘라 내고 그것들을 수레에 가득 실어 멀리 떨어진 외진 장소에 파묻으면, 전염병을 막을 수 있고, 당신 몸의 뼈대는 후손들에게 보여 줄 경이로운 기념물로 만든다는 겁니다.

따라서 비서실장의 대단한 우정에 힘입어 모든 일이 타협되었습니다. 당신을 단계적으로 서서히 굶겨 죽이는 계획은 극비를 유지하라는 명령이 엄하게 내려졌습니다. 그러나 당신의 눈을 뽑는다는 판결은 책에 기록되었습니다. 누구도 이런 결정에 불만이 없었습니다만 황후 마마의 측근이었던 볼고람 장군만은 예외였습니다. 황후 마마가 그가 당신을 죽여야 한다고 주장하도록 끊임없이 교사하였습니다. 그녀는 당신이 자신의 거처에 난 화재를 진화한 치욕스럽고 불법적인 방법 때문에 당신에 대해 영원한 적개심을 품고 있습니다. 3일 후에 당신의 친구인 비서실장이 당신의 집을 방문하라는 지시를 받들고 찾아와 당신 앞에서 탄핵 조항들을 읽고 황제 폐하와 대신 회의의 관대함을 보여 줄 것입니다. 그런 다음 당신은 단지 눈을 뽑히는 벌만을 받게 될 것입니다. 폐하께서는 당신이 이 벌에 감사하는 마음으로 겸손하게 응할 것임을 의심하지 않고 있습니다. 당신이 누워 있는 동안 당신의 양 눈알에 매우 날카롭고 뾰족한 화살들을 쏘아대는 이 수술이 잘 진행되는지 폐하의 외과 의사 20명이 곁에서 지켜 볼 것입니다.

당신이 어떤 조치를 취해야 할지는 당신의 분별에 맡기겠습니다. 그리고 의혹의 눈길을 피하기 위하여 나는 왔을 때처럼 가능하면 은밀하게 빨리 돌아가야 합니다."

그는 그렇게 돌아갔고 나만 홀로 남았다. 마음속에 많은 의심과 동요가 일었다.

군주의 분노나 어떤 총신의 악의를 가라앉히려고 조정에서 어떤 잔인한 처형을 발표할 때에, 황제가 항상 전체 대신들에게 연설하는 것이 이 나라의 군주와 신하들이 시작한 관습이었다. 그는 이런 연설을 통하여 세상 사람들이 알고 있고 인정하고 있다고 알려진 자신의 자질들인 넉넉한 관대함과 부드러운 애정을 표현했다. 이 연설은 즉시 인쇄되어 온 나라에 배포되었다. 그런데 황제의 자비심에 관한 이런 찬사의 내용만큼 백성들을 더 무시무시한 공포에 떨게 만드는 것은 없었다. 왜냐하면 이런 찬사들이 더 확대되고 심하게 강요되면 될수록 그에 따른 징벌은 더욱더 비인간적이며, 그 징벌을 받는 자는 무고하다는 사실이 목격되었기 때문이다.

그러나 내 자신에 대해서 말해 본다면, 사실 나는 태생으로나 교육으로나 전혀 궁정인이 될 생각이 없던 사람이었다는 점을 고백해야겠다. 나는 사태를 파악하는 데 너무나도 서툴러서, 이런 판결이 도대체 관대한 것인지 우호적인 것인지 전혀 알 수가 없었다. 다만 너그럽다기보다는 너무 가혹하다는 생각이 들었다(잘못 생각한 것인지도 모르지만). 나는 문득문득 그냥 벌을 받을까도 생각했다. 왜냐하면 비록 내가 탄핵 문서에 적힌 몇몇 조항들에 명시된 사실들을 부정할 수는 없겠지만 그들이 어느 정도 정상을 참작해 주지 않을까 하는 희망이 있었기 때문이다.

하지만 내가 그때까지 살아오면서 여러 국가의 재판들에 관하여 자세히 읽어 본 바에 의하면, 그런 재판들은 항상 재판관들이 적절하다고 생각하는 바대로 끝이 났다. 따라서 나는 결국 이런 중대한 시기에 그런 막강한 적들을 상대로 그토록 위험한 판결에 몸을 맡기지 않기로 결심했다.

한번은 강력하게 저항해 볼까 하는 생각이 강하게 들기도 했다. 내게 자유가 있는 한 그 나라의 온 백성이 힘을 합쳐도 결코 나를 굴복시키지 못할 것이기 때문이었다. 돌덩어리들만 집어 던져도 그 나라의 수도는 풍비박산이 날 것이었다. 그러나 나는 곧 몸서리를 치며 그 생각을 거두었다. 황제에게 내가 했던 맹세와 그로부터 내가 받았던 총애, 그가 내게 하사했던 나르닥 작위 등이 떠올랐기 때문이었다. 또한 나는 아직까지 은혜를 반대로 갚는 궁정 신료들의 방식을 익히지 못한 상태였다. 그래서 황제가 지금 가혹한 처벌을 내린다면 그걸로 내가 그에 대해 가졌던 과거의 모든 의무들이 면제되는 것이라고 생각하지 못했다.

마침내 나는 결정을 내렸다. 하지만 나의 이런 결심이 비난을 초래할지도 모르겠고, 그 비난은 부당한 것도 아닐 것이다. 내가 내 눈을 보호하고 자유를 보호할 수 있었던 것은 사실 나의 섣부른 성급함과 경험 부족 덕분이었다고 고백해야 할 것 같다. 만약 내가 그 당시 군주들과 신료들의 본성을 알았더라면(나는 이후 다른 많은 나라들의 왕실에서 나보다 죄가 훨씬 덜한 죄수들을 그들이 어떻게 다루는가를 보고서야 그들의 본성을 깨달았다), 내게 내려졌던 징벌이 얼마나 너그러운 것인지를 깨닫고 아주 신속하게 기꺼운 마음으로 복종했을 것이다.

하지만 젊음이 지닌 성급함에 쫓기고 있었고, 또 블레퓌스크 황제 폐하의 허락도 이미 받아 둔 상태였기 때문에, 나는 이 기회를 이용하여 사흘이 채 지나기 전에 내 친구인 비서실장에게 편지를 보냈다. 폐하의 허락은 진즉 얻었으니 그날 아침 바로 블레퓌스크로 떠나겠다는 내 결심을 담은 편지였다. 그러고는 답장을 기다리지도 않은 채 우리 함대가 정박해 있는 섬 쪽으로 나섰다. 나는 거대한 군함 한 척을 붙잡아 뱃머리에 밧줄을 묶은 후 닻을 들어올렸다. 그리고 옷을 벗어서 겨드랑이에 끼고 온 이불과 함께 배에 실었다. 그 배를 앞에서 끌며 물속을 걷고 헤엄쳐서 마침내 블레퓌스크 왕립 항구에 도착했다.

그곳 사람들은 이미 오래 전부터 나를 기다리고 있었다.* 두 명의 안내인들이 나라 이름과 똑같은 그곳의 수도까지 나를 안내했다. 나는 수도의 성문에서 약 183미터 떨어진 곳에 도착할 때까지 안내인들을 손 위에 올려놓고 갔다. 그러고 나서 그들에게 내 도착을 비서관에게 통보하라고 말했다. 또 내가 그곳에서

* 걸리버의 탈출은 재판 직전 프랑스로 도망쳤던 토리당 지도자 볼링브룩 자작의 탈출 사건을 암시한다. 또 다른 토리당 지도자 옥스퍼드 백작은 영국에 남아 있었는데, 그에 대한 고소는 2년 뒤 기각되었다.

황제의 명령을 기다리고 있다는 사실도 알리게 했다.

반 시간쯤 후 황제와 그의 가족들, 조정의 고위 관료들이 나를 영접하러 온다는 기별이 왔다. 나는 100미터 정도 앞으로 더 갔다. 황제와 일행들이 말에서 내렸고 황후와 숙녀분들은 마차에서 내렸다. 나는 그들이 놀라거나 걱정하는 느낌을 받지 못했다. 나는 황제와 황후의 손에 입을 맞추기 위해 땅바닥에 엎드렸다. 그리고 황제에게 그와의 약속을 지키기 위하여 내 주인이신 릴리펏 황제의 허락을 받고 그를 찾아뵈러 온 것이라고 말했다. 또 그와 같이 강력한 군주를 알현하게 되어 영광이라는 말도 덧붙였다. 그리고 내 군주에 대한 의무에 크게 어긋나지만 않는다면 내가 할 수 있는 어떠한 봉사라도 해드리고 도움을 드리기 위해 왔다고도 했다.

하지만 나는 내 불명예에 대해서는 단 한마디도 하지 않았다. 사실 그때까지 나는 공식 정보가 없는 듯이, 그러니까 나에 대한 음모와 관련해서 전적으로 모르는 척 처신해야 하는 형편이었기 때문이다. 나는 또한 내가 자신의 세력권 밖에 나가 있는 동안에 우리 황제가 그런 비밀을 공표할 것이라고 생각할 수 없었다. 하지만 이내 내가 잘못 생각하고 있음이 드러났다. 이 나라의 궁정에서 받은 대접을 자세히 설명해서 독자들을 귀찮게 하고 싶지는 않다. 다만 그 대접이 이 나라의 황제처럼 위대한 군주가 지닌 관대함에 잘 어울리는 것이었다는 점만은 말씀드리겠다. 또 내가 집과 침대가 없어서 그냥 땅바닥에 누워 가져 간 이불로 몸을 감싸고 자야 했다는 점 외에, 내가 겪어야 했던 다른 어려움들에 대해서도 이야기하지 않겠다.

제8장

우연한 행운에 의하여 저자가 블레퓌스크를 떠날 수 있는 수단을 발견한다. 그리고 얼마간의 어려움을 겪고 난 뒤 조국으로 무사히 돌아온다.

블레퓌스크에 도착한 지 3일째 되던 날 나는 호기심에서 이 섬나라의 북동쪽 해변을 산책하다가 약 3킬로미터쯤 떨어진 해상에 뒤집혀진 채 떠 있는 보트 비슷한 물체를 발견했다. 나는 신발과 스타킹을 벗고 바다로 200~300미터쯤 걸어 들어갔다. 그 물체가 조수의 힘에 밀려 점점 해변으로 다가오고 있는 걸 알았고, 마침내 그것이 진짜 보트임을 분명히 확인했다. 아마 폭풍우 때문에 본선에서 떠밀려 온 보트인 듯했다.

나는 즉시 수도로 돌아와 황제에게 잃어버린 함대 외에 남아 있는 배들 중에서 가장 큰 배 20척과 부사령관의 지휘를 받는 해군 3천 명만 빌려 달라고 부탁했다. 내가 보트를 처음 발견한 해변 쪽으로 가장 짧은 지름길로 가로질러 가는 동안, 함대는 섬을 돌아서 항해해 갔다. 조수 때문에 보트가 해변 쪽으로 더 가까이 접근해 있었다. 해군들은 내가 미리 충분한 강도로 꼬아 놓은 밧줄을 준비하고 있었다. 배들이 다가오자 나는 옷을 벗고 보트에서 1백 미터 떨어진 곳까지 물속을 걸어갔고, 거기서부터 보트에 닿을 때까지는 헤엄쳤다. 해군들이 내게 밧줄 끝을 던져 주어서, 그것을 보트 앞머리에 있는 구멍에 고정시키고 나머지 다른 쪽 끝은 군함에 고정시켰다.

하지만 이런 모든 노력은 별 효과가 없었다. 수심이 내 키를 넘어서 작업을 할 수 없었기 때문이었다. 이런 절박한 상황에서 나는 다시 뒤로 헤엄치며 한 손으로는 보트를 최대한 자주 끌어당겼다. 마침 조수가 유리하게 작용해서 나는 해변 쪽으로 더 밀려갔고 드디어 다시 턱을 물 위로 내밀고 발을 바닥에 댈 수 있게 되었다. 이삼 분을 휴식한 후 다시 보트를 밀어 마침내 수심이 내 겨드랑이 정도밖에 안 되는 곳까지 이르렀다. 이제 가장 힘든 일만 남은 셈이었다. 나는 배들에 실려 있던 다른 밧줄들을 꺼내 보트에 연결하고, 다시 나를 기다리고 있는 아홉 척의 배들에 연결했다. 바람도 순조롭게 불어서, 병사들이 끌고 내가 밀며 해변으로부터 40미터쯤 떨어진 곳까지 도착했다. 거기서 조수가 빠져나가기를 기다리며 몸을 말린 후 보트로 다가갔다. 그리고 병사 2천 명과 여러 장치와 밧줄들의 도움에 힘입어 간신히 보트를 제자리로 뒤집었다. 보트는 다행히 별로 손상이 없었다.

열흘이나 걸려 노를 만들어 그 보트를 블레퓌스크 왕립 항구까지 가져왔던 난관을 늘어놔서 독자들을 괴롭히지는 않겠다. 항구에 엄청나게 많은 군중이 운집하여 그처럼 거대한 배의 모습에 경이감을 나타내고 있었다. 나는 황제에게 나를 고국으로 돌아가게 해주려고 행운의 여신이 이 배를 이곳에 던져 주신 것 같다고 말씀드렸다. 그리고 귀향 준비에 필요한 물품들을 얻을 수 있도록 명령을 내려 주고, 그 나라를 떠나도 좋다는 허락도 내려 달라고 간청했다. 그는 충고의 말 몇 마디를 덧붙인 뒤 기꺼이 그렇게 하라고 허락했다.

이런 일이 진행되는 내내 우리 황제가 나와 관련하여 블레퓌스크 조정에 아무런 소식도 전하지 않는 것이 참 의아했다. 하지만 나는 비밀스럽게 다음의 사실을 알게 되었다. 즉 내가 자신의 의도를 알아차린 사실을 꿈에도 눈치 채지 못한 우리의 황제는, 조정에 잘 알려져 있듯이 내가 그저 자신의 허락 하에 약속을 지키러 블레퓌스크에 간 것일 뿐이며 알현 의식이 끝나면 며칠 안에 되돌아오리라 생각했다는 것이다. 그러나 내가 오랫동안 돌아오지 않자 마침내 불안해지기 시작했고, 재무대신을 비롯한 나머지 대신들과 협의한 끝에, 고위인사 한 명을 나에 대한 탄핵 문서와 함께 이 나라로 급히 파견했다. 문서에는 블레퓌스크의 군주에게 릴리펏 군주의 관대함을 보여 주는 지시 사항들이 담겨 있었다. 내 눈을 뽑는 일 이상의 징벌은 가하지 않겠다는 내용 말이다. 그리고 내가 재판을 피해 도망쳤으니, 만약 두 시간 안에 돌아오지 않는다면 나르닥 작위를 박탈하고 반역자로 선언하겠다는 내용도 있었다. 사신은 또한 두 제국 사이의 평화와 우호를 유지하기 위하여 그의 군주께서, 블레퓌스크의 형제 황제가 내 손과 발을 묶어 대역죄의 처벌을 받도록 릴리펏으로 돌려보내라는 명령을 내릴 것이라 기대한다고도 덧붙였다.

블레퍼스크의 황제는 사흘 간에 걸쳐 대신들과 협의한 뒤 아주 예의 바른 변명들을 담은 답신을 보냈다. 그는 나를 결박하여 보내는 일은 릴리펏의 형제들도 알겠지만 불가능하다고 말했다. 내가 비록 자신의 함대를 빼앗아 가는 일을 자행했지만, 이후 두 나라 사이의 평화를 조성하는 데 기여한 많은 선행들에 의해 자신이 은혜를 입고 있다고도 말했다. 하지만 두 황제들이 곧 이 문제에 대해 마음 편해질 날이 올 것이라고 덧붙였다. 왜냐하면 내가 항해할 수 있는 거대한 배를 해변가에서 발견했고, 이미 내 도움과 요청에 따라 출항 준비를 도우라고 명령했기 때문에, 몇 주만 지나면 두 제국이 감당하기에 너무나 힘든 골칫거리 존재로부터 곧 자유로워질 것이라고 말했다.

릴리펏 사신은 이런 답신을 갖고 돌아갔다. 그리고 블레퍼스크 군주는 내게 지난 일들을 모두 말해 주었다. 동시에 만약 내가 그를 위해서 일하겠다면 자비롭게도 나를 보호해 주겠다고 제의했다. 물론 그의 말은 진심이었으나, 나는 이제 더 이상 소위 군주라는 사람들이나 신료라는 자들을, 할 수만 있다면 다시는 더 이상 믿지 않기로 했다. 따라서 그의 호의적인 제의에 적절한 모든 감사의 표하면서 공손하게 거절했다. 나는 그에게 좋든 싫든 운명의 여신이 내 앞에 배를 던져 주셨으니 두 강대국 사이에 끼어 불화의 원인이 되느니 망망대해로 나 자신을 띄워 보내기로 결심했다고 말했다. 나의 이 말에 대해 황제는 전혀 아무런 불만이 없어 보였다. 그리고 나는 우연한 사건에 의하여 이 황제가 사실은 나의 결정을 아주 기뻐한다는 사실도 알아냈다. 그의 신하들도 마찬가지였다.

이런 여러 가지 일들 때문에 나는 예상했던 것보다 출발을 좀 더 서두르게 되었다. 조정 신료들도 내가 빨리 떠나기를 바라는 마음에서 기꺼이 도움을 주었다. 내 지시에 따라 500명의 장인들이 동원되어 그 나라에서 가장 튼튼한 린넨 천들을 열두 겹 겹쳐 누벼 만든 두 개의 돛을 배에 달았다. 그리고 그 나라에서 가장 튼튼한 밧줄들을 열 겹, 스무겹, 서른 겹씩 힘들여 꼬아서 굵은 밧줄들을 만들었다. 해변가를 한참 헤맨 끝에 우연히 찾아낸 큰 돌덩이를 닻 용도로 사용했다. 그리고 소 300마리의 기름으로 배에 기름칠을 하고 다른 용도에도 썼다. 그리고 믿을 수 없을 정도로 고생을 한 끝에 그 나라에서 가장 큰 목재용 나무들을 베어 노와 돛대들도 만들었다. 이 일을 하는 내내 황제의 선박 제작 목수들이 많은 도움을 주었다. 그들은 내가 거칠게 작업해 놓으면 그것들을 부드럽게 다듬어 주었다.

대략 한 달쯤 지나 준비가 끝나자 나는 작별 인사를 하고 황제의 허락을 얻기 위해 사람을 보냈다. 황제와 황실 가족들이 직접 궁궐 바깥까지 배웅을 나왔다. 나는 그의 손에 입맞추려고 바닥에 누웠다. 그는 아주 기품 있게 손을 내밀었으며, 황후와 어린 황태자들도 마찬가지였다. 황제 폐하는 내게 자신의 전신 그림과 각각 200스프럭씩 든 지갑 두 개를 선물했다. 나는 손상을 피하려고 그림은 즉시 장갑 안에 넣었다. 출발과 관련된 의식들이 너무 많았기 때문에 그걸 다 이야기한다면 독자들이 지루할 것이다.

나는 소 100마리 분의 고기와 양 300마리 분의 고기, 엄청나게 많은 빵과 음료수, 그리고 400명의 요리사들이 제공해 준 이미 요리된 많은 고기 요리 등을 배에 실었다. 그리고 암소 여섯 마리와 황소 두 마리, 암양과 숫양 여러 마리도 우리 나라에 가져가 번식시킬 목적으로 배에 실었다. 이 동물들을 먹일 충분한 건초와 옥수수 한 자루도 실었다. 나는 가능하다면 기꺼이 이곳 원주민들도 십여 명 데려가고 싶었다. 그러나 이것은 황제가 절대로 허락하지 않았다. 그는 내 호주머니들을 샅샅이 수색하기까지 했다. 나는 그에게 비록 주민들 중 스스로 동의하고 원하는 사람이 있다 해도 절대로 그들을 데려가지 않겠다고, 내 명예를 걸고 맹세해야 했다.

할 수 있는 한 최선의 준비를 마친 후, 나는 1701년 9월 24일 아침 여섯 시에 돛을 올렸다. 북쪽으로 20킬로미터쯤 가자 바람이 남동쪽으로 불었다. 저녁 여섯 시 무렵에 북서쪽으로 약 3킬로미터 정도 떨어진 곳에 있는 조그마한 섬을 발견했다. 나는 그쪽을 향해 가서 바람이 부는대로 닿는 해안에 닻을 내렸다. 무인도 같았다. 나는 거기서 음식을 약간 먹고 휴식을 취했다. 그리고 잠을 푹 잤다. 잠에서 깨고 두시 간 후에 동이 트는 것을 보고는 적어도 여섯 시간은 지났다고 짐작했다. 맑은 새벽이었다. 나는 해가 뜨기 전에 아침을 먹었다. 다시 닻을 올리면서 순풍이 부는 것을 깨닫고는 휴대용 나침반으로 방향을 잡으며 어제 갔던 항로로 다시 배를 저어 나갔다. 내 의도는, 가능하다면 반 디멘 섬 북동쪽에 있는 군도라고 믿을 만한 근거가 충분한 섬들 중 하나에 도착하는 것이었다.

하지만 그날은 하루 종일 아무것도 발견하지 못했다. 그러나 다음날 오후 세 시쯤, 내 계산으로 블레퓌스크로부터 120킬로미터쯤 떨어진 곳까지 왔을 때, 나는 남동쪽으로 항해해 가는 배 한 척을 발견했다. 내 항로는 정동쪽이었다. 크게 소리쳤지만 아무런 대답도 들을 수 없었다. 하지만 나는 그 배를 추격할 수 있다는 생각이 들었다. 바람이 다소 약해졌기 때문이었다. 나는 최선을 다해 돛을 올렸다. 그러자 30분도 안 되어 그 배에서 나를 발견했고 자신의 깃발을 내걸고 대포를 쏘았다.

다시 한 번 사랑하는 내 조국과 그곳에 남겨 두고 온 가족들을 만날 수 있다는 벅찬 희망을 갖게 되었을 때 내가 느꼈던 기쁨을 말로 표현하기란 쉬운 일이 아니다. 그 배는 돛을 줄였다. 나는 9월 26일 5시에서 6시 사이에 드디어 그 배와 만났다. 그 배에 걸린 영국 국기를 보고 가슴이 터질 것 같았다. 나는 가져간 소들과 양들을 호주머니에 넣고 내가 준비했던 화물들을 모두 들고 그 배에 올랐다.

그 배는 북서쪽 항로들을 통하여 일본에서 돌아오고 있던 영국 상선이었다. 선장인 다트포드 출신의 존 비델 씨는 아주 예의 바른 사람이었고 훌륭한 선원이었다. 우리는 남위 30도 선상에 위치해 있었다. 배에 있는 약 50명의 선원들 가운데, 피터 윌리엄즈라는 옛 친구를 만났다. 그는 선장에게 내가 아주 훌륭한 사람이라고 소개했다. 이 점잖은 선장은 내게 아주 친절하게 대하며, 도대체 내가 어디서 오는 것이며 어디로 가는 중이었는지 알기를 원했다. 내가 몇 마디 대답하자 그는 내가 헛소리를 한다고 생각했다. 아마 내가 위험들을 겪고 내 머리가 돌았다고 생각하는 것 같았다. 그러나 내가 주머니에서 검정색 소들과 양들을 꺼내자 그는 소스라치게 놀라면서 내 말의 신빙성을 분명히 인정해 주었다. 그런 다음 나는 그에게 블레퓌스크 황제가 내게 선물했던 황제의 전신상 그림과 그 나라의 진귀한 물건들을 보여

주었다. 각각 200스프럭씩 들어 있던 지갑 두 개도 보여 주었고, 영국에 도착하면 그에게 암소 한 마리와 새끼를 밴 양 한 마리를 선물하겠다고 약속했다.

귀국길을 자세히 설명해서 독자들을 지루하게 하지는 않겠다. 여행은 대부분 아주 순조로웠다. 우리는 1702년 4월 13일 다운즈 항에 도착했다.* 딱 한 번 불미스러운 사건이 있었다. 배에 있던 쥐들이 내 양을 한 마리 훔쳐간 것이다. 나는 살이 말끔히 발려진 양의 뼈를 쥐구멍에서 발견했다. 나머지 가축들은 무사했으며, 나는 그것들을 그린위치의 잔디 볼링장에 놓아 풀을 뜯어먹게 했다. 그곳 풀들은 매우 가늘어서 가축들이 열심히 뜯어먹었다. 나는 항상 이들이 이 풀들을 먹지 못할까봐 걱정했었다. 항해하는 동안 선장이 자신이 가진 가장 맛있는 비스킷을 내게 주지 않았더라면 이 가축들을 그렇게 오랜 여행 기간 동안 살려 두지 못했을 것이다. 그 비스킷을 가루로 갈아서 물과 섞으면 가축들의 먹이가 되었다.

영국에 머문 짧은 기간 동안 나는 이 가축들을 많은 고위 인사들과 사람들에게 구경시켜 주고 엄청난 이윤을 벌어들였다. 두 번째 항해 여행을 떠나기 전에 나는 이들을 600파운드를 받고 팔았다. 마지막 여행을 마치고 돌아온 뒤 나는 이 가축들이 엄청나게 불어났다는 소식을 들었다. 특히 양들이 그랬다. 나는 이

* 영국 남동쪽 해안의 정박지

양들의 훌륭한 양털 덕분에 우리 나라의 양모 산업이 큰 이득을 보게 되리라고 희망하고 있다.

나는 아내와 가족들과 단 두 달 동안 함께 머물렀다. 왜냐하면 다른 나라들을 보고 싶다는 나의 지칠 줄 모르는 욕망이 더이상 이런 생활을 계속하게 만들지 않았기 때문이다. 나는 아내에게 1,500파운드를 남겨 주고 레드리프에 멋진 집도 장만해 주었다. 나머지 재산은 다시 한 번 행운을 개척해 보겠다는 희망을 안고 일부분은 돈으로, 일부분은 물건으로 바꿔서 가져갔다. 사실 나는 큰아버지 존이 매년 약 30파운드의 수입이 나오는 에핑 근처의 토지를 남겨 주셨고, 또 내가 장기 임차권을 갖고 있는 페터 레인 지역의 블랙불에서 그 이상의 수입이 나오고 있었기 때문에, 가족을 조국의 보호에 맡겨 놓고 떠나는 위험을 감수할 이유가 하나도 없는 사람이었다. 큰아버지를 따라 지은 조니라는 이름의 내 아들은 그 당시 아직 초등학교에 다니던 전도가 유망한 아이였다. 딸 베티(지금은 결혼해서 잘살고 있고 아이들도 있다)는 당시 바느질을 배우고 있었다. 나는 아내, 아들, 딸과 눈물을 흘리면서 작별했다. 그리고 리버풀 출신의 존 니콜라스 선장이 지휘하는 수라트(인도 봄베이 지방)행 300톤급 상선 어드벤처 호에 승선했다. 그러나 이 두 번째 여행에 관한 이야기는 내 여행기의 제2부로 넘겨야겠다.

제 2 부

브롭딩낵(거인국) 여행기

GULLIVER'S TRAVELS

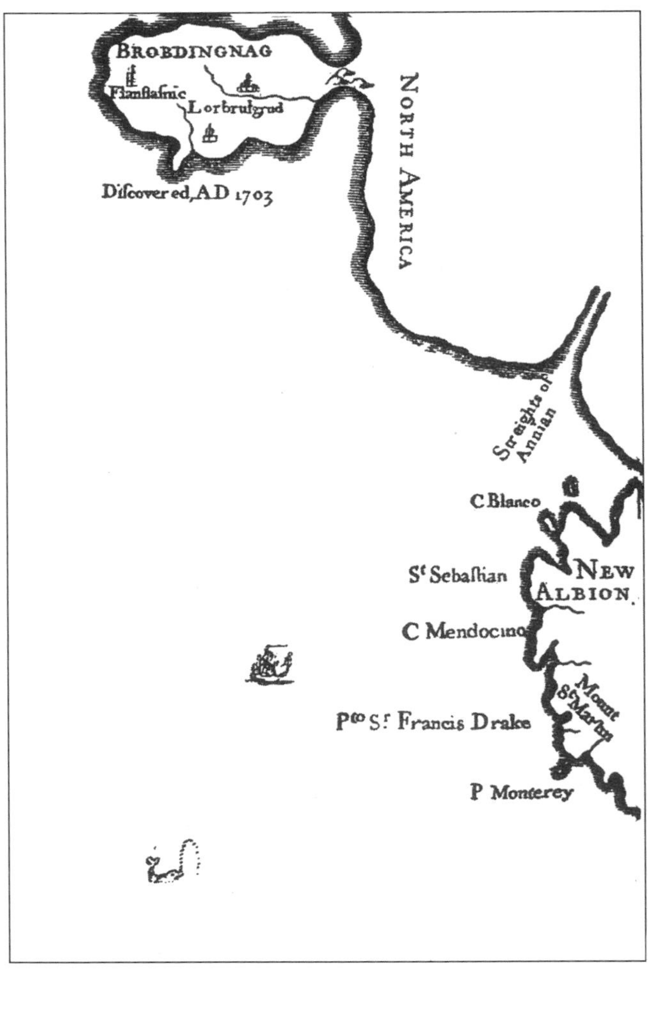
BROBDINGNAG
Flanſlaſnic
Lorbrulgrud
Diſcovered, AD 1703
NORTH AMERICA
Streights of Annian
C Blanco
St Sebaſtian
NEW ALBION
C Mendocino
Mount St Martin
Pto Sr Francis Drake
P Monterey

제1장

엄청난 폭풍우를 만난다. 선원들이 육지를 발견하고 식수를 구하려고 대형 보트를 타고 간다. 저자는 함께 갔다가 그만 해안가에 남겨지고 원주민 한 명에게 사로잡혀 한 농부의 집으로 운반된다. 그곳에서 저자를 어떻게 대접할 때 벌어진 몇몇 해프닝들과 원주민들을 묘사한다.

나는 타고난 천성과 운명에 의하여 활동적이고 불안한 삶을 살도록 운명지어졌기 때문에, 결국 돌아온 지 두 달만에 다시 조국을 떠났다. 1702년 6월 20일 다운즈 항에서 콘월 지방 사람 존 니콜라스 선장이 지휘하는 수라트행 상선 어드벤처 호에 승선했다.

희망봉까지 순풍을 만나 항해가 아주 순조로웠다. 거기서 신선한 물을 구하기 위해 정박했다가, 배에서 물이 새는 구멍이 발견되어 짐들을 다 내리고 그곳에서 겨울을 났다. 선장이 말라리아까지 걸리는 바람에 3월 말까지 희망봉을 떠날 수 없었다.

그 후 우리는 다시 돛을 올렸으며 마다가스카르 해협을 지날 때까지 순조로운 항해가 계속되었다. 그러나 4월 19일 남위 5도쯤 되는 곳에 이르렀을 때 바람이 평소보다 더 거세게 남쪽으로 불기 시작했다. 본래 그 지역은 12월 초부터 5월 초까지는 바람이 꾸준하고 일정하게 북쪽과 서쪽으로 부는 것이 관측되던 지역이었다. 어쨌든 거센 바람이 20일이나 남쪽으로 불어 대는 바람에, 우리는 몰루카 군도 북쪽까지 밀려갔다. 선장이 5월 2일 관측한 바에 따르면 적도에서 약 3도 정도 떨어져 있었다.

그런데 바로 그날 바람이 잦아들며 완벽한 고요가 찾아왔다. 나는 무척 기뻤다. 하지만 그쪽 지역 바다에 정통했던 선장은 우리 모두에게 폭풍우에 대비하라고 명령했다. 과연 바로 다음날부터 폭풍우가 불기 시작했다. 남대양의 몬순이라고 부르는 남풍이었다.

바람이 잠시 가라앉은 틈을 이용하여 우리는 사형 돛대의 돛을 접었다. 그리고 앞 돛대의 돛을 접을 준비를 했다. 하지만 비바람이 몰아치며 폭풍우가 시작되자 우리는 대포들이 모두 잘 고정되어 있는지 살폈고, 뒤 돛대의 세로 돛을 접었다. 배가 한쪽으로 심하게 기울자 우리는 그 자리에서 바람을 그냥 견디거나 돛 없이 그냥 배를 떠다니게 하는 것보다는 차라리 바람을 정면으로 맞으며 배를 앞으로 항해시키는 것이 더 낫겠다고 생각했다. 우리는 앞 돛대의 돛을 다시 올리고, 앞 돛대 아래쪽 밧줄을 고물 쪽으로 잡아당겼다. 키의 방향은 바람이 불어오는 쪽을 향하게 했다.

배는 폭풍우를 잘 견뎌 냈다. 우리는 아래쪽 밧줄들을 단단히 잡아맸지만 돛이 찢겨져 나가고 있었다. 다시 돛의 활대를 끌어 당겨서 돛을 배 안으로 집어넣고 거기 묶여 있던 모든 것들도 깨끗이 치워 버렸다.

참으로 맹렬한 폭풍우였다. 바다는 기이하고 위험하게 부서져 내렸다. 우리는 방향타의 점줄을 끌어내리면서 조타수를 도왔다. 중간 돛대는 내릴 수가 없어 그냥 세워 두었다 배가 강한 바람을 타고 잘 내달렸기 때문이다. 우리는 이 중간 돛대 때문에 배가 좋은 상태를 유지하며 바다를 헤치고 잘 달려 나간다는 사실을 알았다. 그리고 배를 조종하기에 넉넉한 해면도 확보되어 있었다.

폭풍우가 잦아들자 우리는 다시 앞 돛대의 돛과 주 돛대의 돛을 올리고 배를 움직여 나갔다. 그런 다음 뒤 돛대의 세로 돛과 중간 돛대의 돛, 그리고 앞쪽 상부 돛을 올렸다. 우리의 항로는 동북동쪽이었지만 바람은 서남서쪽으로 불고 있었다. 우리는 우현의 밧줄을 배로 끌어올리고 바람이 불어오는 쪽 아딧줄과 활대줄을 풀었다. 또 바람이 불어오는 쪽 아딧줄을 가로 돛 밧줄과 함께 앞쪽으로 끌어당겼고, 이것들을 한데 꽉 묶었다. 그리고 뒤 돛대의 밧줄을 바람 부는 쪽으로 당겼으며 그것을 가능한 한 배에서 가깝게 충분히 펼쳤다.*

* 걸리버가 '숙련된' 선원답게 최악의 항해 전문 용어들을 과시하는 장면이다. 사뮤엘 스터미의 《선원 잡지》(1609)라는 책에서 그대로 표절해 온 것으로, 스위프트가 전문 용어들을 풍자했다. 이런 패러디는 제3부의 여행 도중에 또 나온다.

폭풍우가 몰아치는 동안 서남서쪽으로 부는 강력한 바람이 동반됐기 때문에 우리는, 내 계산으로는, 동쪽으로 무려 500리그(약 2,400킬로미터)나 떠밀려 온 것 같았다. 따라서 배에서 가장 나이 많은 선원조차 우리가 지구의 어느 지역에 와 있는지 알지 못했다. 식량은 아직 넉넉했고, 배도 튼튼했으며, 모든 선원들의 건강도 좋았다. 다만 식수 때문에 무척 고통스러웠다. 우리는 북쪽으로 방향을 더 돌리기보다는 그냥 같은 항로로 계속 가는 게 최선이라고 생각했다. 아마 이 항로는 타타르 지방의 북서쪽 지역이나 북극해로 우리를 데려다 주는 것인지도 몰랐다.

1703년 6월 16일, 중간 돛대 위에 올라가 있던 소년이 육지를 발견했다. 17일에는 우리 모두가 거대한 섬, 혹은 대륙을 완전히 볼 수 있었다. 이 대륙의 서쪽에 조그마한 지협이 바다로 돌출되어 있고, 작은 만도 형성되어 있었다. 하지만 이 만은 100툰(25,200갤론) 이상의 배가 들어가기에는 너무 얕았다. 우리는 이 작은 만 안쪽으로 1리그(약 4.8킬로미터) 되는 곳에 닻을 내렸다. 선장은 긴 보트에 무장한 선원 열 명과 물병들을 실어 보내며 혹시 신선한 물이 있다면 구해 오라고 했다. 나는 그에게 나도 함께 보내 달라고 부탁했다. 그 나라를 구경하고 무슨 발견이든 하고 싶었기 때문이다.

우리 일행은 드디어 육지에 상륙했다. 그러나 어떤 강이나 샘물도 보이지 않았으며 사람이 사는 흔적도 전혀 없었다. 선원들은 바다 근처에서 신선한 물을 찾기 위하여 해변가 여기저기를 뒤지고 다녔다. 나는 그들로부터 1~2킬로미터쯤 떨어져 혼자 걸어다녔다. 온통 불모지였고 바위투성이였다. 나는 호기심을 충족시켜 줄 대상을 하나도 발견하지 못해서 지루해진 채 천천히 만 쪽으로 걸어 내려왔다.

그런데 바다가 훤히 내려다보이는 곳까지 왔을 때 동료들이 이미 보트에 올라 있는 힘을 다해 본선을 향해 노를 저어 가고 있는 광경이 보였다. 별 소용도 없었겠지만, 어쨌든 나는 큰소리로 외쳐 대며 그들을 따라가려고 했다. 그러나 바로 그 때, 나

는 엄청나게 거대한 생명체가 최대한의 속도를 내며 바다 위에서 동료들을 뒤쫓는 광경을 목격했다. 그는 자신의 무릎보다 깊은 곳까지 따라가지는 않았지만 거대한 발걸음을 앞으로 내딛고 있었다. 우리 동료들이 그보다 2~3킬로미터 정도 앞서 있었고 또 그곳 주변이 날카로운 암초들로 가득했기 때문에 그 괴물은 더 이상 보트를 따라잡지 못했다. 사실 이 이야기는 내가 나중에 들은 것이다. 왜냐하면 그 일의 전말을 지켜보기 위해 내가 그곳에 그냥 머물러 있을 수만은 없었기 때문이다. 나는 내가 왔던 길로 최대한 빠르게 도망쳤다. 가파른 언덕을 기어오르자 그곳에서 그 나라의 전경이 어느 정도 보였다. 나는 그 나라가 완전히 경작되어 있다는 사실을 발견했다. 그러나 처음으로 가장 놀랐던 건 풀들의 길이였다. 땅 위에 널려 있는 건초로 보관된 듯 보이는 풀들의 길이가 무려 6미터도 넘어 보였던 것이다.

나는 큰길로 접어들었다. 그런데 이것은 내가 그렇게 생각한 것이었다. 그곳 주민들에게 그 길은 밀밭 사이의 밭이랑에 불과했기 때문이다. 나는 이곳을 한참 걸었다. 길 양 옆으로 아무것도 없었다. 수확기가 다 됐는지 밀들이 거의 12미터씩 자라 있었기 때문이다. 나는 이 밭의 끝까지 한 시간쯤 걸어갔다. 밭은 높이가 최소 36미터 이상씩 되어 보이 울타리로 둘러싸여 있었다. 나무들은 너무 높아서 그 높이를 가늠조차 할 수 없었다.

밭의 끝 쪽에 다른 밭으로 넘어가는 나무 계단이 설치되어 있었다. 4단이었고 꼭대기는 상석으로 연결되었다. 그러나 내가 이 계단을 오르는 것은 불가능했다. 계단 하나의 높이가 약 2미터씩이나 됐고, 상석은 6미터 이상이었다. 나는 울타리 사이에 틈이 없나 찾아보려고 애를 썼다. 바로 그 때 건너편 밭의 주민 하나가 나무 계단 쪽으로 다가오는 것이 보였다. 바다에서 우리의 보트를 추격하던 거인과 똑같은 크기의 사람이었다. 키가 보통의 교회첨탑 정도는 되어 보였다. 내 추측으로 최대한 계산해 본다면, 그가 매번 걸을 때마다 한 걸음에 한 9미터씩 내딛는 것 같았다.

나는 극단적인 공포와 충격에 휩싸여 밀밭으로 도망쳐서 숨었다. 거기서 보니 그가 나무 계단 위에 서서 오른편 밭 쪽을 돌아보고 있었다. 그리고 그가 확성기보다 더 큰 목소리로 누군가를 불렀다. 그 소리가 허공 높은 곳에서 들려왔기 때문에 나는 처음에는 천둥 소리인 줄 알았다. 어쨌든 그의 목소리를 듣고 그와 같이 생긴 괴물 일곱이 추수용 낫을 손에 든 채 다가왔다. 각각의 낫 하나가 우리들의 큰 낫 일곱 개 정도의 크기였다. 나중에 나타난 사람들은 첫 번째 사람만큼 옷을 잘 입고 있지 않은 걸로 보아 그의 하인이나 일꾼들 같았다. 그가 뭐라고 몇 마디 하자 그들은 내가 숨어 있는 밀밭으로 수확을 하려고 다가왔다.

나는 가능한 한 멀리 떨어지려고 했다. 그러나 극도의 어려움을 겪을 수밖에 없었다. 어떤 곳은 밀의 줄기들 사이가 30센티미터 정도밖에 안 돼서 몸을 밀어 넣기가 거의 불가능했기 때문이다. 나는 가까스로 앞으로 나아갔지만 결국은 밀들이 비바람에 쓰러져 있는 곳에 이르자 단 한 걸음도 앞으로 나갈 수 없었다. 줄기들이 너무 빽빽하게 엉켜 있어서 도저히 그 속을 뚫고 기어들어 갈 수가 없었던 것이다. 또 바닥에 떨어져 있는 이삭들의 수염도 너무 뻣뻣하고 날카로워서 그것이 옷을 뚫고 들어와 살을 찌르다시피 했다. 뒤편에서는 100미터도 채 떨어지지 않은 곳에서 일하고 있는 추수꾼들의 소리가 들려왔다.

고된 노동으로 기운이 너무나 빠져 버렸고, 슬픔과 절망감에 완전히 압도당한 상태였기 때문에 나는 이랑 사이에 벌렁 누워 버렸다. 그리고 그곳에서 차라리 죽어 버렸으면 좋겠다고 생각했다. 외로운 과부가 될 아내와 아비 없는 자식들이 될 아이들이 불쌍했다. 그리고 모든 친구들과 친척들의 만류에도 불구하고 두 번째 여행을 감행한 내 어리석음과 고집이 한심스러웠다.

이런 끔찍한 심적 동요 속에서 나는 릴리펏에 대한 사색을 막을 수가 없었다. 그곳 주민들도 나를 세상에서 가장 놀라운 불가사의로 생각했을 것이다. 그곳에서 나는 황제의 함대를 맨손으로 끌고 왔고, 그 제국의 역사에 기록 될 많은 행동들을 했다. 하지만 수많은 사람들이 그걸 증언해도 후손들은 좀처럼 그 일들을 믿으려 하지 않을 것이다.

나는 이 나라에서 내가 얼마나 하찮은 존재로 보일지, 또 그것이 얼마나 굴욕적인 일일지 곰곰이 생각해 보았다. 마치 릴리펏 사람이 우리 나라에 와 있는 꼴일 것이다. 하지만 이런 일은 내가 당할 불행 중에서 가장 사소한 일이라는 생각이 들었다. 인간들이란 몸 크기에 비례하여 더욱 야만적이고 잔인한 존재로 관찰되고 있다. 이 점을 고려할 때 이 거대한 야만인들 중 처음으로 나를 붙잡는 녀석이 혹시 나를 한입에 처넣는 것은 아닐까? 그 외의 다른 일을 내가 어떻게 기대할 수 있단 말인가? "비교를 통하지 않고서는 그 어떤 것도 크거나 작다고 말할 수 없다"고 한 철학자들의 말은 틀림없이 올바른 발언이다. 만약 릴리펏 사람들이, 내가 그랬던 것처럼 자신들보다 훨씬 더 작은 사람들이 사는 어떤 나라를 발견한다면, 그들도 운명의 여신에게 감사를 드리지 않았을까? 또 우리가 아직 발견하지 못했을 뿐, 만약 지금 이 나라의 거인 종족들이 머나먼 세상의 어떤 외딴 지역에 살고 있는 자신들보다 훨씬 더 큰 거인들을 만난다면 그 크기에 먼저 압도당해 버리지 않았을까?

두렵고 혼란스러웠지만 나는 이런 사색을 계속해 나갔다. 그런데 바로 그 때 추수꾼 한 명이 내가 숨어 있는 이랑에서 10미

터쯤 떨어진 곳까지 다가왔다. 한 걸음만 더 내딛으면 그의 발에 깔려 죽거나 추수용 낫에 두 동강이 날지도 모른다는 공포가 엄습했다. 그래서 그가 움직이려는 찰나, 나는 내가 낼 수 있는 가장 큰 비명소리를 내질렀다. 그는 발걸음을 움칫 접은 후 한참 동안 발 밑을 유심히 살펴보았고, 마침내 나를 발견했다.

그는 조그맣고 위험한 동물을 잡을 때 물리거나 할퀌을 당하지 않으려고 조심하는 사람의 태도로 나를 들여다보며 한참을 생각하는 것 같았다. 마치 영국에서 내가 족제비를 잡을 때의 모습 같았다. 마침내 그가 과감하게 엄지와 집게손가락을 이용하여 내 허리 부분을 뒤쪽에서 집어 들었다. 그는 내 모습을 좀더 완벽하게 살펴보려고 나를 자신의 눈으로부터 한 3미터 되는 곳까지 갖다 댔다. 나는 그의 의도를 짐작했다. 천만다행으로 마음이 가라앉아 있었기 때문에 그가 나를 지상에서 20미터 정도나

들어올렸어도 조금도 발버둥치지 않기로 결심했다. 그가 내 옆구리를 심하게 압박하고 있었지만 손가락 사이로 미끌어져 떨어질까봐 불안했기 때문이다.

내가 그 상황에서 할 수 있었던 일이란 그저, 양 눈을 태양을 향해 치켜뜬 뒤 애원하는 자세로 양손을 모으고 내 처지에 알맞은 불쌍하고 침울한 어조로 몇 마디 말을 거는 것뿐이었다. 나는 우리가 종종 조그맣고 해로운 동물들에게 하듯이 그가 나를 땅바닥에 내동댕이치는 것이 아닌가 두려웠다. 천만다행으로 그는 내 목소리와 몸짓을 흥미로워하는 것 같았다. 비록 알아듣지는 못했지만 그는 내가 분명하게 단어들을 구사하는 것을 보고 의아한 듯했다.

그 와중에 나는 도저히 참을 수가 없어 신음 소리를 내면서 내 머리를 옆구리 쪽으로 돌렸다. 최선을 다하여 그의 엄지손가락과 집게손가락의 힘 때문에 내가 얼마나 아픈지 알려 주기 위해서였다. 그는 내 의도를 알아차린 것 같았다. 그가 자신의 상의 옷자락을 들어올려 나를 그 위에 부드럽게 올려놓은 뒤, 즉시 자신의 주인에게 나를 데려갔다. 내가 처음 밭에서 보았던 바로 그 건장한 농부였다.

농부는 나에 대해(내가 짐작한 것이지만) 하인이 한 얘기를 듣고는, 지팡이만 한 크기의 지푸라기를 집어 내 외투자락을 들어올려 보았다. 아마 외투가 내가 태어날 때부터 지니고 있던 어떤 덮개라고 생각했던 모양이다. 그는 내 얼굴을 좀더 잘 보려고 입김을 불어 내 머리칼들을 양 옆으로 갈라지게 했다. 그리고 자신의 하인들에게 나와 같은 동물을 본 적이 있는지 물었다(나중에 들은 것이지만). 그는 나를 부드럽게 엎드린 자세로 내려놓았다. 하지만 나는 즉시 똑바로 일어나 앞뒤로 천천히 걸어 보였다. 도망칠 생각이 없음을 보여 주기 위해서였다.

그들은 모두 내 동작을 좀더 자세히 보려고 주변에 둥그렇게 둘러앉았다. 나는 모자를 벗고 농부에게 허리 숙여 인사를 올렸다. 그리고 무릎을 꿇고, 양손을 들어올리고, 눈을 치켜뜨면서, 내가 낼 수 있는 가장 큰 목소리로 몇 마디 말을 했다. 또 주머니에서 금화 지갑을 꺼내어 그에게 공손하게 바쳤다. 그는 그걸 손바닥에 올려놓은 뒤 확인하기 위하여 눈에 대어 보고 바늘(자기 소매에서 꺼낸) 끝으로 몇 차례 뒤집어 보기도 했다. 하지만 별 효과가 없었다. 이것을 보고 나는 지갑을 그의 손바닥에서 내려놓으라는 신호를 보냈다. 그런 다음 나는 지갑을 열어 그 안의 모든 금화들을 그의 손바닥 위에 쏟아 냈다. 4피스톨(스페인 금화)짜리가 여섯 개 있었고 소액 금화가 이삼십 개 있었다. 그는 새끼손가락에 침을 묻혀 가장 큰 금화들을 하나씩 들어올려서 혀에 대보았다. 하지만 그 금화들이 무엇인지 전혀 모르는 것 같았다. 그는 내게 다시 금화들을 지갑 안에 집어넣으라는 신호를 했으며, 몇 번이나 그에게 가지라는 제의를 했던 나는 그의 말대로 하는 게 좋겠다고 생각했다.

농부는 이제 내가 이성을 지닌 동물이라고 확신하는 듯했다.

그는 내게 여러 번 말을 붙였다. 그 목소리가 마치 물레방앗간 소리처럼 내 귀를 울려 댔지만 사용하는 단어들은 분명하게 딱딱 끊어지며 발음되고 있었다. 나는 여러 나라의 언어들을 사용해 가며 내가 낼 수 있는 가장 큰 목소리로 대답했다. 그도 자신의 귀를 내 입에서 2미터 앞까지 갖다 대었다. 하지만 그래 봐야 아무런 소용이 없었다. 둘 다 서로의 말을 전혀 이해하지 못했기 때문이다.

그는 하인들에게 다시 일을 시킨 후 주머니에서 손수건을 꺼내 두 겹으로 접고 그것을 평평하게 만들어 손바닥에 올렸다. 그리고는 손을 바닥에 대더니 내게 그 위로 올라가라고 신호했다. 두께가 30센티미터도 안 됐기 때문에 나는 그 위로 쉽게 올라갔다. 나는 그의 말에 복종하는 것이 내 의무라고 생각했다. 그리고 추락할까봐 두려워서 그 위에 몸을 쭉 펴고 누웠다. 그는 보다 안전을 기하기 위하여 손수건 자락으로 내 몸을 머리까지 감쌌다. 그는 이런 식으로 나를 그의 집으로 데리고 갔다.

집에 도착하자마자 그는 자신의 아내를 불러 나를 보여 주었다. 하지만 그녀는 마치 영국 여성들이 두꺼비나 거미를 봤을 때 그러는 것처럼 비명을 지르며 뒤로 물러섰다. 하지만 얼마 동안 내 행동을 지켜보고, 또 내가 자기 남편의 지시에 잘 따르는 것을 관찰한 뒤, 그녀는 곧 마음을 가라앉혔다. 그리고 서서히 내게 아주 다정하게 대해 주기 시작했다.

낮 12시쯤 하인 한 명이 점심을 차려 냈다. 직경이 7미터가 넘는 접시에 큰 고기 요리 한 가지가 담긴 게 전부였다(농부의 수수한 생활에 적합했다). 농부와 그의 아내, 세 명의 자녀, 늙은 할머니가 함께 식사를 했다. 농부는 자리에 앉자 나를 식탁에서 좀 떨어진 곳에 내려놓았는데 바닥으로부터 약 9미터나 되는 높이였다. 나는 추락할까봐 매우 겁이 나 가장자리에서 가능한 한 멀리 떨어졌다.

농부의 아내는 고기 조각을 조금 썰어 내고 비스킷을 조금 으깨어 가루를 낸 뒤 나무 접시에 담아 내 앞에 놓아 주었다. 나는 그녀에게 예의를 갖춘 뒤 내 나이프와 포크를 꺼내어 먹기 시작했다. 그들은 그 모습을 보고 크게 즐거워했다. 그녀는 하녀를 시켜 조그만 컵을 가져오게 했다. 약 8리터쯤 들어가는 컵이었다. 그녀는 그 안에 음료수를 가득 채워 주었다. 나는 그 컵을 양손으로 힘차게 들고는 큰소리의 영어로 그녀의 건강을 빌며 아주 품위 있게 마셨다. 이 때문에 모든 사람들이 실컷 웃었고, 그 웃음소리 때문에 내 귀가 먹을 정도였다. 이 음료수는 사과술 맛이 조금 났지만 나쁘지는 않았다.

얼마 후 주인이 자신의 접시 옆으로 오라는 신호를 했다. 하지만 식탁 위를 걸어오다가 너무 긴장한 나머지(너그러운 독자분들의 용서를 바란다) 빵 조각에 발이 걸려 정면으로 엎어지고 말았다. 다행히 다치지는 않았다. 나는 즉시 일어서서 이 착한 사람들이 몹시 걱정하는 것을 보고는 예의상 겨드랑이에 끼고 있던 모자를 들어 머리 위로 흔들었다. 그리고 내가 괜찮다는 것을 보여 주려고 만세를 세 번 외쳤다.

하지만 주인(이제부터는 그를 계속해서 이렇게 부르겠다) 쪽으로 갈 때 옆에 앉아 있던 열 살 가량의 장난꾸러기 막내아들 녀석이 내 다리를 집어 나를 허공에 들어올렸다. 나는 사지가 벌벌 떨렸다. 하지만 그의 아버지가 재빨리 나를 낚아채며 아들의 오른쪽 귀싸대기를 갈겼다. 유럽의 기병대를 모두 낙마시킬 정도의 세기였다. 그는 아들에게 식탁에서 나가라고 명령했다. 하지만 나는 이 꼬마가 내게 악의를 품을까봐 두려웠다. 우리 나라의 장난꾸러기 꼬마 녀석들이 참새, 토끼, 새끼 고양이, 강아지에게 본능적으로 얼마나 짓궂게 구는지 잘 기억하고 있었기 때문이다. 나는 무릎을 꿇고 소년을 가리키며 그를 용서해 주기 바란다고 주인에게 최선을 다하여 이해시키려고 애썼다. 결국 아버지는 나의 이런 청을 받아들였으며 소년은 다시 식탁에 앉았다. 그리고 나는 그에게로 다가가서 그의 손에 입을 맞추었다. 주인은 아들의 손을 잡고 나를 부드럽게 쓰다듬게 했다.

식사를 하는 도중에 이번에는 여주인의 애완용 고양이가 그녀의 무릎 위로 뛰어올라 왔다. 그때 나는 내 뒤편에서 마치 십여 명의 방직공들이 작업할 때 내는 소리 같은 것을 들었다. 머리를 돌려 보고서야 바로 이 동물이 내는 소리라는 것을 알았다. 여주인이 먹이를 먹이고 머리를 쓰다듬을 때 보니, 머리 크기와 발톱 크기로 계산해 볼 때, 우리의 소보다도 세 배는 족히 커 보였다. 녀석으로부터 내가 식탁 위에서 15미터 이상 떨어진 곳에

있긴 했지만 녀석의 사나운 얼굴은 나를 겁에 질리게 만들었다. 물론 여주인은 녀석이 갑자기 뛰어올라 나를 발톱으로 잡아챌까봐 꽉 붙잡고 있었다.

하지만 별 위험은 없는 듯했다. 주인이 녀석의 바로 옆 3미터쯤 되는 곳에 나를 놓아두어도 녀석은 나를 거들떠 보지도 않았다. 내가 늘 이야기를 들었왔고 여행을 통해 직접 확인한 바이기도 하지만, 사나운 동물 앞에서 도망치거나 겁내는 것이야말로 그 동물이 자신을 추격하거나 공격하게 만드는 확실한 방법이다. 따라서 나는 이 위험한 녀석에게 어떤 관심도 보이지 않기로 마음먹었다. 나는 그의 머리 앞을 일부러 대담하게 대여섯 차례

걸었다. 심지어 50센티미터 정도 앞까지 다가가기도 했다. 오히려 녀석이 겁을 먹은 듯 뒤로 물러섰다. 나는 이 집 개들에 대해서는 걱정을 덜 했다. 농가에서 흔히 그렇듯이 서너 마리가 방으로 들어왔는데, 하나는 코끼리 네 마리를 합친 크기의 마스티프 맹견종이었고, 다른 한 마리는 마스티프 종보다 키는 크지만 몸집은 더 작은 그레이하운드 종이었다.

식사가 거의 끝나자 보모가 한 살배기 아기를 품에 안고 들어왔다. 아기는 즉시 나를 발견했고, 아기들이 늘 하는 소리로 나를 장난감으로 가지고 놀겠다며 칭얼거렸다. 런던교에서 첼시 지역까지 들릴 정도 크기의 소리였다. 결국 엄마가 아기의 응석을 순순히 받아 주어서 나를 들어 아기에게 내밀었다. 그러자 아기는 바로 내 허리를 잡고는 내 머리를 입에 집어넣으려고 했다. 내가 큰소리로 비명을 지르자, 이에 깜짝 놀란 아기가 나를 떨어뜨렸다. 만약 엄마가 신속하게 그녀의 에이프런으로 나를 받지 않았더라면, 아마 틀림없이 내 목이 부러져 버렸을 것이다. 보모는 놀란 아기를 달래 주려고 딸랑이 장난감을 사용했다. 텅 빈 유리 용기에 큰 돌멩이들을 집어넣고 아기의 허리에 줄로 묶어 놓은 것이었다. 이 방법은 아무런 효과가 없었다.

결국 그녀는 마지막 수단으로 젖을 물렸다. 나는 그때까지 그녀의 그 기괴한 젖가슴보다 내게 더 혐오감을 주었던 물체는 본 적이 없었다고 고백한다. 그 크기와 모양, 색상을 독자들에게 알려 주기 위해 비교할 대상도 찾을 수 없을 정도다. 그녀의 젖은 약 2미터나 솟아 있었고 지름도 5미터는 되어 보였다. 젖꼭지만 해도 내 머리 절반만 했다. 젖꼭지와 젖통의 색상은 수많은 반점들과 뾰루지, 주근깨들로 얼룩덜룩해 보였다. 이보다 더 구역질 나는 모습이 없었다. 그녀는 보다 편안하게 젖을 먹이려고 의자에 앉아 있었고 나는 식탁 위에 서 있었기 때문에, 아주 가까이에서 그녀를 볼 수 있었다. 그 모습은 나로 하여금 우리 영국 숙녀들의 아름다운 피부에 대하여 곰곰이 생각하게 만들었다. 우리의 숙녀들이 아름답게 보이는 것은 사실 그들이 우리와 같은 크기여서 단점들이 안 보이기 때문일 것이다. 만약 확대경으로 본다면 가장 부드럽고 하얀 피부들도 거칠고, 울퉁불퉁하고, 좋지 않은 빛깔로 보일 것이다.

릴리펏에 있었을 때 그곳 사람들의 피부빛이 세상에서 가장 아름다운 피부로 생각되던 일이 기억난다. 이 문제에 대해 나와 절친한 친구였던 그 나라의 학자 한 명과 이야기를 나눴을 때 그는 이렇게 말했었다. 그가 땅바닥에서 내 얼굴을 올려다볼 때가, 내 손에 의해 들어올려져 얼굴을 가까이 마주 대하고 볼 때의 모습보다 훨씬 더 멋있고 부드러워 보인다는 것이다. 그는 가까운 거리에서 처음으로 보게 된 내 얼굴 모습이 무척 충격적이었다고 고백했다. 피부에서 큰 구멍들이 발견되었고, 수염은 돼지털보다 열 배는 더 빳빳해 보였으며, 얼굴 빛깔도 전혀 어울리지 않는 여러 가지 색들로 얼룩져 있었다는 것이다. 사실 이렇게 말하는 것이 좀 계면쩍긴 하지만, 비록 여러 차례의 여행들을 하느라 다소 그을렸어도 내 얼굴은 우리 나라의 어느 남성 못지 않게 잘생긴 편이다. 그 친구가 황궁의 시녀들에 대해서, 누구는 주근깨가 많고 누구는 입이 너무 크고 누구는 코가 너무 크다고 이야기하곤 했다. 하지만 나는 그 어떤 것도 식별해 내질 못했다.

이런 비난이 너무 노골적이라는 점은 인정한다. 그렇다고 그 이야기를 하지 않을 수도 없는 것이, 혹시 독자들이 브롭딩낵의 거인들이 아주 못생겼다고 생각할까봐 염려가 되기 때문이다. 사실 객관적으로 말해서, 이들은 잘생긴 종족이었다. 특히 내 주인의 얼굴은 약 18미터 높이에서 바라다보니, 비록 농부에 불과했지만 균형이 아주 잘 잡힌 미남의 모습이었다. 식사가 끝나자 주인은 일꾼들에게 갔다. 그의 목소리와 몸짓으로 볼 때 부인에게 나를 특히 신경써 보살피라고 지시하는 것 같았다. 나는 몹시 피곤해서 졸음이 쏟아졌다. 그녀가 이를 눈치채고는 자기의 침대에 나를 뉘어 주고 하얗고 깨끗한 손수건을 몸 위에 덮어 주었다. 그러나 이 손수건은 군함의 주 돛대보다 더 크고 거칠었다.

나는 두 시간 정도 잤다. 아내와 아이들과 함께 집에 있는 꿈을 꾸었다. 잠에서 깨어나 가로 세로가 각각 60미터 내지 90미터에 높이도 60미터나 되는 거대한 방 안에서, 폭이 한 20미터 되는 침대 위에 홀로 누워 있다는 사실을 깨닫자, 한층 더 서글퍼졌다. 여주인은 가사일을 돌보러 나가면서, 나를 방에 혼자 두고 문을 잠가 두었었다. 침대는 바닥에서 7미터 이상이나 떨어져 있었다. 갑작스러운 생리적 욕구 때문에 아래로 내려가고 싶었지만 소리내서 사람을 부르려고 하지 않았다. 불러 봐야 방에서 부엌까지 너무 먼 거리였기 때문에 내 목소리가 들릴 가능성이 없었다.

이런 다급한 상황에 빠져 있는데 쥐 두 마리가 커튼을 타고 넘어와 침대 위 여기저기를 냄새를 맡으며 뛰어다녔다. 한 마리는 거의 내 얼굴까지 다가왔다. 나는 깜짝 놀라 일어나 방어를 하기 위해 허리띠의 단검을 빼어 들었다. 이 끔찍한 녀석들은 내 양 옆구리를 공격해 올 정도로 대담했다. 한 녀석은 내 외투 깃에 앞발을 대기까지 했다. 하지만 나는 다행히도 녀석이 내게 어떤 해를 가하기 전에 그의 배를 단검으로 갈라 버렸다. 녀석이 내 발치에 고꾸라졌고 나머지 녀석은 동료의 운명을 지켜보고는 도망쳤다. 그러나 그 녀석도 도망치는 도중에 내가 날린 단검

에 치명타를 입고는 등에 피를 줄줄 흘렸다.

이런 공적을 세운 후 나는 호흡을 가다듬고 잃었던 기운을 다시 회복하려고 침대 위를 이리저리 거닐었다. 이 쥐들은 커다란 마스티프 맹견만 한 크기였으며 민첩성과 사나움은 그 개를 훨씬 능가했다. 잠들기 전에 혁대를 풀어놓고 잤더라면 나는 틀림없이 갈기갈기 찢겨져 먹혀 버렸을 것이다. 나는 죽은 쥐의 꼬리 길이를 쟀다. 2미터가 조금 못 되었다. 아직도 피를 흘리는 녀석의 시체를 밀어내려는 순간 배가 꿈틀거렸다. 나는 녀석이 아직도 숨이 붙어 있음을 알고, 다시 단검으로 녀석의 목을 베어 완전히 절명시켰다.

얼마 후 주인 마님이 방으로 들어왔다. 그녀는 내가 온통 피투성이인 것을 보고는 뛰어와서 나를 들어올렸다. 나는 죽은 쥐를 가리키며 다친 곳이 없다는 몸짓을 해보였다. 그녀는 무척 기뻐하며, 하녀를 불러 부지깽이로 죽은 쥐를 들어 창밖으로 던져 버리라고 지시했다. 그런 다음 그녀가 나를 탁자에 내려놓자 나는 온통 피로 범벅이 된 단검을 그녀에게 보여 준 후 옷자락으로 그것을 닦아 다시 칼집에 넣었다.

이제는 남들이 대신 해줄 수 없는 그 일이 너무 급했다. 나는 바닥에 내려 달라는 부탁을 그녀에게 이해시키려고 무진 애를 썼고 결국 그녀는 그렇게 해주었다. 하지만 나는 너무 창피해서 그저 손으로 문을 가리키며 그녀에게 여러 차례 절하는 것 이상의 표현은 할 수가 없었다. 이 착한 여인은 한참을 노력한 끝에 마침내 내가 뭘 원하는지 알아냈다. 그녀는 즉시 나를 손에 들고 정원으로 데려다 주었다. 나는 정원 옆 20미터쯤 떨어진 곳까지 달려가며, 그녀에게 쳐다보거나 따라오지 말라는 손짓을 했다. 드디어 괭이밥풀 두 이파리 사이에 몸을 숨기고 나는 생리적 욕구를 배설해 버렸다.

이런 일을 독자들에게 장황하게 설명한 것을 용서해 주기 바란다. 그러나 이런 일들이 비록 천박하고 통속적인 정신의 소유자들에게는 하찮은 일들로 보일지 모르겠지만, 철학자들의 사색과 상상력을 확장시키고 그를 통해 그들이 일반 대중과 개인의 삶에 이득을 가져다 주는 데에는 큰 도움을 주게 되는 것이다. 그리고 바로 이런 이득이야말로 내가 이 여행기 속의 이런저런 이야기들을 세상에 내놓기로 한 유일한 목적이다.

이 여행기에서 나는 오직 진실만을 열심히 추구했으며, 학문이나 문체와 관련된 어떤 치장도 집어넣으려고 하지 않았다. 이 여행들의 모든 장면들이 나와 내 마음속에 너무 깊게 박혀 버렸기 때문에, 나는 그것들을 종이 위에 옮기면서 단 하나의 구체적인 상황도 빠뜨리지 않았다. 하지만 다시 그 내용을 꼼꼼하게 재검토하면서 나는 초고에 있던 별로 중요하지 않은 구절들은 몇 군데 삭제했다. 너무 지루하고 사소한 내용들이라고 비난받을까봐 걱정이 됐기 때문이다. 사실 그런 내용들 때문에 종종 여행자들이 비난을 받고 있으며, 그것이 부당한 비난은 아닌 것이다.

제2장

농부의 딸을 묘사하다. 저자는 읍내 시장과 수도까지 가게 되는데, 그 여행 중에 있었던 세부 사항들을 이야기한다.

주인에게는 아홉 살인 딸이 있었다. 나이에 비해 유순하고 바느질을 아주 잘하고 인형 옷 짓는 솜씨도 아주 좋은 아이였다. 그녀는 어머니와 함께 밤새워 나를 위한 인형용 요람을 만들어 주었다. 이 요람을 작은 서랍에 넣고, 서랍은 쥐들 때문에 다시 벽의 선반 위에 올렸다. 이 요람이 내가 그 나라에 머무는 동안 내 침대였다. 내가 그들의 언어를 배워서 원하는 것을 말할 수 있게 되면서 요람은 점점 더 편리하게 개선되었다.

소녀는 솜씨가 아주 좋아서 내가 두세 차례 옷을 벗어 보인 것만 가지고도 내 옷들을 입히고 벗겨 줄 수 있었다. 하지만 내 스스로 하게 해달라고 요청한 다음부터는 그런 수고를 하지 않았다. 그녀는 내게 셔츠를 일곱 벌 만들어 주었고 아주 얇은 천으로 만든 속옷 하의도 만들어 주었다. 그래도 사실 삼베옷보다 더 거칠었다. 그녀는 나를 위해 이 옷들을 세탁까지 해주었다.

소녀는 또한 내게 말을 가르쳐 준 선생이기도 했다. 내가 뭔가

를 손가락으로 가리키면 그녀가 그 나라 말로 그 이름을 말해 주었다. 이런 식으로 나는 며칠 만에 마음먹은 것은 무엇이든 요구할 수 있는 수준에 이르렀다.

그녀는 아주 성품이 착했고 키는 12미터를 넘지 않았다. 나이에 비해 작은 키였다. 그녀가 내게 '그릴드릭'이란 이름을 붙였는데 나중에는 가족들과 온 나라 사람들까지 나를 그렇게 불렀다. 라틴어로는 나눈클러스, 이탈리아어로는 호문셀레티노,* 영

* 실제로 이런 라틴어나 이탈리아어는 존재하지 않는다. 따라서 걸리버의 언어 능력을 깎아내리려는 저자 스위프트의 의도가 숨겨져 있는 듯하다.

어로는 마네킹이라는 의미였다. 그 나라에서 내가 무사할 수 있었던 것은 전적으로 그 소녀가 보호해 준 덕택이었다. 그 나라에 머무는 동안 우리는 한 번도 헤어지지 않았다.

나는 소녀를 그럼달크리치, 즉 꼬마 보모라고 불렀다. 내가 소녀가 보여 준 고귀한 사랑과 보호를 언급하지 않고 지나간다면 배은망덕이라는 중죄를 짓는 셈이다. 나는 내 능력이 닿는 한 최선을 다해 소녀가 마땅히 받아야 할 만큼 은혜를 갚게 되기를 진심으로 바라고 있다. 하지만 별 뜻 없이 순진한 마음으로 내가 그녀의 명예를 깎아내린 불행한 도구가 된 것은 아닌지 걱정이 된다. 그런 걱정을 할 이유가 충분히 있었기 때문이다.

이제 내 주인이 밭에서 스프랙넉(길이가 2미터 조금 못 되면서 아주 아름답게 생긴 그곳 동물)과 같은 크기의 기이한 동물을 발견했다는 소문이 이웃들 사이에 퍼지기 시작했다. 이 소문은, 이 동물이 모든 면에서 인간과 똑같이 생겼으며, 자기만의 언어를 말하고 있고, 이미 그들의 말도 몇 마디 배웠고, 두 다리로 설 수 있고, 길들여져 온순하고, 부르면 오고, 시키는 일은 뭐든지 하고, 세상에서 가장 가는 팔다리를 가졌고, 귀족의 세 살짜리 딸보다 더 아름다운 피부를 갖고 있다는 등의 내용을 담고 있었다.

그런데 바로 인근에 사는 주인의 절친한 농부 친구가 이 소문의 진위를 확인하려고 일부러 찾아왔다. 나는 호출을 받고 즉시 식탁에 올려졌다. 그 위에서 나는 시키는 대로 걸었고, 단검을 뺐다 다시 넣었고, 꼬마 보모가 가르쳐 준대로 손님에게 경의를

표하며 그들 말로 인사했고, 환영한다는 말도 했다. 나이가 많아 시력이 침침했던 이 사람은 나를 좀더 잘 보려고 안경을 걸쳐 썼다. 그 모습을 보고 나는 웃음을 참을 수가 없었다. 그의 양 눈이 두 개의 창문을 통하여 방 안에 빛을 비추는 둥근 보름달처럼 보였기 때문이다. 내가 즐거워하는 이유를 알아낸 가족들도 내 웃음에 동참했다. 그러나 그 노인은 아주 바보 같고 못된 사람이어서 화를 내며 창피해 했다.

그는 굉장한 구두쇠 성격을 지닌 사람이었다. 충분히 그런 것이, 불행하게도 그 노인이 주인에게 이웃 읍내 장날에 나를 데리고 나가 구경시키라는 빌어먹을 조언을 했기 때문이다. 그 마을은 35킬로미터쯤 떨어져 있고 말을 타고 가면 반 시간쯤 걸리는 거리였다. 나는 주인과 그 친구가 가끔 나를 흘낏거리며 오랫동안 속닥거리는 것을 보고 뭔가 음흉한 음모가 진행되고 있다고 짐작했다. 공포감 때문에 내가 그들의 말을 엿듣고 이해했다는 망상까지 들 정도였다.

그러나 다음날 아침 꼬마 보모 그럼달크리치가 엄마에게서 재치 있게 모든 내용을 알아낸 뒤 그 음모를 내게 다 말해 주었다. 그 불쌍한 소녀는 나를 자기 가슴에 올려놓고 부끄러움과 슬픔으로 울음을 터뜨렸다. 소녀는 거칠고 난폭한 시골 사람들 때문에 내게 불행한 일이 일어날지도 모른다며 불안해 했다. 그들이 나를 잡아 보려다가 눌러 죽일지도 모르고 또 내 팔다리를 부러뜨릴지도 모르기 때문이었다. 그녀는 내가 얼마나 겸손한 성격을 지녔으며, 얼마나 명예를 존중하는지 알았다. 그래서 내가 돈벌이를 위해 천박한 시골 사람들의 구경거리가 되는 것을 얼마나 치욕으로 여길지도 알았다.*

그녀는 자기의 부모가 나, 그릴드릭을 자신의 소유물로 주겠다고 약속했었다고 말했다. 그러나 이제 보니 그들이 자기를 작년처럼 이용해 먹으려 한다고 했다. 작년에 그들이 그녀에게 양

* 스위프트의 시대에는 인간이든 동물이든 비정상적인 모습을 지닌 생물을 '돈벌이를 위한 대중들의 구경거리'로 만드는 일이 아주 흔했다. 따라서 걸리버의 봉변은 18세기에 유행했던 이런 오락에 근거를 두고 있다.

을 한 마리 선물하는 척했었는데, 나중에 그 양이 살이 찌자마자 푸주한에게 팔아먹었다는 것이다. 하지만 나는 이 문제에 대해 사실 꼬마 보모보다는 확실히 걱정을 덜하고 있었다. 이 기회를 통해 언젠가 자유를 되찾게 될 것이라는 희망을 가졌던 것이다. 그리고 이 희망을 한 번도 잊은 적이 없었다. 또한 나는 괴물로 여겨지며 이리저리 끌려다니는 치욕도 크게 개의치 않았다. 그 나라에서 나는 완전한 이방인이라고 생각했기 때문이다. 영국에 돌아가더라도 그런 불행한 치욕 때문에 내가 비난받을 일은 없다고 생각했다. 대영제국 국왕이라도 나 같은 처지였다면 똑같은 고통을 겪었을 것이 틀림없다.

내 주인은 친구의 충고에 따라 다음번 장날, 나를 상자에 넣어 이웃 읍내 마을로 데려갔다. 그리고 내 보모인 자신의 딸도 보조 안장에 앉혀 함께 데려갔다. 나를 넣은 상자는 사방이 막혀 있었고, 드나드는 조그만 문과 환기를 위해 작은 송곳 구멍 몇 개가 뚫려 있었다. 소녀는 용의주도하게 자기 인형의 침대 이불을 상자 안에 넣어 주어 내가 누울 수 있게 했다. 그러나 반 시간밖에 되지 않는 여행이었는데도 몸이 엄청나게 흔들려서 아주 불편했다. 매번 말이 뛰어오를 때마다 그 높이가 무려 12미터나 되니, 그 요동은 마치 거대한 폭풍우를 맞이한 배의 흔들림 같았고 오히려 횟수는 더 잦았다.

우리의 여행은 런던에서 세인트 올번스까지의 거리보다도 조금 더 멀었다. 주인은 자신이 종종 묵던 여관에서 내렸다. 그는

여관 주인과 한참 상의하고 필요한 준비를 마친 뒤, 그럴트러드(호객꾼)을 고용했다. 그에게 마을 곳곳을 다니며 초록색 독수리 표지판이 있는 곳에서 기이한 동물을 볼 수 있다고 광고하도록 시켰다. 호객꾼은 이 동물이 스프랙넉보다 크지 않으며, 신체의 모든 부분이 인간과 닮아 있고, 말도 몇 마디 할 줄 알며, 백여 가지의 흥미로운 묘기도 부린다고 광고하고 다녔다.

나는 그 여관에서 제일 큰 방의 탁자 위에 올려졌다. 한 28평쯤 되는 정사각형의 방이었다. 꼬마 보모가 탁자 옆 낮은 의자 위에 서서 나를 보호하며 내가 해야 할 일들을 지시했다. 주인은 군중이 몰려드는 것을 막기 위해 한 번에 30명씩만 입장시켰다. 나는 꼬마 보모가 지시하는 대로 탁자 여기저기를 걸어다녔다. 그녀가 내가 그 나라 말을 이해할 수 있는 한도 내에서 질문들을 하면, 나는 내가 낼 수 있는 가장 큰소리로 대답했다. 나는 구경꾼들을 향해 여러 차례 공손하게 인사했고, 환영한다는 말을 했으며, 그 밖에 내가 배운 다른 말들을 했다. 그리고 그럼달크리치가 내게 컵으로 사용하라고 준 골무에 술을 가득 채워 그들의 건강을 위해 축배를 들었다. 단검을 빼내 영국의 펜싱선수들을 흉내내어 휘둘렀다. 보모가 지푸라기 조각을 주면 그걸 마치 창처럼 휘두르기도 했다. 어릴 때 배워둔 창 돌리는 기술이었다.

나는 그날 열두 번이나 군중들의 구경거리가 되었다. 그 횟수만큼 똑같은 쇼를 반복했기 때문에 지치고 화가 나서 죽을 지경이었다. 게다가 쇼를 본 사람들이 엄청나게 소문을 퍼뜨리는 바람에 몰려든 사람들이 서로 들어오려고 문을 부술 기세였다. 주인은 자신의 이익을 위해 꼬마 보모 이외에는 어느 누구도 나를 만지지 못하게 했다. 그리고 위험을 방지하고 사람들의 손이 내게 닿지 않게 하기 위해 탁자 주변 멀찌감치에 의자들을 놓았다. 그런데 재수 없게도, 한 학생 녀석이 정통으로 내 머리를 겨냥하여 개암나무 열매를 던졌다. 간발의 차로 빗나갔지만, 명중했더라면 그 맹렬한 속도가 내 두개골을 박살냈을 것이다. 열매의 크기가 거의 호박만 했기 때문이다. 하지만 나는 그 꼬마 녀석이 실컷 두들겨 맞고 방에서 쫓겨나는 것을 보고 만족스러웠다.

내 주인은 사람들에게 장날마다 쇼를 계속하겠다고 공지했다. 그래서 그는 나에게 더욱 편리한 운송 수단을 만들었다. 그로서는 그래야 할 충분한 이유가 있었다. 첫 번째 여행에서 무려 8시간씩이나 사람들을 즐겁게 해주느라 녹초가 되어 버려 내가 두 다리로 서지도 못하고, 말 한마디도 제대로 못 했기 때문이다. 사흘이 지나서야 나는 비로소 기력을 회복하였다. 하지만 집에서도 휴식을 취하지 못하게 하려는 듯, 주변 160킬로미터 반경 안에 사는 귀족들이 내 명성을 듣고 주인의 집으로 직접 찾아왔다. 부인과 아이들을 합쳐(이 나라는 인구가 아주 많았다) 30명 이상이나 되었다. 주인은 집에서 나를 구경시키며 한 가족이 와서 구경을 하더라도 만원 사례에 해당하는 입장료를 받았다. 이런 식으로 제법 오랫동안 나는 일주일 내내, 이웃 마을에 가지 않는 날에도 휴식을 취할 수 없었다.

내가 얼마나 큰 돈벌이 수단인지 깨달은 주인은 나를 그 왕국에서 가장 큰 도시들로 데려가기로 했다. 그는 장거리 여행에 필요한 모든 사항을 준비하고 집안일들을 정리한 뒤, 1703년 8월 17일 아내와 작별했다. 내가 이 나라에 도착한 지 대략 두 달 만이었다. 우리는 집에서 5천 킬로미터쯤 떨어진, 그 왕국의 중심부에 위치한 수도를 향해 출발했다. 주인은 그럼달크리치를 뒤에 태웠다. 그녀는 이동할 때 자기 허리와 끈으로 연결된 상자에 나를 넣어 무릎에 올려놓았다. 소녀는 자신이 구할 수 있었던 가장 부드러운 천들을 상자의 사방 벽에 대고, 바닥에도 충분히 깔아 주었다. 그리고 상자 안에 인형 침대와 필요한 옷가지들, 필수품들도 넣어 주었다. 그외에도 최선을 다해 편리하게 준비해 주었다. 짐을 들고 말을 타고 따라오는 하인 소년 외에 다른 일행은 없었다.

주인의 의도는 수도까지 가는 도중, 모든 마을들에 들러 나를 구경시키는 것이었다. 손님만 끌 수 있다면 어떤 마을이든, 어떤 귀족의 집이든, 경로에서 80~160킬로미터씩 벗어나도 들러서 나를 구경시켰다. 하지만 우리는 하루에 200~250킬로미터 이상은 가지 않는 느긋한 여행을 했다. 그럼달크리치가 나를 보호하기 위해 일부러 말이 내달릴 때마다 피곤하다고 불평했기 때문이다. 그녀는 내가 원하기만 하면 바람을 쏘여 주고 시골 마을들을 구경시켜 주기 위해 상자에서 나를 꺼내 주었다. 하지만 그때마다 허리에 연결되어 있는 보호용 끈을 꼭 잡아 주었다. 우리는 나일 강이나 갠지스 강보다 더 넓고 깊은 강들을 대여섯 개나 건넜다. 아무리 작은 강도 런던교가 있는 템즈 강보다 넓었다. 나는 수많은 마을들과, 가정집들과, 열여덟 군데의 대형 읍내에서 구경거리가 되었다.

10월 26일 우리는 그들의 말로 롤브럴그러드, '우주의 자존심'이라는 명칭을 지닌 수도에 도착했다. 주인은 그 도시의 가장 중심가, 왕궁에서 멀지 않은 곳에 숙소를 정했다. 그리고 내 모습과 재능을 정확히 설명한 통상적인 형태의 광고를 내걸었다. 그는 폭이 90~120미터에 이르는 대형 방을 임대하고, 직경이 약 20미터인 탁자를 준비했다. 나는 그 위에 올라가 연기했다. 그는 추락 방지용으로 탁자 가장자리에 90센티미터쯤 되는 높이로 울타리를 쳤다.

나는 하루에 열 차례씩 구경꾼들에게 보여졌고, 모든 사람들을 놀라게 하고 만족시켰다. 이제 나는 그들의 언어를 상당히 능숙하게 구사해서, 내게 지시되는 모든 단어들을 완벽하게 이해할 수 있었다. 그외에도 나는 그들의 문자까지 배워 여기저기 써 있는 문장까지도 대충 설명할 수 있었다. 그럼달크리치가 숙소에 묵을 때나 여행 도중 한가한 시간이 났을 때 글을 가르쳐 주었기 때문이다. 그녀는 샌손사 판 아틀라스 그림책보다 크지 않은 작은 책을 주머니에 넣고 다녔다. 그 책은 그들의 종교에 대해 간단하게 설명하고 있는, 소녀들이 애용하는 평범한 소책자였다. 그녀는 이 책으로 글자를 가르쳤고 문장을 해석시켰다.

제3장

저자가 왕실의 부름을 받는다. 왕비가 농부로부터 저자를 구입해서 국왕에게 소개한다. 저자가 국왕의 대학자들과 논쟁을 벌인다. 궁정 내에 저자를 위한 처소가 마련된다. 저자가 왕비의 높은 총애를 산다. 저자가 자기 조국의 명예를 대표한다. 저자가 왕비의 난쟁이와 다툰다.

~

매일같이 중노동에 시달리느라 불과 몇 주 사이에 내 건강이 크게 나빠졌다. 주인이 나로 인해 돈을 많이 벌면 벌수록 그의 욕심은 더 커졌다. 나는 뱃가죽이 등에 붙어 버릴 지경이었고, 온 몸의 피골이 상접한 상태에까지 이르렀다. 주인인 농부도 그걸 알았다. 그는 내가 곧 죽을 거라고 결론을 내리고는 가능한 나로부터 최대한의 이익을 뽑아내려고 마음먹었다.

그가 그런 식으로 머리를 굴리고 있는 동안에 왕실 의전관인 스랄드랄이 주인을 찾아와, 왕비 마마와 시녀들의 여흥을 위해 나를 궁궐로 데려오라는 명령을 전했다. 시녀들 몇몇이 이미 나를 구경하고 나서 내 멋진 행동들과 건전한 상식에 대해 보고했기 때문이었다. 왕비 마마와 시녀들은 내 행동을 보고 한량없이 기뻐했다. 나는 무릎을 꿇고 왕비의 발에 입맞추는 영광을 허락해 달라고 간청했다. 그러나 자애로운 이 왕비 마마는 나를 탁자 위에 올린 뒤 그녀의 작은 손가락을 내게 내밀었다. 나는 그 손가락을 양팔로 껴안은 뒤 최대한의 경의를 표하며 입술을 갖다 대었다.

그녀는 내게 나의 조국과 내가 했던 여행들에 관해 전반적으로 물었다. 나는 할 수 있는 한 최대한 분명하고 간결하게, 적은 단어들을 사용해 대답하였다. 그녀가 내게 궁궐에서 살고 싶은 생각이 없는지 물었다. 나는 탁자 바닥까지 몸을 굽혀 그녀에게

공손하게 절을 올린 뒤, 죄송하지만 나는 내 주인의 노예라고 대답했다. 그러나 만약 나를 내 마음대로 할 수 있다면 자랑스럽게 평생을 왕비 마마께 봉사하는 일에 바치겠다고 대답했다.

그녀는 내 주인에게 아주 높은 가격으로 나를 팔 생각이 없는지 물었다. 그러자 내가 앞으로 한 달도 살지 못할 거라고 걱정했던 주인은 기꺼이 나를 팔겠다고 동의했다. 그는 금화 1천 냥을 요구했고, 현장에서 즉시 그 돈이 지불되었다. 금화 하나가 800모이도어(포르투갈의 금화)를 합친 크기만 했다. 그러나 그 돈의 실제 가치는 그 나라와 유럽의 모든 환율과 금값을 감안할 때 영국의 1천 기니만큼 큰 돈은 아니었다.

모든 거래가 끝나자, 나는 이제 내가 왕비 마마의 가장 비천한 소유물이 되었으니 간청드릴 말씀이 하나 있다고 부탁드렸다. 그동안 너무 많은 사랑과 관심으로 나를 따뜻하게 보살펴 주고 이해해 준 그럼달크리치가 왕비 마마를 위해 봉사하며 계속 내 보모와 교사 역할을 할 수 있도록 허락해 달라는 간청이었다. 왕비 마마는 나의 간청을 즉시 들어주며 농부의 동의까지 쉽게 얻어 냈다. 그는 자신의 딸이 왕실에서 인정받은 것을 매우 기뻐했다. 불쌍한 소녀 역시 기쁨을 감추지 못했다. 전 주인은 내게 작별을 고하면서 자신이 내게 좋은 자리를 만들어 준 거라 생색을 냈다. 나는 이에 대해 한마디 대꾸도 하지 않았으며, 그저 간단한 인사말을 던졌을 뿐이다.

왕비 마마는 내 냉담한 태도를 눈치챘다. 농부가 궁전을 나가자 그녀가 그 이유를 물었다. 나는, 사실은 내가 그에 대해, 우연히 밭에서 나를 발견했을 때 불쌍하고 나약한 내 머리를 깨부수지 않은 것 외에는, 어떠한 빚도 지고 있지 않다고 대담하게 밝혔다. 그리고 그 고마움에 대한 보상은 그가 온 나라의 절반이나 되는 지역들을 돌아다니며 나를 이용해 벌어들인 곡식과 방금 나를 마마에게 팔아먹은 돈이면 충분히 이루어진 셈이라고 말했다.

나는 그동안 내가 살아온 삶은 나보다 열 배나 힘이 더 센 동물조차도 죽여 버리기에 충분할 정도로 힘든 것이었다고도 말했다. 내 건강이 매일, 매 시간 어중이떠중이들을 즐겁게 해주는 고된 노역으로 인해 엉망진창이 되었다고도 말했다. 그리고 그런 건강상의 이유로 인해 내 생명이 위험한 지경에 처하지만 않았다면 전 주인인 농부가 나를 그렇게 쉽게 팔았을 리가 없다고 단언했다. 그러나 이제 온 자연의 보석이시며, 온 세계의 사랑이시며, 신하들의 기쁨이시며, 모든 창조의 불사조이시며, 가장 위대하고 선하신 왕비 마마의 보호 하에 그런 학대의 공포로부터 벗어났기 때문에, 나는 내가 죽을 것이라는 전 주인의 그런 걱정이 터무니없는 것으로 밝혀지기를 소망한다고 말했다. 이제 왕비 마마의 존엄하신 기운의 영향으로 내 기력이 되살아나는 것을 이미 느꼈기 때문이라고도 덧붙였다.

왕비 마마는 내 언어 능력의 부족함을 상당히 감안하면서도, 나처럼 작은 동물에게 그처럼 많은 위트와 양식이 있는 것을 보고 대단히 놀라워했다. 그녀는 자신의 손 위에 나를 직접 들고 대전에 계신 국왕에게 데려갔다. 매우 무게 있고 엄격한 얼굴 표정을 짓고 있는 국왕은 처음에는 나를 잘 알아보지 못했다. 그는 쌀쌀한 태도로 왕비에게 언제부터 스프랙넉을 좋아하게 됐냐고 물었다. 내가 마마의 오른손 위에 엎드려 있었기 때문에 그렇게 착각한 것 같았다. 그러나 위트와 유머 감각이 아주 풍부했던 왕비는 나를 책상 위에 부드럽게 내려놓고는, 폐하에게 자기소개를 해 올리라고 내게 지시했다. 나는 그에게 몇 마디 말씀을 올렸다. 한시라도 내가 눈앞에 안 보이는 것을 못 견디는 그럼달크리치가 문 밖에서 대기하고 있다가 허락을 받고 들어와, 내가 그녀의 아버지 집에 도착한 이후 일어났던 모든 일들을 국왕에게 설명했다.

국왕은 자기 왕국의 어느 누구 못지 않게 박식한 사람이었고, 철학(특히 수학) 교육을 오랫동안 받아 온 사람이었다. 그는 내 모습을 정확하고 자세하게 관찰했는데, 내가 똑바로 서서 걷자 나를 어떤 재주 있는 기술자가 만든 태엽장치(그 나라가 완벽한 기술 상태에 도달한)라고 생각하는 것 같았다. 물론 아직 내가 말을 하기 전이었다. 그러나 내가 말을 하고, 더구나 내 말이 아주 규칙적이고 합리적인 것을 발견하자 놀라움을 감추지 못했다.

그는 내가 이 나라까지 온 경위를 설명해도 결코 만족해 하지 않았고, 그것이 그럼달크리치와 그녀의 아버지가 합작해 날조해 낸 이야기라고 생각했다. 그들이 더 비싼 값에 나를 팔려고 몇 마디 말들을 가르쳤다는 것이다. 이러한 가정 하에 그는 내게 몇 가지 질문들을 더 던졌다. 하지만 내게서 여전히 합리적인 대답만 들을 뿐이었다. 다만 답변하는 내 말투에 이국적인 억양과, 그 나라의 언어에 대한 불완전한 지식, 왕실의 품위와 스타일에 맞지 않는 농부의 집에서 배운 촌스러움이 배어 있었다.

국왕은 마침내 그 나라의 관습에 따라 주중 알현 중이었던 세 명의 대학자들을 불렀다. 이 학자들은 내 모습을 매우 꼼꼼하게 한참 동안 살펴보더니 서로 다른 견해들을 피력했다. 하지만 내가 정상적인 자연의 법칙에 따라 태어난 존재일 수 없다는 점에는 의견의 일치를 보였다. 나의 신체는 민첩성으로 보나, 나무 타는 능력으로 보나, 땅에 구멍 파는 능력으로 보나, 내 생명을 보존할 수 있는 능력을 갖고 있지 못하다는 것이다. 그들은 또한 내 치아를 아주 자세히 관찰한 뒤 내가 육식 동물이라고 말했다. 그러나 대부분의 네 발 달린 동물들이 나보다 더욱 뛰어난 생존 능력을 가진 존재들이며, 심지어 들쥐나 다른 조그만 동물들조차도 나보다 더 민첩하기 때문에, 만약 달팽이나 기타 곤충들을 먹고 사는 게 아니라면 도대체 내가 어떻게 생존을 이어 나가는지 상상이 되지 않는다고 했다. 그리고 그들은 많은 박식한 논의들을 거듭한 끝에 내가 달팽이나 곤충들조차도 먹지 못한다는 사실을 증명해 냈다.

한 명은 나를 아직 태아 상태의 인간이거나 기형아로 출산된 인간으로 여기는 듯했다. 그러나 나머지 두 학자가 반박했다. 그

렇게 보기에는 내 사지의 모습이 너무 완벽하게 완성된 상태라는 것이다. 또 내 수염으로 볼 때도 내 나이가 제법 됐음이 분명하다고도 했다. 그들은 확대경을 통하여 내 수염들을 분명히 확인했다.

그들은 나를 난쟁이로 인정하려고 하지도 않았다. 왜냐하면 내 왜소함이 모든 비교의 정도를 넘어서는 것이었기 때문이다. 그 나라에서 가장 키가 작다고 알려진 왕비 마마의 난쟁이조차 9미터였다. 많은 토론 끝에 결국 그들은 만장일치로, 내가 렐프럼 스칼카스, 즉 자연의 별종(글자 그대로 해석한다면)이라고 결론지었다. 이러한 결론은 정확하게 유럽의 현대 철학과 일치하는 것이다. 현대 철학자들은 뭔가 신비로운 사례들이 발생하면 이를 회피해 버리는 옛 관습(이런 방식으로 아리스토텔레스의 추종자들이 자신들의 무지를 은폐하려고 애썼지만 실패했다)을 경멸하면서, 그 모든 곤란한 문제들에 대해 앞서와 같이 결론내려 버리는 놀라운 해결책을 발견해 냈으며, 이를 통하여 그들은 인간의 지식을 말할 수 없을 정도로 발전시켰다.

이런 결정적인 결론이 내려지자 나는 한두 마디 말씀을 올리겠다고 간청을 드렸다. 나는 국왕에게 몸을 돌린 후 다음과 같은 내용을 분명히 말씀드렸다. 즉 나는 나와 같은 크기의 남녀 수백만 명이 모여 사는 나라에서 왔으며, 그곳에서는 동물, 식물, 집들이 다 내 크기와 같은 비율의 크기이고 나도 그의 백성들처럼 나 자신을 방어할 수 있고 생존을 유지해 나갈 수 있다는 내용이었다. 나는 이런 말이 학자들의 논쟁에 대한 충분한 답변이 될 줄 알았다. 그들은 경멸로 가득 찬 웃음으로 답하면서 농부 녀석이 나를 잘도 가르쳤다고 했다.

그러나 보다 훌륭한 이해력의 소지자였던 국왕은 학자들을 모두 물러가게 한 뒤, 농부를 불러오라고 지시했다. 다행히 그는 아직 그 도시를 벗어나지 못한 상태였다. 국왕은 먼저 그를 꼼꼼히 심문하고, 그 다음으로 그와 나와 소녀를 대질시킨 뒤, 드디어 내가 말한 내용이 사실일지도 모른다고 생각하기 시작했다.

그는 왕비에게 나를 특별히 보호하라고 부탁하며, 그럼달크리치가 계속 나를 보살피는 일을 하는 게 좋겠다는 의견을 피력했다. 그것은 우리 둘 사이의 대단한 애정을 감지했기 때문이었다. 그녀에게 편리한 집이 주어졌고, 그녀의 교육을 담당할 가정교사와 복장을 시중들 하녀, 기타 허드렛일을 담당할 두 명의 하인도 배정되었다. 그러나 나를 돌보는 일은 전적으로 그녀에게만 맡겨졌다. 왕비는 자신의 장롱제작자에게 그럼달크리치의 상자를 본떠서 내가 침실로 사용할 상자방을 만들도록 지시했고 나도 그것에 동의했다. 이 사람은 매우 솜씨가 좋은 기술자여서 내 지시에 따라 3주 만에 1.5평 넓이에 높이가 4미터쯤 되는 목조 방을 제작했다. 상자방에는 런던의 침실들처럼 내리닫이 창과 문, 두 개의 벽장이 마련되어 있었다. 천장을 구성한 나무판은 두 개의 경첩으로 연결되어 들어올릴 수 있었고, 이리로 국왕의 가구업자들이 미리 준비한 침대를 넣을 수 있었다. 그럼달크리치가 매일같이 혼자 힘으로 이 지붕을 열어 환기를 시켰고 밤이 되면 다시 나를 위해 지붕을 닫았다.

소형 골동품 제작으로 유명한 솜씨 좋은 장인이 상아와 비슷한 소재로 만들어진 등받이와 틀을 지닌 의자 두 개와 탁자 하나, 소지품을 넣을 수 있는 캐비닛도 만들어 주었다. 방은 나를 운반하는 사람들의 부주의로 인한 사고를 예방하고 마차의 흔들림으로 인한 충격을 완화시키기 위하여, 바닥과 천장을 포함한 사방의 벽들이 천으로 누벼졌다. 나는 쥐들이 들어오는 것을 막기 위해 문에 자물쇠를 설치해 달라고 했고, 결국 대장장이가 몇 차례의 시도 끝에 그 나라에서 가장 작은 자물쇠를 만들어 주었다. 그러나 나는 영국의 한 신사 댁에서 이보다 좀더 큰 자물쇠를 본 적이 있을 뿐이었다. 열쇠는 그럭저럭 내가 직접 가지고 다녔다. 그럼달크리치가 열쇠를 잃어버릴까봐 걱정이 돼서였다.

왕비 마마는 또한 그 나라에서 가장 얇은 비단을 구해서 내게 옷들을 만들어 주라고 명령했다. 그러나 그 옷감들은 영국의 담요보다도 더 두꺼워서 익숙해질 때까지 몹시 불편했다. 그들의 옷은 페르시아나 중국풍이었으며 아주 점잖고 품위가 있었다.

왕비 마마는 나와 함께 있는 것을 너무 좋아해서 내가 없으면 식사도 하지 않았다. 마마가 식사하시는 식탁 위, 그녀의 팔꿈치 높이쯤 되는 곳에 내 전용 식탁이 마련되었다. 그럼달크리치가 식탁 근처의 발판에 올라서서 나를 도우며 보살폈다. 내게도 은접시와 은사발, 기타 필요한 식기들이 제공되었다. 왕비의 식기들과 비교하면 마치 런던 인형 가게에서 파는 장난감 식기들 같았다. 꼬마 보모는 이 식기들을 은으로 만든 식기함에 넣어 주머니에 넣고 있다가 식사 시간이 되어 내가 원하면 즉시 꺼내 주었다. 그녀는 또한 이 식기들을 항상 청결하게 관리했다.

왕비 마마는 열여섯 살과 열세 살 1개월 된 두 공주들 외에는 누구와도 함께 식사를 하시지 않았다. 마마가 내 접시에 고기 조각을 놓아 주시면 나는 그걸 잘라서 먹곤 했다. 내가 그렇게 작은 동작으로 식사하는 모습을 지켜보는 게 그녀의 즐거움이었다. 왕비 마마는 한입에(사실 그녀는 소식가였다) 영국 농부 십여 명이 한 끼 식사로 먹는 양만큼을 먹었다. 내게는 그것이 한동안 아주 역겨운 모습이었다. 그녀는 완전히 다 자란 칠면조보다도 아홉 배는 더 큰 종달새 날개를 뼈째 오도독 씹어 먹었다. 또 24페니어치 분량에 해당하는 양만큼 큰 빵 조각을 한입에 넣었다. 금으로 만든 컵에 큰 통 하나(약 238~530리터) 분량의 음료수를 따라 단숨에 마셨다. 그녀의 나이프들은 손잡이가 붙은 낫의 두 배 정도 크기였고 스푼, 포크, 기타 도구들도 모두 마찬가지 비율로 컸다. 한번은 호기심으로 그럼달크리치의 도움을 받아 왕실 식탁을 구경하러 갔다가 그곳에서 10여 개 이상의 거대한 나이프들과 포크들이 한꺼번에 들어올려지는 것을 본 적이 있다. 나는 그때까지 그토록 무시무시한 광경을 본적이 없었다.

매주 수요일이 되면(전에도 알았었지만 이 날은 그 나라의 안식일이었다) 국왕과 왕비, 왕자, 공주분들이 모두 국왕의 거처에 모여 함께 식사하는 것이 관습이었다. 나는 이제 국왕의 총애를 받게 되었기 때문에 이 식사 모임 때에도 나를 위한 조그만 의자와 식탁이 소금 용기 앞, 국왕의 왼편에 마련되었다. 국왕은 나와 대화를 나누기를 즐겼다. 그는 유럽의 관습, 종교, 법률, 통치 제도, 학문 등에 대해 질문했고, 나는 내가 할 수 있는 한 최선을 다해 답변해 드렸다. 그는 이해력이 아주 뛰어난 사람이었고 판단력도 정확해서, 내가 말한 모든 사항들에 대하여 자신의 소견과 의견을 개진했다.

그러나 지금 와서 고백하지만, 내가 다소 장황하게 사랑하는 내 조국의 교역과 해상 전쟁, 종교 간의 갈등, 정당 등에 대해 이야기하자 그는 자신이 받은 교육적 편견 때문이었는지는 몰라도, 나를 자신의 오른손으로 잡고 왼손으로는 부드럽게 쓰다듬지 않을 수 없다는 태도를 보여 주었다. 그러고는 껄껄 웃으면서 내가 휘그당인지 토리당인지 묻고 나서, 그는 영국 국왕 소유 서브린 호의 주 돛대만큼이나 큰 지휘봉을 들고 그의 뒤에 서 있던 총리 대신에게 몸을 돌려서 '인간의 존엄성이라는 것이 나같이 작은 벌레만 한 소인들에 의해서도 모방되는 것을 보면 얼마나 경멸할 만한 것인지 알 것 같다'고 말했다. 그러면서 그는 나 같은 작은 미물들도 작위와 명예로운 호칭을 갖고 있고, 조그만 둥지들과 구멍들을 만들어서 그것을 집과 도시라고 부르고, 의복과 장신구를 달고 과시하고, 사랑하고, 다투고, 논쟁하고, 속이고, 배반한다고 말했다. 그가 이런 식으로 말하는 동안, 나는 모든 예술과 군사력의 여주인이며, 프랑스의 불구대천 원수이며, 유럽의 심판자이며, 도덕과 경건한 신앙과 명예와 진리의 본거지이며, 온 세계의 자랑이며 질투의 대상이기도 한 내 고귀한 조국이 그런 식으로 매도당하는 것이 너무나 분해서 얼굴이 수차례나 붉으락푸르락해졌다.

그러나 나와 내 조국에 가해진 모욕에 대해 화를 낼 처지가 아니었기 때문에 나는 좀더 심사숙고하기로 했다. 그러자 마침내 내가 과연 모욕을 당한 것인지조차 의아해지기 시작했다. 몇 달이 지나자 나는 이제 이 사람들의 시각과 대화에 익숙해져 버렸으며, 내 시선이 닿는 모든 물체들을 당연히 그런 크기라고 여기며 관찰하게 되어서 내가 처음에 그들의 크기와 모습에 느꼈던 공포감은 완전히 사라졌다. 따라서 지금 만약 내가 화려한 치장을 하고, 생일 예복을 차려입고, 우아한 자세로 뽐내며 인사하고 수다를 떨며, 각자의 일을 하고 있는 유럽인들을 보게 되었다면, 아마 이곳의 국왕과 대신들이 내게 했던 것처럼 그들을 비웃고 싶은 강한 유혹이 느껴졌을 것이다. 나는 심지어 왕비 마마가 나를 손으로 들어 거울 앞에 놓았을 때 그곳에 비춰진 내 모습에 조소를 금치 못했다. 그녀와 내 몸이 함께 거울에 비추어진 모습처럼 우스운 광경은 없었다. 나는 내 모습이 실제 크기보다 몇 배나 더 축소되었다고 진심으로 상상하기 시작했다.

왕비 마마가 총애하는 난쟁이만큼 나를 화나게 하고 굴욕감이 들게 하는 녀석도 없었다. 그 나라에서 역대로 가장 작은 키

(나는 녀석의 키가 9미터도 안 된다는 사실을 솔직히 고백한다)의 그 녀석은 자신보다 키가 훨씬 더 작은 나를 보고 아주 거만해졌다. 내가 왕비 마마의 곁방 탁자 위에서 대신들이나 궁정의 귀부인들과 대화를 나누고 있으면 녀석은 뽐내며 걷거나 자기가 더 크다는 시늉을 해보이며 지나가곤 했다. 녀석은 늘 내 작은 키에 대해 한두 마디 상처주는 말을 하지 않는 적이 없었다. 그러면 내가 할 수 있는 보복이란 녀석을 '형제'라고 부르거나, 레슬링을 하자고 도전하거나, 혹은 궁내의 시동들이나 할 법한 말대꾸를 주고받는 일밖에 없었다.

하루는 식사 시간에 이 악의로 가득 찬 난쟁이 녀석이 뭔가 내가 한 말 때문에 무지하게 화가 났다. 녀석은 왕비 마마의 의자 위로 올라가 벌떡 일어서더니 앉아 있던 나를 집어 들어서, 내게 어떤 피해를 입힐지 생각도 않고, 다짜고짜 거대한 은사발 크림 속으로 던져 버렸다. 그러고 나서는 죽어라고 도망쳤다. 나는 귀와 머리까지 크림 속에 잠겨 버렸는데, 내 수영 솜씨가 좋았기에

망정이지 그렇지 않았더라면 큰 낭패를 볼 뻔했다. 마침 그때 그럼달크리치는 방의 다른 쪽 끝에 있었고 왕비 마마는 너무 놀라서 나를 도와줄 마음의 평정을 찾을 여유가 없었다.

꼬마 보모가 즉시 나를 구하러 달려와 꺼내 주었을 때는 이미 1리터 이상의 크림을 마신 상태였다. 나는 곧 침대로 옮겨졌지만 다행히도 망가진 옷 이외에는 별다른 피해를 입지 않았다. 난쟁이 녀석은 실컷 두들겨 맞고 추가 징벌로 내가 빠졌던 크림 사발 한 대접을 마셔야 했다. 그리고 녀석은 왕비 마마의 총애를 다시는 회복하지 못했다. 마마가 녀석을 한 귀부인에게 넘겨 버렸기 때문이다. 이제 그를 더 이상 보지 않게 되어 안도감이 들었다. 그런 못된 악의를 지닌 녀석은 앙갚음을 위해 내게 어떤 극단적인 행동을 할지 알 수 없기 때문이다.

그 녀석은 전에도 내게 아주 야비한 짓거리를 한 적이 있었다. 왕비 마마는 비록 웃기는 했지만 내심 무척 화를 냈고, 내가 너그러운 마음으로 만류하지 않았다면 녀석을 즉시 응징했을 것이다. 당시 마마께서 골수가 들어 있는 뼈를 드시다가, 그 골수를 빼낸 뼈를 다시 전처럼 접시 위에 세워 놓으셨다. 그런데 기회를 엿보던 이 난쟁이 녀석은 그럼달크리치가 찬장으로 간 사이에 그녀가 내 식사 수발을 들기 위해 올라서던 발판 위로 올라가 나를 양손으로 잡고 내 두 발을 그 뼈 안에 쑤셔 넣어 억지로 허리까지 박아 놓은 것이다. 나는 한참 동안 속수무책으로 그렇게 뼈 구멍에 박혀서 아주 우스꽝스러운 모습을 연출하며 있

었다. 거의 1분여가 지나서야 사람들이 내게 무슨 일이 일어났는지 알았다. 비명을 지르는 일은 내 품위에 맞지 않는 일이라고 생각하여 내가 가만히 있었기 때문이다. 다행히 군주들은 대개 식사를 뜨겁게 먹지 않기 때문에, 다리를 데이지는 않았다. 단지 스타킹과 바지만 손상됐을 뿐이다. 나의 간청으로 난쟁이 녀석은 매질을 심하게 당한 것 외에는 별다른 징벌을 받지 않았다.

나는 내 겁 때문에 종종 왕비의 조롱의 대상이 되었다. 그녀는 내게 우리 나라 사람들이 본래 그렇게 대단한 겁쟁이들인지 묻곤 했다. 그 이유는 이러했다. 그 나라는 여름철에 파리 떼들로 무척 골치를 썩고 있었다. 크기가 거의 턴스터블 종달새만 한 이 혐오스러운 곤충들은 식사 내내 귀 옆에서 윙윙대고 앵앵대서 나를 불편하게 했다. 가끔은 내 음식 위에 내려앉기도 했는데, 나중에 보면 그 자리에 아주 더러운 배설물과 알들을 남겨 놓고 갔다. 그곳 사람들의 큰 눈은 나처럼 작은 물체들을 보는 데 예민하지 않아서 파리의 배설물들이나 알들을 못 봤지만 내게는 아주 잘 보였던 것이다. 어떤 때는 녀석들이 내 코와 이마에 앉아 아주 역겨운 냄새를 풍기며 재빨리 침을 쏘아 댔다. 나는 또 우리의 자연 과학자들이 말하는 바와 같이, 녀석들을 천장에 거꾸로 매달려 다니게 해준다고 여겨지는 그 끈끈한 점성 물질을 쉽게 볼 수 있었다. 이 지긋지긋한 파리들이 다가오면 나는 나 자신을 방어한다고 한바탕 소동을 벌였다. 그리고 그것들이 얼굴까지 다가오면 깜짝깜짝 놀랐다. 난쟁이 녀석은 나를 놀라게 하고 또 왕비 마마를 웃기려고, 마치 우리 학생들이 그러는 것처럼 이 곤충들을 손에 여러 마리 잡아 두었다가 갑자기 내 코 바로 앞에서 풀어놓곤 했다. 내가 할 수 있는 방법이란 날아오르는 파리들을 칼로 베어 조각내는 일뿐이었다. 내 솜씨를 보고 사람들이 많은 칭찬을 해주었다.

어느 화창한 날 아침 그럼달크리치가 내게 바람을 쏘여 주기 위하여 늘 하던 대로 나와 내 상자방을 창틀 위에 놓아 두었던 적이 있었다(나는 영국에서 새장을 걸듯이 내 상자방을 못에 거는 일은 질색이었다). 내리닫이 창 하나를 올리고 식탁에 앉아 아침 식사로 달콤한 케이크 한 조각을 막 먹으려고 하는데, 갑자기 스

무 마리 이상의 말벌들이 케이크 냄새에 이끌려 방안으로 날아 들어 왔다. 그 윙윙대는 소리가 같은 수의 백파이프 소리를 모아 놓은 소리보다 더 시끄러웠다. 그중 몇 마리는 이미 내 케이크를 낚아채어 한 조각씩 나르고 있었다. 다른 녀석들은 내 머리와 얼굴 주위를 날아다니며 윙윙대는 소리로 나를 위압하고 있었다. 나는 그들의 벌침에 대한 극도의 공포감에 빠져 들었다. 하지만 네 마리를 간신히 처치하자 나머지 녀석들은 도망을 쳐버렸다. 나는 즉시 창문을 닫았다. 이 곤충들은 자고새와 비슷한 크기였다. 그리고 벌침들을 뽑아 보니 그 길이가 무려 1.5인치(약 3.8센티미터)나 되었다. 나는 이 벌침들을 잘 보관하였으며, 이후 다른 진귀한 물건들과 함께 유럽의 여러 지역에서 전시물로 사용하였다. 영국으로 돌아온 다음에는 왕립 과학 학술원의 본거지였던 그레셤 대학에 세 개를 기증하고 나머지 하나는 내가 직접 보관하였다.

제4장

브롭딩낵에 대해 설명하면서 현대의 지도를 수정하자고 제안한다. 국왕의 궁정과 수도를 묘사한다. 저자의 여행 방식을 설명하고, 최고 사원을 묘사한다.

~

이제 내가 직접 경험한 내용 안에서 이 나라를 간략하게 설명해 보겠다. 사실 나는 수도인 롤브럴그러드로부터 3,200여 킬로미터 이상 벗어나 본 적이 없다. 내가 항상 수행한 왕비 마마께서 그 이상으로 벗어나려고 하시지 않았기 때문이다. 그녀는 국왕이 국경 시찰을 마치고 돌아올 때까지 그곳에 머물렀다. 이 군주가 지배하는 영토는 길이가 대략 1만 킬로미터, 폭은 약 5천 킬로미터쯤 되었다. 이런 사실로 비추어 볼 때, 나는 우리의 지리학자들이 일본과 캘리포니아 사이에 바다 밖에 없다고 생각한 것은 큰 잘못이라고 결론내리지 않을 수 없다. 나는 항상 타타르 대륙*과 맞먹을 대륙이 있어야 지구의 균형이 잡힐 것이라고 생각했다. 따라서 지리학자들은 이제 아메리카 북서부 지역

* 동부 유럽에서 서부 아시아 일대

에 거대한 크기의 대륙을 추가함으로써 지도나 차트들을 수정해야 할 것이다. 필요하다면 내가 그 일에 도움을 줄 준비도 되어 있다.

이 왕국은 북동쪽 끝이 약 50킬로미터 높이의 산맥으로 막혀 있는 반도다. 산맥의 꼭대기에 화산들이 있어서 통행이 불가능했다. 따라서 이 산맥 너머에 어떤 사람들이 사는지, 사람이 살기는 사는지, 이 나라에서 가장 박식한 학자들도 몰랐다. 반도의 나머지 삼면은 바다로 에워싸여 있었지만 온 왕국을 통틀어 항구라고는 단 하나도 없었다. 그리고 강물들이 흘러 나가는 해안 지역들은 온통 뾰족한 바위들로 가득 차 있고 바다의 물살도 너무 거세서, 이곳 사람들은 작은 보트조차도 바다에 띄울 생각을 하지 못했다. 따라서 이 나라 사람들은 세계의 다른 지역들과의 교역으로부터 철저히 차단된 삶을 살았다.

그러나 나라 안 큰 강들은 배들이 가득 차 있었고, 강에는 맛있는 물고기들이 풍부했다. 이곳의 바다 물고기들은 우리 유럽의 물고기들과 똑같은 크기여서 잡을 만한 가치가 없었다. 이로 볼 때 자연이 그토록 큰 동식물들을 만들어 내는 일을 전적으로 이 대륙에만 국한시킨 것이 분명하다. 이에 대한 설명은 철학자들에게 맡기겠다. 이들은 가끔 바위에 우연히 부딪치는 고래를 잡는 적이 있었는데 주로 평민들이 이것을 맛있게 먹었다. 고래들은 매우 커서 한 사람이 어깨에 메고 오지 못할 정도였다. 간혹 호기심 때문에 고래들이 바구니에 넣어져 수도인 롤브럴그러드로 운반되어 오기도 했다. 한번은 국왕의 식탁에 고래가 아주 진기한 생선으로 올라온 것을 보았는데 그가 그것을 별로 좋아하는 것 같지는 않았다. 그 고래의 크기가 그에게 혐오감을 느끼게 한 것 같았다. 하지만 나는 그린랜드에서 그것보다 더 큰 고래를 본 적도 있다.

이 나라에는 51개의 도시들과, 성벽을 지닌 100여 개에 가까운 읍들, 기타 수많은 작은 마을들에 많은 사람들이 살았다. 그러나 독자들의 호기심을 충족시키기에 롤브럴그러드에 대한 묘사면 충분할 것이다. 수도는 시내를 관통하는 강 양편 지역에 균등하게 퍼져 있었고, 8만 가구 이상이 살았다. 길이는 약 3그론그럼(약 90킬로미터), 폭은 2.5그론그럼(약 70킬로미터)쯤이다. 나는 이 수치를 국왕의 명령으로 만들어진 왕실 지도를 보고 혼자 측정해서 알아냈다. 지도를 바닥에 쭉 펼치니 무려 30미터나 되었다. 나는 그 위를 몇 차례나 맨발로 걸어 다니며 그 나라의 직경과 둘레를 잿고, 눈금자를 이용해 매우 정확하게 그 크기를 잿다.

궁궐은 정규적인 단독 건축물이 아니라, 둘레가 약 11킬로미터인 건물군群이었다. 가장 중앙부 방들의 높이는 80미터 정도 되고, 폭과 길이도 그 높이와 비례하는 크기였다.

그럼달크리치와 내게는 마차도 주어졌기 때문에 그녀의 가정교사가 종종 우리를 그 마차에 태워 시내 구경을 시켜 주었다. 나는 항상 상자방에 실려 구경을 나갔다. 하지만 내가 원하면 소녀가 나를 꺼내어 손에 올려 주었기 때문에 거리들을 지날 때 집과 사람들을 편리하게 볼 수 있었다. 내 어림짐작에 의하면, 우리가 타고 다니던 마차는 대략 웨스트민스터 광장 정도의 크기인데 정확하게는 말하지 못하겠다.

하루는 보모의 가정교사가 마부에게 가게들 앞에서 멈추라고 명령했다. 그러자 그곳에서 기회를 엿보고 있던 거지들이 마차 양쪽으로 몰려들었다. 그런데 거지들의 모습은 유럽인인 내 눈으로 볼 수 있는 가장 끔찍한 광경이었다. 한 여자 거지의 젖가슴에 종양이 나 있었는데, 종양 덩어리가 기괴한 모습으로 부풀어 올라 있고 온통 구멍투성이였다. 두세 군데는 내가 기어들어

가 온몸을 넣을 수 있을 정도였다. 또 목에 실뭉치 다섯 개를 뭉친 것보다 더 큰 혹이 달린 남자 거지도 있었고, 양쪽 모두 6미터짜리 의족을 한 거지도 있었다.

그중에서도 가장 역겨운 모습은 그들의 옷 위를 기어다니는 이였다. 나는 유럽에서 현미경으로 보던 것보다 더욱 자세하게 이 해충의 다리를 보았다. 마치 돼지처럼 여기저기를 헤집고 있는 주둥이들도 보였다. 내가 이를 본 것은 이때가 처음이었다. 그 역겨운 모습 때문에 속이 완전히 뒤집히고 토할 것 같았지만 한편 호기심 때문에 한 마리 해부해 보고 싶은 생각도 들었다.

보통 때 나를 운반하던 큰 상자방 외에도 왕비 마마는 내 여행 편의를 위해 좀더 작은 방도 만들라고 지시했다. 큰방은 그럼달크리치의 무릎 위에 올려놓기에 다소 커서 마차여행에 불편했기 때문이다. 여행용 상자방도 내 요청에 따라 먼젓번과 같은 기술자가 만들었다. 정사각형 모양에 삼면의 벽 중간에 창문을 하나씩 냈다. 장기간의 여행 동안 일어날 수 있는 사고를 방지하기 위하여 각 창의 바깥에 격자 보호대들을 세웠다. 창문이 없는 네 번째 벽면에는 강력한 꺾쇠 두 개를 설치했다. 나를 운반하는 사람들은 내가 말을 타고 싶다고 할 때는 허리에 가죽 벨트를 차고 이 꺾쇠들을 그 벨트에 걸면 되었다. 그럼달크리치가 몸이 안 좋을 때 내가 국왕 부부의 시찰을 따라나서거나 왕실의 귀부인들을 방문할 일이 생기면, 내가 신뢰하는 아주 진중하고 믿음직스러운 하인이 이 일을 맡았다. 고위 인사들 사이에서 내가 널리 알려지고 평판이 높아졌기 때문에 이런 일이 잦았다. 그러나 나는 이것이 내가 잘나서라기보다는 국왕이 내게 보여 주는 총애 때문이었을 것이라고 짐작한다.

여행을 하는 도중 마차 타는 일이 지겨워지면 말 탄 하인이 내 상자방의 꺾쇠를 허리띠 버클에 걸고 그것을 쿠션 위에 올려놓았다. 나는 그 쿠션 위에서 세 창문들을 통해 그 나라의 모든 경치를 감상했다. 여행용 방에는 야외용 침대가 구비되어 있고 천장에 달아매는 그물 침대도 달려 있었다. 그리고 말이나 마차의 요동에 의해 날아가는 것을 막기 위해 나사못으로 바닥에 고정된 의자 두 개와 탁자 하나도 있었다. 가끔 요동이 아주 심했지만 나는 오랜 항해 여행에 단련되어 있었기 때문에 크게 불편을 느끼지는 않았다.

시골 읍내를 보고 싶으면 나는 항상 이 여행용 상자방을 이용했다. 그럼달크리치가 그 나라의 방식에 따라 덮개 없는 의자 가마에 올라앉아 자신의 무릎에 이 방을 올려놓았다. 가마는 네 명의 하인이 들었고 왕비의 시종 두 명이 시중을 들었다. 여행 중에 내 소문을 들었던 사람들이 호기심에 가마 주위로 몰려들기도 했다. 그러면 꼬마 보모는 친절을 베풀기 위하여 가마꾼들에게 잠시 멈추라고 지시한 뒤, 자신의 손에 나를 올려놓아 사람들이 좀더 편리하게 보도록 해주었다.

내가 특히 보고 싶어했던 것은 그 나라의 최고 사원과, 그 나라에서 제일 높은 곳으로 생각되는 사원 부속 첨탑이었다. 어느 날 보모가 나를 그곳에 데려갔지만 솔직히 말해서 나는 몹시 실망했다. 지상에서 가장 높다는 첨탑의 끝까지 높이를 따져 보니 900미터가 넘는데, 그정도면 그곳과 우리 유럽의 크기 차이를 감안해 볼 때 비율상으로 전혀 경탄할 만한 일이 아니었다. 우리나라의 솔즈베리 첨탑과 비교해도 비교 대상이 되지 못했다.

그러나 내가 평생 큰 은혜를 입었다고 인정하며 살아야 할 나라를 깎아내리지 않기 위해 다음 사실은 시인해야 할 것이다. 이 유명한 탑이 높이로는 부족한 점이 있었지만, 아름다움과 힘찬 기운으로 보상되고 있었다는 점이다. 탑의 벽면은 두께가 30미터 정도인데, 일일이 깎아 낸 돌들로 세웠다. 돌 하나하나의 크기가 12제곱미터로, 사면에 실물보다 훨씬 더 큰 대리석 신상들과 황제의 조상들이 벽 안쪽 공간에 장식되어 있었다. 나는 이 석상들로부터 떨어져 나와 아무도 모르게 잡석 더미에 섞여 있던 작은 손가락 조각의 치수를 재보았다. 정확히 124센티미터였다. 그럼달크리치는 그 조각을 손수건에 싸서 가져와 자신의 장신구 보관함에 담아 두었다. 그녀 또래의 아이들이 대개 그런듯 그녀도 그런 것들을 모으는 일을 무척 좋아했다.

국왕의 부엌은 참으로 멋진 건물이었다. 꼭대기가 아치 모양이고 높이는 180미터 정도였다. 대형 오븐은 세인트폴 성당의 둥근 지붕보다 열 걸음 거리 정도 작아 보였다. 나는 이 성당 지붕의 크기를 영국에 돌아와서 직접 재봤었다. 내가 부엌의 문, 거대한 단지와 솥들, 꼬챙이에 꿰어져 돌아가던 고깃덩어리들,

기타 여러 가지 사항들을 자세히 설명한다면 믿을 사람이 그리 많지 않을 것이다. 가혹한 비평가들은 내가, 여행객들이 종종 의심을 받는 것처럼, 조금 과장했다고 생각하기 쉽다. 하지만 그런 비난을 피하기 위해 또 다른 잘못을 저지르는 게 아닌가 하는 두려움도 생긴다. 만약 이 여행기가 혹시 브롭딩낵(그 왕국의 일반적인 명칭이다) 언어로 번역되어 그곳에 전해진다면, 국왕과 그의 백성들이 축소 묘사를 통해 내가 그들에게 해를 끼쳤다고 불평할 이유가 충분히 있게 될지도 모르겠다.

국왕은 마구간에 한꺼번에 600마리 이상의 말들은 기르지 않았다. 이곳 말들은 대개 키가 16~18미터쯤 되었다. 국왕은 국경일 같은 날 외출할 때는 위엄을 보이기 위해 500명이나 되는 민병 기병대의 호위를 받았다. 그 모습은 내가 그의 군대 열병식을 보기 전까지 내가 본 광경 중에서 가장 화려한 것이었다고 생각한다. 그의 군대에 대해서는 다른 기회에 다시 이야기하겠다.

제5장

저자에게 일어난 몇 가지 사건들을 이야기한다. 죄수의 처형 장면을 본다. 저자가 자신의 항해 기술을 뽐낸다.

내 왜소함으로 인해 생긴 몇 차례의 우스꽝스럽고 성가신 사건들만 아니었더라면 나는 그 나라에서 충분히 행복하게 살았을 것이다. 몇 가지만 이야기해 보겠다.

그럼달크리치는 나를 여행용 상자방에 넣어 종종 정원으로 데리고 나갔다. 또 가끔은 나를 상자방에서 꺼내 손에 들고 있거나 땅바닥에 내려놓았다. 난쟁이 녀석이 왕비 마마로부터 쫓겨나기 전이었던 어느 날, 이 녀석이 우리를 따라왔다. 꼬마 보모가 나를 바닥에 내려놓았는데 우연히 그 녀석과 내가 난쟁이사과나무라는 이름의 나무 아래 함께 있게 되었다. 나는 갑자기 내 위트를 과시하고 싶은 생각이 들어서 이 녀석과 그 나무의(우리나라에서처럼 그들의 언어로도 나무 이름은 녀석의 난쟁이란 이름과 똑같았다) 유사성을 언급했다. 그러자 난쟁이는 악의를 품고 기회를 엿보다가, 내가 그 나무 아래를 걸어가는 순간 나무를 세게 흔들었다. 갑자기 브리스틀산 술통만큼 큰 사과들이 십여 개

나 우르르 내 양쪽 귀 옆으로 떨어져 내렸다. 하나가 구부린 상태의 내 등을 정통으로 강타해서 나는 바닥에 뻗었다. 다행히 그 외의 큰 부상은 당하지 않았다. 하지만 난쟁이는 내 간청 덕에 용서를 받았다. 먼저 그의 화를 돋운 것이 나였기 때문이다.

하루는 그럼달크리치가 나를 부드러운 풀밭 위에 혼자 쉬게 남겨두고 멀리 떨어져서 자신의 가정교사와 산책을 하고 있었다. 그런데 갑자기 우박이 세차게 쏟아지기 시작했고 나는 떨어지는 우박을 맞고 즉시 바닥에 쓰러졌다. 테니스 공만 한 우박 덩어리들이 내 온 몸을 사정없이 내리쳤다. 나는 간신히 네 발로 기어 레몬 백리향 나무 아래로 피신한 후 바람이 부는 쪽으로 얼굴을 향하고 납작하게 엎드렸다. 하지만 얼굴부터 발끝까지 너무 심하게 타박상을 입어서 열흘이나 외출을 못했다. 그러나 이 사건은 전혀 놀랄 만한 일이 아니었다. 모든 자연 현상이 그 나라 사물들의 크기와 같은 비율로 발생하니까 우박 한 개의 크기가 유럽의 우박보다 100배는 더 컸기 때문이다. 호기심 때문에 내가 직접 재 봤기 때문에 이렇게 주장할 수 있다.

그러나 더 위험한 사건이 같은 정원에서 일어났다. 꼬마 보모는 내가 여러 번 부탁했기 때문에, 나 혼자 사색을 즐기도록 나를 안전한 장소에 내려놓고 자신의 가정교사와 아는 숙녀분들 몇몇과 함께 정원의 다른 쪽으로 가 버렸다. 그날은 그녀가 상자방을 들고 다니는 게 귀찮아서 그랬는지, 그냥 집에 놓고 왔었다. 그런데 그녀가 말소리도 들리지 않는 곳으로 사라지고 없는 동안 수석 정원사 소유의 스패니얼 개가 우연히 정원 안으로 들어섰다가 내가 누워 있는 곳 근처를 어슬렁거렸다. 냄새를 따라 즉시 내게로 다가온 녀석이 나를 자기 입에 물고는 곧장 자기 주인에게로 데려가서 꼬리를 흔들어 대다가 바닥에 부드럽게 내려놓았다. 다행히 녀석은 훈련이 아주 잘 되어 있어서 나를 이빨 사이로 물고 옮겼기 때문에 내게 상처를 입히거나 옷을 찢지는 않았다. 그러나 나를 잘 알고 늘 내게 친절했던 이 불쌍한 정원

사는 무척 놀랐다. 그는 양손으로 나를 들어올리고는 다친 곳이 없는지 물어보았다. 나는 너무 놀라고 숨이 헐떡거려서 한마디도 할 수가 없었다. 몇 분이 지나 제정신이 돌아오자 그는 나를 꼬마 보모에게로 무사히 데려다 주었다. 마침 그 때 그녀도 내가 사라진 것을 발견하고 불러도 대답을 하지 않자 몹시 불안해 하며 괴로워하던 중이었다. 그녀는 정원사를 심하게 나무랐다. 하지만 이 사건은 덮어 두기로 했고 왕실에도 알리지 않았다. 왕비마마가 화를 내실까봐 두려웠기 때문이다. 사실 나로서도 이런 이야기가 알려져 봤자 체면만 깎이는 일이었다.

이 사건으로 그럼달크리치는 외출했을 때 다시는 내가 자신의 시야에서 사라지지 않게 하겠다고 단호하게 결심했다. 사실 나는 오래 전부터 그녀가 이런 결심을 하지 않을까 내심 걱정했다. 그래서 내가 홀로 남겨졌을 때 일어났던 몇 가지 사소하지만 불행한 사건들을 그녀에게 감추고 있었다.

한번은 정원 위를 날던 매 한 마리가 급강하해서 나를 덮쳤다. 내가 단호하게 단검을 빼들어 흔들며 과수나무 밑으로 도망치지 않았더라면 녀석은 분명히 나를 발로 낚아채서 공중으로 날아가 버렸을 것이다.

또 한번은 만든 지 얼마 안 되는 두더지 두덩을 올라가다가 그 녀석이 흙을 나르는 통로로 쓰는 구멍에 목까지 빠져 버린 적도 있었다. 나는 옷에 묻은 흙에 대한 핑계로 거짓말(기억할 만한 가치도 없는)까지 지어냈다. 어느 때는 혼자 거닐면서 그리운 영국 생각에 골몰하다가 달팽이 껍질에 걸려 넘어져 오른쪽 정강이를 다치기도 했다.

내가 홀로 산책을 다닐 때면 조그만 새들이 내가 전혀 두렵지 않다는 듯이 내 근처 1미터쯤까지 다가와 무심하고 평온하게 주변을 뛰어다니면서 벌레나 먹이를 찾아다녔다. 그런 모습을 보면서 내가 기뻤는지 굴욕적이었는지 잘 기억이 나지 않는다. 한번은 개똥지빠귀 한 마리가 내 손에서 그럼달크리치가 아침식사로 준 케이크 조각을 자신 있게 자기 부리로 채갔다. 내가 그 새를 잡으려고 하자 무리들이 대담하게 내게 덤벼들어서 내 손가락을 쪼으려고 했다. 결국 내가 포기하자 그들은 다시 무관심하게 돌아서서 예전처럼 벌레와 달팽이들을 찾아다녔다.

하지만 나는 어느 날 두꺼운 곤봉을 준비해 와서 홍방울새를 향하여 온 힘을 다해 힘껏 집어던졌으며 다행히 명중을 시켰다. 나는 의기양양하게 녀석을 양손에 들고 보모에게 달려갔다. 그러나 녀석은 잠깐 기절했을 뿐이었다. 제정신이 돌아오자 녀석은 내 머리와 몸 양쪽을 자신의 날개로 사정없이 두들겨 댔다. 팔을 쭉 뻗은 채 잡고 있어서 녀석의 발톱이 닿지는 않았는데 나는 스무 번도 넘게 녀석을 놓아줄까 고민했다. 다행히 곧 하인 한 명이 달려와서 새의 목을 부러뜨렸다. 다음날 왕비의 명령으로 이 새를 요리해 먹었는데, 내 기억으로 홍방울새는 영국의 백조보다 조금 더 컸다.

궁녀들은 종종 그럼달크리치를 자신들의 처소로 초대했다.

그때마다 나를 꼭 데려오기를 원했다. 나를 보고 만지려는 목적에서였다. 그녀들은 수시로 나를 머리부터 발끝까지 홀딱 벗겨 놓고는 자신들의 젖가슴 위에 눕혀 놓곤 했다. 나는 이런 일이 너무 혐오스러웠다. 그녀들의 피부에서 너무도 역한 냄새가 났기 때문이다. 이 이야기를 하는 것은 내가 존경했던 그 숙녀분들을 깎아내리려는 것이 아니다. 짐작컨대 내 감각이 내 작은 몸과 비례하여 더욱 예민해졌던 것 같다. 그들은 우리 영국의 고위층사람들처럼 자신들의 연인들이나 상대방에 대해 불쾌해 하지 않았다.

그런데 나는 그들의 자연적인 체취가 향수를 사용했을 때의 체취보다 훨씬 더 참을 만하다는 사실을 발견했다. 그들의 향수 냄새만 맡으면 나는 즉시 기절할 지경이었다. 릴리펏에 있었을 때 나와 절친했던 한 친구가 어느 더운 날 내가 운동을 심하게 한 후에, 내게서 아주 지독한 냄새가 난다고 솔직하게 불평하던 일을 잊을 수가 없다. 사실 나는 다른 남자들보다 체취가 그리 심한 편이 아니었다. 하지만 지금 생각해 보니 그 친구의 후각 기능이, 마치 내가 이 나라 사람들에게 그랬던 것처럼, 내 몸 냄새에 대해 아주 예민하게 반응했던 것 같다. 이 점에 있어서 나는 내 여주인이었던 왕비 마마와 보모인 그럼달크리치에 대해 정당한 평가를 해드리지 않을 수가 없다. 이들의 몸에서는 영국의 어느 숙녀분들 못지 않게 향긋한 냄새가 났었다.

내 보모가 궁녀들을 방문하러 갔을 때 나를 가장 불편하게 만들었던 것은, 그녀들이 내가 마치 아무런 의미도 없는 사람인 것처럼 내 앞에서 전혀 예의를 지키지 않고 마구 행동하는 것을 지켜보는 일이었다. 그녀들은 내 앞에서 맨살을 마구 드러내며 옷을 벗거나 갈아입었다. 나는 그녀들의 벗은 몸 바로 앞 화장대 위에 있었다. 그녀들의 벌거벗은 육체는 유혹적이라거나 욕망을 불러일으키는 모습과는 전혀 거리가 먼 것이었음을 확신한다. 오히려 공포와 혐오의 대상이었다고 말할 수 있을 것이다. 가까이에서 자세히 보면 그녀들의 피부는 너무 거칠었고 빛깔도 얼룩덜룩했다. 여기저기에 나무 접시만 한 사마귀들도 나 있었다. 피부에 난 털들은 짐을 묶는 끈들보다도 더 굵었다. 그녀들의 나머지 신체 부분들에 대해서는 더 이상 이야기할 필요도 없다.

그녀들은 또 내가 바로 옆에 있는데도 자신들이 마셨던 내용물들을 전혀 거리낌없이 배설했다. 한 사람이 거의 3툰(3~4리터)짜리 큰 통 두 개 분량은 배설했을 것이다. 제일 예쁘고 상냥하고 장난기도 많았던 열여섯 살짜리 궁녀는 나를 자기 젖꼭지 위에 올려놓곤 했다. 그외에도 내게 다른 많은 장난들을 쳤는데 더 자세히 말하지 않더라도 독자들이 용서해 주리라 믿는다. 어쨌든 나는 너무나 불쾌해서, 제발 그 소녀를 더 이상 보지 않도록 뭔가 핑곗거리를 만들어 달라고 그럼달크리치에게 애원했다.

하루는 내 보모의 가정교사의 조카였던 젊은 신사가 찾아와 처형식을 보러 가자고 졸랐다. 그 신사와 친한 친구를 살해한 살인범의 처형식이었다. 천성이 착했던 그럼달크리치는 썩 내켜하지 않았지만 결국 함께 가기로 설득당했다. 나 또한 그런 끔찍한 광경을 보는 일은 싫었지만, 호기심 때문에 분명히 아주 특이한 일일 것 같은 그 광경을 보고 싶다는 유혹이 생겼다. 죄수는 단두형을 집행하기 위해 만들어진 단두대 위 의자에 몸이 묶여 있었다. 그의 머리가 12미터 길이의 큰 칼에 의해 단번에 잘려 나갔고, 동맥과 정맥으로부터 엄청난 양의 피가 허공으로 솟구쳤다. 그 피가 솟아오르는 모습이란 베르사이유 궁전의 분수와도 비교할 수 없을 정도였다. 단두대 위로 그의 잘려진 머리가 떨어지면서 너무나도 높이 다시 튀어 올랐기 때문에, 현장에서 적어도 1.5킬로미터쯤 떨어져 있었는데도 나는 너무나 놀랐다.

내게 항해 여행의 이야기를 종종 듣던 왕비 마마는 내가 우울해하면 나를 즐겁게 해주려고 애를 많이 썼다. 그녀는 내게 돛이나 노를 다룰 줄 아느냐고 묻고, 간단한 노젓기 운동을 하면 내 건강에도 좋지 않겠느냐고 말했다. 나는 그 두 가지를 다 할 줄 안다고 대답했다. 내 고유 업무는 배의 선의였지만, 비상 사태가 발생하면 종종 나도 보통의 선원들처럼 작업해야 했었기 때문이다. 그러나 나는 그 나라에서는 이런 일을 어떻게 할 수 있을지 몰랐다. 그 나라의 가장 작은 나룻배조차 우리 나라의 일급 군함과 맞먹는 크기였기 때문이다. 또 내가 다룰 수 있을 정도의 배라면 그 나라의 어떤 강물에서도 무사히 뜰 수가 없었다.

그러나 왕비 마마는 내가 적당한 보트를 설계만 하면 그녀의 목수가 그걸 완성시킬 것이며, 또한 그 보트를 띄울 장소도 마련해 주겠다고 말했다. 목수는 재주가 아주 뛰어난 사람이어서 내 지시를 받으며 단 열흘 만에 놀이용 배를 완성했다. 필요한 모든 장비들을 갖추었으며 유럽인 여덟 명은 충분히 태울 수 있는 크기의 보트였다. 보트가 완성되자 왕비는 너무나 기뻐했고 그걸 들고 국왕에게로 달려갔다. 국왕은 물통에 물을 가득 채워 대령하라고 명령했다. 그러나 공간이 너무 협소하여 나는 그 속에서 두 노를 마음대로 다룰 수가 없었다. 하지만 왕비는 그전부터 다른 계획을 세워 놓고 있었다.

그녀는 목수에게 길이 100미터, 폭 15미터, 깊이 2~3미터 정도의 나무 수조를 만들게 시켰다. 물이 새는 것을 막기 위하여 역청까지 잘 칠해진 뒤 수조는 궁궐 바깥쪽 벽 옆의 바닥에 놓였다. 부패한 물을 빼내는 용도의 꼭지가 바닥에 만들어져 있었고, 하인 두 명이 반 시간 정도면 쉽게 물을 채울 수 있었다. 나는 이 수조에서 오락삼아 종종 노를 저었다. 왕비 마마와 그녀의 시녀들은 이 모습을 보고 무척 즐거워했고, 내 솜씨와 민첩한 동작을 보며 내가 아주 기분 좋은 오락을 즐긴다고 생각했다. 때때로 나는 보트에 돛을 달아매기도 했다. 시녀들이 부채로 바람을 부쳐주면 나는 그저 방향만 잡고 있으면 되었다. 그러다 그녀들이 지치면 이번에는 시동 몇 명이 입김을 불어 이 돛단배를 앞으로 나아가게 해 주었다. 그러면 나는 배의 좌현, 우현을 조종하며 솜씨를 뽐냈다. 항해를 다 마치면 그럼달크리치가 보트를 자기 방으로 가져와 못에 걸어 두고 말렸다.

이처럼 항해를 재연해 보이던 중, 한번은 내 생명을 잃을 뻔한 사고가 발생했다. 시동이 내 보트를 수조에 넣자 꼬마 보모의 가정교사가 괜히 나서서 나를 보트에 올려 주겠다고 집어들었다. 그런데 우연찮게도 그만 내가 그녀의 손가락 사이에서 미끄러져 떨어지고 만 것이다. 천우신조로 그 착한 여선생의 가슴 장식에 박혀 있던 코르크 핀에 걸리지 않았더라면, 나는 아마 틀림없이 무려 12미터를 추락했을 것이다. 다행히 코르크 핀의 앞머리가 내 셔츠와 바지의 허리띠 부분을 관통하는 바람에 나는 그럼달크리치가 나를 구하러 달려올 때까지 선생의 가슴 장식 위에 매달려 있었다. 또 한번은 사흘마다 신선한 물을 수조에 채우는 일을 맡고 있던 하인의 부주의로 그도 모르는 사이에 거대한 개구리 한 마리가 들통에 들어왔다. 개구리 녀석은 내가 보트에 오를 때까지 물밑에 숨어 있다가 쉴 곳을 발견하고는 내 보트로 기어올라 왔다. 이 때문에 보트가 갑자기 한쪽으로 심하게 휘청 기울었고, 나는 보트의 전복을 막기 위해 다른 쪽에 내 온 체중을 실어 균형을 맞춰야 했다. 녀석은 보트에 올라서자마자 보트의 절반 길이 정도를 뛰어넘었으며, 신이 나서 내 머리 위를 계속해서 뛰어넘어 다녔다. 내 얼굴과 옷은 온통 녀석의 기분 나쁜 끈끈한 점액질로 뒤덮였다. 녀석의 몸은 너무 커서 상상이 가능한 가장 기괴한 동물처럼 보였다. 하지만 나는 그럼달크리치에게 그 녀석을 직접 처리할 수 있게 해달라고 부탁했다. 나는 들고 있던 노로 녀석을 힘껏 내리쳐서 녀석이 마침내 보트에서 빠

져나가지 않을 수 없게 만들었다.

그러나 내가 그 왕국에서 당한 가장 위험했던 일은 한 주방일꾼의 소유였던 원숭이 때문에 일어난 사건이었다. 한번은 그럼달크리치가 일 때문인지 방문 때문인지 어디론가 외출하면서 나를 방에 두고 문을 잠근 채 외출한 적이 있었다. 하지만 날씨가 아주 따뜻해서 방 창문은 열려 있었고 내가 보통 때 살던 큰 상자방의 창문들과 문들도 마찬가지였다. 탁자에 앉아 조용히 사색에 잠겨 있는데 무언가가 창문으로 뛰어 들어와 이쪽저쪽 뛰어다니는 소리가 들렸다. 나는 깜짝 놀라 의자에 앉은 채로 내 상자방 바깥의 상황을 살폈다. 바로 그 순간 나는 이 장난기 넘치는 원숭이 녀석이 까불거리며 방 안을 이리저리 뛰어다니고 있는 것을 발견했다. 그러다 마침내 녀석이 내 상자방까지 다가왔다. 녀석은 내 방이 아주 신기하다는 듯이 문과 창문들을 통해 안을 기웃거렸다.

나는 한쪽 구석으로 몸을 피했다. 하지만 녀석은 방의 구석구석을 다 들여다보았다. 나는 극심한 공포감에 휩싸여 마음의 평정을 잃어버리고는, 쉽게 할 수 있는 일이었는데도 불구하고 그만 침대 밑으로 숨는 일을 하지 못했다. 한참 동안 상자방 안을 들여다보며 씩 웃거나 깩깩거리던 녀석이 마침내 나를 발견하고 마치 고양이가 쥐에게 하듯 자신의 팔 하나를 쭉 펴서 문 안으로 집어넣었다. 나는 녀석의 팔을 피해서 이리저리 필사적으로 도망쳤다. 하지만 녀석은 결국 내 외투 자락(그 나라의 비단으로 아주 두껍고 튼튼하게 만들었다)을 움켜쥐고는 나를 질질 끌어냈다. 그리고 오른쪽 앞발로 나를 집어 들고는 마치 젖을 먹이려는 유모처럼 안았다. 나는 유럽에서 이 동물이 자기 새끼에게 이와 똑같은 동작을 하는 것을 본 적이 있었다. 발버둥을 치자 녀석이 더욱 세게 압박했기 때문에 그저 가만히 있는 것이 더 현명하겠다는 생각이 들었다. 녀석이 내 얼굴을 여러 차례 아주 부드럽게 쓰다듬는 것으로 보아 나를 자기와 같은 종류의 동물새끼라고 믿는 것이 틀림없었다.

이 원숭이 녀석이 나를 가지고 노는 동안에 누군가 방문을 열려는 듯 방문 쪽에서 소리가 들려왔다. 녀석은 동작을 멈추고 갑자기 자기가 들어왔던 창문으로 뛰어올랐다 그리고 한 발로 나를 들고, 나머지 세 발로 걸으면서 창틀과 그 통을 타고 우리 옆 건물의 지붕으로 기어올라 갔다. 녀석이 나를 데리고 나가는 순간 그럼달크리치가 내지르는 날카로운 비명 소리가 들렸다. 이 불쌍한 소녀는 거의 제정신이 아닌 것 같았다. 그쪽 지역의 궁궐 전체가 온통 난리가 났고 하인들은 사다리를 찾으러 내달렸다. 수백 명의 궁궐 사람들이 원숭이를 지켜보고 있었다.

녀석은 건물의 용마루에 앉아 앞발 하나로 나를 자기 새끼인 양 안고, 다른 앞발로는 마치 먹이를 먹이듯 자기 턱에 붙은 먹이 주머니에서 쥐어짜낸 음식물들을 내 입에 쑤셔 넣었다. 내가 먹기를 거부하자 녀석은 나를 두들겨 팼다. 그 모습을 보고 많은 사람들이 웃음을 참지 못했지만 그들을 비난할 수는 없다. 틀림없이 그 광경은 나를 제외한 모든 사람들에게 아주 우스운 모습이었을 것이기 때문이다. 몇몇 사람들이 원숭이를 쫓기 위해 돌멩이를 집어던졌지만 그것은 곧 금지되었다. 그렇지 않았더라면 십중팔구 내 머리가 깨져 골이 터져 버렸을 것이다.

드디어 사다리가 놓여지고 몇 사람이 지붕으로 올라왔다. 원숭이 녀석은 자신이 포위된 사실을 깨닫고 도망쳤다. 하지만 세 다리로는 충분히 속력을 낼 수가 없자 나를 용마루 기와 위에 떨어뜨려 놓고 가버렸다. 지상에서 무려 45여 미터나 되는 곳에 한참을 앉아 있으면서 나는 매 순간마다 바람에 날려 떨어지거나, 현기증으로 용마루에서 처마까지 추락하는 생각을 했다. 마침내 보모의 마부인 정직한 청년 하나가 지붕으로 올라와 나를 바지 주머니에 넣고 안전하게 밑으로 내려왔다.

원숭이 녀석이 내 목구멍에 쑤셔 박은 더러운 오물들 때문에 나는 거의 숨이 막힐 지경이었다. 하지만 사랑하는 내 꼬마 보모가 조그만 바늘로 오물을 입에서 다 꺼내 주었다. 한번 토하고 나자 한결 몸이 편해졌다. 하지만 이 혐오스러운 원숭이 녀석이 내 양 옆구리를 하도 압박하는 바람에 내 몸은 극히 쇠약해졌으며 심한 타박상을 입었다. 나는 2주 동안이나 침대에 누워 지내야 했다. 왕과 왕비, 기타 왕실의 모든 사람들이 매일같이 내 안부를 물으러 사람을 보냈다. 왕비마마는 내가 아파 누워 있는 동안 몇 차례나 몸소 방문을 하셨다. 사건을 일으킨 원숭이는 죽임을 당했고 다시는 궁궐 주변에서 그런 동물을 키우지 못한다는 명령이 내려졌다.

몸이 회복되자 베풀어 준 은혜에 감사를 드리기 위해 국왕을 찾아갔더니, 그는 이 사건으로 나를 놀리며 몹시 즐거워했다. 그는 내가 원숭이에게 잡혀 있던 동안 무슨 생각을 했는지, 녀석이 준 음식과 음식을 먹여 준 방식이 마음에 들었는지, 혹시 지붕 위의 맑은 공기가 내 식욕을 돋우진 않던지 물었다. 그는 내가 만약 우리 나라에서 그런 일을 당했더라면 어떻게 했을지도 알고 싶어했다. 나는 우리 유럽에는 다른 나라에서 희귀 동물로 데려온 원숭이들 외에는 원숭이들이 없으며, 그나마 몸집이 작아서 혹 나를 공격해 오더라도 나 혼자서 한꺼번에 십여 마리는 처치할 수 있다고 대답했다.

그리고 이번에 나와 관계가 있었던 그 원숭이(이 녀석은 정말로 코끼리만 했다)에 대해 말하면서, 만약 내가 겁나서 내 단검을 사용해야겠다고 마음 먹었더라면(이 말을 하며 나는 칼자루를 쥐고 무서운 표정을 지어 보였다) 아마 녀석이 내 방 안에 손을 집어

넣었을 때 치명타를 입혔을 것이고, 그랬으면 녀석은 손을 넣었을 때보다 훨씬 빠른 속도로 손을 빼냈을 것이라고 말했다.

그러나 나의 발언은 폭소 외에 별다른 효과를 자아내지 못했다. 국왕 주변의 신하들이 국왕에게 지니고 있는 존경심조차도 그들의 웃음을 막을 수 없었다. 이 일은 자신과 모든 면에서 평등하지 않고 비교가 되지 않는 사람들 사이에서 누군가가 명예를 지키려고 발버둥친다는 것이 얼마나 헛된 시도인지 내게 사색할 기회를 주었다. 하지만 나는 고국에 다시 돌아온 뒤에도 내가 실제 행동으로부터 직접 배운 이 교훈을 자주 떠올렸다. 특히 타고난 지위와 신분, 위트나 상식도 없는, 경멸의 대상이 될 만한 하찮은 시종 녀석이 마치 자신이 고위 인사인 양 거들먹거리면서 주요 고관대작들과 어깨를 나란히 하려고 발버둥치는 모습을 보면 더욱 그런 생각이 들었다.

나는 매일같이 궁궐 사람들을 즐겁게 해주는 이야깃거리들을 제공했다. 그럼달크리치는, 비록 그녀가 나를 사랑하긴 했지만, 내가 왕비 마마가 재미있어할 바보 같은 짓만 하면 바로 그녀에게 달려가 일러바쳤다. 한번은 몸이 좋지 않은 그녀에게 바람을 쏘여 주기 위해 가정교사가 시내에서 50킬로미터쯤 떨어진 한 시간 거리의 시골로 그녀를 데려갔다. 그녀들은 들판의 작은 길 근처에서 내렸다. 그럼달크리치가 여행용 상자방을 내려놓았기 때문에 나도 그곳에서 나와 산책을 즐길 수 있었다.

그런데 길 한가운데에 커다란 소똥이 있는 것이 아닌가? 나는 불가피하게 그것을 멋지게 뛰어넘는 활약상을 보여 줄 수밖에 없었다. 그러나 힘껏 내달렸지만 너무 낮게 도약하는 바람에 그만 무릎 부위까지 소똥에 빠져 버리고 말았다. 간신히 그 똥을 헤치고 나오자 마부 중 한 명이 최선을 다해 자신의 손수건으로 나를 깨끗이 닦아 주었다. 온몸이 온통 소똥투성이였기 때문에 꼬마 보모는 집으로 돌아올 때까지 나를 상자방에서 나오지 못하게 했다. 이 소식은 바로 왕비 마마에게 전해졌으며 마부 녀석들까지 온 궁궐에 소문을 퍼뜨려서, 여러날 동안 사람들은 나를 희생양삼아 실컷 즐거워했다.

제6장

국왕과 왕비를 즐겁게 해주기 위한 저자의 몇 가지 재간들. 그가 자신의 음악 기술을 보여 준다. 국왕이 유럽의 정세에 대해 물어보자 저자가 답변한다. 그에 대한 국왕의 발언.

나는 일주일에 한두 번 국왕의 아침 접견식에 참석을 했다. 종종 그가 이발하는 모습도 보았다. 처음에는 정말 무시무시한 모습이었다. 면도날은 보통 낫의 두 배 크기였다. 국왕 폐하는 그 나라의 관습에 따라 일주일에 두 차례만 면도를 했다. 한번은 이발사를 설득하여 국왕 폐하가 이발을 마치고 난 비눗물, 혹은 비누 거품을 좀 얻었다. 거기서 나는 가장 튼튼한 털뿌리 사오십 개를 골라냈다. 그리고 아주 훌륭한 목재를 골라서 그것을 빗의 틀처럼 깎은 뒤, 그럼달크리치에게서 얻은 작은 바늘로 일정한 간격을 두고 여러 개의 구멍을 뚫었다. 그런 다음 털의 뿌리들을 뾰족하게 다듬거나 잘라서 아주 교묘하게 그 구멍 안으로 집어넣어 꽤 그럴듯한 빗을 완성했다. 내가 가지고 있던 빗의 살들이 다 망가져 버렸기 때문에 때맞추어 나는 이 빗을 아주 요긴하게 쓸 수 있었다. 내게 이런 빗을 만들어 줄 훌륭하고 정교한 기술자가 이 나라에 있을지 알 수 없었다.

이 일은 내게 또 다른 즐거운 일을 하고 싶은 생각이 들게 만들었다. 이 일에는 많은 여가 시간이 소모되었다. 나는 왕비의 시녀에게 빗질하다 빠진 마마의 머리카락들을 좀 모아 달라고 부탁했다. 시간이 지나자 상당량의 머리카락이 모아졌다. 나는 내게 자질구레한 일들을 해주라는 지시를 받았던 내 친구인 장롱 제작자와 상의하여, 그에게 내 상자방에 있는 것들과 비슷한 크기의 의자들 두 개를 만들어 달라고 부탁했다. 그리고 의자의 등받이와 앉는 부분으로 설계한 곳 가장자리에 가는 송곳으로 구멍들을 뚫게 했다. 이 구멍들 속으로 내가 수집했던 머리카락들 중 가장 튼튼한 것들을 마치 영국의 등받이 의자처럼 짜넣었다. 의자들이 완성되자 나는 이것들을 왕비 마마에게 선물했으며, 그녀는 자신의 옷장에 이를 보관하고는 아주 진기한 물건처럼 사람들에게 구경시켜주곤 했다. 구경하는 사람들 모두에게 이 의자들은 대단한 경이의 대상이었다.

왕비 마마는 이 의자 중 하나에 나를 앉히려고 했지만 나는 절대적으로 사양했다. 한때 마마의 머리를 장식했던 그 고귀한 머리카락들 위에 내 비천한 신체의 일부분을 대느니 차라리 천 번이라도 죽는 게 낫다고 항의했다. 이 머리카락들을 가지고 나는 약 1.5미터 크기의 멋진 조그만 지갑도 만들었으며 금으로 왕비 마마의 이름을 그 위에 새겼다. 나는 왕비의 동의를 얻어 그 지갑을 그럼달크리치에게 선물했다. 사실 이 지갑은 실제로 사용할 수 있기보다는 전시용이었다. 거대한 동전들을 넣기에는 너무 약했기 때문이다. 그래서 그녀는 그 안에 소녀들이 좋아하는 조그만 장난감 몇 개 외에는 아무것도 넣지 않았다.

음악을 즐겼던 국왕은 궁정에서 종종 음악회를 열었으며 나도 그곳에 자주 참석하여 내 상자방을 탁자 위에 올려놓고 감상했다. 하지만 소리가 너무 커서 곡조를 거의 분간할 수가 없었다. 영국 군악대의 모든 드럼들과 트럼펫들을 바로 내 귀 앞에서 두들겨 대고 불어 댄다 하더라도 그 음악회 소리와 필적할 수는

없었을 것이다. 나는 연주자들이 앉아 있는 자리들로부터 가능한 한 내 상자방을 멀리 떨어지게 하고, 내 방의 모든 창문들과 문을 닫고 커튼까지 쳤다. 그러자 비로소 음악 소리가 거북하게 느껴지지 않았다.

어릴 때 나는 하프시코드 연주를 조금 배웠다. 그런데 그럼달크리치의 방에 그 비슷한 악기가 있었고 일주일에 두 차례씩 음악 선생이 와서 그녀를 가르쳤다. 나는 그녀의 그 악기를 하프시코드라고 불렀다. 악기의 생긴 모양새라든가 연주법이 서로 비슷했기 때문이었다. 그런데 내가 이 악기로 영국의 노래를 연주한다면 국왕 부부가 무척 기뻐할 것 같다는 기발한 발상이 갑자기 떠올랐다. 하지만 그것은 아주 어려운 일이었다. 악기의 길이가 거의 18미터나 됐으며 각 건반 사이의 거리도 약 30센티미터나 됐기 때문이다. 내 양팔을 쫙 벌려도 다섯 개 이상의 건반에는 닿을 수가 없었다. 또한 건반을 누르려면 주먹으로 힘껏 내리치는 일이 요구되었는데, 이것은 너무 중노동이었고 아무런 효과도 없었다. 따라서 나는 다음과 같은 방법을 고안해 냈다.

우선 보통의 곤봉 크기만 한 둥근 방망이 두 개를 준비했다. 한쪽 끝이 다른 쪽보다 더 두꺼웠다. 나는 두꺼운 쪽 끝을 쥐 가죽으로 쌌다. 따라서 이것으로 건반을 두드려도 건반에 손상을 입히지 않고 소리도 방해하지 않았다. 약 1.2미터 아래에 벤치를 놓았다. 나는 이 벤치에 올라서서 내가 낼 수 있는 최대 속도로 이쪽저쪽을 뛰어다니며 두 방망이로 건반을 두들겼다. 이렇게 해서 그럭저럭 한 곡의 댄스곡 연주를 마치자 국왕 부부는 대단히 만족해 했다. 그러나 이것은 내가 했던 가장 과격한 운동이었다. 또 한 번에 건반 열여섯 개 이상은 칠 수가 없었다. 결과적으로 다른 연주자들처럼 저음과 고음을 함께 연주할 수가 없었다는 게 내 연주의 큰 약점이었다.

앞서 말했던 것처럼, 타고난 지성의 소유자였던 국왕은 수시로 내게 상자방에 실려 와서 자신의 방 탁자에 대기하도록 명령했다. 그런 다음 그는 내 상자방에서 의자 하나를 꺼내 캐비닛 위 3미터쯤 되는 곳에 앉으라고 명령했다. 이렇게 하면 그의 얼굴과 거의 눈높이가 일치했다. 나는 이런 식으로 그와 여러 차례 대화를 나눴다.

어느 날 나는 대담하게도, 그가 유럽이나 기타 세계의 다른 나라들에 대해 보이는 경멸감이, 그가 가장 뛰어나다고 인정받고 있는 그의 훌륭한 자질에 맞지 않는 것 같다고 말씀드렸다. 그리

고 이성이란 신체의 크기처럼 커지는 게 아니며, 오히려 우리 나라에서 보면 키가 제일 큰 사람이 대개 가장 작은 이성을 가졌다고 말했다. 동물들을 보더라도 벌이나 개미 같은 곤충들이 자신들보다 더 큰 곤충들보다 훨씬 더 근면하고, 솜씨 있고, 현명하다는 명성이 자자하다고 했다. 나는 내가 그에게 비록 하찮아 보일지 모르겠지만 뭔가 의미 있는 봉사를 하며 살기를 희망한다고 말했다.

국왕은 내 말을 주의 깊게 들었고 그전보다 나에 대해 훨씬 좋은 평가를 하기 시작했다. 그는 내게 최대한 자세하게 영국 정부에 대해 설명해 주기를 소망했다. 군주들이라는 존재는 흔히 자기 나라의 관습을 좋아하는 것만큼이나(내가 전해준 이야기들 때문에 그도 다른 군주들처럼 그렇게 생각했다) 모방할 만한 가치가 있는 다른 나라의 관습에 대해 기꺼이 듣고 싶어한다.

점잖은 독자들이여, 내가 그때 내 사랑하는 조국을 그 가치와 행복에 걸맞은 모습으로 찬양하고 싶어서 데모스테네스나 키케로와 같은 명연설가의 언변을 얼마나 갈망했었는지 상상해 보시라!

나는 국왕에게 우리 나라가 두 개의 섬으로 구성되어 있고, 두 섬에는 3개의 강력한 개별 왕국들이 있지만 같은 군주의 통치를 받고 있다고 이야기를 시작했다. 그리고 아메리카에는 우리의 식민지도 있다고 말했으며, 나는 우리 나라의 토양과 기후에 대해서도 자세히 이야기했다.

그러고 나서 나는 영국 의회의 구성에 대해 포괄적으로 이야기했다. 특히 가장 고귀한 활동과 가장 오랜 연륜과 막대한 재산을 지닌 귀족들로 구성된 상원이라고 부르는 훌륭한 의회에 대해 이야기했다. 나는 우선 이들이 받는 예술 교육, 무술 교육에 항상 특별한 관리가 이루어진다고 설명했다. 그래야만 이들이 국왕과 나라에 대한 조언자로서의 자격을 갖출 수 있고, 어떠한 항소도 불가능한 최고 재판소의 구성원이 되고, 항상 그들의 용기와 예의, 성실함 등으로 나라를 방어할 준비가 될 수 있기 때문이라고 했다. 또 이들은 국가의 자랑이자 보루이며 가장 명망 높은 선조들의 훌륭한 추종자들이라고 말했다. 이 선조들은 자신들의 덕성의 대가로 명예를 얻은 사람들이었으며, 그들의 후손들 또한 단 한 번도 그런 덕성들로부터 타락한 적이 없는 것으로 알려진 사람들이라고도 말했다.

"상원 의회에는 이들 귀족들 외에 주교란 호칭을 지닌 성직자들도 포함됩니다. 이들의 고유 업무는 종교를 관리하고, 또 사람들에게 종교를 가르치는 사람들을 관리하는 것입니다. 이런 성직자들은 성스러운 생활 태도나 박식한 지식으로 가치를 인정받은 성직자들 중에서 군주나 현명한 신료들이 전국 방방곡곡에서 찾아내 선출합니다. 이들은 진실로 성직자와 일반민중들의 영적인 아버지와 같은 사람들입니다.

또 의회의 다른 한편은 하원이라고 부르는 의회로 구성됩니다. 이들은 모두 국민들 스스로가 능력이나 애국심을 보고 자유롭게 선출한 주요 인사들로서 온 나라 사람들의 지혜를 대표합니다. 이상과 같은 두 집단의 사람들이 유럽에서 가장 방대한 의회를 구성합니다. 그리고 또한 모든 입법 활동이 국왕과 이들 의회에 맡겨집니다."

그러고 나서 나는 사법 재판소에 대해 이야기했다. 우리 나라에서는 가장 존경받는 현자들이며 법률 해석가들인 판사들이 주관하여 권리 다툼이나 재산권 다툼을 해결하고, 징벌하고, 무고한 사람을 보호해 준다고 말했다. 나는 또한 우리 재무 대신의 신중한 국가 경영과, 우리 육해군의 용기와 업적에 대해 언급했다. 또 우리의 종교 정파나 정당에 몇 백만의 사람들이 속해 있는가를 계산해 보고 나서 우리 나라 국민들의 총 숫자를 파악해 보았다. 나는 스포츠나 오락을 포함하여, 우리 나라의 명예를 높이는 데 기여할 만한 것으로 생각되는 사항은 빠뜨리지 않고 모두 말했다. 그리고 마지막으로, 지난 100년 간 영국에서 일어났던 사건들에 대한 간략한 역사적 설명으로 이야기를 끝마쳤다.

국왕과의 이런 대화는 매번 여러 시간씩 계속되었고 다섯 차례의 알현만 가지고는 끝이 나지 않았다. 국왕은 모든 내용을 큰 관심을 갖고 매우 주의 깊게 들었다. 그는 내가 말한 내용을 빈번히 노트에 적기도 했고, 자신이 질문하고 싶은 내용들도 적어 두었다.

내가 이 긴 이야기들을 모두 마치자 여섯 번째 알현에서 국왕은 자신이 적어 놓았던 노트들을 참고하며, 내가 말한 모든 항목들에 대하여 많은 의문과, 질문과, 반대 의견들을 제기했다.

그는 우선 우리의 젊은 귀족들의 정신과 육체를 개발하는 데 어떤 방법들이 사용되는지, 그리고 교육을 받아야 할 어린 시절에 흔히 어떤 일들을 하며 보내는지 물었다. 그는 또한 한 귀족 가문이 멸망하면 상원은 어떤 식으로 충원되는지, 새로운 상원 의원으로 뽑히는 사람들에겐 어떤 자격이 필요한지, 그런 승진의 원인이 혹시 군주의 기분 상태나 왕실의 귀부인이나 총리 대신에게 바치는 뇌물은 아닌지, 또는 대중들의 이익에 반하거나 정당을 강화시키려는 음모는 아닌지, 이 귀족 상원 의원들은 자기 나라의 법률에 대해 어느만큼의 지식을 가지고 있으며 그것을 어떻게 획득하는지, 이들이 백성들의 재산을 최후까지 지켜줄 수 있는지, 그리고 그들이 항상 탐욕, 편견, 궁핍 등으로부터 자유로워서 뇌물이라든가 어떤 사악한 생각으로부터 벗어난 사람들인지 궁금해 했다.

그는 또 내가 말한 성직자들은 과연 종교 문제에 대한 그들의 지식과 신성한 생활 태도 때문에 계속 승진하는 것인지, 그들이 혹시 아직 일반 성직자였을 때 시류에 영합하던 자들은 아니었는지, 또 어떤 귀족에게 예속된 노예같이 비굴한 예배당 목사로서 상원에 진출한 것은 아닌지, 또 그런 다음까지도 계속 그 귀족의 견해를 비굴하게 추종하는 것은 아닌지 궁금해 했다.

그런 다음 그는 내가 말한 하원 의원들을 선출하는 데 어떤 방법들이 사용되는지 알고 싶어 했다. 그는 돈 많은 이방인들이 천박한 유권자들을 매수하여 지주들이나 이웃의 명망 높은 인사들에 앞서 선출되는 것은 아닌지, 월급도 연금도 없는데 이들이 왜 그렇게 자신의 가정을 망쳐 가면서까지 힘들고 비용도 많이 드는 의회에 진출하려고 혈안이 되어 있는 것인지 궁금해 했다. 그는 이들의 열망이 너무도 고상한 도덕성이나 공익 정신으로 보였기 때문에 오히려 진실한 것이 아닐 수도 있다고 의심하는 것처럼 보였다.

그는 또 그런 열광적인 의원 지망자들이 혹시 의원이 되기 위해 지불한 비용과 노고를 되찾겠다는 생각에, 부패한 대신들과 공모하여 취약하고 사악한 군주의 의도에 따라 공익을 희생시키고 있는 것은 아닌지 알고 싶어 했다. 그는 점점 질문의 숫자를 늘렸으며, 이 항목의 모든 사항들에 대하여 나를 철저히 검증했다. 그는 많은 질문들과 반대 의견들을 개진했는데, 여기서 그 모든 내용을 다시 반복한다는 것은 현명하거나 편리한 일이 아닐 것이다.

사법부에 관하여 내가 말한 내용에 대해서도 국왕은 여러 가지 점들에 대해 만족할 만한 대답을 원했다. 그런데 이 문제는 전에 내가 대법원의 장기 소송에 휘말려 거의 파멸할 뻔했던 경험이 있었기 때문에 답변을 더 잘할 수 있었다. 이 재판은 결국 많은 비용을 들였기 때문에 내게 유리하게 판결이 났었다.

국왕은 시시비비를 가리는 데 통상적으로 시간이 얼마나 걸리며 그 비용은 얼마나 드는지, 변호사들이 명백하게 부당하고 억울하고 억압적인 사건들에서 자유롭게 변호를 할 수 있는 것인지, 종교나 정당의 파벌들이 정의의 잣대에 어떤 영향력을 행사하는 것은 아닌지, 소위 변호사라고 하는 사람들이 평등에 관한 일반 교육을 받은 사람들인지, 혹시 그가 특정 지방이나 국가, 특정 지역의 관습에 대한 교육만 받은 사람은 아닌지, 변호사나 재판관들이 자신들 마음대로 해석하거나 주석할 자유가 있다고 생각하는 법률들의 입법 활동에 어떤 역할을 했는지, 똑같은 사건에 대해 이들이 시류에 영합하여 찬성과 반대를 마음대로 하면서 그런 상반된 태도를 변명하기 위하여 판례를 인용하지는 않는지, 이들이 부자인지 가난한 자들인지, 이들이 변론이나 의견 개진의 대가로 어떤 금전적 보상을 받고 있는지, 특히 이들이 하원 의원으로 선출된 적은 없는지 물었다.

그는 다음으로 우리의 재정 관리에 대하여 물어보며, 자기 생각으로는 내 기억이 잘못된 것 같다고 말했다. 내가 우리의 세금 수입을 연간 500~600만 파운드라고 계산했는데, 내가 이 문제를 언급할 때 가끔씩 그 액수가 두 배 이상으로 늘어나는 것을 발견했다는 것이다. 특히 그가 이 항목에 대해 적은 노트들은 매우 정확했다. 그가 말했듯이, 그는 우리 나라의 여러 관행을 아는 것이 매우 유용할 것이라고 생각했기 때문에 자신이 잘못 적었을 리가 없다는 것이다. 하지만 내가 말한 내용이 사실이라 하더라도 그는 여전히 당혹스럽다고 말했다. 어떻게 한 왕국이 사사로운 개인처럼 나라의 재정을 그렇게 고갈시킬 수 있느냐는 것이다. 그는 내게 누가 우리의 채권자들이며, 그들에게 갚을 돈은 어디에서 구하느냐고 물었다. 그는 또 내가 엄청나게 비용이 많이 드는 대규모 전쟁들에 대해 한 이야기를 듣고, 우리가 틀림없이 호전적인 민족이거나 아주 나쁜 이웃 국가들 사이에서 살고 있을 거라고 의심했다. 그리고 우리 나라의 장군들은 틀림없이 국왕들보다 더 부자일 거라고 의심했다.

그는 우리의 함대들이 해안선을 지키거나 교역이나 협상에 쓰일 때를 제외하면, 우리의 섬 안에서는 어떤 일을 하느냐고 물었다. 무엇보다도 그는 평화시에도 자유로운 국민들 사이에 상비군을 유지한다는 내 말을 듣고 무척 놀랐다. 그는 우리가 만약 우리 스스로의 동의에 의하여 선출된 대표자들에 의해 통치된다면, 도대체 누구를 두려워하는 것이며 누구와 싸워야 하는 것인지 상상할 수 없다고 말했다. 그리고 또한 만약 개인의 집이라면 주인이나 그의 자녀, 가족들이 집을 지키는 것이, 돈을 조금 주고 거리에서 마구 뽑아 온 불한당들에게 집을 지키게 하는 것보다 더 나은 게 아닌가에 대해 내 의견을 듣고 싶어했다. 이런 불한당들은 주인 가족들의 목을 베어 버림으로써 백 배는 더 돈을 벌어들일지도 모르는 녀석들이라는 것이다.

그는 종교나 정당의 파벌들의 숫자로부터 이끌어 낸 계산법으로 총 인구수를 추산한 내 이상한 산술법(그는 이렇게 부르길 좋아했다)을 듣고 웃음을 터뜨렸다. 그는 또한 대중들에게 해가 되는 견해를 지녔다고 해서 사람들이 왜 그 견해를 바꿔야 하는

지, 또는 왜 그 견해를 숨기도록 강요되고 있지 않은지 그 이유를 모르겠다고 말했다. 만약 정부가 첫 번째 사항을 요구한다면 그것은 독재이며, 만약 두 번째 사항을 집행하지 못한다면 그 정부는 약한 정부라는 것이다. 왜냐하면 어떤 사람이 자기 집에 독약을 간직하고 있는 것은 인정할 수 있지만 그걸 약으로 속여 파는 일은 안 되기 때문이라는 것이다.

그는 우리의 귀족들과 상류층이 즐기는 오락 중에서 내가 도박에 대해 언급했을 때 매우 주목했다. 그는 이 오락을 대개 몇 살 때 시작하여 몇 살 때 그만두는지, 시간은 얼마나 걸리는지, 그들의 재산에 영향을 미칠 정도로까지 심하게 행해지는지, 사악하고 천박한 도박꾼들이 능란한 도박 기술들에 힘 입어 엄청난 부자가 되는 것은 아닌지, 또 가끔 이 도박꾼들이 점잖은 귀족들을 자기들에게 의존하게 만들고, 이들이 제정신으로 돌아오는 것을 막고, 이들이 자신들의 손실을 만회하기 위해 그 악독한 도박 기술을 배워 다른 사람들에게 써먹도록 강요하는 것은 아닌지 알고 싶어 했다.

또한 그는 지난 세기 동안 우리 나라에서 일어났던 역사적 사건들에 대한 나의 설명에 극히 놀랐다. 그는 그 역사가 음모, 반란, 살인, 대량 학살, 혁명, 추방의 집합물에 불과하며, 탐욕, 파당, 위선, 배신, 잔인, 분노, 광기, 증오, 질투, 정욕, 악의, 야망이 만들어 낼 수 있는 최악의 결과라고 항의했다.

또다시 알현하게 되었을 때 국왕은 내가 말한 모든 내용들을 다시 요약해 보고, 자신이 했던 질문들과 내가 했던 대답들을 비교해 보고 있었다. 그후 그는 나를 손으로 잡고 부드럽게 쓰다듬으며 이렇게 말했다. 나는 그의 말을 결코 잊지 못할 것이며, 그가 말하던 태도 또한 영원히 잊지 못할 것이다.

"내 꼬마 친구 그릴드릭이여, 너는 네 나라에 대해 매우 놀랄 만한 찬사를 늘어놓았다. 너는 의회 구성원의 자격으로 무지, 나태, 사악함이 필수 조건임을 입증했다. 또 법률이란, 온통 법을 곡해하고 혼동하고 회피하는 데 관심과 능력을 기울이는 사람들에 의해서 가장 잘 설명되고, 해석되고, 사용된다는 점을 분명히 입증했다.

나는 너희에게도 처음에는 꽤 괜찮았던 어떤 제도와 원칙들이 있었음을 알 수 있었다. 그런데 그런 제도들의 절반이 사라져 버렸고, 나머지 절반은 부정부패에 의해 완전히 더럽혀지고 변질되어 버렸음도 알게 되었다. 네가 말한 모든 내용으로 보건대, 너희들 사이에서 어떤 자리로 승진하려고 할 때 도대체 어떤 완벽한 자격이 필요하기나 한 것인지 모르겠구나. 하물며 나는 너희 나라에서 귀족들이 과연 도덕적 품성 때문에 귀족이 되는 건지, 또 성직자들은 그들의 경건한 신앙심과 학식 때문에, 군인은 품행과 용기 때문에, 판사는 정직성 때문에, 상원 의원은 충성심 때문에, 변호사들은 지혜 때문에 승진을 하는 건지도 도무지 알 수 없구나.

너에 대해 말한다면(국왕은 이야기를 계속했다) 너는 지금까지 많은 시간을 여행하며 보내서 그런지 몰라도 아직까지는 네 나라의 수많은 악들로부터 벗어나 있다고 보여지는구나. 그러나 어쨌든 네가 직접 말한 내용을 종합해 보고, 내가 아주 어렵게 쥐어짜내듯 얻어 낸 네 대답들을 고려해 볼 때, 나는 이렇게 결론 내리지 않을 수 없다. 너희 나라 사람들은 자연이 이 세상을 기어다니게 허락해 준 벌레들 중에서 가장 악독한 해충들이다."

제7장

저자가 모국에 대한 사랑을 드러낸다. 저자가 국왕에게 많은 이익을 주는 제안을 하지만 거부된다. 이 나라의 학문은 매우 불완전하며 한정되어 있다. 그들의 법률, 군사, 정당 제도가 소개된다.

진리에 대한 극단적인 사랑만 아니었더라면 나는 내 이야기에서 이 부분을 숨겨 버렸을 것이다. 너무 화가 났지만 그걸 표출해 봐야 소용이 없었다. 화를 내봐야 조롱거리만 됐기 때문이다. 따라서 나는 내가 가장 사랑하는 고귀한 내 조국이 그처럼 부당한 대접을 받고 있는 동안 그저 꾹 참고 있을 수밖에 없었다. 그럴 수밖에 없었던 상황에 대하여 나는 독자 여러분 누구 못지 않게 진심으로 속이 상했다. 하지만 이 국왕은 모든 일들에 대해 너무나도 의심이 많았고 궁금해 했기 때문에, 그에게 내가 할 수 있는 최대한의 만족스러운 대답을 거절한다는 것은 배은망덕이기도 했고 예의에도 어긋나는 일이었다.

그러나 나 자신을 변호하기 위하여 이 정도까지는 이야기할 수 있을 것이다. 즉 내가 그의 많은 질문들을 교묘히 회피했으며, 모든 사항들에 대해 엄밀한 진실보다 몇 단계 정도는 더 유리하게 내용을 바꾸어 대답했다는 사실이다. 나는 항상 그리스 도시 하리카르나수스의 디오니시우스가 매우 정당하게 역사가에게 추천했던,* 조국에 대한 칭찬할 만한 편애를 지닌 사람이었다. 나는 내 정치적 어머니인 조국의 약점들과 결함들을 숨기고, 장점과 아름다움이 가장 유리하게 부각되도록 내세웠다. 바로 이것이 이 강력한 군주와 내가 함께했던 많은 대화들 속에서 내가 진지하게 노력했던 일관된 자세였다. 하지만 나의 이런 태도는 불행하게도 실패했던 것이다.

그러나 세상으로부터 완전히 격리되어 살고 있었기 때문에 다른 나라에서 일어나는 예절과 관습에 철저히 무지할 수밖에 없었던 이 국왕에 대해서는 정상 참작의 여지가 있어야 할 것이다. 다른 세상에 대한 지식의 결핍은 늘 많은 편견들과 편협한 사고방식을 낳는 것이다. 다행히 우리 영국이나 유럽 국가들은 이런 생각들을 전혀 갖고 있지 않다. 따라서 이처럼 외진 곳에 사는 군주의 선악 개념이 모든 인류의 기준으로 제시되는 일은 정말로 곤란한 일일 것이다.

지금까지의 내 이야기를 입증하고 나아가 그런 제한된 교육이 빚어내는 불행한 결과를 보여 주기 위하여, 나는 여기서 좀처

* 스위프트는 여기서 걸리버에 대해 아이러니한 태도를 취하고 있다. 아우구스투스 황제 치세에 로마에 살았던 그리스의 수사학자 겸 역사학자 디오니시우스는 정복당한 그리스인들이 우수한 로마인들에게 굴복하라고 설득하려고 로마인들을 찬양했다고 한다.

럼 믿기 힘든 내용 하나를 집어넣어야겠다. 나는 국왕의 총애와 환심을 더 얻어 내겠다는 바람에서 약 삼사백 년 전쯤에 발견된 발명품인 화약에 대해 말했다.

"이 화약 뭉치에 가장 작은 불꽃만 떨어져도 태산처럼 큰 모든 물체가 불타고, 허공으로 폭발하여 날아가 버립니다. 그 소리와 진동은 마치 천둥과 같습니다. 이 가루를 적정량 빈 놋쇠관이나 철관에 비율에 맞춰 적절히 쑤셔 넣으면, 철과 납으로 만들어진 포환들을 엄청난 파괴력과 속도를 지니고 쏘아 올릴 수 있습니다. 그 파괴력을 감당할 수 있는 것은 아무것도 없습니다. 이렇게 발사된 가장 큰 포환들은 적의 병력을 한 번에 괴멸시킬 뿐만 아니라 가장 강력한 성벽도 무너뜨리고, 천여 명을 태우는 거

함도 침몰시킵니다.

특히 이 포환들이 사슬로 연결되면 돛과 삭구들을 찢어발기고, 수백 명의 사람들을 두 동강 내고, 앞에 있는 모든 것들을 황폐화시킵니다. 우리는 종종 이 화약 가루를 속이 빈 대형 포환 안에 넣고 기계 장치를 이용하여 우리가 공격할 도시에 발사합니다. 그러면 도로가 파헤쳐지고, 집들이 산산조각 나고, 사방팔방으로 파편들이 날고, 근처에 있는 모든 사람들의 머리가 터져 버립니다. 나는 값싸고 흔한 그 재료들을 잘 알고 있으며, 그 제조법도 잘 알고 있습니다. 그래서 기술자들을 지휘하여 폐하의 왕국에 있는 사물들의 크기와 비례하여 그에 맞는 크기의 포신들을 만들 수 있습니다. 가장 큰 것이 6미터가 넘지 않을 겁니다. 적절한 양의 화약과 포환들만 있으면 몇 시간 안에 이 강력한 도시의 성벽들을 다 날려 버릴 수 있습니다. 수도가 폐하의 절대적인 명령을 거부라도 한다면 나는 온 도시를 다 파괴시켜 버릴 수도 있습니다. 자, 이제 제가 폐하에게서 받은 많은 총애와 보호에 대한 조그만 감사의 표시로 이 화약 제조법을 공손히 선물로 바치겠습니다."

국왕은 이 끔찍한 장치에 대한 내 설명과 내가 했던 제안 때문에 공포감에 휩싸였다. 그는 나같이 땅바닥이나 기어다니는 벌레 녀석이 어쩌면 그렇게도 비인간적이고 잔인한 생각을 하게 됐는지 궁금해 하며 깜짝 놀랐다. 또 내가 이 파괴적인 기계장치의 자연스러운 결과라고 설명했던 유혈 낭자한 파괴의 장면들에 대해 전혀 무감각하고 친숙한 태도로 이야기하는 것에도 놀랐다. 이에 대해 그는, 아마 인류의 적인 어떤 사악한 천재 녀석이 최초 발명자일 것이라고 했다. 그리고 자기 생각에 대해 말한다면, 비록 예술이나 자연 과학의 새로운 발견들만큼 자신을 기쁘게 하는 건 별로 없지만, 내가 말한 그런 위험한 비밀을 알게 되느니 차라리 자신의 왕국의 절반을 잃는 게 낫겠다고 주장했다. 그는 내게 목숨을 소중히 여긴다면 앞으로 다시는 이에 대한 언급을 삼가라고 명령했다.

이것은 참으로 편협한 원칙들과 근시안적 시각이 빚어 낸 기이한 태도였다! 존경과 사랑과 숭배를 자아내는 모든 자질과, 강력한 재능과, 큰 지혜와, 심오한 학식을 지녔으며, 존경할 만한 통치 기술을 가졌고, 거의 모든 백성들로부터 숭배를 받는 군주가, 우리 유럽인들은 상상도 할 수 없는 그런 편협하고 불필요한 망설임 때문에 모든 백성들의 생명과 자유를 지킬 수 있고 자신을 막대한 재산의 주인으로 만들어 줄 수 있는 절호의 기회를 어떻게 놓쳐 버릴 수가 있는가! 나는 추호라도 이 훌륭한 국왕의 많은 덕목들을 깎아내리려는 의도에서 이런 비난을 하고 있는 게 아니다. 그리고 이 비난 때문에 영국의 독자들에게 그의 성격이 좋지 않게 비춰질지 모른다는 사실도 잘 알고 있다.

그러나 나는 그 나라 사람들의 이런 단점이 무지에서 생겨난 것이라고 생각한다. 그들은 보다 명민한 유럽의 지식인들처럼 아직까지 정치술을 학문으로 정착시키지 못했다. 하루는 국왕과 이런 대화를 나눈 적이 있다. 내가 우연히 우리 나라에는 통치 기술에 대해 씌어진 책이 수 천 권이라고 말하자, 그는 우리의 이해력을 아주 낮게(내 의도와는 정반대로) 평가했다. 그는 군주건 신하건 신비적인 태도와 교활함, 음모를 갖고 있다면 자신은 그 모든 것을 혐오하고 경멸한다고 주장했다.

그는 적이나 어떤 경쟁 국가가 관련되어 있지 않는 한, 내가 말한 국가의 기밀이라는 것이 무엇을 말하는지 알지 못했다. 그는 통치에 필요한 지식을 매우 편협한 기준, 즉 상식과 이성, 정의와 자비, 민사 및 형사 사건에 대한 신속한 결단력에 국한시키고 있었다. 그리고 그것은 고려할 필요도 없는 명백한 분야들에 대해서도 마찬가지였다. 그는 누구든지 이삭 하나, 풀 한 포기가 자라던 땅에 이삭 두 개, 풀 두 포기가 자랄 수 있게 만드는 사람이 있다면, 그런 사람이야말로 모든 정치인들을 합쳐 놓은 것보다 더 큰 공헌을 인류에게 하는 것이며, 자기 나라에 더욱 필요한 봉사를 하는 것이라고 주장했다.

이 나라 사람들의 학문은 단지 도덕, 역사, 시, 수학으로만 구성되어 있었기 때문에 매우 결함이 많았다. 물론 그들은 그 분야들에선 매우 뛰어났다. 그러나 수학같은 경우, 그것은 전적으로 실생활에서 유용한 분야, 즉 농업이나 기계 기술의 향상에만 응용되었다. 따라서 그들의 수학은 우리에게 그다지 큰 평가를 받지는 못할 것이다. 나는 사상, 실체, 추상적 이론, 초자연적 진리에 관한 개념을 그들의 머릿속에 조금도 심어 줄 수가 없었다.

그 나라의 법률은 22개로 구성된 그 나라의 글자 수를 넘어서는 단어로 씌어져서는 안 됐다. 실제로 그 숫자에 이르는 단어들로 씌어진 법률조차 거의 없었다. 모든 법이 가장 평이하고 단순한 용어로 표현되었다. 또한 그들은 하나의 법 조항에 하나 이상의 해석을 붙일 정도로 기민하지 못했다. 또 법 조항에 주석을 다는 일을 중죄로 다스렸다. 민사 사건 판결이나 범죄인들에 대한 소송에 있어서 그들의 판례는 너무나 적었다. 따라서 이들은 이 문제들에 대해 특별히 자랑할 만한 근거가 거의 없었다.

그들은 까마득한 옛날부터 중국인들처럼 인쇄술을 보유해 오고 있었으나, 도서관은 크지 않았다. 가장 대형이라고 생각되는 국왕 소유의 도서관은 약 350여 미터 길이의 회랑에 마련되어 있었는데, 장서가 1천 권을 넘지 않았다. 나는 이 도서관에서 책을 마음껏 빌려 봐도 좋다는 허락을 얻었다. 왕비 마마의 목수가 내게 그럼달크리치의 방에 높이 8미터 정도의 사다리 모양 목재 구조물을 만들어 주었는데, 사다리 계단 하나의 너비는 15미터 정도였다. 이동식 계단 장치였고, 제일 밑의 계단이 방의 벽으로부터 약 3미터쯤 떨어져 있었다.

나는 먼저 읽고 싶은 책을 방의 벽에 비스듬히 기대어 세웠다. 그리고 사다리의 제일 꼭대기 계단으로 올라가 책 쪽으로 얼굴을 향한 뒤, 펼쳐진 페이지의 제일 위쪽부터 읽어 내려갔다. 줄의 길이에 따라 여덟 걸음 내지 열 걸음씩 오가는 식이었다. 시선보다 낮은 줄은 바닥에 도착할 때까지 한 칸씩 내려오며 읽으

면 됐다. 한 페이지를 다 읽으면 다시 같은 방식으로 다른 페이지를 읽었다. 그리고 이것도 다 읽으면 책장을 넘겼는데, 책장 넘기는 일은 내 손으로 직접 할 수 있었다. 책장이 마분지처럼 두껍고 딱딱했으며, 가장 큰 2절판 책의 크기도 5~6미터를 넘지 않았기 때문이다.

그들의 문체는 명료하고, 남성적이고, 부드러웠지만, 화려하지는 않았다. 그들은 불필요하게 말을 늘이거나 다양한 표현을 시도하는 일을 가장 기피했다. 나는 그들의 책을 많이 읽었으며 특히 역사책과 도덕책을 많이 읽었다. 도덕책 중에서도 나는 특히 그럼달크리치의 침실에 늘 놓여 있던, 그녀의 가정교사 소유의 낡고 조그만 책을 매우 좋아했다. 이 점잖고 나이 많은 귀부인은 도덕과 신앙에 대한 저술 작업 중이었다. 이 조그만 도덕책은 인류의 나약함에 대해 다루고 있었지만, 여성들과 평민들을 제외한다면 그리 높은 평가를 받고 있는 책은 아니었다.

그러나 나는 그 나라의 저자들이 그런 주제에 대해 뭐라고 말하고 있는지 알고 싶었다. 이 도덕책의 저자는 유럽의 도덕가들이 흔히 다루는 모든 내용들을 살펴보고 있었다. 그는 인간이란 동물이 본성적으로 얼마나 하찮고, 경멸할 만하고, 무기력한 동물인지, 또 모진 비바람이나 사나운 맹수들로부터 자신을 방어할 능력이 얼마나 부족한지, 그가 힘이나 속도나 시력, 근면성에 있어서도 특정한 다른 동물들보다 얼마나 뒤떨어지는지를 밝히고 있었다. 그는 세상이 점점 퇴보해 가는 지금과 같은 시대에, 자연도 점차 쇠락해서 과거 시대에 비해 훨씬 작고 덜떨어진 사람들을 태어나게 하고 있다고 덧붙였다. 그는 인간이란 종족이 원래 지금보다 더 크기도 했지만, 과거의 시대에는 분명히 거인 종족이 존재했을 거라고 말했다. 그리고 이 사실은 역사나 구전에 의해 전해지고 있지만, 그 왕국의 도처에서 우연히 땅을 파헤치다가 발굴되는 거대한 뼈들과 두개골들에 의해 입증되고 있다는 것이다. 이 뼈들은 평범하게 축소되어 버린 현재 인류의 뼈들의 크기를 훨씬 능가한다는 것이다.

그는, 자연의 법칙에 의하면 아마 필연적으로 우리 인간들은 애초에 아주 크고 강인하게 창조되어, 지붕에서 떨어지는 타일 조각을 맞는다거나, 소년이 던진 돌멩이에 맞는다거나, 조그만 냇물에 빠져서 죽는 일을 당하진 않았을 것이라고 주장했다. 이런 추론 방식으로부터 저자는 일상생활에 유용한 몇 가지 도덕적인 응용을 이끌어 냈다. 여기서 그 설명을 반복할 필요는 없을 것이다.

나는 이 글을 읽으면서, 우리가 자연에 대해 제기하는 여러가지 논란들로부터 도덕 강의 주제들을 이끌어 내거나, 불만이나 불평거리를 이끌어 내는 재능이 얼마나 보편적으로 널리 퍼져 있는 것인지 생각하지 않을 수 없었다. 그리고 꼼꼼히 잘 따져 보면 그런 논란들은, 그 나라에서도 그렇고 우리 나라에서도 그렇고, 근거가 빈약한 얘기로 입증될 수 있겠다는 믿음이 생겼다.

군사력에 있어서, 그들은 국왕의 군대가 17만 6천 명의 보병과 3만 2천 명의 기병으로 구성되어 있다고 자랑했다. 그런데 그 구성원들이 여러 도시의 상인들과 시골의 농민들이고, 지휘관들은 무보수로 일하는 귀족이나 시골 향반들이니, 군대라고 불러야 할지는 의문이었다. 훈련은 아주 완벽했고 규율도 잘 잡혀 있었다. 하지만 나는 이것이 그렇게 큰 가치를 지닌 일이라고는 생각하지 않았다. 모든 농민이 자기 지주의 명령을 받고 있었고, 모든 시민들이 베니스의 방식과 같이 제비뽑기로 선출된 그 도시의 유력 인사들의 명령을 받는 상황 아래서, 어떻게 그들이 훈련을 게을리하고 규율을 지키지 않을 수 있겠는가?

나는 롤브럴그러드 시의 민병대가 그 도시 근처의 32제곱킬로미터의 들판에 훈련을 받기 위해 도열한 광경을 본 적이 있다. 모두 합쳐 2만 5천 명의 보병과 6천 명이 채 안 되는 기병들로 구성되어 있었다. 그러나 그들이 점하고 있는 땅 넓이를 고려할 때 내가 그들의 숫자를 정확히 계산한다는 것은 불가능한 일이었다. 커다란 준마 위에 올라탄 기병의 높이가 대략 30미터나 되었기 때문이다. 나는 명령이 떨어지자 모든 기병들이 일제히 칼을 빼 들고 휘두르는 모습을 보았다. 이처럼 웅장하고, 놀랍고, 두려움을 자아내는 광경은 상상력으로도 도저히 그려 낼 수 없을 것 같았다. 마치 하늘에서 사방팔방으로부터 천여 개의 번갯불이 내려치는 것 같았다.

나는 다른 나라로부터 어떠한 접근도 불가능한 영토를 지닌 이 군주가 도대체 어떻게 해서 군

대를 생각해 냈고, 백성들에게 군사 훈련을 시킬 생각을 했는지 무척 궁금했다. 그러나 나는 곧 그와의 대화와 역사책을 통하여 그 이유를 알게 되었다. 이 나라 역시 수세기 동안 세월이 흘러오면서, 모든 인간들이 걸리기 쉬운 바로 그 질병 때문에 고통을 겪어 왔던 것이다. 즉, 귀족들은 권력을 잡기 위해 싸우고, 백성들은 자유를 얻기 위해 투쟁하고, 국왕은 절대 권력을 유지하기 위해 싸워온 것이다. 다행히 이 모든 갈등들을 법으로 잘 조절해오긴 했지만, 가끔씩 세 당사자 중 한쪽이 원칙을 위반하여 한 차례 이상 내란을 일으켰던 것이다. 이 나라의 마지막 내란은 다행히 국민 총의회를 소집한 현 군주의 조부 때 종식되었다고 한다. 그 당시 모두의 동의 하에 정착된 민병대가 그 이후로도 가장 엄격하게 자신들의 의무를 다하며 지금까지 유지되어 오고 있는 것이었다.

제8장

국왕과 왕비가 국경 지역으로 시찰을 나간다. 저자가 그들을 수행한다. 저자가 이 나라를 떠나게 된 경위가 매우 상세하게 언급된다. 저자가 영국으로 귀환한다.

~

나는 언젠가는 자유를 되찾게 되리라는 강한 욕망을 지니고 있었다. 물론 그 방법은 짐작도 하지 못했고, 최소한의 성공 가능성을 가지고 어떤 계획을 세우는 일도 불가능했다. 내가 타고 왔던 돛배는 이 나라의 해변가까지 밀려온 최초의 배라고 했다. 따라서 국왕은 혹시라도 또 다른 배가 출현하면 즉시 포획하여 모든 선원들과 승객들을 마차에 싣고, 롤브럴그러드까지 데려오라는 엄명을 내렸다. 그는 나와 같은 크기의 여자를 구해 주어 내 종족을 번식시키려는 의향을 강하게 내비쳤다. 그러나 나는 길들여진 카나리아 새처럼 새장에 갇혀 지내면서 때가 되면 왕국 전역의 고위 인사들에게 진기한 동물로 팔려 나가는 치욕을 내 후손들에게 당하게 하느니 차라리 죽는 게 낫다고 생각했다.

사실 나는 그 나라에서 아주 친절한 대접을 받았다. 나는 국왕 부부의 총애를 받았고 왕실 전체의 기쁨이었다. 그러나 아무리 그래도 그것은 인간의 존엄성에 어울리지 않는 일이었다. 그리고 나는 집에 두고 온 내 가족들이 그리웠다. 나와 같은 언어로 대화할 수 있는 사람들 속에 있고 싶었고, 개구리나 강아지처럼 밟혀 죽을까봐 두려움에 떨지 않으면서 자유롭게 거리를 활보하고 싶었다. 그러데 구원은 내가 기대했던 것보다 훨씬 빨리, 흔치 않은 방식으로 찾아왔다. 이제 그에 관한 모든 내용과 상황들을 이야기하겠다.

이 나라에 도착한 지 2년이 지나고 3년째로 접어들 무렵, 그럼달크리치와 나는 왕국의 남부 지방으로 시찰을 나가는 국왕 부부를 수행하게 되었다. 나는 평상시처럼 여행용 상자방으로 운반되었다. 이미 설명했듯 아주 편안한 방이었다. 나는 천장의 네 구석에 실크 밧줄을 고정시켜 그물 침대를 달아 달라고 목수에게 지시했었다. 가끔 내가 원해서 하인이 말을 타고 가며 나를 자기 앞에 놓고 갈 때 발생하는 흔들림을 분산시키기 위해서였다. 길 위에서 나는 이 그물 침대에 올라가 잠을 청하곤 했다. 나는 또 그 목수에게, 그물 침대의 바로 위 천장에서 약간 벗어난 지점에 사방 30미터 너비의 구멍창을 내게 했다. 더운 날씨에 잠자는 동안 신선한 공기를 공급받기 위해서였다. 나는 파여진 홈을 따라 앞뒤로 움직이는 널빤지를 이용하여 이 구멍창을 마음대로 여닫았다.

여행의 종착지에 다다르자, 국왕은 해안가에서 30킬로미터쯤 떨어진 자신의 궁전에서 며칠 쉬어 가는 게 좋겠다고 생각했다.

그럼달크리치와 나도 무척 피곤했다. 나는 가벼운 감기에 걸렸고 이 불쌍한 소녀도 몸이 너무 아파 자기 방에 틀어박혀 있어야만 했다. 나는 내가 만약 이 나라를 벗어날 수 있다면 그 유일한 장소가 될 바다가 너무나 보고 싶었다. 나는 실제보다 더 아픈 척했고, 내가 아주 좋아하며 가끔 나를 맡은 적이 있었던 시동과 함께 바다의 신선한 공기를 쏘일 기회를 달라고 간청했다.

나의 이 간청에 그럼 달크리치가 얼마나 마지못해 하며 그것을 허락했는지 결코 잊지 못할 것이다. 그녀는 마치 앞으로 일어날 일들에 대하여 어떤 불길한 예감을 받기라도 한 듯이 눈물을 펑펑 흘리며 울음을 터뜨렸다. 시동 소년은 나를 상자방에 싣고 궁전에서 반 시간 정도 걸리는 해변가 바위 쪽으로 데려갔다. 나는 그곳에 도착하자마자 그에게 나를 내려 달라고 지시했다. 그리고 창틀을 들어올린 뒤, 사색에 잠긴 우울한 표정으로 몇 차례나 바다 쪽을 바라다보았다. 몸 상태가 별로 안 좋았기 때문에 나는 시동에게 그물 침대에서 잠을 자야겠다고 이야기했다. 몸이 좀 나아지리라는 희망에서였다.

침대 속으로 들어가자 소년은 추위를 막기 위해 창문을 닫아주었다. 그리고 나는 곧 잠이 들었다. 이후 일어난 일에 대해 내가 추측한 내용은 이렇다. 내가 잠든 사이에 별다른 위험한 일이 일어나지 않을 거라고 생각한 시동 녀석이 물새 알을 찾으러 바위들 틈으로 가버린 것이다. 나는 잠들기 전에 녀석이 여기저기를 뒤지며 바위 틈새에서 물새 알 한두 개를 집어 드는 것을 지켜보았었다. 그건 그렇다고 치자.

갑자기 나는 운반의 편의를 위해 상자방 지붕에 부착한 고리가 격렬하게 당겨지는 힘을 느끼고 잠에서 깼다. 상자방이 아주 높이 허공으로 끌어올려져서 엄청난 속도로 앞쪽으로 나아가고 있다는 느낌이 들었다. 처음 느꼈던 요동이 나를 그물 침대에서 떨어지게 만들었던 것 같았다. 하지만 그 후의 움직임은 아주 편했다. 목소리를 최대한 높여 여러 차례 큰소리를 질러 보았지만 아무런 소용이 없었다. 창밖을 바라보니 구름과 하늘밖에 보이지 않았다. 그런데 내 머리 바로 위에서 새의 날갯짓 소리와 비슷한 소리가 들려왔다. 나는 그때서야 내가 어떤 비참한 상황에 처했는지 인식하기 시작했다. 독수리가 상자방을 부리로 물고 공중으로 올라가, 마치 거북이 알을 바위로 떨어뜨려 깨먹듯 내 몸을 부리로 찍어 먹어 치우려는 것이었다. 이 녀석의 지혜와 후각으로는 5센티미터 두께의 널빤지 상자방에 숨겨져 있는 나보다 더 잘 숨어 있는 먹이도 아주 먼 거리에서 발견할 수 있었다.

얼마 안 있어 나는 시끄러운 소음과 날개 퍼덕거리는 소리가 아주 빠른 속도로 더욱 커지는 것을 느꼈다. 상자방은 바람 부는 날 흔들리는 도로 표지판처럼 위 아래로 심하게 요동쳤다. 내 생각에 독수리에게 몇 차례 타격이 가해지는 소리가 들린 것 같았다. 그러고 나서 나는 갑자기 1분 이상 수직으로 하강한다는 느낌을 받았다. 믿을수 없을 정도로 빠른 속도여서 거의 숨이 막힐 지경이었다.

추락은 엄청난 철썩 소리와 함께 멈췄다. 그 소리는 내 귀에는 나이아가라 폭포 소리보다도 더 크게 들렸다. 나는 1분여 동안 깊은 어둠 속에 빠져 있었다. 다시 상자방이 물 밖으로 떠올랐으며 창문 위쪽으로 빛이 보였다. 나는 바다에 추락한 것이다. 상자방은 내 몸무게, 안에 있는 비품들, 지붕과 바닥의 네 귀퉁이에 강도를 높이기 위해 부착한 넓은 철판 등으로 인해 1~2미터가량 물속에 잠겨 있었다. 나는 그때도 그랬고 지금도 그렇지만, 상자방을 채갔던 독수리가 먹이를 함께 먹고 싶어하던 다른 두세 마리 독수리들의 추격을 받아 자기 방어를 하느라 부득이 나를 바다에 떨어뜨려 일어난 일이었다고 생각한다.

상자방 바닥에 고정된 철판들(그 철판들이 제일 튼튼했다)이 추락하는 동안 방의 균형을 잡았고, 물 표면과 충돌할 때 방이 깨지는 것을 막았다. 방의 모든 이음새 부분은 홈이 잘 들어맞았으며, 문도 경첩 위에서 움직이지 않았고 다만 내리닫이 창처럼 위 아래로 움직였을 뿐이다. 어쨌든 그 덕분에 내 방은 밀폐가 잘 되어 있던 셈이어서 물이 거의 스며들지 않았다. 나는 아주 어렵게 그물 침대 쪽에서 벗어나, 앞서 말한 바 있는 환기통 용도로 만들어진 천장의 구멍창을 과감히 열어 젖혔다. 공기가 부족해서 거의 질식할 지경이었기 때문이다.

나는 그때 사랑하는 그럼달크리치와 함께 있기를 얼마나 간절히 원했던가! 불과 한 시간만에 그녀와 내가 이렇게 멀어질 수가 있단 말인가! 그리고 진실로 고백하건대, 나는 이 불행의 와

중에서도 불쌍한 내 꼬마 보모에 대해 슬퍼하지 않을 수 없었다. 내가 없어지면 그녀가 겪게 될 고통과 왕비의 분노, 그로 인한 그녀의 몰락 때문에 너무나 가슴이 아팠다.

그때의 나보다 더 힘들고 고통스러운 상황에 빠졌던 여행자들도 없을 것이다. 매 순간 나는 상자방이 거센 바람이나 솟아오른 파도에 부딪쳐 산산조각 나거나 뒤집혀 버릴지도 모른다는 두려움에 떨었다. 유리창 하나만 깨져도 바로 죽음을 의미하는 상황이었다. 여행 중에 일어날지도 모르는 사고를 예방하기 위하여 유리창에 덧댄 튼튼한 격자 철사줄 외에는 창문을 보호해 줄 수단이 하나도 없었다.

나는 갈라진 틈새로 물이 조금씩 새어 들어오는 것을 발견했다. 그 양이 많지는 않아서 나는 최선을 다해 그 틈새들을 막으려고 노력했다. 천장의 구멍창을 완전히 들어 올리는 일은 불가능했다. 그렇지 않았더라면 나는 분명히 그걸 들어올리고 그 위로 올라가, 적어도 감옥(이렇게 부를 수 있다면)에 갇혀 있는 이런 상황으로부터 나를 구할 수 있었을것이다. 설령 내가 이런 위험한 상황에서 하루나 이틀쯤 견뎌도, 결국은 추위와 허기 때문에 최후를 맞이하리라는 생각이 엄습했다. 그리고 오히려 그런 상황을 바라는 자포자기의 심정으로 네 시간 가량이 흘렀다.

앞서 독자들에게 내 방의 창문 없는 벽면 바깥쪽에 두개의 꺾쇠 고리가 장착되어 있다는 말씀을 드린 적이 있다. 말을 타고 갈 때 나를 운반하던 하인의 가죽 혁대에 채우던 바로 그 고리였다. 이런 우울한 상황에서 나는 그 고리들이 있는 벽면에 무엇인가 긁히는 소리를 들었다. 아니, 들은 것 같다고 생각했다. 그리고 곧 상자방이 바다 위에서 잡아당겨져 어딘가로 끌려가고 있다는 생각이 들었다. 이따금씩 방이 세차게 잡아당겨지는 것을 느꼈으며, 이 때문에 창문 꼭대기 근처까지 파도가 넘실거려 방 안이 칠흑같이 어두워지기도 했다. 도대체 무슨 일이 일어난 것인지 상상할 수 없었지만, 어쨌든 나는 이로 인해 희미한 구원의 희망을 갖게 되었다.

나는 과감하게 늘 바닥에 고정되어 있던 의자 중 하나의 나사못을 돌려 뺀 뒤, 얼마 전에 열어 놓았던 천장의 구멍창 바로 밑

으로 그것을 옮겨서 다시 나사못으로 고정시켰다. 그리고는 그 위에 올라가 천장 구멍창에 가능한 한 입을 가까이 댄 뒤, 내가 아는 모든 언어들을 총 동원하여 큰소리로 "사람 살려"라고 외쳤다. 그리고 내가 늘 가지고 다니던 지팡이에 다 손수건을 달아맨 후, 그걸 천장 구멍창으로 밀어 올려 허공에다 여러 차례 흔들었다. 근처에 보트나 배가 있다면 선원들이 상자방에 어떤 불행한 사람이 갇혀 있다고 짐작하게 만들기 위해서였다.

그러나 할 수 있는 일을 모두 다 했어도 아무런 효과가 없음을 깨달았다. 하지만 내 방이 계속 움직이고 있는 건 분명했다. 한 시간, 혹은 그 이상의 시간이 지났다. 꺾쇠 고리가 있는, 창문이 없는 쪽 벽면이 무언가 딱딱한 물체에 부딪쳤다. 나는 암초가 아닐까 걱정했다. 배는 전보다 더욱 세게 끌어당겨지고 있었다. 그리고 방 천장 위로 닻줄이 고리를 스쳐 지날 때 긁히는 것과 비슷한 소리가 들렸다. 그때 내 상자방이 수면에서 90센티미터 정도 끌어올려지는 것을 느꼈다.

이에 나는 다시 지팡이와 손수건을 내밀고, 목이 거의 쉬어 버릴 때까지 "사람 살려"를 외쳤다. 그러자 그에 대한 대답으로 큰 고함 소리가 세 차례 들려왔다. 이때 내가 느낀 황홀한 기쁨은 아마 느껴 보지 않은 사람은 절대 모를 것이다. 머리 위에서 발자국 소리가 났고 누군가 천장 구멍창을 통해 큰 목소리의 영어로 "아래 누군가 있으면 말해 보시오"라고 소리쳤다. 나는 "세상 누구도 겪을 수 없는 불행에 의해 큰 재앙에 빠진 영국인이오"

라고 대답했다. 그리고 내가 있는 감옥에서 구출되기를 간절히 원한다고 말했다.

목소리의 주인은 내 상자가 배에 붙들어 매어져 있으니 안전하다고 대답했다. 그리고 나를 끄집어내기에 충분한 구멍을 뚫기 위해 목수가 곧 올 거라고 말했다. 나는 구멍을 뚫어 나를 꺼내는 일은 불필요하며 시간도 너무 많이 걸린다고 말했다. 그건 불가능한 일이라고도 했다. 나는 그들 중 한 명이 손가락을 꺾쇠고리에 끼워 내 상자를 배 위로 들어올린 뒤 선장실로 들고 가는 게 좋겠다고 말했다.

내가 허황된 말을 하자 선원들 중 몇몇은 나를 미쳤다고 생각했으며 다른 몇몇은 웃음을 터뜨렸다. 사실 나는 그때까지 내가 다시 나와 똑같은 키와 힘을 지닌 사람들 사이에 있다는 사실을 전혀 깨닫지 못하고 있었다. 마침내 목수가 도착했으며 몇 분만에 사방 1미터 정도의 구멍을 뚫는 데 성공했다. 그리로 조그만 사다리가 밀려 들어왔고, 드디어 나는 그걸 타고 아주 쇠약해진 모습으로 밖으로 나왔다.

선원들은 모두 깜짝 놀라서 내게 수많은 질문을 던졌다. 그러나 나는 대답할 생각이 없었다. 그처럼 많은 피그미족들을 보고 당황한 것은 나도 마찬가지였다. 내 시각은 오랫동안 좀전에 떠나온 나라의 거대한 물체들에 익숙해져 있었기 때문에 그들이 그렇게 보였던 것 같다. 정직하고 훌륭한 슈롭셔 지방 출신 토마스 윌콕스 선장은 내가 기절 직전의 상태인 것을 보고는 자기 선실로 나를 데려갔다. 그리고 내게 술 한 잔을 주며 안심시킨 뒤, 자기 침대에 누워 휴식을 취하라고 권했다. 그것은 내게 너무나도 필요한 것이었다.

잠들기 전에 나는 그에게 내 상자방 안에는 잃어버리기가 너무 아까운 진기한 가구들, 즉 멋진 그물 침대와 야외용 침대, 의자 두 개, 탁자, 캐비닛 등이 있다는 사실을 알려 줬다. 그리고 선원 중 하나를 시켜 내 상자방을 그의 선실로 가져오게 하면 그의 앞에서 그 가구들을 보여 주겠다고 말했다. 선장은 이런 말도 안 되는 내 이야기를 듣고는 내가 헛소리를 하고 있다고 결론내렸다. 그러나 그는 내 뜻대로 명령하겠다고 약속했다(아마 나를 진정시키기 위해서였을 것이다).

갑판에 올라간 그는 선원 몇 명을 내 방으로 내려 보냈다. 그들은(나중에 안 것이지만) 방에서 내 물건들을 모두 꺼냈고, 벽면들에 누벼진 천들도 모두 벗겨 냈다. 그러나 의자, 캐비닛, 침대는 모두 나사못으로 바닥에 고정되어 있었기 때문에, 무지한 선원들이 그것들을 억지로 떼어 내는 과정에서 심하게 손상을 입었다. 그들은 배에서 사용하기 위하여 널빤지들도 모두 떼어냈다. 마음먹은 모든 것들을 다 꺼내자 그들은 내 상자방을 바다에 버렸다. 그러자 바닥과 측면에 생긴 많은 균열들로 인해 그것은 곧 가라앉고 말았다. 그런 끔찍한 장면을 내가 직접 보지 않아서 정말 다행이다. 만약 내가 그 모습을 봤다면, 차라리 잊고 싶은 지난 일들이 생각나 분명히 정신적으로 타격을 입었을 것이다.

나는 몇 시간 동안 자면서 계속해서 내가 떠나온 나라와 내가 가까스로 벗어났던 위험들에 대한 악몽에 시달렸다. 그러나 잠에서 깨어나니 몸이 많이 회복되어 있음을 알 수 있었다. 시간은 밤 여덟 시쯤 되어 있었다. 선장은 내가 오랫동안 굶었을 거라고 생각하고는 즉시 저녁을 가져오라고 지시했다. 그는 내가 정신이 이상하거나 헛소리를 하지 않나 살펴보면서 내게 아주 친절하게 대해 주었다.

단둘만 남게 되자 그는 내게 내 여행들에 대해서, 또 어떻게 해서 내가 바다 한가운데 그런 이상한 상자를 타고 표류하게 되었는지 이야기해 달라고 했다. 그리고 그는 나를 발견하게 된 경위를 다음과 같이 말해 주었다.

"낮 12시쯤에 망원경으로 주변을 관찰하던 중 당신의 상자방을 발견했습니다. 나는 그게 배인 줄 알고 그쪽으로 가려고 했습니다. 우리 배의 항로에서 별로 멀리 떨어져 있지도 않았고 마침 비스킷도 다 떨어졌었기 때문에 그걸 좀 구입하려고 말입니다.

그런데 가까이 다가가서야 내가 잘못 생각했었다는 것을 깨달았습니다. 그래서 부하 선원들을 대형 보트에 태워 보내 그 물체가 뭔지 알아오게 했습니다. 그런데 그들이 혼비백산하여 돌아와서는 자신들이 바다에 떠다니는 집을 발견했다고 장담했습니다. 나는 그들의 이런 바보 같은 말을 비웃고는 부하들에게 질긴 밧줄을 가져오라고 시킨 뒤 직접 가보기로 했습니다.

날씨는 아주 좋았습니다. 나는 당신의 상자방 주변을 몇 차례 돌아본 후 창문과 거기 처져 있는 격자 모양의 철망들을 보았습니다. 또 빛이 들어갈 틈이 전혀 없이 온통 판자들로 덮인 한쪽 벽면에 꺾쇠 고리 두 개가 부착된 것을 발견했습니다. 나는 부하 선원들에게 그쪽으로 노를 저어 가서 그 고리들에 밧줄을 연결하고 상자(그는 내 방을 이렇게 불렀다)를 본선 쪽으로 끌고 가라고 명령했습니다. 배에 도착하자 나는 또 다른 밧줄을 상자 뚜껑에 있는 고정 고리에다 연결한 후 도르래를 이용해 끌어올리라고 지시했습니다. 그러나 모든 선원들이 다 가세해도 70~80센티미터 이상을 끌어올릴 수 없었습니다."

그는 그때 내 지팡이와 손수건이 천장의 구멍창에서 튀어 나오는 것을 보고는, 어떤 불행한 사람이 그 안에 갇혀 있는 게 틀림없다는 결론을 내렸다고 했다. 나는 나를 발견할 당시에 그와 그의 부하들이 혹시 공중에서 어마어마하게 큰 독수리들을 보지 않았느냐고 물었다. 그는 내가 잠들어 있던 동안 부하 선원들과 내 문제를 논의하던 중에, 한 명이 북쪽으로 날아가는 독수리 세 마리를 목격했다고 이야기했다고 대답했다. 그러나 독수리들이 보통보다 더 컸다는 이야기는 못 들었다고 했다. 나는 아마 그 독수리들이 공중에 너무 높이 떠 있었던 탓이라고 짐작했다. 선장은 내가 왜 이런 질문을 하는지 짐작을 못했다.

나는 다시 선장에게 우리가 육지에서 얼마나 떨어져 있는지 물어보았다. 그는 자신이 할 수 있는 한 최대로 정확히 계산해 보면 최소한 500킬로미터 정도 된다고 대답했다. 나는 그에게 그 수치의 절반 정도는 잘못 계산한 것 같다고 주장했다. 왜냐하면 내가 떠나온 나라로부터 내가 바다에 떨어질 때까지 채 두 시간도 넘지 않았기 때문이다. 그러자 선장은 내 머리가 아직도 혼란한 모양이라 여기고, 그 점을 가볍게 언급한 뒤 자신이 제공한 선실 침대에 가서 쉬는 게 어떻겠느냐고 조언했다. 나는 그가 훌륭히 환대해 주고 함께 있어 주어 몸이 충분히 회복됐으며, 내 생애의 그 어느 때보다도 정신이 맑다고 주장했다.

그러자 그는 점차 심각한 표정을 짓더니, 혹시 내가 저지른 어떤 중범죄 때문에 내 정신이 이상해진 게 아닌지 솔직하게 물었다. 여러 나라에서 중죄인들을 식량도 주지 않고 물이 새는 빈 배에 강제로 실려 보내듯, 어떤 범죄 때문에 그 상자방에 갇힌 채 버려진 게 아니냐고 물었다. 그는 그런 나쁜 사람을 자기 배에 태웠다면 유감이지만 자신들이 도착하는 첫 번째 항구의 해변에 나를 무사히 내려 주겠다고 약속했다. 그리고 내가 선원들에게 처음에 했고 나중에 자신에게도 했던 상자에 대한 황당한 말, 내 이상한 외모, 식사를 할 때 보여 준 이상한 행동 때문에 이런 의심이 더 커졌다고 말했다.

나는 그에게 내 이야기를 끈기 있게 들어 달라고 간청했다. 나는 영국을 마지막으로 떠났던 순간부터 그가 나를 최초로 발견했던 시간까지의 일들을 충실하게 다 이야기했다. 진리란 본래 합리적인 정신을 지닌 사람들에게는 항상 통하는 법이다. 약간의 학식과 훌륭한 상식을 지닌 신사였던 이 선장은 즉시 나의 정직함과 진실성을 확신하게 되었다. 그러나 나는 내가 말한 모든 내용을 좀더 확인시켜 주려고 내 캐비닛을 가져오라는 명령을 내려 달라고 그에게 부탁했다(그는 이미 내 상자방을 어떻게 처리했는지 이야기해 주었다). 캐비닛의 열쇠는 내가 가지고 있었다. 나는 그의 앞에서 그것을 연후, 너무나도 우연찮게 빠져나올 수 있었던 그 나라에서 내가 그동안 수집해 놓았던 진기한 물품들을 그에게 보여 주었다.

우선 국왕의 수염으로 만든 빗이 있었고, 또 왕비 마마의 손톱 부스러기를 빼대로 삼아 만든 다른 빗도 있었다. 30~46센티미터쯤 되는 바늘과 핀 들도 있었다. 또 네 개의 말벌 침, 목수의 연장들, 왕비 마마의 머리카락도 있었다. 금반지도 있었는데, 그것은 어느 날 왕비 마마께서 자기 새끼손가락에서 손수 빼내 아주 따뜻한 태도로 마치 목걸이처럼 내머리 위에 씌워 주셨던 것이다. 베풀어 준 호의에 대한 답례로 선장에게 이 반지를 선물하겠다고 하자 그는 완강하게 거절했다. 나는 그에게 한 시녀의 발가락에서 내 손으로 직접 떼어 낸 티눈도 보여 주었다. 켄트산 사과만 한 크기였는데 점점 딱딱해졌기 때문에 영국에 돌아온 후 나는 그것의 안을 도려내고 은세공을 하여 컵으로 만들어 썼다. 마지막으로 나는 내가 입고 있던 쥐 가죽으로 만든 바지도 그에게 구경시켰다.

나는 마부의 치아 외에는 그 어떤 것도 그에게 권할 수가 없었다. 그가 유독 이 치아에만 호기심을 보이며 세밀히 관찰해서,

그걸 갖고 싶어 한다는 것을 알아차렸다. 그는 그런 하찮은 물건에 대하여 몇 번이나 고맙다는 인사를 했다. 치통을 앓던 그럼달크리치의 하인 마부 중 한 명에게서 서투른 의사가 잘못 뽑은 치아였는데, 여느 치아 못지 않게 건강한 치아여서 나는 그걸 깨끗이 씻어 캐비닛 안에 보관해 두었었다. 길이는 30센티미터, 직경은 10센티미터쯤 되었다.

선장은 내 여행과 모험에 대해 내가 해준 이런 분명한 설명에 대해 아주 만족해 했다. 그리고 내게 영국으로 돌아가면 그걸 원고에 적어 출판해서 세상 사람들에게 은혜를 베풀어 주기를 희망한다고 말했다. 나는 이미 우리 나라에는 여행기가 넘쳐나고 있다고 생각하며, 요즘은 특이한 여행기가 아니면 인기가 없다고 대답했다. 그리고 어떤 작가들은 자신의 허영심, 이익, 혹은 무지한 독자들의 흥미만을 생각할 뿐, 진실에 대해서는 전혀 고려하지 않는 것 같다는 의심이 든다고 그에게 말했다. 그리고 내가 쓸 여행기에는 대부분의 여행기들에 가득한 이상한 나무들과 식물들, 새들, 동물들에 대한 화려한 묘사도 없을 것이며, 식인종들의 야만적인 관습이나 우상 숭배에 대한 묘사도 없을 것이라고 했다. 그러나 어쨌든 나는 그에게 좋은 조언을 해줘서 고맙다고 말하고는 그 문제에 대해서는 심사숙고해 보겠다고 약속했다.

그는 내게 매우 궁금한 게 한 가지 있다고 말했다. 왜 그렇게 큰소리로 말을 하느냐는 것이었다. 그러면서 그는 혹시 그 나라의 왕과 왕비가 청력이 약한 사람들이었냐고 물었다. 나는 지난 2년 동안 내가 그렇게 말하는 방식에 익숙해져 있기 때문이라고 설명했다. 그리고 나도 그와 선원들의 목소리에 그들 못지 않게 놀랐다고 말했다. 그들의 목소리가 잘 들리기는 했지만 마치 속삭이는 것 같았기 때문이다. 사실 내가 그 나라에서 누군가와 말을 하게 되면 마치 거리에 서서 교회 첨탑 꼭대기에 올라가 나를 내려다보고 있는 사람과 말하는 것과 같았었다. 탁자에 올라가거나 누군가의 손바닥 위에 올라가서 대화를 하지 않으면 늘 그랬다.

나는 그에게 나도 역시 궁금한 것이 하나 있다고 말했다. 배에 처음 올라와서 선원들을 둘러보니 그들이 내가 본 사람들 중에서 가장 키가 작고 하찮은 사람들로 보였다는 것이다. 사실 나는 거인국에 있으면서 그곳의 거대한 물체들에 시각이 익숙해진 뒤로는 내 모습이 거울에 비춰지는 일조차 참을 수가 없었다. 그곳 사람들과 너무나도 비교가 되어 스스로가 몹시 경멸스럽게 생각되었기 때문이다.

선장은 함께 식사를 하는 동안 내가 모든 사물들을 바라보며 놀라워하는 것을 주목했다고 말했다. 그리고 내가 비웃음을 참지 못하는 듯이 보였다고 말했다. 그는 그것을 무슨 의미로 받아들여야 할지 몰라 그저 내 머리에 혼란이 일어난 탓으로 돌렸다.

나는 그의 말이 사실이라고 대답했다. 그리고 내가 3페니 동전만 한 그의 접시들과 한입도 안 되는 돼지 뒷다리 고기, 호도 알보다 작은 컵 등을 보았을 때 어떻게 웃음을 참았는지 모르겠다고 말했다. 나는 같은 식으로 그의 모든 나머지 집기들과 음식들에 대해서 묘사해 나갔다. 비록 왕비 마마께서 그녀를 모시고 있던 동안 내게 필요한 모든 소형 집기들을 마련해 주도록 지시했었지만, 내 생각은 온통 내 주변에서 내가 늘 바라보는 물체들에만 몰두해 있었던 것이다. 따라서 사람들이 자신의 약점들에 대해 그렇듯이, 나는 내 왜소함에 대하여 눈살을 찌푸렸었다.

선장은 내 농담조의 말을 충분히 이해했으며, 오래된 영국 속담 하나를 내게 즐겁게 이야기하였다. 그는 혹시 내 눈이 내 배보다 더 큰 게 아닌지 궁금하다고 말했다. 하루 종일 굶었는데도 내가 별로 배고파 보이지 않는다는 것이었다. 그는 계속 즐거워하면서 내 상자방이 독수리 부리에 물려 있다가 그토록 높은 하늘에서 바다로 떨어지는 것을 볼 수만 있었다면 기꺼이 100파운드라는 거금도 지불했을 거라고 주장했다. 아마 그 광경은 틀림없이 후손들에게 남겨 줄 정도로 가치 있는, 대단히 놀라운 광경이었을 것이라고도 했다. 그는 내 모습이 신화 속 파에톤*과 너무나 분명하게 비교가 되었기 때문에 그런 비유를 사용하

* 그리스 신화에 나오는 태양신 헬리오스의 아들. 자신의 출생의 비밀을 알고 아버지를 찾아가 만난 후 소원을 들어주겠다는 말에 오만하게도 아버지의 마차를 하루 동안 끌어 보겠다고 말한다. 그러나 마차를 끌 힘이 너무 모자랐던 그는 결국 힘이 빠져 추락하고 말았으며, 마차를 몰던 말들은 도망을 쳐 세상을 불바다로 만들고 말았다. 결국 그는 제우스 신의 벼락을 맞아 죽고 말았다. 이 파에톤은 자신을 거인국 사람으로 착각하고 있는 걸리버의 자만심을 상징한다.

지 않을 수가 없었을 것이다. 그러나 나는 그의 이런 기발한 착상이 별로 마음에 들지 않았다.

선장은 인도차이나의 통킹*에 갔다가 영국으로 돌아가던 중이었다. 북위 44도, 경도 143도의 위치에서 조금 북동쪽으로 올라간 위치였다. 그러나 내가 배에 타서 이틀이 지난 후 무역풍을 만나게 된 우리는 한참 동안 남쪽으로 내려가 호주 해안을 항해하게 되었다. 우리는 희망봉을 돌아설 때까지 항로를 서남서쪽과 남남서쪽으로 잡았으며 항해는 매우 순조로웠다. 하지만 그 자세한 내용으로 독자들을 불편하게 하지 않겠다. 선장은 도중에 한두 군데의 항구에서 대형보트를 내려 보내 식량과 신선한 물을 구해 오게 했다. 그러나 나는 영국의 다운즈 항에 도착할 때까지 한 번도 배를 떠나지 않았다. 나는 내 물건들을 화물 운송비에 대한 보증으로 맡겨놓으려 했으나 선장은 단 한 푼도 받지 않겠다고 강변했다. 우리는 서로 우호적인 작별을 했다. 나는 그에게 레드리프에 있는 내 집을 방문하러 오겠다는 약속을 받아 냈다. 나는 선장에게서 빌린 5실링으로 말과 안내인을 고용했다.

집으로 돌아가는 도중에 조그만 집들과 나무들, 가축들, 사람들을 보면서 나는 릴리펏에 다시 돌아온 것이 아닌가 하는 생각이 들었다. 나는 만나는 사람마다 혹시 밟을까봐 불안했으며, 몇

* 인도차이나 북부의 옛 주. 지금의 북부 베트남

번이나 길을 막는 사람들에게 비켜서라고 큰소리를 질러 댔다. 이 무례한 행동 때문에 나는 한두 차례 머리가 깨지는 봉변을 당할 뻔했다.

집에 도착하여(사람들에게 물어서 찾아야 했다) 하인이 문을 열어 주자 나는 머리를 부딪칠까봐 마치 문 밑을 지나는 거위처럼 몸을 숙이고 안으로 들어갔다. 아내가 달려나와 나를 포옹했지만, 나는 그녀가 내 입술에 결코 닿지 않을 거라고 생각하고는 그녀의 무릎 높이보다도 더 낮게 몸을 숙였다. 또 딸이 내게 축복을 내려 달라고 부탁하기 위해 무릎을 꿇었지만 나는 그녀가 일어설 때까지 그녀를 볼 수 없었다. 너무 오랫동안 머리와 눈을 18미터 이상의 높이로 올려다보며 치켜뜨는 데 익숙해져 있었기 때문이다. 나는 또 딸의 허리를 한 손으로 잡고 들어올리려고도 하였다.

나는 하인들과 집으로 찾아온 친구들을, 마치 그들이 피그미족들이고 내가 거인인 양 내려다보았다. 나는 또 아내에게 검소한 생활을 너무 심하게 한 것이 아니냐고 말했다. 그녀와 딸이 너무 굶어서 말라 버린 것 같다는 생각이 들었기 때문이다. 요컨대 나는 설명이 안 되는 이상한 태도로 행동했기 때문에, 가족과 친지들은 선장이 그랬던 것처럼 처음에는 내가 제정신이 아니라고 생각했다. 내가 이 이야기를 하는 것은 습관과 편견이란 것이 얼마나 큰 힘을 지니고 있는 것인지 보여 주기 위해서다.

얼마 안 있어 나와 내 가족들, 친구들은 서로를 제대로 이해하게 되었다. 그러나 아내는 내게 이제 다시는 바다에 나가지 말라고 강력하게 주장했다. 하지만 독자들이 곧 알게 되겠지만, 내 불운한 운명이 내게 다시 바다로 나가라고 명령하고 있었고 아내는 그것을 말릴 힘이 없었다. 어쨌든 불운했던 내 두 번째 여행 이야기는 여기서 끝마치기로 하겠다.

제 3 부

라퓨타, 바니발비, 그럽덥드립, 럭낵, 일본 여행기

GULLIVER'S TRAVELS

Parts Unknown

LAND OF
St James Bay
Robbin I
IESSO
Salmon B
C. Canal
C. Patience
Straits of the Vries
Companys
Land
Stats I
Sea of Corea
Sando I
JAPON
Nwali
Jedo
Toy
Red Pt.
Bosho Pt.
Barnevelts
Tonsa I.
Bungo I.
Dimens Strats
I. Tanadzima
Ongeluckig I
South I.
LUGNAGG
Traldragdub
Clumegnig
Glanguen
Maldonada
I Deserte
Glubdrubdrib
Xamoschi
Laputa
BALNIBARBI
Lagado
Dicovered A.D. 17

제1장

저자가 세 번째 여행을 떠난다가 해적들에게 잡힌다. 한 네덜란드인이 악의를 품다. 저자가 한 섬에 도착하고, 라퓨타 입국이 허용된다.

집으로 돌아온 지 채 열흘도 안 되었을 때, 콘월 출신의 선장이며 300톤급 호우프웰 호의 책임자인 윌리엄 로빈슨 씨가 집으로 찾아왔다. 옛날에 그가 주인이었던 또 다른 배의 선의로서, 또 제4의 공동 소유자로서 내가 레반트 지방까지 함께 항해했던 적이 있는 사람이었다. 그는 나를 부하 선원이라기보다는 마치 형제처럼 대해 주었었다. 내가 돌아왔다는 말을 전해 들은 그가 순수한 우정에서 걱정이 되어 방문한 것이다. 오랜 기간의 부재로 인한 서먹함으로 그와 나 사이에는 처음엔 흔히 하는 인사말 외에는 별말이 오가지 않았다.

그러나 방문이 거듭되면서, 내가 건강해진 것을 기뻐하던 그는 내 생활이 편안한지 물었다. 그리고 두 달 뒤에 자신이 동인도 제도로 항해를 떠난다고 말했다. 그는 마침내 내게 여러 가지 이유를 대며 그 배의 선의가 되어 주지 않겠느냐고 직설적으로 요청했다. 내 밑에 항해사 두 명과 부하 선의까지 둘 것이며, 임금도 통상적인 경우보다 두배로 주겠다고 했다. 또 내 항해 지식이 적어도 자신과 비슷하다는 것을 경험으로 알고 있기 때문에, 나를 공동 책임자와 마찬가지로 여기며 조언을 받겠다는 계약까지도 하겠다고 유혹했다.

이외에도 그는 다른 많은 호의적인 제안들을 해왔다. 나는 그가 매우 정직한 사람임을 알고 있었기에 그의 제안을 거절할 수 없었다. 또 내게는 지난 불행들에도 불구하고 다시 세상 구경을 하고 싶다는 욕망이 전보다 더 맹렬하게 살아나고 있었다. 유일한 장애물은 아내를 설득하는 일이었다. 그러나 나는 이 여행이 장차 그녀와 아이들에게 얼마나 큰 이득이 될지를 설명함으로써 그녀를 설득했고, 마침내 동의를 얻어냈다.

우리는 1706년 8월 5일 출발했으며, 1707년 4월 11일 세인트 존 기지*에 도착했다. 선원들 중 다수가 몸이 아팠기 때문에 우리는 이곳에서 3주간 머물며 선원들을 재충전시켰다. 그 후 통킹으로 갔으며 얼마 동안 그곳에 머물렀다. 선장이 구입하려던 물품들이 아직 다 준비되지 않았고, 그것들이 몇 달 안으로 수송되어 오리라고 기대할 수 없었기 때문이다. 따라서 부득이 지불해야만 하는 비용들을 조금이라도 벌충하기 위해서 그는 외대박이 돛배를 한 척 사서 여러 가지 물건들을 실었다. 그 배는 통

* 인도 남동부의 마드리스

킹 사람들이 주로 주변의 섬나라들과 교역할 때 사용하는 배였다. 그 지역 사람들을 포함하여 모두 14명을 배에 태운 후 그는 나를 이 배의 선장으로 임명했다. 그리고 자신이 통킹에 남아 일을 처리하는 동안, 내게 교역의 전권을 부여했다.

그러나 항해를 떠난 지 사흘만에 갑자기 거대한 폭풍이 발생했다. 우리는 닷새 동안이나 북동쪽으로 밀려갔고, 거기서 다시 동쪽으로 밀려갔다. 이후 날씨가 좋아졌지만 여전히 서쪽에서 강풍이 불었다. 그런데 열흘째 되던 날 해적선 두 척이 나타나 우리를 추격했다. 결국 우리는 그들에게 붙잡혔다. 짐이 너무 많이 실려 있어서 우리 배의 속도가 너무 느렸기 때문이었다. 또 우리는 자신을 방어할 만한 상황도 아니었다.

두 해적선이 배 앞머리를 맹렬한 기세로 들이밀고 쳐들어왔

으며 이내 해적들이 우리 배로 뛰어올라 왔다. 그들은 우리 일행이 모두 얼굴을 땅에 대고 엎드려 있는 것을 보고는(내가 그렇게 시켰다) 튼튼한 밧줄로 우리의 양손을 묶은 뒤, 보초를 세워 놓고 우리 배를 수색했다.

나는 그들 중 네덜란드인 한 명이 끼어 있는 것에 주목했다. 그는 선장은 아니지만 상당히 지위가 높은 것 같았다. 그는 우리의 생김새를 보고 영국인임을 알아보고 자기 나라 말로 뭐라고 지껄인 뒤, 우리의 손을 뒤로 묶어 바다에 집어넣어야 한다며 욕설을 해댔다. 나는 네덜란드어를 꽤 잘했다. 나는 그에게 우리가 누구인지를 밝히고 우리가 절친한 동맹 관계에 있는 이웃 나라의 동료 기독교도이자 개신교도임을 고려하여 자비를 베풀어 주도록 두목을 설득해 달라고 애원했다. 그러나 이것이 오히려 그의 화를 더 돋우었다. 그는 협박을 되풀이하며 자신의 동료들 쪽을 향하여 종종 크리스천이란 말을 사용해 가며, 아주 거칠고 사납게 일본어로(내 추정으로는) 뭐라 뭐라 했다.*

해적선 두 척 중 큰 배는 일본인 두목이 지휘했다. 그는 매우 불완전하기는 하지만 네덜란드어를 조금 했다. 그가 내게로 다가와서 여러 가지를 질문했고, 내가 아주 공손하게 답변하자 나

* 1707년 당시 영국과 네덜란드는, 비록 군사적으로는 프랑스에 대항하는 동맹 관계였지만, 해상 교역에 있어서는 치열한 경쟁 관계였다. 더군다나 스위프트는 네덜란드의 종교적 관용 정책을 무척 혐오했다. 영국국교회를 저해할지도 모른다고 염려했기 때문이다. 따라서 네덜란드 해적의 묘사에는 '네덜란드-해적-반기독교' 인식이 깔려 있다.

를 죽이지는 않겠다고 말했다. 나는 그에게 깊숙이 몸을 숙여 절을 했으며, 네덜란드 해적 녀석에게 형제 기독교도보다 이교도에게서 더 큰 자비를 발견하게 되어 유감이라고 말했다. 그러나 나는 나의 이런 어리석은 발언을 곧 후회하게 되었다. 이 사악한 악당 녀석이 몇 차례나 나를 바다에 처넣자고 주장했기 때문이다. 그의 노력은 비록 실패했지만(그들은 나를 죽이지는 않겠다고 약속했기 때문에 그의 제안을 들어주지 않았다), 결국은 두목들을 설득하여 인간이 당할 수 있는 모든 일들 중에서 죽음 그 자체보다도 더 끔찍한 징벌을 내게 가하는 데 성공했다.

해적들은 우리 배의 선원들을 똑같이 나눠서 양쪽 해적선으로 보냈고, 우리가 타고 온 외대박이 돛배는 새로 무장시켰다. 그리고 나는 노와 돛 한 폭, 사흘치의 식량과 함께 조그만 카누에 태워서 바다에 표류시켰다. 일본인 두목은 자기 개인 소유의 식량을 보태어 내 식량을 두 배로 늘려 주었고, 어느 누구도 나를 추격하지 못하게 했다. 내가 카누를 타고 멀어지는 동안 네덜란드 해적 녀석은 갑판에 서서 자기 나라 말로 할 수 있는 모든 욕설과 저주를 내게 퍼부어 댔다.

해적들을 만나기 한 시간쯤 전에 나는 관측을 통하여 우리의 위치가 북위 46도, 경도 180도임을 확인했었다. 해적들로부터 어느 정도 멀어지자 나는 휴대용 망원경을 꺼내 남동쪽에 몇 개의 섬들이 있는 것을 발견했다. 날씨가 좋았기 때문에 제일 가까운 섬으로 가려는 의도로 돛을 올렸다. 그리고 대략 3시간만에 가까스로 그 섬에 도착했다. 온통 암초투성이인 섬이었지만 나는 많은 물새 알을 주웠다. 불을 피워 몇몇 잡초와 해초를 태웠으며, 거기에 물새 알을 구워 먹은 뒤 저녁은 따로 먹지 않았다. 식량을 최대한 아끼기로 결심했기 때문이었다. 나는 바닥에 히스 풀을 깔고 바위 밑 은신처에서 밤을 보냈다. 잠도 꽤 잘 잤다.

다음날 나는 다른 섬으로 항해해 갔고 거기에서 다시, 어떤 때는 돛을 이용하고 어떤 때는 노를 이용하며, 네 번째 섬으로 갔다. 그러나 내가 겪은 어려움을 자세히 설명해서 독자들을 번거롭게 하진 않겠다. 다만 내 눈에 보이는 마지막 섬에 닷새째 되는 날 도착했다는 정도만 말해 두겠다. 그 섬은 앞서의 섬들보다 남남동쪽에 위치했다.

이 섬은 예상보다 훨씬 더 먼 거리여서 다섯 시간이 걸려서야 도착했다. 섬을 거의 한 바퀴 다 돈 후에야 착륙하기 편한 장소를 발견했다. 내 카누보다 폭이 세 배쯤 되는 조그만 지류였다. 섬은 온통 바위투성이였고, 약간의 풀밭과 달콤한 냄새가 나는 약초밭이 군데군데 섞여 있었다. 식량을 조금 꺼내 원기를 보충한 후, 나머지 식량은 동굴 속에 안전하게 보관했다. 동굴들은 매우 많았다. 나는 바위 위에 물새 알, 마른 해초, 시든 잡풀들을 충분히 모아 놓았다. 다음날 불을 피워 물새 알을 구워 먹으려는 생각에서였다(마침 나는 부싯돌과 쇳조각, 성냥, 볼록 렌즈를 갖고 있었다).

나는 식량을 보관한 동굴에서 밤을 보냈다. 침대는 연료로 쓰

려고 모아 놓은 마른풀들과 해초들이었다. 잠은 별로 못 잤다. 몸의 피곤함보다 불안하고 어지러운 마음이 더 커서 깨어 있었던 것이다. 이런 황량한 환경에서 내 생명을 보존하기란 불가능한 일이며, 이런 곳에서 맞는 최후는 틀림없이 비참한 종말이 될 것이라고 나는 곰곰이 생각했다.

마음의 동요가 너무 크고 낙심도 너무 커서 일어나고 싶지도 않았다. 기력을 충분히 회복하지 못한 채 동굴에서 기어나와 보니 이미 날이 훤히 밝아 있었다.

한참 동안 바위 사이를 걸어다녔다. 하늘은 완벽하게 맑았고 햇볕이 너무 뜨거워서 얼굴을 돌려야 할 정도였다. 그때 갑자기 하늘이 어두워졌다. 구름이 해를 가리는 현상과는 사뭇 다른 느낌이 들었다. 뒤를 돌아보니 나와 태양 사이에 위치한 거대한 물체가 섬 쪽으로 다가오고 있었다. 3~4킬로미터 높이의 허공에 떠 있었고 6~7분쯤 태양을 가렸다. 그러나 산 그림자 밑에 서 있을 때보다 공기가 더 차갑거나 하늘이 더 어둡지는 않았다.

내가 있는 쪽으로 더 가깝게 내려왔다. 바닥이 납작하고, 부드럽고, 바닷물이 반사되어 아주 밝게 빛을 발하고 있는 견고한 물체였다. 나는 해변에서 180미터쯤 되는 고지대로 서둘러 올라갔다. 이 물체가 2킬로미터도 채 안 떨어진 거리에서 나와 거의 평행 상태에 이를 때까지 아래로 내려오는 게 보였다. 휴대용 망원경을 꺼내어 보니, 많은 사람들이 약간 경사져 보이는 그 거대한 물체의 측면을 오르내리는 모습이 똑똑히 보였다. 하지만 이들이 무엇을 하고 있는지는 알 수 없었다.

생명에 대한 자연스러운 애착이, 마음속 깊은 곳으로부터 솟아나는 충동적인 환희로 나를 몰고 갔다. 나는 이번 일이 어떤 식으로든 이 황량한 섬과 내가 처한 상황에서 나를 구출하는 데

도움이 될지도 모르겠다는 희망을 품기 시작했다. 하지만 그와 동시에, 사람이 사는, 하늘에 떠 있는 섬을 보고 내가 얼마나 놀랐을지 상상할 수 없을 것이다. 그것은 마음대로 올라가고, 내려가고, 앞뒤로 나아갔다(그렇게 보였다).* 그러나 나는 당시 이 현상을 철학적으로 고찰해 보고 싶은 심리 상태가 아니었다. 그저 이 섬이 어느 쪽으로 진로를 잡아 나아갈지만 관찰하기로 했다. 섬이 잠시 제자리에 정지해 있는 듯했기 때문이다.

그러나 이내 섬은 내게로 더 가까이 다가왔다. 섬의 측면부가 육안으로 바로 보일 정도였다. 그곳은 여러 층의 회랑들과 계단들이 둘러싸고 있었으며, 각 층은 오르내릴 수 있게 되어 있었다. 가장 낮은 회랑에서 몇 사람이 길고 굽은 낚싯대로 물고기를 잡고 있고, 옆 사람들은 그걸 구경하는 모습이 보였다. 나는 나의 테 없는 모자(중절모는 이미 다 해졌다)와 손수건을 섬 쪽을 향하여 흔들었다. 섬이 더 가까이 오자 이번에는 최대한으로 큰 목소리를 내어 그들을 부르고 고함을 질러 댔다. 자세히 보니 내가 보이는 쪽으로 한 무리의 사람들이 모여들고 있는 게 보였다. 비록 내 고함 소리에 응답을 보내지는 않았지만, 그들이 서로 나를 가리키고 있는 모습을 보니 분명히 나를 발견한 것 같기는 했다. 그들 중 서너 명이 급히 계단을 통해 섬 꼭대기 쪽으로 올라가 사라져 버리는 것도 보였다. 아마 내 일을 고위 인사에게 보

* '하늘을 나는 섬'의 발상은 스위프트가 최초가 아니고, 이전에도 종종 있었다.

고하고 지시를 받기 위해서일 거라고 짐작할 수 있었다.

사람들의 숫자가 점점 더 늘어났으며 반 시간도 안 되어 섬이 다시 움직여서, 가장 낮은 회랑이 내가 서 있던 고지대로부터 채 100미터도 안 되는 거리에 나란히 있을 정도가 되었다. 나는 아주 애원하는 태도를 취하며 가장 겸손한 목소리로 말을 했지만, 아무런 대답도 들을 수가 없었다. 내 바로 위에 서 있는 사람들은 복장으로 보아 고위직 인사들 같았다. 그들은 나를 내려다보며 진지하게 상의했다. 마침내 한 명이 이탈리아어와 비슷한 억양을 지닌, 맑고, 점잖고, 부드러운 그곳 말로 내게 소리를 지르길래, 나도 이탈리아어로 대답을 했다. 적어도 말의 억양이라도 그들의 귀에 더 친숙하게 들렸으면 하는 바람에서였다. 양측 모두 상대방 말을 이해하진 못했지만, 내 의사는 쉽게 전달된 것 같았다. 내가 처한 곤경을 그들도 보았기 때문이다.

그들은 내게 바위에서 내려와 해변으로 가라는 신호를 보냈으며, 나는 거기에 따랐다. 그러자 하늘을 떠다니는 그 섬은 적절한 높이까지 비상했다가 가장자리가 내 머리 바로 위에 위치하게 될 정도로 다시 하강해 내려왔다. 그리고 가장 낮은 회랑에서 끝에 의자가 부착되어 있는 쇠사슬이 내려왔다. 내가 그 의자에 올라앉자 쇠사슬은 도르래 장치에 의하여 섬으로 끌어올려졌다.

제2장

라퓨타인들의 기질과 성향이 묘사된다. 저자가 그들의 학문, 국왕과 왕실에 대해 설명하고, 그곳에서 받은 영접. 두려움과 불안에 떠는 그곳의 국민들, 여성들에 대해 말한다.

의자에서 내리자 사람들이 몰려와 나를 에워쌌다. 하지만 내게서 가장 가까이 서 있는 사람들이 좀더 지위가 높은 사람들인 듯했다. 그들은 온갖 놀라운 표정들과 몸짓들을 하며 나를 바라보았다. 하지만 그 점에 있어서는 사실 내가 더했다. 나는 그때까지 외모나 복장, 얼굴 생김새가 그렇게 이상한 사람들은 결코 본 적이 없었다. 그들은 머리가 모두 오른쪽 아니면 왼쪽으로 기울어져 있고, 한쪽 눈은 안쪽으로, 다른 쪽 눈은 하늘 위쪽으로 쏠려* 있었다. 옷은 태양, 달, 별들의 모습으로 장식되어 있고, 바이올린, 플루트, 하프, 트럼펫, 하프시코드, 기타 유럽에 알려져 있지 않은 많은 악기들도 뒤섞여 있었다.

* 라퓨타(하늘을 나는 섬) 사람들은 과학, 수학, 음악 등 스위프트가 생각하기에 인간의 고유한 관심사인 윤리학과 무관하며 터무니없이 비실용적이기만 한 이론들에 열중해 있던 동시대 사람들을 풍자한 것이다.

그들의 주변 곳곳에 하인 복장을 한 사람들이 많았다. 이 하인들은 마치 도리깨처럼 생긴, 바람 주머니가 붙은 짤막한 채 모양의 막대기들을 들고 있었다. 바람 주머니 안에는 소량의 마른 콩이나 조그만 조약돌(나중에 이야기를 들은 바에 의하면) 들이 들어 있었다. 하인들은 바람 주머니를 들고 있다가 주인들의 입과 귀를 수시로 툭툭 쳐댔다. 나는 처음에는 그게 뭘 의미하는 행동인지 알 수가 없었다. 아마 주인들의 정신이 온통 사색에만 몰두해 있으니까, 그런 식으로 말하고 듣는 신체 기관에 외부적인 자극을 주지 않으면 그들이 말도 못하고 다른 사람들의 이야기를 듣지도 못하기 때문인 것 같았다.

이처럼 능력이 되는 사람들은 늘 자신의 가정에 플래퍼(이 나라의 원어로는 크리메놀이다)라는, 바람 주머니 채로 입과 귀를

쳐서 주의를 환기시켜 주는 하인을 두었다. 그들은 이 하인 없이는 외출하지 않았고 누군가를 방문하지도 않았다. 이 하인의 임무는 두 사람 이상의 사람들이 만났을 때, 화자의 입과 청자의 오른쪽 귀를 부드럽게 쳐주는 것이었다. 플래퍼는 주인이 걸어가는 도중에도 부지런히 자신의 임무를 수행했다. 즉 틈틈이 눈도 쳐주었다. 그가 늘 사색에 골몰해 있으니, 분명히 가파른 절벽으로 굴러 떨어지고 장대에 머리를 부딪칠 위험이 있었던 것이다. 또 거리에서 다른 사람들과 부딪치거나 하수구에 빠질 위험도 있었다.

이 정보를 이야기하는 것은 독자들에게 꼭 필요해서다. 안 그러면 그들이 계단을 통하여 나를 섬의 정상에 위치한 왕궁으로 안내해 갈 때 보여 준 이상한 행동들을 이해하는 데 나처럼 당황할 것이기 때문이다. 위로 올라가는 동안 그들은 몇 차례나 자신들이 뭘 하던 중인지 까먹고 나를 혼자 방치해 두곤 했다. 옆에 있던 플래퍼들이 그들을 쳐주어야만 다시 기억이 되살아나곤 했던 것이다. 그들은 나의 이국적인 복장이나 평민들의 외침 소리에도 전혀 영향을 받지 않는 것처럼 보였으며, 평민들의 생각과 정신은 그들보다는 덜 바빠 보였다.

마침내 우리는 왕궁으로 들어가 대전으로 안내되었다. 옥좌에 국왕이 앉아 계셨고,* 그 양 옆으로는 대신들이 늘어서 있었

* 이 왕은 음악과 과학의 후원자였지만, 사실은 양 분야에 대해 무식했던 조지 1세를 풍자한다.

다. 옥좌 앞의 큰 테이블에는 지구의, 천체의, 온갖 종류의 수학 도구들이 잔뜩 놓여 있었다. 왕은 왕실의 모든 사람들이 모여 있는 한가운데로 우리 일행이 아주 시끄럽게 입장했는데도 불구하고 우리를 전혀 주목하지 않았다. 당시 그는 어떤 문제에 아주 깊이 골몰해 있었기 때문에, 우리는 그가 그 문제를 해결할 때까지 적어도 한 시간은 기다려야 했다.

왕의 양 옆에 어린 시동들이 주의 환기용 채를 들고 서 있었다. 왕이 좀 한가로워 보이자 한 명이 입을 부드럽게 쳤고, 다른 한 명이 오른쪽 귀를 쳤다. 그러자 왕은 갑자기 잠에서 깨어난 사람처럼 깜짝 놀라더니, 나와 일행들을 바라보며 우리가 찾아온 이유를 기억해 냈다. 그는 이미 우리 일행에 대해 보고를 받은 상태였다. 그가 몇 마디 말을 하자 즉시 채를 든 소년이 내 옆으로 와서 부드럽게 내 오른쪽 귀를 쳤다. 그러나 나는 모든 방법을 동원하여 내게는 그런 기구가 필요 없다는 신호를 했다. 나중에 알았지만, 나의 이런 태도는 왕과 조정의 모든 신하들에게 아주 좋지 않은 인상을 심어 주었다.

내 생각으로, 왕은 내게 여러 가지를 질문했고, 나도 내가 아는 모든 언어를 동원하여 대답했다. 그러나 결국 서로 전혀 이해하지 못한다는 사실이 밝혀졌다. 나는 그의 지시에 의해 한 방으로 안내되었다(이 왕은 전임 왕들보다 이방인을 더욱 후하게 접대하는 것으로 유명했다). 두 명의 하인이 나에게 배당되었다.

저녁 식사가 나왔으며, 왕의 옆에 가까이 있었던 것으로 기억나는 고위 대신 네 명이 영광스럽게도 나와 함께 식사를 했다. 우리는 세 가지 요리로 구성된 코스 요리를 두 번 먹었다. 첫 번째 코스에서는 이등변삼각형 모양으로 자른 양의 어깨부위 살코기와 마름모꼴로 자른 쇠고기, 원형으로 만들어진 푸딩이 나왔다. 두 번째 코스에서는 바이올린 모양으로 붙들어 맨 오리 두 마리, 플루트와 오보에를 닮은 소시지와 푸딩, 하프 모양의 송아지 가슴살 고기가 나왔다. 하인들은 우리가 먹을 빵을 원뿔, 원통, 평행사변형, 기타 다른 기하학적인 모양들로 잘라 왔다.

식사를 하면서 나는 여러 물체들의 이름이 그들의 말로 무엇인지 물었다. 귀족들은 플래퍼들의 도움을 받아 내게 즐거이 답변해 주었다. 그들은 내가 자신들과 대화를 나눌 수만 있게 된다면 그들의 위대한 능력에 대해 더욱 경탄하게 될 것이라고 생각하고 있었다. 나는 곧 빵과 음료수, 기타 내가 원하는 것들을 그들의 말로 요구할 수 있었다.

식사가 끝나고 일행들이 물러가자, 왕의 지시를 받은 한 사람이 플래퍼를 대동하고 나를 찾아왔다. 그는 펜, 잉크, 종이, 책 네 권을 갖고 왔으며, 몸짓으로 내게 그들의 언어를 가르치러 왔음을 이해시켰다. 우리는 네 시간을 함께 앉아 있었다. 나는 상당수의 단어들을 빈칸에 적어 넣고 뜻도 적어 두었다. 마찬가지 방식으로 짤막한 문장들도 조금씩 배워 나갔다. 그 선생님은 하인 중 한 명에게 물건을 가져오고, 한 바퀴 제자리에서 돌고, 절을 하고, 앉고, 일어서고, 걸어 보라는 명령을 내렸다.

그때마다 나는 그 문장을 받아 적었다. 그는 내게 책 한 권을 주었는데, 그 안에는 해, 달, 별, 황도, 열대 지방, 양 극지방의 그림들과, 많은 평면 및 입체 도형의 명칭들이 들어 있었다. 그는 내게 모든 악기들의 이름을 알려 주고 설명했으며, 그 하나하나를 연주하는 데 필요한 일반적인 음악 용어들도 알려 주었다. 그가 떠난 후 나는 모든 단어들을 설명과 함께 알파벳 순으로 정리했다. 이런 식으로 해서 나는 며칠 만에 아주 충직한 내 기억력의 도움으로 그들의 언어에 대해 상당한 지식을 얻었다.

내가 날아다니는 섬, 혹은 허공에 떠 있는 섬이라고 해석했던 이 나라의 국명은 본래 라퓨타였다. 이 단어의 진정한 어원이 무엇인지 결코 알 수가 없었다. 고어에서 '라프'가 '높다', '운투'는 '통치자'를 의미했다고 한다. 사람들은 여기서 '라푼투'라는 단어가 생겨났고, 말의 와전 과정에서 '라퓨타'가 파생되었다고 설명했다. 그러나 나는 이런 식의 파생 과정이 약간 억지 설명처럼 들려서 인정하지 않았다. 나는 그 나라의 학자들에게 내가 추론한 이론을 감히 제시했다. 즉 '라퓨타'가 '콰지 라프 아우티드'에서 나온 말 같다는 것이다. 여기서 '라프'는 정확하게 바다 위에서 춤추는 태양 광선을, '아우티드'는 날개를 의미하는 말이다. 어쨌든 나는 이 문제에 대하여 내 의견을 무리하게 주장하진 않겠으며, 다만 그 결론을 현명한 독자분들께 맡기겠다.*

왕이 나를 담당시킨 사람들은 내 옷이 형편없는 것을 보고 다

* 당대 문헌학 연구에 대한 풍자다. 걸리버는 이 단어의 또 다른 어원인 스페인어의 '라 퓨타(창녀)'는 빠뜨리고 있다. 자신의 육체적 외모에 부자연스러울 정도로 열중해 있는 이곳 사람들을 빈정대는 적절한 이름이다.

음날 아침 양복업자를 불렀고, 그는 내 몸의 치수를 쟀다. 유럽의 양복업자와는 아주 다른 방식이었다. 먼저 사분원을 이용하여 내 키를 재고, 자와 컴퍼스로 내 몸 전체의 치수와 윤곽을 파악했다. 그리고 이 모든 내용을 종이에 적어서 가져간 지 6일 만에 옷을 완성해서 가져왔다 하지만 숫자 하나를 잘못 계산한 탓에 옷은 잘못 만들어졌고 모양도 아주 이상했다. 하지만 내가 관찰한 바로는 이런 사고는 아주 흔한 일이었고, 다행히도 그곳 사람들은 이런 일에 크게 신경 쓰지도 않는 것 같았다.

옷이 아직 준비되지 않았기도 했고 또 며칠 더 집 안에 있고 싶다는 생각도 들어 집에만 틀어박혀 있던 동안, 나는 내 어휘력을 더욱 늘려 나갔다. 따라서 다음번 궁전에 들어갔을 때 나는 왕이 말하는 내용을 많이 이해했고, 그에게 어느 정도의 답변을 할 수도 있었다.

왕은 섬을 북동쪽으로 진행시켰다가, 다시 동쪽으로 진행시키라는 명령을 내렸다. 수직선상으로 보았을 때, 섬 아래 지상에 있는 왕국의 수도 라가도란 도시의 바로 위에 해당하는 위치까지 가는 진행이었다. 430킬로미터쯤 되는 거리로 나흘 반 정도 소요되는 여행이었다. 그러나 나는 섬이 허공을 떠간다는 느낌을 전혀 받지 못했다.

여행 이틀째의 아침 열한 시경에 귀족, 신료, 관리들이 모두 모여 자신들의 모든 악기들을 준비하고 왕과 함께 연주를 시작했다. 연주는 무려 세 시간이나 계속되었다. 나는 그 소리가 너무 시끄러워서 정신이 없었으며 선생님이 설명해 주기 전까지는 무슨 의미인지도 도저히 알 수 없었다. 그는 그곳 사람들은 특정한 시기에 늘 천계의 음악을 연주하기 때문에, 그 음악을 듣는 일에 자신들의 귀가 잘 적응되어 있다고 말했다. 그리고 조정 신료들 모두가 자신들이 가장 잘 연주하는 악기들을 가지고 연주에 동참한다는 것이다.

수도인 라가도까지 가는 도중에 왕은 몇몇 도시와 마을들 위에 멈추라고 명령했다. 백성들의 청원을 받기 위해서였다. 밑에 조그만 추를 매단 줄들을 지상으로 내리면, 지상의 백성들이 이 줄에다 청원을 적은 종이를 매달았고, 이것을 위로 끌어올렸다. 우리는 가끔 도르래로 술과 음식물을 끌어올렸다.

나의 수학 지식은, 수학과 음악에 많이 의존하던 그들의 조어법을 익히는 데 큰 도움이 되었다. 나는 음악에 있어서도 문외한은 아니었다. 그들의 사고방식은 늘 선과 도형들에 깊이 관련되어 있었다. 예컨대, 그들은 여인이나 기타 동물의 아름다움을 칭찬할 때 마름모꼴, 원형, 평행사변형, 타원형, 기타 기하학 용어들을 사용하여 묘사했다. 또 여기서 반복할 필요도 없는 음악 용어들을 사용하여 묘사하기도 했다. 나는 왕의 주방에서 온갖 종류의 수학 도구들과 악기들을 구경했다. 왕의 식탁에 올려지는 고깃덩어리들이 그 도형대로 잘리고 조리되었다.

집들은 형편없이 건축되어 있었다. 벽들은 경사지고 건물 전체에 직각은 하나도 없었다. 그들이 실용 기하학에 대해 갖고 있는 경멸감에서 비롯된 것이었다. 그들은 실용 기하학을 천박한 기술공들이나 하는 것으로 멸시했다. 또 그들이 내리는 지시 사항은 너무나 복잡해서 건축업자들의 지능으로는 이해하기 힘들었고, 끊임없는 실수를 유발시켰다. 그들은 도면상으로 자, 연필, 컴퍼스를 가지고 하는 일은 아주 솜씨가 좋았다. 그러나 나는 수학이나 음악 외의 다른 주제들에 관한 개념에 있어서 그들보다 더 서툴고, 미숙하고, 솜씨 없는 사람들을 본 적이 없고, 그들보다 더 굼뜨고 당황하는 사람들을 본 적도 없다.

그들은 형편없는 논객이기도 했다. 그들은 우연히 올바른 견해를 갖기 전에는(물론 이는 좀처럼 드문 일이다) 격렬하게 반대에만 몰두했다. 상상력, 공상력, 창의력과는 완전히 거리가 먼 사람들이었으며, 그들의 언어에도 그런 개념들을 표현할 수 있는 단어들이 아예 없었다. 그들의 모든 생각과 정신이 앞서 말한 두 가지 학문 분야에만 국한되어 있었기 때문이다.

그들 대부분, 특히 천문학에 종사하는 사람들은 신별 점성학을 무척 신봉했다. 물론 그들은 이를 공공연하게 고백하는 일을 부끄러워 했다. 그러나 내가 가장 신기하게 생각하고 또 아주 이상하게 생각했던 것은 그들이 지니고 있는 매우 강렬한 뉴스 및 정치 지향적 성향이었다. 그들은 끊임없이 공적인 사건들에 대해 질문하고, 국사에 대해 논평하고, 사소한 당파적 견해를 갖고 열정적으로 논쟁했다. 나는 사실 이와 비슷한 논쟁을 우리 유럽의 수학자들에게서도 본 적이 있다. 나는 도대체 이 두 분야에 어떤 유사점이 있는 것인지 전혀 알 수가 없었다. 그러나 그들은 가장 작은 원이나 큰 원이나 똑같은 각도를 갖고 있는 것이기 때문에, 이 지구라는 세상을 통제하고 관리하는 일은 원형 구체를 돌리는 일 이상의 능력을 요구하는게 아니라고 생각했다. 하지만 나는 그들의 이런 자질이 아주 흔히 볼 수 있는 취약한 인간 본성으로부터 나온 것이라고 생각한다. 이런 본성은 우리가 가장 관심을 덜 가진 문제들이나, 공부를 해도 천성적으로 전혀 적성이 맞지 않는 문제들에 대해, 더욱 호기심을 많이 갖게 하고 더욱 자만심에 빠지게 만드는 것이다.

끊임없는 불안 상태에 빠져 있었으며 단 1분도 마음의 평정을 누리지 못하는 사람들이었다. 그런데 그들의 불안이란 일반 사람들에게는 전혀 영향을 미치지 못하는 그런 원인들에서 기인한 것이었다. 그들의 걱정거리는 우주 천체에 두려운 변화들이 발생할지도 모른다는 기우에서 비롯된 것으로, 다음과 같은 것들이다.*

'태양이 계속해서 지구 쪽으로 다가오고 있기 때문에 언젠가 때가 되면 지구는 태양에 흡수되어 버리거나 집어삼켜져 버릴 것이다. 태양의 표면은 점점 더 자신의 나쁜 기운으로 뒤덮여 버려 우리가 사는 세상에 더 이상의 빛을 주지 못하게 될 것이다. 지구는 최근 마지막으로 나타났던 혜성의 꼬리에 부딪치는 일

* 이후의 쓸데없는 기우들은 실제로 스위프트 당대의 과학자들이 했던 사색에 근거를 두고 있는 것이다.

을 가까스로 모면했다. 그렇지 않았더라면 지구는 분명히 잿더미로 변했을 것이다. 다음번 혜성이 나타나면(그들은 31년쯤 뒤로 계산했다) 아마 우리를 멸망시킬 것이다. 만약 그 혜성이 태양과 어느 정도 가까운 거리로 접근하면, 시뻘겋게 달구어져 타오르는 쇳물보다 1만 배는 더 뜨거운 열기를 뿜게 될 것이다. 또 만약 그 혜성이 태양으로부터 멀리 떨어진 상태라 해도 적어도 길이가 160만 9천 4백 킬로미터나 되는 불타는 꼬리를 달고 올 것이다. 만약 지구가 그 혜성의 핵이나 본체로부터 16만 9백 2십 킬로미터나 떨어져 있다 해도 틀림없이 그 과정에서 불이 붙어 잿더미로 변해 버릴 것이다. 태양은 새로운 에너지 공급원 없이 날마다 자신의 광선들을 소비하고 있으며, 이에 따라 결국은 그 에너지가 완전히 고갈되어 버리고 말 것이다. 그러면 지구를 포함하여 그것으로부터 빛을 공급받는 모든 혹성들이 다 멸망하게 될 것이다.'

그들은 이와 비슷한 긴박한 위험들에 대한 기우로 끊임없이 불안해하고 있었기 때문에 침대에서 편안히 잠을 잘 수도 없었고, 일상적인 쾌락이나 오락의 재미도 즐길 수 없었다. 그들이 아침에 친구를 만나면 제일 먼저 하는 질문이 바로 태양의 안부였다. 그들은 태양이 뜨고 지는 모습이라든가, 다가오는 혜성의 충돌을 피할 수 있는 방법에 대해 이야기를 나누었다. 이런 대화를 나누는 그들의 심리는 마치 무시무시한 귀신과 도깨비 이야기를 하며 즐거워하는 꼬마들이 보이는 심리 상태와 같은 것이

었다. 즉 탐욕스러울 정도로 이런 이야기를 열심히 들으면서도 무서워서 잠자리에 들지 못하는 그런 심리였다.

그러나 이 섬의 여자들은 활기가 넘쳐흘렀다. 그들은 자신들의 남편을 경멸했으며 이방인들을 무척 좋아했다. 이방인이란 아래쪽 지상의 왕실 사람들로서, 여러 도시들의 문제나 사업 문제, 혹은 자신의 특별한 용무 때문에 섬으로 올라온 사람들이었다. 그러나 이들은 라퓨타 사람들과 같은 자질들이 부족하다는 이유로 대단히 멸시받았으나, 여성들은 이방인들 중에서 자신의 정부를 골라 사귀었다. 한 가지 화나는 일은 여성들이 이런 짓거리들을 너무나도 쉽고 안전하게 한다는 사실이었다. 남편이 항상 사색에만 골몰해 있으니, 플래퍼만 없으면 두 연인은 남편의 면전에서도 노골적인 애정 행각을 저질렀다.

이곳 사람들의 부인과 딸들은 자신들이 이 섬에만 제한되어 살아야 한다는 사실을 슬퍼했다. 하지만 내 생각에 이곳이 세상에서 가장 살기 좋은 곳 같았다. 그들은 이곳에서 가장 풍족하고 화려하게 살고 있었고 원하는 일은 무엇이든 할 수 있었다. 그러나 그들은 세상 구경을 갈망했고, 지상의 나라 수도에서 즐기는 오락들을 하고 싶어했다. 그러나 이런 일은 왕의 특별한 허락 없이는 허용되지 않았으며 이 허락을 얻어 내기가 쉽지 않았다. 왜냐하면 여성들이 한번 지상으로 내려가면 다시 돌아오도록 설득하기가 얼마나 힘든지, 이곳 고위 인사들은 빈번한 경험에 의하여 잘 알고 있었기 때문이다.

이런 이야기를 들은 적도 있다. 왕의 총리대신과 결혼하여 자식까지 몇 명 둔 귀부인이 있었다. 그녀의 남편은 나라에서 가장 부자였고 그녀를 몹시 사랑하던 아주 점잖은 사람이었다. 그리고 그 섬에서 가장 멋진 집에서 살고 있었다. 그런 그녀가 건강을 핑계로 라가도로 내려가더니 몇 달 동안 종적을 감춰버렸다. 마침내 왕이 수색영장을 발부하여 그녀를 찾아오도록 지시했고, 그녀는 누더기를 걸친 채 시골의 한 식당에서 발견되었다. 그녀는 시골의 한 불구자 노인 마부를 부양하려고 자신의 옷가지들을 모두 저당 잡히고 매일같이 매를 맞으며 살고 있었다. 남편은 그녀를 성의를 다해 따뜻하게 맞아 주고 아무런 비난도 하지 않았다. 하지만 그녀는 자신의 보석들을 다 들고 다시 그 노인에게로 몰래 도망가 버렸으며, 이후 다시는 소식을 들을 수 없었다.

독자들이 외딴 나라의 이야기가 아니라 유럽이나 영국에서나 있을 법한 이야기로 들을지도 모르겠다. 그러나 부디 이런 점을 한번 생각해 보길 바란다. 여성들의 변덕이란 풍토나 국가의 종류에 제약을 받는 것이 아니며, 우리가 쉽게 상상하는 것 이상으로 훨씬 더 획일적이라는 것이다.

이 나라에 온 지 한 달쯤 지나자 나는 그들의 언어를 꽤 능숙하게 구사할 수 있게 되었다. 따라서 왕을 알현할 영광을 부여받았을 때 그가 하는 대부분의 질문들에 대답할 수 있었다. 왕은 내가 여행했던 나라들의 법률, 통치 제도, 역사, 종교, 관습에는 전혀 관심이 없었으며, 그저 그 나라들의 수학 연구 상황만 질문했다. 그리고 내가 그것에 대해 설명을 하면 매우 큰 경멸감과 무관심을 드러냈다. 그것도 양 옆에서 있던 플래퍼가 수시로 주의를 환기시켜 줘야만 내 대답을 들을 수 있었다.

제3장

현대철학과 천문학으로 라퓨타의 현상을 설명하다. 국왕의 반란 진압 방법을 바니발비인들이 천문학 지식으로 맞서다.

나는 국왕에게 이 섬나라에 관한 여러 가지 진기한 사실들을 알 수 있게 허락해 달라고 부탁했다. 그는 인자하게도 흔쾌히 허락하면서, 내 선생에게 나를 수행해 다니라고 지시했다. 나는 무엇보다도 도대체 어떤 기술 장치에 의해, 혹은 자연적인 원인에 의해 이 섬나라가 여러 방향으로 움직일 수 있는 것인지 알고 싶었다. 지금부터 그에 대한 철학적인 설명을 해주겠다.*

하늘을 나는, 혹은 떠다니는 이 섬나라는 지름 7,837야드 즉 7.28킬로미터의 원형 모양으로, 총 면적은 1만 에이커였다. 아래서 올려다보는 사람에게 보이는 섬의 밑바닥, 즉 아래쪽 표면은 중심부가 대략 183미터 솟아 있는 하나의 일관된 금강석 판이다. 그 위로 여러 광물들이 차례로 쌓여 있었으며, 광물들 위로 다시 3~3.6미터 높이의 비옥한 흙들이 표면을 덮고 있었다.

* '철학적인 설명'이란 당시 영국 왕립 학술원에서 발간되는 과학 논문을 스위프트가 교묘하게 패러디한 것이다.

위쪽 표면은 둘레에서 중심부로 굴곡져 있어서 섬에 내리는 모든 빗물과 이슬들이 조그만 시냇물을 이루며 섬의 중심부로 흘러내리는 자연스러운 이유가 되었다. 이곳에서 물들은 각각 둘레가 760미터 정도에 중심부에서 200미터쯤 떨어진 네 곳의 커다란 분지들로 모여들었다. 분지들에 모인 물들은 낮에 끊임없이 햇볕에 의해 증발되어 효과적으로 범람을 막았다. 게다가 이 나라의 군주는 구름이나 수증기 지역 위로 섬을 상승시킬 능력이 있었기 때문에, 마음만 먹으면 언제든지 이슬이나 비가 내리는 일을 막을 수도 있었다. 그곳의 과학자들에 의하면 가장 높은 구름이래봐야 3.21킬로미터 높이 이상으로 상승할 수 없기 때문이었다. 적어도 그 나라에서는 구름이 그 높이 이상으로 올라간 적은 단 한 번도 없었다고 알려져 있었다.

섬의 중심부에 직경이 46미터쯤 되는 틈새가 있고, 그곳을 통하여 철학자들은 거대한 돔 속으로 내려갔다. 돔은 바닥의 금강석 위 표면으로부터 91미터 깊이에 위치해 있어서 프란도나 가놀레(천문학자의 동굴)라고 불렸다. 동굴에는 스무 개의 램프가 끊임없이 타오르고, 금강석의 반사 작용에 의해 모든 곳에 강력한 빛이 비춰졌다. 또 매우 다양한 종류의 육분의, 사분의, 망원경, 천체 관측의, 기타 천문 관측 기구들이 구비되어 있었다. 그러나 이것들 중에서 이 섬의 운명을 좌우하던 가장 신비한 도구는, 모양으로 보아 방직공의 베틀 북을 닮아 있는 엄청나게 거대한 천연 자석이었다. 자석은 길이가 5.49미터나 되었으며, 가장 두꺼운 부분의 두께가 2.74미터 이상이었다.

이 자석은 중심부를 지나는 아주 강력한 금강석 축에 의해 유지되고 있었으며, 그 축을 중심으로 정확하게 균형을 잡고 있었기 때문에 아주 약하게 조금만 건드려도 누구든 그걸 회전시킬 수 있었다. 이 자석은 또 속이 텅 빈 금강석 원통에 둘러싸여 있었다. 이 원통은 깊이와 두께가 각각 1.22미터, 직경이 11미터였으며, 각각 5.49미터 높이의 8개의 금강석 다리들에 의해 수평으로 지탱되었다. 오목한 요면 중심부에는 27센티미터 깊이의 홈이 파여져 있었고, 그 위에 자석 축의 양쪽 끝이 놓여져 경우에 따라 회전도 할 수 있었다.

이 자석은 어떠한 힘을 가해도 제자리에서 이동시킬 수 없었다. 원통과 그 다리들이 섬 전체의 밑바닥을 구성하는 금강석 본체와 한 덩어리로 이어져 있었기 때문이다.

이 자석의 힘에 의하여 섬은 상승과 하강을 할 수 있었으며, 한 장소에서 다른 장소로 이동할 수 있었다. 이 왕이 지배하고 있는 지상의 지면에 대하여 자석의 한쪽 끝은 잡아끄는 힘이 작용했고 다른 쪽 끝은 반발하는 힘이 작용했다. 잡아끄는 쪽이 지상을 향하도록 자석을 똑바로 세우면 섬은 아래로 하강했고, 반발하는 쪽이 지상을 향하도록 세우면 섬은 위로 상승했다. 자석의 위치가 사선 모양으로 경사지게 놓여지면 섬도 그런 식으로 움직였다. 이 자석은 항상 자신의 방향과 평행선상으로 힘이 작용했다.

이런 사선형 동작에 의하여 섬은 왕이 통치하는 영토 내의 다양한 지역들로 이동해 갈 수 있었다. 섬이 진행하는 방식을 설명해 보기 위해 지상의 영토인 바니발비국을 관통하는 직선 AB를 그려 보자. 그리고 cd선이 자석을 나타낸다고 생각해 보자. 여기서 d는 반발력이 있는 쪽, c는 잡아당기는 자력 쪽을 나타내며, 섬의 현재 위치는 C에 있다고 가정하자.

여기서 자석의 위치를 반발력이 있는 쪽이 아래로 향하게 배치시키면 섬은 D쪽을 향해 비스듬히 상승하게 된다. D에 도달하면 이번에는 잡아당기는 쪽이 E를 향하도록 축을 중심으로 자석을 선회시킨다. 그러면 이번에는 섬이 E를 향하여 비스듬히 하강한다. 마찬가지로 여기서 다시 축을 중심으로 자석의 방향

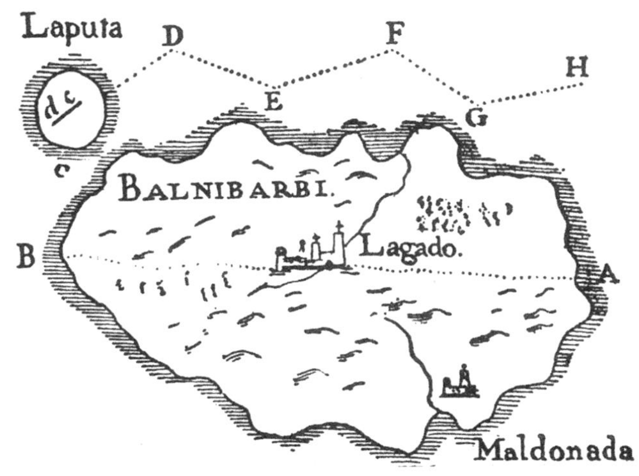

을 바꿔 반발력이 있는 쪽이 아래로 향하게 EF 위치에 있게 하면 섬은 F쪽으로 비스듬히 상승하게 되며, 다시 여기서 잡아당기는 쪽을 G로 향하게 하면 섬은 G로 움직인다. 다시 자석의 반발력 있는 쪽을 직접 아래쪽으로 향하게 하면 섬은 G에서 H로 간다. 이런 식으로 경우에 따라서 빈번하게 자석의 위치를 변동시킴으로써 섬은 여러 차례 사선 방향으로 상승과 하강을 반복하며(경사의 정도는 그리 크지 않다), 영토 내의 한 지역에서 다른 지역으로 이동할 수 있는 것이다.

그러나 이 섬은 지상에 있는 왕의 영토 범위를 벗어나서는 이동할 수 없었으며 또한 최대 6.44킬로미터 이상 상승할 수 없다는 것을 분명히 알아 두어야 한다. 그에 대하여 천문학자들은 다음과 같은 이유를 들어 설명했다. 즉 자석의 힘이 4마일 이상의 거리부터는 작용하지 않으며, 지상의 흙과 해변에서 약 29킬로미터) 안의 바다 속 흙에 들어 있는 이 자석에 대해 반응하는 광물이 온 지구상에 다 퍼져 있는 것이 아니라 왕의 영토 내에만 존재한다는 것이다. 그런 위치상의 큰 이점으로 인해, 자석의 자력 범위 내에 있는 모든 지역을 이 섬이 복종시키는 일은 아주 쉬운 일이었다.

자석이 지평선과 수평 상태를 유지하도록 놓여지면 섬은 정지해 있었다. 그런 경우 자석의 양쪽 끝은 지상으로부터 같은 거리를 유지했으며, 아래로 잡아당기는 힘과 위로 밀어내는 힘이 똑같이 작용하게 되어 어떤 움직임도 발생하지 않았다.

이 자석은 천문학자들에 의하여 잘 관리되었다. 그들은 왕이 지시하는 바에 따라서 자석의 위치를 결정했다. 그들은 생애 대부분의 시간을 전체 관측에 소비했으며, 우리 유럽의 망원경보다도 더욱 성능이 뛰어난 망원경의 힘을 빌어 이런 일을 했다. 그들의 거대한 망원경은 길이가 91센티미터를 넘지 못했지만, 우리들의 것 100개를 합친 것보다도 배율이 높아 별들을 훨씬 선명하게 보여 주었다. 이런 이점으로 인해 그들은 유럽의 천문학자들보다도 훨씬 더 먼 거리까지 자신들의 천문학적 발견을 확장해 나갈 수 있었다.

그들은 1만여 개의 항성들을 기록하여 목록화시켜 놓았다. 우리의 가장 자세한 항성 목록도 그 숫자의 3분의 1밖에는 담고 있지 못하다. 그들은 또한 화성 주위를 돌도 있는 두 개의 소혹성, 즉 위성들을 발견하기도 했다. 그중 안쪽에 있는 위성은 모성으로부터 정확히 직경의 세 배 되는 거리만큼 떨어져 있었으며, 바깥쪽 위성은 다섯 배 되는 거리만큼 떨어져 있었다. 또 안쪽 위성은 공전에 10시간 걸렸고 바깥쪽 위성은 21시간 반이 걸려, 그들의 공전 주기를 제곱하면 화성의 중심부로부터 그들까지의 거리의 세제곱과 비율상으로 거의 가까웠다. 이것은 다른 천체들에 작용하는 것과 같은 중력의 법칙에 이 별들이 정확하게 지배받고 있다는 점을 보여 주고 있었다.

그들은 93개의 서로 다른 혜성들을 관측하여 그들의 주기를 아주 정확하게 밝혀 냈다. 만약 이 관측이 사실이라면(그들은 대단히 자신 있게 그렇다고 주장했다), 그것은 마땅히 널리 공포되어야 할 것이다. 그러면 지금 현재 매우 불충분하고 결함 많은 혜성에 관한 우리의 이론이 다른 천문학 분야들처럼 완벽한 상태에 이를 수 있을 것이다.

이 나라의 국왕이 만약 자신의 각료 대신들을 설득할 수만 있었더라면, 그는 아마 그 세계에서 가장 절대적인 군주가 될 수 있었을 것이다. 그러나 이 대신들은 모두 지상의 영토에 각기 자신들의 땅을 소유하고 있었다. 따라서 그들은 총신의 자리를 보유한다는 것이 매우 불확실한 기간 동안만 계속된다는 점을 고려하여, 자신들의 재산이 있는 지상의 나라를 노예화하는 일에 절대로 동의하지 않았다.

만약 지상의 어떤 도시가 반란이나 폭동을 일으키거나, 격렬한 당파 싸움을 일으키거나, 통상적인 공물 제공을 거부한다면 왕은 그들을 굴복시키기 위하여 두 가지 방법을 이용했다. 첫 번째보다 온건한 방법으로서, 그 도시와 주변 농토위의 허공에 섬을 머무르게 하는 것이었다. 이렇게 하면 그 도시의 주민들로부터 햇볕과 비의 혜택을 빼앗아 버려 결과적으로 그들에게 기근과 질병이라는 고통을 가할 수가 있었다. 그리고 만약 죄가 좀더 중하면 앞서의 징벌과 동시에 거대한 돌덩이들을 퍼붓기도 했다. 이런 징벌에 대하여 주민들은 지하실이나 동굴로 기어들어가는 일 외에는 속수무책이었으며, 그동안에 그들의 지붕들은 산산조각이 났다.

그러나 주민들이 계속 저항을 고집하고 반란을 일으키겠다고 주장하면 왕은 마지막 수단을 선택했다. 즉 섬을 그들의 머리 위로 직접 하강해 가는 것인데, 이것은 그 아래의 주민들과 집 모두를 공멸한다는 것을 의미했다. 그러나 이 방법은 좀처럼 실행되지 않는 극단적인 수단이었다. 사실 그는 이런 진압방법을 실행하고 싶은 생각이 없었으며, 그의 대신들 또한 그에게 그런 조치를 취하라고 감히 조언하지 않았다. 이런 방법은 자신들을 악독한 사람들로 여기도록 만들기도 하지만 무엇보다도 아래에 있는 자신들의 재산에도 막대한 손실이 생기기 때문이었다. 하늘의 섬은 모두 왕의 소유 재산이었다.

그러나 이 나라의 역대 왕들이, 가장 극단적일 필요성이 있을 때를 제외한다면, 이런 끔찍한 최후의 수단을 꺼렸던 데는 보다 더 중요한 이유가 있었다. 대개의 대형 도시들이 그랬지만, 만약 멸망시키려고 하는 지상의 도시가 큰 바위나(처음부터 그런 재난을 막기 위해 사람들이 일부러 이런 곳에 도시를 건설했던 것이다) 높은 첨탑과 돌기둥이 많은 곳이라면, 갑작스러운 섬의 하강이 섬의 밑바닥(아래쪽 표면)을 위험하게 만들 수도 있었던 것이다. 앞서 말한 것처럼 밑바닥은 두께가 183미터나 되는 단단한 금강석으로 만들어졌지만, 너무 지나치게 압박을 가하면 깨질 수도 있었으며, 또 화재가 발생한 아래쪽 집들에 너무 가깝게 접근하면 폭발할 수도 있었다. 이것은 우리의 공장들에서 철이나 돌멩이 표면에 종종 발생하는 일이다.

이런 모든 사실들을 지상의 사람들은 너무나 잘 알고 있었으며, 따라서 자신들의 자유와 관련된 저항이나 반란을 어느 정도까지 진행시켜야 할지도 잘 알고 있었다. 왕도 화가 머리 끝까지 치밀어 올라 그 도시를 폐허로 만들어 버려야겠다고 단호하게 결심하면서도, 섬을 아주 천천히 하강시키라고 명령하곤 했다. 겉으로는 백성들에 대한 자신의 사랑을 보여주는 척하는 것이지만, 사실은 자기 섬의 밑바닥이 파손될까봐 두려워서 그랬던 것이다. 만약 섬의 밑바닥이 파손될 경우 자석이 더 이상 섬을 부양시킬 수가 없어 섬 전체가 지상으로 추락하고 말 것이라는 게 모든 학자들의 생각이었다.

내가 그들 나라에 도착하기 3년쯤 전에,* 왕이 자신의 영토에 시찰을 나갔다가 하마터면 목숨을 잃을 뻔한 사건이 있었다고 한다. 지금도 그렇게 정례화되어 있지만, 왕이 시찰을 나가면 가장 먼저 방문하는 도시가 바로 그 나라의 제2 도시인 린달리노였다.** 왕이 출발한 지 사흘째 되던 날, 극심한 압제에 대해 종종 불평을 해오던 이 도시의 시민들은 도시의 문들을 모두 닫아

* 이후의 내용들은 초판을 포함하여 1899년까지의 《걸리버 여행기》 모든 판에서 삭제되었던 부분이다. 초판 출판인들은 이 내용이 정부의 심기를 건드릴까봐 빼버렸고, 이후의 출판인들은 이런 내용이 있었는지 몰라서 빠뜨린 것이다. 주 내용은 영국의 식민지였던 아일랜드가 영국에 반항하는 모습에 대한 풍자다. 특히 가짜 화폐 제작권을 왕의 정부를 이용하여 얻어 낸, 우드라는 영국 출신 위조 화폐 제작자에 대한 아일랜드인들의 반발을 암시하고 있다.

** 영어로 Lindalino이다. 'lin'이라는 철자가 두 번(double) 들어간 데서 'double' 'lin', 즉 아일랜드의 수도인 더블린(Doublin)을 암시한다.

걸고 총독을 체포한 뒤, 믿을 수 없을 정도의 빠른 속도와 엄청난 노력으로 그 도시의 네 귀퉁이에(그 도시는 정확하게 정사각형 모양이었다) 네 개의 대형 탑을 세웠다. 도시 중심부에 서 있는 강력한 뾰족 바위와 같은 높이였다. 게다가 각 탑의 꼭대기에 거대한 자석을 붙여 놓았다. 또 계획이 실패했을 때를 대비해서 엄청난 양의 화약도 준비해 놓았다. 만약 자석 계획이 잘못되면 이 화약으로 섬의 밑바닥을 폭파시키려는 의도였다.

여덟 달이 지나서야 왕은 린달리노 시민들이 반란을 일으켰다는 사실을 완전히 알게 되었다. 그는 그때서야 섬을 이동시켜 그 도시 위에 떠 있게 하라고 명령했다. 시민들은 모두 마음을 하나로 모았으며 충분한 돌덩이들을 비축해 놓았다. 그 도시의 시내 한가운데로는 큰 강이 흐르고 있었다. 왕은 그들로부터 햇볕과 비를 빼앗기 위해 며칠 동안 그들의 머리 위에 떠 있었다. 그는 많은 줄들을 아래로 내려보내라고 명령했지만, 단 한 사람도 청원서를 올려 보내겠다는 사람이 없었다. 그 대신 시민들은 자신들의 모든 불만 사항의 개선, 대사면 조치 실시, 자신들의 총독 선출권 인정, 기타 면제 조치 실시 등과 같은 매우 대담한 요구 사항들을 주장했다.

이에 대해 왕은 모든 섬 주민들에게 섬의 가장 아래쪽 회랑으로 내려가 거대한 돌덩이들을 그 도시로 던지라고 명령했다. 그러나 이미 시민들은 자신들의 몸과 재산을 네 개의 탑들과 다른 튼튼한 건물들, 그리고 지하 저장실들에 옮겨 놓음으로써 이런 불행에 대비하고 있었다.

왕은 이제 이 오만한 백성들을 진압하기로 결심하고는 섬을 서서히 하강시켜 탑들과 뾰족 바위로부터 37미터 되는 곳까지 이르게 하라고 명령했다. 명령은 즉시 실행되었다. 그러나 이 명령을 집행하던 관리들은 섬의 하강 속도가 평상시보다 훨씬 빠르다는 사실을 발견했으며, 또한 자석의 방향을 바꾸어도 섬을 멈추는 것이 매우 힘들다는 사실을 발견했다. 오히려 섬이 자꾸 아래쪽으로 끌리는 경향이 있었던 것이다. 그들은 이 놀라운 사태를 왕에게 긴급히 보고했으며, 신속하게 섬을 높이 상승시키라는 허락을 내려 달라고 간청했다.

왕은 즉시 이에 동의했다. 곧 전체 회의가 소집되고 그곳에 자석 담당 관리들도 참석하라는 명령이 내려졌다. 그들 중에 가장 나이가 많고 경험이 많은 관리가 한 가지 실험을 해 보겠다는 허락을 얻어 냈다. 그는 91미터짜리 튼튼한 줄을 준비한 뒤, 그들이 느낀 자력이 미치지 않는 곳까지 섬을 상승시켰다. 그러고 나서 그는 그 줄의 끝에 섬의 밑바닥, 즉 아래쪽 표면을 구성하고 있는 것과 똑같은 성분의 광물을 부착시킨 뒤, 섬의 제일 아래쪽 회랑으로 내려가 아래 도시의 첨탑 꼭대기 쪽으로 천천히 내려뜨려 보았다. 그 관리는 줄에 매달린 광석이 채 3.7미터도 내려가지 않아 갑자기 강력하게 아래쪽으로 끌려 내려가는 것을 느꼈다. 줄을 다시 위로 끌어올리기가 거의 불가능할 정도였다. 그는 또 조그만 철광석 조각들도 아래로 던져 보았다. 그것들 역시 맹렬한 기세로 모두 탑 꼭대기 쪽으로 끌려 내려가는 사실이 관측됐다. 나머지 세 탑들과 바위에 대해 같은 실험을 했을 때도 역시 같은 결과가 나왔다.

이 사건은 왕의 조치들을 완전히 무산시켰다. 이에 따라 다른 상황들은 더 이상 고려하지 않고 왕은 그 도시가 요구하는 조건들을 수락할 수밖에 없었다. 나는 나중에 한 대신으로부터, 만약 그때 이 섬이 다시 자신들의 도시로부터 상승이 불가능할 정도로 하강했더라면, 시민들은 단호하게 자신들의 도시에 그 섬을 붙여 버린 후 왕과 그의 신하들을 모두 죽이고 정부를 완전히 바꿔 버릴 계획이었다는 이야기를 들었다.

이 왕국의 기본법에 의하여 왕과 그의 두 아들은 절대로 이 섬을 떠날 수가 없었으며, 왕비 또한 출산이 불가능한 나이가 될 때까지는 마찬가지였다.

제4장

저자가 라퓨타를 떠나 바니발비로 향한 후, 수도에 도착한다. 수도와 인근 시골 지역에 대한 묘사한다. 저자가 한 귀족에게 따뜻한 영접을 받고, 그 귀족과 대화를 나눈다.

나는 비록 이 섬에서 푸대접을 받았다고는 말할 수 없지만, 상당히 무시를 당했으며 경멸의 대상까지 되었음을 고백한다. 왕과 그의 신하들은 수학과 음악 이외의 다른 어떤 지식에도 관심이 없는 것처럼 보였으며, 나는 그 두 분야에서 그들보다 훨씬 열등했기 때문에 매우 무시를 당한 것이다.

사실 이 섬의 신기한 볼거리들을 이미 다 본 상태였기 때문에 나는 이 섬을 떠나고 싶었다. 그리고 이 사람들이 진짜로 지겨워지기도 했다. 그들이 앞의 두 분야에 있어서 탁월한 사람들이었다는 점에 대해서는 나도 높이 평가하며 잘 알고 있었다. 그러나 동시에 그들은 너무나 추상적인 사색에만 몰두해 있었다. 나는 그렇게 재미없는 사람들은 만나 본 적이 없다. 그 나라에 머무르는 동안 나는 주로 여자들과 상인들, 플래퍼들, 시동들하고 대화를 나누었다. 그 때문에 나는 경멸의 대상으로까지 전락해 버렸지만, 그래도 이런 사람들이 내가 합리적인 대답을 얻을 수 있는 유일한 사람들이었다.

이제 나는 나를 그처럼 비우호적으로 대해 주는 그런 섬에 갇혀 지내는 일이 싫증나기 시작했다. 따라서 기회만 닿으면 바로 이 섬나라를 떠나기로 결심했다. 그런데 왕과 가까운 친척 중에, 존경받을 이유라고는 왕과 친척이라는 것 하나밖에 없는 귀족이 한 분 있었다. 그는 그들 사이에서 가장 무식하고 바보 같은 사람으로 여겨지던 사람이었다. 사실 그는 왕을 위해 많은 훌륭한 봉사를 했고, 선천적 재능과 후천적 재능이 모두 뛰어났고, 성실하고 명예도 잘 지키는 사람이었다. 그러나 그는 음악을 듣는 데 아주 서툴러서, 그를 비방하는 사람들은 그가 종종 박자도 못 맞춘다고 말했다. 또 그를 가르치는 선생들은 그에게 수학의 가장 쉬운 명제를 증명해 보이는 일도 아주 힘겨워했다.

그런 그가 내게 많은 호의를 베풀어 주었으며, 영광스럽게도 나를 방문까지 해주곤 했다. 그는 내게서 유럽의 정세라든가, 내가 여행했던 여러 나라들의 법률, 관습, 예절, 학문 등에 대해 듣고 싶어했다. 그는 아주 주의 깊게 내 말을 경청했으며 모든 내용에 대해 현명한 논평을 했다. 그는 품위를 위해 두 명의 플래퍼들을 대동하고 다니기는 했지만, 의례적인 방문을 제외하고는 이들을 결코 이용하지 않았다. 그리고 우리 둘만 있을 때에는 항상 그들에게 물러가 있으라고 명령했다.

나는 이 귀족에게 이 나라를 떠날 수 있도록 왕의 허락을 얻는 일을 도와달라고 간청했다. 내게 유감스럽다고 말하면서도 그는 내 부탁을 들어주었다. 사실 그는 내게 아주 유리한 제의를 여럿 했었지만 나는 최대한의 감사 표시를 하며 거절했었다.

2월 16일 나는 마침내 왕과 그의 신하들과 작별했다. 왕은 내게 200 영국파운드에 해당하는 선물을 했으며, 내 후견인이었던 그의 친척도 그 이상의 선물을 했다. 그는 또한 지상의 수도인 라가도에 있는 그의 친구에게 소개장까지 써주었다. 당시 섬은 마침 라가도에서 약 3.2킬로미터 떨어진 산 위에 떠 있었다. 나는 올라올 때와 마찬가지 방식으로 섬의 제일 아래 회랑으로 가서 지상으로 내려갔다.

라퓨타 왕의 영토인 지상의 나라는 바니발비라는 이름으로 알려져 있었다. 앞서 말한 것처럼 수도는 라가도라는 도시였다. 나는 지상의 딱딱한 땅 위에 서자 다소 안도감을 느꼈다. 내 복장이 그곳 사람들과 똑같았기 때문에 아무런 관심도 끌지 않으면서 그 도시를 걸어다닐 수 있었으며, 그들과의 대화를 통해 충분한 정보를 얻을 수 있었다. 나는 곧 소개받았던 인사의 집을 찾아냈다. 그에게 그의 친구인 섬의 귀족이 써준 소개장을 내밀자 그는 아주 친절하게 나를 맞아 주었다. 문오디라는 이름*의 이 귀족은 내게 자기 집 방 하나를 내주었다. 이곳에 머무르는

* '문오디(Munodi)'는 '문둠 오디(mundum odi. 나는 세상을 증오한다)'는 의미의 라틴어에서 온 것이라고 한 학자가 주장한 바 있다. 문오디 경은 스위프트의 친구들이었던, 실각당한 토리당 지도자 볼링브룩 자작과 옥스퍼드 백작을 상징한다.

동안 나는 그의 극진한 환대를 받으며 계속 여기에 묵었다.

이곳에 도착한 다음날 아침 그는 나를 자신의 마차에 태워 시내를 구경시켜 주었다. 그 도시는 런던의 절반만 한 크기였다. 그러나 집들이 아주 이상하게 지어져 있었고 대부분은 수리가 안 되어 낡은 상태였다. 거리의 행인들은 빨리 걸어다녔고 난폭한 표정들이었으며, 시선은 한 군데에 고정되어 있었고 대부분 누더기 옷들을 걸치고 있었다.

우리는 도시의 성문을 지나 4.8킬로미터 정도 시골로 나갔다. 많은 농부들이 여러 종류의 농기구를 들고 일하고 있었다. 그러나 나는 그들이 무슨 일을 하고 있는지 짐작할 수가 없었다. 그리고 땅이 꽤 비옥해 보이는데도 밀이나 다른 곡식의 잎들이 보이지 않았다. 나는 도시와 시골 모두의 이런 이상한 광경에 대해 궁금증을 참을 수가 없었다. 따라서 나는 무례를 무릅쓰고 안내하던 문오디 경에게, 거리건 들판이건 사람들의 머리와 손, 얼굴들이 그처럼 바쁘게 돌아가는데 그들이 만들어 낸 결과물이 전혀 보이지 않으니 도대체 어떻게 된 것이냐고 물었다. 또 땅들은 왜 그렇게 형편없이 경작되고 있는지, 집들은 왜 그렇게 이상하게 지어져 있고 다 허물어져 가며, 사람들의 표정과 옷차림은 왜 그렇게 불행해 보이고 남루한 것인지 설명을 부탁했다.

문오디 경은 라가도의 최고위직 인사였으며 총독까지 지낸 사람이었지만 다른 대신들의 음해에 의하여 부적격자로 해임된 처지였다. 왕은 그를 악의 없는 따뜻한 사람으로 대하긴 했지만,

경멸의 대상이 될 정도로 이해력이 부족한 사람으로 치부했다.

내가 그에게 그 나라와 주민들에 대해 솔직하게 비난해도 그는 별다른 반응 없이 다음과 같이 말했다. 내가 아직까지 어떤 판단을 하기에 충분할 정도로 그 나라에 오래 있었던 것이 아니며, 세상의 여러 나라는 각각 나름대로의 관습을 가지고 있다고 말이다. 다른 일반적인 화제에 대해서도 그는 마찬가지였다.

그러나 저택으로 돌아오자 그는 나에게, 자신의 건물에서는 불합리한 점들이 관찰되지 않는지, 자기 하인들의 복장과 표정에는 마음에 들지 않는 점이 없는지 물었다. 그는 내게 이런 질문들을 하면서 안심하는 것 같았다. 왜냐하면 그의 주변은 훌륭하고, 규칙적이고, 예의 바른 것들뿐이었기 때문이다. 나는 그의 신중함과 훌륭한 품성, 행운이 다른 사람들의 어리석음과 천박함이 만들어 내는 결함들을 면제시켜 준 것 같다고 대답했다. 그는 집에서 32킬로미터쯤 가면 자신의 사유지가 있으며, 그곳의 별장에 가면 이런 종류의 대화를 나눌 수 있는 한가한 시간을 더 많이 즐길 수 있을 거라고 말했다. 나는 전적으로 그의 뜻에 따르겠다고 했으며, 우리는 다음날로 길을 떠났다.

여행 도중에 그는 농부들이 토지를 운영하는 몇 가지 방법들을 내게 관찰해 보라고 했다. 그런데 그 모습은 내게 전혀 이해가 안 되는 모습이었다. 왜냐하면 극소수의 몇몇 곳을 제외하고는 어디에서도 밀 이삭도, 풀 이파리 하나도 발견할 수 없었기 때문이다. 그런데 세 시간 정도 지나자 풍경이 완전히 뒤바뀌기 시작했다. 매우 아름다운 시골 풍경이 펼쳐지기 시작한 것이다. 인근 농가들은 멋들어지게 지어져 있었고, 들판은 포도밭, 밀밭, 초원들로 깔끔하게 구획이 정리되어 있었다. 나는 이보다 더 마음에 드는 전경을 본 기억이 없었다. 문오디 경은 내 안색이 밝아지는 것을 보고는 안도의 한숨을 내쉬며, 바로 여기서부터가 그의 사유지이고 별장에 도착할 때까지는 이런 풍경이라고 말했다. 하지만 그 나라 사람들은 그가 일을 형편없이 처리하고 왕국 전체에 아주 나쁜 본보기를 보이고 있다며 조롱하고 경멸한다는 것이다. 하지만 그의 그런 행동을 노인들이나 고집쟁이들, 혹은 자신처럼 힘없는 극소수의 사람들이 따르고 있다고 했다.

마침내 그의 시골 별장에 도착했다. 최고의 고대 건축 기술 원칙에 따라 지어진 매우 고상한 건물이었다. 분수, 정원, 산책로, 가로수 길, 숲 등 모든 것이 정확한 판단력과 심미안으로 잘 정리되어 있었다. 나는 모든 것들에 대하여 적절한 찬사를 늘어놓았다. 그러나 그는 저녁 식사를 마칠 때까지 그런 찬사에 대해 전혀 관심을 보이지 않았다. 그러나 옆에 아무도 없게 되자 그는 우울한 태도로, 이제는 아무래도 자신의 집을 재건축해야 하는 게 아닌가 하는 생각이 든다고 말했다. 또 자신의 모든 농경지들을 파헤치고 다른 땅들까지 합쳐서 현대의 경작 방법이 요구하는 대로 다시 개간을 해야 할 것 같으며, 자신의 모든 소작농들에게도 같은 지시를 내려야 할 것 같다고 말했다. 그렇지 않으면 자신에게 오만하고, 괴팍하고, 가증스럽고, 무식하고, 변덕스럽다는 비난이 쏟아질 것 같고, 나아가 왕의 불쾌감을 고조시킬지도 모른다는 것이다.

그가 나에게 그 일에 관한 자세한 사정을 이야기해 주자, 내가 품었던 경탄의 감정은 중지되거나 줄어들어 버렸다. 이런 이야기는 위의 섬나라에서는 전혀 못 들었던 것으로, 그곳 사람들은 자신의 사색에만 너무 골몰하느라 아래에서 일어나는 일에 전혀 관심이 없었던 것이다. 그가 말한 사정의 골자는 이랬다.

"40년 전쯤에 업무로 간 것인지 놀러 간 것인지 모르겠지만 몇몇 사람들이 라퓨타로 올라갔습니다. 그들은 그곳에 5개월 정도 머무르다가 수박 겉 핥기 식의 수학 지식과 거기서 얻은 경박한 기질을 잔뜩 품고서 돌아왔습니다. 그들은 돌아오자마자 지상 나라의 모든 일들의 진행방식이 싫어지기 시작했습니다. 그래서 모든 예술, 과학, 언어, 기술들을 새로운 기초 위에서 다시 시작하려는 계획을 세웠습니다. 이 목적을 위해 그들은 라가도에 학술연구원을 설립하겠다는 국왕의 허락을 받아냈습니다.*

그러자 이런 분위기가 백성들 사이에도 급속히 퍼졌고, 왕국의 영향력 있는 도시들 중에서 학술원이 세워지지 않은 도시는 단 한 군데도 없었습니다. 학술원의 학자들은 농업과 건축에 필요한 새로운 제도들과 도구들을 만들어 냈습니다. 그들의 주장

* 라가도의 이 학술원은 1660년에 과학의 연구 발전을 위해 세워진 영국 왕립 학술원에 해당한다. 이곳의 '연구원'들은 비실용적이고 허황한 연구 계획들과 활동들에 빠져 있는 모든 학자들에 대한 풍자다.

에 따르면, 앞으로 한 사람이 열 사람 몫의 일을 하게 될 것이고, 일주일 안에 영구적인 자재들을 사용하여 영원히 수리하지 않아도 되는 궁궐을 지을 수 있다는 것입니다. 또 그들은 모든 과일들을 우리가 적절하다고 생각하는 어떤 철에라도 재배할 수 있을 것이며 지금보다 100배 이상 수확을 늘릴 수 있다고도 했습니다. 그들은 그 외에도 수많은 행복한 제안들을 했습니다.

유일한 불편은, 이런 계획들 중 아직까지 그 어느 것 하나도 완성된 것이 없다는 것입니다. 그 와중에 온 나라는 비참할 정도로 황폐해졌고, 집들은 폐허로 변했고, 백성들은 먹을 것도 입을 것도 없게 되었습니다. 이런 모든 폐해들에도 불구하고 그들은 낙심하기는커녕 희망과 절망에 동시에 내몰리면서, 자신들의 계획을 시행하는 일에 전보다 50배는 더 격렬하게 열중했습니다.

하지만 나의 경우, 전혀 그런 사업가적인 기질이 없었기 때문에 그저 옛날 방식에 만족해하며 그것을 지켜 나갔습니다. 즉 조상들이 지은 집에 계속 살았고, 아무런 개혁 없이 인생의 모든 분야에서 조상들이 살던 방식대로 살았습니다. 그리고 몇몇 다른 고위 인사들과 귀족들도 나와 같은 방식을 고수했지만, 우리는 예술의 적이며, 무식하고, 불량 국민이란 비난을 들었습니다. 또 국가를 전반적으로 향상시키는 일보다 자신의 안락함과 나태를 더 좋아하는 사람들이란 비난도 들었습니다."

문오디 경은 더 이상 자세한 설명을 해서 내가 그 위대한 학술원을 직접 봄으로써 얻게 될 즐거움을 방해하고 싶지 않다고 덧붙였다. 그리고 그는 내가 그 학술원에 꼭 가봐야 한다고 단호하게 말했다. 다만 그는 그곳에서 4.8킬로미터쯤 떨어진 곳의 산기슭에 서 있는 한 폐허 건축물을 먼저 보기를 원했다. 그는 그것에 대해 다음과 같은 설명을 했다.

"우리 집에서 800미터쯤 되는 곳에 큰 강에서 흘러드는 물줄기의 힘으로 돌아가는 아주 편리한 방앗간이 있었습니다. 우리 가족들뿐만 아니라 많은 소작인들까지 충분히 이용할 수 있는 것이었습니다. 그런데 7년 전쯤 한 무리의 연구자들이 내게 찾아와, 이 방앗간을 부수고 산기슭 아래 새로운 것을 다시 짓자고

제안했습니다. 긴 산등성이를 따라 저수지로 사용할 긴 운하를 파낸 뒤, 파이프와 기계 장치들을 동원하여 그 방앗간에 물을 공급한다고 했습니다. 고지대의 바람과 공기가 물을 진동시켜 더 잘 흐르게 만들 것이며 비탈진 경사면을 따라 순탄하게 흘러내리도록 만들 것이기 때문에, 평온하게 흐르는 평상시 강물 사용량의 절반만 가지고도 방아를 돌릴 수 있을 것이라고 했습니다."

그러면서 그는, 마침 그때가 왕실과의 사이가 좋지 않을 때였고 많은 친구들의 압력도 심할 때여서 순순히 그 제안에 따랐다고 했다. 하지만 2년에 걸쳐 100여 명을 동원했던 작업은 실패로 끝나 버렸으며, 사업에 참가했던 연구자들은 모든 비난을 전적으로 그에게 돌리면서 모두 철수해 버렸다는 것이다. 그들은 그 후에도 계속해서 그를 욕하고 있으며 다른 사람들에게도 똑같이 성공을 확신하면서 같은 사업을 실험하자고 부추기고 있다고 했다. 하지만 마찬가지로 실패를 거듭하고 있다는 것이다.

며칠 만에 우리는 다시 시내로 돌아왔다. 그는 학술원에 대한 나쁜 인상 때문에 나와 그곳에 가지 않으려 했다. 하지만 그곳에 나와 함께 갈 친구를 소개해 주었다. 문오디 경은 그 친구에게 나를, 학술원 연구 계획들의 대단한 숭배자이며 상당한 호기심과 신뢰감을 지닌 사람으로 소개해 주었다. 그런데 사실 이 말은 전혀 틀린 말이 아니었다. 왜냐하면 나 자신도 젊은 시절에는 허황한 사업 계획들을 꿈꾸던 사람이었기 때문이다.

제5장

저자에게 라가도 대학술원 구경이 허락된다. 저자가 학술원이 대략적으로 묘사한다. 교수들이 각자 매진하고 있는 연구와 학문과 기술들이 소개된다.

학술원은 전체가 하나로 되어 있는 단독 건물이 아니고 길 양편에 여러 건물들이 늘어선 구조를 하고 있었다. 황폐해져버린 건물들을 구입하여 이 용도로 쓰고 있는 것 같았다.

나는 원장의 따뜻한 영접을 받았으며 그곳에서 여러 날을 보냈다. 각 연구실에 한 명 이상의 연구원들이 있었다. 내 생각에 500개 이상의 연구실들을 방문했던 것 같다.

내가 가장 먼저 본 것은 새까만 손과 얼굴에, 머리카락과 수염은 길게 헝클어지고, 몸 여러 군데 그을린 자국이 있는 사람이었다. 그의 겉옷과 셔츠, 피부가 모두 같은 색깔이었다. 그는 오이에서 태양 광선을 추출해 내는 연구를 8년 동안 해오고 있었다. 추출된 태양 광선은 연금술 비법을 이용하여 유리병에 보관한 뒤 쌀쌀하고 매서운 겨울날, 공기를 데우기 위해 방출할 예정이었다.* 그는 앞으로 8년만 더 있으면 자신이 저렴한 가격으로 총독의 정원에 햇볕을 공급할 수 있으리란 사실을 의심치 않는다고 말했다. 그는 자신의 연구 자재가 부족하다고 불평하면서, 내게 자신의 창의성을 격려하는 차원에서 도움을 주지 않겠냐고 간청했다. 특히 그 철은 오이가 아주 비싼 때라는 것이다. 나는 문오디 경이 그런 용도에 쓰라고 준 돈이 있었기 때문에 그에게 소액을 기부했다. 경은 구경 온 관람객들에게 연구원들이 구걸하는 관행을 잘 알고 있었다.

다음 연구실로 간 나는 지독한 악취에 압도당해 급히 돌아 나오려고 했다. 하지만 안내하던 인사가 나를 앞으로 밀며 귓속말로 연구원의 비위를 거스르지 말라고 주문했다. 몹시 화낼지도 모른다는 것이다. 따라서 나는 코도 막지 못했다. 이 방의 연구원은 학술원 전체에서 가장 나이를 많이 먹은 학자였다. 그의 얼굴과 수염은 창백한 황색이었으며 손과 옷에는 온통 똥칠이 되어 있었다. 내가 소개되자 그는 나를 꽉 껴안았다(정말 피하고 싶은 호의 표시였다). 연구원에 처음 왔을 때부터 그가 한 일은 인간의 똥을 여러 부분으로 나누고, 거기서 쓸개즙으로 인한 색을 없애고, 냄새를 발산시키고, 섞여 있는 타액을 제거함으로써 원래의 음식으로 환원시키는 일이었다. 이를 위해 그는 매주 학술원 측으로부터 브리스틀산 술통 크기만 한 용기에 가득 찬 똥을 공급받았다.

* 이번 장에 나오는 실험들은 모두 스위프트의 동시대 과학자들이 실제로 실행했거나 제안했던 연구 계획들이다.

한 연구원이 얼음을 석회화시켜 화약으로 만드는 연구를 하고 있는 것도 보았다. 그는 자신이 출판하려고 하는 불의 순응성에 관한 연구 논문을 내게 보여 주었다.

집을 짓는 새로운 방법을 고안해 낸 아주 창의적인 건축가도 있었다. 지붕부터 시작하여 기초 부분으로 거꾸로 내려가며 지어 가는 방법이었다. 그는 벌이나 거미 같은 현명한 곤충들의 집 짓는 방법을 예로 들며 자신의 방법을 정당화했다.

그곳에는 선천적인 시각 장애 연구원이 한 명 있었다. 그는 자신과 같은 처지의 조수들을 여럿 거느리고 있었다. 그들의 연구 과제는 화가들을 위해 색을 혼합하는 일이었다. 그 연구원 교수는 제자들에게 촉각과 후각을 이용하여 색을 구분하는 방법을 가르쳤다. 하지만 나는 이들이 유감스럽게도 그다지 완벽한 수업을 하지 못하고 있다는 사실을 알았다. 교수 자신이 전반적으로 실수를 저지르고 있었기 때문이다. 그래도 이 연구원은 전체 동료들에게 많은 격려와 존경을 받고 있었다.

또 다른 방에서 나는 쟁기, 소, 노동 비용 등을 아끼기 위하여 돼지를 이용해 땅을 경작하는 방법을 발견해 낸 연구원을 보고 너무 기뻤다. 그 방법은 이랬다. '1에이커의 땅에 20센티미터 깊이, 15센티미터 간격으로 일정량의 도토리, 대추야자, 밤, 너도밤나무 열매, 기타 돼지들이 좋아하는 채소들을 묻어 놓는다. 그런 다음 600마리 이상의 돼지들을 밭에 풀어놓는다. 며칠이 지나면 이 녀석들이 묻힌 먹이들을 찾느라고 온통 땅을 헤집어 놓아 땅이 씨를 뿌리기에 적합한 상태가 된다. 게다가 똥까지 싸놓아 거름을 주는 효과까지 보게 된다.' 그러나 실제로 이 방법을 실행해보니 비용과 노동이 너무 많이 들어갔으며, 수확도 거의, 혹은 전혀 나지 않았다고 한다. 하지만 이런 창의적인 방법이 앞으로 더 개선될 가능성이 많다는 점은 의심의 여지가 없었다.

나는 다음 연구실로 가보았다. 그곳의 벽과 천장은 연구원이 나다닐 수 있는 좁은 통로를 제외하고는 온통 거미줄투성이였다. 내가 들어가자 그는 자기 거미줄들을 건드리지 말라고 소리쳤다. 그는 세상 사람들이 너무나도 오랫동안 누에를 이용하는 치명적인 실수를 저질렀다고 개탄하면서, 우리에겐 누에를 훨씬 능가하는 집안 내 곤충들이 많다고 주장했다. 즉 이 곤충들은 실을 뽑아 낼 뿐만 아니라 천을 짜내는 법까지 알고 있다는 것이다. 그는 더 나아가 거미를 이용함으로써 비단을 염색하는 비용도 절약할 수 있다고 주장했다. 그가 거미의 먹이로 사용하는 파리들의 아름다운 색상을 보았을 때 나는 그의 주장을 확신했다. 거미들이 짜내는 거미줄이 파리의 그런 빛깔들을 간직하고 있을 거라는 확신이 든 것이다. 그리고 그는 갖가지 빛깔의 파리들이 확보되면 그 파리들에게 고무 액체, 오일, 기타 점성 물질들로 만든 적절한 먹이들을 먹여 실의 강도와 밀도를 부여함으로써 모든 사람들의 기대를 충족시키고 싶다고 희망했다.

어떤 천문학자는 시내 한 주택의 풍향계 위에 해시계 장치를 설치하여 지구와 태양의 연중 및 일일 움직임이 모든 바람의 방향과 일치하도록 조정하는 연구를 하고 있었다.

연구원을 구경하는 도중 나는 배가 좀 아프다고 호소한 적이 있었다. 그러자 안내하던 인사는 나를 저명한 의사가 있는 방으로 데려갔다. 그는 동일한 한 기구의 상반된 두 작용을 이용하여 복통을 치료하는 것으로 유명한 사람이었다. 그는 길고 가느다란 상아 주둥이가 달린 커다란 풀무 한 쌍을 갖고 있었다. 그는 우선 이 풀무를 복통 환자의 항문 속 19센티미터까지 집어넣은 뒤, 바람을 빨아들여 내장 속을 마치 말린 방광같이 홀쭉하게 만들 수 있다고 주장했다.

하지만 그래도 복통이 계속되거나 더 심해지면 이번에는 풀무에 바람을 잔뜩 넣은 후, 풀무 주둥이를 환자의 항문 속에 집어넣고 환자의 몸 안에 직접 바람을 불어넣는다고 했다. 그리고 다시 바람을 재충전하기 위해 그것을 빼낸다고 했다. 그런 다음 자신의 엄지손가락으로 환자의 항문을 강하게 압착시켰다가 떼는 일을 서너 번 반복하면 항문 속으로 투입됐던 바람이 노폐 물질을 동반하고 밖으로 밀려 나오고(마치 펌프에서 나오는 물처럼) 환자의 복통이 치유된다는 것이다. 나는 그가 이 두 가지 실험을 개에게 직접 하는 것을 보았다. 하지만 첫 번째 실험은 아무런 효과도 없었다. 두 번째 실험을 하자 개의 몸이 터질 듯이 부풀어오르기 시작했고 마침내 엄청난 양의 배설물이 쏟아져 나왔다. 그것은 나와 일행들에게 아주 역겨워 보였다. 그리고 개는 현장에서 즉사했다. 우리는 같은 실험을 통해 개를 되살리려고 애쓰는 그 의사를 뒤로 하고 방에서 나왔다.

나는 다른 방들도 많이 방문했지만, 목격했던 모든 내용들을 다 이야기함으로써 독자 여러분을 귀찮게 해드리진 않겠다. 또 본래 내가 간략한 설명을 위해 애쓰는 사람이기 때문이다.

지금까지 내가 본 연구실들은 학술원의 한쪽 거리에 있는 연구실들이었다. 다른 쪽 거리에 있는 연구실들은 이론적인 학문을 발전시키기 위해 연구하는 학자들이 사용하고 있었다. 이 연구실들에 대해서는, 아주 유명한 학자 한 분에 관해서 먼저 언급하려 한다. 이 학자는 그들 사이에서 세계적인 연구원으로 불리고 있었다. 그는 인간의 삶을 향상시키기 위하여 30년째 자신의 아이디어들을 응용해 오고 있다는 말을 했다. 그는, 진기한 물품들로 가득 차 있고 50여 명이 함께 일하고 있는 큰 연구실 두 개를 갖고 있었다. 그중 일부 연구원들은 공기에서 질산나트륨을 추출하고 수성(액체) 입자들을 걸러 내는 방법을 통해 공기를 마른 고체로 농축시키는 연구를 하고 있었다. 또 일부는 대리석을 부드럽게 만들어 베개와 바늘꽂이로 만드는 연구를 했으며, 다른 일부는 말들의 낙상을 막기 위하여 살아 있는 말발굽을 화석화시키는 연구를 하고 있었다.

연구실의 책임 연구원 자신은 당시 두 가지 위대한 연구 계획들로 바빴다. 첫 번째는 땅에 겨를 뿌리는 연구였다. 그는 겨 속에 진정한 번식력이 들어 있다고 주장하며 이를 입증해 보이려고 했지만, 나는 그의 말이 무슨 의미인지 이해할 정도로 이 방

면에 조예가 깊지 않았다. 그의 두 번째 연구 계획은 고무 액체, 무기질, 야채 성분을 혼합한 물질을 만들어 그걸 어린 새끼양 두 마리의 몸에 발라서 털이 나는 것을 막는 일이었다. 이를 통해 그는 곧 왕국 전역에 털 없는 신종 양을 퍼뜨릴 수 있게 되길 희망했다.

우리는 길을 건너, 앞서 말했던 이론적 학문을 연구하는 연구자들이 있는 건너편 학술원 건물로 갔다.

내가 가장 먼저 본 학자는 40명의 제자들과 함께 매우 큰 연구실에서 연구를 하고 있었다. 인사를 나눈 뒤 그는 내가 폭에 있어서나 길이에 있어서나 온 방 안의 대부분을 차지하고 있던 큰 틀을 진지하게 바라보고 있는 것을 눈치챘다. 그는 자신이 그런 실용적인 장치를 이용하여 이론적인 지식을 향상시키는 연구를 하고 있는 것이 이상하게 보일지도 모르겠다고 말했다. 그러나 그는 세상 사람들이 이 장치의 유용성을 곧 알게 될 것이며, 인간의 머리로는 이보다 더 고귀한 아이디어가 나올 수 없을 것이라고 자화자찬했다. 그는 예술과 학문을 성취하기 위한 통상적인 방법이 얼마나 힘든지는 누구나 다 안다고 말했다. 그러나 그가 고안한 이 장치를 이용하면 가장 무식한 사람이라도, 타고난 재능이나 연구 활동 없이, 또 육체노동을 할 필요도 전혀 없이, 아주 싼값으로 철학, 문학, 정치학, 법학, 수학, 신학 분야의 저술들을 할 수 있다고 했다.

그는 나를 직접 그 장치로 데려갔다. 그 장치의 옆에는 그의

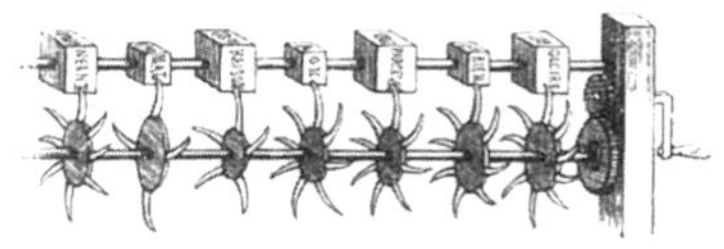

모든 제자들이 도열해 서 있었다. 그 크기는 6제곱미터쯤 되었으며 방의 한구석에 놓여 있었다. 표면은 대략 주사위 크기만한 여러 개의 나무 조각들로 구성되어 있었는데, 어떤 조각들은 다른 것들보다 좀더 컸다. 이 조각들은 모두 가느다란 철사줄로 한데 묶여 있었다. 모든 조각들 위에는 종이들이 붙어 있었으며, 그 위에는 그들 언어의 모든 단어들이(각각의 법과 시제, 격변화별로) 씌어져 있었다. 그러나 어떤 순서가 있는 것은 아니었다. 그 교수는 내게 그 장치를 작동시킬 테니 잘 주목하길 바란다고 했다.

그가 명령을 내리자 그의 제자들이 각각 그 장치의 가장자리에 부착되어 있던 40개의 철제 손잡이들을 잡고 일제히 돌렸다. 그러자 모든 단어들의 전체적인 조합이 완전히 뒤바뀌었다. 그런 다음 그는 36명의 제자들에게 틀 위에 나타난 단어들을 천천히 읽어 보라고 지시했다. 그들은 문장을 구성할 수 있는 단어들을 찾아내어 서기 역할을 맡은 나머지 네 명에게 문장을 구술하였다. 이 작업은 서너 차례 반복되었다. 매번 새로이 손잡이들을 돌릴 때마다 단어들은 새로운 위치들로 자리들을 바꿔 나갔다. 정사각형 나무 조각들이 위아래로 이동하도록 고안된 장치였기 때문이다.

이 젊은 제자들은 하루에 여섯 시간씩 이 연구에 참가하였다. 교수는 내게 토막 문장들로 가득 찬, 이미 편집되어 있는 2절판 책들을 여러 권 보여 주었다. 그는 이 문장들을 합쳐 모은 후, 이 풍부한 자료들을 이용하여 세상 사람들에게 모든 예술과 과학의 완결판 전집을 선물할 생각이라고 말했다. 하지만 그는 아직까지는 좀더 연구를 보완할 필요가 있으며, 만약 라가도 시에 이 장치들이 500여 개 설치될 수 있도록 대중들이 기금을 조성해 주고, 관리자들에게 이 장치들로부터 수집된 문장들을 모두 그들에게 제공하게 한다면 연구가 더욱 향상되고 신속하게 완성될 수 있을 거라고 했다.

라가도 학술원 연구자의 만능 문자 조합 장치

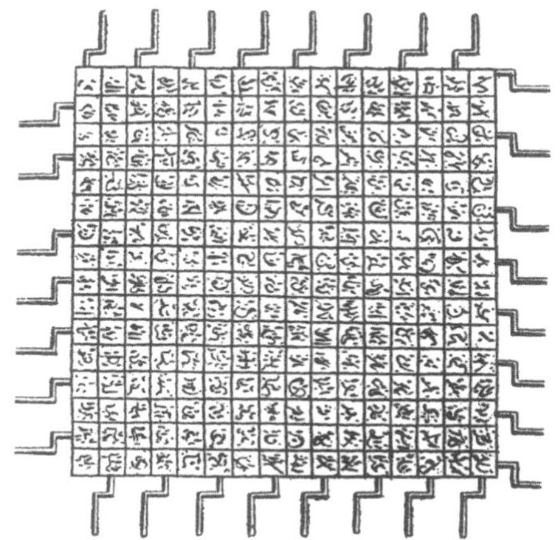

그는 젊은 시절부터 이 발명 장치에 자신의 모든 어휘들을 다 집어넣고, 모든 책들 속에 들어 있는 수많은 불변화사, 명사, 동사, 기타 품사들을 전체적으로 다 집어넣었다고 주장했다.

나는 이 저명한 학자의 위대한 문자 조합 장치에 찬사를 아끼지 않았으며, 혹시 내가 운이 좋아 고국에 돌아가게 된다면 이 놀라운 장치의 유일한 발명자로 그를 정당하게 평가해 주겠다고 약속했다. 그리고 나는 그에게 이 장치의 형태와 착상을 종이 위에 그리도록 허락해 달라고 부탁했다. 그 그림은 여기 나와 있는 그대로이다. 나는 우리 유럽에서는 학자들이 서로 상대방의 발명품을 훔치는 관습이 있어서 누가 진짜 그 발명품의 주인인지 논쟁이 일어나지만, 그 장치의 경우에는 그야말로 확실하게 아무런 경쟁자 없이 그가 장치의 주인이라는 영광을 부여하기 위해 주의를 기울이겠다고 말했다.

우리는 다음으로 언어 연구 학교에 갔다. 세 명의 교수들이 자기 나라의 언어를 개선하기 위하여 토론하고 있었다.

그들의 첫 번째 연구 계획은 다음절 단어를 단음절 단어로 줄이거나, 동사나 분사들을 빼버림으로써 모든 대화를 간소화시켜 나가는 작업이었다. 그들은 그렇게 할 수 있는 근거로써 사실 우리가 생각할 수 있는 모든 것들은 명사에 불과하다는 이유를 들었다.

또 다른 연구 계획은, 종류가 무엇이든 모든 단어들을 아예 완전히 없애 버리자는 계획이었다. 이 연구는 단순함이라는 측면에서도 그렇지만, 건강이라는 측면에서 큰 장점이 있는 것으로 주장되었다. 분명히 우리가 말하는 모든 단어 하나하나가 어느 정도 우리의 폐를 부식시켜 축소하게 만들며, 생명 단축에 기여한다는 것이다. 따라서 그 계획은 그에 대한 해결책으로 제시되었던 것이다. 단어들이란 사물들의 명칭에 불과하니 모든 사람들이 자신들이 이야기할 특정 업무와 관련된 사물들을 가지고 다니는 것이 말을 하는 것보다 더 편리하다는 것이다. 그러나 이 기발한 묘안은 만약 여자들과 평민들, 문맹자들이 연대하여 자신들에게 조상들이 하던 대로 혀를 사용하여 말할 자유를 주지 않으면 반란을 일으키겠다고 협박하지 않았더라면, 모든 백성들의 평안과 건강에 큰 도움이 되었을 것이다. 평민들이란 그처럼 항상 화해가 불가능한 학문의 적들인 것이다.

그러나 가장 박식하고 지혜로운 많은 사람들은 사물들을 가지고 다니며 직접 그 물건들로 자신의 의사를 표시하는 이 새로운 계획을 실행해 나갔다. 하지만 이 계획의 유일한 불편 사항은 이런 것이었다. 즉 어떤 사람의 업무가 아주 많고 여러 가지 종류인 경우, 튼튼한 하인 두 명을 수행하고 다닐 처지가 아니라면 자신이 직접 업무와 비례하여 엄청나게 많은 물건 꾸러미들을 짊어지고 다녀야 한다는 점이다. 나는 종종 그런 현명한 학자들이 마치 우리 나라의 보따리 행상들처럼 꾸러미를 메고 그 무게에 짓눌려 다니다가, 서로 만나게 되면 그 꾸러미들을 내려놓고 펼친 뒤 한 시간 가량 필요한 물건들을 꺼내며 대화하는 모습을 보았다. 그리고 대화가 끝나면 이들은 다시 물건들을 챙기고 서로 짐 꾸리는 것을 도와준 뒤 작별을 고했다.

간단한 대화의 경우 사람들은 충분히 필요한 양만큼 물건들을 주머니 속에 넣거나 겨드랑이에 끼고 다닐 수 있었다. 또 집에 있을 때에도 전혀 당황해할 필요가 없었다. 이러한 대화 기법을 실행하는 사람들이 만나는 방은 그런 인위적인 대화의 소재들로 쓰일 모든 물건들이 사용하기 편하게 미리 구비되어 있었다.

이 창의적인 발상이 지닌 또 하나의 큰 장점은, 이 언어가 모든 문명 국가들에서 이해될 수 있는 국제어로 사용될 수 있다는 점이었다. 모든 나라의 물건들과 집기들은 대개 같은 종류이고 서로 닮아 있어서 그 효용 가치가 쉽게 이해될 수 있다는 것이다. 따라서 외교 사절들이 전혀 언어를 모르는 나라에 가서도 그 나라의 군주나 각료와 면담할 자격이 생길 수 있다는 것이다.

나는 수학 연구 학교에도 가보았다. 그곳의 교수는 유럽에서는 거의 상상도 할 수 없는 방식으로 자신의 제자들을 가르치고 있었다. 그는 우선 얇은 웨이퍼 과자에 오징어 먹물로 만든 잉크로 수학의 명제와 증명들을 적어 놓는다. 그러면 허기진 학생들이 이 과자를 집어삼킨다. 그리고 그들은 이후 사흘 동안 빵과 물 이외에는 아무것도 먹지 않는다. 수학 명제가 들어 있는 웨이퍼 과자가 소화되면서 그 먹물이 그들의 뇌로 올라간다. 하지만 이 방법은 아직까지 그 노력에 상응할 만한 성공적 결과가 나오지 않고 있다고 했다. 아마 그 이유는 과자의 양이나 성분에 문제가 있기 때문일 수도 있고, 어린 학생들의 고집 때문이었을 수도 있었다. 학생들은 이 과자약이 너무 역겨워서 대부분 몰래 도망치거나, 약효가 발휘되기 전에 토해 버렸다. 그리고 또한 처방전이 요구하는 대로 오랜 시간 동안 이들에게 금식을 하라고 설득하는 것도 매우 힘들었다.

제6장

학술원에 대한 설명이 이어진다. 저자가 몇몇 개선책을 제안하며 그것이 영광스럽게도 받아들여진다.

~

나는 정치학 연구를 하는 연구원들의 학교에서는 별 흥미를 느끼지 못했다. 내가 판단하기에 이곳의 교수들은 모두 정신이 나간 사람들처럼 보였다. 그리고 이런 광경은 늘 나를 우울하게 만드는 것이었다.* 이 불행한 학자들은 군주들에게 제시할 여러 가지 허황된 제안들을 연구하고 있었다. 즉 총신을 뽑을 때 지혜, 능력, 도덕성을 근거로 하라고 설득한다든지, 백성들의 이익을 염두에 두라고 대신들을 가르치라는 제안 같은 것들이다. 또한 그들은 훌륭한 공적과 위대한 능력, 탁월한 봉사에 정당한 보상을 해야 하고, 왕자들에게 자신들의 진정한 관심사를 깨닫게 하여 그것이 백성들의 관심사와 공통의 기반 위에 있게 해야 하며, 공직자를 임명할 때 그 자리의 적임자를 선출해야 한다고 군

* 스위프트 특유의 아이러니가 짙게 배어 있다고 평가되는 부분이다. 걸리버가 미친 사람들로 규정한 이곳 정치학자들의 생각은, 사실은 스위프트가 생각하던 이상적인 정치의 모습이라고 할 수 있다.

주들을 설득하려는 계획을 세우기도 했다. 그들은 그 외에도 그동안 어떤 사람도 가슴에 품어 본 적이 없는, 터무니없는 많은 망상들을 제안하였다. 이런 제안들은 내게 다시 한 번 다음과 같은 옛말이 진실임을 확인시켜 주었다. "철학자들이 진실이라고 주장하는 것들은 한결같이 너무나도 허황되고 비합리적인 것들뿐이다."

하지만 나는 이 학술원에서 정치학을 연구하는 학자들이 모두 그처럼 몽상적인 사람들만은 아니라고 인정하며, 그에 대해 정당한 평가를 내리려고 한다. 우선 이 학교에는 통치술의 모든 본질과 이론 체계에 완벽하게 정통해 있는 것처럼 보이는 매우 독창적인 의사 한 명이 있었다. 이 훌륭한 의사 선생은 통치자들이 지닌 악덕과 나약함, 복종자들이 지닌 방종에 의해 공공 행정이 빠지기 쉬운 모든 부정부패에 대한 효과적인 치유책을 발견하는 데 자신의 연구를 아주 유용하게 활용했다.

예를 들면 이런 것이다. 모든 작가들과 이론가들이 동의하고 있듯이 우리의 타고난 육체와 정치 집단 사이에는 아주 엄격한 보편적 유사성이 존재한다. 이 양자의 건강과 질병이 동일한 치료법에 의해 보존되고 치유된다는 사실보다 더 명백한 증거가 또 있을 수 있을까? 종종 상원 의회나 대회의의 의원들은 다음과 같은 질병들을 앓는다고 인정되고 있다. 즉 반복성, 염증성, 만성 피부염, 과다한 두통이나 그보다 심한 정신질환, 강력한 발작증, 양손의(특히 오른손의) 신경과 힘줄의 심각한 위축, 우울증, 소화 불량증, 현기증, 정신 착란, 악취 나는 화농성 물질로 가득 찬 연주창, 악성 트림, 폭식증, 기타 언급할 필요도 없는 무수한 질병들이다.

따라서 이 의사는 매년 상원 의회가 열리게 되면 처음 사흘 동안은 의사 몇 명이 그곳에 참석을 해서, 하루의 논쟁이 끝날 때마다 모든 상원들의 맥박을 체크해야 한다고 주장했다. 그러고 나서 심각하게 몇몇 질병들의 원인과 치료책을 숙고하고 난 뒤, 나흘째 되는 날 적절한 약을 갖고 다시 상원으로 돌아와 의원들이 의회에 참석하기 전에 그들 각각에게 다음과 같은 약들을 조제해 주어야 한다고 주장했다. 즉 진정제, 식욕 증진제, 설사약, 부식제, 변비 유발제, 완화제, 두통 치료제, 황달 치료제 같은 약들이다. 그리고 이 약들이 어떻게 작용하는가를 보고 다음번 회기 때 약을 다시 쓰거나, 바꾸거나, 빼거나 해야 한다는 것이다.

이 계획은 대중들에게 많은 비용 부담이 요구되는 일이 아니며, 내 초라한 견해에 의하면 상원이 입법에 참여하는 나라들의 빠른 업무 수행에도 큰 효용 가치가 있을 것 같았다. 또 만장일치를 이끌어 내고, 논쟁을 줄이고, 지금 현재 입을 닫고 있는 몇몇 입들을 열어 주고, 젊은이들의 성질을 죽이고, 노인들의 독선을 고쳐 주고, 어리석은 자들을 일깨워 주고, 뻔뻔한 자들의 기를 죽게 할 것 같았다.

한편 왕의 총신들이 짧고 취약한 기억력 때문에 고생한다는 사람들의 이야기를 듣고 나서 이 의사는 이런 주장을 폈다. 누구든 총리 대신을 접견할 때에는 자신의 용무를 최대한 짧게 그리고 가장 명료하게 이야기해야 하며, 떠날 때는 그의 건망증을 예방하기 위하여 그의 코를 비틀고, 배를 걷어차고, 티눈 난 곳을 밟아 주고, 양쪽 귀를 세 차례 세게 잡아당기고, 엉덩이를 바늘로 찌르고, 팔을 꼬집어 시퍼렇게 멍들게 해야 한다는 것이다. 그리고 매번 접견 때마다 용무가 해결되거나 혹은 완전히 거절될 때까지 같은 일을 반복해야 된다는 것이다.

그는 또한 전국 총회에 참석하는 모든 상원 의원은 자신의 의견을 발표하고 그것을 옹호하기 위하여 논쟁을 벌이고 난 뒤, 실제 투표에서는 그 의견과 정반대로 투표해야 한다고 주장했다. 그렇게만 한다면 틀림없이 그 투표 결과는 일반 대중들의 이익을 위하는 방향으로 결말이 날 것이라는 것이다.

국가의 당파 싸움이 격렬해질 때를 대비하여 양당을 화해시키는 놀라운 묘안을 제안하기도 했는데, 그 방법은 다음과 같다.

우선 각 당에서 100명의 지도자들을 뽑는다. 그리고 각 당에서 머리 크기가 비슷한 사람들을 뽑아 짝을 지어 분류한다. 그런 다음 솜씨 좋은 두 명의 외과 의사들을 시켜 짝이 되는 두 사람의 후두부를 동시에 똑같이 절개한다. 그렇게 절개된 후두부들을 교환하여, 즉 뇌의 절반씩을 서로 바꾸어 상대방의 절개된 후두부 자리에 각각 가져다 붙인다.

이 수술은 사실 상당히 정확성을 요구하는 작업으로 보였다. 그러나 이 의사는, 만약 이 일이 솜씨 있게 잘되기만 한다면 정당의 파벌 싸움에 대한 효과적인 치료책이 될 것임을 절대적으로 확신한다고 자신했다. 그의 주장은 이러했다. 즉 하나의 두개골이라는 공간 안에서 서로 논쟁을 벌이게 된 두 반쪽 뇌들은 곧 서로를 이해하게 될 것이고, 또한 중용과 건전한 사고를 하게 된다는 것이다. 이것은 자신들만이 세상을 감시하고 지배하기 위해 태어났다고 상상하는 사람들의 머리에 너무나도 요구되는 사항이었다. 그리고 각 정파 지도자들의 뇌의 양이나 질에 있어서의 차이에 대해서, 그는 그것은 아주 사소한 문제라고 우리를 확신시켰다.

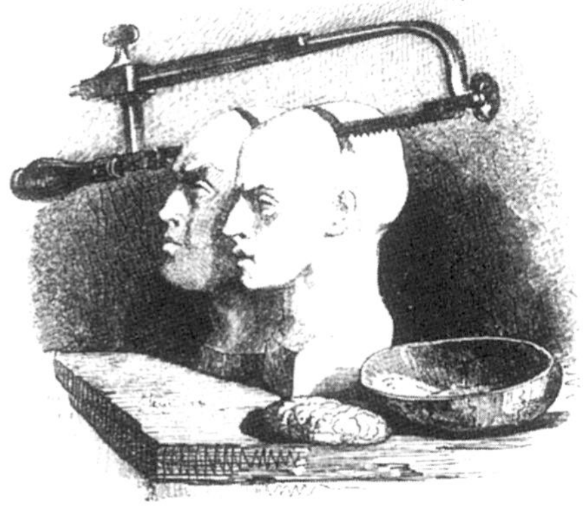

나는 두 명의 학자가 백성들을 괴롭히지 않

으면서 돈을 걷는 가장 편리하고 효과적인 방식에 대해 뜨거운 논쟁을 벌이는 것을 들은 적이 있었다. 첫 번째 학자는 가장 정당한 방법은 악덕과 어리석음에 대해 일정한 세금을 부과하는 것이며, 모든 사람에게 정해지는 액수는 이웃의 평가에 의하여 가장 공정하게 매겨져야 한다고 주장했다.

두 번째 학자는 정반대의 의견이었다. 그는 사람들이 스스로 가장 가치 있게 여기는 신체와 정신 자질들에 대하여 세금을 부과하여야 하며, 액수는 그 우수성의 정도에 따라서 매겨져야 한다고 주장했다. 따라서 그 결정은 전적으로 자기 자신의 양심에 달려 있게 된다는 것이다. 가장 높은 세금은 여성들이 가장 좋아하는 남성들에게 부과되어야 하며, 그 평가는 그들이 받은 호의의 횟수와 성격에 의해 정해진다. 그리고 그에 대한 보증인은 그들 스스로가 된다는 점을 인정해야 한다는 것이다.

그는 또 위트와 용기, 예절에도 마찬가지로 세금이 매겨져야 하며, 모든 사람들이 자신이 가진 이런 덕목들의 양을 스스로 솔직하게 고백함으로써 같은 식으로 세금이 징수되어야 한다고 주장했다. 하지만 그는 명예, 정의, 지혜, 학식 같은 덕목들에는 어떤 세금도 매겨져서는 안 된다고 주장했다. 이런 자질들은 아주 이상한 종류의 덕목들이기 때문에 누구도 이런 자질들이 자신의 이웃들에게 있다는 사실을 인정하려 들지 않을 것이며, 또한 자기 자신에게 있는 이런 자질들을 가치 있게 여기지도 않을 것이기 때문이다.

여성들은 자신들의 아름다움과 옷 입는 솜씨에 따라 세금을 부과해야 한다고 주장되었다. 그리고 이 점에 있어서 여성들은, 자기 스스로 판단하여 결정할 수 있는, 남성과 똑같은 특권을 가져야 한다고 주장되었다. 그러나 정조, 양식, 착한 심성 같은 것에는 세금을 매길 수가 없었다. 그랬다가는 세금 징수 비용도 빠지지 않을 거라는 것이다.

상원 의원들이 왕의 이익을 위해 일하도록 만들기 위하여, 추첨을 통해서 의원직을 줘야 한다는 주장도 있었다. 자신이 당첨되든 떨어지든, 모든 사람들은 먼저 의회에서 왕실을 위해 투표할 것이라는 점을 맹세하고 보장해야 한다. 추첨이 끝나면 떨어진 사람들은 다음번에 의원직이 비게 될 때 다시 추첨에 참가할 수 있는 권리를 가질 차례가 돌아오게 된다. 따라서 그들은 늘 희망과 기대를 생생하게 간직할 수가 있다. 누구도 약속이 깨진 것에 대하여 불평을 하지 않으며, 자신들의 탈락을 전적으로 운명의 여신 탓으로 돌릴 것이다. 전체 내각 대신들의 어깨보다 운명의 여신의 어깨가 더 넓고 튼튼하다고 여기는 것이다.

어떤 학자는 내게 정부에 대한 음모와 모의를 탐지해 내는 지침이 담긴 주요한 논문을 보여 주었다. 그는 주요 정치인들에게 의심이 가는 모든 사람들의 음식, 식사 시간, 침대에 눕는 방향, 뒤를 보고 나서 어떤 손으로 닦는가 등은 세심히 조사하고, 그들의 배설물을 꼼꼼히 살펴보라고 충고했다. 즉 똥의 색깔과 냄새, 맛, 밀도, 소화 상태(즉 소화의 정도)를 보고 그들의 사상과 의도를 판단하라는 것이다. 사람들이란 화장실 변기에 앉아 있을 때보다 더 진지하고, 사려 깊고, 열중하는 경우가 없기 때문이라는 것이다. 그는 빈번히 이를 몸소 실험해 봄으로써 알아냈다고 했다. 즉 자신이 화장실에 있는 그 시간에 왕을 살해하는 최선의 방법이 무엇인지 숙고하며 보냈더니 그의 똥이 녹색 빛을 띠었다는 것이다. 그러나 단지 반란을 일으킨다거나 수도를 불태우려는 생각만 했을 때에는 똥 색깔이 완전히 달라졌다는 것이다.

이 모든 이야기는 그 논문에 아주 예리하게 적혀 있었으며, 정치인들에게 흥미롭고 유익한 많은 관찰들을 담고 있었다. 그러나 내 생각으로는 전적으로 완벽한 내용 같지만은 않았다. 나는 그에게 과감하게 이 점을 말했고, 만약 그만 괜찮다면 몇몇 내용을 추가하고 싶다고 제안했다. 그는 보통의 저자들(특히 사업가적 기질이 있는 저자들)에게서 흔히 볼 수 있는 것보다 훨씬 유연한 태도로 내 제안을 받아들였고, 더 많은 정보를 얻었으면 좋겠다고 주장했다. 나는 그에게 다음과 같은 이야기를 해주었다.

"내가 오랫동안 살았었던 트리브니아라는 나라는(그곳 백성들은 랑그덴이라고 부르기도 합니다만),* 백성들 대다수가 온통 발견자, 목격자, 밀고자, 고소인, 기소인, 증인, 맹세하는 자들로 구성되어 있습니다. 그리고 그들에게는 하수인과 똘마니들이 몇 명씩 붙어 있습니다. 그들은 모두 특정 각료 대신이나 그의 부관

* 트리브니아(Tribnia)는 '브리튼(Britain)', 랑그덴(Langden)은 '잉글랜드(England)'의 철자 바꾸기 장난이다.

의 돈을 받고 매수되어 그 대신의 깃발 아래 모여 행동하는 사람들입니다. 이 나라에서 일어나는 음모들은 대개, 영향력 있는 정치가로서 자신의 입지를 끌어올리려는 사람들, 엉망진창인 행정부에 새로운 원기를 불어넣어 복구시키려는 사람들, 모든 사람들의 불만을 억누르고 관심을 다른 데로 돌려 버리려는 사람들, 몰수한 재산으로 자신의 금고를 채우려는 사람들, 그리고 자신의 개인적 이익에 얼마나 잘 부합하는가에 따라 대중들이 신뢰할 만한 여론을 조작하는 사람들이 하는 수작들입니다.

그들은 우선 어떤 음모가 시작되면 의심받는 사람들 중 누구를 고소할지 자기들끼리 미리 의견을 모으고 결정합니다. 그런 다음에는 특별한 주의를 기울이며 이 희생자들의 모든 편지와 서류들을 확보한 뒤 이들을 체포합니다. 이 서류들은 단어, 음절, 글자로부터 수수께끼 같은 의미를 찾아내는 데 이골이 난 능숙한 전문 기술자들에게 보내집니다. 예를 들면, 이 기술자들은 실내용 변기는 추밀원을, 거위 떼는 상원을, 절름발이 개는 침입자를, 전염병은 상비군을, 말똥가리 새는 각료 대신을, 통풍은 고위 성직자를, 교수대는 국무 대신을, 침실용 변기는 고관을, 조리는 왕실의 숙녀를, 빗자루는 혁명을, 쥐덫은 일자리를, 밑바닥 없는 구덩이는 재무성을, 시궁창은 왕실을, 모자와 벨은 총신을, 부러진 갈대는 사법 재판소를, 빈 술통은 장국을, 고름이 나오는 종기는 행정부를 의미한다고 해독합니다.

이런 방법이 실패하면 그들은 더욱 효과적인 다른 두 가지 방법을 사용합니다. 바로 그들 나라의 학자들이 글자 수수께끼라고 부르거나 철자 바꾸기 놀이라고 부르는 방법입니다. 첫 번째로 그들은 모든 단어의 첫 글자들을 정치적 의미로 해독해 냅니다. 예를 들어, N자는 음모를 의미하고, B는 기병대를, L은 함대를 의미한다고 해독하는 식입니다. 두 번째는 어떤 의심스러운 문서에 있는 알파벳 글자들의 위치와 순서를 재배열하여 불만이 있는 측의 깊은 계략을 밝혀 낼 수 있는 방법입니다. 예를 들어, 만약 내가 한 친구에게 '우리 형 톰이 치질에 걸렸어(Our Brother Tom has just got the Piles)'라고 편지에 썼다면, 암호 해독 기술자는 이 문장을 구성하는 똑같은 글자들이 다음과 같은 단어들로 재배열될 수 있다는 것을 알아냅니다. '저항하라 – 음모가 감지되고 있다 – 탑으로부터(Resist, –a Plot is brought home–The Tour)' 이것이 바로 철자 바꾸기 해독법입니다."

이 학자는 이런 내용을 말해준 내게 매우 감사해 했으며 영광스럽게도 그 내용을 자신의 논문에 넣겠다고 약속했다.

나는 이제 더 이상 나를 이 나라에 머물도록 유혹할 만한 대상을 찾을 수가 없었다. 따라서 영국으로의 귀향을 생각하기 시작했다.

제7장

저자가 라가도를 떠나 말도나다로 갔다가 그럽덥드립을 잠시 방문한다. 그곳 총독에게 영접을 받는다.

이 왕국이 속한 대륙은 아메리카 서부의 미개발 지역, 즉 캘리포니아 서부를 향해 동쪽으로 뻗어 있는 대륙이라고 믿을 만한 근거가 충분히 있었다. 그리고 수도 라가도에서 241킬로미터 정도 떨어진 북쪽은 태평양과 면해 있으며, 그곳에 럭낵 섬과 많은 교역을 하는 멋진 항구가 하나 있었다. 북위 29도, 경도 140도에 위치한 이 럭낵 섬은 일본으로부터 남동쪽으로 약 480킬로미터쯤 떨어진 곳에 있었다. 일본의 황제와 럭낵 왕은 절대적 동맹 관계를 맺고 있었기에, 두 섬나라는 서로 간에 왕래가 빈번했다. 따라서 나는 유럽으로 귀환하기 위하여 이쪽으로 내 여행 행로를 잡았다. 나는 내 작은 짐 꾸러미를 운반해 줄 노새 두 마리와 길을 안내해 줄 안내인 한 명을 고용한 후 나를 보호해 주었던 귀족 후견인에게 작별을 고했다. 그는 내게 너무나도 많은 호의를 베풀어 주었고 떠나는 날은 넉넉한 선물까지 주었다.

내 여행은 이렇다 할 만한 사건, 사고 없이 무사히 진행되었다. 말도나다(그것이 항구의 이름이었다)에 도착해 보니 당장 럭낵으로 떠나는 배가 없었으며, 한동안 있을 것 같지도 않았다. 말도나다는 영국 포츠머스 항보다 두 배 정도 더 컸다. 나는 곧 몇몇 사람들을 사귀었으며 그들로부터 아주 따듯한 대접을 받았다. 그런데 한 점잖은 신사분이 내게 럭낵으로 떠나는 배가 한 달 안에는 준비될 것 같지 않으니 그동안 남쪽으로 24킬로미터쯤 떨어져 있는 그럽덥드립이란 작은 섬나라에 잠깐 다녀오는 것이 재미있는 오락거리가 될 것이라고 말했다. 그는 자신과 친구 한 명이 함께 동행하겠으며, 여행을 위해 조그맣고 편리한 범선 하나를 준비하겠다고 제안했다.

그럽덥드립이란 명칭은, 내 해석 능력 한도 내에서 가장 가깝게 번역해 본다면, 마술사 혹은 마법사의 섬이란 의미를 지니고 있었다. 이 섬은 영국의 와이트 섬보다 세 배 정도 컸으며 매우 비옥한 곳이었다. 통치자는 모두가 마술사들인 어떤 종족의 수장이었다. 이 종족은 자신들끼리만 결혼을 했으며, 가장 연장자가 군주, 혹은 총독이었다. 그는 고상한 궁궐과 약 6미터 높이의 절개석 벽으로 둘러싸인 3,000에이커에 달하는 정원을 소유하고 있었다. 이 정원 안에는 가축, 밀밭, 화훼 재배용으로 구획 정리된 조그만 부지들이 여러 개 있었다.

총독과 그의 가족들은 좀 유별난 하인들의 시중을 받고 있었다. 그는 강신술(영혼 소환 능력)을 이용해 마음대로 죽은 자들을 불러내어 24시간 동안 그들에게 봉사하게 하는 능력이 있었다.

하지만 한 번 불러낸 사람은 아주 특별한 경우를 제외하고 3개월 안에 다시 불러낼 수 없었다.

우리가 그 섬에 도착한 것은 오전 열한 시경이었다. 나와 함께 간 신사분들 중 한 명이 총독을 찾아가, 알현하는 영광을 얻고자 찾아온 이방인들이 뵙기를 청한다고 말씀드렸다. 그 청은 즉시 수락되었으며 우리 셋은 아주 고풍스러운 방식으로 옷을 입고 두 줄로 늘어서 있는 무장 경비병들 사이를 지나 궁궐 문 안으로 들어섰다. 경비병들의 표정에 표현할 수 없는 공포감이, 사람을

오싹하게 만드는 뭔가가 있었다. 우리는 경비병들과 마찬가지로 양 옆에 도열해 있는 하인들 사이를 지나 세 개의 방을 통과했으며, 마침내 알현실로 들어섰다.

그곳에서 세 차례 큰절을 올리고 몇 가지 일반적인 질문을 받은 뒤에야 우리는 총독 각하의 옥좌 제일 밑 계단 근처에 놓인 세 개의 걸상이 앉을 수 있었다.

총독은 자기 나라의 언어와 다른 바니발비국의 언어를 알고 있었다. 그는 내게 여행 이야기를 해달라고 부탁했으며, 격식 없이 나를 대하고 싶다는 점을 보여 주기 위하여 손가락을 까딱거려 그의 모든 신하들을 물러나게 했다. 그러자 너무나 놀랍게도, 마치 자다가 깨었을 때 꿈속에서 보았던 환영들처럼 홀연히 사

라져 버렸다. 나는 총독이 별다른 해가 없을 것이라고 확신시켜 줄 때까지 한참 동안 제정신을 차리지 못했다. 하지만 종종 이런 대접을 받아 본 적이 있는 두 명의 일행들이 태연하자, 나는 용기를 내어 내 모험들에 대하여 짤막하게 이야기를 해주었다.

그러나 약간의 주저함이 없지는 않았으며 자꾸만 아까 본 하인들이 서 있던 장소를 뒤돌아보았다. 나는 총독과 함께 점심 만찬을 즐기는 영광도 누렸다. 역시 새로운 유령들이 식사를 준비했으며 식탁에서 시중도 들었다. 이제 오전보다는 다소 덜 무서운 것 같았다. 우리는 그곳에서 해질녘까지 머물렀으며 하루를 묵고 가라는 총독의 요청에 응하지 못하여 용서를 구한다고 겸손하게 말씀드렸다. 나와 두 동료들은 이 나라의 수도인 근처 시내의 민가에서 묵었다. 그리고 다음날 아침 총독이 명한 대로 다시 문안을 드리러 찾아갔다.

우리는 이런 식으로 매일 낮에는 총독과 지내고 밤에는 민박을 하며 열흘을 보냈다. 나는 곧 유령들의 모습에 아주 익숙해졌기 때문에 사나흘이 지나자 더 이상 아무런 감정도 느끼지 않게 되었다. 설령 어떤 불안감이 남아 있다 하더라도 호기심이 그걸 눌렀다. 총독 각하는 태초부터 지금까지 죽은 모든 사람들 중에서 내가 이름을 부르고 싶어하는 사람들을 몇 명이든 불러 보라고 말했다. 그리고 그들에게 내가 물어보고 싶은 질문을 무엇이든 해보라고 했다. 다만 내 질문은 그들이 살았던 시대에만 국한되어야 한다는 게 조건이었다. 그리고 그들이 틀림없이 진실만을 말할 것이라고 믿어도 좋다고 했다. 왜냐하면 거짓말이란 지하 세계에서는 아무런 쓸모도 없는 기술이기 때문이다.

나는 그처럼 큰 호의를 베풀어 준 것에 대하여 총독 각하에게 겸손한 감사의 말씀을 드렸다. 우리가 있는 방은 아주 아름다운 정원이 내려다보이는 곳이었다. 가장 먼저 보고 싶은 생각이 들었던 것은 화려하고 웅장한 장면들이었기 때문에, 나는 아르메니아 전투를 마친 후 막 군대를 인솔하고 돌아온 알렉산더 대왕을 보고 싶다고 말했다. 총독이 손가락을 움직이자 그는 즉시 우리가 서 있던 창문 아래 큰 뜰에 모습을 드러냈다. 총독은 그를 방으로 들어오도록 호출했다. 하지만 내 그리스어 실력이 너무 짧아서 그의 말을 이해하는 데 큰 어려움이 있었다. 그는 자신의 명예를 걸고, 자신이 독살당한 것이 아니라 과도한 음주로 인한 열병으로 죽은 것이라고 내게 고백했다.

다음으로 나는 알프스 산맥을 넘어가는 한니발을 보았다. 그는 내게 자신의 진지에는 식초가 단 한 방울도 없었다고 말했다.*

나는 시저와 폼페이 장군이 자기 군사들 앞에 서서 막 교전을 시작하려는 모습도 보았다. 나는 또 큰 방 안에 로마의 원로원이 나타나게 하고 그와 대조적으로 다른 방에는 현대의 상원이 나타나게 해달라고 부탁했다. 그랬더니 전자에는 영웅들과 신적인 인물들이 모인 의회의 모습이 나타나고, 후자에는 행상인, 소매

* 한니발의 군대가 알프스 산맥을 넘을 때 큰 바위 덩어리가 길을 막았다고 한다. 한니발이 불로 달구고 식초로 적시자 바위가 쉽게 갈라졌다고 알려져 있다.

치기, 노상 강도, 깡패 무리들의 모습이 나타났다.

총독은 내 요청에 따라 시저와 브루투스에게 앞으로 나와 보라는 신호를 보냈다. 나는 브루투스의 모습에 깊은 존경심을 느끼며 충격을 받았다. 모든 표정에서 가장 완벽하게 완성된 도덕성과 가장 대담한 불굴의 용기, 굳건한 정신, 조국에 대한 사랑, 모든 인류에 대한 박애 정신을 쉽게 발견할 수 있었기 때문이다. 나는 이 두 사람이 서로 잘 알고 있는 것을 즐겁게 지켜보았다. 그리고 시저는 자신의 삶에 있었던 모든 위대한 행동들이, 그의 생명을 앗아 간 브루투스의 행동과 비교한다면 한참 모자란다고 솔직히 고백했다. 나는 브루투스와 많은 대화를 나누는 영광도 누렸다. 그리고 그로부터 그의 조상들인 유니우스, 소크라테스, 에파미논다스, 카토 2세와 자신, 그리고 토마스 모어 경이 영원히 함께 지내고 있다는 이야기를 들었다. 사실 이 여섯 사람은 모든 시대를 통틀어도 일곱 번째를 더 추가할 수 없는, 우리 시대의 가장 모범이 되는 이상적인 여섯 영웅들이었다.

과거의 모든 시대를 다 보고 싶다는 물릴 줄 모르는 내 욕망을 충족시키기 위해 얼마나 많은 유명 인사들이 불려 나왔는지 다 이야기한다면, 아마 독자들을 괴롭히는 지루한 일이 될 것이다. 나는 주로 폭군과 찬탈자들을 파멸시킨 영웅들과 억압되고 손상된 나라에 자유를 되찾아 준 영웅들의 모습을 실컷 보았다. 하지만 내가 마음속에 느꼈던 만족스러운 감정을, 독자들도 즐거워할 수 있는 방식으로 표현한다는 것은 불가능한 일이다.

제8장

그럽덥드립에 대해 설명이 이어진다. 고대 및 현대의 역사가 수정된다.

나는 지력과 학식으로 가장 유명했던 고대인들을 보고 싶은 욕망도 있었기 때문에 그들을 위해 일부러 하루를 할애했다. 우선 나는 호머와 아리스토텔레스가 그들의 모든 주석자들과 함께 나타나는 것을 보고 싶다고 부탁했다. 그러나 주석자들과의 숫자가 너무 많아서 그중 몇 명은 부득이하게 앞마당과 궁궐의 바깥쪽 방에서 대기하고 있어야 했다. 나는 첫눈에 이 두 영웅들을 다른 무리들로부터 구분해 낼 수 있었으며, 그 두 사람을 각각 알아볼 수 있었다. 호머는 둘 중에서 키가 더 크고 미남이었으며 나이에 비해 똑바로 걷는 편이었다. 그리고 그의 눈초리는 내가 본 것 중에서 가장 민첩하고 꿰뚫어 보는 힘이 있었다.* 아리스토텔레스는 등이 많이 굽었고 지팡이를 사용했다. 그의 얼굴은 초라했고, 머리카락은 부드럽고 가늘었으며, 목소리는 공

* 스위프트는 걸리버를 통해 호머가 장님이었다는 전통적으로 인정되는 견해를 수정하고 있다.

허했다. 나는 이 두 사람 모두가 자신들 뒤에 있는 사람들을 전혀 모르며, 전에 만나 본 적도 없었다는 사실을 곧 발견했다. 나는 한 이름 없는 유령으로부터 귓속말로, 이 주석자들이 지하 세계에서는 항상 자신들이 모시던 앞의 두 학자들로부터 가장 멀리 떨어져 살고 있다는 말을 들었다. 자신들이 두 분의 저작들의 의미를 후손들에게 너무나 끔찍하게 잘못 주석하여 소개한 데서 생겨난 부끄러움과 죄스러움 때문에 그렇다는 것이다.

나는 디디무스와 유스타티우스*를 호머에게 소개시켰고, 그에게 이 두 사람은 좀더 잘 대접해 주라고 설득했다. 왜냐하면 그가 즉시 이들에게 시인의 기질에 속하는 재능이 없다는 사실을 간파해 냈기 때문이다. 그러나 아리스토텔레스는 내가 스코투스와 라무스**를 소개시켜 주며 그들에 대해 설명하자 화를 참지 못했다. 그는 그들에게, 당신들과 같은 부류의 사람들은 모두 그렇게 바보들이냐고 물었다.

그런 다음 나는 총독에게 데카르트와 가생디***를 불러 달라고 부탁했으며, 자신들의 이론 체계를 아리스토텔레스에게 설명

* 호머의 주석자들

** 던스 스코투스: 13세기 아리스토텔레스 연구자.
피에르 드 라 라메: 아리스토텔레스에 대해 비판적이었던 16세기의 인문학자.

*** 르네 데카르트: 17세기 수학자. 모든 운동은 순환한다는 그의 이론을 스위프트는 터무니없다고 생각했다.
피에르 가생디: 데카르트와 동시대인으로 에피쿠로스 학파의 물리학 이론 체계를 주장한 사람. 따라서 아리스토텔레스와 데카르트 양자 모두의 적이었다.

하라고 설득했다. 이 위대한 철학자는 자연 철학에 있어서 자신이 저지른 과오들을 솔직히 인정했다. 많은 문제들에 있어서 그가, 대부분의 사람들이 그렇듯이, 추측에 의거하여 일을 진행해 나갔기 때문이라는 것이다. 그는 에피쿠로스의 이론을 자신의 입맛에 맞게 만든 가생디와 데카르트의 순환 이론 모두 똑같이 논파될 수 있다고 생각했다. 그리고 그는 최근의 학자들이 너무나 열광적으로 신봉하고 있는 만유인력의 법칙에 대해서도 똑같은 운명을 예언했다. 그는 자연에 관한 새로운 이론 체계들은 새로운 유행에 불과하며 모든 시대마다 변화하는 것이라고 말했다. 그리고 수학 원칙들을 가지고 그 체계를 입증하려는 사람들조차도 아주 짧은 기간 동안만 득세할 것이며, 때가 되면 유행에서 사라져 버릴 것이라고 말했다.

나는 다른 많은 고대의 학자들과 대화를 나누면서 닷새를 보냈다. 나는 초기의 로마 황제들도 다 만나 보았다. 나는 총독을 설득하여 엘라가발루스 황제*의 요리사를 불러내어 우리에게 만찬을 요리해 주도록 시켜 보라고 했다. 그러나 그는 재료 부족으로 인해 솜씨를 많이 보여줄 수가 없었다. 또 아게실라오스**의 스파르타 노예가 우리에게 스파르타식 고기 수프를 끓여 주었지만 나는 두 숟가락도 넘길 수 없었다.

나를 이 섬에 안내했던 두 신사분들은 개인적인 용무 때문에

* 폭식으로 유명했던 로마의 황제

** BC 5세기 스파르타의 왕

바빠서 사흘 만에 잠시 모국에 갔다 와야 했다. 나는 이 시간을 이용하여 우리나라와 유럽의 다른 국가들에서 지난 이삼백 년 동안 탁월한 인물들로 평가되던, 비교적 최근에 돌아가신 명사들을 구경하기로 했다. 나는 늘 오랜 연륜의 명문가들에 대한 열렬한 신봉자였다. 나는 총독에게 십여 명, 혹은 이십여 명의 왕들을 불러내고 그들의 8~9대조 조상들까지 모두 차례로 등장하게 해달라고 부탁했다.

그러나 뜻하지도 않게 나는 비통한 실망감에 빠져 버리고 말았다. 한 가문의 경우, 나는 왕관을 쓴 사람들의 긴 행렬을 예상했지만, 그 대신에 바이올린 악사 두 명, 말쑥하게 차려입은 궁정의 아첨꾼 세 명, 이탈리아 성직자 한 명의 행렬을 보았다. 또 다른 가문에서는 이발사 한 명, 수도원장 한 명, 추기경 두 명의 모습을 보았다. 왕관을 쓴 국왕들에 대해서 너무나 큰 존경심을 가지고 있었기 때문에 나는 이런 미묘한 주제에 대하여 더 이상 자세하게 이야기 할 수가 없다.

그러나 공작, 후작, 백작, 자작, 기타 귀족들에 대해서는 그렇게 주의를 할 필요가 없다. 나는 특정한 귀족 가문의 사람들이 자기 조상의 본래의 모습에 따라서 특이하게 구분되는 외모를 갖게 된 이유를 추적해 볼 수 있어서 적지 않게 즐거웠다는 사실을 고백한다. 나는 어떤 특정 가문 사람들이 언제부터 긴 턱을 갖게 됐는지 알게 되었다. 또 두 번째 가문에는 왜 두 세대 동안 악당들이 넘쳐났고, 또 다른 두세대 동안은 바보들이 넘쳐났는지 알 수 있었다. 그리고 세 번째 가문은 어떻게 해서 머리가 돌아 버리게 되었는지, 네 번째 가문은 왜 사기꾼들이 되어 버렸는지도 알 수 없었다.

그리고 무슨 이유로 폴리도어 버질*이 어떤 귀족 가문에 대해 "그들 중 용감한 남자가 하나도 없었고, 순결한 여자가 하나도 없었다"는 말을 했는지도 알 수 있었다. 또 어떤 가문의 경우는 어떻게 해서 잔인함, 위선, 겁 같은 성향들이 그 집안의 문장紋章만큼이나 그 가문을 구분시켜 주는 특색이 되었는지 알 수 있었

* 라틴어로 영국의 역사를 집필했던 16세기의 이탈리아 신부.

다. 그리고 나는 어떤 귀족 집안에서 누가 가장 처음 몹쓸 병에 걸려 직계선상의 후손들에게 연주창 종양을 물려주었는지도 알 수 있었다. 그러나 나는 이런 모든 귀족가문들의 혈통 훼손 현상이 바로 시동, 하인, 시종, 마부, 도박꾼, 약사, 배우, 선장, 소매치기 같은 녀석들이 그 가문에 끼어들게 된 결과라는 사실을 알고 나서는, 그것에 대해 별로 놀라지 않게 되었다.

나는 특히 현대 역사에 대하여 가장 혐오감을 많이 느꼈다. 지난 100여 년 간 가장 명망이 높았던 모든 왕실 사람들을 꼼꼼히 조사한 결과, 나는 이 세상이 비열한 역사 저술가 녀석들에 의해 얼마나 오도되어 왔는가를 깨닫았기 때문이다. 이 저술가 녀석들은 전쟁에서의 가장 위대한 공을 겁쟁이들에게 돌리고, 현명한 충고는 바보들에게, 정직함은 아첨꾼들에게, 로마인다운 덕성은 나라를 배반한 자들에게, 경건한 신앙심은 무신론자들에게, 정조는 남색주의자들에게, 진실은 밀고자들에게 그 공을 돌리고 있었다.

나는 또 얼마나 많은 무고한 훌륭한 인사들이 재판관들의 부패와 악의적인 당파 싸움을 틈탄 각료 대신들의 농간으로 죽음을 당하고 추방을 당했는지, 얼마나 많은 악당 녀석들이 신뢰와 권력, 위엄, 이익을 받는 최고위직 자리로 승진했는지, 얼마나 많은 왕실, 각료 회의, 상원 의회에서 결정된 조치와 결정들이 갈보, 창녀, 뚜쟁이, 기생충 같은 인간, 광대들에 의해 도전을 받았는지 등을 깨닫게 되었다. 그리고 나는 세상의 모든 사업과 혁명의 기원과 동기에 대해 진정으로 알게 되었고, 그런 것들의 성공이란 것이 얼마나 하찮은 우연한 사건들 덕택이었는지도 알게 되었다. 따라서 나는 인간의 지혜와 정직함에 대해 너무나도 좋지 않은 생각을 품게 되었다.

이곳에서 나는 또한 소위 야사와 비밀 역사를 썼다고 주장하는 자들의 악행과 무식함에 대해서도 깨달았다. 그들은 수많은 왕들이 독배를 마시고 무덤으로 사라지게 만들었고, 아무런 목격자도 없는 곳에서 이루어진 군주와 총리 대신의 대화를 날조해 냈고, 대사들과 내각 대신들의 캐비닛을 마음대로 열어 보였고, 영원한 불행이 대상을 잘못 찾아가게 만들었던 것이다.

나는 또 이곳에서 세상을 놀라게 했던 많은 중대 사건들의 진상을 알아냈다. 한 창녀가 뒷구멍에서 공작하는 음모꾼들을 지배하면, 그들은 추밀원을 지배하고, 다시 추밀원은 상원을 지배했다. 한 장군은 자신의 승리가 순전히 겁과 사악한 행동덕분이었다고 내 앞에서 고백했다. 또 한 명의 해군 장군은 적절한 정보 부족으로 인해, 자기 조국을 배반하고 함대를 헌납하려 했던 적들을 잘못 격퇴한 적이 있다고 고백했다.

어떤 세 명의 왕들은 자신들의 모든 통치 기간 동안 진정한 가치를 지닌 적임자를 승진시킨 적이 단 한 번도 없었으며, 혹시 그런 적이 있었다면 그건 실수였거나 자신들과 비밀 얘기를 나누는 각료 대신의 음모 때문이었을 것이라고 주장했다. 그리고 그들은 자신들이 다시 살아난다 해도 그런 짓, 즉 진정한 가치를 지닌 적임자를 승진시키는 일은 역시 하지 않을 것이라고 말했다. 그들은 거기에 대한 강력한 이유를 다음과 같이 들었다. 즉 국왕의 자리란 부패 없이는 절대로 유지될 수 없는 자리이며, 도덕성이 인간에게 불어넣어 주는 적극성, 자신감, 고집 같은 기질은 공적인 업무를 영원히 방해하는 장애물이라는 것이다.

나는 그렇다면 그 수많은 사람들이 도대체 어떤 방법에 의해 명예로운 고관대작의 칭호를 얻고 엄청난 개인 재산을 얻게 되었는지, 그 자세한 내용을 조사해 보고 싶다는 호기심이 생겼다. 하지만 나는 내 조사를 아주 최근의 현대 시기에만 국한시켰다. 나는 분명히 외국인들조차도 화나지 않게 하려고 조심하는 사람이기 때문에(내가 여기서 말하고 있는 내용이 우리 나라와 전혀 관계가 없음을 구태여 밝힐 필요는 없을 것이다), 현대인들의 비위를 거스르지 않으려고 조심하면서 이야기를 진행하겠다.

어쨌든 관련된 수많은 사람들이 호출되어 왔을 때, 간단한 조사만 가지고도 그들의 극히 추악한 모습이 드러났기 때문에 나는 이 문제에 대해 심각하게 숙고해 보지 않을 수가 없었다.

위증, 억압, 매수, 사기, 약탈, 기타 이와 비슷한 악덕들은 그들이 말한 내용들 중에서 그나마 가장 용서받을 수 있는 기술들에 속했다. 이런 기술들에 대해서는 적당히 정상을 참작해주는 것이 합리적이라는 생각이 들 정도였다.

그러나 몇몇 고관대작들이 자신들의 권위와 부의 원인은 남색과 근친상간이라고 고백하자, 어떤 귀족들은 그것이 자신들의 아내와 딸들을 팔아먹은 결과라고 고백했다. 또 어떤 귀족들은 국가와 왕을 배신한 결과라고 고백했다. 또 어떤 귀족들은 무고한 자들을 파멸시키기 위하여 정의를 왜곡한 결과라고 고백했다. 이런 고백들을 듣자, 그러한 고위층 인사들에 대해 내가 당연히 지니고 있었던 깊은 존경심이 사라져 버리게 되었다고 말해도 충분히 용서받을 수 있을 것이다. 사실 이런 인사들이야말로 그 숭고한 품행으로 인해 우리와 같이 열등한 보통 사람들로부터 마땅히 최고의 존경을 받으며 대접받아야 하는 사람들이 아닌가?

나는 전에 종종 국왕과 국가를 위해 행해진 위대한 업적과 공헌들에 대한 글을 읽었던 적이 있다. 따라서 그런 위대한 업적을 직접 수행한 당사자들을 만나보고 싶었던 것이다. 그러나 조사를 해보니, 그들의 이름이 누구의 기억에도 남아있지 않으며, 그저 몇몇 사람만 역사 속에 가장 비열한 악당이나 반역자들로 기록되어 있다는 이야기를 들었다. 나머지 사람들에 대해서는 단 한 차례도 이야기를 듣지 못했다. 모습을 드러낸 그들은 모두 한결같이 낙심한 표정을 짓고 있었으며, 가장 남루한 복장을 하고 있었다. 일부는 교수대 위에 서있기도 했다.

그런데 그중에서 좀 이상한 경우로 보이는 사람이 있었다. 그의 옆에는 열여덟 살쯤 되어 보이는 소년이 함께 있었다. 그는 자신이 여러 해 동안 한 군함의 사령관이었으며, 악티움 해전에서 운 좋게도 적의 대전선을 격퇴하고 적의 주요 군함도 세 척이

나 격침시켰으며, 안토니우스의 유일한 도주 수단이었던 네 번째 군함도 사로잡았다고 말했다. 그리고 그 뒤로도 연이어진 승리에 대해 말했으며, 자기 옆에 서 있는 소년은 그 해전에서 전사한 자기 외아들이라고 했다.

그는 덧붙여서, 전쟁이 끝나자 자신의 공적에 확신을 갖고 로마의 아우구스투스 황제의 황실로 들어가 사령관이 전사한 더 큰 전함의 사령관으로 승진시켜 줄 것을 청했다고 말했다. 그런데 자신의 이런 요구는 전혀 고려되지 않고, 바다에 한 번도 나가보지 않은, 황제의 정부 한 명을 시중들던 리베르티나라는 자의 애송이 아들에게 그 전함이 맡겨졌다고 한다. 이에 그는 로마에서 아주 멀리 떨어진 농장으로 은퇴했고 그곳에서 생을 마감했다는 것이다.

나는 이 이야기의 진실이 너무나 알고 싶어서 그 해전의 총사령관이었던 아그리파를 불러 달라고 했다. 모습을 드러낸 그는 모든 이야기가 사실임을 확인해 주었다. 그리고 오히려 그 억울한 사령관에 대하여 더욱 유리하게 진술을 해주었다. 즉 그가 너무나 겸손한 사람이어서 자신의 공적을 오히려 상당 부분 줄이거나 감추었다는 것이다.

나는 뒤늦게 소개된 사치의 힘에 의하여 로마 제국의 부패가 극심해지고 신속하게 퍼져 나간 걸 발견하고는 무척 놀랐다. 하지만 그런 놀라움은 온갖 종류의 악들이 너무도 오랫동안 지배해 온 나라들이라든가, 혹은 찬사와 전리품이 자격 없는 총사령관에 의해 독점되어 버린 나라들의 수많은 비슷한 사례들에 대한 내 놀라움을 경감시켜 주었다.

불려 나온 모든 사람들이 정확하게 생전 그대로의 모습으로 나타났기에, 나는 지난 수백 년 간 우리 인간이라는 종족이, 특히 우리 영국인들이 얼마나 퇴보하고 변질됐는가를 목격하고 우울한 생각에 빠져 들었다. 몹쓸 역병이 명칭을 바꿔가며 온갖 악영향을 미치면서 우리 영국인들이 얼굴 모습을 엄청나게 변화시켰고, 신체 크기를 축소시켰고, 신경을 쇠약하게 만들었고, 근육과 힘줄을 약화시켰고, 안색을 누렇게 만들었고, 살이 축 늘어지도록 변질시켰던 것이다.

나는 좀 더 격을 낮추어 과거의 특색을 그대로 간직한 영국의 자작농 몇 사람을 소환해 달라고 부탁했다. 이들은 한때 단순 소박한 생활방식과 진정한 자유정신, 용기, 조국애로 유명했던 사람들이었다. 그런데 지금 살아있는 그들과 과거의 그들을 비교해 보고, 나는 조상들의 이런 순수했던 가치 덕목들이 그들의 손자들에 의해 몇 푼의 돈으로 매수되고 변질되어버린 모습을 보자 충격을 받지 않을 수 없었다. 그들은 자신의 투표권을 팔아먹으며 선거를 치러 나가면서, 왕실에서나 배울 법한 모든 부정부패를 습득하고 말았다.

제9장

저자가 말도나다로 귀환해서 럭낵 왕국으로 항해해 간다.
저자가 구금되었다가 왕실로 압송된다. 국왕을 알현한다.
신하들에 대한 국왕의 큰 자비심을 설명한다.

이 나라를 떠나는 날 나는 그럽덥드립의 총독 각하에게 작별을 고했다. 그러고 나서 나는 두 동료 신사분들과 함께 말도나다 항으로 돌아왔다. 그곳에서 2주일을 기다리자 드디어 럭낵행 배가 준비되었다. 두 명의 신사분들과 다른 몇몇 사람들이 내게 너무나도 관대하고 친절하게 모든 준비물들을 챙겨 주었으며, 배까지 몸소 올라와 배웅해 주었다. 우리 배는 한 달이나 항해를 계속 했다. 그동안 한 차례 폭풍을 맞이했으며 60리그(약 288킬로미터) 이상 걸쳐 있는 무역풍 안으로 들어가기 위해 불가피하게 서쪽 방향으로 진행하기도 했다.

1708년 4월 21일, 우리는 럭낵의 남동쪽 항구 도시, 크루멕닉시의 강으로 들어섰다. 우리 배는 시에서 1리그(약4.8킬로미터)쯤 되는 곳에 닻을 내렸으며, 도선사를 보내 달라는 신호를 보냈다. 반 시간도 안 되어 도선사 두 명이 도착하여 우리 배에 탔다.

그들은 위험한 모래톱들과 암초들을 피하여 우리 배를 무사히 안내했으며, 큰 함대도 정박할 수 있을 정도로 커다란, 시내 성벽에서 아주 가까운 거리에 있던 내만에 무사히 도착하게 도와주었다.

그런데 선원들 중 일부가, 배신했는지 부주의였는지, 도선사들에게 내가 이방인이며 대여행가라고 일러바쳤다. 도선사들은 이 사실을 다시 세관 관리에게 통보했으며, 이 때문에 나는 배에서 내리자마자 아주 까다로운 조사를 받았다. 이 관리는 내게 바니발비어로 말을 했다. 잦은 교역으로 인해 이 도시에서는 특히 선원들과 세관 종사자 들에게 이 언어가 일반적으로 통했다.

나는 몇몇 세부 사항들을 간단하게 설명했고, 가능한 한 신빙성 있고 일관되게 나에 대해 이야기했다. 나는 국적을 숨기고 네덜란드 사람이라고 말하는 게 좋겠다고 생각했다. 내 의도는 일본으로 가는 것이었는데, 그 나라에 들어가도록 허용된 유일한 유럽인들이 네덜란드인뿐인 것을 알았기 때문이다.* 나는 관리에게, 내가 탄 배가 바니발비 해안에 난파되어 암초 위에 내던져졌다가 라퓨타(그도 하늘을 나는 섬을 들어서 알고 있었다)에 올라가게 되었으며. 이제 내 조국으로 돌아가는 방편을 마련하기 위해 일본으로 가려고 애쓰는 중이라고 말했다.

그 관리는 왕실로부터 명령을 받을 때까지는 나를 구금하고

* 일본은 1637년에 일어났던 반기독교 반란 이후 네덜란드인과 중국인을 제외한 모든 외국인들에게 입국을 불허하고 있었다.

있어야 한다고 말했으며, 그가 곧 전갈을 보내면 두 주 안에 회신을 받을 수 있을 거라고 했다. 나는 편리한 숙소로 옮겨졌으며 문에는 보초 한 명이 배치되었다. 하지만 큰 정원을 돌아다닐 수 있는 자유가 주어졌으며, 충분히 인간적인 대접을 받았다. 그리고 그 곳에 있는 동안에 드는 모든 비용은 다 왕이 부담한다고 했다. 그러는 동안 나는 순전히 호기심 때문에 나를 찾아온 몇 사람의 방문도 받았다. 내가, 이야기도 들어 본 적이 없는 아주 먼 나라에서 온 사람이라는 소문이 퍼졌기 때문이었다.

나는 한 어린 소년을 통역으로 고용하여 나와 같은 배를 타고 따라오게 했었다. 그는 럭낵 원주민이었지만 말도나다에서 몇 년 간을 살았기 때문에 양쪽 나라의 말을 완벽하게 구사할 줄 알았다. 그의 도움을 받아 나는 방문객들과 대화를 나눌 수 있었다. 그러나 이 대화는 단지 질문과 대답으로만 이루어졌다.

마침내 우리가 예상했던 시간에 왕실로부터 긴급 전갈이 왔다. 거기에는 말 열 마리를 동원하여 나와 내 수행원들을 트랄드랍덥, 혹은 트릴드록드립(내가 기억하는 바로는 이 두 가지 발음이 다 해당됐다)으로 안내해 오라는 허가장이 들어 있었다. 하지만 내 수행원 이래 봐야 그 초라한 소년뿐이었다. 내 겸손한 요청에 의해 우리는 각각 노새 한 마리씩을 타고 가기로 했다.

우리의 도착을 왕에게 알리고, 우리가 언제 영광스럽게도 그의 발판 앞 땅바닥을 핥을 수 있을지 날짜와 시간을 정하기 위하여, 우리보다 반나절 앞서 사자가 먼저 보내졌다. 나는 땅을 핥

는 이 인사법은 그 나라 왕실의 고유 방식이며 의례적인 형식이라는 것을 알았다. 도착하고 나서 이틀 후 왕의 알현이 허용되었을 때, 나는 배를 깔고 누워 땅바닥을 기어 앞으로 나오면서 바닥을 핥으라는 명령을 받았다. 그러나 내가 이방인이라는 이유 때문에 흙먼지가 내게 불쾌감을 주지 않도록 바닥을 깨끗이 닦아 놓는 세심한 배려가 있었다.

그러나 이런 배려는 아주 특별한 은총이었으며 최고위직 인사들이 알현을 원할 때를 제외하고는 누구에게도 허락되지 않는 일이었다. 오히려 어떤 때는, 즉 알현을 허락받은 자가 정적인 경우에는 바닥을 일부러 흙을 잔뜩 뿌려 놓기도 했다. 나는 대귀족 한 명이 입에 흙이 가득 차서 옥좌로부터 적절한 거리까지 기어와 단 한마디도 하지 못하는 것을 보았다. 그런데도 어쩔 수가 없는 것이, 왕을 알현하면서 왕의 면전에서 침을 뱉거나 입을 닦는 것은 사형죄로 다스려졌기 때문이다.

또한 그 왕실에는 내가 도저히 인정할 수 없었던 또 하나의 관습이 있었다. 즉 왕이 귀족들 중 어느 한 명을 부드럽고 너그러운 방식으로 죽여야겠다고 마음먹었을 때, 땅바닥에 치명적인 성분이 들어 있는 갈색 가루를 뿌려 놓으라고 명령하는 것이었다. 그 가루를 핥은 사람은 틀림없이 24시간 안에 사망했다. 그러나 이 왕이 지닌 대단한 자비심과 신하들의 생명에 대한 배려(이 점에 있어서 유럽의 군주들이 꼭 그를 흉내내기를 진심으로 소망한다)를 정당하게 평가하고, 그의 명예를 위하여 다음과 같은 사실은 반드시 언급해야 할 것이다. 즉 그런 식의 처형이 끝난 다음에는 그가 반드시 바닥에 묻은 독들을 깨끗하게 씻어 내라는 엄명을 내렸다는 점이다. 혹시라도 하인들이 이를 소홀히 하면 왕의 큰 노여움을 불러올 위험이 있었다.

나는 왕이 직접 시동 한 명에게 채찍질을 가하라는 명령을 내리는 것을 들은 적이 있다. 처형 후에 바닥을 닦으라는 명령을 전하는 게 그의 임무였는데, 이 녀석이 악의적으로 이 통지를 이행하지 않는 바람에 왕을 알현하러 왔던 전도유망한 한 젊은 귀족이 불행하게도 독살되었다는 것이다. 물론 왕은 그 당시에 그 귀족을 죽일 생각이 없었다. 그러나 이 착한 군주는 너그럽게도 그 시동에게 매질을 하는 것만으로 그 일을 용서해 주었다. 다만 자신의 특별한 명령이 없이는 다시는 그런 일을 하지 않겠다는 약속을 받았다.

곁 이야기에서 다시 본 이야기로 돌아가 보자. 옥좌에서 4야드(약3.7미터)쯤 되는 곳까지 기어갔을 때 나는 조용히 몸을 일으켜 무릎을 꿇고는 이마로 바닥을 일곱 차례 두드렸다. 그리고 전날 밤 사람들이 가르쳐 준 대로 다음과 같은 말을 했다. "익프링 글로프스롭 스쿠트세룸 브리옵 므롸쉬날트 즈윈트노드발크루프 스리오파드 굴드릅 아쉬트." 이 말은 법에 의해 왕을 알현하러 온 모든 사람들이 왕에게 바쳐야 할 찬사였다. 영어로는 이런 의미로 번역될 수 있다. "천상에 계신 황제 폐하께서 태양보다도 11개월 반 동안 더 오래 사시기를 기원합니다." 이 말에 대해 왕이 뭐라고 대답을 했으나 나는 무슨 소린지 알 수가 없었다. 하지만 나는 전날 배운 대로 "프럽트드린 얄레릴 드울럼 프라스트라드 밀프러쉬"라고 대답했다. 즉 "내 혀는 내 친구의 입 속에 들어 있다"는 의미였다. 이 말에는 내 통역자를 불러 주기를 간청한다는 의미가 담겨져 있었다. 따라서 앞의 소년이 불려왔으며, 그의 통역을 통하여 나는 반 시간 동안 왕이 물어보는 많은 질문들에 대답할 수 있었다. 내가 바니발비어로 말을 하면 소년이 럭낵어로 통역하는 방식이었다.

왕은 나와 함께 있는 걸 매우 즐거워했으며 그의 브리프마크

럽, 즉 시종장에게 나와 내 통역을 위하여 궁궐 내에 숙소를 마련해 주라고 지시했다. 그리고 매일 내게 수당을 제공하고, 내가 쓸 공식 비용으로 다량의 금화를 지급하라고 지시했다.

나는 이 국왕 폐하에 대한 완벽한 존경심으로 이 나라에서 석 달 간을 머물렀다. 그는 내게 아주 즐거운 마음으로 많은 호의를 베풀어 주었으며, 영광스러운 과분한 제의를 많이 했다. 그러나 나는 내 나머지 생애를 아내와 가족들과 보내는 것이 더욱 분별 있고 올바른 행동이라고 생각하고 있었다.

제10장

저자가 럭낵인들을 칭찬한다. 스트럴드브럭에 대해 구체적으로 묘사한다. 저자가 불로장생이라는 주제에 대해 몇몇 저명인사들과 많은 대화를 나눈다.

럭낵인들은 예의 바르고 너그러운 사람들이었다. 물론 그들도 대개의 동방 국가들처럼 특유의 자만심이 어느 정도 없지는 않았다. 그러나 그들은 이방인들에게 예의 바르게 대했고, 특히 왕실에 의해 인정받고 있는 사람에게는 더욱 그랬다. 나는 멋진 옷을 입은 많은 사람들과 사귀었으며, 늘 통역을 대동하고 있었기 때문에 그들과의 대화가 싫지 않았다.

하루는 그들과 좋은 시간을 보내던 중 한 고위 인사가 내게 혹시 그들 나라에 있는 스트럴드브럭(불로장생인)을 본 적이 있냐고 물었다. 내가 본 적 없다고 대답하자, 그는 유한한 생명을 지닌 인간에게 그런 호칭을 붙인 의미가 무엇인지 설명해 주겠다고 했다. 아주 드문 일이기는 하지만, 그 나라에서는 가끔 왼쪽 눈썹 바로 위 이마에 붉은 색 원형의 점이 있는 아이가 태어나는

일이 있다고 말했다. 바로 이 점이 그 아이가 결코 죽지 않을 것이라는 사실을 나타내는 확실한 징표라는 것이다.

그의 설명에 의하면, 붉은 점은 3페니 은화 정도의 크기인데 시간이 지날수록 점점 커지며 색깔도 변한다는 것이다. 아이가 열두 살이 될 무렵에는 초록색으로 변하여 스물다섯까지 유지되다가, 그때부터 다시 짙푸른 색으로 바뀌기 시작하며, 마흔다섯이 되면 새까맣게 변하게 되고 크기도 영국의 실링 은화 정도가 된다고 했다. 그리고 그 후부터는 더 이상 변화가 일어나지 않는다는 것이다. 그는 이런 아이들의 출산은 아주 드문 일이어서 왕국 전체를 통하여 남녀 스트럴드브럭들은 총 1,100명을 넘지 못할 거라고 했다. 그중에서 약 50명 가량이 수도에 살고 있는 것으로 추산되며, 가장 최근에는 3년 전쯤에 태어난 여자 아이가 있다고 했다. 이런 아이들의 출생은 특정 가족에게만 있는 독특한 일이 아니라 순전히 우연의 결과이며, 스트럴드브럭들의 자녀도 다른 정상인들과 똑같이 수명이 유한하다는 것이다.

이 이야기를 듣자마자 표현할 수 없는 기쁨이 내게 엄습했음을 솔직히 고백하겠다. 내게 이 이야기를 들려준 그 인사가 마침 내가 사용하던 바니발비어를 이해했기 때문에, 나는 그 언어로 다소 과장된 감탄의 말들을 그의 앞에서 터뜨리지 않을 수 없었다. 나는 마치 황홀경에 빠진 사람처럼 큰소리로 이렇게 외쳤다.

"모든 아이가 불로장생인이 될 기회를 적어도 한 번씩은 가질 수 있으니 얼마나 행복한 나라입니까! 고대의 덕목을 몸소 보여주는 수많은 살아 있는 모범들을 향유할 수 있고, 과거 모든 시대의 지혜를 가르쳐 줄 수 있는 스승들을 모실 수 있으니 당신들은 얼마나 행복한 사람입니까! 하지만 모든 비교가 불가능할 정도로 가장 행복한 사람들은 바로 스트럴드브럭 자신들이겠지요. 인간의 본성에 내재된 그 보편적인 재앙으로부터 면제를 받고 태어났기 때문에, 그들은 끊임없이 다가오는 죽음에 대한 공포가 불러일으키는 영혼의 무게와 억압 없이, 자신들의 마음을 자유롭고 홀가분하게 유지할 수 있지 않겠습니까?"

그러면서 나는 이 훌륭한 사람들이 왜 왕실에 한 명도 안 보이는지 참으로 이상하다고 말했다. 그들의 이마에 난 까만 점은 매우 두드러진 특징이었을 것이기 때문에 내가 그들의 모습을 쉽게 놓쳐 버렸을 리가 없었다. 그리고 그처럼 지혜롭고 능력 있는 조언자들을 현명한 왕이 자신의 옆에 두고 쓰지 않는 것이 내게는 있을 수 없는 일로 생각되었다. 아마 그런 존경받는 현자들의 덕목이 부패하고 방종한 왕실의 관습과 비교할 때 지나치게 엄격한 것이었는지도 몰랐다. 그리고 우리가 종종 경험에 의해 발견하게 되는 바이지만, 젊은이들이란 너무 고집이 세고 변덕이 심해서 자신들보다 더 나이 많은 어른들의 분별 있는 지시를 따르려고 하지 않는 법이다.

하지만 왕께서 내게 언제든지 자신을 알현할 수 있는 기회를 허락했기 때문에, 나는 다음번에 그를 뵙게 되면 통역의 도움을 받아 이 문제에 대한 내 의견을 솔직하게 말씀드리리라 결심하였다. 또한 왕이 내 조언을 기꺼이 받아들이든 그렇지 않든 나는 한 가지 일만은 굳게 결심하였다. 즉 왕께서 내게 자주 이 나라에서 살 것을 제안했었기에 이제 그 호의를 매우 감사하는 마음으로 받아들이고, 만약 그들만 괜찮다면 이 훌륭한 스트럴드브럭님들과 대화를 나누며 이곳에서 평생을 보내겠다는 것이다.

바니발비어를 아는 관계로(앞서 말한 대로) 내 이야기를 다 알아들은 그 고위 인사는, 무지한 자들에게 연민을 느낄 때 짓는 미소를 지어 보이며, 기회가 닿으면 그들에게 데려가 주겠다고 말했다. 그리고 내가 말한 내용을 동료들에게 설명해 주겠다고 내 허락을 구했다. 그가 동료들에게 설명하자 그들은 한참 동안 그 나라 말로 이야기들을 나누었다. 그들의 말을 단 한마디도 알아듣지 못했기 때문에 나는 내 이야기가 그들에게 어떤 인상을 남겼는지 그들의 얼굴 표정만 봐가지고서는 도무지 알 수가 없었다. 잠시 침묵이 흐른 후, 그 신사분은 불멸의 삶이 주는 큰 행복과 이점들에 대한 내 현명한 발언을 듣고 내 친구(그는 자기 자신을 이렇게 표현했다)와 자신의 친구들이 무척 즐거웠다고 말했다. 그리고 만약 내게 스트럴드브럭으로 태어나는 운명이 주어졌다면 구체적으로 어떤 삶의 계획을 세워 놓느냐고 물었다.

나는 그렇게 방대하고 흥미로운 주제에 대해 웅변을 하는 것은 쉬운 일이며, 특히 나처럼 만약 내가 왕이나 장군이나 귀족이라면 무슨 일을 할지 공상하는 것을 좋아하는 사람은 더욱 그렇다고 대답했다. 그리고 그와 같은 주제, 즉 내가 만약 영생을 얻게 된다면 무슨 일을 하면서 시간을 보낼지 그 계획에 대해 그동안 빈번하게 숙고해 왔었다고 말했다.

"스트럴드브럭으로 태어나는 행운이 내게 주어진다면, 삶과 죽음의 차이를 이해함으로써 내 행복을 발견하게 되자마자 나는 우선 가능한 모든 기술들과 방법들을 동원하여 부자가 되기로 결심하겠습니다. 검약과 경영 수완을 통하여 부를 추구해 나간다면 별 무리 없이 나는 대략 200년 정도면 세상에서 제일가는 부자가 되어 있을 것이라고 기대할 수 있을 겁니다.

두 번째로, 아주 어린 시절부터 온갖 예술과 학문의 연마에 힘

써서 언젠가 때가 되면 이런 분야들에서 다른 모든 사람들을 능가할 것입니다.

마지막으로 나는 사람들에게 일어나는 모든 중요한 행위들과 사건들을 자세히 기록할 것이고, 계속 이어지는 국왕들과 각료 대신들의 성격에 대해, 매 항목마다 내 생각을 첨언해 가며 공정하게 기록할 것입니다. 그리고 나는 관습, 언어, 유행 의상, 음식, 오락의 변화들을 자세히 적어 놓겠습니다. 이런 모든 업적에 의하여 나는 지식과 지혜의 살아 있는 보물이 될 것이며, 분명히 국가의 예언자 같은 존재가 될 것입니다.

나는 60세가 지난 후부터는 결코 결혼을 하지 않을 것입니다. 그러나 사람들은 환대하며 살 것입니다. 물론 저축도 계속해 나갈 것입니다. 그리고 나는 희망찬 젊은이들의 정신을 올바르게 형성시키고 교육시키는 일도 즐길 겁니다. 수많은 사례들을 보고 강화된 내 자신의 기억, 경험, 관찰을 통하여, 그들에게 공적인 생활과 개인 생활 모두에서 도덕이 얼마나 유용한 것인가를 확신시키겠습니다.

그러나 내가 가장 소중히 여기는 동료들은 나와 같은 불로장생인들일 것입니다. 그중에서 나는 가장 나이가 많은 사람부터 나와 동시대인에 이르기까지 십여 명을 골라낼 것입니다. 그리고 이들 중 누구든 재산을 원하기만 하면 내 사유지 주변에 편리한 주거 시설을 마련해 주겠으며, 몇 명은 항상 나와 식사를 함께하게 할 것입니다. 그리고 그 자리에 유한한 생명을 지닌 보통 사람들 중에서 가장 고귀한 사람 몇 명을 같이 끼어줄 겁니다. 이들이 세상을 떠나더라도 오랜 세월 덕택에 마음이 무뎌진 나는 별로, 혹은 전혀 슬퍼하지 않을 겁니다. 그리고 그들의 자손들과 다시 같은 식으로 교유하면 될 것입니다. 그것은 마치 전해에 피었다 시들어 버린 꽃들의 상실을 슬퍼하지 않고, 다음 해가 되면 다시 패랭이꽃과 튤립을 정원에 피우며 즐기는 것과 마찬가지 일입니다.

동료 스트럴드브럭들과 나는 세월 속에서 우리가 관찰한 내용들과 기억들을 서로 나누게 될 것이며, 서서히, 단계적으로 이 세상에 부패가 잠입해 들어오는 것을 지켜보면서, 매 단계마다 인류에게 끊임없이 경고와 교훈을 제공하며 그것에 저항할 것입니다. 그러면 그것은 우리 자신이 몸소 보여 주는 모범의 강력한 영향력과 더해져서, 시대를 불문하고 당연한 불평거리가 되어가고 있는 지속적인 인간성의 타락을 막게 될 것입니다.

또 이에 추가하여 우리는 수많은 국가와 제국의 혁명들, 현세와 내세의 변화들, 고대 도시들의 멸망, 이름 없는 도시들이 왕들의 본거지로 변해 가는 모습을 지켜보는 즐거움도 누릴 것입니다. 또 유명한 강들이 야트막한 시냇물로 줄어들고, 대양의 한쪽이 메마른 해변으로 변하거나 다른 대양을 침범하는 모습을 지켜볼 것이며, 미지의 세계들의 등장도 지켜보게 될 것입니다. 그리고 야만인들이 예의 바른 문명국가들을 침공하여 문명화되는 모습도 보게 될 것입니다. 나는 또 황경(黃經), 영구 동력, 만

병통치약과 같은 완벽하게 완성된 수많은 발명들과 발견들도 보게 될 것입니다.

우리는 또 우리 자신이 예측한 내용을 끝까지 지켜보고, 확인하고, 또 혜성의 진로와 귀환 과정을 관측하고, 태양, 달, 별들의 운동 변화를 관측함으로써 천문학에 있어서 놀라운 발견들을 할 수 있을 것입니다."

나는 이어서 영생과 지상에서의 행복에 대한 자연스러운 욕

망이 내게 가져다 줄 다른 많은 화제들에 대해서까지 이야기를 확대해나갔다. 내 이야기가 끝나고 그 요지가 전처럼 나머지 동료들에게 통역되어 전달되자, 그들은 간혹 웃음을 터뜨렸고 자기 나라 말로 한참동안 이야기를 나눴다. 마침내 통역을 맡았던 신사분은 동료들로부터 나의 잘못된 생각을 고쳐 주라는 부탁을 받았다고 말했다. 그러면서 나의 이런 실수는 흔히 볼 수 있는 어리석은 인간 본성 때문에 생긴 것이니, 그 점을 고려한다면 내게 큰 잘못이 있다고는 볼 수 없다고 했다.

"이 스트럴드브럭이란 사람들은 우리나라에만 있는 것 같습니다. 내가 영광스럽게도 국왕의 대사로 가 있던 바니발비나 일본에도 그런 사람들은 없었습니다. 그리고 그 두 나라 사람들은 그런 사람들이 존재한다는 사실조차 믿으려 하지 않았습니다. 그리고 내가 처음 이 이야기를 당신에게 했을 때 놀라신 것을 보면, 당신도 이 일을 완전히 새로운 사실로 받아들이고 좀처럼 믿으려 하지 않았던 것 같습니다.

앞서 말한 두 왕궁에 살 때 나는 그곳 사람들과 많은 대화들을 나누었으며 불로장생이 인류의 보편적인 욕망이란 것을 관찰했습니다. 누구든지 무덤에 한 걸음을 들여놓으면 아주 강력한 반발력으로 나머지 한쪽 발을 빼내려고 합니다. 가장 나이가 많은 노인들조차도 여전히 단 하루라도 더 오래 살려는 희망을 갖고 있으며, 죽음이란 것을 본능적으로 항상 도망치고 싶은 가장 무서운 악으로 생각합니다. 그런데 오직 럭낵섬에서만은 삶에 대한 그런 집착이 그렇게 강렬하지 않습니다. 늘 자신의 눈으로 직접 스트럴드브럭들의 예를 보고 있기 때문입니다.

그리고 당신이 생각한 삶의 계획은 불합리하고 부당한 것입니다. 왜냐하면 그 계획은 영원한 청춘, 건강, 활력을 전제하고 있기 때문입니다. 그러나 그런 것들을 아무리 갈구한다 하더라도 그런 것들이 가능하다고 생각하는 바보 같은 사람은 없을 겁니다. 따라서 문제는 사람이 어떻게 항상 유복하고 건강한 최상의 청춘을 유지하느냐가 아니라, 노년의 나이가 가져오는 온갖 불편들을 어떻게 감수하며 영생의 시간을 보낼까 입니다.

그런데 그런 힘든 상황에서라도 불로장생을 누리겠다고 공언하는 사람들은 거의 없었지만, 나는 그래도 앞서 말한 바니발비와 일본에서 모든 사람들이 죽음을 얼마 동안만이라도 더 연기시키고 싶어 하며 가능하다면 그것이 늦게 찾아오길 원한다는 사실을 관찰했습니다. 그리고 나는 극단적인 슬픔이나 고통 때문에 죽고 싶다는 생각이 드는 사람들을 제외하고는, 누구라도 기꺼이 죽겠다는 사람 이야기는 들어 보지 못했습니다."

그리고 그는 내가 우리나라뿐만 아니라 여행하고 다녔던 다른 많은 나라들에서도 이와 똑같은 생각들을 품고 있는 사람들을 목격하지 않았는지 궁금해 했다. 이처럼 길게 머리말을 늘어놓은 뒤, 그는 자기 나라의 스트럴드브럭들에 대하여 다음과 같이 구체적으로 설명하기 시작했다.

"그들은 보통 서른 살까지는 보통 사람들과 똑같이 행동합니다. 그러나 그 다음부터 점점 우울해지고 의기소침해지며, 80살까지 점점 심해집니다. 나는 이런 사실을 그들의 고백을 직접 듣고 알았습니다. 한 시대에 두세 명을 넘지 않으므로 일반적인 관찰을 하기에는 그들의 숫자가 너무 적기 때문입니다. 우리나라 사람들의 평균 수명이기도 한 80살의 나이가 되면, 그들은 다른 노인들이 지닌 우매함과 모든 질병들을 가지게 됩니다. 하지만 자신들이 앞으로 영원히 죽지 않을 거라는 끔찍한 전망 때문에 이 우매함과 병약함은 한층 더 심해집니다.

그들은 고집이 세고, 성미가 까다롭고, 탐욕스럽고, 퉁명스럽고, 허황되고, 말이 많습니다. 또 친구도 못 사귀고, 모든 자연스러운 사랑의 감정을 갖지 못합니다. 그들의 사랑의 감정은 손자 세대 이하로는 결코 내려가지 않습니다. 질투심과 무기력한 욕망이 그들의 주도적인 감정입니다. 그러나 그 질투의 주요 대상은 젊은이들의 부도덕과 일반 노인들의 죽음입니다. 젊은이들의 부도덕한 삶을 곰곰이 바라보면서, 자신들에게서 모든 쾌락의 가능성이 차단되어버렸다는 사실을 깨닫습니다. 그리고 장례식을 볼 때마다 그들은 망자들이 자신들은 도저히 도달하리라고 희망할 수 없는 안식처로 돌아갔다고 애도하며 불평합니다.

그들은 청년기와 중년기에 배우고 목격했던 내용들 외에는 어떤 것도 기억하지 못합니다. 그나마 그 기억들도 아주 불완전합니다. 그리고 어떤 사실의 진상이나 자세한 내용을 확인하기 위해서는 그들의 최선의 회상에 의존하기보다 일반적인 구전에

의존하는 것이 더 안전합니다. 그들 중에서 가장 덜 불행한 사람들은 치매에 걸려 자신들의 기억을 완전히 잃어버린 사람들로 보입니다. 그들은 다른 사람들이 갖고 있는 수많은 나쁜 자질들을 갖고 있지 않기 때문에, 더 많은 연민과 도움을 받게 됩니다.

만약 한 스트럴드브럭이 자신과 같은 종류의 스트럴드브럭과 결혼하게 된다면 그 결혼은 왕국의 관례상 둘 중 하나가 80살의 나이가 되면 무효가 됩니다. 자신들의 잘못이 아닌데도 영원히 이 세상에 계속 살아남게 될 사람들이, 배우자라는 짐까지 떠맡아 그 불행이 배가되어서는 안 된다는 게 법의 합리적인 배려라고 생각되기 때문입니다.

80살이라는 기간을 다 살고 나면, 그들은 법적으로 사망한 것으로 간주됩니다. 그리고 그들의 상속자들이 재산을 승계하며, 소액의 재산만이 그들의 부양을 위해 남겨집니다. 가난한 스트럴드브럭들은 공공 비용으로 부양합니다. 그 나이가 지나면 그들은 신뢰할 만한 직업이나 이윤을 내는 직업을 갖지 못하는 것으로 간주됩니다. 그들은 토지를 구입할 수도 없고, 임대를 할 수도 없으며, 사회적 관습이나 행동의 한계를 결정하는 일에도 참가할 수 없는 것은 물론입니다.

90살이 되면 치아와 머리카락이 다 빠지고 맛도 구분하지 못합니다. 맛도 모르고 식욕도 느끼지 못한 채 뭐든 그냥 먹고 마실 뿐입니다. 그들이 걸린 병들은 더 악화되지도 않고 그렇다고 나아지지도 않은 채 그저 계속됩니다. 사물들의 명칭과 사람들의 이름, 심지어 자신과 가장 가까운 친구들이나 친지들의 이름까지도 잊어버립니다. 같은 이유로 독서를 통한 즐거움도 누리지 못합니다. 기억력이 감퇴하여 처음부터 끝까지 단 한 문장도 읽지 못하기 때문입니다. 이런 약점 때문에 그들은 유일하게 즐길 수 있는 오락까지도 빼앗겨 버리게 되는 것입니다.

우리나라의 언어는 늘 유동 상태에 있기 때문에 한 시대의 스트럴드브럭들은 다른 시대의 스트럴드브럭들의 말을 이해하지 못합니다. 또 그들은 200년 정도가 지나면, 단순한 몇 마디의 일반적 대화 외에는 이웃에 사는 보통 사람들과 대화가 불가능하게 됩니다. 따라서 그들은 자기 모국에 살면서도 마치 외국인들처럼 살아야 하는 불이익을 당하게 됩니다."

여기까지가, 내가 기억할 수 있는 한, 그가 내게 스트럴드브럭들에 대하여 해준 설명이었다. 나는 그 후 각각 다른 연령의 스트럴드브럭 대여섯 명을 직접 목격할 기회가 있었다. 가장 어린 사람이 200살이 좀 못 된 나이였다. 친구 몇 명이 그들을 여러 차례 내게 데려왔다. 그러나 내가 대단한 여행가이며 전세계를 다닌 사람이라는 이야기를 해주어도 그들은 내게 단 한 가지의 질문이라도 물어볼 정도의, 최소한의 호기심도 보이지 않았다. 그저 내게 스럼스쿠다스크, 즉 기억할 만한 징표를 선물해 달라는 부탁만 했다. 사실 이 부탁은 구걸을 온건하게 표현한 것이었다. 아주 부족한 액수이긴 하지만 대중들에 의해 부양되고 있었기 때문에, 그들의 구걸은 법으로 엄금되고 있었다.

그들은 모든 사람들의 경멸과 증오의 대상이었다. 스트럴드브럭이 한 명 태어나면 아주 불길한 일로 여겨졌고 그들의 출생은 아주 특별하게 기록되었다. 따라서 호적부로 그들의 나이를 알 수 있었지만, 호적부는 천 년 이상 보관되지 않았으며 세월이 지나거나 대중들의 소요에 의해 파괴되기도 했다. 그러나 그들의 나이를 계산하는 보통 방법은 그들이 기억하는 왕들과 귀족들을 물어본 뒤, 역사책을 참고하는 것이었다. 왜냐하면 그들의 머릿속에 기억되는 마지막 임금은 분명히 그들이 80살이 된 이

후에 통치를 시작한 임금이 아닐 것이었기 때문이다.

그들의 모습은 그때까지 내가 본 사람 중에서 가장 치욕스러운 모습이었다. 그리고 여자들이 남자들보다 더 무시무시했다. 너무 많은 나이로 인한 통상적인 기괴한 모습 이외에, 그들은 연령에 비례하여 말로 형용할 수 없는 추가적인 무시무시한 모습을 나타냈다. 나는 내가 보았던 대여섯 명의 스트럴드브럭들 중에서, 비록 그들 사이에 한두 세기 이상의 차이가 난 것은 아니었지만, 누가 가장 나이가 많은지 이내 알 수가 있었다.

내가 들었던 이야기와 직접 목격한 사실로부터 불로장생에 대한 내 열렬한 욕망이 상당히 가라앉았음이 이해될 것이다. 나는 처음에 품었던 행복한 공상들이 진심으로 부끄러웠고, 그런 추한 삶으로부터 벗어날 수만 있다면 설령 폭군이 내리는 죽음이라 할지라도 기꺼이 맞이하겠다고 생각했다.

국왕은 이 문제에 대해 나와 내 친구 사이에 오간 이야기의 모든 내용을 다 듣고 나서 매우 즐거운 태도로 나를 놀려 댔다. 그리고 사람들을 죽음의 공포에 대해 무장시키기 위하여 스트럴드브럭 두어 명을 우리 모국에 보내는 것이 어떻겠냐고 물었다. 하지만 이 제의는 이 왕국의 기본법으로 금지되어 있는 일처럼 보였다. 그렇지 않았다면 나는 이들을 우리나라까지 데리고 가는 수고와 비용을 기꺼이 감당했을 것이다.

나는 스트럴드브럭들에 관한 이 왕국의 법률이 강력한 근거에 의해 제정되었으며, 어떤 나라라도 이와 비슷한 상황에 있었더라면 불가피하게 시행했을 법이라는 데 동의하지 않을 수 없다. 그렇지 않았더라면 탐욕이 노년의 불가피한 특성이기 때문에, 이 불로장생인들은 기회만 생기면 온 나라를 다 차지하고 시민의 권리들을 잠식하였을 것이며, 결국에는 관리력 부재로 인하여 나라의 패망을 이끌어 내고 말았을 것이다.

제11장

저자가 럭낵을 떠나 일본으로 항해한다. 그곳에서 네덜란드 배를 타고 암스테르담으로 갔다가 영국으로 돌아온다.

스트럴드브럭들에 대한 앞 장의 설명이 다소 흥미로웠을 거라고 생각한다. 다소 일상적인 내용에서 벗어난 이야기 같기 때문이다. 나는 적어도 내가 입수했던 어떤 여행기에서도 그런 내용을 본 기억이 없다. 내가 잘못 알고 있다면(같은 내용을 다룬 또 다른 여행기가 있다면), 같은 나라를 여행했던 여행자들이 종종 똑같은 사항들을 다루는 데 의견의 일치를 보이는 것이 불가피한 일이라는 핑계를 댈 수밖에 없다. 그렇다고 나중에 여행기를 쓰는 여행자들이 자신들보다 먼저 여행기를 썼던 사람들로부터 내용을 빌려 왔다거나 베꼈다고 비난하면 안 된다.

이 왕국과 일본 대제국 사이에는 끊임없는 교역이 이루어지고 있었다. 따라서 일본의 작가들이 이 스트럴드브럭들에 대해서 이야기를 했을 가능성도 있다. 그러나 나의 일본 체류는 아주 짧았고 내가 일본어에 완전히 문외한이어서 어떠한 조사도 할 능력이 없었다. 하지만 나는 이 글을 보고 네덜란드인들이 호기심을 갖고 내 결점들을 충분히 보충해 주기를 바란다.

럭낵 국왕은 내게 자기 왕실의 일자리 제의를 받아들이라고 수시로 압박을 가해 왔다. 그러나 내가 단호하게 모국으로 돌아가야겠다고 마음먹은 것을 알아차리고는, 기꺼이 출발 허락을 내려 주었다. 그리고 그는 영광스럽게도 자필로 일본 황제에게 소개장을 써주었다. 또한 444개의 대형 금화들과(이 나라는 짝수를 좋아했다) 붉은 색 다이아몬드를 선물해 주었다. 이 다이아몬드는 영국에 돌아와 1,100파운드에 팔았다.

1709년 5월 6일, 나는 국왕과 친구들에게 엄숙한 작별을 고했다. 국왕은 성의 남서쪽 왕립 항구인 그란구엔스탈드 항구로 나를 안내해 줄 사람까지 붙여 줄 정도로 세심한 배려를 해주었다. 6일이 지난 후 나는 나를 일본으로 데려다 줄 배를 발견했으며, 그후 15일간 항해했다. 우리는 일본의 남동쪽 지역에 위치한 자모스치라고 부르는 조그만 항구 도시에 도착했다. 서쪽으로 좁게 쭉 뻗어 있는 도시였으며, 북쪽으로는 긴 만이 나 있었다. 이 만의 북서쪽에 일본의 수도인 에도가 위치하고 있었다.

배가 도착한 후 나는 세관 관리들에게 럭낵 왕이 일본 황제에게 보내는 소개장을 보여 주었다. 그들은 내 손바닥만큼이나 큰 럭낵 왕의 옥새를 이미 잘 알고 있었다. 옥새 문양은 '땅바닥에서 절름발이 거지를 잡아 일으키는 왕'의 모습이었다. 내 소개장에 대한 소식을 들은 시의 관리들은 나를 공식 사절로 예우해 주었다. 그들은 내게 마차와 하인들을 제공해 주었으며, 에도까지

가는 모든 비용을 감당해 주었다. 소개장은 아주 격식을 차려 개봉되었고 통역관에 의하여 황제에게 설명되었다. 통역관은 내가 요구 사항을 말한다면 그게 무엇이든 형제인 럭낵 왕을 위하여 들어줄 것이라는 일본 황제의 지시를 내게 통역해 주었다.

이 통역관은 네덜란드인들과의 교역 문제를 담당하기 위해 고용된 사람이었다. 그는 내 생김새를 보고 내가 유럽인이라는 사실을 곧 짐작해 내고는, 자기 황제의 지시 사항을 네덜란드어로 반복해서 말했다. 나는 그에게 (미리 결정해 놓은 대로) 내가 네덜란드 상인이며, 배가 난파되어 아주 외진 어떤 나라에 갔다가 그 나라에서 바다와 육지를 통해 럭낵으로 오게 되었으며, 거기서 다시 일본까지 오게 된 것이라고 대답했다. 그리고 일본에는 우리나라 사람들이 종종 교역을 하러 오기 때문에 유럽으로 돌아갈 기회를 얻을 수 있으리라 희망한다고 말했다. 따라서 나는 아주 공손한 태도로 나가사키로 갈 수 있게 허락을 내려 달라며 황제의 은총을 간청 드렸다.

여기에 덧붙여서 나는, 내 후원자인 럭낵 왕을 보아서 이곳 황제가 우리 동포들에게 부과하는 의식, 즉 십자가 짓밟는 의식을 면제해 주셨으면 좋겠다고 얘기도 했다. 그러면서 나는 그 이유로, 내가 교역을 할 생각이 전혀 없이 우연한 불운에 의하여 이 나라까지 오게 된 것이라는 점을 들었다. 이 마지막 청원의 내용이 통역되자 황제는 약간 놀라는 것 같았다. 그러면서 그는 내가 이런 의식을 하는 데 있어 망설임을 보인 유일한 네덜란드인이라는 생각이 든다고 말했다. 그리고 내가 진짜 네덜란드인인지 아닌지 의심이 가기 시작하며, 내가 혹시 기독교가 아닌지 의심스럽다고도 말했다.

그러나 그는 내가 제시했던 이유들과, 무엇보다도 럭낵 왕에 대한 우호감과 자신의 호의를 표시하기 위하여 내 기이한 부탁에 응해 주겠다고 대답했다. 하지만 이 문제는 솜씨 있게 처리해야 하기 때문에 그냥 지나쳐 버리는 식으로 처리하라고 관리들에게 명령해야한다고 했다. 왜냐하면 만약 이 비밀이 내 동포 네덜란드 사람들에 의해 발각된다면 그들이 항해 도중에 내 목을 베어 버릴지도 모른다는 게 그의 주장이었다. 나는 그가 그토록 특별하게 호의를 베풀어 준 데 대하여 통역을 통해 감사를 드렸다. 그 때 마침 한 부대의 병력이 나가사키로 행군을 하는 일이 있었다. 그 부대의 사령관은 나를 그곳까지 안전하게 데려다 주라고 명령을 받았다. 그리고 십자가 문제에 대해서도 특별한 지시를 내렸다.

1709년 6월 9일, 나는 아주 길고 힘든 여행을 한 끝에 나가사키에 도착했다. 나는 곧 450톤급의 튼튼한 상선, 암스테르담의 암보이나 호에 속한 네덜란드 선원들과 일행이 되었다. 라이든 대학에서 의학 공부를 하느라 네덜란드에 오래 살았었기 때문에 나는 네덜란드어를 곧잘 하는 편이었다. 선원들은 내가 어디서 왔는지를 곧 알아내고는 내 여행들과 인생 행로에 대해 호기심을 갖고 물었다. 나는 가능한 한 짧게 이야기를 만들어 냈으며 상당 부분 진실을 숨겼다. 나는 알고 있는 네덜란드 사람들이 많았다. 따라서 부모님의 이름을 거짓으로 만들어 낼 수 있었으며, 그들을 겔덜란트 지방에 살고 있는 이름 없는 시골 사람들로 위장했다.

나는 네덜란드까지 나를 데려다 주는 대가로 선장(시오도러스 반그럴트라는 사람이었다)에게 원하는 만큼 비용을 주겠다고 했다. 그러나 내가 의사라는 걸 안 선장은 필요한 경우에 나를 의사로 쓰겠다는 조건으로 기꺼이 평상 요금의 절반만을 받겠다고 했다. 배를 타기에 앞서 몇몇 선원이 내게 앞서 말한 그 의식을 시행했는지 여러 번 물어보았다. 나는 모든 사항에 있어서 황제와 왕실을 만족시켜 주었다고 두루뭉술하게 대답함으로써 이 질문을 피해 나갔다. 그러자 한 못된 선원 녀석이 관리에게 달려가 나를 가리키며 내가 아직 십자가 짓밟기 의식을 하지 않았다고 고자질했다. 그러나 나를 봐주라는 지시를 이미 받았던 이 관리는 대나무로 이 선원 녀석의 어깨를 스무 대나 때렸으며, 이후 나는 더 이상 이런 질문으로 괴롭힘을 당하지 않았다.

이 항해 여행 동안 이야기할 만한 가치가 있는 일은 아무것도 일어나지 않았다. 우리는 순풍을 타고 희망봉까지 항해해 갔으며 그곳에서 신선한 물을 구하기 위해 잠시 정박했다. 우리는 1710년 4월 6일 암스테르담에 무사히 도착했다. 그동안 병으로 세 명의 선원을 잃었으며, 네 번째 선원이 기니 해변에서 앞 돛대에 올라가 있던 중 바다로 추락하는 일이 있었다. 나는 암스테르담에서 그 도시의 소형 배를 빌려 타고 바로 영국으로 향했다.

1710년 4월10일 나는 다운즈 항에 도착했다. 다음날 배에서 내린 나는 5년 6개월 간 떠나있었던 내 조국을 드디어 다시 보게 되었다. 나는 곧바로 레드리프로 갔으며, 같은 날 오후 2시에 집에 도착했다. 아내와 가족들은 건강하게 잘살고 있었다.

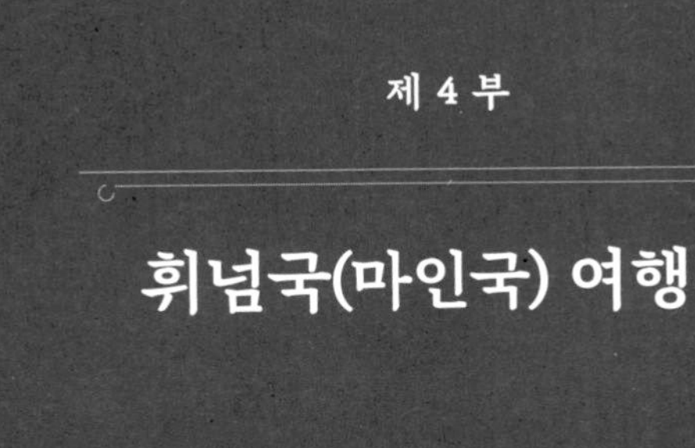

제 4 부

휘넘국(마인국) 여행기

GULLIVER'S TRAVELS

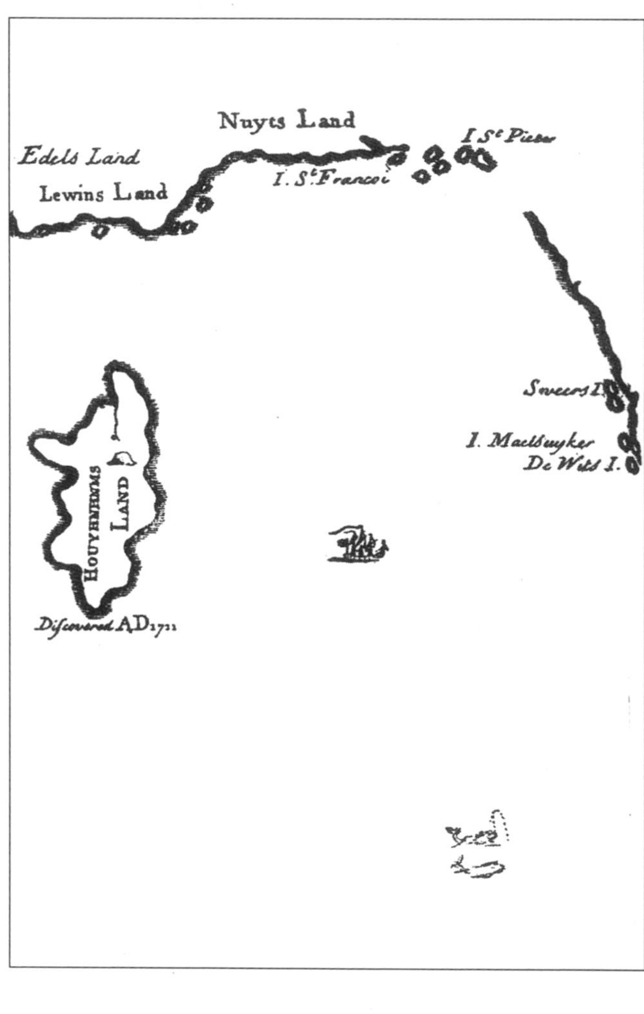
Nuyts Land
Edels Land
Lewins Land
I. St Francoi
Sweers I.
I. Maelsuyker
De Wits I.
Houyhnhnms Land
Discovered A.D. 1711

제1장

저자가 한 배의 선장으로 여행을 떠난다. 부하 선원들이 반란을 일으켜서 저자는 오랫동안 선장실에 감금되었다가 미지의 대륙에 남겨진다. 저자가 내륙으로 들어가다가 괴상한 동물인 야후와 두 명의 휘넘들을 만난다.

나는 아내와 아이들과 함께 아주 행복하게 다섯 달을 집에서 보냈다. 아마 행복한 때가 언제를 말하는 것인지 알 수 있는 공부를 했더라면 나는 계속 이렇게 살았을 것이다. 하지만 나는 아내가 임신 중인데도 350톤급 상선 어드벤처 호의 선장이 되어 달라는 유리한 제의를 받아들이고 말았다 나의 훌륭한 항해 지식 때문이기도 했지만, 선의로 일하는 것이 지겨워진 탓도 있었다. 필요하다면 내가 선의 역할을 맡을 수도 있었지만, 로버트 퓨어포이라는 솜씨 좋은 젊은 의사를 선의로 데려갔다.

우리는 1710년 9월 7일 모츠머스 항을 떠났고, 14일에 텐드리프에서 캄페체 만에 통나무를 벌채하러 가던 브리스틀 출신의 포코크 선장을 만났다. 16일 그는 폭풍우로 인해 우리와 헤어졌다. 나중에 영국에 돌아온 후 나는 그의 배가 침몰했으며 선실심부름을 하는 급사 외에 누구도 재난을 피하지 못했다는 이야기를 들었다. 정직한 사람이고 훌륭한 항해사였다. 하지만 자신의 주장을 펴는 데 있어 약간 고집스러웠는데, 그게 그의 파멸의 원인이 된 것이다. 만약 내 충고를 따랐더라면 지금쯤 아마 그도 나처럼 집에 무사히 돌아와 잘 살고 있을 것이다.

선원들 여러 명이 일사병으로 사망했기 때문에 나는 바베이도스와 리워드 군도에서 신참 선원들을 보충해야만 했다. 나를 고용한 상인들의 부탁에 의해 이곳들을 기항하게 되었던 것인데, 이것은 곧 큰 후회거리가 되었다. 나중에 알게 되었지만 이 신참 선원들 대부분이 해적 출신이었던 것이다. 배에는 모두 50명의 선원들이 있었다. 나는 그들에게 남대양의 인디언들과 거래를 할 것이며, 가능한 한 모든 발견들을 할 것이라고 말했다.

내가 모집했던 선원 녀석들은 다른 선원들까지 타락시켰고, 결국 모두가 작당해서 내 배와 나를 포획하려는 음모를 꾸몄다. 어느 날 아침 그들이 내 선실로 몰려들어와 손과 발을 묶고 꼼짝이라도 하면 배 밖으로 집어던지겠다고 위협했다. 나는 그들의 포로로서 복종하겠다고 말했다. 그들은 내게 그 말을 맹세시킨 후에야 결박을 풀어 주었으며 침대에 다리만 묶었다. 문 앞에 총알을 장전한 총을 든 보초를 세워 놓고, 만약 내가 도망치려 한다면 총으로 쏘아 죽이라고 명령했다. 그들은 내게 음식물과 마실 것을 내려 보낸 뒤 배의 지휘권을 장악해 버렸다.

그들의 계획은 이 배를 해적선으로 만든 후에 스페인 상선들을 약탈하는 것이었다. 그들은 배 안에 있던 물품들을 팔기로 결정했으며 마다가스카르로 가서 신참 선원들을 구하기로 했다. 내가 감금된 이후 몇 명이 더 사망했기 때문이었다. 그들은 몇 주 동안을 항해하며 인디언들과 교역을 했다. 그러나 선실에 감금되어 있었기 때문에 나는 그들이 어떤 항로로 나아가고 있는지 알 수가 없었다. 그들이 종종 내게 위협한 대로, 그저 죽음을 당하는 것 외에는 아무것도 기대할 수 없는 상황이었다.

1711년 5월 9일 제임스 웰치라는 자가 내 선실로 내려왔다. 그리고는 자신이 선장으로부터 나를 뭍에다 내려놓으라는 명령을 받았다고 말했다. 나는 그에게 통사정을 했지만 소용이 없었다. 그는 새 선장이 누구라는 얘기도 내게 해주지 않았다. 그들은 나를 대형 보트에 강제로 태웠으며, 내게 새것이나 다름없는 가장 좋은 옷을 입히고 조그만 포목 꾸러미를 들려 보냈다. 그러나 단검 이외에는 어떤 무기도 주지 않았다. 그들은 예의상 내 호주머니는 수색하지 않았다. 나는 거기에 갖고 갈수 있는 최대한의 돈과 기타 필수품들을 넣어 갔다. 그들은 3킬로미터쯤 노를 저어 간 뒤 나를 해변 가까이에 내려놓았다. 그들에게 그곳이 어디냐고 묻자, 그들은 자신들도 모르는 건 마찬가지라며 욕설을 해댔다. 그들의 선장이(그들은 두목을 그렇게 불렀다) 화물들을 다 처리한 뒤, 자신들이 발견하게 되는 첫 육지에서 나를 추방해 버리기로 결정한 것이라고 말했다. 그들은 서둘러 나를 뭍으로 밀어댔으며 곧 조수가 밀려와 집어삼킬지도 모르니 빨리 서두르라고 조언하고는 내게 작별을 고했다.

이런 우울한 상황에서 나는 앞으로 나아갔으며 곧 육지에 닿았다. 나는 언덕에 앉아 휴식을 취하면서 앞으로 어떻게 하는 게 최선일지 곰곰이 생각했다. 다소 기운이 회복되자 나는 결심하고 그 나라 안으로 들어가 보기로 마음먹었다. 선원들이 대개 그런 여행을 위해 장만하는 팔찌나 유리 반지, 기타 장난감들을 주고 내 목숨을 구해 볼 생각이었다. 마침 나는 그런 물건들을 몇 개 갖고 있었다.

그곳의 땅은 듬성듬성 길게 열지어 자연스럽게 자라고 있는 나무들로 구획되어 있었다. 풀이 엄청나게 많았으며 여기저기 귀리밭들이 보였다. 나는 갑작스러운 습격을 당하거나, 혹은 뒤쪽이나 양 옆에서 화살을 맞을까봐 아주 조심하게 걸어갔다. 얼마쯤 가자 사람들이 다닌 흔적이 있는 다져진 길로 접어들었다. 길에는 사람 발자국이 많았고 소 발자국도 조금 있었다. 그러나 대부분은 말발굽 자국들이었다.

마침내 나는 들판에서 동물 몇 마리를 보게 되었다. 모두 같은 종인데 한두 마리는 나무 위에 앉아 있었다. 모습이 하도 이상하고 기형적이어서 다소 혐오감이 들었기에, 그들을 좀더 자세히 관찰하기 위하여 잡목 숲 뒤에 몸을 숨겼다. 그중 몇 마리가 마침 내가 있는 쪽으로 다가왔기 때문에 나는 그들의 모습을 분명히 볼 기회를 얻었다.

그들의 머리와 가슴은 곱슬거리는 부드러운 털로 빽빽이 뒤

덮여 있었다. 그리고 염소 같은 수염이 나 있었으며 등줄기와 앞뒤 다리들에도 털이 나 있었다. 그러나 그들 몸의 나머지 부분에는 털이 나지 않아서 나는 그들의 황갈색 피부를 볼 수 있었다. 그들에게는 꼬리가 없었으며 항문을 제외한 엉덩이에도 털이 나 있지 않았다. 항문에 털이 난 것은 땅바닥에 앉을 때 몸을 보호하기 위해 자연스럽게 난 것으로 생각되었다. 그들은 눕기도 했지만 대개 앉는 자세를 취했고 뒷발을 딛고 일어서기도 했다.

그들은 다람쥐처럼 민첩하게 높은 나무 위로 올라갔다. 앞뒤발에 끝이 뾰족한 갈고리 모양의 튼튼한 발톱들이 뻗어 나와 있었기 때문이다. 그들은 종종 엄청난 민첩성을 지니면서 뛰어오르고, 튀고, 도약을 하기도 했다.

암컷들은 수컷들만큼 크지 않았으며 머리에 길고 부드러운 털이 나 있었고 항문과 성기 주변을 제외한 몸의 나머지 부분들에는 솜털만 나 있었다. 그들은 젖가슴은 앞다리 사이로 늘어져 있어 걸을 때면 거의 바닥에 닿을 정도였다. 암수 모두 털 색깔은 갈색, 붉은색, 검정색, 노란색 등 여러 가지였다. 요컨대 나는 내 모든 여행들을 통해서 이 동물들보다 더 불쾌하고 혐오감이 심하게 드는 동물을 본 적이 없었다.

이렇게 경멸감과 혐오감을 느끼며 이 동물들을 충분히 관찰했다고 생각한 나는 일어나서 다시 길을 나섰다. 그 길이 인디언들이 사는 오두막으로 나를 데려다 줄 것이라는 생각에서였다. 그런데 얼마 가지 않아 길 한가운데서 나를 향해 오는 이 동물

한 마리와 맞닥뜨리게 되었다. 이 추악한 동물은 나를 보자 몇 차례나 오만상을 찌푸렸고, 마치 전에 한 번도 본 적이 없는 물체를 보는 듯한 태도로 나를 노려보았다. 그런 다음, 호기심 때문이었는지 장난이었는지 모르겠지만, 내게 다가와 자신의 앞발을 들어 올렸다. 나는 단검을 빼들고 칼등으로 녀석을 세게 쳤다. 칼날로 찌르지 않은 것은 혹시나 원주민들이 내가 자신들의 가축을 죽였거나 손상을 입혔다고 화낼까 염려되어서였다.

나의 가격으로 인해 통증을 느끼자 그 동물은 뒤로 물러나며 엄청난 비명을 질러 댔다. 그러자 적어도 40여 마리가 울부짖으며, 또 이상한 얼굴 표정을 지으며, 옆 들판에서 내게로 떼를 지어 몰려왔다. 나는 옆의 나무로 도망쳐 거기에 등을 기댄 후, 단검을 휘두르며 그들이 가까이 오지 못하게 했다. 이 빌어먹을 짐승 녀석들 중 몇 마리는 뒤의 가지들을 잡고 나무 위로 올라가 내 머리 위에 똥을 갈기기 시작했다. 그러나 나는 나무 줄기에 딱 붙어서서 가까스로 그걸 피했다. 하지만 내 주변 곳곳에 떨어진 녀석들의 똥 냄새로 거의 숨이 막힐 지경이었다.

이런 곤혹스러운 상황의 와중에 녀석들이 전속력을 다해 도망치는 것이 보였다. 이에 나도 과감히 나무에서 벗어나 다시 길로 나서며 그들을 그토록 놀라게 한 것이 무엇인지 살펴보았다. 왼쪽에서 말 한 마리가 들판을 천천히 걸어오고 있는 게 보였다. 이 말의 모습이 녀석들이 놀라서 도망친 원인이었던 것이다.

말은 내게 좀더 가까이 다가오자 약간 놀라더니, 곧 정신을 차리고는 나를 똑바로 쳐다보며 분명히 놀라는 표정을 지어 보였다. 그는 내 손과 발을 바라보며 내 주변을 여러 차례 맴돌았다. 내가 다시 내 길을 가려고 하자 이번에는 그가 직접 막아섰다. 그러나 표정은 아주 온화해 보였으며 전혀 폭력을 가하려는 의사가 없어 보였다. 우리는 한참 동안 서로를 응시하며 서 있었다. 마침내 나는 용기를 내어 그의 목을 쓰다듬기 위해 손을 뻗었다. 경마 기수들이 낯선 말을 다룰 때 사용하는 보통을 방법을 써보고 휘파람을 불어 보았다. 그러나 이 동물은 내 호의에 대해 경멸감을 느끼는 듯 머리를 흔들어 댔으며, 이마를 기울이고 자신의 왼쪽 앞발을 조용히 들어 내손을 치웠다. 그런 다음 그는 서너 차례 울음소리를 냈다. 그런데 그 소리에 너무도 특이한 억양이 들어 있어서 나는 그가 자기 나름대로 어떤 언어를 구사하

고 있는 게 아닌가 생각하기 시작했다.

내가 그와 대면하고 있던 동안 또 다른 말 한 마리가 나타났다. 그는 먼저 와 있던 말에게 아주 공손한 태도로 다가왔으며, 두 말은 오른쪽 발굽으로 서로를 부드럽게 쓰다듬으며 여러 차례 번갈아 가며 울음소리를 냈다. 그 소리들이 각기 달라서 마치 또박또박 발음을 하는 것 같았다. 그들은 서로 상의를 하는 듯 나로부터 몇 발자국 떨어져 앞뒤로 나란히 거닐었다. 그 모습은 마치 어떤 중대한 문제를 심사숙고하는 사람들 같았다. 하지만 그들은 내가 도망을 치지 않나 감시하려는 듯 빈번히 시선을 내게로 돌렸다.

나는 이성이 없는 짐승들이 보이는 이런 행동들과 태도들을 보고 매우 놀랐다. 그리고 만약 이 나라의 원주민들이 이에 상응하는 정도의 이성을 갖고 있는 사람들이라면 그들은 분명히 세상에서 가장 현명한 사람들일 거라고 스스로 결론을 내렸다. 이런 생각은 내게 너무 큰 위로가 되었기 때문에, 이야기를 나누고 있는 두 마리의 말을 내버려 두고, 나는 집이나 마을을 발견하거나 원주민을 만날 때까지 계속 길을 가기로 결심했다.

그러나 첫 번째 말이었던 회색 얼룩말이 내가 몰래 사라지려는 걸 보고는 울음소리를 내며 나를 따라왔다. 너무나 의미가 풍부한 어조여서 그가 내 행동의 의미를 이해했다는 착각이 들 정도였다. 나는 뒤로 돌아서서 그의 다음 지시를 기다리듯 그에게로 다가갔다. 하지만 나는 최선을 다해 두려움을 감췄다. 왜냐하면 이 모험이 어떻게 끝날지 다소 불안해지기 시작했기 때문이다. 내가 지금 처한 상황이 별로 마음에 들지 않았다는 것은 독자 여러분들도 쉽게 믿으실 것이다.

두 말들은 내게 가까이 다가와 아주 진지하게 내 얼굴과 손들을 바라보았다. 회색 말은 그의 앞발굽으로 내 모자를 빙빙 돌려가며 문질렀다. 그러나 그걸 너무 비뚤어지게 만들었기 때문에 나는 모자를 벗었다가 다시 제자리에 쓰지 않을 수 없었다. 그러자 그 모습을 보고 그의 동료(적갈색 말)는 상당히 놀라는 눈치였다. 적갈색 말은 내 외투 자락도 만져 보았다. 그것이 내 주변에 헐겁게 매달려 있는 것을 발견하고는, 두 말은 또다시 놀라는 것 같았다. 그는 내 오른손을 쓰다듬어 보며 그 부드러움과 색깔에 놀라는 듯했다. 그러나 그가 내 손을 자기 발굽과 발목 사이에 넣어 너무 꽉 눌러 댔기 때문에 나는 비명을 내지르지 않을 수 없었다. 그러자 그들은 최대한 부드럽게 나를 만졌다. 그들은 내 신발과 스타킹에 대해 아주 당혹스러워했다. 몇 번이나 만지작거리며 다양한 동작을 취하면서 서로 번갈아 울음소리들을 냈는데, 그 모습이 마치 어떤 새롭고 난해한 현상을 해결하려고 하는 철학자들의 모습과 다르지 않았다.

모든 걸 종합해 볼 때 이 동물들의 행동은 너무 정연하고 합리적이었으며, 너무 예민하고 분별력이 있어서, 마침내 나는 틀림없이 그들이 어떤 의도를 가지고 변신한 마술사들일 거라고 결론 내렸다. 그리고 그들이 길에서 이방인을 만나자 데리고 장난을 치기로 결정한 것이든지, 아니면 그런 외진 풍토의 기후에 살고 있는 자신들과 의복, 외모, 안색에 있어서 너무나 다른 사람의 모습을 보고 정말로 놀란 것이든지 둘 중 하나인 것 같았다. 이런 추론에 힘입어 나는 이들에게 과감하게 다음과 같은 연설을 늘어놓았다.

"이보시오, 선생들. 충분히 그럴 만한 이유가 있겠지만, 만약 당신들이 마술사들이라면 내 말을 이해하실 수 있을 겁니다. 그러니 나는 감히 선생들께 다음 사실을 알려 드리겠소. 나는 불행한 사건으로 당신 나라 해안까지 쫓겨 온 불쌍한 영국인입니다. 당신들 중 한 분께 간청드립니다. 나를 진짜 말들처럼 등에 좀 태워, 휴식을 위할 수 있는 집이나 마을까지 데려다 주시겠습니까? 그러면 그 호의에 대한 보답으로 이 칼과 팔찌를(주머니에서 꺼냈다) 선물로 드리겠소."

두 말들은 내가 이야기하는 동안 매우 주의 깊게 경청하듯 침묵을 지키고 서 있었다. 내 말이 다 끝나자 그들은 진지한 대화를 나누듯이 서로를 향해 여러 차례 울음소리를 냈다. 나는 그들의 언어가 감정을 아주 잘 표현해 내고 있음을 분명히 감지했다. 그리고 그들이 구사하는 단어들을 중국 문자보다도 더 쉽게, 그다지 큰 어려움 없이 알파벳으로 바꿔 놓을 수 있을 것 같았다.

나는 그들이 여러 차례 반복했던 야후라는 단어를 잘 식별해 낼 수 있었다. 그게 무슨 의미인지는 짐작할 수 없었다. 어쨌든 두 말이 바쁘게 대화를 나누고 있는 동안 나는 혀를 굴려 가며 이 단어를 열심히 발음해 보았다. 그리고 그들이 대화를 마치자마자 과감하게 그들이 낸 소리와 최대한 가깝게, 큰소리로 야후라는 단어를 흉내내어 보았다. 그러자 그들은 깜짝 놀랐으며, 회색 말은 내게 올바른 억양을 가르쳐 주려는 듯 같은 단어를 두 차례 더 반복했다. 나는 최선을 다해 그의 발음을 따라 했다. 매번 연습할 때마다, 비록 완벽한 것과는 거리가 멀지만, 그래도 두드러지게 내 발음이 향상되는 것을 느낄 수 있었다. 그러나 적갈색 말은 발음이 한층 더 어려운 두 번째 단어를 내게 가르치려고 했다. 영어 철자로 나타내 보면 아마 휘넘이라고 바꿔 말할 수 있는 단어였다. 이 단어의 발음은 앞 단어처럼 잘 되지 않았다. 그러나 두세 차례 더 연습하자 훨씬 더 나아졌다. 두 말들은 내 능력에 놀라워했다.

내 짐작에, 두 친구 말들은 나와 관련된 듯한 이야기를 좀 더 나눈 뒤 서로 발굽으로 상대방을 쓰다듬으며 경의를 표한 뒤 작별을 했다. 회색 말은 나에게 앞장서서 걸으라는 신호를 해보였다. 나는 좀더 나은 안내자를 발견할 때까지 그의 말을 따를 것이 조심성 있는 행동이라고 생각했다. 내가 발걸음을 좀 늦추자 그는 훈, 훈이라고 소리쳤다. 나는 그 말의 의미를 짐작하고는 최선을 다해, 내가 피곤한 상태이며 더 빨리 걸을 수가 없다는 사실을 그에게 이해시켰다. 그러자 그는 내게 휴식을 주기 위하여 가끔씩 가다서는 것을 반복하곤 했다.

제2장

저자가 한 휘넘의 집으로 안내된다. 휘넘의 집과 저자가 받은 대접, 음식이 묘사된다. 저자가 육류 부족으로 고통을 겪다가 마침내 도움을 받는다. 그 나라의 식사법을 소개하다.

5킬로미터쯤 걸어가자 우리는 윗가지를 엮어 만들었으며 땅에 든든히 고정되어 있는 길다란 목재 건물에 도착했다. 건물 지붕은 낮았고 짚으로 덮여 있었다. 이제야 다소 안도감이 들기 시작했다. 나는 여행객들이 아메리카 인디언과 같은 야만인들을 만났을 때 선물로 주려고 흔히 가지고 다니는 장난감 몇 개를 꺼냈다. 그 집에 살고 있는 사람들이 그걸 보고 나를 친절하게 맞아 주리라는 희망에서였다.

말은 내게 먼저 안으로 들어가라고 신호했다. 안은 하나로 된 큰 방이었으며 바닥에는 부드러운 점토가 깔려 있었다. 그리고 방 한 쪽 옆에는 선반과 여물통이 길게 이어져 놓여 있었다.

방 안에는 늙은 말 세 마리와 암말 두 마리가 있었다. 먹이를 먹고 있지는 않았으며, 그중 몇 마리는 엉덩이를 바닥에 대고 앉아 있었다. 나는 참 이상한 모습이라고 생각했다. 그러나 나머지 말들이 집안일을 하고 있는 보고는 더 이상하다고 생각했다. 일하고 있던 이 말들은 일상적인 가축들처럼 보였다. 어쨌든 이 방의 모습은 내가 처음에 가졌던 생각, 즉 짐승들을 이 정도로 문명화시킬 수 있는 사람들이라면 틀림없이 전 세계의 어떤 나라 사람들보다도 뛰어난 지혜를 지닌 사람들일 거라는 생각을 확신시켜 주었다. 회색 말이 곧 뒤이어 들어왔고, 다른 말들이 혹시 내게 가할지도 모르는 험한 대우를 막아 주었다. 그는 방 안의 말들에게 권위 있는 어조로 여러 차례 울음소리를 냈다. 그러자 곧 그에 대한 대답 소리가 들려왔다.

이 방 너머에는 방 세 개가 더 있었으며 집의 끝 부분까지 이어져 있었다. 늘어선 각 방은 마치 전망 좋은 거리처럼 서로 마주 보는 세 개의 문들을 통해 들어갈 수 있었다. 우리는 두 번째 방을 지나고, 세 번째 방으로 갔다. 회색 말은 이곳에서 나에게 기다리라는 신호를 보내고 자신은 세 번째 방으로 들어갔다. 나는 두 번째 방에서 기다리며 이집의 주인이나 안주인에게 줄 선물을 준비했다. 칼 두 자루와 모조 진주 팔찌 세 개, 조그마한 거울 하나, 그리고 구슬 목걸이 등이었다.

말은 서너 차례 울음소리를 냈으며, 나는 그 소리에 대해 사람의 목소리로 내는 대답을 들을 수 있기를 기대했다. 그러나 그의 소리보다 좀더 날카로운 말 울음소리 한두 차례 외에는 어떠한 사람의 소리도 듣지 못했다. 나는 이 집이 원주민들 사이에 대단히 명망 높은 인사의 집일 거라고 생각하기 시작했다. 나를 맞이하기에 앞서 너무나 많은 예를 차린다는 생각이 들었기 때문이다. 하지만 그런 유명 인사가 온통 말들의 시중을 받고 있다는 사실은 이해가 가지 않았다.

나는 내가 겪은 고통과 불행 때문에 내 머리가 어떻게 된 것이 아닌지 불안했다. 다시 정신을 가다듬고 나 혼자 남겨진 방안을 둘러보았다. 이 방은 첫 번째 방과 비슷하게 갖추어져 있었지만 훨씬 더 우아한 격조를 지니고 있었다. 눈을 자주 비벼댔지만 계속 같은 물체들만 보였다. 나는 내가 꿈을 꾸고 있는가 싶어서, 꿈에서 깨어나려고 양팔과 옆구리도 꼬집어 보았다. 그러나 결국 이 모든 형상들이 마술이나 마법에 의해 만들어진 것 외에 다른 것일 수 없다는 확실한 결론에 도달했다. 하지만 이런 사색을 계속할 시간이 없었다. 회색 말이 문간에 나타나 내게 세 번째 방으로 따라 들어오라는 신호를 보냈기 때문이다. 방 안에는 아주 잘생긴 암말과 망아지 한 마리가 엉덩이를 짚방석에 대고 앉아 있었다. 그냥 막 만들어진 것이 아니라 완벽하고 깨끗하게 만들어진 멋있는 짚방석이었다.

내가 들어가자 암말은 곧 방석에서 일어나 내게 가까이 다가온 뒤, 내 양손과 얼굴을 꼼꼼히 관찰하고는 경멸감으로 가득 찬 표정을 지어 보였다. 그러고 나서는 회색 말에게 몸을 돌렸다. 나는 두 말 사이에 야후라는 단어가 종종 반복되는 것을 들었다. 비록 이 단어가 내가 처음으로 배웠던 이 나라 말이기는 했지만, 그 당시는 이 단어의 의미를 전혀 알 수 없었다. 그러나 나는 곧

이 단어의 의미를 알게 되었고 영원한 굴욕감을 느꼈다.

회색 말은 길에서처럼 훈, 훈이란 말을 반복하며 내게 고갯짓을 했고, 나는 그게 자기를 따라오라는 소리라고 이해했다. 그는 나를 마당같이 생긴 곳으로 데려갔다. 집으로부터 멀리 떨어진 곳에 또 다른 건물 한 채가 있었다. 이곳으로 들어가자 내가 이 나라에 도착했을 때 처음 만났던 그 혐오스러운 짐승 세 마리가 풀뿌리와 동물 고기를 먹고 있었다. 나중에 알고 보니 당나귀와 개고기, 혹은 사고사나 병사한 소의 고기였다. 그들은 모두 강력한 버들가지들로 목이 기둥에 묶여 있었다. 그리고 앞발 발톱 사이에 음식물을 들고 이빨로 뜯어먹고 있었다.

주인 말은 그의 하인 중 하나인 밤색 구렁말에게 이 짐승들 중 가장 큰 놈을 풀어서 마당으로 데리고 나오라고 명령했다. 그 짐승과 나는 나란히 가깝게 서게 되었으며 둘의 용모가 내 주인과 하인에 의해 부지런히 비교되었다. 그들은 몇 차례나 야후라는 단어를 반복해서 말했다.

이 혐오스러운 동물에게서 완전한 인간의 모습을 발견하고 내가 느꼈던 공포와 충격은 이루 말로 표현할 수 없을 정도였다.

그 짐승의 얼굴은 정말로 납작하고 넓었으며, 코는 꺼지고, 입술은 넓고, 입은 컸다. 모든 야만국에서 흔히 볼 수 있는 얼굴 모습이었다. 야만국의 원주민들은 아기를 땅바닥에 엎드려 기게 하거나 등에 업어 키워서 어머니의 어깨에 얼굴과 코를 뭉개려 하기 때문에, 아이들의 얼굴 모습이 종종 이런 식으로 일그러지곤 한다. 야후의 앞발은 내 손들과 별 차이가 없었다. 다만 나보다 더 손톱이 길고, 손바닥이 거칠고, 갈색이고, 손등에 털이 난 것만 달랐다. 손의 차이와 마찬가지였지만 그의 발도 나와 비슷했다. 나는 이 사실을 알았지만 말들은 이를 눈치채지 못했다. 바로 내 신발과 스타킹 때문이었다. 이미 말한 것처럼 털과 색상을 빼고는 녀석의 신체 모든 부위들이 나와 거의 똑같았다.

두 말을 난처하게 만들었던 큰 어려움은 야후와 너무나도 달라 보이는 내 몸의 나머지 부분이었다. 그 점에 대해서는 내 의복에 고마움을 느낀다. 그들은 의복에 대한 개념이 없었다. 밤색 말은 풀뿌리를 자기 발굽과 발목 사이에 잡고(적당한 곳에서 다시 설명하겠지만 이것이 뭔가를 집는 그들 나름의 방식이었다) 내게 내밀었다. 나는 그걸 손으로 받아 냄새를 맡아 본 뒤 최대한 정중하게 돌려주었다. 이번에는 야후의 우리에서 당나귀 고기 조각을 갖고 왔지만 냄새가 너무 역겹고 혐오스러워서 나는 외면해 버렸다. 그러나 그가 그것을 야후에게 던져 주자 녀석은 탐욕스럽게 먹어치웠다. 그는 또다시 내게 건초 다발이라든가 한 발굽 가득히 귀리를 집어 주었지만, 나는 두 가지 모두 내게 맞는 음식이 아니라는 의미로 고객을 내저었다.

정말이지 나와 같은 사람들이 먹는 음식을 구하지 못한다면 틀림없이 그 나라에서 굶어 죽겠다는 걱정이 들기 시작했다. 그 더러운 야후들에 대해 말한다면, 비록 그 당시 나보다 더 인류를 사랑하는 사람은 없었겠지만, 그들처럼 모든 면에서 혐오스럽고 미묘한 존재를 본 적도 없었음을 고백한다. 그 나라에 머무는 동안 그들에게 가까이 가면 갈수록, 그들은 더욱 혐오스러워졌다.

주인 말은 나의 이런 태도를 관찰하고는 야후를 우리로 돌려보냈다. 그러고 나서 자기의 앞발을 입에 갖다 대었다. 그가 손쉽게 그런 동작을 해보이기에 나는 깜짝 놀랐다. 그는 아주 자연스러운 동작으로, 내가 뭘 먹고 싶은지 알고 싶다는 신호를 해보였다. 그러나 나는 그가 이해할 수 있는 답변을 해줄 수가 없었다. 그리고 그가 설령 내 말을 이해하더라도 어떤 식으로 내가 먹을 음식을 찾아낼지 알 수가 없었다.

이런 의사 교환을 하고 있는데 마침 암소 한 마리가 지나가는 게 보였다. 나는 그 암소를 가리키며 그녀의 젖을 짜먹고 싶다는 소망으로 표현했다. 이것은 효과가 있었다. 회색 말이 다른 집 안으로 나를 데리고 들어가 암컷 하인 말에게 우유가 담긴 토기병과 목기병들이 아주 질서정연하고 깨끗하게 다량 저장되어 있는 방문을 열라고 지시했기 때문이다. 암말은 큰 접시에 우유를 가득 부어 주었으며 나는 그것을 실컷 마셨다. 그러고 나니 기운이 충분히 되살아나는 것 같았다.

정오 무렵 나는 집 쪽으로 야후 네 마리가 끌고 오는 대형 썰매와 비슷하게 생긴 마차가 다가오는 것을 보았다. 그 안에는 지위가 매우 높아 보이는 늙은 말 한 마리가 타고 있었다. 그는 마침 왼쪽 앞발에 부상을 입었기 때문에 뒷발을 먼저 앞으로 내밀어 마차에서 내렸다. 그는 우리 말과 식사를 하기 위해 방문한 것이었다. 우리 말은 아주 격식을 차려 그를 대접했다. 그들은 최고의 방에서 식사를 했으며, 두 번째 코스로 우유에 귀리를 넣어 끓여 먹었다. 늙은 말은 이걸 따뜻하게 데워 먹었으며 나머지 말들은 차게 해서 먹었다.

그들의 여물통은 방 중심부에 둥글게 놓여져 있었으며 여러 칸들로 나뉘어져 있었다. 말들은 그 주변에 짚을 높이 깔아 놓고 그 위에 엉덩이를 대고 앉았다. 중간에 있는 여물통들의 각 칸에는 커다랗고 각진 큰 선반들이 설치되어 있었다. 이에 따라 각 말과 암말들은 아주 품위 있게, 규칙적으로, 각자 자신의 건초와 귀리 사료, 우유를 먹었다. 어린 암수 망아지의 행동은 아주 겸손해 보였다. 그리고 손님을 대하는 주인과 부인말의 행동은 아주 즐겁고 만족스러운 것으로 보였다. 회색 말은 내게 그의 옆에 와서 서라고 지시했다. 손님 말이 종종 나를 바라보며 야후라는 말을 되풀이하고 있는 것으로 보아 그와 주인 사이에 나에 관한 많은 대화가 오가는 것 같았다.

나는 그 때 마침 장갑을 끼고 있었는데 회색 주인 말이 그것을 보고 매우 당황하는 것 같았다. 그는 내가 내 손에 한 일에 대해 많은 놀라움을 드러내 보였다. 그는 자신의 발굽을 내 양손에서 너 차례 갖다 댔다. 마치 다시 원상태로 돌려 놓으라는 의미 같았다. 나는 즉시 장갑을 벗어 주머니에 넣었다. 이것은 그들의 대화를 더 많이 유발했다. 나는 그들이 내 행동 때문에 즐거워하고 있음을 알았고, 그래서 그들이 내게 좋은 인상을 갖게 되었음을 깨달았다. 나는 주인 말에게서 내가 아는 몇 마디 단어들을 말해보라는 지시를 들었다. 식사를 하는 동안 주인 말은 내게 귀리, 우유, 불, 물, 기타 몇 가지 단어들을 가르쳐 주었으며, 나는 그를 따라서 이 단어들을 쉽게 발음해 냈다. 젊은 시절부터 나는 언어를 배우는 데 대단한 능력을 가지고 있었다.

만찬이 끝나자 주인 말은 나를 옆으로 데려가 몸짓과 말을 통해 그가 가진 걱정, 즉 내가 먹을 음식이 없다는 것을 이해시키려고 했다. 귀리는 그들의 말로 흐루느라고 불렀다. 나는 이 단어를 두세 차례 발음했다. 나는 처음에는 이를 거부했었지만, 다시 생각해 보니 잘하면 그것으로 빵 비슷한 걸 만들어 먹을 수도 있겠다 싶었다. 빵만 있다면 우유와 함께 내가 다른 나라, 즉 나와 같은 사람들이 있는 곳으로 갈 때까지 충분히 먹고 살 수 있을 것 같았다.

주인 말은 즉시 집 안의 흰색 하인 암말을 시켜 나무 쟁반에다 귀리를 잔뜩 담아 오게 했다. 나는 이 귀리들을 불에다 최대한 가열시킨 후 껍질이 벗겨질 때까지 비볐다. 그리고 껍질과 알갱이들을 어렵게 분리해 냈다. 나는 다시 알갱이들을 돌멩이 두

개로 갈고 빻아 가루로 만들었으며, 여기에 물을 섞고 반죽하여 케이크 형태로 만들었다. 나는 이 반죽을 불에 구워 우유와 함께 따뜻하게 먹었다. 유럽의 많은 지역에서 많이 해 먹는 방식이긴 했지만, 이 반죽 빵은 처음에는 아주 맥빠질 정도로 맛이 없었다. 그러나 시간이 지날수록 참을 만했다. 그동안 여러 차례 인생의 고된 시련을 겪어 본 나는, 이번 경우가 본능이 얼마나 쉽게 충족되는가를 알게 된 첫 번째 실험이라고는 할 수 없었다.

이 섬에 머무르는 동안 나는 단 한 시간도 아파 본적이 없다는 점을 말하지 않을 수 없다. 그리고 나는 야후의 털로 만든 덫을 이용하여 가끔씩 토끼나 새를 잡기도 했으며, 종종 건강에 좋은 약초를 채집하여 끓여 먹거나 샐러드로 만들어 귀리빵과 함께 먹기도 했다. 그리고 별식으로 버터를 조금 만들어 먹기도 했고 유장(乳漿)을 만들어 마시기도 했다. 나는 처음에는 소금이 없어 아주 힘들었다. 그러나 습관 때문에 소금이 없다는 사실에도 곧 익숙해져 갔다. 나는 우리들이 소금을 흔히 사용하는 것은 사치의 결과라고 생각하며, 장거리 여행을 할 때나 큰 시장이 멀리 떨어진 곳에서 고기를 보관할 때 필요한 경우를 제외한다면, 소금이 그저 단순히 음료를 마시게 하는 자극물에 불과하다고 생각한다. 그리고 우리는 인간을 제외하고는 어떤 동물도 소금을 좋아하지 않는다는 사실을 관찰하게 된다.* 그리고 내 경우를 이야기한다면, 이 나라를 떠난 후 음식에서 소금맛이 나는 걸 참기까지 한참 동안의 시간이 필요했다.

이 정도면 내가 그곳에서 먹은 음식에 대해 충분히 말한 셈일 것이다. 다른 여행기 작가들은, 독자인 우리가 좋아하건 싫어하건 개인적으로 관심이 있을 것이라고는 생각하고는, 자신들의 여행기를 이런 이야기들로 가득 채우곤 한다. 그러나 내 경우에는 이 문제를 언급하는게 꼭 필요했다. 그런 나라, 그런 주민들 사이에서 3년을 살면서 먹을 음식을 찾는 게 불가능했을 거라고 세상 사람들이 생각하는 것을 막기 위해서이다.

저녁 무렵이 되자 주인 말은 내가 살 거처를 지시했다. 집에서 5~6미터밖에 떨어지지 않은 곳이었으며 야후들로부터도 멀리 떨어진 곳이었다. 나는 이곳에 짚을 좀 깔고 내 옷을 이불삼아 아주 편하게 깊이 잠들었다. 하지만 나는 얼마 안 가서 좀더 편리한 편의 시설을 갖추게 되었다. 그에 대해서는 앞으로 내 생활 방식에 대해서 좀더 자세히 다룰 때 독자들도 알게 될 것이다.

* 걸리버의 잘못된 생각(반드시 스위프트의 생각이라고는 할 수 없어도). 많은 동물들이 소금을 좋아한다.

제3장

저자가 그곳의 언어를 배우기 위해 애를 쓰며, 그의 주인이 그를 도와 가르친다. 그들의 언어가 묘사된다. 지체 높은 몇몇 휘넘들이 호기심에 저자를 보기 위해 찾아온다. 그가 그의 주인에게 자신의 여행을 짤막하게 설명한다.

내가 가장 먼저 노력한 일은 이 나라의 언어를 배우는 일이었다. 내 주인(앞으로는 계속 그를 이렇게 부르겠다)과 그의 자녀들, 그리고 집안의 모든 하인 말들이 내게 말을 가르치고 싶어했다. 왜냐하면 그들은 야만적인 짐승이 이성적인 동물의 징표를 드러내 보이는 일을 거의 기적적인 사건으로 생각했기 때문이다. 나는 모든 사물을 가리키며 이름을 물었고 혼자 있을 때 내 수첩에 그것을 적어 두었다. 그리고 집안 식구들에게 종종 그 발음을 부탁해서 내 억양을 고쳐 나갔다. 특히 하인 말들 중 하나인 밤색 구렁말이 이 일에 있어서 나를 열성적으로 도와주었다.

그들은 코와 목을 이용해서 발음했다. 그들의 언어는 내가 아는 유럽 언어 중에서 고지 네덜란드어, 즉 독일어와 비슷했다. 다만 그보다 더 우아하고 의미심장했다. 찰스 5세도 이와 비슷한 표현을 한 적이 있다. 그는 만약 그의 말이 말을 할 수만 있다면 그것은 아마 독일어일 거라고 했었다.*

내 주인의 호기심과 초조함은 너무 커서, 여가 시간의 상당 부분을 나를 가르치는데 소비했다. 그는 내가 틀림없이 야후일 거고 확신하고 있었다(나중에 내게 그렇게 말했다). 그러나 내가 그 짐승들과 완전히 상반된 자질인 교육 가능성, 예의, 청결 의식을 가지고 있어서 놀랐던 것이다. 특히 내 옷에 매우 당혹스러워 했고, 때때로 그게 과연 내 몸의 일부인지 혼자서 추론해 보곤 했다. 나는 그의 가족이 모두 잠들 때까지는 결코 옷을 벗은 적이 없었고, 아침에 그들이 깨어나기 전에 옷을 입었다.

내 주인은 내가 온 곳에 대해 매우 알고 싶어했고, 내가 모든 행동을 통해 드러내 보이는 이성 비슷한 것을 어디서 얻어 냈는지 알고자 했다. 특히 이 모든 이야기를 직접 내 입을 통해 듣고 싶어했는데, 그들의 단어와 문장들을 배우고 발음하는 내 능숙한 솜씨의 향상으로 보아 곧 가능하리라고 여겼다.

기억력을 돕기 위해 나는 내가 배운 모든 내용을 영어 알파벳으로 바꿔 놓았으며, 해석을 붙여 단어들을 적어 놓았다. 그런데 얼마 후 주인의 바로 앞에서 감히 이런 일을 한 적이 있었는데, 그에게 내가 하고 있는 일을 설명하기가 아주 힘들었다. 그들은 아직까지 책이나 문학에 대해 전혀 모르고 있었기 때문이다.

* 찰스 황제는 신에게는 스페인어로, 그의 정부에게는 이탈리아어로, 그의 말에게는 독일어로 말하고 싶어했다고 한다.

10주쯤 지났을 때 나는 그의 질문 대부분을 이해할 수 있었다. 3개월쯤 지나자 웬만큼 대답도 할 수 있었다. 그는 특히 내가 어느 나라에서 왔으며, 어떻게 해서 이성적인 동물을 흉내내는 법을 배웠는지 궁금해 했다. 왜냐하면 야후들은(그는 눈에 보이는 머리, 손, 얼굴로 볼 때 내가 이 동물과 정확히 닮았음을 알고 있었다) 교활함 비슷한 기질과 장난을 엄청나게 좋아하는 기질을 약간 가지고는 있지만, 모든 짐승들 중에서 가장 가르치기 힘든 짐승으로 관찰되고 있었기 때문이다.

나는 그에게 내가 나무 몸체로 만들어진 속이 텅 빈 거대한 배를 타고 나와 같은 종류의 많은 동료들과 함께 바다를 통해 먼 곳에서 왔으며, 내 동료들이 강제로 이곳에 착륙시킨 후 혼자 남겨 두고 가버렸다고 대답했다. 물론 그를 이해시키는 데는 상당한 어려움이 뒤따랐으며 많은 몸짓들의 도움을 받아야 했다.

그는 내 말에 잘못된 점이 있든지, 아니면 내가 존재하지 않는 내용을 말한 것(그들의 언어에는 거짓말, 허위에 해당하는 단어가 없었다)이라고 대답했다. 그는 바다 건너에 다른 나라가 있을 수 있다는 것과 짐승들이 자신들이 원하는 대로 물 위에 나무배를 띄워 움직인다는 것이 불가능하다고 생각하고 있었다. 현존하는 어떤 휘넘도 그런 배를 만들 수 없는데, 하물며 야후들이 그런 일을 한다는 것을 믿을 수 없다고 단언했다.

그들의 말로 휘넘은 말을 의미했고, 어원상으로는 자연의 완성이라는 의미를 지녔다. 나는 주인에게 충분히 표현하지 못하여 당황스러우며, 가능한 한 빨리 언어 표현에 향상을 보이고 싶다고 말했다. 그리고 빠른 시간 내에 그의 궁금증을 풀어줄 수 있기길 희망한다고 말했다. 그는 기꺼이 그의 부인, 자녀들, 하인들에게 모든 기회를 통해 내게 말을 가르치도록 지시하겠다고 했다. 그리고 매일 두세 시간씩 자신이 몸소 내게 가르치는 수고도 감수했다.

이웃에 사는 지체 높은 암말들이, 휘넘처럼 말하며 말이나 행동을 통해서 희미한 이성을 드러내 보이는 놀라운 야후가 있다는 소문을 듣고 종종 찾아왔다. 이 말들은 나와 대화하기를 즐겼고 내게 많은 질문을 했다. 그리고 내가 성심껏 해주는 답변을 들었다, 그런 모든 일들에 의하여 나는 언어 표현에 있어서 엄청난 발전을 보여서, 이 나라에 도착한 지 5개월만에 모든 말을 알아듣게 되었고 내 생각도 꽤 잘 표현할 수 있게 되었다.

나를 보고 싶고 대화도 나누고 싶어 주인을 방문한 휘넘들은 내가 진짜 야후라고는 도저히 믿을 수 없다는 표정이었다. 그것은 내 몸이 다른 야후들과 다른 가죽으로 덮여 있었기 때문이다. 그들은 머리와 얼굴, 양손을 제외하고는, 통상적인 야후의 털이나 피부가 없는 나를 보고 무척 놀랐다. 그러나 나는 사실 2주 전쯤 우연히 주인에게 그 비밀을 들켜 버리고 말았었다.

매일 밤 가족들이 잠자리에 든 뒤 옷을 벗고 옷을 이불삼아 잠자는 게 습관이었는데, 어느 날 아침 주인의 시종인 밤색 구렁말이 주인의 지시로 나를 부르러 왔다. 그가 왔을 때 아직 나는 잠들어 있어서, 옷들은 벗어서 한쪽에 개켜 놓은 상태였고 허리에는 셔츠를 덮고 있었다. 나는 그가 내지른 소리에 놀라 잠이 깨었다. 그리고는 그가 당황해서 주인의 전갈을 전하는 모습을 보았다. 그런 다음 그는 바로 주인에게 가서 아주 놀란 얼굴로 자신이 본 내용을 매우 혼란스럽게 설명했다. 나는 이 사실을 즉시 알았다. 옷을 챙겨 입고 바로 주인에게 아침 인사를 드리려고 가니, 주인이 하인이 말한 내용이 대체 무슨 소리냐고 물었던 것이다. 하인의 말인즉, 내 잠자는 모습이 평상시의 내 모습과 다르더라는 것이었다. 하인이 그에게 단언하기를 내 몸의 일부는 하얗고, 일부는 노랗고, 일부는 갈색이었다는 것이다.

나는 그때까지 그 가증스러운 야후족들과 나를 가능한 한 구분하기 위하여 의복의 비밀을 감춰왔다. 그러나 더 이상 그래봐야 아무 소용이 없음을 깨달았다. 게다가 내 옷과 구두가 다 닳아 곧 해질 것이고, 또 이미 파손되기 시작하여 야후나 다른 짐승들의 가죽으로 만든 어떤 재료로 보수해야 했기 때문에 금방 모든 비밀이 탄로날 거라는 생각도 들었다. 따라서 나는 주인에게, 내가 온 나라에서는 덥고 추운 모진 날씨를 피하기 위해서, 또 품위를 위해서, 특정한 동물들의 털을 기술적으로 가공하여 나와 같은 사람들이 늘 몸을 덮고 산다고 말했다. 그리고 그가 명령한다면 즉시 내 몸을 보여 주어 확신시켜 드리겠다고 말했다. 다만 자연이 우리에게 숨기라고 가르친 부분만은 혹시 내가 감추더라도 용서해 달라고 했다.

그는 내 모든 이야기가 이상하며, 특히 마지막 부분이 그렇다고 했다. 왜 자연이 우리에게 준 것을, 왜 같은 자연이 감추라고 가르친다는 것인지 이해할 수 없다고 했다. 그는 그 자신이나 가족들도 신체의 어떤 부분을 부끄러워하지 않는다고 했다. 그러나 어쨌든 내가 좋을 대로 하라고 말했다. 그에 따라 나는 먼저 외투의 단추를 열고 그걸 벗었다. 마찬가지로 조끼도 벗었다. 그리고 구두를 벗고, 스타킹과 바지를 벗었다. 나는 셔츠를 허리까지 내려뜨려 밑 부분을 들어올린 후 하체를 가리기 위하여 그걸 몸 중심부에 마치 거들처럼 고정시켰다.

주인은 내 모든 행동을 대단한 호기심과 놀라움을 드러내며 지켜보았다. 그는 자신의 발목으로 옷가지 하나하나를 차례로 들어 꼼꼼히 살펴본 뒤, 내 몸을 부드럽게 쓰다듬었다. 그리고 내 주위를 돌며 여러 차례 살펴보았다. 그런 다음 그는 내가 완벽한 야후임이 분명하다고 말했다. 하지만 피부가 하얗고 부드럽다는 점, 몸의 도처에 털이 없다는 점, 앞뒤 발톱의 생김새가 다르고 짧다는 점, 또 계속해서 두 뒷발로 걷기를 좋아한다는 점에서 내가 다른 야후들과 상당히 다르다고 말했다. 그는 이제 더 보지 않아도 된다고 말하면서 다시 옷을 입도록 허락했다. 내가 추워서 벌벌 떨었기 때문이다.

나는 내가 너무나도 경멸하고 혐오하던 그 불쾌한 동물의 이름인 야후라는 명칭을 그가 내게 너무 자주 사용해서 심기가 아주 불편했다. 나는 그에게, 그 용어를 내게 적용하는 일을 삼가 주고, 나를 그의 가족이나 나를 구경하러 온 그의 친구들과 같은 종류로 받아들여 달라고 간청했다. 또한 내가 몸에 가짜 가죽을 덮고 있다는 비밀을, 적어도 현재의 옷이 다 떨어질 때까지는 다른 이들에게 비밀로 해달라고 요청했다. 그의 하인인 밤색 구렁말은 이미 주인으로부터 이 사실을 비밀로 하라는 지시를 받고 있었다.

주인은 아주 인자하게도 나의 이 부탁에 동의해 주었다. 따라서 옷이 다 해질 때까지 이 비밀은 잘 지켜졌다. 해진 옷은 여러 방법으로 재료를 조달해 고쳐 입었는데, 그 부분은 나중에 다시 이야기하겠다. 그러는 동안 그는 내게 더욱 부지런히 자신들의 언어를 배우는 데 최선을 다하라고 했다. 옷을 입었건 아니건, 그는 내 몸의 모습보다 내 언어 능력과 이성에 더 놀라고 있었기 때문이다. 그는 내가 그에게 말해 주겠다고 약속한 놀라운 내용들을 듣고 싶어서 초조하게 기다리는 중이라고 덧붙였다.

그때부터 그는 내게 말을 가르치기 위해 들였던 노력을 두 배로 늘렸다. 모든 모임에 나를 데려갔고, 다른 말들에게 나를 공손히 대해 주도록 부탁했다. 그는 그렇게 하면 내 기분이 더 좋아지고 더 재미있어 한다고 그들에게 개인적으로 이야기했다.

나는 매일 그와 함께 많은 시간을 보냈다. 나를 가르치는 동안에도 그는 내 자신에 대해 질문을 하곤 했고, 나는 최선을 다해 답변했다. 이런 식으로 그는 아직 불완전하긴 하지만 뭔가 큰 그림을 이미 머릿속에서 그려가고 있었다. 내가 그와의 대화를 좀 더 정규적인 대화로 조금씩 발전시켜 나간 단계들을 다 이야기하는 것은 지루한 일일 것이다. 그러나 뭔가 질서 있게, 그리고 길게, 내가 나에 대해 이야기한 최초의 설명은 다음과 같았다.

"앞서 한번 말씀드렸듯이, 나는 나와 같은 사람들 50명쯤과 함께 아주 먼 나라에서 왔습니다. 주인님의 집보다 더 큰, 나무로 만든 속이 텅 빈 큰 배를 타고 바다 위를 항해해 왔습니다."

나는 그에게 내가 말할 수 있는 최선의 용어들을 사용하여 배를 설명했고, 손수건을 꺼내 배가 바람에 의해 어떻게 움직이는지 설명했다.

"그런데 우리 사이에 다툼이 생겨 나는 이 나라의 해안에 착륙하게 되었습니다. 그래서 내가 어디로 가는지도 모르고 정처 없이 앞으로 걷고 있는데 주인님께서 나타나 그 지긋지긋한 야후 녀석들의 공격으로부터 나를 구해 주신 겁니다."

주인은 내게 배는 누가 만들었고, 어떻게 휘넘들이 그런 일을 짐승들에게 맡기느냐고 물었다. 나는 우선 그에게, 화내지 않겠다고 명예를 걸고 약속해 주지 않는다면 더 이상 이야기를 진행할 수가 없고, 그 약속을 해야만 내가 앞서 약속했던 놀라운 내용들도 더 이야기해 줄 수 있다고 말했다. 그가 이에 동의하자 나는 다음과 같은 내용들을 이야기했다.

"배는 나 같은 인간들이 만드는 겁니다. 우리 나라뿐만 아니라 내가 여행했던 모든 나라들에서는 우리 인간들만이 유일한, 지배력이 있는 이성적 동물입니다. 나는 이 나라에 도착해서 휘넘들이 이성적인 존재들처럼 행동하는 것을 보고 매우 놀랐습니다. 주인님과 주인님의 친구분들께서 야후라고 즐겨 부르시는 동물에게서 이성의 징표들을 발견하고 놀라신 것과 마찬가지입니다."

나는 이 야후들과 모든 면에서 내가 닮았음을 솔직히 고백했다. 그러나 그들의 타락한 야수적 본성까지 닮았다고는 설명할 수 없었다. 나는 계속해서 말을 이었다.

"만약 운이 좋아 내가 다시 내 조국으로 돌아가게 되어 이곳에서의 여행을 이야기한다면(그렇게 하리라 이미 결심했습니다만), 모든 사람들이 아마 내가 존재하지 않는 내용을 말하고 있다고 믿을 겁니다. 그리고 내가 머릿속에서 이야기를 날조해 냈다고 할 겁니다. 그리고 주인님과 가족분들, 친구분들게 경의를 표하면서, 또 주인님께서 화내지 않겠다고 하신 약속을 믿고 말씀드립니다만, 우리 나라 사람들은 휘넘이 만물의 영장이며 야후가 짐승이라는 사실을 도저히 가능한 일이라고 생각하지 않을 겁니다."

제4장

휘넘들의 진실과 거짓에 대한 개념을 설명한다. 주인이 저자의 이야기를 부정한다. 저자가 자기 자신과 여행 중에 일어났던 사건들에 대해 보다 자세하게 설명한다.

주인은 아주 불편한 얼굴 표정으로 내 말을 들었다. 의심이나 불신은 그 나라에 전혀 알려져 있지 않은 개념이었기 때문에, 휘넘들은 그런 상황에 어떻게 대처해야 할지를 알지 못했다. 나는 세상의 다른 지역들에 살고 있는 인간의 본성에 대하여 내 주인과 자주 나누었던 대화가 생각난다. 우연히 거짓말과 거짓 표현에 대해 이야기를 나누게 되었을 때 그는 내 말을 이해하느라고 아주 힘들어 했다. 물론 그 외의 사항들에서는 아주 예리한 판단력을 지니고 있었다. 이 점에 대해 그는 이렇게 논박했다.

"언어의 효용은 우리 서로가 상대방을 이해하고 사실들에 관한 정보를 받아들이게 하는 것이오. 그런데 누군가가 존재하지 않는 내용을 말한다면, 이러한 목적은 깨져 버리오. 내가 그 사람을 적절히 이해했다고 말할 수가 없기 때문이오. 그리고 그렇게 되면 정보를 받아들인 것과는 너무나 거리가 멀어서 차라리 무지한 상태에 있는 것보다 더 나쁜 상태에 빠지게 되오. 왜냐하면 어떤 사물이 하얀색인데 검정색이라고 믿고, 긴데 짧다고 믿어 버리게 되기 때문이오."

이것이 바로 우리 인간들 사이에서는 너무나 완벽하게 잘 이해되고 너무나 보편적으로 행해지고 있는 거짓말이라는 기능에 대해 그가 가진 모든 개념들이었다.

다시 본 이야기로 되돌아가 보자. 내가 우리 나라에서는 야후들이 지배력을 지닌 유일한 동물이라고 주장하자, 그는 이 사실 또한 자신의 생각을 완전히 벗어나는 것이라고 말하고는, 우리 나라에도 휘넘들이 있는지, 있다면 무슨 일을 하는지 물었다.

나는 우리 나라에도 휘넘들이 많으며, 여름에는 들판에서 풀을 뜯고 겨울에는 건초와 귀리를 넣어 준 집들에서 살며, 그곳에서 야후 하인들이 그들의 가죽을 부드럽게 문질러 주고, 갈기를 빗어 주고, 발을 돌봐 주고, 먹이를 제공하고, 잠자리를 봐준다고 말했다. 주인은 이렇게 반응했다.

"당신 말을 잘 알겠소. 당신 나라의 야후들은 어느 정도의 이성을 지니고 있다는 걸 알겠지만, 당신이 말한 모든 내용으로 볼 때 휘넘들이 당신들의 주인인 것만은 매우 분명한 것 같소. 우리 나라의 야후들도 그렇게 유순해지길 진심으로 바라고 있소."

나는 그가 내게서 계속 듣게 될 내용이 분명히 아주 불쾌할 것이라는 이유를 대며, 주인에게 이야기를 그만두게 해달라고 간청했다. 그러나 그는 내게 최선의 내용과 최악의 내용을 모두 알려 달라고 고집스럽게 명령했다. 나는 그의 말에 복종하겠다고 말한 후 솔직하게 고백했다.

"우리 인간들이 말이라고 부르는 우리 나라의 휘념들은 우리의 동물들 중에서 가장 너그럽고 잘생겼습니다. 그들은 힘과 민첩성이 뛰어납니다. 그리고 고위 인사의 소유가 되어 여행이나 경주, 마차 끄는 일 등에 사용되면, 병들거나 다리에 부상을 입을 때까지 아주 친절하고 사랑스러운 대접을 받습니다. 그런 다음 팔리거나 죽을때까지 온갖 종류의 고된 노역을 하게 됩니다. 죽은 다음에 그들은 가죽이 벗겨진 후 그 가치에 따라 판매됩니다. 그들의 육체는 개나 맹금류의 먹이가 되도록 버려지기도 합니다. 그러나 농부나 마부, 혹은 신분이 비천한 자들이 소유한 보통 말들은 그렇게 운이 좋질 못합니다. 이런 사람들은 말들을 훨씬 더 고된 노역에 부려먹으며 먹이도 형편없이 줍니다."

나는 최선을 다하여 우리의 말 타는 모습을 설명했고, 재갈, 안장, 박차, 채찍의 모양과 사용법을 설명했다. 그리고 우리가 종종 다니는 도로에 의해 발굽이 상하는 걸 막기 위하여 그들의 발바닥에 철이라는 딱딱한 물질로 만든 철판을 부착시킨다는 말도 덧붙였다.

얼마 동안 무척 분개한 표정을 지어 보이던 주인은, 도대체 우리가 감히 어떻게 휘넘의 등에 올라타는지 궁금하다고 했다. 그는 자기 집의 가장 약한 하인 말조차 가장 힘센 야후를 흔들어 떨어뜨릴 수 있으며, 그 위로 엎드리거나 등을 대고 굴러서 압사

시킬 수 있다고 분명히 확신하고 있었기 때문이다. 나는 다음과 같이 대답했다.

"우리의 말들은 서너 살 무렵부터 우리가 의도하는 여러 용도에 따라 훈련을 받습니다. 만약 어떤 말들이 참을 수 없을 정도로 성질이 못된 것으로 입증되면 그 말들은 마차용으로 쓰입니다. 그런 말들은 어렸을 때부터 뭔가 짓궂은 장난질을 하면 심하게 매질을 당합니다. 경주나 짐수레를 끄는 것과 같은 일반용으로 쓰이게 되는 수컷 말들은 태어난 후 두 살쯤 되었을 때 일반적으로 거세를 시킵니다. 기를 꺾어서 더욱 온순하고 유순하게 만들기 위해서입니다. 이 말들은 보상과 징벌에 정말로 민감합니다. 하지만 이 나라에 있는 야후들만큼의 최소한의 이성도 지니고 있지 않다는 점을 이해하셔야 합니다."

나는 내가 말한 내용을 주인에게 정확히 이해시키면서 가능하면 완곡하게 표현하느라고 아주 애를 썼다. 그들의 언어는 어휘가 그다지 다양하지 않았으며, 원하는 것들도 우리보다 적었고 감정들도 우리보다 적었다. 그러나 우리들이 휘넘들을 야만적으로 취급하고 있다는 사실에 대해 그가 보인 고매한 분노는 표현이 불가능할 정도였다. 특히 우리들 사이에서 종의 번식을 막고 더욱 잘 길들이기 위해 휘넘에게 거세를 실시한다는 설명을 듣고 난 후에는 더욱 그랬다.

그는 야후들만이 유일하게 이성을 부여받고 태어나는 나라가 있다면, 그들이 지배 동물이 되는 일이 분명히 가능할 것이라고 말했다. 왜냐하면 이성이란 시간이 지나면 어떠한 짐승들의 힘도 능가할 수 있기 때문이라는 것이다. 그러나 그는 우리의 신체 형태, 특히 내 신체의 구조를 고려해 볼 때, 우리 인간과 비슷한 크기의 어떤 동물이라도, 일상생활에서 적절하게 이성을 사용하기 위하여 우리처럼 그렇게 부적절하게 잘못 만들어지진 않았을 거라고 말했다. 그는 이 점에 대하여 내가 사는 나라의 야후들도 나를 닮았는지 아니면 자기 나라의 야후들을 닮았는지 알고 싶어했다.

나는 그에게 내가 내 연령대의 대부분의 야후들보다 잘생긴 편이지만, 우리 나라에 있는 나보다 더 어린 야후들이나 여성 야후들은 훨씬 더 부드럽고 희며, 특히 여성들의 피부는 대개 우유처럼 하얗다고 주장했다. 그는 사실 내가 다른 야후들과는 다르다고 말했다. 더 깨끗하고 그렇게 못생기지도 않았다는 것이다. 그러나 진심으로 누가 더 유리한가를 따져 본다면 그 나라의 야후들보다 내가 더 불리하다고 말하며 이야기하기 시작했다.

"우선 당신의 손발톱은 앞발이건 뒷발이건 아무 쓸모가 없소. 당신 앞발은 그걸 발이라고 불러야 할지도 모르겠소. 당신이 그 발들을 사용해 걷는 것을 본적이 없으니 말이오. 그리고 그 발들은 땅을 감당하기에는 너무 부드럽소. 당신은 그 발들에 덮개도 덮지 않고 다니오. 또 가끔 당신이 덮고 다니는 덮개조차도 뒷발들에 신는 덮개들과는 모양도 틀리고 튼튼함도 덜하오. 당신은 또 안전하게 걸어다닐 수도 없소. 만약 뒷발 중 하나가 미끄러지기라도 하면 분명히 넘어지기 때문이오."

그런 다음 그는 내 신체의 다른 부분들에 대해서도 비난했다.

"또한 당신은 얼굴이 너무 넓적하고, 코가 솟아 있고, 눈이 너무 정면에 박혀 있기 때문에 머리를 돌리지 않으면 양 옆도 볼 수 없소. 당신은 앞발 하나를 들어 입에 갖다 대지 않으면 스스로 먹을 수도 없소. 아마 그래서 그 필요성 때문에 자연이 그 발에 관절들을 만들어 놓은 것일 거요. 그리고 당신 뒷발이 여러 갈래로 갈라지고 나누어진 것은 도대체 무슨 소용이 있는지 모르겠소. 그 발들 또한 아마도 다른 짐승인 듯한 동물의 가죽으로 만든 덮개가 없이는 딱딱하거나 뾰족한 돌조차 감당하지 못할 정도로 너무 부드럽소. 당신온 몸은 더위나 추위에 대한 방어 수단이 없어서 지겹고 힘들어도 매일같이 덮개를 입었다 벗었다 해야 하오.

그리고 마지막으로 내가 관찰한 바로는 우리 나라의 모든 동물들이 본능적으로 야후들을 싫어하오. 약한 동물들은 녀석들을 피하고 강한 동물들은 옆에 못 오게 쫓아 버리오. 따라서 당신네 야후들에게 타고난 이성이 있다 해도, 모든 동물들이 당신들에 대해 가지는 본능적인 적개심을 치유하는 일이 도대체 가능한 일인지 알 수가 없소. 따라서 당신들이 도대체 어떤 식으로 다른 동물들을 길들여서 말을 잘 듣게 할 수 있는지도 모르겠소."

그러나 그는 여기서(앞서 말한 대로) 더 이상 논쟁을 진행하고 싶지 않다고 했다. 그보다 그는 내 자신의 이야기와 내가 태어난 나라, 그리고 내가 이곳에 오기까지 내 생애에 일어났던 여러 일들과 사건들을 훨씬 더 알고 싶어했다.

나는 모든 점에서 그가 만족하기를 너무나도 바랐지만, 그가 개념을 가지고 있지 못한 주제들에 대해 설명하는 게 과연 가능할지 매우 의심스럽다고 주장했다. 왜냐하면 그 나라에 있는 모든 것들 중에서 그런 개념들을 비교할 대상들이 별로 없었기 때문이다. 그러나 나는 최선을 다할 것이며 적절한 비유를 사용해 설명하기 위해 애쓰겠다고 말했다. 또 적절한 어휘가 부족하다면 그의 도움을 겸손하게 청하겠다고도 했다. 그는 기꺼이 그렇게 하겠다고 약속했다. 나는 다시 다음과 같이 말을 시작했다.

"나는 영국이라고 부르는 섬나라에서 정직한 부모로부터 태어났습니다. 그곳은 주인님의 가장 튼튼한 하인 말들이 태양의 연중 행로를 따라 많은 날들을 가야 할 정도로 이 나라에서 멀리 떨어진 곳입니다. 나는 의사로 교육을 받았습니다. 의사란 사고나 폭력으로 인해 생긴 몸의 상처나 부상을 치료하는 사람입니다. 우리 나라는 여왕이라고 부르는 여성 인간에 의해 통치를 받고 있습니다. 나는 재산을 벌기 위해 조국을 떠나 왔습니다. 다시 조국으로 돌아가면 그 재산으로 나와 가족을 부양하기 위해서였습니다.

그런데 마지막 항해 여행에서 나는 한 배의 책임자로서 밑에 약 50여 명의 부하 야후들을 두고 있었습니다. 그 중 다수가 사망하는 바람에 도중에 다른 나라 출신 야후 여럿을 충원하지 않을 수 없었습니다. 우리 배는 두 번이나 침몰위기를 넘겼습니다. 첫 번째는 큰 폭풍을 만나서였고, 두 번째는 암초와의 충돌 때문이었습니다."

이 때 내 주인이 끼어들어 그토록 많은 손실을 입고 위험을 겪은 내가, 어떻게 다른 나라 출신의 선원들과 함께 모험을 하려고 생각할 수 있었냐고 물었다. 나는 그들 모두가 빈곤이나 범죄 때문에 자신이 태어난 곳으로부터 도망칠 수밖에 없었던 자포자기 상태에 빠진 사람들이었다고 말했다.

"그들 중 일부는 소송으로 망했고, 일부는 모든 재산을 음주, 계집질, 도박으로 날린 자들입니다. 또 일부는 대역죄로 도망친 자들입니다. 그리고 상당수가 살인, 절도, 독살, 강탈, 위증, 위조화폐 제조 등의 범죄로 도망친 자들입니다. 강간, 남색을 저질렀거나 탈영이나 투항으로 도망친 자들도 있습니다. 대부분 탈옥수들입니다. 교수형이나 감옥에서 굶어 죽는 것이 두려워 자신들의 조국으로 감히 돌아가지 못하는 사람들입니다. 따라서 모두 다른 나라에서 생계 수단을 찾아야 할 절박한 처지에 몰려 있는 자들입니다."

이 말을 하는 도중 내 주인은 자신이 이해하지 못하는 단어들 때문에 몇 번이나 내 말에 끼어들었다. 따라서 나는 대부분의 선원들이 나라를 떠날 수밖에 없었던 여러 범죄의 성격을 아주 쉽게 풀어서 표현해야만 했다. 이런 수고 때문에 그가 내 말을 이해하기까지는 며칠이 걸렸다. 그는 그런 범죄들을 저지르는 효용 가치와 필요성이 무엇인지 이해하는 데 매우 힘들어했다. 그런 그의 당혹감을 없애 주기 위하여 나는 그에게 권력과 부의 욕망에 대한 몇몇 개념들을 심어 주기 위해 노력했으며, 탐욕, 무절제, 악의. 질투가 만들어 내는 끔찍한 결과에 대해서도 알려주려고 노력했다. 나는 예를 들고 가정을 함으로써 이런 모든 개념들에 대해 정의를 내리고 설명을 해야만 했다.

모든 설명이 끝나자 마치 그전에 한 번도 본 적이나 들은 적이 없는 대상으로 인해 상상력에 큰 충격을 받은 사람처럼, 그는 분노와 분개에 찬 시선으로 눈을 치켜떴다. 권력, 정부, 전쟁, 법, 징벌, 기타 수많은 개념들을 표현해 낼 용어들이 휘넘어에는 없었다. 그 때문에 내가 말한 개념을 형성하는 데 주인은 거의 이겨내기 힘든 어려움을 겪었다. 그러나 본래 탁월한 이해력의 소유자였고 또 이해력이 사색과 대화에 의해 많이 발전된 상태였기 때문에, 그는 마침내 우리 쪽 세계에서 인간의 본성이 성취해 낼 수 있는 일들에 대한 충분한 지식에 도달하게 되었다. 그는 우리가 유럽이라고 부르는 특정한 대륙과 특히 내 조국인 영국에 대해 좀더 자세히 설명해 주기를 원했다.

제 5 장

주인의 명령에 따라 저자가 영국의 상황에 대해 정보를 제공한다. 저자가 유럽의 군주들 사이에서 일어난 전쟁의 원인들, 영국의 제도에 대해 설명하기 시작한다.

다음에 나오는 내용은 2년 이상에 걸쳐 주인과 나 사이에 오간 많은 대화 내용들의 축약이며, 가장 중요한 핵심 사항을 요약한 것이라는 점을 주목해 주기 바란다. 주인님은 내 휘늠 언어 실력이 더욱 향상되자, 점점 더 충분한 만족을 원했다. 나는 최선을 다하여 유럽의 모든 정세를 그에게 설명했다. 나는 교역과 제조업, 예술과 과학에 대해 이야기했다. 그리고 그때마다 여러 주제들에 대하여 그가 제기한 모든 질문들에 대한 내 대답들이 다시 좀처럼 그치지 않는 대화의 바탕이 되었다.

그러나 나는 여기서 내 조국과 관련하여 우리 사이에 오갔던 대화 내용만을 적을 것이며, 시간이나 다른 상황은 고려하지 않고 할 수 있는 한 최선을 다해 질서 있게 정리해 놓을 것이다. 그러나 나는 엄격하게 진실을 지켜 나갈 것이다. 내 유일한 걱정은 내가 주인님의 주장과 표현들을 결코 정당하게 잘 표현해 내지 못할 거라는 점이었다. 그것은 내 능력부족 때문이기도 하지만, 그것들을 우리의 야만적인 언어인 영어로 번역해야 했기에 어쩌면 불가피한 일이기도 했다.

주인님의 명령에 따라 나는 그에게 오렌지 공의 혁명 이야기를 했고, 또 바로 그 왕(오렌지 공)에 의해 시작되어 그의 후계자인 현재의 여왕이 재개한 프랑스와의 긴 전쟁에 대해서도 이야기했다. 그 전쟁에 기독교 세계의 모든 초강대국들이 끼어들게 되었고, 지금도 계속되고 있다는 이야기를 했다.* 나는 그의 요구에 따라 계산을 해보고 대략 100만 명의 야후들이 이 전쟁의 진행 과정에서 전사했을 거라고 추산했다. 그리고 아마 백여 개 혹은 그 이상의 도시들이 점령되었고, 그 수치보다 다섯 배쯤 더 많은 배들이 불타거나 침몰했다고 계산했다.

그는 나에게 한 나라가 다른 나라와 전쟁을 하게 되는 통상적인 원인이나 동기가 무엇이냐고 물었다. 나는 (그것들이) 무수히 많지만 가장 중요한 몇 가지만 말씀드리겠다고 대답했다.

"어떤 때는 통치하기에 충분한 영토와 백성들을 갖고 있다고 생각하지 않는 군주들의 야망 때문에 전쟁이 발생하고, 어떤 때는 부패한 각료 대신들 때문에 전쟁이 발생하기도 합니다. 이 대신들은 부패한 정부에 대한 백성들의 시끄러운 불만을 눌러 버

* 걸리버가 말하는 이 혁명은 윌리엄(오렌지 공)과 그의 부인 메리가 제임스 2세의 뒤를 이어 즉위한 1789년의 명예 혁명이다. 그 다음에 나오는 전쟁은 스페인 왕위 계승 전쟁을 말한다.

리거나 백성들의 관심을 딴 데로 돌려 버리기 위하여 자신들의 군주를 부추겨 전쟁에 휘말리게 합니다.

또 견해의 차이가 수백만 명의 목숨을 앗아 가기도 합니다. 예컨대 살이 빵이냐 빵이 살이냐의 여부, 어떤 장과류 열매의 즙이 피냐 술이냐의 논란, 휘파람을 부는 일이 악이냐 선이냐의 여부, 막대에 키스를 하는 게 더 나은가 불에 던져 버리는 게 더 나은가의 여부, 외투의 색깔을 흑색, 백색, 적색, 회색 중에서 어떤 걸로 하는 게 최선인가의 문제, 또 외투가 길어야 할지 짧아야 할지, 좁아야 할지 넓어야 할지, 더러워야 할지 깨끗해야 할지의 문제, 기타 수많은 문제들에 대한 견해 차이입니다.* 그런데 바로 이런 견해 차이에 의한 전쟁만큼 맹렬하고, 잔혹하고, 유혈적이고, 오랫동안 지속되는 전쟁도 없습니다. 특히 그 주제가 아무래도 상관없는 무가치한 것들일수록 더합니다.

어떤 때는 두 군주들이, 자신들은 아무런 소유권도 주장할 수 없는 제3의 군주의 영토로부터 그 군주를 쫓아내는 일을 누가 할까 결정하다가 다툼이 시작됩니다. 어느 군주는 제3의 군주가 자신에게 싸움을 걸어 올까봐 두려워서 그 견제용으로 다른 군주에게 일부러 싸움을 걸기도 합니다. 어떤 때는 적이 너무 강해서, 또 어떤 때는 적이 너무 약해서 전쟁이 시작됩니다. 어떤 때는 우리 이웃 국가가 우리가 가진 것들을 원하기도 하고, 우리가 원하는 것들을 그 국가가 갖고 있기도 합니다. 그러면 그들이 우리 것들을 갖게 되든지 우리가 그들의 것들을 갖게 될 때까지 서로 싸웁니다. 백성들이 기근으로 죽어 가고, 역병으로 파멸하고, 자기들끼리의 파벌 싸움으로 시끄러울 때도 이웃 나라를 침공할 정당한 전쟁의 원인이 발생합니다. 또 어떤 나라의 어떤 도시가 우리에게 편리한 곳에 위치해 있다거나, 그 나라의 일부 영토가 우리 영토를 둥글고 멋지게 보이도록 만들 것 같으면, 그 나라가 비록 가장 가까운 우리의 동맹국이라 할지라도 전쟁을 벌이는 게 정당한 일이 됩니다.

* 성찬식의 사실성, 교회 예식에서의 음악 사용 문제, 상징물로서의 십자가의 중요성, 교회 의상의 색상 · 재단 · 적절성 문제와 같은 종교적 견해 차이들을 말한다.

만약 어떤 군주가 한 나라에 군대를 보냈는데, 마침 그 나라 백성들이 가난하고 무지몽매하다면, 그는 합법적으로 그 백성의 절반을 죽여 버리고 나머지 절반은 노예로 만들어 버립니다. 그 핑계는 그들을 야만적인 생활 방식에서 벗어나 문명화시켜 준다는 것입니다.

한 군주가 침공에 대한 구원을 청하기 위하여 다른 군주에게 원조를 요청했을 때, 구원하러 온 군주가 침공자들을 물리치고 난 후 자신이 오히려 그 나라를 점령해 버리고 그 군주를 죽이거나 투옥시키거나 추방시켜 버리는 일은 아주 왕답고, 명예롭고, 빈번히 일어나는 일입니다.

혈연이나 결혼을 통한 동맹 관계도 군주들 사이에서 충분한 전쟁 원인이 됩니다. 혈연 관계가 가까우면 가까울수록 그들의 전쟁 의지는 더 커집니다. 가난한 나라들은 허기지고 부자나라들은 오만합니다. 오만과 허기는 늘 갈등 관계에 있는 법입니다.

이런 모든 이유들 때문에 군인이란 직업은 모든 직종 중에서 가장 영광스러운 직업으로 간주됩니다. 군인이란 냉정한 태도로, 자신을 결코 화나게 한 적이 없는 동료 인간들을 가능한 한 최대로 많이 죽이도록 고용되는 야후들이기 때문입니다.

유럽에는 또한 자기 혼자 힘으로는 전쟁을 일으킬 능력이 없어, 자기 나라 군대 병력을 아주 오랫동안(각각의 병사의 입장에서는) 다른 부자 나라들에게 임대해 주는 거지 같은 군주들도 있습니다. 그런데 그들은 그 대가에서 4분의 3이나 착복하며, 그게

그 나라의 주 수입원이 됩니다. 유럽의 북반부에 있는 많은 나라들이 바로 이런 나라들입니다."

주인님은 이렇게 말했다.

"전쟁이란 주제에 대해 당신이 내게 말한 내용은 아주 놀라울 정도로, 당신들이 갖고 있다고 주장하는 그 이성의 영향을 잘 보여 주는 것 같소. 그러나 위험보다는 수치가 더 크다는 게 그나마 다행이오. 즉, 다행히도 자연이 당신들을 많은 악행을 저지르는 일이 완전히 불가능하도록 만들어 놓았다는 것이오. 당신들의 입은 얼굴에 납작하게 달려 있으니 만약 서로 동의하지만 않는다면 효과적으로 상대방을 물어뜯기가 힘들 것이오. 그리고 당신의 앞뒤 발의 발톱에 대해서도, 너무 짧고 부드러워서 우리 나라의 야후 한 마리가 당신 나라의 야후 십여 마리를 물리칠 수 있을 거요. 따라서 나는 전쟁에서 전사한 병사들의 숫자를 이야기하면서 당신이 존재하지 않는 사실을 말했다고 생각할 수밖에 없소."

나는 머리를 흔들며 그의 무지에 대해 비웃음을 금할 수가 없었다. 전쟁 기술에 대해 문외한이 아니었던 나는 그에게 대포, 컬버린포, 소총, 기총, 권총, 탄환, 화약, 칼. 총검, 전투, 포위 공격, 후퇴, 공격, 갱도, 대항 갱도, 폭격, 해전, 1,000명이 탄 배의 침몰, 각 진영의 2만명의 전사자, 신음 소리를 내며 병사들이 죽어 가는 모습, 허공으로 날아가는 팔다리들, 연기, 소음, 혼란, 기병대에 깔려 죽는 사람들, 도주, 추격, 승리, 들개, 늑대, 맹금류의 먹이가 되어 버려진 시신들이 널려 있는 벌판, 약탈, 옷 벗기기, 강간, 방화와 파괴등에 대해 설명했다. 그리고 사랑하는 내 동포들의 용기를 설명하기 위하여 나는 그들이 한 번의 포위공격으로 100여 명의 적병들을 날려 버리고, 또 같은 수의 수병들을 날려 버린 장면을 목격했다고 주장했다. 또 모든 구경꾼들이 보기에 흥미롭게도 하늘에서 산산조각이 난 시체들이 떨어져 내리는 것도 목격했다고 주장했다.

좀더 자세한 설명으로 들어가려고 하는 순간, 주인님이 나에게 침묵하라고 명령했다. 그는 누구든 야후들의 본성을 이해하는 사람이라면, 그런 악독한 동물이 만약 자신의 악의에 버금가는 힘과 교활함을 갖고 있을 때 내가 거론한 모든 행위들을 저지르는 것이 가능할 것이라 믿을 거라고 말했다. 그러나 어쨌든 내가 말한 내용이 전체 야후들에 대한 그의 혐오감을 더욱 증가시켰기 때문에, 그는 그러한 사실들이 자신의 마음이 크게 동요됨을을 느꼈다. 그가 한 번도 경험해 보지 못한 일이었다.

그는 자신의 귀가 그런 추악한 단어들에 익숙해져 점점 혐오감을 덜 느끼며 받아들일지도 모른다고 생각했다. 사실 그는 비록 자기 나라의 야후들을 혐오하긴 했지만, 그들의 불쾌한 성질을 비난한 것은 그저 성질 고약한 그나쉬 새(맹금류의 새)를 비난하거나 발굽에 상처를 입힌 돌멩이를 비난하는 것과 같았다.

그러나 그는 이성을 주장하는 (인간이란) 동물이 그런 극악무도한 악행들을 저지를 수 있다면, 그런 이성 능력의 타락이 순수한 야수의 본성 자체보다도 훨씬 더 나쁠 수 있을 거라며 두려워했다. 따라서 그는 우리가 가진 것은 이성이 아니라, 단지 우리의 타고난 악을 증가시키기에 적합한 어떤 자질에 불과한 것이라고 확신하는 듯이 보였다. 마치 맹렬히 흐르는 시냇물이 신체의 모습을 더 크게 비춰 줄 뿐만 아니라 더 일그러지게 비춰 주는 것과 같다는 것이었다.

그는 이번뿐 아니라 다른 여러 차례의 대화들을 통해서 전쟁이란 주제에 대해 너무 많은 얘기를 들었다고 덧붙였다. 그리고 지금 현재 그를 다소 당혹스럽게 만든 또 다른 문제가 있다고 했다. 나는 앞서 그에게 우리 선원들 중 일부가 법에 의해 파멸하여 조국을 떠나온 사람들이라고 말한 적이 있었다. 또 이미 법이라는 단어의 의미에 대해서도 설명한 바 있었다. 그러나 그는 모든 사람들을 보호하기 위한 의도로 만들어졌다는 법이 어찌해서 어떤 사람의 파멸의 원인이 되는 일을 발생시키는 것인지 당황스러워했다. 따라서 그는 현재 우리 나라에서 시행되고 있는 법과 법 집행자들에 대해 좀더 만족스러운 설명을 원했다. 우리가 스스로 주장하듯 정말 이성적인 동물이라면, 마땅히 해야 할 일과 피해야 할 일을 보여 주는데 자연과 이성만 있으면 충분한 지침이 되는 게 아니냐는 것이 그의 생각이었기 때문이다.

나는 주인에게, 법은 내가 많은 전문 지식이 없는 학문이며, 다만 내게 가해진 몇몇 부당한 사건들 때문에 변호사를 고용했다 실패한 경험밖에는 없다고 말했다. 그러나 할 수 있는 한 최선을 다해 만족스러운 설명을 해드리겠다고 말했다.

"우리 나라에는 젊은 시절부터 자신들이 지불받는 돈의 액수에 따라서 하얀 것이 검다거나 검은 것이 희다고 말로써 증명하는 교육을 받은 변호사라는 사람들이 있습니다. 이들을 제외한 나머지 모든 사람들은(이런 목적을 위해 계속 그 수가 늘고 있습니다) 이들 집단의 노예들입니다.

예를 들면 이렇습니다. 만약 내 이웃이 내 암소가 탐이 난다면, 그는 변호사를 고용하여 내게서 그 소를 빼앗아야 한다는 사실을 입증합니다. 그러면 나도 내 권리를 지키기 위하여 다른 변호사를 고용해야 합니다. 어떤 사람이건 스스로 변론을 한다는 것이 법률에 위반되기 때문입니다. 그런데 이 사건의 경우 진짜 주인인 내가 매우 불리한 두 가지 상황에 놓이게 됩니다.

첫째, 거의 요람 시절부터 거짓을 변호하는 일만 연습해 온 내 변호사는 정의를 변호하는 일을 맡게 되면 전혀 자신의 능력을 발휘하지 못하는 처지에 놓이게 됩니다. 그는, 악의에서 그런 것은 아니지만, 아주 부자연스러운 일처럼 이 이일을 매우 미숙하게 진행합니다.

두 번째로 불리한 점은, 내 변호사가 일을 조심스럽게 진행해야 한다는 것입니다. 그렇지 않으면 그는 법의 할 일을 줄여 버린 사람으로 지목되어, 판사들에 의해 비난을 받고 동료 변호사들의 혐오의 대상이 되어 버릴 것입니다.

따라서 내가 내 암소를 지킬 수 있는 방법은 두 가지뿐입니다. 첫째는 상대방 변호사를 돈을 두 배 더 주고 매수하는 방법입니다. 그러면 그는 정의의 편에 선다는 사실을 은근히 암시하며 자기 의뢰인을 배신할 것입니다. 두 번째는 우리 변호사가 내 사건을 가능한 한 부당하게 보이게 만드는 겁니다. 오히려 문제의 암소가 상대방의 소유라고 인정하는 것입니다. 이런 일을 솜씨 있게 잘하면 분명히 재판부의 호의를 미리 구하는 셈이 됩니다.

자, 이제 주인님께서도 아시겠지만, 판사란 사람들은 모든 재산 분쟁들과 형사 사건을 재판하기 위해 임명된 사람들입니다.

이들은 늙고 게으르고 가장 솜씨 좋은 변호사들 중에서 선택됩니다. 이들은 평생을 진리와 형평에 반하여 편견을 지니고 살아왔기 때문에, 숙명적으로 사기, 위증, 억압에 대해 필연적인 호감을 매우 많이 갖고 있는 사람들입니다. 나는 그들 중 어떤 자들이 정의의 편에 선 측에서 제공한 큰 뇌물도 거절하는 걸 본 적이 있습니다. 자신들의 본색, 혹은 본업과 어울리지 않는 일을 해서 직업에 손상을 입히느니 차라리 거절하겠다는 것이지요.

변호사들 사이에는 격언이 하나 있습니다. '과거에 일어난 모든 일은 법률적으로 다시 일어날 수 있다'는 것입니다. 따라서 그들은 평범한 정의와 인류의 일반적인 이성에 반하여 과거에 행해진 모든 결정 사항들을 기록하는 데 특별한 관심을 기울입니다. 그들은 가장 부정한 견해를 정당화하는 권위 있는 근거로 판례라는 이름의 이 기록물들을 이용해 먹습니다. 그리고 판사들은 반드시 그에 따라 판단을 합니다.

변론을 하는 데 있어서 그들은 사건의 공과를 가리는 일로 들어서는 것을 애써 피합니다. 그러나 주제와 관련 없는 자질구레한 정황을 다루는 데에는 큰소리로, 격렬하게 그리고 집요하게 떠들어 댑니다. 앞서 얘기했던 사건의 예를 들어 봅시다. 그들은 내 상대가 암소에 대해 어떤 권리나 자격이 있는지 는 알려고도 하지 않습니다. 다만 전술한 소가 빨간색인가 검은색인가, 뿔은 긴가 짧은가, 내가 그 소에게 풀을 먹인 들판이 둥근가 사각형인가, 소젖을 집에서 짜는가 밖에서 짜는가, 소가 어떤 병에 잘 걸리는가 등에만 관심이 있습니다. 그런 다름 그들은 판례를 참고하고는 이따금 재판을 연기해 버립니다. 결과가 나오는데 10년, 20년, 30년이 걸리기도 합니다.

이 집단의 사람들은 누구도 이해할 수 없는 자신들만의 독특한 은어와 전문 용어들을 가지고 있다는 점도 이야기해야겠습니다. 이런 전문 용어로 모든 법들이 작성되어 있으며, 그들은 이를 늘려 나가기 위하여 특별한 관리를 하고 있습니다. 이를 통하여 그들은 진실과 거짓, 선과 악의 본질을 완전히 혼동시키고 있습니다. 따라서 여섯 세대에 걸쳐 조상들에 의해 내게 주어진 들판이 내 소유인지, 아니면 300마일이나 떨어진 곳에 사는 낯선 사람의 소유인지를 판결하는 데 30년이 걸릴 정도입니다.

국가에 대한 범죄로 고소당한 사람들의 재판에서는 방법이 훨씬 더 간략하고 칭찬할 만합니다. 판사는 우선 권력자들의 기분을 타진하러 사람을 보냅니다. 그런 다음에 그는 모든 법률 형식을 엄격히 지키면서 죄인을 쉽게 교수형에 처하든지 구하든지 합니다."

여기서 주인이 끼어들었다. 그는, 내가 한 설명들로 볼 대 분명히 변호사란 사람들은 엄청난 정신 능력을 지닌 사람들인 것 같은데, 다른 사람들에게 지혜나 지식의 가르침을 주는 모범이 되도록 장려되고 있지 않은 것 같아 매우 유감이라고 말했다.

그에 대한 대답으로 나는 주인에게 이렇게 확신시켰다.

"자신들의 직업에서 벗어나면 다른 모든 일에서 그들은 대개 우리들 중에서 가장 무식하고 어리석은 사람들입니다. 또 일상 대화에서 가장 경멸의 대상이 되는 사람들이며, 모든 지식과 학문의 공공연한 적들입니다. 그리고 자신들의 직업에서처럼 다른 모든 대화의 주제에서도 한결같이 인류 모두가 지닌 보편적인 이성을 왜곡하는 성향이 있습니다."

제 6 장

앤 여왕 치세의 영국 상황에 대해 계속해서 설명한다. 유럽 왕실들에서 일하는 총리 대신(수상)의 성격을 설명한다.

주인은 도대체 어떤 동기에 의해 이 변호사 집단의 사람들이 동료 인간들에게 해를 끼치려는 목적으로 그런 부당한 음모에 가담하여 스스로를 괴롭히고, 불안해 하고, 피곤해 하는지 이해하기 힘들다면서 아주 당혹스러워 했다. 그는 또한 내가 그들이 그런 일을 누군가에게 '고용'되어서 한다고 말했을 때 그게 무슨 의미인지 이해하지 못했다. 이에 나는 그에게 돈의 효용과 그것을 만드는 소재, 그 소재인 금속의 가치에 대해 설명하기 위해 상당히 애를 썼다.

"어떤 야후가 이 귀중한 물체를 다량 갖고 있으면 그는 가장 멋진 옷, 가장 훌륭한 집, 엄청난 토지, 가장 값비싼 고기와 음료 등 마음먹은 건 뭐든지 살 수 있습니다. 그리고 아름다운 여자까지도 선택할 수 있습니다. 따라서 돈 하나만 있으면 이런 모든 훌륭한 일들을 할 수 있기 때문에 우리 나라의 야후들은, 소비용이든 저축용이든, 돈이란 아무리 많이 가지고 있어도 지나치지 않다고 생각합니다. 그리고 그들은 자신들의 타고난 성향이 과잉이나 탐욕으로 흐른다는 걸 알고 있습니다. 또 부자들은 가난한 자들이 이룩한 노동의 결실을 즐깁니다. 그런데 부자와 가난한 자의 비율은 1대 1,000입니다. 따라서 우리 나라의 수많은 노동자들은 극소수의 사람들을 풍족하게 만들기 위해 저임금을 받으며 매일 노동하며 비참하게 살도록 강요받고 있습니다."

나는 같은 취지로 이 문제와 비슷한 다른 많은 문제들로 이야기를 확대해 나갔다. 그러나 주인은 여전히 이해하지 못했다. 그는 모든 동물은 땅에서 거둬들인 수확에 있어서 각자 자신들의 몫에 대한 권리를 지니며, 특히 다른 동물들을 지배하는 동물은 더욱 그렇다는 가정을 하고 있었다. 따라서 그는 내가 말한 값비싼 고기 요리가 무엇인지, 우리들 중 누가 그런 것을 원하는지 알려 주기를 원했다.

나는 머리에 떠오르는 대로 많은 요리들과 다양한 요리 방법들을 나열했다. 이런 요리들은 바다를 통해 세계 각지로 배들을 보내 재료들을 구해 오지 않으면 요리할 수 없으며, 마실 술들과 소스들, 기타 편의용품들도 마찬가지라고 말했다. 나는 우리 나라의 귀족 여자 야후 한 명이 아침 식사와 그것에 곁들인 술 한 잔을 먹게 되기까지는, 아마 적어도 이 지구를 세 번은 도는 시간이 필요했을 거라고 주장했다.

그는 자기 나라 백성들에게 식량도 조달해 주지 못하는 그런 나라는 분명히 불행한 나라일 거라고 말했다. 그러나 그가 무엇보다 의아해한 것은, 내가 설명한 그런 넓은 땅을 지닌 나라에 어떻게 신선한 물이 전혀 없을 수 있는지, 마실 것을 구하러 불가피하게 사람들을 바다 건너 다른 나라에까지 보내야 하는지였다. 나는 다음과 같이 대답했다.

"영국(내가 태어난 사랑하는 조국)은 그 국민들이 소비할 수 있는 것보다 세 배나 많은 양의 식량을 생산하는 것으로 추산되고 있습니다. 곡식에서 추출하거나 나무 열매를 압착해 만든 훌륭한 음료와 술, 다른 모든 일상 편의용품들도 같은 비율로 생산하고 있습니다. 그러나 남자들의 사치와 무절제, 여자들의 허영심을 충족시키기 위해 우리는 엄청난 양의 필수품을 다른 나라로 내보내고 있고, 그 대가로 다른 나라들로부터 우리가 소비할 수많은 질병, 어리석음. 악의 소재들을 들여옵니다. 따라서 필연적인 결과로서 우리 나라의 수많은 백성들은 구걸, 강도, 절도, 사기, 뚜쟁이질, 거짓 맹세, 아첨, 위증, 위조(화폐제조), 도박, 거짓말, 아양, 허세, 투표, 잡문 쓰기, 몽상, 독살, 매춘, 허세, 중상모략, 자유사상(무신론), 기타 직업을 가지고 생계를 유지할 수밖에 없게 됩니다."

나는 이 각 용어 하나하나를 그에게 이해시키느라 아주 애를 먹었다.

"포도주는 물이나 다른 음료가 부족해서 그걸 보충하기 위해 외국에서 수입해 오는 것이 아닙니다. 그것이 우리의 감각을 무디게 만들어서 우리를 즐겁게 해주는 일종의 술이기 때문에 그런 것입니다. 그것은 모든 우울한 생각을 없애 주고, 희망을 끌어올리고, 두려움을 없애 주고, 모든 이성의 작용을 일시적으로 정지시키고, 사지의 작용을 박탈하고 마침내 깊은 잠에 빠져 들게 합니다. 물론 술에서 깨어나면 항상 몸이 아프고 머리가 멍하며, 또 많이 마시다 보면 병이 발생하고, 급기야 우리의 삶이 불편해지고 단명한다는 점을 반드시 고백해야 할 것입니다.

그러나 이런 모든 일도 있지만, 우리 나라의 수많은 사람들은 생필품과 생활 편의용품들을 만들어서 부자들에게 공급하거나 상호간에 공급함으로써 스스로를 부양하기도 합니다. 예를 들어, 내가 집에서 꼭 입어야 할 옷을 입고 있을 때 나는 100여 명의 장인들의 기술을 내 몸에 짊어지고 있는 셈입니다. 우리 집의 건물과 가구에도 그 정도의 사람들이 이용되었고, 내 아내를 장식하는 데는 그보다 다섯 배나 많은 사람들이 이용됩니다."

나는 그에게 아픈 사람들을 돌봄으로써 생계를 이어 가는 또 다른 종류의 사람들에 대해 이야기하기로 했다. 몇 차례나 주인님에게 내 선원 중 다수가 병으로 죽었음을 주지시켰기 때문이다. 그러나 이번에도 그는 내 말의 의미를 이해하기 힘들어 했다. 그는 휘넘들의 경우처럼 죽음을 며칠 앞두면 몸이 약해지고 무거워진다거나, 사고로 다리를 다칠 수 있다는 사실 정도는 쉽게 이해했다. 그러나 그는 모든 사물들을 완벽하게 완성시키려는 자연이 우리의 육체에 어떤 고통을 준다는 사실이 불가능하다고 생각했다. 따라서 그는 그런 불가해한 병의 원인들에 대해 알고 싶어했다. 나는 다음과 같이 말했다.

"우리는 서로 반대 작용을 하는 수천 가지 음식들을 먹습니다. 배가 고프지 않은데도 음식을 먹고, 갈증이 나지 않는데도 음료를 마십니다. 우리는 음식을 한 조각도 안 먹고 독주만 마시면서 꼬박 날을 새우기도 합니다. 그러면서 나태에 빠지고, 몸에 염증이 생기고, 소화가 급속히 촉진되거나 방해됩니다.

몸을 파는 여자 야후들도 어떤 병에 걸리는데, 이 병은 이들과 함께 잠자리를 했던 사람들의 뼈를 썩게 합니다. 이런 병이나 이 비슷한 많은 병들은 아버지에게서 아들로 전이되어 수많은 사람들이 복잡한 질병들을 갖고 세상에 태어나게 합니다.

인간의 육체에 발생하는 모든 질병들의 목록을 다 얘기한다면 끝이 없습니다. 팔다리에 퍼지는 병만 해도 오륙백 가지가 넘을 겁니다. 요컨대 몸의 외부건 내부건, 신체의 모든 기관은 각각 고유의 질병들을 갖고 있습니다. 그런 질병들을 치료하기 위하여 우리들 사이에는 병자를 치료한다고 공언하거나 주장하며 교육을 받는 사람들이 있습니다. 내가 바로 그런 분야의 기술이 있는 사람이기 때문에, 나는 감사의 표시로 주인님께 그런 사람들이 어떻게 치료를 진행하는지 그 모든 비밀과 방법을 알려 드리겠습니다.

그들의 가장 기본적인 전제 사항은, 모든 질병이 포식으로 인해 생겨난다는 것입니다. 그래서 자연스러운 아래쪽 통로로든, 아니면 입을 통한 위쪽 통로로든 몸을 엄청나게 비워 내는 일이 필요하다고 결론을 내렸습니다. 그들의 다음번 일은 약초, 무기질, 고무액, 기름, 조개껍질, 소금, 주스, 거미, 해초, 똥, 나무껍질, 뱀, 두꺼비, 개구리, 거미, 시체의 살과 뼈, 새, 동물, 물고기를 합성하여 맛이나 냄새에 있어 그들이 만들어 낼 수 있는 가장 혐오스럽고, 역겹고, 불쾌한 약을 조제하는 것입니다. 이 약을 먹으면 너무 불쾌하여 즉시 속이 거북해집니다. 이것을 구토라고 부릅니다.

또한 같은 재료에다 다른 독성 물질들을 좀더 추가하여, 위쪽이든 아래쪽이든 아무 구멍으로나 그걸 먹거나 집어넣으라고 명령합니다(그 당시 그 의사가 어떤 것을 하고 싶으냐에 따라). 이 약 역시 우리의 내장을 놀라게 하고 불쾌하게 합니다. 그들은 이 약을 설사약(하제), 혹은 관장약이라고 부릅니다. 자연은(의사들의 주장에 의하면) 우리 신체의 앞쪽 상부의 구멍은 오직 고체와 액체의 삽입을 위해서 만들었고 하부의 구멍은 배출을 위해서만 만들었습니다. 이 기술자들은 영리하게도, 질병들이란 모두 자연이 제자리에서 쫓겨난 거라고 봅니다. 따라서 다시 자연을 제자리에 돌려놓으려면 우리 신체를 정반대 방식으로 다루어야 한다고 주장합니다. 즉 각 구멍의 용도를 바꾸어 항문에는 고체와 액체를 집어넣고 입으로는 구토를 하게 만드는 것입니다.

그러나 진짜 병들 외에도 우리는 상상에 불과한 많은 병들에 걸리기도 합니다. 그에 대해 의사들도 상상에 의한 치료법들을 만들어 냈습니다. 이 병들은 여러 가지 이름들이 있으며, 각각에 알맞은 약들이 있습니다. 그리고 이런 병들은 우리의 여자 야후들이 자주 걸립니다.

이 집단의 사람들이 특히 탁월한 능력을 보이는 것 중 하나가 바로 병의 예후 예측 기술입니다. 이 점에 있어서는 좀처럼 실수하지 않습니다. 즉 실제의 질병들이 악화되어 죽음을 예고할 정도가 되었을 때 그걸 예측하는 기술입니다. 회복이 불가능한 경우 이런 예측은 항상 그들의 능력 안에 있습니다. 따라서 그들이 이미 최종 선고를 내렸는데 갑자기 뜻하지 않게 뭔가 회복의 조짐이 나타나면, 그들은 거짓 예언자라는 비난을 감수하기보다는 적절한 약을 써서 세상 사람들에게 자신들의 예지를 입증해 보이는 방편으로 삼으려고 합니다.

그런 방법은 배우자에게 싫증 난 남편이나 부인들, 장남들, 국가의 주요 각료 대신들, 또 종종 군주들에게도 마찬가지로 특별한 효용 가치가 있을 겁니다."

나는 일전에 여러 차례에 걸쳐 전반적인 정부의 성격과, 특히 전 세계의 경탄과 질투의 대상인 우리 조국의 훌륭한 정치체제에 대하여 주인과 이야기를 나누었다. 그런데 지금 이 병 이야기를 하면서 우연히 국가의 각료 대신 이야기가 나오자 그는 얼마 후, 내가 특별히 그런 이름으로 부르는 야후는 어떤 종류의 사람들인지 알려 달라고 명령했다. 나는 다음과 같이 말했다.

"내가 설명하고자 하는 국무대신, 혹은 총리대신은 희로애락, 증오심, 연민, 분노 같은 감정이 전혀 없는 사람입니다. 적어도 그는 권력, 부, 지위에 대한 격렬한 욕망 외에는 다른 어떠한 감정도 사용하지 않습니다. 그는 자신의 말을 모든 용도에 사용하되, 자신의 속마음을 나타내는 것만은 예외입니다. 그가 진리라고 말하면, 그것을 거짓말로 알아들으라는 의도가 있는 것입니다. 거짓말도 마찬가지입니다. 그가 거짓말이라고 말하면 그건 분명히 당신이 그것을 진실로 받아들이라는 의도에서 한 것입니다. 그가 뒤에서 험담하는 사람은 가장 확실하게 승진의 길로 들어선 것입니다. 그리고 그가 당신을 다른 사람들이나 당신 자신에게 칭찬하기 시작한다면 당신은 그날부터 버림 받은 겁니다. 당신이 받을 수 있는 최악의 표시는 약속입니다. 특히 맹세까지 붙여 확신하는 약속입니다. 그런 약속이 있고 나면 모든 현명한 자들이 은퇴를 하고 희망을 포기합니다.

총리대신으로 승진하는 방법은 세 가지입니다. 첫째는 자신의 부인, 딸, 누이를 지혜롭게 처분하는 방법을 아는 것이고, 둘째는 자신의 전임자를 배반하거나 몰래 해치는 것이며, 셋째는 왕실의 부정부패에 대한 대중 집회의 광적인 열광을 이용하는 것입니다. 그러나 현명한 군주는 이 세 가지 방법 중에서 마지막 방법을 실행하는 자들을 선출하려 합니다. 왜냐하면 이런 열성분자들일수록 항상 자기 주인의 의지와 감정에 가장 충실하게 복종적인 사람들로 판명되기 때문입니다. 총리대신은 모든 공직들을 마음대로 주무르며 상원이나 대의회의 다수 의원들을 매수함으로써 권력을 보존합니다. 그리고 끝으로 그는 면책 법안이라고 부르는 편법에 의하여 사후의 문책으로부터 자신을 보호하고, 국가의 모든 이권과 전리품들을 가득 짊어진 채 대중들로부터 은퇴합니다.

총리 대신의 공관은 자신과 비슷한 자들을 키워 내는 온상이기도 합니다. 시종, 종복, 문지기까지도 자신들의 주인을 흉내내어 각자 자신들의 동네에서는 국가의 대신이 되며, 게으름, 거짓말, 뇌물 수수 등의 세 가지 주요 기본 요소들에 있어서 탁월한 능력을 발휘할 수 있는 방법을 배웁니다. 따라서 그들은 최고 지위에 인사들에게 부름을 받아 제2의 왕실을 구성하며, 어떤 때는 교활함과 뻔뻔함에 힘입어 여러 단계들을 거쳐 자신들이 모시는 주인의 후계자가 되기도 합니다.

총리대신은 대개 부패한 계집이나 총애하는 하인들에게 지배를 받습니다. 이들은 모든 인사 특혜가 전달되는 통로입니다. 따라서 궁극적으로는 마땅히 왕국의 통치자들이라고 불리기도 합니다."

하루는 내가 우리 나라의 귀족에 대해 언급하는 것을 듣고 주인은 내가 감당하기 힘든 찬사를 기꺼이 내게 베풀어 주셨다. 그는 내가 분명히 어떤 귀족 가문 태생일 것이라고 확신한다는 것이다. 왜냐하면 내가 그 나라의 모든 야후들보다도 체격, 색깔, 청결에 있어서 훨씬 낫다는 것이다. 물론 힘이나 민첩성에선 내가 그들보다 떨어지겠지만 그것은 그들과 다른 내 생활 방식에서 기인한다는 것이다. 게다가 나는 언어 능력을 갖고 태어났고 또 기본적인 이성도 갖고 있으니, 그의 모든 지인들 사이에서 내가 자연의 경이로 통한다는 것이다.

그는 내게 휘넘들 사이에도 흰색, 적갈색, 철회색 말들은 밤색, 얼룩 회색, 검정색 말들처럼 잘생기지 않았고, 동일한 정신 능력이나 자질을 향상시키는 능력을 갖고 있지 않다는 사실을 주목하라고 했다. 따라서 이런 말들은 늘 하인 상태로 살며, 자신들의 부류에서 벗어나 상류층 말들과 어울리려고 열망하지도 않는다는 것이다. 그런 일은 그 나라에서는 기이하고 부자연스러운 일로 여겨진다는 것이다.

나는 주인님께 나에 대해 과분한 찬사를 베풀어 주신 것에 대해 매우 겸손하게 감사를 드렸다. 하지만 동시에 나는, 그저 웬만한 교육을 시킬 정도의 평범하고 정직한 부모로부터 태어났기 때문에 신분이 높은 집안 출신은 아니라고 말했다.

"우리 나라의 귀족은 주인님께서 생각하고 계신 모습과는 아주 다른 존재입니다. 우리 젊은 귀족들은 어린 시절부터 게으름과 사치에 휩싸여 자랍니다. 나이가 들어 그럴 자격이 생기면 방탕한 여자들 사이에서 체력을 소진하고 불쾌한 병들을 얻습니다. 그리고 재산을 거의 탕진하면 비천한 태생의 여성들과 결혼을 합니다. 자신들이 증오하고 경멸하는, 마음에 안 들고 건강하지 못한 체격의 여성이라 할지라도 단지 돈 때문에 결혼하는 것입니다. 그런 결혼에서 태어나는 아이들은 대개 연주창에 잘 걸리고, 관절이 약하고, 기형적으로 생긴 아이들입니다. 따라서 만약 부인이 가문의 혈통을 개선하고 유지하기 위하여 이웃이나 가내 하인들 중에서 건강한 아버지를 찾기 위해 특별한 관심을 기울이지 않는다면, 그 가문은 3대 이상 가는 경우가 거의 드뭅니다.

나약하고 병든 육체, 초췌한 용모, 누르스름한 안색이 귀족 혈통의 진정한 특징들입니다. 건강하고 튼튼한 외모는 지체 높은 집안의 남자에게는 너무나도 불명예스러운 모습이며, 세상 사람들은 그의 진짜 아버지가 마구간지기나 마부일 거라고 결론을 내립니다. 또 그의 불완전한 정신 능력들도 그의 불완전한 육체와 함께합니다. 그는 우울하고, 어리석고, 무식하고, 변덕스럽고, 호색적이고, 오만한 성질을 지니고 있습니다.

이 귀족 집단의 동의가 없으면 어떠한 법률도 발효되거나, 폐기되거나, 변경될 수 없습니다. 그리고 이 귀족들은 또한 우리의 모든 소유 재산들을 호소할 방법도 없이, 또 절차도 없이, 자기들 마음대로 결정해 버립니다.“

제7장

저자가 모국에 큰 애국심을 보이다. 저자가 영국의 제도와 행정을 비슷한 사례와 비교해서 설명하고, 주인이 평가한다. 인간의 본성에 관해 주인이 발언한다.

나와 그 나라 야후들 사이의 완벽한 유사성 때문에 인간을 가장 혐오스럽게 생각할 게 분명한 존재들 앞에서, 내가 어떻게 동료 인간들을 그렇게 솔직하고 거리낌없이 묘사할 생각이 들었는지 궁금할 것이다. 나는 솔직히 고백하지 않을 수 없다. 타락한 인간의 심성들과 정반대인, 그 고귀한 네발 동물들의 수많은 덕성들이 내 눈을 새로이 개안시키고 내 이해력을 확장시켜 주었기 때문에, 나는 인간들이 저지르는 행위들과 그들의 감정을 새로운 각도로 보기 시작했고, 우리 인간들의 명예라는 것이 지켜 줄 만한 가치가 없다고 생각하기 시작했다.

더군다나 그런 일은 내가 전에는 인식조차 하지 못했고 우리 인간들의 세계에서라면 결코 약점이나 결점으로 거론되지도 않았을 내 안의 과오들을 매일 천여 가지씩 확인시켜 줄 정도로 날카로운 판단력의 소유자였던 내 주인 같은 존재 앞에서는 불가피한 일이었다. 나는 또한 그를 모범삼아 모든 거짓과 위장을 완전히 혐오하게 되었다. 그리고 진리가 내게 너무나 사랑스러워 보였기 때문에 나는 그것을 위해서라면 모든 것을 희생하기로 결심했다.

독자 여러분께 또 하나 솔직하게 고백해야 할 게 있다. 사실 내가 우리의 상황을 그렇게 거리낌없이 묘사한 데는 훨씬 더 강력한 동기가 하나 있었다. 나는 이 나라에 온 지 1년도 안 되어 이곳 주민들에게 너무나 많은 사랑과 존경심을 갖게 되었다. 따라서 나는 다시는 인간 세상으로 되돌아가지 않고 존경하는 휘넘들과 함께 모든 덕성에 대해 사색하고 그것들을 실천하며 남은 여생을, 악을 보여주지도 부추기지도 않는 이곳에서 보내기로 마음을 굳히기 시작했다. 하지만 내 영원한 적인 운명의 여신은 그런 큰 행복이 내 몫으로 주어지지 않도록 이미 내 운명을 결정해 놓고 있었다.

어쨌든 지금 생각해 보니, 그래도 내 동포들에 대해 이야기하면서 내가 그처럼 엄격한 조사관 앞에서 최선을 다하여 그들의 결점을 완화시켰으며, 모든 항목에서 가능한 한 그들에게 유리하게 설명했다는 사실이 조금은 위안이 된다. 정말이지 세상의 모든 사람 중에서 자기가 태어난 고향에 대한 편견과 편애에 의해 흔들리지 않을 사람이 누가 있단 말인가?

지금까지 나는 영광스럽게도 주인님을 모시며 함께 나누었던 여러 대화들의 핵심 골자를 이야기했다. 하지만 사실 지면 관계상 여기에 적은 내용보다 훨씬 더 많은 내용을 생략했다.

그의 모든 질문들에 대답을 마치자 그의 호기심은 완전히 충족된 것처럼 보였다. 어느 날 아침 일찍 그는 나를 불러, 어느 정도 떨어져 앉으라고(내게 한 번도 보이지 않았던 태도였다) 명령하더니 이렇게 말했다.

"당신과 당신 나라와 관련하여 당신이 한 모든 이야기들에 대해 아주 진지하게 생각해 보았소. 나는 당신들이, 내가 짐작할 수 없는 어떤 우연한 사건에 의하여, 아주 적은 소량의 이성을 자신의 몫으로 갖게 된 동물이라고 생각하오. 그런데 당신들은 그나마 그 이성을 이용해 타고난 타락을 더 악화시키고, 자연이 주지도 않은 새로운 타락을 획득하는 용도에만 쓰고 있소. 당신들은 자연이 준 얼마 안 되는 능력들을 스스로 없애 버리고, 본래 부족한 능력의 숫자를 점차 더 늘려 가는데 성공하고 있소. 당신들은 또한 그 부족을 자신의 창의력으로 메우려고 평생을 소비하며 노력하고 있지만 성공하지 못하고 있는 것 같소.

당신만 놓고 볼 때, 당신은 보통 야후만큼의 힘도 민첩성도 가지고 있지 않은 것이 분명하오. 당신은 뒷다리로 연약하게 걸어다니면서 발톱을 아무런 쓸모도 없고 방어 수단도 되지 못하게 만들었소. 또 태양 빛이나 모진 날씨의 보호 수단으로 만들어진 턱의 털도 없애 버렸소. 끝으로 당신은 빨리 달리지도 못하고, 당신 형제들(그가 그렇게 불렀다)인 이 나라의 야후들처럼 나무를 기어올라 가지도 못하오.

당신 나라의 통치 제도나 법률 제도는 분명히 당신들의 엄청난 이성적 결함들과 그에 따른 도덕적 결함에 기인하는 것이오. 왜냐하면 이성적 동물을 통치하는 데는 이성 하나만 있으면 충분하기 때문이오. 따라서 당신들의 그러한 결함들은 당신들이 도저히 부정할 자격이 없는 당신들의 특징이오. 그건 당신이 직접 당신 나라 사람들에 대해 해준 설명만 들어도 그렇소. 물론 나는 당신이 그들에 대한 호의 표시로 구체적인 많은 내용들을 숨겼고 종종 존재하지 않는 내용까지 말했다는 걸 분명히 감지했소."

그는 특히 이 생각을 더욱 확신하고 있었다. 그가 다음과 같은 사실을 발견했다는 이유 때문에서였다. 힘, 속도, 행동, 짧은 발톱, 기타 자연과 무관한 몇몇 사항들에서의 불리한 점을 제외한다면 신체 구조상으로 볼 때 내가 야후들과 거의 유사한 것과 마찬가지로, 내가 우리들의 생활, 관습, 행동들에 대해 그에게 했던 설명으로 볼 때 우리의 정적인 속성들까지도 야후들과 거의 유사하게 닮아 있다는 것이다. 그는 이렇게 말했다.

"야후들은 다른 종의 동물들과 싸울 때보다 자기들끼리 싸울 때 훨씬 더 서로를 증오하는 것으로 알려져 있소. 대개 그에 대한 이유로 설명되는 것이 바로 그들 자신의 기분 나쁜 외모요. 자기 자신의 모습은 못 보면서 다른 모든 야후들의 모습은 볼 수 있으니 말이오. 따라서 나는 당신들이 몸을 가리는 일이 현명하지 못한 일은 아니라고 생각하기 시작했소. 그런 발상으로 서로

간의 흉측한 모습을 상당 부분 가릴 수 있으니 말이오. 만약 그렇지 않았더라면 당신들은 견디기 힘들었을거요.

그런데 지금까지 내가 잘못 생각해 왔다는 사실을 깨달았소. 우리 나라 야후들의 싸움질도 당신이 설명한 당신 나라 야후들과 똑같은 원인들 때문에 일어난다는 것을 알게 된 거요. 5마리의 야후들에게 50마리도 충분히 먹을 수 있는 넉넉한 양의 음식을 던져 보시오. 녀석들은 평화롭게 나눠 먹기는커녕 한 마리가 다 독차지하려고 서로 귀들을 잡고 엉켜 싸울 것이오. 따라서 녀석들이 밖에 나와서 음식을 먹을 때 항상 하인이 옆에 서서 감시해야 하고, 집에서 먹을 땐 서로 멀리 떨어뜨려 묶어 놔야 하오.

만약 암소 한 마리가 늙거나 사고로 죽었는데 휘넘이 자기 야후들을 위해 미처 그걸 처리하지 못했다면, 인근에 있던 야후들이 떼거지로 몰려와 서로 차지하려고 하오. 그런 다음에는 당신이 말한 것처럼 엄청난 싸움이 벌어지고 발톱으로 서로에게 끔찍한 상처들을 입히오. 하지만 우리 나라 야후들은 서로를 죽일 수 있는 능력들은 없소. 당신들이 발명한 것들과 같은 편리한 살해 도구들이 없기 때문이오.

어떤 때는 뚜렷한 이유도 없이 인근에 사는 야후들 사이에 이와 비슷한 싸움들이 행해지오. 한 지역의 야후들이 기회를 엿보다가, 옆 지역의 야후들이 미처 준비도 하기 전에 기습하는 것이오. 그러나 야후들은 자기들의 계획이 실패했다는 것을 알게 되면 집으로 다시 돌아가오. 그리고는 마땅한 적이 없으니까 이번에는 자기들끼리, 소위 당신이 말한 내란이라는 것을 일으키기 시작하오.

우리 나라의 어떤 들판에 가면 야후들이 미친 듯이 좋아하는 다양한 빛깔의 빛나는 돌들이 있소. 가끔씩 있는 일이지만, 이 돌들의 일부분이 땅속에 묻혀 있으면 그들은 그걸 가지기 위하여 며칠이 걸려서라도 발톱으로 그걸 파내오. 그리고는 그 돌들을 갖고 가서 자기 우리에 무더기로 감춰 놓소, 하지만 그들은 친구들이 와서 그 보물을 찾아낼까봐 여전히 주변을 경계하오."

주인은 계속 말을 이었다.

"나는 이런 부자연스러운 욕심의 이유와, 도대체 이 돌들이 야후에게 무슨 소용이 있는 것인지 알 수가 없었소. 그런데 지금 와서 보니 인간들이 가지고 있다는 바로 그 탐욕이란 원칙에서 그런 욕심이 나왔다고 믿게 되었소. 한번은 내가 시험삼아서 야후 한 마리가 보석을 파묻은 장소에서 보석더미를 몰래 치운 적이 있소. 그랬더니 보석을 잃어버린 이 더러운 녀석은 큰소리로 울음을 터뜨렸고, 그 때문에 모든 야후 무리가 다 그에게로 달려올 정도였소. 비참하게 울부짖던 녀석은 다른 야후들을 잡고 물어뜯기까지 하였소. 녀석은 점점 야위어 갔고 먹지도 않고 자지도 않고 일도 안 했소. 마침내 내가 하인을 시켜 몰래 그 돌들을 다시 구덩이에 갖다 놓고 전처럼 감춰 놓자, 녀석은 그걸 발견하고는 즉시 다시 기운을 차리고 기분이 좋아졌소. 하지만 녀석은 그 보석들에 특별히 신경을 써서 더 좋은 은닉처로 옮겨 버렸소.

그리고 그 이후 아주 말 잘 듣는 야후가 되었소."

주인은 내게 다음과 같은 이야기도 했는데, 이것은 나도 직접 목격한 것이었다.

"이 빛나는 돌들이 풍부하게 있는 들판에서 극히 격렬한 전투들이 가장 빈번하게 벌어지오. 이웃에 사는 야후들이 끊임없이 싸움을 걸어 오기 때문이오."

그는 야후 두 마리가 들판에서 그런 돌을 발견하여 서로 자기가 주인이라며 다툴 때, 제3의 야후가 몰래 나타나 그 틈에 보석을 갖고 가버리는 일은 흔하다고 말했다. 주인님은 우리 나라 법률 소송과의 유사성을 주장하려고 했던 것이 틀림없었다. 그 점에 대해 나는 그의 잘못된 생각을 지적하지 않는 것이 오히려 우리에게 더 이익이라고 생각했다. 왜냐하면 그가 말한 그 사태의 결론은 우리들의 경우보다 몇 배는 더 공정한 것이었기 때문이다. 야후들은 원고, 피고 격에 해당하는 두 마리의 야후들은 자신들의 다툼의 원인이 되었던 돌 이외에는 잃는 것이 아무것도 없다. 그러나 우리의 법정은 당사자 중 하나가 알거지가 되기 전까지는 절대로 재판을 끝내려고 하지 않는 것이다.

주인님은 이야기를 계속하면서, 야후를 혐오스럽게 만드는 것 중에서 그들의 무분별한 식욕보다 더한 것은 없다고 말했다. 풀, 나무뿌리, 장과류 열매, 동물의 썩은 고기, 혹은 이 모든 것들의 잡탕 등, 뭐든 자신들 앞에 주어지는 것은 게걸스럽게 먹어치운다는 것이다. 그런데 자기 집에 자신들을 위해 더 맛있는 음식이 마련되어 있는데도, 더 멀리 떨어진 곳에 가서 약탈이나 훔치는 행위를 통해 얻는 음식을 더 좋아하는 것도 그들의 특이한 기질이었다. 먹이를 주면 그들은 배가 거의 터질 때까지 먹어 댔다. 그런 다음에는 자연이 그들에게 가르쳐 준 어떤 나무뿌리를 먹었으며, 그걸 먹고 난 후 먹은 것을 온통 다 배설했다.

그 나라에는 또한 아주 달콤한 뿌리 하나가 있었다. 그러나 이것은 아주 희귀하고 발견하기 힘든 것이어서 야후들이 서로 차지하려고 열심히 싸워 댔고, 아주 즐겁게 그걸 빨아 대곤 했다. 이 뿌리는 술이 우리에게 미치는 것과 똑같은 영향을 만들어 냈으며, 야후들을 서로 껴안게 하기도 하고, 서로 물어뜯게 하기도 했다. 또 이들을 울부짖고, 웃고, 떠들고, 비틀거리고, 뒹굴고, 그러다 진흙탕에 빠져 잠들게 하곤 했다.

나는 이 나라에서 야후들이 유일하게 질병에 걸리는 동물들이란 사실을 실제로 목격했다. 그러나 그들이 걸리는 질병의 숫자는 우리 나라의 말들이 걸리는 병보다도 적었다. 이런 질병들은 관리 소홀 때문에 생기는 것이 아니라, 이 더러운 동물의 불결함과 탐욕 때문에 생기는 것이었다. 그런 병들에 붙는 이름은, 그 동물의 이름에서 나온 흐네아 야후(야후병)란 일반적인 병명 외에는 휘넘어에 없었다. 처방약은 그들의 똥과 오줌을 섞어서 만든 것이었고, 그것이 목구멍에 강제로 투입되었다. 이 약은 종종 성공을 거둔 것으로 알고 있다. 따라서 나는 과식으로 인해 생겨난 모든 질병들에 대한 탁월한 특효약으로 이 약을 우리 나라 사람들에게 솔직하게 권하는 바이다.

학문, 통치 제도, 예술, 제조업 등에 대해서는 그 나라의 야후들과 우리들 사이에 유사성을 거의, 혹은 전혀 찾을 수 없다고 주인님은 고백했다. 그가 단지 이 양자의 본성들 속에 어떤 비슷한 면이 있는가만을 관찰하려 했기 때문이다.

그러나 사실 그는 몇몇 호기심 많은 휘넘들이 다음과 같은 내용의 말을 하는 걸 들은 적이 있다고 했다. 야후의 대부분의 무리들에서도 지도자 야후(우리 나라 사냥터에 대개 지도자 수사슴이 있듯이)가 있다는 것이다. 이 야후는 항상 다른 야후들보다 훨씬 더 몸이 추악하게 생겼고 기질도 못됐으며, 자신과 가장 비슷하게 생긴 총신 야후를 데리고 다닌다는 것이다. 총신 야후의 임무는 주인의 발바닥과 항문을 핥고, 여자 야후들을 그의 우리로 몰아넣어 주는 것이다. 그리고 그 대가로 이따금 당나귀 고기를 보상받는다는 것이다. 이 총신 야후는 모든 무리의 증오의 대상이 되기 때문에 항상 지도자 야후 곁에 바짝 붙어 다닌다. 이 녀석은 자기보다 더 못된 녀석이 나타날 때까지 그 직무를 계속한다. 그러나 그가 버림을 받으면 바로 그의 후계자 녀석이 그 지역의 모든 남녀노소 야후 무리들을 이끌고 나타나 그의 머리부터 발끝까지 온몸에 배설을 해댄다. 주인님은 이런 방법이 우리나라의 왕실이나 총신들에게 어느 정도까지 적용될 수 있는지는 내가 가장 잘 판단할 수 있을 거라고 말했다.

나는 이 악의적인 암시에 아무런 응답도 할 수가 없었다. 그는 우리 인간의 이해력을, 무리 중 가장 능력 있는 개의 울음 소리를 실수 없이 분간하여 따라갈 정도의 판단력을 지닌 보통 사냥개의 지능에도 못 미치는 것으로 깎아내리고 있었다.

내 주인은 내가 그에게 인간에 관한 설명에서 언급하지 않은, 혹은 아주 가볍게 언급했을지도 모르는 두드러진 인간의 자질들이 그 나라의 야후들에게도 있다고 얘기했다. 그는 야후들이 다른 짐승들처럼 자신들의 암컷을 공유한다고 얘기했다. 그러나 다만 암컷 야후가 임신 중에도 수컷 야후를 받아들인다는 점에서 차이가 있다고 했다. 그리고 수컷들은 암컷들을 놓고 서로 몹시 격렬하게 싸운다고 했다. 그 싸움은 어떤 지각 있는 다른 동물들도 따라하지 못할 정도로 악명이 높고 지독하고 야만적이라고 했다.

그가 야후들에게 놀란 또 한 가지는, 다른 동물들은 청결에 대한 타고난 의식을 가지고 있는 듯 보이는 데 반해, 그들은 불결하고 더러운 기이한 기질을 지녔다는 점이었다. 나는 앞서의 두 가지 비난은 반론없이 넘겼다. 왜냐하면 그 점에 대해 우리 동족 인간들을 옹호할 말이 단 한마디도 없었기 때문이다. 그러나 마지막에 했던 그의 이상한 비난에 대해서는, 만약 그 나라에 돼지라는 동물이 있었더라면(불행히도 그 나라에는 이 동물이 없었다) 나는 쉽게 우리 인간을 변호할 수 있었을 것이다. 비록 돼지가 야후보다는 더 순한 네 발 동물이긴 하지만, 정당하고 겸손하게 생각해 보더라도 그들이 야후보다 더 깨끗하다고는 도저히 주장할 수가 없었기 때문이다. 만약 내 주인이 돼지들의 더러운 식사 모습이나 진흙탕 속에서 뒹굴며 자는 모습을 보았더라면, 그 또한 그 점을 인정했을 것이다.

주인은 야후들의 또 하나의 자질도 거론했는데, 그의 하인들이 여러 야후들에게서 발견한 것으로 그가 도저히 이해하지 못하는 것이었다. 가끔 이상한 공상이 야후에게 생겨나 구석으로 물러나서 누워 울부짖고, 신음하고, 자신에게 다가오는 모든 것들을 쫓아 버린다고 말했다. 아직 젊은 나이고, 건강하고, 음식도 물도 부족함이 없는데도 그렇다는 것이다. 하인들조차 그를 괴롭히는 것이 무엇인지 상상할 수가 없었다. 그들이 발견한 유일한 치료책은 그에게 힘든 노동을 시키는 것인데, 그러면 틀림없이 녀석의 제정신이 돌아온다고 했다. 이 점에 있어서 나는 우리 인간들에 대한 사랑 때문에 침묵을 지켰다. 그러나 나는 그때 우울증의 진정한 씨앗을 분명히 발견할 수 있었다. 즉 우울증이란 것이 오직 게으르고, 사치스럽고, 부유한 자들만을 사로잡으며, 이들에게 주인이 말한 것과 같은 방법을 강제로 적용한다면 그 치료법이 될 수 있을 거라고 생각했다.

주인은 또 이런 말도 했다. 즉 암컷 야후가 종종 강둑이나 수풀 뒤에 숨어서 지나가는 젊은 수컷 야후들을 지켜보고 있다가, 모습을 나타내고 숨고를 반복하며 아주 이상한 몸짓들과 얼굴 표정을 지어 보인다는 것이다. 그럴 때 그녀가 아주 불쾌한 냄새를 풍긴다고 했다. 그리고 어떤 수컷이 자기 쪽으로 다가오면 종종 뒤를 바라보며 거짓으로 무서운척하면서 천천히 뒤로 물러나, 수컷이 자신을 따라오기 편한 장소로 달려간다고 했다. 또 만약 낯선 암컷이 그들 사이에 나타나면 서너 명의 암컷들이 새로 등장한 그 암컷을 둘러싼 뒤, 노려보고 떠들고 비웃고 그녀에게 냄새를 피워 댄다고 했다. 그러다가 경멸감과 멸시감을 표시하는 듯한 몸짓들을 보이며 외면해 버린다고 했다.

아마 내 주인은 자신이 직접 관찰했거나 다른 휘넘들에게 들었던 내용으로부터 이런 생각들을 좀더 다듬고 싶어했는지도 모른다. 그러나 나는 어느 정도의 놀라움과 상당한 슬픔을 갖고 이런 생각을 하지 않을 수가 없었다. 음탕, 호색, 비난, 추문 같은 기본적 자질들이란 본능적으로 여성들 안에 내재해 있다는 생각이다.

나는 매 순간 내 주인이 우리들에게 너무 흔한, 암수 야후 모두의 부자연스러운 욕망들을 비난할 거라고 예측했다. 그러나 자연은 그렇게까지 전문적인 선생은 아니었던 것 같다. 이런 점잖은 쾌락들은 우리 쪽 세계에서는 전적으로 예술과 이성의 산물들이었다.

제8장

저자가 야후에 대해 구체적인 사항들을 이야기한다. 휘늠들의 크나큰 덕성들, 그들의 청소년 교육과 훈련, 그들의 총회를 설명하다.

주인이 내게 해주려던 것 이상으로 내가 인간의 본성을 분명히 이해하게 됨에 따라서, 그가 야후들의 특성이라고 설명했던 성질이 나와 내 동포들에게 더욱 쉽게 적용되기 시작했다. 나는 내 스스로 이 동물들을 직접 관찰해 봄으로써 이런 발견들을 더 많이 할 수 있을 거라고 믿었다. 따라서 나는 여러 차례 주인에게 이웃 야후 무리들과 함께 있어 보겠다고 간청했고, 그는 그때마다 아주 인자하게도 동의해 주었다. 내가 이 짐승들에 대해 품게 된 혐오감 때문에 이들에 의해 타락할 일은 결코 없을 거라는 완벽한 확신이 있기 때문이었다. 주인은 아주 정직하고 착한 천성을 지닌 튼튼한 밤색 하인 말을 내 경호원으로 붙여 주었다. 이 밤색 말의 보호가 없었더라면 나는 감히 그런 모험을 할 생각을 하지 못했을 것이다.

나는 이미 처음 이 나라에 도착했을 때 이 불쾌한 동물들에게 얼마나 괴롭힘을 당했는지 말한 바 있다. 그 후에도 나는 서너 차례 단검 없이 혼자 거닐다가 그들에게 붙잡힐 뻔했고, 간신히 피한 적이 있었다. 그들은 나를 자신의 동족으로 생각하는 것 같았고, 그렇게 믿을만한 근거도 있었다. 보호자가 곁에 있을 때 내가 소매를 걷거나 팔과 가슴을 드러내 보여 그들이 이런 생각을 하는데 일조한 것 같았다. 그때 그들은 내게 최대한 가까이 다가와 원숭이들이 하는 식으로 내 행동들을 흉내내곤 했다. 그러나 그들은 내게 엄청난 증오심을 내보였다. 마치 모자를 쓰고 스타킹을 신은 길들은 갈가마귀가 우연히 야생 갈가마귀들에게 붙잡혔을 때 박해를 당하는 것과 비슷했다.

그들은 어릴 적부터 엄청나게 민첩했다. 한번은 세 살쯤 되어 보이는 새끼 수컷 야후를 붙잡아 본 적이 있었다. 나는 모든 애정 표현을 다하며 그를 진정시키려고 애썼다. 하지만 녀석이 꽥꽥 소리를 질러대고, 할퀴고, 격렬하게 물어뜯었기 때문에 녀석을 할 수 없이 놓아줄 수밖에 없었다. 그리고 그것은 적절했다. 왜냐하면 모든 어른 야후들이 새끼의 소리를 듣고 몰려왔기 때문이었다. 하지만 새끼가 무사하고(벌써 도망을 쳐버렸다) 밤색 말이 옆에 있는 것을 보자, 감히 우리에게 다가오질 못했다. 나는 그 새끼의 살에서 아주 고약한 냄새가 나는걸 알았다. 그 악취는 족제비나 여우 냄새와 비슷한 냄새였는데 그보다 훨씬 더 불쾌했다. 또 한 가지 상황을 잊고 있었다(이 이야기를 완전히 빠뜨렸더라도 독자들은 용서해 주리라 믿는다). 내가 이 불쾌한 새끼 녀석을 손으로 잡고 있었을 때 녀석은 노란색 액체 상태의 더러운 똥을 내 옷 전체에 쌌다. 다행히 근처에 조그만 시냇물이 있어서 가능한 한 깨끗하게 몸을 씻었다. 물론 나는 바람을 충분히 쐬어 냄새가 날아갈 때까지 감히 주인님 앞에 가질 못했다.

내가 발견할 수 있었던 사실들로 비추어 볼 때, 야후들은 모든 동물들 중에서 가장 교육이 불가능한 동물들처럼 보였다. 그들의 능력은 단순히 짐을 끌거나 운반하는 일 이상은 감당하지 못했다. 그러나 이런 결점은 주고 심술궂고 고집 센 이들의 기질로부터 생겨났다는게 내 생각이었다. 그들은 교활하고, 악의 넘치고, 배반 잘하고, 복수심이 넘쳤다. 또 힘이 세고 튼튼했지만 겁쟁이 기질이 있었으며, 따라서 게으르고, 비열하고, 잔인했다. 그리고 암수 야후들 중에서 붉은 털이 난 녀석들이 아른 야후들보다 더 힘도 세고 활동적이며, 성욕도 더 강하고 더 못됐다는 사실도 관찰되었다.

휘넘들은 현재와 같은 용도를 위해 집에서 멀지 않은 헛간에다 야후들을 키웠다. 그러나 그렇지 않은 야후들은 들판을 돌아다니며 뿌리를 캐먹었고, 여러 종류의 풀들을 먹었고, 썩은 고기를 찾아다녔고, 자신들이 탐욕스럽게 먹어 대는 족제비나 루히무(야생 들쥐의 일종)를 잡으러 다녔다. 자연은 그들에게 손톱으로 큰 둔덕 양편에 깊은 구멍을 파는 법을 가르쳐 주었다. 그들은 그 안에 글어가 누워 잤다. 암컷들이 판 구멍들은 더 커서 새끼 두세 마리를 충분히 수용했다.

그들은 어린 시절부터 개구리처럼 수영을 했고 물 밑에 들어가서도 오랫동안 버틸 수 있었다. 그들은 종종 물고기를 잡았으며 암컷들은 새끼들을 위해 그 물고기들을 집으로 가져왔다. 그런데 여기서 독자 여러분께 다음과 같은 이상한 사건을 이야기하게 된 것을 용서해 주시기 바란다.

하루는 보호자인 밤색 말과 함께 밖에 나간 적이 있었다. 날씨가 더웠기 때문에 나는 그에게 근처에 있는 강에 들어가 목욕을 하게 해달라고 부탁했다. 그가 그 부탁을 들어주겠다고 하자 나는 즉시 옷을 홀딱 벗고 완전히 나체가 되어 천천히 강물로 들어갔다. 그런데 마침 공교롭게도 어린 암컷 야후 한 마리가 강둑 뒤에 숨어 이 모든 과정을 지켜보고 있었다. 보호자였던 밤색 말과 내 추측에 의하면, 정욕으로 달아오른 이 암컷을 전속력으로 내 쪽으로 달려와서는 내가 목욕하고 있는 곳에서 5미터쯤 떨어진 물속으로 뛰어들었다. 평생 그렇게 끔찍한 공포감에 싸여 본 적이 없었다. 밤색 말은 별다른 위험을 감지하지 못하고 어느 정도 떨어진 곳에서 풀을 뜯어먹고 있었다. 암컷은 아주 역겨운 태도로 나를 껴안았다. 내가 있는 힘을 다해 큰소리로 비명을 지르자, 밤색 말이 내게로 달려왔다. 그러자 암컷 야후는 포옹을 풀고 아주 아쉬운 듯한 태도로 건너편 강둑으로 뛰어올라 갔다. 그러나 그녀는 내가 옷을 입고 있는 동안에도 내내 나를 뚫어지게 응시하며 울부짖었다.

이 사건은 내 주인과 가족들에게 재미난 화젯거리였지만 내게는 치욕스러운 일이었다. 왜냐하면 이제 모든 사지의 생김새와 외모에 있어서 내가 진짜 야후라는 사실을 더 이상 부인할 수가 없었기 때문이다. 암컷 야후가 나를 자기 동족으로 오인하여 자연스러운 욕정을 느낄 정도였던 것이다. 더군다나 이 암컷은 붉은 털이 난 야후(그랬다면 그녀의 욕정이 다소 비정상적인 것이라고 핑계라도 댈 수 있었을 것이다)가 아니라 야생 오얏 열매처럼 새까만 털이 난 야후였다. 그리고 얼굴도 다른 야후들처럼 끔찍하게 생기지만은 않았었는데, 내 생각에 그녀는 아직 열한 살도 안 된 것 같았다.

이미 이 나라에서 산 지 3년이 지났기 때문에, 독자들께서는 내가 다른 여행자들처럼 이 나라의 생활 방식과 관습에 대해 이야기해 주기를 기대하고 계실 것이다. 사실 이것은 내가 배워야 할 주요 연구 대상이기도 했다.

이 고귀한 휘넘들은 천성적으로 모든 덕성들에 대한 일반적인 기질을 타고 났으며, 이성적인 동물들로서 악에 대한 개념을 전혀 가지고 있지 않았다. 따라서 그들의 위대한 격언은 이성을 개발하고 전적으로 그것의 지배를 받으라는 것이었다. 그들 사이에서 이성이란 우리의 경우처럼 논란의 대상이 아니었다. 우리의 경우, 어떤 의문이 있으면 그 의문의 양쪽 측면 모두를 신빙성을 갖고 논쟁할 수 있다. 그러나 그들의 경우, 이성이란 즉시 확신을 주며 머릿속에 떠오르는 것이었다. 그것이 감정이나 이해 관계에 의해 뒤섞이고, 흐려지고, 변질되지 않으면 마땅히 그래야 한다는 것이다.

주인에게, 의견이라는 단어의 의미를 이해시키고 어떤 논점을 논박한다는 의미를 이해시키기 위해 아주 힘들었던 기억이 떠오른다. 왜냐하면 이성이란 오직 확실할 때에만 우리에게 긍정이나 부정을 하라고 가르친다는 것이다. 그리고 우리가 확실히 모를 때에는 그 두 가지 일을 할 수 없다는 것이다. 따라서 논쟁, 다툼, 논박, 잘못되거나 의심스러운 명제들에 대한 확인 같은 것들은 휘넘들 사이에서는 알려져 있지 않은 해악들이었다.

마찬가지로 내가 그에게 우리의 여러 가지 자연 철학과 이론 체계에 대해 설명을 할 때마다, 그는 이성을 지녔다고 주장하는 척하는 자들이 다른 사람들의 억측에 의한 지식에 근거하여 가치를 판단한다고 비웃곤 했다. 그런 지식이란 비록 확실한 것이라 하더라도 아무런 효용 가치도 지니지 못하는 문제들이라는 것이다. 그 점에 있어서 그는 플라톤이 설명한 바 있는, 소크라테스의 생각과 전적으로 의견의 일치를 보였다. 나는 이 이야기를 철학자들의 왕인 이 철학자에게 최고의 영광을 바치기 위해 언급하는 것이다. 어쨌든 나는 이후 이런 이론이 유럽의 도서관들을 얼마나 망쳐 버릴 것이며, 학문의 세계에서 명예를 위해 나아가는 길들을 얼마나 많이 폐쇄시켜 버릴지 종종 숙고했다.

우정과 자비심은 휘넘들의 주요한 두 가지 덕목이었다. 그리고 이런 덕목은 특정한 대상들에만 국한된 것이 아니라 전체 종족 모두에 대한 보편적인 심성이었다. 즉 그 나라에서는 가장 먼

곳에서 찾아온 이방인도 가장 가까운 친척과 똑같이 대접을 받았기 때문에 그가 어디를 가든 집에 있는 것처럼 편안하다는 생각을 했다. 그들은 품위와 예의를 최고로 여기며 지켜 나갔지만 격식은 완전히 무시했다. 그들은 암수 망아지들에 대해서 어떤 편애도 하지 않았다. 그들이 자녀를 교육시키는 데 기울이는 관심은 전적으로 이성이 지시하는 바로부터 나올 뿐이었다. 나는 내 주인이 이웃의 자녀에게 자신의 자녀들과 똑같은 사랑을 베푸는 것을 목격했다. 그들은 자연이 그들에게 모든 종족을 사랑하라고 가르친다고 주장했으며, 사람들을 구분시키는 것은 오직 이성뿐이라고 주장했다. 그런 사람들의 경우엔 월등한 정도의 덕목이 있다는 것이다.

부인 휘넘이 각각 암수 하나씩 자녀를 생산하면 그들은 자신들의 배우자와 더 이상 잠자리를 함께하지 않는다. 다만 아주 드문 일로써, 어떤 사고로 자식 하나를 잃게 되는 경우에는 다시 합쳤다. 혹 그런 사고가 아내가 가임기를 지난 휘넘에게 일어나면 다른 부부가 그들에게 자신들의 망아지를 주었으며, 그 부부는 부인이 임신할 때 까지 다시 잠자리를 함께했다. 이런 예방책은 그 나라의 인구 과잉을 막기 위해 필요한 일이었다.

그러나 하인들로 교육되는 보다 열등한 휘넘들의 경우는 이 일에 있어서 그처럼 엄격한 제약을 받지 않았다. 이들에게는 귀족 집안의 하인이 될 자녀들을 암수 세 명까지 낳는 일이 허용되었다.

결혼에 있어서 그들은 혈통에 좋지 않은 혼혈이 일어나지 않도록 색상 선택에 극히 주의를 기울였다. 남성의 경우는 힘이, 여성의 경우는 외모가 가장 가치 있게 여겨졌는데, 이는 종족을 타락에서 막는 일이 사랑보다 우선시되었기 때문이다. 따라서 만약 여성이 힘이 센 경우 그 배우자는 외모를 고려하여 선택했다. 구애, 사랑, 선물, 지참금, 증여 재산 같은 것들은 그들의 사고에 없었고, 그런 것들을 표현하는 용어들도 그들의 언어에는 없었다. 젊은 남녀의 결합은 단지 부모들과 친구들의 결정을 통해서만 가능했다. 이런 일은 매일 같이 보는 일이었다. 그들은 이것을 이성적인 동물이 할 수 있는, 필요한 일들 중 하나라고 생각했다. 그러나 나는 결혼 생활을 깬다거나 기타 다른 부정에 대해서는 들은 바가 없었다. 결혼한 부부들은, 그들이 만나는 다른 휘넘들에 대해 갖고 있는 것과 똑같은, 우정과 상호간의 애정을 갖고 평생을 보냈다. 그들에게는 질투, 편애, 말다툼, 불만이라는 것이 없었다.

자녀들을 교육하는 데 있어서 그들의 방식은 경탄할 만했으며 우리가 충분히 모방할 만한 가치가 있었다. 자녀들은 열여덟 살이 될 때까지는 특정한 날들을 제외하고는, 단 한 알의 귀리도 맛보도록 허용되지 않았다. 아주 드문 때를 제외하고는 우유도 마찬가지였다. 여름철에는 아침에 두 시간, 저녁에 두 시간씩 풀을 뜯어먹는 일이 자녀들에게 허용됐으며 부모들이 그걸 지켜봤다. 그러나 하인들의 경우는 그 절반의 시간밖에 허용되지 않았다. 그 대신 그들은 많은 양의 풀들을 집으로 가져와서 노동 시간이 다 끝난 후 가장 편한 시간에 그것들을 먹었다.

절제, 근면, 운동, 청결은 남녀 자녀 모두에게 똑같이 부과되는 교훈들이었다. 내 주인은 여자 아이들에게, 우리가 가사 노동과 관련된 몇 가지 일들을 제외하고는, 차별 교육을 시킨다는 것을 기이하게 생각했다. 그런식으로 하면, 그가 보기에는 솔직히, 우리 인구의 절반이 그저 아이들을 출산하는 것 외에는 아무런 쓸모가 없게 된다는 것이다. 그는 또한 그런 쓸모없는 사람들에게 아이들의 양육을 맡긴다면 그건 한층 더 야만적인 일이 아니겠냐고 말했다.

휘넘들은 어린 시절부터 가파른 산이나 험한 바위 언덕을 오르내리는 훈련을 받으며 힘과 속도와 튼튼한 체력을 단련했다. 온몸이 땀으로 젖으면 연못이나 강에 머리와 귀까지 잠기도록 뛰어들라는 명령이 내려졌다. 또 1년에 네 차례씩 각 지역의 젊은이들이 참가하는 운동 시합이 열렸다. 그들은 이곳에서 달리기, 도약하기, 기타 힘이나 민첩성을 과시하는 여러 솜씨들을 겨루었다. 여기서 승리한 휘넘에게는 그를 찬양하는 노래가 상으로 주어졌다. 이 축제날 하인들은 야후들에게 건초, 귀리, 우유를 잔뜩 짊어지게 하고 들판으로 나갔다. 이것은 모두 휘넘들이 먹을 특식이었다. 운반이 끝나면 야후들은 즉시 하인들이 다시 집으로 몰고 갔다. 야후들로 인해 시끄럽게 방해가 되는 것을 막기 위해서였다.

4년마다 춘분 때가 되면 국민 총회가 열렸다. 이 총회는 우리 집에서 30킬로미터쯤 떨어진 평원에서 열렸으며 오륙 일씩 계속되었다. 여기서 그들은 여러 지역들의 상황과 현황에 대해 상의를 했다. 즉 건초나 귀리가 풍족하거나 부족하지는 않은지, 또 암소나 야후들의 상황은 어떤지 상의했다. 혹시라도 이런 것들이 부족한 지역에는(거의 없는 일이지만) 즉시 만장일치의 동의와 기부로 부족한 물량이 공급되었다. 마찬가지로 자녀들 문제에 대한 조정도 이곳에서 결정되었다. 예를 들어 어떤 휘님이 만약 아들만 둘이 있다면, 딸만 둘인 휘님과 각각 자녀 한 명씩을 교환했다. 또 사고로 한 자녀를 잃었는데 만약 부인이 가임기를 넘긴 상태라면, 그 지역의 어떤 부모가 대신 그 손실을 보전하기 위해 애를 낳아 줄지도 결정되었다.

제9장

휘넘 총회에서 있었던 대논쟁과 결말을 이야기한다. 휘넘들의 학문, 건축물, 매장 풍습, 휘넘어의 결점 등을 설명한다.

그런데 이 국민 총회가 마침 내가 그 나라를 떠나기 3개월 전쯤에 열렸다. 내 주인은 우리 지역의 대표자 자격으로 그 회의에 참석했다. 이번 총회에서는 그 나라 역사상 유일한 논쟁이었던, 한 해묵은 논쟁이 다시 재개되었다. 그에 대해 주인은 회의를 마치고 돌아와서 내게 자세히 얘기해 주었다.

토론의 주제는 야후들을 지구상에서 절멸시키느냐 마느냐의 문제였다. 이에 대해 긍정적이었던 총회 의원 중 한 명이 강렬한 논거와 무게를 지닌 주장들을 몇 차례 했다. 그는 야후들이란 존재는 자연계에서 태어난 동물들 중 가장 더럽고, 시끄럽고 흉측한 동물이며, 따라서 고집 세고, 길들이기 힘들고, 짓궂고, 악의적이라고 주장했다. 또 끊임없이 경계를 하지 않으면 그들이 몰래 휘넘들의 암소 젖을 빨아먹고, 고양이를 죽여 잡아먹고, 귀리밭과 풀밭을 짓밟아 뭉개버리며, 그 외에도 천여가지의 다른 못된 짓들을 한다고 주장했다. 그는 또 야후들에 관한 일반적인 구전에 대해서도 주의를 환기시켰다. 그에 의하면 야후들은 그 나라에 처음부터 있었던 것이 아니었다. 몇 시대 전에 갑자기 야후 두 마리가 어느 산에 나타났다는 것이다. 이들이 태양 광선의 열기에 의해 부패한 진흙과 점액질 속에서 만들어진 존재인지, 아니면 바다의 물과 거품에서 만들어진 존재인지는 결코 알려져 있지 않았다.

야후들이 태어난 후 그들 종족은 단시간 내에 엄청나게 수가 늘어나 온 나라를 뒤덮고 오염시켰다 휘님들은 이 해악을 제거하기 위하여 일제히 사냥을 실시했고, 마침내 온 무리를 다 잡아가뒀다. 그들은 어른 야후들은 다 전멸시켜 버리고 모든 휘님들이 한 집에 새끼 야후 두 마리씩을 우리에 가둬 키우면서 이들을 천성적으로 그런 야만적인 짐승이 길들여질 수 있는 한도까지 길들였다. 그리고 이들을 짐 끌기와 짐 나르기에 이용했다.

이런 구전에는 많은 진실이 담겨있는 것 같다고 이 이야기를 한 휘님은 주장했다. 그리고 이 야후들은 휘님들이나 다른 동물들이 그들에 대해 갖고 있는 격렬한 증오심으로 보아 일르냄쉬(그 나라의 토착종)일 리가 없다고 했다. 이런 비난은 그들의 사악한 기질로 보아 마땅한 것이었다. 만약 그들이 원래부터 이 나라에 살았던 토착종들이었다면 그런 증오감이 그렇게까지 심하게 고조되지는 않았을 것이라는 것이다. 또 만약 그들이 토착종 동물들이었다면 이미 오래전에 박멸되어 버렸을 것이라고 했다.

그는 또 자신들이 이 야후를 이용하겠다는 생각 때문에 신중

하지 못하게도 당나귀 종의 개발을 소홀히 했다고 말했다. 당나귀는 비록 다른 면에서 야후들보다 못할지는 모르지만 잘생기고, 키우기 쉽고, 길들이기 쉽고, 유순하고, 역한 냄새도 안 나고, 노동력도 충분한 동물이라는 것이다. 또한 비록 그 울음소리도 즐거운 소리는 아니었지만 그래도 야후들이 끔찍하게 울부짖는 소리보다는 훨씬 더 낫다는 것이다.

다른 휘넘들 몇몇도 이와 비슷한 취지의 생각들을 피력했다. 그때 내 주인이 총회 참석자들에게 한 가지 제안을 하였다. 이것은 사실 그가 내게서 빌린 생각이었다. 그는 앞서 발언했던 존경하는 의원이 주장한 구전 내용을 인정했다. 그리고 그들 나라에 처음 도착했던 그 한 쌍의 야후들이 바다를 통해 그곳으로 오게 된 것이라고 주장했다. 동료들에 의해 버려져 이 나라로 오게 된 이 야후들이 산악지역으로 물러났다가 세월이 흐르면서 서서히 타락하기 시작하여 그들의 고향에 사는 동족 야후들보다 더욱 야만적으로 변해갔다는 것이다.

그런 주장의 근거로서 그는 자신이 현재 놀라운 야후 한 마리(바로 나를 가리킨 것이다)를 소유하고 있으며 그에 대해서는 그들 대부분이 들었을 것이고 다수가 직접 보기도 했을 거라고 말했다. 그는 그런 다음 참석자들에게 나를 처음 발견하게 된 경위를 이야기 했으며 또 내 몸이 온통 다른 동물들의 가죽과 털로 만든 인조 재료로 덮여 있었다고 이야기했다. 그리고 내가 그들의 말을 할 줄 알며, 완전히 배우기까지 했다는 점, 내가 그에게 그곳까지 오게 된 사연들을 말했다는 점, 옷을 벗은 내 모습을 보니 피부가 좀 더 하얗고 털이 덜나고, 발톱이 짧다는 것 외에는 내가 모든 면에서 완전히 야후였다는 점을 얘기했다. 그는 이어서 다음과 같은 내용을 덧붙였다.

"이 야후는 자기 나라나 다른 나라들에 가면 야후들이 지배권을 지닌 이성적 동물이며 휘넘들을 노예처럼 부린다고 내게 확신시키려 애썼습니다. 나는 약간의 이성에 의하여 조금 더 교화된 것을 빼놓고는 그에게서 야후의 모든 자질들을 관찰했습니다. 그의 이성이란, 우리 나라 야후들과 그와의 차이만큼이나 우리 휘넘들의 이성들보다도 훨씬 더 열등합니다. 무엇보다도 그는 그들 나라에서는 휘넘들의 나이가 아직 어릴 때 거세를 시킨다고 말했습니다. 그리고 그 작업은 쉽고 안전하다고 했습니다. 또 그는 개미들로부터 근면을 배우고 제비(지하드라는 말을 이렇게 번역했지만, 사실은 제비보다 더 큰 새다)로부터 건축하는 법을 배우듯이 짐승들로부터 교훈을 배우는 것이 부끄러운 일이 아니라고 말했습니다.

따라서 그는 우리 나라의 어린 새끼 야후들에게 이 거세의 방법을 실행해 보는 게 어떻겠냐고 나에게 제안했습니다. 이렇게 하면 이들을 더 유순하게 만들고 용도에 적합하게 만들어 줄 것이며, 강제로 생명을 빼앗지 않으면서도 한 시대가 가기 전에 이들 종족을 끝장낼 수 있다는 겁니다. 당나귀가 모든 면에서 야후보다 더 가치있는 짐승이란 겁니다. 또 야후들은 열두살이 될 때까지는 이용할 수가 없지만 당나귀는 다섯 살만 되어도 충분히 이용할 수 있다고 했습니다."

여기까지가 당시 내 주인이 국민 총회에서 오간 내용 중 내게 이야기해도 좋겠다고 생각한 내용이었다. 그러나 그는 한 가지 중요한 사실을 내게 숨기고 이야기하지 않았다. 내 자신의 개인 신상과 관련된 내용이었는데, 나는 곧 그 토론 내용의 불행한 결과를 맞이하게 되었다. 때가 되면 독자 여러분께서도 곧 아시게 될 것이며, 그 때부터 내 인생의 모든 불행이 시작되었다.

휘넘들에게는 문자가 없었다. 따라서 그들의 지식은 모두 구전에 의한 것이다. 그러나 잘 단결되고 천성적으로 모든 덕성에 경도되어 있고, 전적으로 이성의 지배를 받고, 다른 나라들과의 모든 교역이 중단된 나라에 사는 그들과 같은 존재들에게 뭔가 중요성을 지닌 사건들이 일어날 까닭이 없었기 때문에 그들의 역사는 기억력에 큰 부담을 주지 않고도 쉽게 보존될 수 있었다.

또 이미 언급했듯이 그들은 어떤 병에도 걸리지 않았기 때문에 의사도 필요 없었다. 그러나 그들에겐 날카로운 돌에 의해 발목이나 발 밑 연골 조직에 타박상을 입거나 상처가 났을 때 그것을 치료하는 약초들로 만들어진 훌륭한 약들은 있었다. 그 외에도 이 약들은 몸 여러 군데의 부상 부위나 상처에도 쓰였다.

그들은 1년을 태양과 달의 회전으로 계산했지만 주 단위로 다시 세분화하여 사용하지는 않았다. 그들은 이 두 발광체(광원)의 동작에 대해 잘 알고 있었으며 일식, 월식 현상의 원인도 잘 이해했다. 이것이 그들의 천문학의 최대한의 발견이었다.

시詩에 있어서 그들이 다른 모든 인간들보다 탁월했다는 점은 인정해야 할 것이다. 그들의 비유의 정확성, 묘사의 상세함과 정밀성은 실로 흉내가 불가능한 것이었다. 그들의 시는 이 두 가지 요소가 매우 풍부했으며, 대개 우정과 자비심같은 고상한 개념들과 경주나 기타 육체적 운동에서 승리한 사람들에 대한 찬양을 노래하고 있었다.

건물들은 비록 아주 거칠고 단순하긴 했지만 불편하지 않았으며, 추위와 더위 같은 모든 재해들로부터 그들을 보호하도록 잘 만들어져 있었다. 숲에는 40년쯤 되면 뿌리가 약해져 첫 번째 폭풍에 쓰러지는 나무가 있었다. 이 나무는 아주 똑바로 자라난 나무였으며, 날카로운 돌로 마치 창처럼 뾰족하게 다듬을 수 있었다(휘넘들은 아직 철 사용법을 몰랐다). 그들은 이 나무를 약 25센티미터 간격으로 땅에 똑바로 박아 넣었다. 그런 다음 그 나무들에 귀리짚을 엮어 넣거나 윗가지들을 엮어 넣어 벽체를 만들었다. 지붕도 마찬가지로 만들었으며 문들도 마찬가지였다.

휘넘들은 발목과 발굽 사이의 움푹 파인 부분을 마치 우리들이 손을 사용하듯 사용했다. 내가 처음 상상했던 것보다 훨씬 더 능숙한 솜씨였다. 나는 우리 집의 흰 말이 그 관절을 이용하여 바늘에(내가 해보라고 일부러 빌려주었다) 실을 꿰는 모습도 보았다. 그들은 우유를 짜고 귀리를 수확했으며 기타 손이 요구되는 모든 일들을 발굽을 이용하여 손과 똑같은 방식으로 처리했다.

딱딱한 부싯돌이 있는데, 이 돌을 서로 부딪쳐 갈면 도구 모양으로 변했다. 그 돌들은 쐐기, 도끼, 망치로 쓰였다. 이 부싯돌들로 만든 도구들을 가지고 그들은 건초를 자르고, 들판에서 자연스럽게 자라나는 귀리를 수확했다. 야후들이 귀릿단들을 수레에 실어 집으로 날랐으며 하인 말들이 지붕이 있는 오두막에 그것들을 넣고 올라가 밟았다. 그러면 구리 알갱이가 튀어나왔으며,

그것들은 창고에 보관되었다. 그들은 초보적인 수준의 토기와 나무 목기를 만들어 썼는데 토기는 햇볕에 구워서 썼다.

사고만 피할 수 있다면 그들은 오직 노령으로만 사망했으며 가장 후미진 외딴 장소에 매장되었다. 그들이 세상을 떠나는 날 친구들이나 친구들은 기쁨도 슬픔도 표현하지 않았고, 죽는 당사자 자신도 자신이 세상을 떠난다는 사실에 대해 최소한의 유감도 드러내 보이지 않았다. 그의 태도는 마치 이웃집을 방문했다가 집으로 돌아가는 사람의 태도 같았다. 내 주인이 어떤 중요한 일 때문에 한 친구와 그 친구의 가족들을 집으로 초대했던 일이 기억난다. 그런데 약속한 날 그의 부인과 두 자녀가 아주 늦게 주인의 집을 방문했다. 그녀는 두 가지 변명을 했다. 첫 번째로 그녀는 남편이 마침 그날 아침에 르누운으로 떠났다고 말했다. 이 말은 그들의 언어로 매우 의미가 풍부한 어휘였으며 영어로 쉽게 번역할 수가 없었다. 아마 '최초의 어머니에게로 돌아간다'는 의미일 것이다. 좀더 일찍 방문을 하지 못한 것에 대해 그녀가 한 또 하나의 변명은, 남편이 그날 아침 늦은 시각에 사망하여 그의 시신을 어디에 안치해야 할지 하인들과 상의하느라 시간이 한참 걸렸기 때문이라는 것이었다. 나는 그녀가 그날 우리 집에서 누구 못지않게 즐겁게 행동하는 것을 목격했다. 그리고 그녀도 역시 3개월쯤 있다가 사망했다.

그들은 대개 70~75세까지 살았고 아주 드물게 80세까지 살기도 했다. 그들은 죽기 몇 주 전부터 서서히 몸이 쇠약해지는 것을 느끼는데, 통증은 없다. 이 기간동안 그들에게는 많은 친구들이 찾아온다. 왜냐하면 그들이 평상시처럼 편하고 만족스럽게 밖으로 나갈 수가 없었기 때문이다. 그러나 죽기 열흘 전쯤이 되면(그들은 이 계산을 틀리는 법이 없었다) 그들은 가장 가까운 이웃들에게 마지막으로 보답 방문을 한다. 이때 그들은 야후들이 끄는 편리한 썰매로 운반된다. 썰매는 이 경우뿐만 아니라 늙어서 장거리 여행을 할 때나 혹은 사고로 다리를 절게 되었을 때도 이용한다. 죽어가는 휘넘들이 답방을 할 때는 마치 나머지 여생을 보내기 위해 멀리 떨어진 시골로 떠나는 사람처럼 친구들에게 엄숙하게 작별을 고한다.

휘넘들에게는 그들의 언어로 뭔가 사악한 내용을 표현하고 싶을 때 야후들의 추악한 외모나 못된 성질에서 빌려 온 말을 제외하고는 아무런 단어가 없었다는 사실을 언급할 가치가 있는지 모르겠다. 따라서 이들은 하인 말의 어리석음, 자녀의 태만, 발을 다치게 한 돌, 짓궂거나 제철에 안 맞는 날씨가 계속되는 일 등을 표현하고 싶을 때면 각 단어에 야후라는 수식어를 붙였다. 예를 들어 흐놈 야후, 후나홀룸 야후, 일룸드월마 야후라거나 잘못 지어진 집에 대해 인홀름로느우 야후라고 말하는 식이다.

나는 훌륭한 말 인간들의 생활 습관과 덕성들은 즐거운 마음으로 더 확대해 이야기할 수도 있다. 그러나 곧 그 주제를 가지고 독자적으로 다른 책을 낼 예정이니, 그 책을 참고하라고 부탁한다. 그리고 내가 겪은 슬픈 파국에 대해 이야기를 계속하겠다.

제10장

저자가 경제 생활과 휘넘들 사이에서의 행복한 생활, 그들과 대화하며 엄청나게 향상된 덕성을 고백한다. 주인이 저자가 이 나라를 떠나야 한다고 통보한다. 그가 기절할 만큼 슬퍼하지만 결국 순종한다. 그가 카누를 고안하여 완성한 후 하인 말의 도움을 받아 바다로 모험을 감행한다.

나는 스스로 만족스러울 정도로 내 집안 살림을 안정되게 꾸려 나갔다. 주인은 집에서 약 5.5미터 떨어진 곳에 그들의 방식에 따라 내게 방을 만들어 주라고 지시했었다. 이 방의 벽과 바닥을 나는 진흙으로 칠했으며, 다시 내가 고안해 만든 골풀 덮개로 덮었다. 그리고 그 나라에서 야생으로 자라는 대마를 두들겨서 아마포 이불을 만들었다. 나는 이 아마포 이불 안을 내가 야후의 털로 만든 덫을 이용하여 잡은 몇 마리 새들의 깃털로 채워 넣었다. 이 새들은 훌륭한 식량이기도 했다.

나는 내 칼로 의자도 두 개 만들었다. 거칠고 고된 노동이 필요한 부분은 밤색 말이 도와주었다. 옷이 누더기처럼 닳아버리자 내 힘으로 토끼를 잡아 그 가죽으로 새 옷도 만들어 있었다.

또 누흐노라고 불리는 토끼 비슷한 아름다운 동물 가죽도 이용했다. 이 동물의 가죽은 훌륭한 솜털로 덮여 있었다. 나는 이 가죽들로 꽤 괜찮은 스타킹도 만들었다. 나는 나무에서 베어 낸 목재로 신발 밑창을 대고 바닥에 가죽을 잘 맞춰 신었다. 나는 종종 속이 빈 나무에서 꿀을 따내어 물에 타먹기도 하고 빵과 같이 먹기도 했다. 그 어떤 사람도 다음 두가지 격언의 진리를 나보다 더 잘 입증할 수 없었을 것이다. '자연적인 욕구는 아주 쉽게 충족되는 것이다' '필요는 발명의 어머니이다.'

나는 완벽한 신체적 건강과 정신적 평안을 누렸다. 친구의 배반이나 변절을 걱정할 필요도 없었고, 또한 은밀한 적이나 공공연한 적의 위해를 두려워할 필요도 없었다. 또 어떤 권력가나 총신의 마음을 사기 위하여 뇌물을 갖다 바치거나 아첨하거나 뚜쟁이질을 할 일도 없었다. 나는 또 사기나 억압에 대해 방어할 필요도 없었다.

이 나라에는 내 몸을 망쳐버릴 의사도, 내 재산을 파멸시킬 변호사도 없었다. 내 말과 행동을 감시하고 돈을 받고 나에 대한 비난을 날조해 내는 밀고자도 없었다. 이곳에는 조롱하는 사람도, 비난하는 사람도, 뒤에서 헐뜯는 사람도, 소매치기도, 노상강도도, 주거 침입자도, 법률 대리인도, 매춘부도, 도박꾼도, 정치인도, 지식인도, 성질 급한 사람도, 지루한 수다쟁이도, 논쟁가도, 강간범도, 살인자도, 강도도, 잘난 척하는 자도 없었다. 또 정당의 지도자도, 추종자도, 당파도 없었으며 유혹이나 선례를 통해 악을 부추기는 자들도 없었다. 토굴 감옥도, 도끼도, 교수대도, 매질용 장대도, 목칼 형틀도 없었고 사기치는 가게 주인도, 기술자도 없었다. 오만도, 허영도, 가식도 없었고, 멋쟁이 신사도, 깡패도, 주정꾼도, 거리를 배회하는 창녀도, 성병도 없었고, 호색적이며 돈이 많이 드는 시끄러운 마누라도 없었다. 어리석고 오만한 현학자도 없었고, 끈질기고, 거만하고, 호전적이고, 시끄럽게 고함치고, 실속없이 뽐내고, 욕설하는 친구들도 없었다. 자신들의 악행 덕택에 비천한 신분으로도 성공한 악당들도 없었고, 또 어떤 귀족도, 악사도, 판사도, 춤 선생도 없었다.

나는 내 주인을 방문하러 오거나 식사를 하러 온 몇몇 휘넘들과 자리를 함께하는 은혜도 입었다. 주인님은 너그럽게도 내가 그 자리에 동석하여 그들의 대화를 듣도록 허락해주셨다. 그와 동료분들은 종종 과분하게도 내게 질문들을 하셨으며 내 대답을 듣기도 했다. 나는 또한 주인님이 다른 휘넘들을 방문하러 갈 때 따라가는 영광을 누리기도 했다. 나는 질문에 대답을 하는 경우를 제외하고는 결코 말을 하려 하지 않았다. 그리고 그 대답하는 시간조차 마음속으로 아깝게 여겼다. 내 자신을 향상시킬 시간이 그만큼 많이 손실되는 셈이기 때문이다.

나는 그들의 대화를 들을 수 있는 비천한 청취자의 자격을 얻은 것에 대해 무한한 기쁨을 느꼈다. 그들의 대화에서는 오직 유용한 내용들만이 오갔으며 가장 적고 가장 의미심장한 단어들로 그 내용들이 표현되었다. 또 그 대화에서는(내가 이미 말한 대로) 격식은 최소화하면서도 최대한의 품위가 지켜졌다. 누구든 자기 자신도 , 듣는 동료들도 즐겁지 않은 말은 하지 않았다. 또 그들의 대화엔 방해도, 지루함도, 열기도, 감정 차이도 없었다. 그들은 자신들이 함께 만났을 때 짧은 시간의 침묵이 대화를 상당히 향상시킨다는 생각을 하고 있었다. 나는 이것이 사실임을 발견했다. 그 짧은 시간의 대화 중단 동안 그들의 마음속에 새로운 아이디어들이 떠올라 대화를 매우 활성화시켰기 때문이다.

그들의 대화 주제는 일반적으로 우정, 자비, 질서, 경제 생활 등이었다. 그러나 그들은 간혹 자연의 가시적인 작용, 고대의 전통에 대한 주제도 다루었으며, 도덕성의 경계와 한계, 과오없는 이성의 원칙, 혹은 다음번 국민 총회에서 다룰 결정사항들을 다루기도 했다. 그리고 종종 그들은 시의 다양한 우월성에 대해 대화를 나누기도 했다.

나는 또한 허영심없이 말하는 바이지만 내 존재가 종종 그들의 대화에 충분한 소재를 제공했다는 점을 덧붙이고 싶다. 내 존재로 인해 주인이 자신의 친구들에게 나와 우리나라에 대한 이야기를 할 기회를 얻을 수 있었기 때문이다. 이에 대해 그들은 모두 즐거운 마음으로 자세히 토론들을 하였다. 하지만 우리 인간에게는 별로 유리하지 않은 내용들이었다. 그 대문에 나는 그 내용을 여기서 반복하지는 않겠다. 다만 이 점만은 언급할 수 있을 것이다. 즉 너무나도 나를 놀라게 한 것은 내 주인이 야후들의 본성을 나보다 훨씬 더 잘 이해하고 있었던 것 같다는 점이다. 그는 우리의 모든 악행과 우행들을 꿰뚫어 보고 있었으며 내가 그에게 언급하지도 않은 많은 사실들을 밝혀내고 있었다. 그것은 순전히 자기 나라 야후들의 기질로 볼 때 만약 그들에게 소량의 이성이 주어진다면 그들이 무슨 일을 하게 될지 가정해 봄으로써 그가 발견한 내용들이었다. 그는 그런 가정을 통하여 너무나도 신빙성 높게 그런 동물들은 대단히 비열하고 형편없는 존재가 될 것이라고 결론내리고 있었다.

나는 내가 가진 얼마 안되는 모든 소중한 지식이 바로 내 주인님으로부터 받은 가르침과 그와 친구분들간의 대화를 듣고 배운 교훈들에 의해 획득된 것이라는 점을 솔직히 고백한다. 나는 유럽의 가장 거대하고 현명한 의회에 참석하여 경청을 하느니 이분들의 대화를 듣는 걸 더 자랑스러워 할 것이다. 나는 휘넘들의 힘과 잘생긴 외모, 뛰어난 속도를 존경했다. 그들의 사랑스러운 몸에 성좌처럼 박혀 있는 덕목들은 내게서 그들에 대한 최대의 존경심을 자아냈다. 사실 나는 처음에는 야후들이나 다른 동물들이 이들 휘넘들에 대해 지니고 있던 자연스러운 경외심을 느끼지 못했었다. 그러나 그런 경외심이 내가 상상했던 것보다 훨씬 더 빨리 내게 찾아왔으며 거기에 그들에 대한 존경어린 사랑과 감사의 마음이 섞이게 되었다. 그들은 과분하게도 나를 나머지 다른 야후들과 구분해 주기까지 하였다.

내 가족, 내 친구들, 내 동포들, 인간들 모두에 대해 생각하자 나는 그들이 모습으로나 기질로나 진짜 야후들이라고 여기게 되었다. 아마, 조금 더 문명화되었고 언어 능력을 갖고 있다는 차이만 있을 뿐이었다. 더군다나 그들은 이 나라에 살고 있는 그들의 형제 야후들이 자연이 그들에게 할당해 준 악덕들만을 간직하고 있었음에 비하여 자신들의 타고난 이성을 악덕들을 개발하고 증식시키는 데에만 사용하고 있다고 생각했다.

우연히 호수나 샘물에 비추어진 내 모습을 보게 되면 나는 내 자신에 대한 공포감과 혐오감 때문에 그 모습을 외면해 버렸다. 내 자신의 모습보다는 차라리 보통 야후의 모습을 보며 더 잘 참을 수 있었다. 휘념들과 대화를 나누고 그들을 기쁜 마음으로 바라보면서 나는 그들의 발걸음과 몸동작을 흉내내기 시작했다. 그것이 지금은 습관이 되어 버려서 내 친구들은 종종 퉁명스럽게 내가 마치 말처럼 뛰어다닌다고 말하고 있다. 하지만 나는 그런 비난을 대단한 칭찬으로 여긴다. 그리고 나는 내가 말을 할 때 쉽게 휘념들의 목소리와 태도로 빠져든다는 사실을 부인하지 않겠다. 그 때문에 나를 조롱하는 소리를 들어도 나는 전혀 굴욕감이 들지 않는다.

평생을 이처럼 완전하고 안정된 생활을 하게 되었다고 생각하며 행복하게 살아가던 어느 날 아침, 주인이 평소보다 한 시간 정도 일찍 나를 불렀다. 나는 그의 안색을 보고 그가 매우 당황하고 있으며 어떻게 말을 시작해야 할지 곤혹스러워 하고 있음을 감지했다. 잠시 침묵이 흐른 후 그는 내게 이렇게 말했다.

"내가 하려는 말을 당신이 어떻게 받아들일지 모르겠소. 지난

번 국민 총회에서 야후 문제가 거론되었을 때 대의원들은 내가 짐승보다 휘넘을 더 많이 닮은 야후를 우리 집에 데리고 있다는 사실에 대해서 화를 냈었소. 그런데 내가 당신과 함께 있으면서 어떤 이익이나 즐거움을 얻는 양 빈번하게 당신과 대화를 나눈다는 사실이 알려졌고, 그들은 그런 행위는 이성에도 자연에도 맞지 않는 일이며, 그들이 들어 본 적도 없었던 일이라고 비난했소. 따라서 총회 참석자들은 내게 당신을 다른 야후들처럼 부리든지, 아니면 당신이 떠나온 나라로 다시 헤엄쳐 돌아가도록 당신에게 명령하든지, 둘 중 하나를 택하라고 권고하였소.

그런데 첫 번째 권고안은 우리 집이나 자신들의 집에서 당신을 본 적이 있는 모든 휘넘들에 의해 완전히 거부되었소. 그들의 주장에 따르면 당신에게는 야후들이 지니고 있는 타고난 악한 기질에 약간의 초보적인 이성까지 추가되어 있어서 다른 야후들을 꾀어내 숲이 우거진 산악 지역으로 데리고 간 뒤 야음을 틈타 이들 떼거리를 몰고 휘넘들을 파멸시키러 올지도 모른다는 두려움이 있다는 것이오. 그것이 탐욕스럽고 노동을 싫어하는 종류의 짐승에게서 자연스럽게 나올 수 있는 행동이란 것이오."

주인은 또 이렇게 덧붙였다.

"매일같이 이웃 휘넘들이 찾아와 내게 총회의 권고사항을 실행하라고 압박을 가하고 있어서 이제 더 이상 미루기만 할 수가 없소. 그런데 당신이 다른 나라까지 수영을 하여 간다는 것은 불가능한 일이란 생각이 드오. 따라서 바다 위에서 당신을 운반시켜 줄 수 있는, 당신이 내게 설명한 장치들과 닮은 운반 수단을 직접 만들었으면 좋겠소. 그리고 그 일을 하는데 우리 하인들과 이웃집 하인들이 돕게 하겠소. 결론적으로 내 생각을 말한다면, 사실 나는 당신이 죽을 때까지 이곳에서 나를 위해 봉사하며 살도록 해주고 싶었소. 당신이 당신의 열등한 본성이 할 수 있는 한 최선을 다하여 휘넘들을 모방하려고 노력함으로서 야후들의 나쁜 습성과 기질을 다소 치유했다는 것을 발견했기 때문이오."

여기서 나는 이 나라 총회의 포고문은 흐느로아인이라는 말로 표현된다는 사실을 언급할 필요가 있다. 내가 최선을 다해 번역해 본다면 그것은 권고안이란 의미를 나타내는데, 그들에게는 이성을 지닌 존재에게 강제로 어떤 일을 하게 한다는 개념이 없었기 때문에 따라서 오직 충고를 하거나 권고를 할 뿐이라는 것이다. 왜냐하면 누구든지 이성적인 존재라는 주장을 포기하지만 않는다면 이성에 불복종할 사람은 없다는 이유 때문이었다.

나는 주인의 말을 듣고 극단적인 슬픔과 절망감에 빠져 들었다. 내가 겪어야 할 고통을 감당할 수가 없어서 그의 발 밑에 기절해버렸다. 다시 제정신이 돌아왔을 때 그는 내가 죽은 것으로 결론을 내렸다고 말했다(이들은 그런 바보같은 기절을 하는 자들이 아니었기 때문이다). 나는 희미한 목소리로 그에게 대답했다.

"차라리 내게는 죽음이 훨씬 더 큰 행복이겠습니다. 비록 내가 총회의 권고 사항이나 친구분들의 재촉을 비난할 수는 없겠지만 내 나약하고 타락한 판단력으로 볼 때 그래도 지금보다 더 덜 가혹한 조치를 취하시는 것이 여러분의 이성에 좀 더 어울리는 일이 아닐까요. 나는 5킬로미터 이상 수영할 수도 없으며 아마 이 나라에서 가장 가까운 육지라해도 500킬로미터 이상은 멀리 떨어져 있을 것입니다. 나를 운반해 줄 조그만 배를 만드는 데 필요한 재료들도 이 나라에는 전적으로 부족합니다. 이처럼 비록 그 일이 불가능하다고 결론을 내리기는 했지만 주인님에 대한 복종과 감사의 마음에서 시키는 대로 하겠습니다. 따라서 나는 이제 내 목숨을 죽음에 바친 것으로 생각하겠습니다.

하지만 이처럼 부자연스럽게 죽음을 당하는 게 오히려 내가 겪을 불운 중에서 가장 작은 것인지도 모릅니다. 내가 만약 어떤 이상한 모험을 한 끝에 가까스로 이곳을 벗어나 목숨을 구했다고 칩시다. 어떻게 내가 남은 인생을 다시 야후들과 함께 보내면서 옛날의 타락했던 생활로 되돌아가는 일을 평온하게 생각할 수 있겠습니까? 그 생활에는 나를 도덕의 길로 인도해 주고 그 안에 보호해 줄 모범이 되는 존재들도 없을 것입니다.

나는 현명하신 휘넘님들의 모든 결정 사항들이 얼마나 확실한 근거에 기초를 두고 내려진 것인지를 너무나 잘 알고 있으며 나 같은 초라한 야후의 반발에 의해 흔들리지 않는다는 것도 잘 알고 있습니다."

따라서 배를 만드는 데 하인들을 시켜 도와주겠다는 제안에 공손히 감사를 표하고, 다만 그런 어려운 작업을 하는데 필요한 넉넉한 시간을 주시기 바란다고 말한 후 나는 그에게 이 불쌍한 목숨을 지키기 위해 노력하겠다고 말했다. 그리고 혹시라도 내가 영국으로 돌아가게 된다면 훌륭한 휘넘님들을 찬양하고 그들의 덕성을 모방하라고 인간들에게 제안함으로서 내 동족들에게 유익한 존재가 되리라는 희망을 버리지 않겠다고 말했다.

내 주인은 몇 마디 말로 내게 아주 인자하게 대답을 해 주셨으며 보트를 완성하기 위해 내게 두 달이란 시간을 주셨다. 그리고 내 하인 말인 (지금에 와서는 그를 이렇게 부를 수도 있겠다) 밤색 말에게 내 지시를 따르라고 명령했다. 내가 주인에게 그의 도움만 있으면 충분하다고 말했기 때문이다. 그리고 나는 그 밤색 말이 내게 애정을 가지고 있다는 사실도 알고 있었다.

밤색 말과 함께 내가 처음 한 일은 반란 선원들이 내게 상륙하라고 명령했던 해변가로 가보는 것이었다. 나는 고지대에 올라가 바다 쪽을 사방으로 둘러보았다. 그러다 북동쪽에 조그만 섬 하나가 있다는 것을 알아냈다. 주머니에서 망원경을 꺼내어 살펴보니 내 생각대로 약 5리그(약24킬로미터)쯤 떨어진 곳에 분명히 그 섬이 있다는 사실을 확인할 수 있었다. 그러나 그 섬은 밤색 말에게는 그저 파랑색 구름으로 보였을 것이다. 그는 자기 나라 근처에 어떤 나라가 있다는 생각조차 갖고 있지 않았고 바다에 있는 멀리 떨어진 물체를 식별하는 일을 너무나 잘하는 우리들과는 달리 그것을 그다지 잘할 수가 없었기 때문이다.

그 섬을 발견하고 난 뒤 나는 더 이상 다른 생각을 하지 않았다. 가능하면 바로 그곳이 내 첫 번째 추방지가 되어야겠다고 결

심한 것이다 그리고 결과는 운명에 맡기기로 했다.

집으로 돌아온 나는 밤색 말과 상의를 한 뒤 어느 정도 떨어진 곳에 있던 잡목 나무 숲으로 갔다. 그곳에서 나는 칼을 이용하고 그는 나무 손잡이에 그들 방식대로 아주 교묘하게 붙들어맨 날카로운 부싯돌을 이용하여 지팡이 정도 두께의 참나무 가지들과 그보다 좀 더 큰 가지들을 여러 개 베어냈다. 그러나 나는 내 작업 과정을 자세히 이야기함으로서 독자 여러분들을 귀찮게 해드리고 싶지는 않다. 다만 이런 사실만 이야기하면 충분할 것이다. 6주쯤 지났을 때 가장 힘든 노동이 필요한 작업을 수행한 밤색 말의 도움으로 인디언 카누 한척이 완성되었다. 그러나 그것은 보통 카누보다 훨씬 컸으며 거기에 야후 가죽을 덮은 뒤 내가 만든 대마 밧줄들로 잘 꿰매어 놓은 것이었다. 돛도 역시 같은 동물의 가죽들로 만들었다. 그러나 어른 야후들의 가죽은 너무 질기고 두꺼워서 나는 어린 야후들의 가죽만 썼다. 나는 또한 노도 네 개 준비했다. 그리고 토끼와 새의 고기를 끓여서 잔뜩 비축해 놓았으며 우유와 물을 채운 통들도 두 개 준비했다.

나는 주인의 집 근처에 있는 연못에서 카누를 시험해 보고 잘못된 것들을 고쳤다. 특히 갈라진 모든 틈들을 야후들의 기름으로 막아서 마침내 카누는 전혀 새는 곳 없이 나와 내 짐들을 충분히 감당할 수 있게 되었다. 드디어 카누가 거의 완벽한 모습을 갖추게 되자 나는 그것을 밤색 말과 다른 하인 말의 지휘 하에 야후들이 이끄는 수레에 싣고 바닷가로 끌고 나갔다.

모든 것이 다 준비되고 드디어 떠나는 날이 찾아왔다. 나는 주인님과 주인 마님, 모든 가족들과 작별을 했다. 내 눈에는 하염없이 눈물이 흘러내렸으며 슬픔으로 가슴이 거의 내려앉는 것 같았다. 주인님께서 호기심에서 또 아마도(전혀 허영심없이 내가 얘기하는 것이다)나에 대한 친절한 배려에서 카누를 타고 떠나는 내 모습을 직접 보시기로 결정하셨다. 그리고 이웃에 살고 있는 친구분들 몇 명도 함께 데려오셨다.

나는 조수 때문에 한 시간 이상을 기다려야 했다. 마침내 아주 운좋게도 그 섬 쪽을 향하여 바람이 부는 것을 관찰하고 나는 주인님과 다시 두 번째 작별을 하였다. 내가 몸을 엎드려 그의 발굽에 입을 맞추려고 하자, 주인님은 황공하게도 내 입까지 친절하게 그 발굽을 들어 올려주는 영광을 베풀어 주셨다.

나는 이 마지막 사항을 이야기한 것 때문에 얼마나 심한 비난을 받았는지 모른다. 나를 비난하는 사람들은 그처럼 고귀한 존재가 나같이 열등한 동물에게 그런 특별한 호의 표시를 해주었을 리가 없었을 거라고 생각했다. 나는 또한 몇몇 여행가들이 자신들이 받았던 특별한 호의에 대해 얼마나 손쉽게 자랑들을 해대는지도 잘 알고 있다. 그러나 이처럼 비난하는 사람들이 휘넘들의 고귀하고 점잖은 기질을 좀 더 잘 알게 된다면 아마 곧 자신들의 생각을 바꿀 것이다. 나는 주인님과 함께 온 나머지 휘넘들에게도 인사를 드렸다. 그런 다음 카누에 올라타고는 해변가로부터 점점 멀어져갔다.

제11장

저자가 위험한 항해를 떠난다. 뉴홀란드에 도착해서 그곳에 정착하기를 희망하나, 원주민의 화살에 맞아 부상을 당한다. 저자가 붙잡혀서 강제로 포르투갈 배로 이송된다. 저자가 영국에 도착한다.

나는 1715년 2월 15일 아침 9시에 이 절망적인 항해를 시작했다. 바람은 매우 순조로웠지만 처음에는 그저 노만 저어갔다. 그러나 곧 지칠 거라는 생각도 들었고 바람의 방향이 바뀔지도 모른다는 생각이 들어 나는 작은 돛을 올리기로 하였다. 이렇게 해서 나는 조수의 도움을 받으며 내가 비록 정확히 짐작해 본 바로는 시간당 1.5리그(약 7.2 킬로미터)의 속도로 나아갔다. 주인님과 친구분들은 내 모습이 시야에서 사라질 때까지 해변에 계속 서 있었다. 나는 여러차례 밤색말(나를 늘 사랑해 주었던)이 내게 "흐누이 일라니야무이야 야후!(사랑하는 야후야 부디 몸조심해!)"라고 외쳐대는 소리를 들었다.

내 계획은, 가능하다면 사람은 살지 않지만 나 혼자의 노동으로 충분히 자급자족이 가능한 무인도를 발견하는 것이었다. 나는 그곳에서의 삶이 유럽의 가장 품위 있는 나라의 총리대신이 되는 것보다 더 행복한 삶일 거라고 생각했다. 다시 야후들 사이로 돌아가 그들의 통치를 받으며 산다는 것은 생각만 해도 너무 끔찍한 일이었다. 내가 바라는 대로 혼자 고독하게 살게 된다면 적어도 나는 나 자신만의 생각들을 즐기면서 기쁜 마음으로 모방 불가능한 휘넘들의 고귀한 덕성들을 반추하며 살 수 있을 것이다. 그리고 나와 같은 동료 인간들의 악과 부패 속으로 다시 타락해버릴 기회는 없을 것이다.

부하 선원들이 반란을 일으켜 나를 선실에 가두었을 때 내가 말했던 내용이 혹시 독자 여러분께서 기억나실지 모르겠다. 나는 그때 우리가 어떤 항로로 나아가는지도 모른 채 선실에 갇혀 몇 주를 보냈었다. 그리고 대형 보트를 타고 육지에 상륙했을 때도 선원 녀석들은 내게 욕을 해대며 자신들이 지구상의 어디쯤에 와 있는지 모르겠다고 말했었다.

그러나 나는 그때 그들로부터 엿들은 말들을 종합해보고 우리의 위치가 희망봉 남쪽으로 약 10도쯤 떨어진 곳이거나 혹은 남위 약 45도쯤 되는 곳이라고 믿고 있었다. 내 생각에 녀석들은 자신들이 의도했던 대로 마다가스카르 항해를 위해 남동쪽으로 가고 있었던 것 같았다. 물론 나의 이런 생각은 어디까지나 추측에 불과했다. 어쨌든 나는 항로를 동쪽으로 잡아 나아가기로 결정했다. 뉴홀란드의 남서쪽 해변에 닿거나 아니면 그 서쪽에 자리 잡고 있는 내가 원하던 어떤 섬에 닿고자 하는 희망에서였다.

바람은 완전히 서풍이었다. 저녁 6시 무렵이 됐을 때 나는 내가 동쪽으로 적어도 18리드(약 86킬로미터)는 온 것으로 계산했다.

그런데 바로 그때 나는 반 리그(약 2.4킬로미터)쯤 떨어진 곳에 조그만 섬이 하나 있는 것을 발견했다. 나는 곧 그 섬에 도착했다. 그곳은 폭풍우의 힘에 의해 자연스럽게 굽은 조그만 샛강을 하나 끼고 있는 바위섬이었다. 나는 이곳으로 카누를 집어넣었다. 바위 위를 기어올라 가보니 동쪽 방향에 남쪽에서 북쪽으로 쭉 펼쳐져있는 내륙 지방이 선명하게 눈에 들어왔다,

나는 카누에 누워 밤을 보냈다. 그러고 나서는 아침 일찍 다시 항해를 시작하여 7시경에 뉴홀란드의 남동쪽 지점에 도착했다. 이 항해는 내가 오랫동안 품어왔던 생각이 틀리지 않았다는 사실을 내게 확인시켜 주었다. 즉 지도나 차트에 나와있는 이 지역의 위치가 적어도 실제 위치보다 동쪽으로 3도 정도 더 밀려서 기록되어 있다는 사실이다. 나는 몇년 뒤에 이 생각을 존경하는 내 친구인 허만 몰*에게 이야기하고 그 이유를 설명했다. 하지만 그는 그냥 다른 지도 제작자들의 생각을 따르겠다고 했다.

나는 착륙한 곳에서 어떠한 원주민도 발견하지 못했다. 하지만 무장을 하지 않은 상태였기 때문에 그 나라 안으로 깊숙이 모험해 들어갈 수가 없었다. 해변에서 조개를 좀 주웠지만 원주민들에게 발견될 까봐 두려워 불을 피울 수가 없었기 때문에 그것

* 네덜란드 출신으로 런던에 정착한 유명한 지도 제작자.

들을 날것으로 먹었다. 나는 내 식량을 아끼기 위하려 굴과 소라를 주워 먹으면서 사흘을 보냈다. 그리고 운좋게도 훌륭한 식수를 얻을 수 있는 시냇물을 발견했으며 그것은 큰 도움이 되었다.

도착한 지 나흘째 되던 날 아침 일찌감치 좀 더 멀리 나아가보려고 시도하던 나는 내게서 500야드(약457미터)도 되지 않은 언덕위에 이삼십명의 원주민들이 모여있는 것을 발견했다. 완전히 벌거벗은 남자 여자 아이들이었으며 연기로 보아 불 주위에 둘러앉아 있는 것 같았다. 그런데 여자와 아이들을 불가에 남겨놓은 채 그중 다섯 명이 내게로 달려오기 시작했다. 나는 전속력을 다하며 해변가로 도망쳐 온 후 카누에 올라타고 도망쳤다.

도망치는 내 모습을 본 야만인들은 곧 나를 추격했다. 내가 미처 바다로 충분히 나아가기도 전에 녀석들이 화살을 쏘아 댔으며 그 중 한 개가 내 왼쪽 무릎 깊숙이 박혀 큰 상처를 입었다(그 상처 흔적은 아마 무덤까지 갖고 갈 것이다) 나는 화살에 독이 묻어있는 게 아닌가 불안했다. 노를 저어 그들의 화살이 닿지 않는 곳까지 가게 되자 (아주 잠잠한 날씨였다) 나는 임시로 상처를 빨아내고 나서 최선을 다해 그곳을 붕대로 감았다.

나는 어찌해야 좋을지 몰라 무척 당황스러웠다. 다시 똑같은 상륙지점으로 돌아갈 수 없어 북쪽으로 방향을 잡고 노를 저어 나아갈 수밖에 없었다. 아주 순풍이긴 했지만 바람이 내 의도와는 반대로 북서쪽으로 불고 있었기 때문이다.

그런데 바로 그때 북북동쪽에서 배 한척의 돛이 보이기 시작했다. 배는 매 순간 점점 더 확연히 모습을 드러냈다. 나는 이 배를 기다려야 할지 말아야 할지 다소 곤혹스러웠다. 그러나 마침내 야후들에 대한 내 혐오감이 승리를 거두었다. 나는 카누를 돌려 돛과 노를 모두 사용하여 남쪽으로 내려갔으며 아침에 출발했던 그 작은 강으로 다시 들어섰다. 나는 유럽 야후들과 함께 사느니 차라리 이 야만인들에게 나를 맡기는 쪽을 선택하기로 했다. 나는 가능한 한 해변에 가깝도록 카누를 댔으며 조그만 시냇가 바위 뒤에 몸을 숨겼다. 이 시내는 이미 말한 것처럼 훌륭한 식수원이었다.

배는 강으로부터 2~3킬로미터 앞까지 다가왔다. 그리고 신선한 물을 구하기 위해 나무통들을 실은 대형 보트가 내려졌다(아마 이 시냇물은 이런 용도로 유명한 곳처럼 보였다). 하지만 나는 이 대형 보트가 해변에 도착할 때까지 이 사실을 모르고 있었다. 이미 다른 숨을 곳을 찾기에는 너무 늦어 버린 상황이었다.

선원들은 착륙하자마자 내 카누를 발견했으며 샅샅이 수색을 마치고는 카누 주인이 멀리 가지 못했을 것이라고 쉽게 추측했다. 단단히 무장을 한 네 명의 선원이 모든 바위틈과 구멍들을 수색했으며 마침내 얼굴을 묻고 돌 뒤에 숨어있던 나를 발견했다. 그들은 한참동안 야후의 가죽으로 만든 외투와 나무 밑창을 댄 신발, 야후의 털로 짠 스타킹 등 기괴하고 이상한 내 복장을 뚫어지게 응시했다. 그러나 어쨌든 그들은 내 모습을 보고 내가 완전히 나체로 생활하는 이곳 원주민이 아니라고 결론지었다.

선원 중 한명이 포르투갈어로 내게 일어나라고 명령한 뒤 내가 누구인지 물었다. 나는 그 언어를 잘 알고 있었다. 나는 일어선 뒤 내가 휘넘국에서 추방당한 불쌍한 야후이며 나를 그냥 떠나게 내버려두길 바란다고 말했다. 그들은 내가 자기나라 말로 대답하는 것을 보고 놀랐으며 또한 얼굴모습을 보고는 내가 유럽인이 틀림없음을 알아챘다. 그러나 내가 말한 야후나 휘넘이 무슨 소리인지 몰라 당황해했다. 또한 동시에 그들은 말울음소리와 닮아 있는 내 말의 이상한 어조 때문에 웃음을 터뜨렸다.

그러는 동안 내내 나는 공포감과 증오감에 몸이 떨렸다. 나는 다시 한번 떠나게 해달라고 부탁하며 조용히 내 카누로 갔다. 그러나 그들은 나를 붙잡으면서 내가 어느 나라 사람인지 또 어디서 왔는지를 물었으며 그 밖에도 많은 질문들을 했다. 나는 내가 영국에서 태어났고 5년 전에 그곳을 떠나왔으며 그들의 나라와 우리 나라가 평화 상태에 있다고 말했다. 따라서 나는 내가 그들에게 해를 끼친 것이 없으며 내 불행한 인생의 나머지 삶을 보낼 쓸쓸한 장소를 찾고있는 불쌍한 야후에 불과하니 나를 적으로 취급하지 말아 주기를 희망했다.

그들이 말을 시작하자 나는 그렇게 부자연스러운 모습을 결코 듣거나 본 적이 없다는 생각이 들었다. 그 모습이 마치 영국에서 소나 개가 말하는 모습이나 혹은 휘넘국에서 야후가 말하는 모습처럼 기괴하게 보였기 때문이다 마찬가지로 이 착한 포르투갈 사람들도 내 이상한 복장과 어투에 놀라워했다. 그러나 그들은 내 말을 잘 이해했다. 그들은 내게 상당한 인도주의 정신을 가지고 대했으며 선장이 무료로 나를 리스본까지 데려다 줄 것이라고 확신한다고 말했다. 그리고 그곳에서 내 조국으로 돌아갈 수 있을거라고 했다.

그리고 선원 두 명이 배로 돌아가 선장에게 자신들이 본 내용을 보고하고 명령을 받아오겠다고 했다. 그러면서 그동안 내가 도망치지 않겠다고 엄숙하게 맹세하지 않는다면 나를 강제로 구금하겠다고 했다. 나는 그들의 제안을 따르는게 최선이라고 생각했다. 그들은 내 이야기가 너무 궁금해하며 듣고 싶어했다. 그러나 나는 그들을 전혀 만족시키지 못했다. 그들은 모두 내가 불행한 처지로 인해 이성에 손상을 입었다고 생각했다.

두시간쯤 있다가 물통들을 싣고 갔던 보트가 나를 본선으로 데리고 오라는 선장의 명령을 갖고 돌아왔다. 나는 내 자유를 보존해달라고 무릎을 꿇고 빌었다. 하지만 모든 것이 허사였다. 그들은 나를 밧줄로 묶은 뒤 강제로 보트에 태웠으며 다시 그곳에서 배로, 또 그곳에서 선장의 선실로 이송했다.

선장의 이름은 페드로 드 멘데스였다. 그는 아주 예의바르고 관대한 사람이었다. 그는 내게 내 자신에 대해 설명해보라고 간청했으며 내가 무엇을 먹고 무엇을 마시고 싶은지 알고 싶어했다. 그리고 그는 나에게 마치 자신을 대접하듯이 잘 대접해 주겠다고 했다. 그가 너무나 많은 친절한 모습들을 보여주었기 때문에 나는 야후에게서 그런 예의바른 정중한 태도를 발견하고 깜짝 놀랐다.

그러나 나는 침묵을 지키며 무뚝뚝하게 앉아있었다. 그와 그의 부하들에게서 나는 냄새 때문에 거의 기절할 지경이었다. 마침내 나는 내 카누에서 무언가를 꺼내 먹고 싶다고 했다. 그러나 그는 내게 닭과 맛있는 포도주를 시켜 주었으며 부하들에게 나를 아주 깨끗한 선실의 침대로 데려가라고 지시했다. 나는 옷을 벗지 않고 침대 위에 그대로 누웠다. 그러나 반 시간도 안되어 몰래 밖으로 나갔으며 선원들이 식사를 하고 있는 틈을 타서 배의 측면으로 갔다. 야후들과 계속 함께 있느니 차라리 바다로 뛰어들어 죽도록 수영을 해서 도망칠 생각이었다. 그러나 선원들 중 한 명이 나를 막아섰으며 이 사실을 선장에게 알렸기 때문에 나는 선실에 갇힌 채 사슬로 묶이게 되었다.

저녁 식사 후 페드로 선장이 내게 와서 그런 필사적인 도주를 시도한 이유를 알고 싶다고 말했다. 그는 내게 할 수 있는 모든 도움을 주고 싶은 것뿐이라며 안심시켜 주었다. 그가 너무나도 감동적으로 말을 했기 때문에 마침내 나는 그를 아주 적은 양의 이성을 지닌 동물로 대접해 주기로 결심했다. 나는 그에게 내 항해 여행에 대해 아주 간략하게 이야기를 해 주었다. 그리고 내 부하선원들이 내게 했던 배반과 그들이 나를 상륙시킨 나라와 그 나라에서의 5년간에 걸친 생활에 대해 이야기를 해 주었다.

그는 이런 나의 모든 이야기를 마치 꿈 이야기나 환상처럼 생각했다. 나는 그런 그의 태도에 크게 화를 냈다. 왜냐하면 나는 이미 모든 나라의 야후들이 독특하게 지니고 있는 거짓말이란 재능을 완전히 잊어버린 상태였으며, 따라서 그들이 지니고 있는 다른 사람들의 진실을 의심하는 기질도 잊어버린 상태였기 때문이다.

나는 그에게 존재하지 않는 내용을 말하는 것이 그의 나라 사람들의 관습이냐고 물었다. 나는 그에게 그가 말하는 거짓이란 말의 의미를 거의 잊어버렸다고 주장했으며 내가 휘넘들의 나라에서 천년을 살게 되더라도 그곳의 가장 비천한 하인으로부터도 단 하나의 거짓말도 듣지 못할 거라고 말했다. 그리고 그가 나를 믿든지 안 믿든지는 전혀 관심이 없다고 했다. 그러나 그의 친절에 대한 보답으로 나는 그의 타락한 본성을 상당히 고려하여 그가 제시할지도 모르는 반대 의견에 답변을 하겠다고 말했다. 그러면 그가 쉽게 진실을 발견할 수 있을거라고 했다.

현명한 사람이었던 선장은 내 이야기 중에 들어있는 실수를 꼬집어 내기 위해 많은 노력을 하다가 마침내 내 이야기의 진실성에 대해 좀 더 진지하게 생각하기 시작했다. 그러나 그는 내가 내 이야기의 진실에 도저히 침범할 수 없을 정도로 집착을 하고 있으니 그렇다면 다시는 생명을 건 모험을 하지 말고 이번 항해에 자신과 동반하겠다고 명예를 걸고 약속해야 한다고 덧붙였다. 그렇지 않으면 리스본에 도착할 때까지 나를 계속 포로 상태로 두겠다고 했다. 나는 그가 요구하는 대로 하겠다고 약속을 했다. 하지만 그와 동시에 나는 다시 야후들과 함께 살기 위해 돌아가느니 차라리 가장 힘든 고초라도 겪겠다고 주장했다.

우리의 항해 여행은 이렇다 할만한 사건없이 진행되었다. 선장에 대한 감사의 표시로 나는 그가 진지하게 요청하면 가끔 그와 자리를 함께했으며, 인간에 대한 내 적대감을 감추려고 노력했다. 물론 가끔은 그런 감정이 돌발적으로 표출되곤 했다. 그는 나의 이런 태도를 못본척하며 그냥 지나쳐 주었다. 그러나 나는 하루의 대부분의 시간을 선실에 틀어박혀 지냈으며 어떤 선원과도 마주치는 일을 회피했다.

선장은 내게 종종 내 야만적인 의복을 벗어 버리라고 간청했다. 그리고 자신의 가진 가장 좋은 옷을 빌려주겠다고 제안했다. 그러나 나는 그의 제안에 설득당하지 않았다. 다른 야후의 등에 걸려있던 옷을 내 몸에 덮는 일이 혐오스러웠기 때문이다 나는 다만 그에게 그가 입었다가 세탁한 깨끗한 셔츠 두 벌만 빌려달라고 부탁했다. 나는 이 셔츠들을 이틀마다 한번씩 갈아입었으며 세탁도 혼자 힘으로 했다.

1715년 11월 5일 우리는 리스본에 도착했다. 도착을 하자 선장은 군중들이 내 주변에 몰려드는 것을 막기 위하여 강제로 자신의 외투를 내 몸에 덮어주었다. 나는 그의 집으로 안내되었으며 내 진지한 요청에 의하여 그는 나를 뒤편에 있는 가장 높은 방으로 데리고 갔다. 나는 그에게 내가 휘님들에 대해 말한 모든 내용을 다른 사람들에게 비밀로 해달라고 애원했다. 왜냐하면 그런 이야기에 대한 최소한의 암시만으로도 구경꾼들이 내게 몰릴 수 있을 것이기 때문이었다. 뿐만 아니라 감금되어 종교 재판소에 의해 화형당할 위험에 처할 수도 있었기 때문이다. 선장은 내게 새로 만든 옷을 받아달라고 설득했다. 하지만 나는 양복업자가 내 치수를 재는 일을 참을 수 없었다. 다행히 선장이 나와 거의 같은 사이즈여서 옷들이 내게 잘 맞았다. 그는 내게 필요한 다른 필수품들을 모두 새로운 제품으로 다시 착용시켰다. 하지만 나는 그것들을 사용하기 전에 24시간 동안 바람에 말렸다.

선장은 부인이 없었으며 하인도 세 명밖에 안되었다. 그리고 어떤 하인도 식사 때 시중을 들도록 허락되지 않았다. 그는 매우 착하고 인간적인 이해심을 지니고 있는 사람이었다. 아울러 그의 모든 품행이 너무나도 친절하고 정중했기 때문에 나는 진실로 그와 함께 있는 것이 견딜만해지기 시작했다. 그가 나를 충분히 설득했기 때문에 나는 과감하게 창문 바깥을 내다보기 시작했다. 나는 차츰 다른 방까지 나가게 되었으며 그곳에서 거리를 몰래 훔쳐보았다. 일주일쯤 지나자 그는 내게 문까지 내려오도록 권유했다. 나는 공포감이 서서히 줄어드는 것을 느꼈다. 그러나 내 중오심과 경멸감은 오히려 더 커져가는 것 같았다. 마침내 나는 대담하게 그와 함께 거리를 거닐 정도까지 되었다. 하지만 루타 향풀로 코를 막거나 가끔은 담배로 코를 충분히 막고 다녔다.

열흘이 지났을 때 내 가정사에 대해 약간의 얘기를 들었던 페드로 선장은 내가 조국으로 돌아가 집에서 부인과 아이들과 함께 살아야 하는 것은 명예와 양심의 문제라고 설득했다. 그는 내게 마침 항구에 막 돛을 올리려고 하는 영국 배가 있으며, 자신이 내게 필요한 모든 물품들을 준비해 주겠다고 말했다. 그의 주장들과 나의 반박들을 여기서 되풀이하는 것은 지루한 일일 것이다. 그는 내가 살고 싶어하는 곳과 같은 그런 고독한 섬을 발견하는 일은 거의 불가능하다고 말했다. 그러나 그는 집으로 돌아간 후 명령을 내려 내가 원하는 방식대로 은둔 생활을 하며 시간을 보내면 되지 않느냐고 했다.

나는 더 이상 버틸수가 없었기 때문에 결국 그의 제안에 응하고 말았다. 나는 11월 24일 영국 상선을 타고 리스본을 떠났다. 그러나 선장이 누구인지는 결코 묻지 않았다. 페드로 선장이 배까지 나와 나를 배웅해 주었으며 내게 20파운드를 빌려 주기까지 했다. 그는 나와 따뜻한 작별 인사를 나누었으며 출발할 때는 포옹해 주기까지 했다. 나는 최선을 다해 그걸 참았다 이 마지막 항해 여행 동안 나는 그 배의 선장을 비롯하여 그의 선원 누구와 어떤 접촉도 하지 않았다, 그저 아파서 선실에만 틀어박혀 있는 척했다. 1715년 12월 5일 아침 9시 경 우리는 다운즈 항에 닻을 내렸다. 그리고 오후 3시쯤 나는 레드리프에 있는 내 집에 무사히 도착했다.

아내와 가족들은 크게 놀라고 기뻐하며 나를 맞이했다. 그들은 내가 이미 죽은 것으로 결론을 내린 상태였다. 하지만 나는 그들의 모습이 내게 증오심과 혐오감, 경멸감만을 심어 주었을 뿐이라고 솔직히 고백하지 않을 수 없었다. 그들과 나와의 가까운 인척관계를 생각해보니 이런 생각은 한층 더했다. 비록 휘넘들의 나라에서 불행하게 추방당한 뒤부터 야후들의 모습을 부득이 참아내야 했고, 페드로 드 멘데스 선장과 많은 대화를 해야 했지만 여전히 내 기억과 생각은 끊임없이 고귀한 휘넘들이 지닌 덕성들에 대한 상념들로 가득 차 있었다. 더군다나 내가 야후들 중 한 명과 성 접촉까지 함으로서 또다른 야후들의 부모가 되었다는 생각을 하기 시작하자 극도의 치욕감과 당혹스러움, 공포감이 엄습해왔다.

집에 들어서자마자 아내는 나를 껴안고 입을 맞췄다. 너무 여러 해 동안 이 불쾌한 동물과 접촉하지 않았기에 나는 거의 한 시간 동안이나 기절해 있었다. 지금 이 글을 쓰고 있는 순간은 내가 마지막으로 영국에 돌아온 지 이미 다섯 해가 지난 때다. 돌아온 첫 해 동안 나는 내 앞에 아내나 아이들이 다가오는 걸 참지 못했으며, 그들의 체취조차 견디지 못했다. 심지어 나는 그들과 같은 방에서 식사하는 일도 용납하지 않았다.

지금 이시간까지도 그들은 감히 내 수염을 만지려고 하지 않으며 같은 컵으로 음료를 마시지 않는다. 나는 그들 중 한명이 내 손을 잡는 일조차 허용할 수 없었다. 내가 가장 먼저 소비한 돈은 어린 종마 두 마리를 구입한 것이었다. 나는 이 말들을 아주 훌륭한 마굿간에 넣고 키웠다. 이 두 말 다음으로 내가 가장 좋아하는 사람이 마구간지기였다. 그가 마구간에서 묻혀 온 냄새를 맡으면 기운이 되살아나는 걸 느낄 정도였다. 두 말들은 내 말을 상당히 잘 이해했다. 나는 매일같이 적어도 네 시간씩 그들과 대화를 나누었다. 두 말들은 고비나 안장같은 것은 전혀 몰랐으며 나와 아주 의좋게 우정을 나누며 살았다.

제12장

저자는 진실만을 말하겠다고 선언하며, 이 책의 출간 의도를 말한다. 진실을 회피하려는 여행자들을 비난한다. 이 글에 어떠한 불순한 의도도 없음을 밝히고 비난에 대해 해명한다. 야만적 식민지 건설을 비판하고 그의 모국을 찬양한다. 저자가 설명했던 나라들에 대한 영국 국왕의 권리가 정당화된다. 이 나라들을 정복하는 일이 왜 어려운지 밝힌다. 독자들에게 마지막 작별을 고하고 장차 자신이 살아 나갈 삶의 방식을 제안한다. 훌륭한 충고를 하고 결론을 맺는다.

너그러운 독자들이여, 이제 나는 여러분께 16년 7개월 동안에 걸친 내 여행 이야기를 충실히 해드렸다. 이 이야기 속에서 나는 치장보다는 진실을 전해드리기 위해 애를 썼다. 아마 다른 여행기 작가들처럼 나도 이상하고 불가능한 이야기들로 여러분을 놀라게 해드릴 수 있었는지도 모른다. 그러나 나는 가장 단순한 방식과 문체로 분명한 사실만 이야기하는 쪽을 택하였다. 나의 가장 중요한 의도가 여러분들께 즐거움을 주는 것보다는 교훈을 주는 것이었기 때문이다.

영국인이나 다른 유럽인들이 거의 방문한 적이 없었던 먼 이국 나라들을 여행하는 우리 같은 사람들이 바다나 육지에 있는 놀라운 동물들에 대해 설명하는 것은 쉬운 일이다. 하지만 여행가의 제일 목표는 그들이 전달하는 내용들 속에 그런 이국적인 장소들에 관한 좋고 나쁜 모든 내용을 다 집어넣어 설명함으로서 사람들을 더 현명하고 훌륭하게 만들어 주고 그들의 정신을 향상시켜 주는 것이어야 한다.

나는 모든 여행가들이 자신의 여행기를 출판해도 좋다는 허락을 받기에 앞서 출판하려는 모든 내용이 자신이 아는 한 절대적인 진실이라고 대법관 앞에서 맹세해야 하는 법이 만들어지기를 진심으로 바란다. 그래야만 세상 사람들이 늘 당하고 있듯이 더 이상 속지않게 될 것이기 때문이다. 자신들의 작품이 대중들의 인기를 보다 더 많이 끌게 하기 위하여 많은 작가들이 부주의한 독자들에게 엄청난 거짓들을 강요하고 있다.

나는 어린 시절에 큰 기쁨을 느끼며 여러 여행기들을 정독했었다. 그러나 이후 세계의 대부분의 지역들을 다녀 보면서 내 스스로의 관찰을 통해 그런 많은 터무니없는 이야기들에 대해 반박할 수 있게 되었다. 그리고 나는 이런 종류의 여행기들에 대해 엄청난 혐오감을 갖게 되었다. 또 그처럼 무례하게 속으며 능욕을 당하는 사람들의 어리석음을 보고 분노까지 느끼게 되었다.

따라서 나는 나를 아는 친지들이 내 초라한 노력들이 우리나라에 수용되지 못할 이유가 없을 거라고 말해준 후부터 내 스스로에게 '엄격하게 진실만을 고수하겠다'는 굳건한 격언을 부과하였다. 그리고 실제로 나는 그런 격언으로부터 벗어나고픈 유혹을 조금이라도 느껴 본 적이 없었다. 너무나도 오랫동안 내가 비천한 경청자의 영광을 누렸던, 고귀한 내 주인 휘늠님과 다른 훌륭한 휘늠들의 교훈들과 선례가 내 마음속에 고이 간직되어 있는 한은 그랬다.

> 비록 운명의 여신이 시논*을 비참하게 만들었지만,
> 그녀는 그를 부정직한 거짓말쟁이로 만들지는 않았도다.
> (아이네이스, II. 79~80)

나는 천재적 재능이나 학식, 혹은 다른 어떤 재능은 요구하지 않고 다만 훌륭한 기억력과 정확한 항해 일지만을 요구하는 글들이 얼마나 하찮은 인기를 얻게 되는지 잘 알고 있다. 나는 또한 여행기 작가들이란 사전 편찬업자들과 같아서 가장 최근에 등장하여 가장 많은 거짓말을 하는 작가들에 의해 망각속으로 사라져 버리게 된다는 점도 알고 있다. 따라서 내 이 여행기 속에 등장하는 나라들은 앞으로 방문하게 될 여행가들이 내 잘못들을(만약 그런게 있다면) 탐지해내고 자신들 나름대로 새로운 발견들을 추가하여, 나를 유행에서 밀어내고 내 자리를 대신 차

* 트로이 전쟁시의 그리스군 위장 탈주자. 트로이 목마에 대해 트로이 사람들에게 거짓말을 했으며, 목마에 탄 그리스 병사들에게 목마의 문을 열어 주었다.

지할 가능성이 매우 높다는 걸 잘 알고 있다. 이렇게되면 내가 여행기 작가였다는 사실조차 세상 사람들이 잊어버리게 될 것이다. 내가 만약 명예를 탐하여 여행기를 쓴 사람이라면 이런 일은 너무나도 굴욕적인 일이었을 것이다.

그러나 내가 이 여행기를 썼던 유일한 의도는 오직 대중들의 이익뿐이었기 때문에 나는 전혀 실망을 하지 않을 것이다. 자신들이 자기 나라에서 이성을 지닌 유일한 지배자 동물이라고 생각하는 사람들 중에서 내가 이야기했던 고귀한 휘넘들이 지니고 있는 덕성들에 대해 읽으면서 자신의 악덕들에 대해 부끄러워하지 않을 자가 누가 있단 말인가? 나는 야후들이 지배를 하고 있던 다른 오지의 나라들에 대해서는 별로 할말이 없다. 그중에 가장 덜 부패한 사람들이 브롭딩낵 사람들이었으며, 도덕과 통치 제도에 대한 그들의 지혜로운 교훈들을 지켜보는 것도 우리들의 행복일 것이다. 그러나 나는 이에 대해서도 더 이상 상세히 말하고 싶지 않으며 현명하신 독자 여러분들 스스로 주목하고 그 교훈들을 응용해 보시라고 맡겨 놓겠다.

나는 이 작품에 대해 어떤 비난도 도저히 있을 수 없다는 사실에 적잖이 기쁨을 느낀다. 도대체 우리와 교역이나 협상 등의 아무런 이해 관계도 없는 그런 멀리 떨어진 이국들에서 있었던 분명한 사실들만을 이야기한 작가에게 어떤 비난이 있을 수 있단 말인가? 나는 보통의 여행기 작가들이 너무나도 당연하게 흔히 비난을 받고 있는 모든 과오들을 조심스럽게 피했다. 게다가 나는 어떠한 정파에도 관여한 바 없으며, 또한 욕심이나 편견, 어떠한 개인과 단체에 대한 악의도 없이 이 글을 썼다.

나는 오직 인간들에게 교훈을 주고 가르침을 주려는 고귀한 목적만을 위해 이 글을 썼다. 그리고 나는 겸손함을 손상시키지 않고 말할 수 있지만, 어떤 인간보다도 우월하다고 주장할 수가 있다. 그것은 가장 완벽하며 훌륭한 존재들인 휘넘들과의 오랜 대화를 통해 내가 얻게 된 여러 미덕들 때문이다. 나는 어떤 이익이나 찬사를 얻을 목적으로 이 글을 쓰지 않았다. 비난처럼 보이는 말은 단 한마디도 이 글에 넣지 않았으며, 비난을 가장 잘 받아들일 준비가 되어 있는 사람들조차 조금이라도 화가 나게 할 말은 하지 않았다. 따라서 나는 내 자신이 비난의 여지가 없는 완벽한 작가라고 정당하게 선언할 수 있기를 희망한다. 수많은 비평가, 사색가, 관찰자, 비난자, 탐색가, 주석자들이 자신들의 재능을 발휘할 수 있는 소재를 나에게서 발견하는 일은 결코 없을 것이다.

내가 다시 돌아왔을 때 영국 신민의 의무로서 총리 대신에게 각서를 제출했어야 한다고 내게 귓속말을 한 사람이 있었다는 사실을 고백한다. 왜냐하면 어떤 나라든 신하가 발견하는 나라는 그의 국왕의 소유라는 이유 때문이었다. 그러나 내가 이 글에서 다루었던 나라들을 정복하는 일이 페르디난도 코르테스가 벌거벗은 아메리카 인디언들을 정복한 것처럼 그렇게 쉬운 일인지 의심이 든다.

내 생각에 릴리펏 사람들은 그들을 함락시키기 위해 함대와 군대를 보낼 가치가 전혀 없는 사람들이다. 나는 또 브롭딩낵 사람들을 공격하는 일이 과연 신중하고 안전한 일인지도 의심스럽다. 또 영국 군대가 자신들 머리 위에 떠 있는 하늘을 나는 섬나라에 얼마나 쉽게 접근할 수 있을지도 의문이다. 휘넘들은 진실로 전쟁에 대해 그렇게 잘 준비가 되어 있는 것처럼 보이지는 않는다. 전쟁이란 분야는 그들에게 완전히 문외한인 분야이며, 특히 무기들에 대해서는 더욱 그렇다. 그러나 내가 만약 총리대신이라면 나는 그들을 침공하라는 제안을 국왕에게 결코 하지 않겠다. 그들의 신중함, 단결력, 공포에 대한 무지, 국가에 대한 사랑이 군사 기술에 대한 그들의 모든 약점을 충분히 보충하고도 남음이 있기 때문이다.

2만 마리의 휘넘들이 유럽 군대의 한가운데로 침입해 들어와 대열을 혼란에 빠뜨리고 수레들을 뒤집어엎고 전사들의 얼굴을 무시무시한 뒷발질로 가격하여 곤죽으로 만드는 장면을 상상해 보라. 그들은 아우구스투스 황제가 지녔다고 인정된 기질('그는 양쪽에서 보호를 받으며 뒤쪽으로 발길질을 해댔다'[호라스,《풍자시편》II, I, 20)을 지니고 있다고 충분히 말할 수 있기 때문이다.

그런 거대한 나라를 정복하자고 제안하는 대신 나는 오히려 그들이 유럽을 개화시키기 위하여 많은 주민들을 우리에게 보내줄 수도 있다고 생각하며 또 그들에게 그럴 마음이 생기기를 바라겠다. 즉 그들이 우리에게 명예, 정의, 진리, 절제, 공익 정신,

용기, 정조, 우정, 자비, 충성 같은 으뜸 원칙들을 가르쳐 줄 수 있기를 바란다는 것이다. 이런 명칭을 지닌 가치 덕목들은 아직도 대부분의 언어에 남아 있으며, 고전 작가들뿐만 아니라 현대 작가들의 글 속에서도 만날 수 있다. 나는 내 짧은 독서로부터 이 사실을 주장할 수 있다.

그러나 내가 발견한 나라들로 국왕 폐하의 영토를 확장하자는 주장에 대해 내가 소극적인 데에는 또 다른 이유가 있다. 사실을 말하자면, 나는 이런 일들에 있어서 군주들이 갖고 있는 분배적 정의와 관련하여 다소 망설임을 가진 사람이다.

예를 들어, 어떤 해적 일당이 폭풍우에 의해 미지의 세계로 밀려갔다고 치자. 마침내 한 소년이 중간 돛대에 올라가 육지를 발견한다. 그들은 강탈과 약탈을 위해 그곳에 상륙한 뒤, 순진무구한 원주민들을 발견하고 그들로부터 친절한 대접을 받는다. 그들은 그 나라에 새로운 이름을 붙이고 자신들의 국왕을 대신하여 그 나라를 공식적으로 접수한다. 그리고 기념으로 그곳에 썩은 판자나 돌을 세운다. 그들은 또 이삼십명의 원주민들을 살육하고 그들 중 한 쌍을 강제로 모국으로 데리고 돌아와 사면을 받는다. 그러면 이때부터 '하나님의 권리로 획득된 곳'이란 미명하에 그들 나라의 새로운 영토가 시작되는 것이다. 처음으로 배들이 파견되며, 원주민들은 쫓겨나거나 전멸된다. 그곳의 원주민 지도자들은 황금을 내놓으라고 고문을 당한다. 비인간적이며 탐욕스러운 모든 행동들에 대하여 자유로운 허가장이 제공된다.

그 나라의 흙은 원주민들이 흘린 피로 피비린내가 나게 된다. 이런 경건한 원정에 참가한 저주받은 살육자 집단이 바로, 우상을 숭배하는 야만인들을 개종시키고 교화시키기 위해 보내어지는 현대의 식민지 건설자들인 것이다.

그러나 이와 같은 설명은 결코 대영제국과는 무관하다는 점을 고백하는 바이다. 우리 영국은 식민지 건설에 있어서 그 지혜와 관심, 정의로 인해 온 세상 사람들의 모범이 되는 나라이다. 우리 영국인들은 식민지의 종교와 학문의 발전을 위해 아낌없는 선물을 하고 있고, 기독교를 전파하기 위하여 독실하고 능력 있는 신부들을 엄선하여 보내고 있으며, 그곳 식민지에 가장 적합한 생활과 대화가 가능한 사람들을 모국으로부터 보내기 위해 신중을 기하고 있다. 또 모든 식민지들을 통틀어서 민간 행정 조직에 가장 능력이 뛰어나고 부패와 가장 관련이 없는 관리들을 파견하는 데 있어서도 공평한 정의의 배분을 엄격하게 고려하고 있다. 이 모든 일들에 대한 금상첨화 격으로 우리 영국인들은 가장 부지런하고 덕성이 높으며 자신들이 지배하게 될 식민지 백성들의 행복 외에는 다른 어떤 목적도 없는, 국왕의 명예를 드높이는 총독들을 식민지로 보내고 있다.

그러나 어쨌든 내가 이 책에서 이야기했던 나라들은 이런 식민지 건설자들에 의해 정복당하고 노예가 되고 살해당하고 쫓겨나고 싶은 욕망이 전혀 없는 나라들이다. 또 그 나라들에는 금도, 은도, 설탕도, 담배도 없기 때문에 나는 그들이 결코 우리의 열망과 용기와 이해 관계의 적절한 목표 대상이 아니라고 겸손하게 생각한다. 그러나 혹 이런 일에 관심이 있는 자들 중에서 나와 다른 생각을 하고 싶은 사람들이 있다면 나는 법적으로 요청이 있을 때 어떤 유럽인들도 나보다 앞서서 이 나라들을 방문한 적이 없다고 증언할 준비가 되어있다. 즉 그 나라 백성들의 생각을 알아야 한다면 내게 물어보라는 것이다,

또한 내 자신이 직접 이 나라들의 공식적인 총독이 되면 어떻겠는가 하는 생각도 내 머릿속에 단 한 번도 떠오른 적이 없었다고 생각한다. 설령 그러한 생각이 떠올랐다 하더라도 당시 내 상황으로 보아 그런 일을 더 좋은 다음 기회로 연기하는 것이 신중하게 내 목숨을 지키는 일이었을 것이다.

지금까지 여행가로서 나에 대해 제기될 수 있었던 유일한 비난에 대해 답변을 하였다. 이제 여기서 존경하는 독자 여러분께 마지막 작별을 고하고, 레드피르에 있는 내 작은 정원에서 사색을 즐기는 생활로 다시 돌아가야겠다. 그리고 휘넘들 사이에서 내가 배웠던 그 훌륭한 도덕적 교훈들을 연마하고 내 가족 야후들에게 그들이 순종적인 동물이라고 생각되는 한도 내에서 가르침을 주어야겠다. 나는 또 내 얼굴을 자주 거울에 비춰 보면서 시간이 걸리더라도 가능하다면 인간의 모습을 참고 견디는 습관을 들이려고 한다. 그리고 우리 나라에 있는 휘넘들의 야수성을 슬퍼하며 지낼 것이다. 그러나 나는 고귀한 내 주인님과 친구분들, 그리고 휘넘족 모두를 생각해서 항상 우리 나라의 휘넘들

을 존경심을 가지고 대할 것이다. 그들의 이성은 비록 타락했지만 용모는 영광스럽게도 휘늠 님들과 닮아 있기 때문이다.

나는 지난주부터 아내에게 긴 식탁의 반대쪽 끝에 앉아 나와 같이 식사를 해도 된다고 허락했다. 그리고 내가 물어보는 질문들에 대해 대답해도 좋다고(하지만 최대한 간결하게) 허락했다. 그러나 야후 냄새가 여전히 너무 역겨웠기 때문에 나는 항상 코를 운향풀, 라벤더 풀, 담뱃잎 등으로 충분히 막고 살았다. 나는 사람이 뒤늦게 나이들어 갖게 된 묵은 습관을 없앤다는 것이 매우 힘든 일이라는 점을 잘 안다. 그러나 언젠가는 이빨이나 발톱에 물리거나 할퀌을 당한다는 걱정없이 이웃 야후들과 함께할 수 있을 거라는 희망을 완전히 저버리지는 않는다.

만약 야후들이 자연적으로 타고난 악들과 어리석음에만 만족하여 살았더라면 나와 모든 야후들과의 화해는 그렇게 어렵지 않았을 것이다. 나는 변호사, 소매치기, 대령, 바보, 귀족, 도박꾼, 정치인, 바람둥이, 의사, 증인, 위증 교사자, 법률 대리인, 반역자의 모습들을 보면 전혀 화가 나지 않았다. 이것은 모두 자연스러운 야후 본성의 결과물들이다.

그러나 자만심에 찌들어 몸과 마음에 병이 생긴 사람들의 그 육중하고 흉측하게 일그러진 모습들을 보면 내 모든 인내심의 한계가 즉시 깨져 버리고 말았다. 나는 어떻게 이런 동물과 이런 악덕이 함께 결합할 수 있었는지 도저히 이해할 수가 없었다.

이성적인 동물을 장식해주는 모든 훌륭한 자질들을 풍부하게 지니고 있던 현명하고 덕성높은 휘넘들의 언어에는 자만심이 라는 악덕에 해당하는 명칭이 없었다. 그들의 언어에는 야후들의 혐오스러운 자질들을 묘사하는데 쓰는 말들 외에는 악을 표현해 내는 용어들이 없었다. 그리고 그들은 그들 나라의 야후들의 자질들 중에서도 자만심이라는 이 자질을 구분해 낼 수 없었다. 야후들이 지배하고 있는 나라에서 모습을 드러내고 있는 인간의 본성에 대해서 그들이 철저한 이해를 할 수 없었기 때문이다. 그러나 그들보다도 인간에 대한 경험이 훨씬 많았던 나는 사실, 그들 나라의 야만적인 야후들에게도 분명히 어떤 초보적인 자만심 기질이 있다는 걸 알아차렸었다.

그러나 이성의 지배하에 살고있는 휘넘들은 자신들이 지닌 훌륭한 자질들에 대해 전혀 자만심을 갖고 있지 않았다. 그건 마치 우리들이 다리와 팔이 있다는 사실을 자랑하지 않는 것과 마찬가지였다. 팔, 다리가 없으면 분명히 비참해지겠지만, 그렇다고 해서 그걸 가지고 있다고 자랑하는 사람은 제정신이 아닌 사람일 것이다.

나는 어떻게 해서든 영국 야후 사회를 견딜 만한 곳으로 만들어야겠다는 욕망에서 이 주제에 대해 이렇게 오랫동안 고찰을 하고 있는 것이다. 그러므로 나는 혹시라도 이 바보 같은 악덕을 조금이라도 지니고 있는 사람들에게 제발 내 앞에 나타날 생각을 하지 말아달라고 이 자리를 빌어 간청드린다.

인간의 본성에 대한 걸리버의 비극적 자각 여행

1. 《걸리버 여행기》와 걸리버

《걸리버 여행기》는 18세기 영국의 대표적인 풍자 작가 조너선 스위프트가 1726년 59세라는 뒤늦은 나이에 집필한 그의 대표작이다. 따라서 이 작품에는 그가 그때까지 경험했던 인간과 인간 세상에 대한 풍부한 경험들과 날카로운 혜안이 농익어 들어가 있다고 할 수 있다. 아일랜드 출신으로 평생을 영국 국교회(성공회) 성직자로 봉직했던 스위프트는, 당대 주요 정치인들과 교유하면서 영국의 정치 현실에 깊숙이 관여하고, 수많은 정치적 글들을 발표하기도 했다. 그러나 그는 국교회 내에서의 고위직 승진을 위해 애를 쓰다 정치적 이해관계로 인하여 결국 좌절하고 말았으며, 더블린의 성 패트릭 성당 주임 신부로 만족하며 살아야 했던 사람이다. 말년에는 영국의 식민지 침탈로 고통을 겪고 있던 아일랜드의 비참한 현실에 괴로워하며 그에 대한 신랄하기 그지없는 풍자 작품들을 발표하기도 했다.《걸리버 여행기》는 스위프트의 다사다난했던 이런 인생 경험을 바탕으로 하여, 그가 관찰하고 경험했던 인간 생활의 정치적, 종교적, 학문적, 도덕적 양상들이 폭 넓게 풍자되는 작품인 것이다.

그런데 이 작품은 차용하고 있는 여행기 양식과 동화적인 성격 때문에 단순한 아동 문학 작품으로 오인되는 경우가 너무 많았다. 심지어 그 내용이 흥미 본위로 압축되어 번안되는 사례도 비일비재했다. 그러나 사실 이 작품은 인간의 본성과 본질에 대한 섬뜩할 정도의 예리한 통찰과 풍자, 비판이 주조를 이루는 복잡한 작품이다. 가장 기본적인 풍자 대상은 인간의 오만, 위선, 왜곡된 이성 등의 추상적 가치들로, 동시대의 군주, 고위 정치인, 귀족, 과학자, 성직자, 의사, 법률가, 문인 등 온갖 집단의 사람들이 보이는 구체적인 악행과 우행 사례들을 통하여 가차 없이 공격한다는 데 이 작품의 매력이 있다.

사상사적 측면에서도《걸리버 여행기》는 의미가 있다. 당대의 대표적인 시대사상인 '계몽주의'에 대한 전반적인 반감이 깔려 있고, 지나치게 이성을 중시하고 과신하던 데카르트 류의 합리주의 철학과, 왕립학술원으로 대표되는 실험 및 이론과학 중심의 자연과학 지상주의도 신랄하게 비판되고 있다. 게다가 이런 합리주의와 과학주의의 영향으로 생겨난, 인간의 본성에 대한 낙관적 인간관까지도 풍자하고 있다. 보수주의자, 전통주의자, 고전 학문 옹호자였던 스위프트의 기본 성향이 반영된 것이라 하겠다.

풍자의 방법에 있어서도 이 작품은 극히 복잡하다. 본래 풍자의 기본 방법든 두 가지로, 공격 대상을 혐오스럽고 불쾌한 대상에 비유하거나 그런 측면을 부각시키는 부정적인 방법과, 공격 대상을 도덕적으로 귀감이 되는 대상물과 비교하여 단점을 부각시키는 긍정적인 방법이 있다. 그런데 이 작품에서는 이 두 가지 방법이 다양하게 뒤섞여 사용되며 풍자가 극히 복잡한 양상으로 전개된다. 따라서 우리가 가장 관심을 가지고 지켜보아야 할 대상은 바로 전 작품을 통하여 일관되게 주인공으로 등장하는 걸리버이다. 각 여행기마다 풍자의 대상과 성격이 변화하면서 걸리버가 수행하는 기능과 풍자 수법도 변화하는 것이다.

사실 《걸리버 여행기》의 기본 구도는 세상 경험이 없는 순진한 젊은 여행자인 걸리버가 마치 만화경을 들여다보듯 네 차례의 기이한 여행 경험들을 체험하면서, 인간의 본성을 서서히 속속들이 깨닫고, 환상에서 깨어나 인간 혐오주의자로 바뀌어 간다는 것이다. 그러나 작품 곳곳에서 경우에 따라 풍자 수법들이 변화하고 아이러니의 사용도 빈번해서 작가의 의도와 작품의 정확한 의미를 파악해 내기가 매우 어렵다. 따라서 작품의 기법이나 수법 하나하나에 초점을 맞추기보다는 주인공 걸리버의 성격 변모 과정을 따라가면서 작품의 주제를 거시적으로 파악하는 것이 이 작품 이해의 핵심이다. 물론 걸리버라는 주인공의 가장 기본적인 기능은 작가인 스위프트가 의도했던 풍자적 목적을 위한 '페르소나(가면, 마스크)'로서의 기능이다. 그는 각 상황에 따라 필요한 역할, 즉 상황을 객관적으로 관찰하고 이를 설명하는 관찰도구적인 역할을 수행하는 경우가 많으며, 이 때문에 소설 속의 주인공들과는 달리 너무나 모순된 점이 많고 나름대로의 성격이나 개성이 없는 풍자 도구로 인식되어 온 경향이 많았다.

그러나 걸리버의 성격이 아무리 모순적으로 보이고, 그의 기능이 도구적인 속성을 보이고 있대도, 작품의 주인공으로서의 걸리버는 분명히 성격적인 변모를 겪는다. 그는 각 여행에서 여러 가지 일들을 체험해 가면서 자각을 얻는 것이다. 이런 점에서 그는 단순한 풍자 도구 이상의 역할을 수행하고 있으며 나름대로 일관된 일정한 성격을 지니고 있다고 말할 수 있다. 첫 번째 여행인 릴리펏 여행에서 보여 주던 순진하고 정의로운 젊은이의 모습부터 시작하여 마지막 휘넘국에서의 환멸에 빠진 인류혐오주의자에 이르기까지의 과정은 분명히 그의 정신적인 변모 과정이며, 어떤 면에서는 정신적 성장 과정이라고까지 말해도 과언이 아닐 것이다. 물론 걸리버의 자각이 타인들과의 갈등이나 심오한 내적 자기 성찰에 기인한 것은 아니다. 하지만 그는 셰익스피어의 리어 왕처럼 단순한 심리 상태에서 시작하여 인간 사회와 인간의 본성에 대한 새로운 자각을 얻는 것이다. 그의 이런 자각은 이 작품의 전체적인 핵심 주제와도 밀접하게 연결되어 있다. 다음부터는 각 여행기에서 드러나는 그의 성격 변모 과정과 그와 관련된 풍자의 주제를 살펴보겠다.

2. 릴리펏 여행기 : 추악한 정치 현실에 대한 자각 과정

릴리펏 여행기는 풍자의 대상이 가장 명확하며, 걸리버의 성격 분석도 가장 용이한 부분이다. 걸리버가 보고 듣는 릴리펏 사람들의 행태와 릴리펏 사회는 분명히 앤 여왕과 조지 1세가 다스리던 18세기 초반 영국 사회의 축소판이다. 그리고 이를 관찰하는 걸리버는 아직 세상사에 미숙한 젊은이다. 세상을 모르는 순진무구한 젊은이가 손가락 크기만 한 소인들의 나라에 들어가 사악하고 비열한 인간성과 자만심, 어리석은 정치 행태, 음모 등을 경험하며 인간 본성에 대한 새로운 진실을 처음으로 깨닫는 것이다.

그런데 여기서 걸리버가 깨닫는 진실은 정치인과 정치 현실에 대한 통찰이 주를 이룬다. 특히 지속적이고 반복적으로 공격되는 대상은 주로 국왕, 각료 대신 등의 고위 정치가들이다. 걸리버의 첫 경험과 자각이 주로 정치 풍자인 점은 작가인 스위프트의 개인적인 인생 체험과 무관하지 않다. 당시 앤 여왕을 비롯하여 정계의 최고 실력자들과 귀족들의 힘을 빌어 런던의 주교자리로 승진하려던 꿈이 좌절되고 이런 과정에서 배반과 음모에 휩싸였던 스위프트는 '정치야말로 인간 생활의 여러 분야들 중 가장 부패하고 타락한 분야'라고 생각했던 것이다.

'정치인의 속성과 본성에 자각' 외에도 '인간의 자만심에 대한 공격'이라는, 《걸리버 여행기》의 또 하나의 핵심 주제도 부각된다. 이성을 최우선시하는 이신론과 계몽주의 철학, 자연 과학의 눈부신 발전에 힘입어 당시에 팽배했던 낙관주의적인 인간 중심의 세계관을 공격하면서, 사실은 인간이 얼마나 나약하고 추하며 비이성적인 존재일 수 있는가를 보여 주고자 한다. 걸리버라는 거인의 시작으로 바라보는 릴리펏 소인들의 오만하고 우스꽝스럽기 짝이 없는 각종 행태들도 바로 이런 관점으로 설명될 수 있다.

첫 번째 여행에서 드러나는 걸리버의 성격은 작품의 제일 앞머리에서 소개되는 그에 대한 전기적 진술에서 우선 개략적으로 알 수 있다. 그러나 이 부분은 여행기 문학 작품에서 통상적으로 등장하며 작품의 신빙성을 고조시키는 장치적 의미밖에는 없다. 기껏해야 걸리버가 중산층 가정에서 태어나, 케임브리지 대학에서 잠시 교육을 받았고, 의학 교육을 받은 의사이며, 결혼해서 돈을 벌기 위해 배를 탔다는 정도만 간략하게 알 수 있을 뿐이다. 그러나 걸리버의 성격은 이러한 사실 중심의 설명보다는, 그가 릴리펏에 도착하여 소인 원주민들과 직접 부딪치며 보이는 행동, 태도, 생각 등으로 비로소 구체적으로 확인된다.

이를 통해 우선, 걸리버가 무척 선량하고 감사할 줄 아는 사람임을 알 수 있다. 그는 자신을 묶고 화살로 공격해온 릴리펏인들에게 보복할 생각을 하지 않고, 그들에게 식사를 제공받은 후에는 그들의 친절에 고마움까지 느낀다. 또 릴리펏을 탈출하기 직전에 자신이 세운 중요한 공적들에도 불구하고 황제와 각료들이 그의 눈을 멀게 하고 굶겨 죽이기로 결정한 것을 알고 난 뒤에도, 자신이 그동안 받았던 호의와 은총을 생각하여 보복심을 버린다. 선량하고 감사할 줄 아는 심성 외에, 걸리버는 자비롭고 너그럽기도 하다. 그는 자신을 구경하러 온 군중들에게 모욕을 당하고 심지어 화살 공격까지 당했어도 범인들을 관대하게 용서했고, 결국 이런 성품으로 인해 자유를 얻게 된다.

걸리버의 또 다른 자질은, 정의감과 평화를 사랑하는 용기다. 릴리펏의 적국인 블레퓌스크의 항구로 가서 군함 50척을 끌고 왔을 때, 릴리펏 황제는 나머지 배들까지 모두 끌고 와서 완전히 괴멸시키라고 명령한다. 블레퓌스크로 도망간 반란자들을 처단하고 그 나라를 식민지로 삼아 전 세계를 지배하자는 야욕을 채우자는 속셈이다. 그런데 이러한 황제의 명령을 걸리버는 정의와 평화라는 대의명분을 들어 과감히 반대하고, 결국 이 사건으로 인해 모함을 받게 된다.

릴리펏 여행에서 나타나는 걸리버의 마지막 성격의 특성은 순진성이다. 특히 왕이나 각료, 정치인들에 대한 그의 무지와 순진성은 그의 직접적인 발언들을 통해서 몇 차례나 고백된다.

이처럼 릴리펏에서의 걸리버라는 인물은 선량하고, 감사할 줄 알고, 관대하고, 정의롭고, 순진하기까지 한 면모를 지녔다. 그러나 이처럼 세상의 사악함과 비열함을 아직 체득하지 못한 순진하고 때 묻지 않은 걸리버가 릴리펏이라는 부패한 나라를 경험하면서 타락과 부정, 배반과 음모를 알게 되고, 모함 사건을 통하여 새로운 자각을 얻는다. 걸리버의 순진성에 비하여 이들 릴리펏 사람들은 얼마나 사악하고 부패한 존재들인가! 줄타기 곡예와 장대넘기 기술로 공직을 임명하고 계란을 까먹는 방법이나 구둣굽 높이에 대한 하찮은 논쟁으로 당파 싸움을 일삼는 자들이다. 온갖 음모와 권모술수들을 자행하면서 터무니없는 자만심에 싸여 있는 자들이다. 겉모습은 그저 꼬마 인형들 같았던 릴리펏인들이 사실은 인간을 능가하는 나쁜 본성을 지녔음을 걸리버가 감지하면서, 애초에 비교적 가벼운 마음으로 시작했던 이 소인국에서의 체류가 점점 심각해지고 걸리버의 성격에도 변화가 일어난다.

요컨대 릴리펏 여행기는 아직 세상에 대한 경험이 충분치 못하고, 관대하고 정의감에 넘치며, 순진무구했던 한 청년, 즉 이면에 숨겨져 있는 세상의 비열함과 사악함을 아직 체득하지 못한 이상주의적인 한 청년이, 부패하고 타락한 릴리펏이라는 소인국의 정치 현실을 체험하면서 자각을 이루는 과정이라고 할 수 있다. 그러나 국왕과 각료들과 같은 특정한 정치인 집단의 속성과 본질에 대한 자각과 통찰을 얻기까지는 더 많은 경험과 시행착오가 필요했다. 그에게 또 다른 여행들이 필요했던 이유다.

3. 브롭딩낵 여행기 : 성숙된 자각을 위한 시련 과정

브롭딩낵 여행기의 주제는, 걸리버가 이 거인국을 벗어나게 되는 과정, 즉 독수리에게 채여 하늘로 올라갔다가 떨어진 뒤 영국 상선에 의해 구출되었을 때 그 배의 선장이 했던 말에 상징적으로 잘 드러난다. 선장은 하늘에서 떨어진 걸리버에게 '태양신 헬리오스의 아들 파에톤 같다'고 농담조로 이야기한다. 그리스 신화에 따르면, 헬리오스와 클리메네 사이에서 태어난 파에톤은 자신의 출생의 비밀을 알고 동쪽으로 아버지를 찾아 나선다. 마침내 만난 아버지가 소원을 들어주겠다고 했을 때 그는 오만하게도 '아버지의 마차를 하루 동안 끌어 보겠다'고 말한다. 하지만 파에톤은 마차를 끄는 '불멸의 말들'을 몰기에 힘이 턱없이 모자란 인간일 뿐이어서, 결국 말들이 도망치며 세상을 불바다로 만들었고 파에톤은 제우스에게 벼락을 맞아 죽는다. 브롭딩낵 여행 직후에 선장이 걸리버를 '극단적인 자만심 때문에 비극적인 죽음을 맞이한 인물'에 비유한 것이다.

요컨대 브롭딩낵에서의 걸리버는 릴리펏 여행에서 공격되던 악 중의 하나인 '자만심의 화신'으로 묘사된다. 이 여행에서 자만심을 떨쳐 버리고 새로운 자각을 얻을 수 있는 기회가 수차례 주어지는데도 걸리버는 끝내 변모하지 못한다. 관찰자적 입장이었던 릴리펏에서와 달리, 그는 브롭딩낵에서는 철저하게 풍자의 대상으로 전락한다. 릴리펏인들을 통해 타인의 악행과 타락한 본성을 직시하며 자각을 얻어내기는 용이했지만, 막상 자기 내면에 도사리고 있는 잘못된 본성을 깨닫기는 어려웠다. 그에게 여전히 더 많은 여행과 경험이 필요했던 것이다. 브롭딩낵 여행은 이처럼 깨어지지 않는 걸리버의 집요한 자만심을 풍자한 여행이다. 결국 그의 자만심은 세 번째와 네 번째의 충격적인 여행을 통해 깨지며, 인간 본성과 세상에 대한 자각과 통찰이 더욱 깊어진다.

'자만심에 대한 공격'은 사실 걸리버 여행기의 가장 핵심적인 주제다. 인간의 이성을 최우선시하는 당시의 자족적 계몽주의, 합리주의 사조와 신의 존재를 이성으로 연역해 내자고 주장한 이신론 사조에 대한 저자의 반감을 반영한 것이다. 합리주의에 입각한 이신론 사상은 18세기 특유의 낙관적 세계관을 만들어 냈다. 즉, 우주는 전지전능하고 자비로운 조물주의 섭리에 의해 만들어졌으며 인간은 그러한 섭리에 의하여 만들어진 연쇄적인 체계 안에서 가장 중심을 차지하는 만물의 영장이라는 것이다. 그러나 존 로크, 알렉산더 포프 등의 많은 철학자들과 문인들이 이러한 낙관론 철학에 반기를 들었고, 오히려 인간은 우주 질서 안에서 천사적 속성과 동물적 속성을 함께 지닌 중간자적인 불안한 존재임을 지적하였다. 이처럼 불안한 위치를 점하고 있는 나약한 존재인 인간이 저지르는 가장 중대한 결함이 바로 자만심이라는 것이다. 천사와 동물의 중간에 끼어서 불안한 존재에 불과한 인간이 종종 자신의 주어진 한계를 망각하고 자신을 우주의 중심이라고 생각하는 자만심에 빠지지 말아야 한다는 것이다. 《걸리버 여행기》의 2부인 브롭딩낵 여행기에서 바로 이런 주제가 가장 직접적으로 두드러지게 부각되고 있다.

걸리버가 지닌 자만심에 대한 풍자에 초점을 맞춰볼 때, 브롭딩낵 여행기에서 크게 세 가지 방식의 풍자가 이루어진다고 볼 수 있다. 첫 번째는 릴리펏에서와 마찬가지로 걸리버가 관찰자 시점에서 브롭딩낵 사람들을 관찰하는 것, 두 번째는 그가 직접 온갖 종류의 신체 봉변을 당하는 것, 그리고 마지막으로 그가 브롭딩낵 국왕의 시점에 의해 관찰되고 평가되는 것이다.

걸리버가 관찰하는 브롭딩낵 거인들에 대한 묘사는 릴리펏 사람들과는 달리, 정신적 자질보다 신체적 추악성 부각이 주가 된다. 즉 릴리펏 사람은 자만심, 배반, 음모, 질투 등의 추악한 정신적 자질로 걸리버의 자각에 영향을 미친 데 반해, 확대경을 통해 보는 더 섬세한 걸리버의 시각은 브롭딩낵 사람들의 불결하고 추악한 신체의 모습들은 그에게 그 못지않은 영향을 미친다. 농부의 보모가 젖 먹이는 모습, 시녀들의 피부에 관한 묘사, 배설 장면, 사형수의 처형 장면 묘사, 거지들의 피부에 달린 혐오스럽기 짝이 없는 종양 덩어리, 이가 피를 빠는 모습 등 무수히 많은 묘사가 인간의 자만심을 깎아내리는 데 기여한다.

걸리버의 봉변 장면들도 마찬가지다. 그는 처음부터 끝까지 자신을 발견한 농부의 아홉 살 난 딸에게 인형처럼 취급당하며, 그곳의 수많은 동물들과 곤충들, 왕비의 난쟁이 등에게 봉변을 당하고 곤욕을 치른다. 특히 야외로 소풍을 나갔다가 소똥을 뛰어넘겠다고 거들먹거리고 급기야 거기에 빠져 허우적거리는 걸리버의 모습은 가히 인간 혐오적이라고 느껴질 정도로 연민의 대상이다.

그러나 뒤이어 이어지는 국왕과의 대화에서는 마치 릴리펏의 사악한 소인을 연상시킬 정도로 자만심에 철저히 물든 모습으로 돌변한다. 영국의 정치, 사법, 의회 등 각종 문물을 설명하는 그의 모습은 거의 맹목적 국수주의자를 연상시킨다. 그의 설명을 듣고 나서 결국 지혜로운 브롭딩낵 국왕은 "인간은 지상을 기어다니는 벌레들 중 가장 해로운 해충"이라는 악평까지 하게 된다. 그러나 이러한 악평을 받고서도 걸리버는 자신의 단점을 깨닫지 못하며, 오히려 왕의 편협성을 비웃고 조소한다. 왕에게 화약 제조법과 화약의 무시무시한 살상력을 자랑하는 걸리버의 모습은 사악하기까지하다. 릴리펏에서 자유와 정의의 수호자로 나왔던 순진무구한 걸리버가 파괴와 살상, 정복의 찬양자로 바뀐 것이다. 문제는 그가 자신의 이런 사악한 모습을 전혀 깨닫지 못한다는 것이다.

결국 브롭딩낵 여행에서 걸리버는 자기 내면에 도사리고 있는 자만심이라는 악을 깨닫고 제거할 수 있는 자극과 암시가 무수히 주어졌음에도 불구하고, 또 후반부에서 국왕과의 대화를 통해 직접적으로 자신의 단점을 지적당했음에도 불구하고, 그릇된 본성으로부터 벗어나지 못하고 만다. 릴리펏에서의 정치적 경험을 통해 인간 사회의 이면에 숨겨진 비밀을 부분적으로 깨달았지만, 걸리버에게는 더 많은 경험과 환멸과 자각이 필요했던 것이다. 특히 브롭딩낵에서 고향으로 돌아온 걸리버가 자신의 가족과 친지들을 마치 난쟁이처럼 생각하고 대하는 희화적인 모습은 그의 말대로 습관이나 편견의 산물일 수도 있겠지만,

더 크고 나은 대상과 자신을 항상 동일시하고 보통 인간들을 자기보다 왜소하게 보려는 자만 성향이 아직도 내면에 굳건함을 상징적으로 보여준다. 걸리버의 이런 모습은 마지막 여행인 말의 나라 휘넘국 여행을 마치고 돌아와서 자만심에 찌든 인간에 대해 환멸을 느껴, 정신 이상에까지 빠져 버리는 그의 모습과 극명하게 대비된다.

4. 라퓨타 및 기타 나라들 여행기 : 학문과 역사의 실체를 자각하는 과정

걸리버의 세 번째 여행기는 네 나라나 포함된다. 그만큼 풍자의 대상과 소재가 너무 다양하게 들어가 있어서 일관된 초점이 흐려진다는 비판을 받고, 주인공인 걸리버 또한 철저히 수동적이고 소극적인 관찰자의 기능밖에 수행하지 못한다는 지적이 있다. 그러나 이 세 번째 여행기 역시 걸리버의 자각이라는 측면에서 본다면 나름의 의미가 충분하다. 라퓨타(첫 번째 나라)와 바니발비(두 번째 나라)에서는 주로 학문을, 그럽덥드립(세 번째 나라)에서는 역사를 풍자한다. 마지막 럭낵(네 번째 나라)에서는 불로장생인 스트럴드브럭들을 관찰한다. 나라마다 각각 걸리버의 심성 변화에 중요한 영향을 미친다.

특히 처음에는 풍자가 비교적 가볍고 희화적으로 다뤄지다가 후반부로 갈수록 점점 더 어두워져서, 다음의 마지막 여행에서 걸리버가 겪을 경험과 자각의 성격을 어느 정도 암시한다는 점이 주목할 만하다. 물론 이번 여행기 속에는 앞서 말한 내용들 외에 정치 풍자나, 아일랜드의 식민 통치 비판을 암시하는 삽화적인 내용도 들어가 있다. 그러나 세 번째 여행에서의 걸리버는 앞서 두 여행에서 경험하지 못했던 인간 사회의 새로운 측면들을 관찰하고 깨달으며, 마지막 여행에서 그가 느낄 인간에 대한 환멸의 충격을 완충시키고 있는 것이다. 릴리펏 여행기에서 독자들은 릴리펏인들의 부패 양상을 지켜보면서 자신들이 걸리버와 같다고 안도하면 출구를 찾을 수 있었고, 브롭딩낵 여행기에서는 걸리버의 오만함과 사악함을 지켜보면서 자신들이 그 나라의 국왕과 같다고 안도할 수 있었다. 그러나 마지막 휘념국 여행기에서 독자들은 안도감을 느낄 수 없고, 그들이 빠져나갈 출구가 어디에도 제시되지 않고 질식감이 고조된다. 걸리버의 이 세 번째 여행기는 바로 이런 답답한 감정을 완화시키고 그에 대해 준비시키는 의미를 지닌다. 또한 걸리버가 경험하게 될 사악한 인간 본성에 대한 최종적인 자각의 충격을 완화시키기 위해 그 예들을 미리 경험시킨다.

라퓨타 여행기는 수학이나 천문학같은 이론과학과 음악에 경도되어 있는 기이한 외모의 라퓨타인들을 희화적으로 풍자한다. 전반적으로 이들을 통해 스위프트가 경멸했던 현대 학문 숭배자들을 공격하는 것이다. 하지만 현대 학문에 대한 본격적인 풍자는 주로 바니발비 여행에서 이뤄지며, 이곳에서는 오히려 라퓨타와 라퓨타의 식민지인 바니발비의 관계를 통한 정치 풍자가 주를 이룬다. 자석의 힘으로 하늘에 떠 있는 섬인 라퓨타가 지형적 이점을 이용하여 바니발비를 식민 통치한다는 설정은, 18세기 당시의 영국과 아일랜드의 관계에 대한 통렬한 풍자다.

바니발비의 여행은 학문의 발전과 진보, 특히 근대 과학에 대한 공격이라고 할 수 있다. 걸리버는 바니발비의 수도인 라가도를 방문해서 학술원을 견학한다. 이때 그곳 학자들의 허황된 연구와 계획들을 살펴보기에 앞서 먼저 문오디라는 귀족의 안내로 그 나라의 피폐한 현실을 목격하게 되는데, 이는 모두 현대 학문이 잘못 적용되고 응용된 결과이다.

이곳의 학술원은 당시 영국 과학 연구의 총 본산이었던 왕립 학술원을 빗댄 것이다. 이곳의 학자들은 한결같이 허황한 이론과 실험에만 매달려 있고, 그 결과물들은 전혀 쓸모없고 무익한 것들뿐이었다. 또한 정치를 연구하는 연구실의 묘사에서 걸리버는 매우 냉소적인 발언을 한다. 이것은 걸리버의 시각이 앞서의 여러 경험들을 통하여 이미 정치적인 측면에서 상당히 수정되어 있음을 시사한다.

그러나 정치 현실에 대한 보다 심오한 걸리버의 자각은 다음 여행지인 그럽덥드립에서 일어난다. 마술사들의 나라인 걸리버는 그곳 총독의 도움으로 지나간 과거의 역사적 인물들을 마치 만화경 보듯 불러내어 숨겨져 있던 역사의 추악한 비밀들과 감춰진 실상들을 생생하게 목격한다. 지금까지의 그의 여행 경험은 그의 직접적인 관찰과 체험에 의해 이루어졌었지만 이곳에서의 경험은 통시적으로, 또 간접적으로 이루어진다. 그러나 동시에 가까워질수록 점점 더 일그러져 가는 왜곡된 역사의 실상을 접하게 되면서 그는 엄청난 충격을 받게 되며, 특히 정치, 도덕, 종교를 망라한 최근 100년 동안의 역사에 대하여 가장 심한 충격을 받는다. 인간들이 그동안 자행해 온 사악한 행태들에 대한 걸리버의 충격과 분노는 도를 넘어설 정도이며, 그에 대한 그의 환멸에 찬 발언은 욕설에 가까울 정도이다. 또한 끝부분에 나오는 럭낵국의 불로장생인에 대한 그의 환상이 깨어지는 장면도 그의 자만심을 깨는데 일조한다.

요컨대 세 번째 여행기 역시 '걸리버의 자각'이라는 이 작품의 의도를 충실히 충족한다. 앞부분에서의 학문 및 정치에 관한 풍자에서 다소 가볍고 희극적이기까지 했던 어조가 어둡고 신랄하게 바뀌어가며, 그가 보는 장면들은 지금까지 체험해왔던 그 어떤 경험들보다도 충격적인 내용을 담게 된다. 또 그가 부분적으로 관찰하고 깨달아왔던 인간 사회의 암울한 실체가 보다 구체적으로 드러난다. 그럽덥드립에서 걸리버는 마지막 여행에서 예정된 비극적인 자기 인식과 인간 본성에 대한 최종적인 자각을 준비하는 셈이다. 즉 잘못된 학문의 병폐와 정치적 탄압, 왜곡된 역사의 실체 목격을 통해서 파악하게 되는 인간성의 타락, 불로장생인을 보고 깨닫게 되는 인간 수명의 한계와 죽음에 대한 통찰 등은 걸리버의 최종적인 성격 변호에 모두 크게 기여하고 있다고 말할 수 있다.

5. 휘넘국 이야기 : 인간의 본성에 대한 최종적인 자각 과정

'이성을 지닌 말이 수성을 지닌 인간을 지배한다'는 동물 우화를 차용한 휘넘 여행기는 《걸리버 여행기》의 네 여행기 중에서 예술적 통일성이 가장 뛰어나다는 평가를 받는다. 또 앞선 여행기들처럼 역사적인 특수한 상황을 적용시키기가 힘들고 희화적인 요소도 거의 없어서 흥미는 다소 떨어지지만, 세대와 상황을 초월한 인간에 대한 심오한 통찰이 일관성있게 다뤄진다는 평가도 받고 있다. 휘넘국 여행기 역시 특정한 대상에 대한 풍자로만 한정시키면 큰 의미를 놓치기 쉽다. 특정한 대상들을 공격하는 풍자라기보다는 본질적으로 '교훈적인 철학 이야기'의 범주에 놓고 보는 것이 타당할 것이다.

이 여행기는 또한 네 개의 여행기 중 가장 많은 비평적 관심과 논란의 대상이 되어 왔으며, 스위프트를 환멸에 젖은 정신 이상 인류 혐오주의자로 오해받게 만들기도 했다. 저자인 스위프트와 작중 화자인 걸리버의 동일시가 이런 오해의 주요 원인이지만, 이외에도 이성을 지닌 말들과 그들의 지배를 받는 야후 인간들, 또 그들 사이에서의 걸리버의 위치에 대한 해석상의 복잡성에도 원인이 있다. 작중에서 칭찬하는 듯한 이성을 지닌 말들을 '이상적 인간형'으로 보고, 야후들은 그 반대 유형으로 볼 것인가의 문제는 지금까지도 수많은 평자들의 관심을 집중시키고 있으며 명쾌하게 결론이 나지 않고 있다.

어쨌든 이 네 번째 여행기의 통일성을 구성하는 가장 중요한 요소도, 앞서의 다른 여행기들에서와 마찬가지로 바로 걸리버의 성격 변모 과정이다. 앞선 세 여행들에서의 경험을 통해 부분적으로, 혹은 타율적으로 이루어져 왔던 인간 본성에 관한 그의 자각이 이 여행에서는 완전하고 통렬한 최종적 자각으로 완결되는 것이다. 그의 이러한 자각과 시각 변화는 그의 믿음과 원칙들을 송두리째 뒤흔들고, 정신 상태마저 교란시킨다. 그는 이 여행을 통해 인간과 세상에 대해 무지했던 상태를 완전히 벗어나 그 이면에 감추어진 추악하고 사악한 인간 본성의 실체를 처절하게 깨닫는 것이다.

휘넘국에서의 인간 본성에 대한 걸리버의 자각은 대체로 두 가지 방법으로 행해진다. 스스로 관찰하고 사색해서 야후들과 육체 및 정신의 동질성을 확인해 나가는 방법과, 그가 이상적인 규범으로 생각했던 휘넘(말)들의 모범적인 미덕들을 관찰하며 깨닫는 방법이다.

걸리버는 먼저 야후들을 세심하게 관찰해서 자신과 야후와의 육체적 유사성을 직접 확인해가고, 나아가 그들이 지닌 정신적 속성들까지도 자신의 인생 경험들을 통해 확인한 바 있는 인간 군상들의 속성과 정확하게 일치함을 깨닫는다. 중세 문학의 주된 소재였던 인간의 7대 죄악(자만심, 탐욕, 색욕, 분노, 탐식, 질투심, 나태)으로 요약될 수 있는 인간의 이러한 사악한 속성들이야말로 저자인 스위프트가 공격하고 풍자하려고 했던 인간 본성의 핵심 병폐들이다.

이어서 그는 휘넘들에 대한 관찰이라는 방법을 통하여 바람직한 인간 본성에 대한 교훈을 얻는다. 그들은 철저한 이성주의자들이며, 그들에게 의심이나 논증, 견해차이 같은 것은 존재하지 않는다. 또한 그들은 우정과 자비심을 최고의 덕목으로 삼고 있으며 청결과 근면, 예의 등을 중시한다. 한마디로 요약하면 휘넘들이 지닌 본성은 야후들이 지닌 부패한 본성과 철저하게 상반된다. 이들의 영향으로 걸리버는 지금까지 자신이 지녀 왔던 인간에 대한 시각을 비로소 교정할 수 있게 된다.

물론 이 두 가지 자각방법 중 걸리버에게 미치는 충격과 영향은 전자가 더욱 크며 심각한 정신적 손상까지 가져다준다. 이를 통해 걸리버는 지금까지 자신이 여러 나라들의 여행을 통하여 관찰하고, 경험하고, 체감해 왔던 인간의 사악한 본성에 대한 최종적인 자각을 얻게 되는 것이다. 야후들을 처음 발견하여 극단적인 혐오감과 거부감을 느끼고, 그들과의 동일시를 필사적으로 거부하다가 결국 그들이 동족임을 깨닫고 인정하기까지의 과정이 바로 이 네 번째 여행기의 기본적인 뼈대다. 그 과정 중에 휘넘들의 이상적인 가치와 덕목들이 제시됨으로써 걸리버의 최종적인 자각이 더욱 힘을 얻게 되는 것이다. 변화된 시각과 확장된 이해력을 지니게 된 걸리버가 자신을 포함한 모든 인간들의 내부에 숨겨져 있는 본성을 완전히 파악하게 되는 것은 당연한 결말이다.

순수한 절대 이성을 지닌 휘넘들과 순전히 육욕적인 동물적 속성만을 지닌 야후들 사이에서 자신의 정체를 깨달아 나가는 걸리버의 모습은 앞서의 다른 여행기들에서 다루어졌던 인간의 위치에 대한 당시의 세계관과도 관련이 있다. 이 마지막 여행에서도 걸리버가 지닌 인간으로서의 자만심을 깨는 것이 바로 그가 하는 자각의 핵심이라는 것이다. 결국 걸리버가 이 마지막 여행을 통하여 깨닫게 되는 사실은 인간이란 추악한 본성을 지닌 동물에 불과하고, 따라서 자만심을 버려야 한다는 것이다.

걸리버의 이런 자각은 자신의 주인인 휘넘과 대화를 나누며 영국과 유럽 사회의 문물에 대한 설명을 해나갈 때의 태도에서 확연히 드러난다. 브롭딩낵 국왕과의 대화가 연상되지만 그 성격은 판이하게 다르다. 브롭딩낵에서의 걸리버는 거의 맹목적인 애국주의자의 열정으로 조국과 유럽에 대해 찬사만을 늘어놓다가 결국 국왕의 가혹한 냉소를 받았다. 그런데 이제 휘넘국에서의 걸리버는 극히 자기 비판적이며, 매우 분석적이고 객관적이며, 스스로에 대해 통렬하기까지 하다. 영국과 유럽 사회를 묘사하면서 그는 자신이 그동안 세 차례의 여행을 통하여 경험하고 관찰해 왔던 인간 구상들의 온갖 악과 병폐들을 자신들(유럽인들)의 것으로 자인하는 것이다.

결국 걸리버는 철저하고 완벽한 도덕의 완성자인 휘넘들 사이에서 살게 된 자신의 운명에 감사하며, 자신을 포함한 인간에 대해서는 물에 비친 자신의 모습에 혐오감을 느낄 정도로 인류 혐오주의자적인 면모를 보이게 된다. 따라서 휘넘 의회에 의하여 그의 추방이 결정되었을때 그가 극도의 좌절감에 빠져 오히려 무인도에 가서 평생을 보내리라 마음먹는다든지, 고향으로 돌아온 후에도 가족과 친지들과의 접촉조차 피하고 그들의 자만심과 혐오의 감정을 지니게 되는 것은, 지금까지의 그의 성격 변모 과정과 인간 본성에 대한 자각 과정을 고려해 본다면 극히 자연스러운 결과라고 말할 수 있다.

끝으로 걸리버와 스위프트의 관계를 간략하게 살펴보자. 앞서 지적한 바와 같이 작중 주인공인 걸리버의 최종적인 인류 혐오주의는, 저자인 스위프트를 세상에 대한 '환멸감에 빠진 냉소적인 인류 혐오주의자이자 염세주의자'로 비난받고 오해하게 만들었다. 그러나 걸리버는 어디까지나 저자 스위프트가 조종하는 작중 화자다. 당연히 어느 정도는 저자의 입장과 태도를 반영하겠지만, 양자가 완전한 동일 인물이라고는 결코 볼 수 없는 것이다. 이것은 셰익스피어 작품에 등장하는 악인들이 모두 셰익스피어와 동일 인물들이라고 말할 수 없고, 라스콜리니코프가 도스토예프스키가 아닌 것과 마찬가지다.

걸리버의 인류 혐오주의가 전적으로 스위프트의 생각이 아니라는 사실은 여러 이유를 들어 반박할 수 있다. 우선 스위프트가 그의 친지들에게 보낸 서한들에서 밝힌 이 작품의 집필 동기다. 그는 특히 친구였던 동시대 작가 알렉산더 포프에게 보낸 편지에서 "내가《걸리버 여행기》를 집필한 것은 물론 세상을 교정하고 싶은 욕망에서였지만, 결코 걸리버 식의 염세적인 방법을 통해서 하려 했던 것은 아니었다"고 밝히고 있다. 그가 집단으로서의 인간은 미워했을지 모르지만, 인간 개개인을 미워하지는 않는다는 것이다. 또한 그는 "인간이란 이성을 지닐 수 있는 동물들이며, 따라서 인간의 본성에는 그 내부에 도사리고 있는 부패와 타락의 가능성을 깨닫고 나아가 자신의 이성을 개발하고 개선해 나갈 수 있는 도덕적 능력이 있다"고 말하기도 했다. 즉, 걸리버처럼 완전한 인간 혐오와 환멸에 빠지지 않고 인간 본성의 교정 가능성을 믿었던 것이다. 그에 의하면 인간이란 본성적으로 절대적 순수 이성을 지닌 휘넘이나 천사같은 존재가 아니며, 동물적 속성도 지니고 있기 때문에 과오를 저지르게 되지만, 개인적으로 얼마든지 그 과오를 교정할 수 있는 여지가 있기 때문에 올바른 이성을 지니기 위해 끊임없이 노력해야 한다는 것이다.

이런 바람직한 인간상의 예들은 사실 작품 중에도 많이 나온다. 작품의 결말 부분에 나오는 포르투갈 출신 페드로 선장이 좋은 예다. 그는 "모든 인간은 다 야후와 같다"고 생각하는 걸리버의 고정된 폐쇄적 시각으로부터의 탈출구와도 같은 인물이다. 인간의 어두운 본성을 깨닫고 극심한 환멸감에 빠져 있던 걸리버는 잘 모르고 있겠지만, 그를 아무런 조건없이 따뜻하게 맞이하고 돌봐주며 그의 기이한 행동마저 이해해 주는 선장은 분명히 그가 생각하고 있는 야후적 인간과는 다른 존재인 것이다. 첫 번째 여행에서 곤궁에 빠진 걸리버를 사심없이 도와주었던 릴리펏의 비서실장 렐드레살, 두 번째 여행에서의 그럼달크리치, 세 번째 여행에서의 문오디, 또 인간이라고 하기에는 다소 어폐가 있긴 하지만 네 번째 여행에서 걸리버를 따뜻하게 보살펴주고 그와의 이별을 진심으로 슬퍼하던 밤색 하인 말 등이 모두 이런 존재다. 이런 인물의 존재가 그가 포프에게 보낸 편지에서 말한 바와 같이 작품 집필 동기가 결코 인간에 대한 애정을 포기하지 않고 걸리버 식의 인류 혐오증을 거부하며 인간 개개인에 대한 희망을 포기하지 않았다는 사실을 웅변해 주고 있다. 스위프트의 모든 풍자 작품의 기본 태도이자 궁극적인 의도이기도 하다.

1667년 더블린에서 출생

1673년 킬케니 공립학교 수학

1682년 더블린의 트리니티 칼리지에 입학함

1686년 동 대학을 졸업함. 학사 학위 취득

1688~89년 영국으로 건너가 서리 주 무어 파크 저택에서 휘그당 실력자 윌리엄 템플 경의 비서로 근무한. 에스터 존슨(스텔라)양의 가정교사 역할을 맡음

1690년 아일랜드 교회 내에서의 승진을 원하며 더블린으로 다시 돌아옴

1691년 템플의 비서로 다시 무어 파크로 돌아옴

1692년 최초의 저작인 《아테네 사회에 부치는 노래》 발표. 옥스퍼드 대학에서 석사 학위 취득

1694년 무어 파크를 떠나 더블린에서 영국 국교회 사제직을 제수받음. 아일랜드 킬루트 성당의 사제가 됨

1696년 다시 무어 파크로 돌아와 템플을 위해 봉사하며, 이때 고전 학문/현대 학문 우열 논쟁에서 고전 학문 편에 있던 템플 경을 위하여 《책들의 전쟁》 《통 이야기》 《영혼의 기계적인 조작에 관한 담론》을 집필함

1699년 템플의 죽음으로 더블린으로 돌아와 버클리 백작의 사제가 됨

1700년 더블린의 성 패트릭 성당 사제가 됨

1701년 영국으로 돌아와 각종 저술 활동에 전념함

1702년 더블린 트리니티 칼리지에서 신학 박사학위를 취득함

1704년 1696년에 집필한 종교와 학문의 풍자를 다룬 《통 이야기》 3부작을 출간함

1707년 아일랜드 교회의 대표자 자격으로 감세를 위해 앤 여왕과 접견함

1708~09년 각종 저술 활동, 잡지 등에 기고 활동. 《기독교 철폐론에 대한 반론》 발표

1710년 앤 여왕 서거 후 토리당 실력자들과 교유하며 토리당 기관지격인 〈이그재미너〉 발간. 《스텔라에게 보내는 편지》 발표

1713년 영국 국교회 내에서의 승진이 좌절되고 더블린의 성 패트릭 성당 사제장으로 임명됨

1714년 앤 여왕의 서거로 토리당이 실각하고 휘그당이 득세함. 그의 꿈이 완전히 좌절됨

1720년 최초로 식민지 아일랜드의 상황을 다룬 《아일랜드의 제조업 이용에 관한 제안》을 발표함

1721년 《걸리버 여행기》 집필에 착수함

1724년 《아일랜드 왕국의 상점 주인들, 농부들, 일반 평민들에게 보내는 서한》을 위시하여 아일랜드의 참상을 고발하기 시작한 연작 산문 《드래피어의 편지》 발표 시작

1726년 《걸리버 여행기》 출간

1727년 《아일랜드의 현 상황에 대한 소고》 발표

1729년 아일랜드의 참혹한 현실을 비판한 아이러니 작품 《겸손한 제안》 발표

1731~41년 각종 시 작품 및 산문 작품 저작 활동

1742년 '메닌거 신드롬'이라는 질환으로 금치산자 선고

1745년 사망. 성 패트릭 성당 묘지에 안장됨

옮긴이 류경희

고려대학교 영어영문학과를 졸업하고 동대학원에서 18세기 영문학 박사학위를 받았다. 홍익대학교, 동국대학교, 고려대학교 등에서 강의했고, 고려대학교 인문대학 초빙교수를 지냈다. 옮긴 책으로 『맨스필드 파크』 『제인 에어』 『위대한 유산』 『유토피아』 『걸리버 여행기』 『통 이야기』 『책들의 전쟁』 『하인들에게 주는 지침』 『로빈슨 크루소』 『잭 대령』 『톰 존스』 등이 있다. 주요 논문으로 「스위프트의 주요 작품에 나타난 퍼소나 연구」, 「조너선 스위프트의 통 이야기:퍼소나의 성격과 역할」, 「다니엘 디포의 인물들의 소외 극복 문제」, 「부와 지위를 향한 불안한 여정:다니엘 디포의 주요 작중 인물 연구」 등 다수가 있다.

걸리버 여행기

: 오리지널 초판본 표지디자인

초판1쇄 펴낸날 2020년 4월 30일

지 은 이 조너선 스위프트
옮 긴 이 류경희
펴 낸 이 장영재
펴 낸 곳 (주)미르북컴퍼니
자 회 사 더스토리
전 화 02)3141-4421
팩 스 02)3141-4428
등 록 2012년 3월 16일(제313-2012-81호)
주 소 서울시 마포구 성미산로32길 12, 2층 (우 03983)
E-mail sanhonjinju@naver.com
카 페 cafe.naver.com/mirbookcompany

(주)미르북컴퍼니는 독자 여러분의 의견에 항상 귀 기울이고 있습니다.

파본은 책을 구입하신 서점에서 교환해 드립니다.
책값은 뒤표지에 있습니다.